JAN DE HARTOG

VERFEMTE FRACHT

JAN DE HARTOG

VERFEMTE FRACHT

ROMAN

DIANA VERLAG ZÜRICH

Aus dem Amerikanischen übersetzt
von Christine Mössel

Titel der Originalausgabe
STAR OF PEACE

Dieser Roman basiert zum Teil auf dem Theaterstück
SKIPPER NEXT TO GOD/SCHIFF OHNE HAFEN
von Jan de Hartog

Printed in Austria

ISBN 3-905414-91-0
Umschlaggestaltung: Graupner & Partner, München
Satz: IBV, Berlin
Druck und Bindung: Bercker, Kevelaer

INHALT

ERSTER TEIL

ABSCHIED

ERSTES KAPITEL

1

Dr. Hendrik Richters war schlicht gesagt ein miserabler Arzt mit Charme. Jung, blauäugig, blond und mit einer unwiderstehlichen Anziehungskraft auf ältere Frauen, hatte er es geschafft, das schlechteste Examen seines Jahrgangs am Amsterdamer Universitätskrankenhaus zu machen. Praktische Ärzte, die nach einer Urlaubsvertretung für ihre Praxis während der Sommerferien suchten, entschieden sich gegen ihn, sobald sie sein Zeugnis gesehen hatten, während die dazugehörigen Frauen drängten, gerade diesen jungen Mann zu nehmen. »Der beste von allen«, urteilten sie. »So amüsant – und so fabelhafte Manieren...«

Im Sommer 1939 allerdings setzten sich die Frauen nicht durch. Dr. Hendrik Richters war am Ende seiner Weisheit und seines Gottvertrauens, als er die steilen Stufen zu einem alten Haus an einer von Amsterdams zahllosen Grachten hinaufstieg und klingelte. Es war Juli. Selbst er, der grenzenlose Optimist, hatte diesmal kaum noch Hoffnung, so spät in der Saison noch Glück zu haben. Die Umstände schienen ihn nun doch dazu zu zwingen, dem Ratschlag des Vaters zu folgen und einen Geschäftsfreund aufzusuchen, der die neue Mercedes-Benz-Vertretung in der Stadt leitete und Verwendung für einen erstklassigen Verkäufer hatte.

Die Tür des düster und etwas schäbig wirkenden Hauses öffnete sich lange nicht. Dann jedoch spähte eine alte Haushälterin mürrisch durch den Spalt. Ihre Miene hellte sich etwas auf, als sie Hendriks einnehmendes Lächeln auffing. »Ja bitte?« fragte sie.

»Mein Name ist Richters«, stellte er sich vor. »Ich komme auf Ihre Annonce.«

»Annonce?«

»Ja, die Anzeige in der letzten Nummer von ›Lancet‹. Ein

Dr. Halbertsma sucht darin unter dieser Adresse hier einen jungen Arzt, der seine Aufgaben als Schiffsarzt während einer...«, er warf einen Blick auf den Zeitungsausschnitt in seiner Hand, »...›interessanten Reise nach Südamerika‹ übernimmt.« Hendrik war sich darüber im klaren, daß die Haushälterin mit Sicherheit keinen Einfluß auf sein zukünftiges Schicksal hatte, doch das jungenhafte Lächeln, das nur scheinbar etwas versprach, war ihm längst zur Gewohnheit geworden.

Seine Wirkung allerdings verfehlte es nie. »Kommen Sie rein! Kommen Sie rein!« forderte die alte Frau ihn plötzlich eifrig auf und öffnete die Tür weit. »Hier entlang, bitte.«

Sie ging einen langen, hallenden Korridor voraus und schob ihn schließlich in das altmodische Sprechzimmer eines Arztes. »Warten Sie hier, Sir. Ich sage dem Doktor Bescheid. Es wird nicht lange dauern. Möchten Sie vielleicht eine Tasse Tee?«

»Tee wäre einfach großartig!« Er hätte natürlich einen Scotch on the rocks vorgezogen, fügte jedoch mit strahlendem Lächeln hinzu: »Wie haben Sie das nur erraten?«

»Ich kenne die Männer«, antwortete die Haushälterin. »Ich habe ein Leben lang für Herren gearbeitet...« Damit schlurfte sie kichernd ins Halbdunkel hinaus.

Dr. Halbertsmas Sprechzimmer sah ebenso verbraucht aus wie seine Haushälterin. Zwischen einem Regal voller uralter Bücher, deren Rücken verblichen und von Insekten zerfressen waren, und auf dem eine Reihe von Reagenzgläsern mit menschlichen Organen in Formaldehyd glitzerten, einer Fotografie von einem alten Mann mit Bart, der nach viktorianischer Mode gekleidet war, und einer Lithographie mit dem Titel »The Monarch of the Glenn«, war das einzig Freundliche in diesem tristen Zimmer das grausige Grinsen eines Skeletts in der Ecke.

»Ja?«

Hendrik stand lächelnd auf und rüstete sich innerlich, den Eintretenden sogleich mit seinem Charme zu gewinnen. Als er den Mann jedoch sah, strich er augenblicklich die Segel. Vor ihm stand ein kleiner, feister Boxertyp mit niedriger Stirn und platter Nase, der ihn durch eine randlose Brille verächtlich musterte.

»Ich komme auf Ihre Anzeige.«

»Wie sind Ihre Qualifikationen?« fragte der Mann mürrisch.

Hendrik leierte sein kümmerliches Verslein herunter, während Dr. Halbertsma mit unverhohlen desinteressierter Miene hinter seinem Schreibtisch Platz nahm und seinen Besucher durch blinde Brillengläser anstarrte, in denen sich das Fenster spiegelte.

»Hm, verstehe«, sagte er schließlich. »Das reißt einen ja nicht gerade vom Hocker, was?« Und nach kurzem Schweigen fuhr er fort: »Aber was soll's! Ich lege meine Karten auf den Tisch. Der Job, den ich für Sie habe, ist schlecht bezahlt, illegal und sicher undankbar. Außerdem besteht Grund zu der Annahme, daß das Schiff, auf dem Sie arbeiten sollen, nach einer Explosion an Bord sinken wird. Wie heißen Sie?«

»Richters.«

»Richters«, wiederholte Dr. Halbertsma, als bestätige der Name nur noch die schlechte Meinung, die er von seinem Besucher gewonnen hatte. »Nun, Richters? Soll ich weitererzählen, oder haben Sie jetzt schon die Nase voll?«

»Ich – ehm – machen Sie bitte ruhig weiter«, antwortete Hendrik mit nervösem Lächeln.

»Also gut.« Dr. Halbertsma lehnte sich so weit auf seinem Stuhl zurück, daß dieser zu kippeln begann. »Es wird von Ihnen verlangt, als Schiffsarzt an Bord eines altersschwachen Frachters zu arbeiten, der zu einem, ich zitiere, ›Passagierschiff‹ umgebaut worden ist. Zielhafen ist Montevideo. Der Name des Dampfers lautet *Star of Peace*. Er läuft morgen in Hamburg mit zweihundertfünfzig Passagieren an Bord aus. Heute in drei Tagen soll er in Le Havre Kohle aufnehmen, und dort werden Sie für die dreiwöchige Überfahrt an Bord gehen. Die *Star of Peace* ist ein verdammt langsamer Kahn.«

»Klingt interessant«, murmelte Hendrik.

»Es kommt noch interessanter.« Dr. Halbertsma schenkte Hendrik mit den blicklosen Augen ein Lächeln, das fatal an den Ausdruck des Knochenmannes in der Ecke erinnerte. »Die Passagiere sind ausschließlich deutsche Juden: alte Männer, Frauen und Kinder. Die Nazis haben sie ausgewiesen, und sie besitzen Einreisevisa für Uruguay. Haben Sie irgendwelche politischen Überzeugungen?«

»Wer – ich?« fragte Hendrik spontan zurück und merkte zu spät, daß diese Reaktion nicht gerade für ihn sprach.

»Sind Sie Nazi?« wurde Halbertsma deutlicher.

»Um Himmels willen, nein! Warum?«

»Weil – na, ist auch egal.« Dr. Halbertsma kippte mit seinem Stuhl wieder nach vorn, nahm die Brille ab und sah Hendrik wieder normal an. »Es schreit zum Himmel, wie dieser Halsabschneider das Schiff umgebaut hat. Bei diesem Mann können Sie sich auf einiges gefaßt machen. Was noch schlimmer ist, Sie müssen die Kabine mit ihm teilen.«

»Und wer ist das, Sir?«

»Der Kapitän – ein junger Schnösel namens Kuiper. Das Schiff gehört ihm – einschließlich der saftigen Hypotheken, schätze ich. Also, wie hört sich das an?«

Zum Abgewöhnen, dachte Hendrik. Er spielte mit dem Gedanken, vorsichtig den Rückzug anzutreten. Allerdings war dieser Job seine einzige Chance, seiner bisher mageren Liste an Berufserfahrungen etwas in der Art hinzuzufügen: Schiffsarzt auf einem größeren Passagierdampfer auf der Überfahrt von Le Havre nach Montevideo, Sommer/Herbst 39... »Sie – ehm – Sie haben vorhin eine Explosion erwähnt.«

Dr. Halbertsma schenkte ihm erneut sein gruseliges Lächeln. »Ganz richtig«, erwiderte er, und in seinem Ton lag eine merkwürdige Genugtuung. »Ich sage Ihnen das jetzt, weil ich Typen wie Sie kenne. Sie gehören zu den Leuten, die einen Mann sofort verklagen, der Ihnen einen Job unter falschen Voraussetzungen angeboten hat – vorausgesetzt natürlich, Sie überleben.«

»Ich verstehe – offen gestanden – überhaupt nichts mehr.« Das war, gelinde gesagt, eine Untertreibung. Allmählich drängte sich ihm der Verdacht auf, daß Dr. Halbertsma ein Fall für die Klapsmühle war.

»Seit vielen Jahren habe ich regelmäßig meine Sommerferien damit verbracht, als Schiffsarzt auf einer Passage nach Übersee mitzufahren«, erklärte der Arzt. »Auch für diese Reise hatte ich mich beworben, weil es in meinen Terminkalender paßte, und weil ich mir vorgenommen hatte, nach der Ankunft des Frachters noch in Uruguay Urlaub zu machen und dann auf einem Passagierschiff zurückzukehren. Ich hatte schon mit dem Kapitän gesprochen, mir das Schiff angesehen und war unangenehm überrascht. Da sich jedoch keine Alternative für mich ergeben hatte, habe ich alles geschluckt und zugesagt. Vergangenen Donnerstag sollte ich den Heuervertrag unterschreiben. An diesem Tag, vielleicht erinnern Sie sich, hat es ununterbrochen geregnet. Ich bin mit dem Wagen zur Hafenmeisterei gefahren, wo sich bereits die gesamte Mannschaft einschließlich des Beamten vom Seemannsamt versammelt hatte, der uns vereidigen sollte. Ich hatte mich gerade zu den anderen gesetzt, als etwas Merkwürdiges passierte. Ich habe in die Runde geschaut und plötzlich nur lauter Leichen gesehen – mit Ausnahme des Beamten vom Seemannsamt. Haben Sie hellseherische Fähigkeiten?«

»Also ich bestimmt nicht.« Dr. Halbertsma schien endgültig verrückt geworden zu sein.

»Natürlich hätte ich klüger sein müssen. Aber ich hab' die Sache verdrängt und den Heuervertrag trotzdem unterschrieben. Als ich zu meinem Wagen zurückkam, regnete es noch immer. Und als ich die Scheibenwischer angestellt habe, tauchte plötzlich ein Totenkopf vor meiner Windschutzscheibe auf, der nur den Kopf schüttelte. Bei meiner Rückkehr nach Hause... Ja, verdammt, was gibt's denn?«

Hendrik konnte sich die Veränderung in Halbertsmas Ton nicht erklären und drehte sich um. Im Türrahmen stand die Haushälterin mit einem Tablett.

»Ich bringe den Tee für den jungen Herrn, Doktor.«

»Tee? Sind Sie völlig übergeschnappt? Wozu denn Tee? Er will einen Job, sonst nichts.«

Die Haushälterin warf ihm einen bösen Blick zu und stellte das Tablett vor Hendrik ab.

»Also, das ist doch wohl...«, begann Halbertsma wütend.

»Zucker?«

»Ja – bitte«, stotterte Hendrik. »Zwei Stück – wenn's geht.«

»Verschwinden Sie!« herrschte Halbertsma seine Haushälterin an. »Er kann sich den Zucker selbst nehmen, verdammt noch mal! Raus!«

Die alte Frau floh. Als sie gegangen war, sagte Dr. Halbertsma verächtlich: »Sie haben den falschen Beruf gewählt, mein Junge. Sie hätten Hausierer werden sollen. Für Sie wäre das ein einträgliches Geschäft geworden. Also, wollen Sie den Job?«

»Glauben Sie ernsthaft, daß das Schiff sinkt?«

»Ich glaube gar nichts«, konterte Dr. Halbertsma. »Ich hatte eine üble Vorahnung und habe beschlossen, sie ernst zu nehmen. Aber es ist meine Vorahnung und nicht Ihre. Vielleicht wäre die *Star of Peace* nur gesunken, wenn ich mitgefahren wäre – wer weiß? Ich wollt's Ihnen nur gesagt haben. Wenn dieser verdammte Kahn absäuft, dann schreibe ich darüber einen Artikel für das ›Magazin der Parapsychologie‹. Ich will nur vermeiden, daß Sie mir ein Gerichtsverfahren wegen Täuschung anhängen, kapiert?«

»Sie – also ich verspreche Ihnen, daß ich Ihnen keine Unannehmlichkeiten machen werde«, erklärte Hendrik mit Nachdruck.

»Ihr Versprechen nützt mir gar nichts.« Dr. Halbertsma setzte seine Brille wieder auf. Die Spiegelungen des Fensters verhinderten erneut, daß Hendrik die Augen des Arztes sehen konnte. »Trotzdem – wenn Sie den Job nehmen, dann wissen Sie genau, worauf Sie sich einlassen. Die Bezahlung ist übrigens mies.« Dr. Halbertsma nannte einen Betrag, der tatsächlich mehr als kümmerlich war.

Hendrik schwankte. Schließlich murmelte er: »Ich nehme ihn.« Dabei wußte er genau, daß er sich die Angelegenheit lieber noch hätte überlegen sollen. Aber er konnte seine Meinung ja später ändern. Er hatte noch nichts unterschrieben.

»Also gut«, seufzte Dr. Halbertsma. »Ich habe dem Beamten vom Seemannsamt geschrieben. Ich muß nur noch Ihren Namen eintragen.« Er hob seine Schreibunterlage hoch und zog darunter ein Blatt Papier hervor. »Vorname?«

»Hendrik. Sagen Sie, ich frage mich…«

»Da gibt's nichts zu fragen.« Die Feder des Füllfederhalters kratzte vernehmlich über das Papier. »Laut Vertrag steht Ihnen die kostenlose Rückreise an Bord der *Star of Peace* zu. Lassen Sie sich von diesem knausrigen Calvinisten also nicht übers Ohr hauen.«

»Von wem bitte?«

»Na, vom Kapitän. Er fühlt sich als der ›Skipper Gottes‹, wie man so schön sagt.« Halbertsma befeuchtete die Gummierung an der Briefklappe und klebte den Umschlag mit einem energischen Faustschlag zu. »Seiner Ansicht nach steht Gott praktisch gleichberechtigt neben ihm auf der Brücke.« Er gab Hendrik den Brief. »Hier, das wär's. Schöne Reise. Finden Sie allein raus?«

»Ja – also dann auf Wiedersehen, Sir.«

Der Tee blieb unberührt. Die Haushälterin, die ihn im Korridor abfing, flüsterte: »Ich hab alles mit angehört. Lassen Sie die Finger davon. Er hat den sechsten Sinn. Er kann hellsehen. Tun Sie's nicht!«

»Danke«, murmelte Hendrik und schenkte ihr automatisch sein strahlendstes Lächeln. »Nett, daß Sie so besorgt sind.«

»Lassen Sie ja die Finger weg!« drängte sie erneut und machte die Haustür auf. »Glauben Sie mir, er kann in die Zukunft sehen. Bleiben Sie lieber zu Hause!« Damit schloß sie die Tür hinter ihm.

Hendrik stand einen Augenblick im überdachten Türraum und starrte auf das Kuvert in seiner Hand. Er spielte kurz mit dem Gedanken, sich doch zuerst den Vorführsalon von Mercedes-Benz anzusehen, bevor er eine endgültige Entscheidung traf. Doch dann überlegte er, daß dies das einzige Angebot des ganzen Sommers war. Und so absurd es auch klingen mochte; nur weil ein offenbar verrückter alter Quacksalber Totenköpfe vor der Windschutzscheibe seines Wagens gesehen haben wollte, konnte er es nicht ausschlagen.

Leider gab es niemanden, mit dem er sich hätte aussprechen können. Während seiner Jahre an der Universität hatte er dort kaum Freunde gewonnen. Das lag hauptsächlich daran, daß seine Kommilitonen ihn stets im Studium überholt hatten, so daß er sich jährlich wieder an neue Leute hatte gewöhnen müssen. Freunde hatte er sowieso nie gehabt. Es waren immer nur Freundinnen gewesen. Dabei fiel ihm ein, daß eine dieser Freundinnen ganz in der Nähe wohnte.

Er beschloß, zu ihr zu gehen.

2

Sie hieß Molly und besaß einen kleinen Handarbeitsladen, der allerdings kaum genug abwerfen konnte, um sie zu ernähren. Hendrik vermutete daher, daß sie und das Geschäft von einem wesentlich älteren Freier, einem reichen Mann aus der City, ausgehalten wurden. Ihr Privatleben hatte Hendrik stets respektiert. Kennengelernt hatten sie sich eines Abends auf einer reichlich langweiligen Party, die Hendrik in Begleitung der lesbischen Schwester einer Bekannten besucht hatte. Molly, rundlich und kuhäugig, hatte auf einer Ottomane in einem zeltartigen Kleid gethront, das sie selbst entworfen und geschneidert hatte und in dem sie wie eine übergroße Kaffeehaube aussah. Die Lesbierin hatte bald eine Gleichgesinnte gefunden, und Hendrik und die Kaffeehaube waren sich im Gespräch über Hitler, Biokost und den neuesten Jean-Gabin-Film nähergekommen. Da der Film eine gute Kritik bekommen hatte und weder Hendrik noch Molly ihn gesehen hatten, schlug Hendrik vor, die Party gemeinsam zu verlassen und ins Kino zu gehen. Mollys naiv kuhäugiger Blick drückte Erstaunen und Freude gleichzeitig aus, und sie waren aufgebrochen. Erst beim Aufstehen allerdings registrierte Hendrik, daß, was Mollys Größe betraf, es keinen Unterschied machte, ob sie saß oder stand. Die attraktive Kaffeehaube bewegte sich fußlos wie ein Gespenst zur Tür. Sie verbreitete den interessanten Duft eines starken Parfüms, der ihn an den nach Lavendel duftenden Schrankkoffer auf dem Speicher seiner Großeltern erinnerte.

Den Gabin-Film allerdings sahen sie nicht. Statt dessen fuhren sie zu Mollys kleinem Laden, wo diese ihn hinter die Ladentheke und dann eine schmale Wendeltreppe hinauf in die winzigste Wohnung führte, die er je gesehen hatte. Ein Doppelbett nahm dort fast den gesamten Platz ein, und dort erfuhr er dann, daß sich unter der hübschen Kaffeehaube ein molliger, beinahe kindlicher Körper verbarg, der einem zu unvergeßlichen Erlebnissen verhelfen konnte. Molly war einfach hinreißend. Das einzige, was Hendriks Genuß trübte, waren ihre lauten und spitzen Schreie, die sie auszustoßen pflegte, so daß er jeden Augenblick befürchtete, die Polizei könne unten an die Ladentür pochen, weil sie vermutete, es werde jemand umgebracht. Aber offensichtlich waren die Nachbarn, wenn nicht sogar die ganze Nachbarschaft, an ihre Schreie gewöhnt.

Seit damals hatte er Molly gelegentlich besucht. Und sie freute sich stets, ihn zu sehen – vorausgesetzt, sie war allein.

Hendrik beschloß, sein Glück zu versuchen. Er nahm an, daß Molly die Geschichte interessieren würde, und hoffte, von ihr einen vernünftigen Rat zu bekommen, sobald das Rauschen in seinen Ohren vorüber war und sie eng umschlungen und zufrieden die Atempause nach dem Akt genossen. Trotz ihres großen Unschuldsblicks schien Molly ein gutes Gefühl für die Realitäten des Lebens zu haben, denn sonst hätte sie es nie zu dem gebracht, was sie jetzt besaß.

Hinter der Glastür ihres Ladens hing das Schild mit der Aufschrift »Geschlossen«, doch als er die Klinke herunterdrückte, ließ sich die Tür anstandslos öffnen. Er trat in den Ladenraum, den der feine Duft von Lavendel erfüllte, den ihre üppige Nacktheit stets verbreitete.

»Ja?« rief Mollys Stimme von oben.

»Ich bin's, Hendrik! Hast du einen Moment Zeit?«

»O Hendrik!« Die überschwengliche Freude in ihrer Stimme war wohltuend. Schritte polterten die Treppe herunter, und da stand sie: klein, kuhäugig, das Haar zu einem Dutt aufgesteckt, ihre »unmoderne Figur«, wie sie es nannte, unter einem ihrer weiten Zeltkleider verborgen. »Das ist aber eine Überraschung!« rief sie. »Und dabei hatte ich gerade gedacht...« Ihre Miene verdüsterte sich schlagartig. »Was für einen Tag haben wir heute? Doch nicht Freitag, oder?«

»Nein, es ist Donnerstag.«

Molly seufzte erleichtert und glücklich. »Gott sei Dank. Komm! Komm rauf!«

Er folgte ihr die Wendeltreppe hinauf. Ihr derzeitiger Liebhaber schien sie also freitags zu besuchen. Hendrik störte das keineswegs; im Gegenteil, er haßte nichts so sehr wie Szenen – und alleinstehende Frauen ohne heimlichen Liebhaber machten eben Szenen.

Eigentlich hatte Hendrik erwartet, daß Molly sofort auf das Doppelbett sinken würde, doch sie mußte gespürt haben, daß ihn etwas bedrückte. Sie musterte ihn nachdenklich. »Ist was?«

Dann erzählte er ihr, während er in dem winzigen Schlafzimmer mit gesenktem Kopf unaufhörlich auf und ab ging, um sich nicht an den niedrigen Balken zu stoßen, alles von Dr. Halbertsma und seinen Halluzinationen. Und Molly hörte mit großen Augen zu, mit angezogenen Knien auf dem Bett sitzend, diesmal weniger an eine Kaffeehaube als an eine Puppe erinnernd, ihr Kleid weit um sich gebreitet. Er erzählte ihr alles ohne jeden Vorbehalt, bis zum Tee, den er nicht hatte trinken dürfen.

»Also, was hältst du davon? Meinst du, an der Sache mit dem sinkenden Schiff ist was dran? Ich hatte das Gefühl, der Doktor hat sie nicht alle.«

»Wenn du dessen so sicher wärst, wärst du doch gar nicht hier, oder?«

»Ja – aber was meinst du dazu?«

»Ich finde, du solltest die Sache ernst nehmen. Andererseits brauchst du dringend einen Job, was?« Sie zögerte einen Augenblick, raffte dann ihr weites Gewand, glitt vom Bett und ging zur Tür. »Ich bringe dich jetzt zu Mrs. Karelsen.«

»Wer zum Kuckuck ist denn das?« Er folgte ihr die Treppe hinunter.

»Sie ist ein Medium – die begabteste Hellseherin in ganz Amsterdam. Ich habe sie schon oft um Rat gefragt. Sie hat schrecklich viel zu tun. Aber wenn ich sie anrufe, kannst du sicher gleich zu ihr kommen. Das ist schließlich ein Notfall!«

Hendrik war sich keineswegs sicher, daß er das wollte, doch mit seiner harmlosen Frage hatte er seine Zukunft offenbar ganz in die Hände einer energischen jungen Frau gelegt. Molly hob das Telefon ab, das in einer Ecke des Ladens stand, wählte eine Nummer und sagte zuckersüß und schmeichlerisch, wie sie sonst vermutlich mit ihrem Liebhaber sprach: »Mrs. Karelsen? Wie schön, daß Sie zu Hause sind! Hier spricht Molly Boda. Gerade ist ein lieber, ein sehr lieber Freund bei mir, der ein ganz ungewöhnliches Erlebnis hatte und jetzt vor einer schwierigen Entscheidung steht, die keinen Aufschub duldet. Hätten Sie vielleicht kurz für uns Zeit?«

Aus dem Telefonhörer drang gedämpft eine Stimme.

»Also, das ist wirklich fabelhaft, Mrs. Karelsen! Ich wußte, daß ich auf Sie zählen kann. Ja, wir kommen sofort. Umgehend! Wir sind praktisch schon da.« Damit legte Molly auf und drehte sich triumphierend um. »Na, was sagst du jetzt? Sie ist zu Hause.«

»Großartig«, murmelte Hendrik lahm.

»Komm, wir gehen. Es ist gleich um die Ecke. Du wirst schon sehen. Sie sagt's dir. Sie sagt dir genau, was du tun mußt.«

Hendrik fügte sich voller böser Vorahnungen.

3

Mrs. Karelsens Wohnung lag am obersten Absatz einer geradezu beängstigend steilen Treppe. Molly ging voraus. Das Rascheln ihres Kleides beim Gehen wollte kein Ende nehmen. Sie kamen an den Türen zweier darunterliegender Wohnungen vorbei. Aus der einen drang der Geruch von Rosenkohl, aus der anderen die »Kleine Nachtmusik«, die offenbar ein Kind auf einem verstimmten Klavier spielte.

»Ah! Da sind Sie ja!« ertönte eine Stimme im Befehlston, als sie den obersten Treppenabsatz schon beinahe erreicht hatten. »Immer reinspaziert, meine Liebe! Herein, herein! Ist das der Kunde?«

»Ja. Dr. Richters... Mrs. Karelsen. Hendrik Richters. Er hat ein sehr kompliziertes Problem für Sie.«

Die Frau, die ihn von Kopf bis Fuß aufmerksam musterte, war eine Blondine mittleren Alters in einem langen, purpurroten Morgenmantel mit zahllosen Armbändern an den Gelenken. Molly wirkte neben ihr geradezu zwergenhaft klein und sah mit bewunderndem Blick zu ihr auf. Die abschätzenden Blicke der Hellseherin erinnerten Hendrik fatal an Dr. Halbertsma.

»Na gut«, sagte die Frau in ihrem unangenehmen Kasernenhofton. »Kommen Sie rein. Wir werden sehen, was wir für Sie tun können. Charlie ist möglicherweise nicht verfügbar, aber das müssen wir eben in Kauf nehmen. Hier herein!«

Hendrik ging durch die Tür, die sie ihm aufhielt. Er war sich nicht sicher, ob das alles so ganz nach seinem Geschmack war, und vielleicht war dieser ominöse Charlie ja sowieso nicht verfügbar.

»Setzen Sie sich!«

Er gehorchte und sank in einen tiefen Polstersessel. Mrs. Karelsen nahm auf einem Sessel gegenüber Platz, dessen Federn laut quietschten. Obwohl draußen bereits der Abend dämmerte, herrschte im Raum orangerotes und gelbes Licht. An den Wänden hingen Gemälde, die mystisch anmutende Farbspiele zeigten. Es befand sich noch ein dritter, tiefer Polstersessel im Zimmer, auf dem eine große, rothaarige Katze schlief, die auf Hendrik einen ebenso beängstigenden Eindruck machte wie ihre Herrin. Molly setzte sich züchtig auf einen Stuhl in der Ecke.

»Charlie? Hallo, Charlie!« begann Mrs. Karelsen in sanftem Tonfall.

Hendrik sah sich verblüfft um, konnte jedoch niemanden entdecken, dem die Aufforderung gelten könnte. Mrs. Karelsen saß mit gefalteten Händen, die Augen geschlossen, in ihrem Sessel und redete ins Leere hinein.

»Charlie, Lieber, wir brauchen dich.«

Hendrik beobachtete sie fasziniert. Er wartete gespannt darauf, daß dieser Charlie plötzlich hinter ihr wie aus dem Nichts auftauchen oder wenigstens eine Stimme aus einer Zimmerecke ertönen würde. Möglicherweise hatte sie irgendwo einen Lautsprecher versteckt, denn sicher hatte modernere Technik den Schalltrichter der Séancen des neunzehnten Jahrhunderts inzwischen ersetzt. Aber es geschah nichts. Irgendwie schien sich jedoch alles auf die rothaarige Katze zu konzentrieren, die sich in ihrem Sessel streckte, gähnte, sich auf den Rücken rollte und einen erstaunlich dicken weißen Bauch in die Luft reckte.

Mrs. Karelsen schlug die Augen auf und sah Hendrik blinzelnd an. »Tja, Charlie scheint uns nicht helfen zu wollen. Sie müssen schon noch mal wiederkommen.«

»Aber die Sache ist schrecklich dringend!« meldete sich

Molly aus ihrer Zimmerecke. »Hendrik muß heute eine Entscheidung treffen, bei der es um Leben oder Tod geht.«

»So?« Mrs. Karelsen zog die Augenbrauen hoch und starrte ihn mit geradezu hypnotischem Blick an. »Kein Wort mehr!« befahl sie, hob den Arm und streckte Hendrik eine Hand von erstaunlicher Größe entgegen. »Ihre Uhr!«

»Wie bitte?«

»Ihre Uhr! Geben Sie mir Ihre Uhr!«

Gehorsam nahm Hendrik die Uhr ab und reichte sie ihr. Das gute Stück verschwand völlig in den gefalteten Händen der Hellseherin. Mrs. Karelsen schloß die Augen und begann tief und regelmäßig zu atmen. Die Katze gähnte und wandte dieser Szene den Rücken zu. Neben Mrs. Karelsens Sessel stand ein Bücherregal. Verstohlen las Hendrik die Buchtitel: »Das Geheimnis der Pyramiden«, »Wie man das dritte Gesicht pflegt und fördert«.

»Ballone...« Mrs. Karelsens Stimme klang plötzlich schläfrig und entrückt wie die eines Menschen, der im Traum redet. »Ich sehe Ballone – riesige – weiße – Sie gleiten tief über dem Wasser – Ich höre Menschen johlen – Wasserrauschen...« Sie hielt abrupt inne, und Hendrik kam es trotz der orangeroten Beleuchtung so vor, als sei sie bleich geworden. »Flut!« stieß sie atemlos hervor. »Es ist eine Überschwemmung! Das Wasser steigt! Ich bin in einer Scheune... Die Scheune läuft voller Wasser – der Boden schwankt – O mein Gott, o mein Gott... Ich klettere auf einen – einen Heuboden? Ich kann nichts sehen! Es ist stockfinster. Ich – o nein! Nein! Mein Gott! Nein, nein! Hilfe!« Sie drückte sich tief in den Sessel, als versuchte sie auf diese Weise der Schreckensvision zu entkommen. Hendrik mußte sich trotz allem eingestehen, daß die Szene durchaus beeindruckend war. Allein die orangerote Katze im anderen Sessel blieb offenbar völlig unbeeindruckt. »Heilige Mutter Gottes! Jesus Christus – Maria – Erbarmen! Laßt mich nicht ertrinken!«

Die Sache wurde Hendrik allmählich zuviel. Molly erhob sich von ihrem Stuhl in der Ecke, um notfalls der Hellseherin zu Hilfe zu eilen, die jetzt ausgestreckt und mit schwerem Atem in ihrem Sessel lag und noch immer Hendriks Uhr in ihren Händen umklammert hielt. »Ich ertrinke!« keuchte sie erneut. »O Gott, ich ertrinke! Erbarmen! Erbarmen!« Mittlerweile hatte auch Hendrik das Gefühl, etwas unternehmen zu müssen, um Mrs. Karelsen aus ihrer Hysterie zu befreien, und sei es nur, indem er ihr seine Uhr entriß.

Doch so schnell, wie ihr Wahnzustand begonnen hatte, war er auch wieder vorbei. Obwohl Tränen über Mrs. Karelsens Gesicht rannen, lächelte sie glücklich mit geschlossenen Augen und hauchte: »Was für ein reizendes Kind! Was für ein Schatz! Ich bin so froh, daß das kleine Mädchen aufgetaucht ist. Ein kleines Mädchen hat uns gerettet – wer hätte das gedacht? Und ein herrlicher ...«, sie sog tief die Luft ein, »... was für ein herrlicher Duft – von Blumen. Ich kenne den Duft – ich kenne ihn... Was für Blumen sind das – weiß ...«

Sie schlug die Augen auf.

Zuerst wirkte ihr Blick glasig und benommen, doch allmählich kehrte der militärisch strenge Ausdruck in ihr Gesicht zurück, der sich nun völlig auf Hendrik konzentrierte. »Ich hab es auf der Zunge«, sagte sie unvermittelt mit ihrer normalen Stimme.

Molly fragte deutlich erschüttert: »Was ist, Mrs. Karelsen? Was haben Sie auf der Zunge?« Ihre Stimme drückte eine ehrfurchtsvolle Bewunderung aus, die Hendrik ausgesprochen lächerlich vorkam.

»Den Namen der Blume«, erwiderte Mrs. Karelsen. »Ich kenne ihn! Ich kenne ihn ganz genau. Ich rieche ihren Duft... aber er wird schwächer. Was für Blumen können es nur sein?« Sie schloß erneut die Augen und schlug sich dann so heftig mit der Handfläche gegen die Stirn, daß sogar die Katze im Schlaf zusammenzuckte.

»Ist – ist *er* es, der ertrinkt?« fragte Molly mit zitternder Stimme.

»Er?« entgegnete Mrs. Karelsen in einem Ton, der deutlich machte, wie idiotisch sie diese Vermutung fand. »Nein, er ertrinkt nicht. Das war ein Mädchen. Eine wunderschöne junge Frau: brünett und mit dunklen Augen. Ganz außerordentlich. Und ein Kind rettet sie. Wirklich erstaunlich! Aber ich war dabei. Ich hab's gesehen! Mein Gott, diese Angst! Wissen Sie, das Mädchen hat versucht, so etwas wie ein Gerüst hinaufzusteigen, im Dunkeln, während das Wasser langsam anstieg...

Mein Gott, nie in meinem Leben habe ich eine solche Angst ausgestanden. Aber dann tauchte dieses Kind im weißen Kleidchen auf, und alles wurde hell. Ein sonnendurchfluteter Garten. Wie heißen diese weißen Blumen nur? Ich kenne sie doch!«

»Ist er denn in Gefahr?« beharrte Molly.

Mrs. Karelsen musterte Hendrik ohne jede Sympathie. »Ja, aber nicht durch Naturgewalten. Sie bringen sich selbst in Gefahr – durch Ihre eigene menschliche Unzulänglichkeit, mein Freund.«

»Tut mir leid«, entgegnete Hendrik mit einer für ihn untypischen Härte in der Stimme. »Aber ich weiß wirklich nicht, wovon Sie reden.«

Mrs. Karelsen schien ihm überhaupt nicht zugehört zu haben. »Kein Wunder, daß Charlie Ihnen nichts zu sagen hatte.«

»Aber – aber halten Sie es für klug, daß er sich der Gefahr eines Schiffbruchs aussetzt?« drängte Molly ehrerbietig.

»Schiffbruch? Ich sehe Ballone. Eine Überschwemmung. Ein Mädchen, das beinahe in einer Scheune ertrinkt. Von einem Schiffswrack ist weit und breit nichts zu sehen. Die Gefahr, die ihm droht, hat er selbst verschuldet. Sie sollten Ihre profanen fleischlichen Gelüste bezwingen und versuchen, eine höhere Bewußtseinsebene zu erklimmen, junger Mann.«

Die Katze gähnte, rollte sich wieder auf den Rücken, streckte die Hinterläufe von sich und begann langsam und aufreizend mit dem Schwanz auf den Sessel zu klopfen.

»Dann kann er also fahren?« fragte Molly.

»Warum denn nicht? Soll er doch die Meere dieser Welt befahren. Das ist immer noch besser, als seinen menschlichen Schwächen zu erliegen und im nächsten Leben auf einer niedrigeren Stufe existieren zu müssen.«

Hendrik hatte mittlerweile die Nase voll. »Besten Dank. Darf ich jetzt bitte meine Uhr wiederhaben?«

»Sicher.« Mrs. Karelsen gab sie ihm mit einer Miene zurück, als beuge sie sich nackter Gewalt.

»Hendrik – bitte«, mischte Molly sich ein. »Vielleicht hat Mrs. Karelsen noch mehr zu sagen...«

Hendrik beschloß, darauf gar nicht erst einzugehen. »Wieviel bin ich Ihnen für die Sitzung schuldig?«

Mrs. Karelsen straffte stolz die Schultern. »Behalten Sie Ihr Geld, junger Mann. Ich habe das für meine Freundin Molly getan. Sie braucht Freunde.«

»Können wir?« Hendrik ging zur Tür.

Molly machte ein unglückliches Gesicht. »Vielen lieben Dank, Mrs. Karelsen. Ich kann Ihnen gar nicht sagen, wie tief Sie uns beeindruckt haben.«

»Danke, meine Liebe.«

Aus einem unerfindlichen Grund war Hendrik versucht, den fetten Kater in den Bauch zu knuffen. »Gehen wir!« sagte er, nahm Mollys Arm und drängte sie aus der Tür und zur Treppe.

Er lief vor ihr die Treppe hinunter. In der Wohnung im zweiten Stock wurde noch immer Mozart auf dem Klavier vergewaltigt. Als sie in den Rosenkohldunst im ersten Stock eintauchten, ertönte von oben die herrische Stimme. »Geißblatt!« hallte es durchs Treppenhaus. »Es waren Geißblattblüten.«

»Vielen Dank, Mrs. Karelsen. Danke!«

»Jetzt reicht's aber«, murmelte Hendrik und zog Molly die restlichen Stufen hinunter.

Als sie ins Freie traten, zog gerade ein jüdischer Lumpensammler mit einem Handkarren voller abgelegter Kleidungsstücke vorbei. Die arabisch klingende Weise, die er sang, hallte von den Fassaden der Häuser in der schmalen Gasse vielfach wider.

»Weshalb bist du nur so gereizt?« fragte Molly, während Hendrik sie fast unsanft in Richtung ihres Handarbeitsladens zerrte. »Mrs. Karelsen war doch ganz ausgezeichnet.«

»Alles Humbug!« konterte er wütend. »Ballone! Ertrinkende Frauen, die auf einen Heuboden hinaufklettern! Geißblattblüten! Das ist doch ein ausgemachter Schwindel!«

Hinter ihnen sang der Lumpensammler noch immer seine melancholische Melodie. Über ihnen segelten Möwen im orangeroten Licht der Abenddämmerung. Irgendwo bimmelte eine Straßenbahn. Die Stadt bedeutete ihm plötzlich sehr viel. Sie schien ihm ein Ort der Jugend und der Liebe zu sein. Als sie das kleine Geschäft mit seinem charakteristischen Lavendelduft betraten, überkam ihn Abschiedsstimmung.

»Ich koche dir einen Orangenblütentee«, erklärte Molly. »Aber zuerst...«

Sie reckte ihr Gesicht zu ihm empor und schloß die großen runden Augen in Erwartung seines Kusses.

ZWEITES KAPITEL

Als sich der Frachter *Star of Peace* der Elbmündung und damit Hamburg näherte, machte Kapitän Joris Kuiper einen letzten Kontrollgang durch die Laderäume seines Schiffes. Die *Star of Peace* erwartete nämlich Passagiere an Bord.

Kuiper war mit dem, was er sah, ausgesprochen zufrieden. Zugegeben, die Unterkünfte waren eher primitiv. Die dreistöckigen Etagenbetten, die in den vorderen und hinteren Laderäumen in Reihen dicht nebeneinander standen, sahen mit ihrem rohen Holz provisorisch und wenig einladend aus. Als Kuiper sich jedoch probehalber auf eines der Betten legte, fand er es überraschend bequem. Die Strohsäcke dufteten frisch und waren weich. Die Chemietoiletten, die in ihrer Machart kaum Rücksicht auf die Wahrung der Intimsphäre nahmen, erfüllten durchaus ihren Zweck. Die schlichten Waschbecken waren immer noch luxuriöser als die in Kasernen. Und schließlich waren die Leute, die er an Bord erwartete, keine Passagiere im herkömmlichen Sinn, sondern Auswanderer, die in einer großen Gruppe zu Sonderpreisen reisten.

Für 96 Dollar war die Passage nach Südamerika praktisch geschenkt. Auswanderer, die nach Amerika wollten und Plätze im Zwischendeck gebucht hatten, zahlten genausoviel, obwohl die Strecke nach Montevideo doppelt so lang war. Selbst das Versorgungsproblem hatte letztendlich zufriedenstellend gelöst werden können. Die provisorische Erweiterung der Kombüse mit Hilfe von zwei Kohlenverschlägen aus Armeebeständen bis auf den Gang hinaus hatte so viel Platz geschaffen, daß Lebensmittel für die Verpflegung von 250 Passagieren aufgenommen werden konnten. An den Tischen und Bänken auf den Laufstegen mittschiffs steuerbord war Platz für 150 Personen. Das bedeutete zwar, daß in zwei Etappen gegessen werden mußte, doch dafür hatten alle gut Platz.

Nein, Kuiper hatte das Gefühl, die Vertragsbedingungen der Firma »World Tours« mehr als erfüllt zu haben. Außerdem hatte sich seine Crew durchaus kooperativ gezeigt und stand dem Unternehmen positiv gegenüber. Das allerdings war angesichts der Fünfzig-Dollar-Prämie kein Wunder, die jedes Besatzungsmitglied erhalten sollte, sobald die Auswanderer in Südamerika an Land gegangen waren und das Durcheinander beseitigt war, daß diese sicher hinterlassen würden.

Kuiper schritt in bester Stimmung die Reihen von Etagenbetten ab, stieg die Gangway hinauf an Deck, trat ins warme Sonnenlicht und ging längsschiffs – eine untersetzte Gestalt in abgetragener blauer Uniform, deren vier Goldtressen an den Ärmeln durch das Salzwasser oxidiert waren und grün schillerten. Kuiper sah für sein Alter noch verhältnismäßig jung aus: blaue Augen, dichtes, widerborstiges braunes Haar, ein einnehmendes Lächeln...

In der Offiziersmesse, die provisorisch in eine Krankenstation verwandelt worden war, erwartete ihn der Schiffskrankenpfleger, den er ganz gegen die sonstigen Gepflogenheiten der Handelsschiffahrt angeheuert hatte. Er war ein Mann Mitte Vierzig mit mürrischem Gesichtsausdruck, hohlen Wangen und dunklen Schatten unter den Augen. In seinem Empfehlungsschreiben hieß es, die Amsterdamer Universitätsklinik habe ihn nur widerstrebend freigestellt, damit er diesen Samariterdienst erfüllen könne. Das Schreiben roch nach Schwindel, doch für 50 Dollar pro Monat konnte man keine Spitzenkraft verlangen. Das Zeugnis des Mannes war vom Beamten des Seemannsamts geprüft und für echt befunden worden, und damit war den gesetzlichen Anforderungen Genüge getan.

»Na, wie geht's vorwärts, Vinkemans?«

»Ich glaube gut, Käpt'n«, erwiderte der hohlwangige Krankenpfleger in leidendem Ton. »Ein Jammer, daß der Arzt noch nicht an Bord ist. Ich weiß überhaupt nicht, wo er das alles untergebracht haben will.« Vinkemans deutete auf die fünf Betten, auf denen sich Urinflaschen, Bettpfannen, Spucknäpfe und Verbandspäckchen stapelten.

»Entscheiden Sie das selbst. Wir haben genug Stauraum.« Das war durchaus richtig. Im Gang waren drei provisorische

Schränke aufgestellt worden. Zuerst war das als überflüssiger Luxus erschienen, aber angesichts der Stapel auf den Betten wurde jeder Zentimeter gebraucht.

»Und dann möchte ich die Passagierliste sehen.«

»Warum?«

»Weil ich meine Patienten in Gottes Namen wenigstens korrekt anreden will.«

»Dann fragen Sie den Doktor«, entgegnete Kuiper kurz angebunden. »Außerdem rate ich Ihnen, den Namen Gottes hier nicht unziemlich im Mund zu führen. Wir sind hier auf einem christlichen Schiff. Merken Sie sich das.«

Er verließ den Mann in noch melancholischerer Stimmung. Kuiper war sich klar, daß er sich vor dem Burschen in acht nehmen mußte. Er sah wie ein Querulant aus. Aber man bekam eben immer nur das, was man bezahlen konnte.

Das Klingeln des Maschinentelegraphen und eine Veränderung der Vibrationen an Deck erinnerten ihn daran, daß der Lotse an Bord kommen sollte. Er verschob die Inspektion des Schiffshospitals daher auf später und ging zur Reling, um den Lotsen willkommen zu heißen.

Als er über die Bordwand hinuntersah, entdeckte er das Lotsenboot und den Lotsen, eine Gestalt in Ölzeug und Südwester, der bereits damit begonnen hatte, die Sturmleiter heraufzuklettern. Dann drehte das Lotsenboot ab und fuhr mit aufheulenden Motoren davon.

Der Lotse schwang sich über die Reling. Er entpuppte sich als der dicke, rosige Mann, den Kuiper bereits zweimal an Bord gehabt hatte. »Morgen, Käpt'n«, begrüßte ihn der Mann, dessen Herzlichkeit aufgesetzt wirkte. Daran waren vermutlich die Nazis schuld. Seit die Nazis die Macht übernommen hatten, war Deutschland kein angenehmes Gastland mehr, und Kuipers zukünftige Passagiere konnten froh sein, es verlassen zu dürfen. Besonders, da sie allesamt Juden waren.

»Zu welchem Dock müssen wir diesmal?«

»Zum Kai der Hamburg-Amerika-Linie«, antwortete der Lotse. »Da wird Ihnen ein Klasseservice zuteil, Käpt'n. In ein paar Stunden können Sie wieder auslaufen.«

Kuiper war über diese Mitteilung nicht besonders glücklich. Er kannte den Kai der Hamburg-Amerika-Linie mit seinen riesigen Fahrgastanlagen, die für wesentlich größere Passagierdampfer ausgelegt waren. »Da sehen wir doch wie die Maus im Heuhaufen aus«, seufzte er. »Außerdem reicht meine Gangway gar nicht bis zur Kaimauer.«

»Keine Sorge, Käpt'n«, beruhigte der Lotse ihn. »Die Hamburg-Amerika-Linie stellt Ihnen großzügigerweise zwei ihrer Gangways zur Verfügung. Sie werden sehen – ihr seid schnell wieder draußen.«

Kuiper murmelte Unverständliches.

Danach erklomm der Lotse mit erstaunlicher Behendigkeit den Brückenaufgang und betrat das Ruderhaus. Er begrüßte den Ersten Offizier Meyer, den Steuermann Johansen und nannte den Kurs. »Gehen Sie lieber runter und bereiten Sie alles für das Laden der Gepäckstücke vor«, wandte Kuiper sich an Meyer. »Wir haben es sicher mit 'ner Unmenge von Gepäck zu tun.« Er sah den Lotsen an. »Oder was meinen Sie?«

»Pardon?«

»Haben diese Leute viel Gepäck?« fragte Kuiper deutlicher.

»Nein, nein«, antwortete der Lotse mit wegwerfender Geste. »Nur das übliche. Einen Koffer oder eine Reisetasche pro Person, schätze ich.«

»Das ist dann immer noch genug«, seufzte Kuiper. »Und bis wir das an Bord haben...«

»Die Netzbrooke stellt Ihnen die Hamburg-Amerika-Linie auch zur Verfügung«, erklärte der Lotse. »Passen Sie auf, Sie sind schneller wieder auf See, als Sie denken.«

»Wo sind sie denn jetzt?«

»Wer?«

»Die Passagiere. Warten sie schon am Kai?«

»Vermutlich.« Der Lotse wirkte nervös. »Man fertigt Sie zügig ab, Käpt'n. Kohle haben Sie doch wohl schon gebunkert, oder?«

»Ja.« Kuiper sah keine Veranlassung, dem Lotsen zu sagen, daß sie Kohle erst in Le Havre aufnehmen würden, wo sie billiger war. In diesem Punkt waren die Deutschen von jeher empfindlich gewesen, und das hatte sich auch unter dem neuen Regime nicht geändert.

Der Lotse zündete eine Pfeife an. Henky, der Messejunge, brachte heißen Kaffee.

»Und wie sieht's hier sonst aus?« erkundigte sich Kuiper, während das Schiff die Hauptfahrrinne in Richtung Überseekai dahinglitt.

»So la la«, erwiderte der Lotse. »Es hat immer alles seine zwei Seiten. So ist nun mal das Leben.«

»Bringen Sie uns auch wieder raus?«

»Ich denke schon. Vorausgesetzt, Sie laufen aus, solange ich Dienst habe; aber das ist wohl anzunehmen.«

»Ich hätte nicht gedacht, daß man mich so schnell wieder loswerden will«, bemerkte Kuiper.

»Das dürfte Ihnen doch kaum was ausmachen, oder? Zeit ist Geld.«

»Da haben Sie recht.« Natürlich hatte Kuiper nichts dagegen einzuwenden, im Hamburger Hafen schnell abgefertigt zu werden. Merkwürdig kam ihm die Sache allerdings trotzdem vor. Er hatte fest damit gerechnet, über Nacht festzumachen und am darauffolgenden Morgen bei Ebbe wieder auszulaufen. »Ich habe noch Proviant bestellt. Der muß auch erst verladen werden.«

»Ist bereits erledigt. Die Netzbrooke und Festmacher der H.A.L. sind schon bereit. Sie werden sehen, es geht schnell.«

Kuiper ging auf das Thema nicht weiter ein. Die Nervosität des Lotsen war für beide peinlich genug. »Für die Jahreszeit haben wir wirklich gutes Wetter«, sagte er schließlich.

»Jaja«, antwortete der Lotse erleichtert. »Heute vor sechzehn Jahren, da war's ganz anders; da hat's geregnet und war eiskalt. Ich erinnere mich genau. Heute ist nämlich mein Hochzeitstag. Tja, die Jahre sind verdammt schnell vergangen. Wir werden alle nicht jünger.«

Der Lotse plauderte munter weiter. Es war tatsächlich ein herrlicher Tag. Der Fluß glitzerte im Sonnenschein, und die Ölflecken auf der Wasseroberfläche schimmerten wie Perlmutt. Es herrschte ein reger Schiffsverkehr. Große und kleine Frachter und zahllose Schuten waren unterwegs. Sogar einige Segelboote kreuzten von Ufer zu Ufer. Plötzlich löste sich ein großer Passagierdampfer von der Skyline der Stadt im Hintergrund. »Das ist die *Bremen*. Sie fährt nach New York«, informierte der Lotse Kuiper stolz. »Sie kriegen jetzt ihren Liegeplatz. Gut, daß unsere Schiffe immer pünktlich ablegen.«

Kuiper sagte kein Wort.

Seite an Seite beobachteten die beiden Männer schweigend, wie der riesige Überseeliner an ihnen vorbeidampfte. Ein plötzlicher Luftsog ließ die Aufbauten der *Star of Peace* erzittern. Die Decks der *Bremen* glitten turmhoch über ihnen vorbei. Hinter der Reling standen dichtgedrängt Menschen, die winkten, lachten und Luftschlangen warfen.

»Die haben's gut«, seufzte der Lotse plötzlich in verändertem Ton. »Glück müßte man haben!«

Kuiper sagte wieder nichts. Er vermutete, daß dem Lotsen seine unbedachten Worte bereits leid taten. Überraschenderweise fuhr dieser jedoch fort: »Amerika! Da möchte ich auch hin. Dort ist man noch ein freier Mensch. Mit der Freiheit ist es schon eine seltsame Sache. Meistens weiß man sie erst zu schätzen, wenn man sie verloren hat.«

Kuiper schwieg noch immer. Auf politische Diskussionen wollte er sich im gegenwärtigen Deutschland lieber nicht einlassen. Sollten sie selbst sehen, wie sie mit ihrer Situation fertig wurden.

»So, jetzt haben wir's fast geschafft«, sagte der Lotse. »Alles bereit?«

»Das werden wir gleich feststellen.« Kuiper nahm das Megaphon und rief Meyer, der auf dem Backdeck stand, zu: »Klar bei Wurfleine?«

Meyer hob zur Bestätigung die Hand.

Kuiper ging daraufhin zur Steuerbordseite und rief zum Poop hinter: »Klar bei Wurfleine?«

Wybrands, der Zweite Maat, hob ebenfalls die Hand.

Anschließend legte Kuiper das Megaphon aus der Hand und ging zum Lotsen ins Ruderhaus zurück.

»Gut, dann nichts wie ran!« sagte der Lotse und legte seine Pfeife beiseite. Nachdem er den Maschinentelegraphen auf *Dead Slow* gestellt hatte, wandte er sich erneut an Kuiper: »Sie brauchen sich wirklich keine Sorgen zu machen, Käpt'n.« Die ständige Wiederholung dieser Floskel kam Kuiper allmählich merkwürdig vor. Noch merkwürdiger allerdings mutete es ihn an, als der Lotse ihm plötzlich verlegen, aber beruhigend die Hand auf den Arm legte und sagte: »Im Nu sind Sie wieder auf hoher See, Käpt'n.« Dann wandte er sich an den Rudergänger: »Kurs halten!« Damit stieg er über die hohe Schwelle und trat auf die Brücke hinaus.

Kuiper folgte ihm. Vor dem Bug des Schiffes tauchten bereits der Kai und der Fahrgastterminal der H.A.L. auf. Dort hatte sich eine unübersehbare Menschenmenge versammelt, die offenbar von Polizei in Schach gehalten wurde.

»Ich hatte keine Ahnung, daß uns so viele hier erwarten.«

»Wie bitte?«

»Das sind doch mehr als 250 Leute oder?«

»O nein! Ganz bestimmt nicht.« Der Lotse schien sich nicht sehr wohl in seiner Haut zu fühlen. »Das sind nicht alles Ihre Passagiere, Käpt'n. Die meisten sind Leute die – die sich von den anderen verabschieden wollen.«

»Sie meinen Verwandte?«

»Nein«, widersprach der Lotse, »keine Verwandten.« Damit wandte er sich brüsk ab und kehrte ins Steuerhaus zurück, um dem Rudergänger neue Anweisungen zu geben.

Kuiper dagegen beobachtete besorgt das Anlegemanöver. Die deutschen Festmacher arbeiteten zwar schnell und präzise mit den Leinen, doch seine Leute schienen mit der supermodernen Technik im Hamburger Hafen ihre Schwierigkeiten zu haben. Er rief dem jungen Wybrands, der ungeschickt mit der Wurfleine hantierte, gerade ein Kommando nach achtern zu, als lautes Schreien, Rufen und Fluchen vom Kai her an seine Ohren drang. Es klang nach Aufruhr, und Kuiper lief sofort zur Backbordseite der Brücke hinüber. Dabei stieß er beinahe mit dem Lotsen zusammen, der in die entgegengesetzte Richtung wollte. »Was ist denn da los?« keuchte Kuiper.

Doch der Lotse ging ohne ein Wort an Kuiper vorbei, als habe er ihn gar nicht gehört.

Kuiper stürzte zur Reling und sah zum Kai hinunter. Dort bot sich ihm eine verwirrende Szene: Während die wütende Menge versuchte, zum Schiff vorzudringen, jedoch von der Polizei zurückgehalten wurde, strömten aus den Türen des Fahrgastterminals fluchtartig Menschen, mit Koffern, Taschen und Papiertüten bepackt, und rannten stolpernd, teilweise ihr Gepäck verlierend auf die beiden Gangways zu, die die Schauerleute aufgestellt hatten. Ganz offensichtlich waren die letzteren seine Passagiere.

Kuiper beobachtete verblüfft, wie die Polizei wildentschlossen versuchte, die wütende Menge und die verängstigten Passagiere auseinanderzuhalten. Dann erst verstand er die Schreie des Mobs: »Juden! Laßt sie verrecken! Judenschweine! Raus mit diesen Blutsaugern!« Steine, Flaschen und Holzstücke von den Lattenrosten am Kai flogen durch die Luft auf alte Männer, auf Mütter mit ihren Kindern und Babys, die in panischer Angst in Richtung Schiff hasteten, um sich vor den Wurfgeschossen des Pöbels in Sicherheit zu bringen. Die ersten stolperten bereits die Gangway hinauf, doch die Menge rückte grölend näher. Alte Männer, die in der Hast ihre Brillen verloren und nun kurzsichtig auf der Erde herumtasteten, vergrößerten die allgemeine Konfusion noch. Babys schrien, Frauen weinten. Kuiper hatte ein ähnliches Schauspiel noch nie gesehen.

Einige Augenblicke war er hilflos und unentschlossen, dann griff er zu seiner Pfeife, blies hinein und brüllte: »Aufhören! Sofort aufhören!«

Als das jedoch nichts nützte, rannte er ins Steuerhaus, um das Megaphon zu holen, und betätigte gleichzeitig das Nebelhorn seines Schiffes.

Zuerst ertönte nur ein heiseres Gurgeln, und ein Wasserschwall landete klatschend auf dem Dach des Steuerhauses, doch dann tat der Dampf seine Wirkung, und ein tiefer, alles durchdringender Hupton ließ die Fenster im Ruderhaus erzittern. Kuiper rannte zur Reling zurück und sah, daß das plötzliche Aufheulen des Nebelhorns seinen Zweck erfüllt hatte. Die johlende Menge war verstummt und starrte nun zur Brücke der *Star of Peace* empor. »Sofort aufhören!« brüllte er in seinem gebrochenen Deutsch durch das Megaphon. »Laßt die Leute in Ruhe! Verschwindet!«

Seine Worte verhallten offenbar nicht ungehört, denn sofort schrie eine Stimme: »Judenschweine! Juda verrecke!« Kuiper sah zu seiner Überraschung, daß es ein Polizist war, der auf diese Weise die Menge erneut aufzuhetzen versuchte.

Und wie auf Kommando fiel der Pöbel noch haßerfüllter als zuvor in diese Rufe ein. Einige schüttelten wütend die Fäuste in Richtung Brücke und schrien: »Kommunist!« Doch Kuiper achtete nicht darauf; er beobachtete vielmehr einen alten

Mann, der die steile Gangway mit einer altmodischen Umzugskiste auf den Schultern zu erklimmen versuchte. Der Mann schwankte unter der Last, drohte das Gleichgewicht zu verlieren und sah verzweifelt zur Brücke hinauf. Kuiper entdeckte, daß er offenbar verletzt worden war, denn seine Stirn war blutverschmiert. Und in jenem Sekundenbruchteil, als der alte Mann zu ihm hinaufstarrte, sah Kuiper vor seinem geistigen Auge plötzlich Jesus mit dem Kreuz auf dem Weg zum Golgatha, die Dornenkrone auf der Stirn, vor sich. Doch dieses Bild währte nur einen Augenblick, dann blieb nur noch der verwirrte alte Mann, der stolpernd vor der blinden Wut seiner Verfolger flüchtete.

Diese kurze Vision hatte Kuiper jedoch so tief beeindruckt, daß er den Niedergang hinunterrannte, sich an Deck einen Weg durch die dort versammelte Menge bahnte und dem alten Mann zu Hilfe eilte. Als Kuiper die Gangway erreichte, war der alte Mann bereits an Deck. Kuiper nahm ihm die Umzugskiste ab, schulterte sie und sagte: »Hier entlang, bitte.« Dann führte er seinen Schützling durch die hysterisch schreiende Menge der Frauen und Kinder zum Schiffslazarett.

Im Gang vor der ehemaligen Offiziersmesse hatte sich bereits eine beachtliche Menge versammelt. Er mußte sich und dem alten Mann energisch einen Weg bahnen, um überhaupt vorwärts zu kommen. Als er die Krankenstation erreichte, wurde ihm klar, was die vielen Menschen wollten. Der alte Mann war nicht der einzige, der verletzt war. Fast alle Umstehenden bluteten aus Verletzungen im Gesicht. Es herrschte Chaos. Doch zu seiner Verwunderung strahlte Vinkemans Ruhe und Zuversicht aus. Inmitten des Weinens und Wehklagens wirkte er wie ein Fels in der Brandung, gab er Anordnungen und redete beruhigend auf seine Patienten ein. Gerade war er dabei, einem Kind den Arm zu bandagieren.

»Hier ist noch jemand für Sie«, erklärte Kuiper. »Dieser Herr hier hat eine üble Kopfverletzung.«

Vinkemans gab dem Kind einen aufmunternden Klaps und stand auf. Er begutachtete die Wunde an der Stirn des alten Mannes. »Das sieht schlimmer aus, als es ist, Sir«, entgegnete er dann. »Das haben wir gleich. Setzen Sie sich vorerst zu den anderen. Ich komme gleich zu Ihnen.«

»Ich stelle Ihre Kiste hier in die Ecke«, sagte Kuiper.

Der alte Mann begann zu weinen. Vinkemans legte den Arm um seine Schultern. »Kein Grund zur Aufregung, Sir. Jetzt sind Sie ja in Sicherheit. An Bord unseres Schiffs kann Ihnen nichts mehr passieren. Wir bringen Sie sicher nach Uruguay. Ruhen Sie sich doch erst mal aus. Hier, setzen Sie sich auf Ihre Kiste. Na also. Sie sind bestimmt gleich dran.«

»Brauchen Sie Hilfe, Vinkemans?« fragte Kuiper.

»Ein paar Krankenschwestern wären jetzt ganz recht«, entgegnete Vinkemans humorlos. »Aber vorerst tut's der Küchenjunge vielleicht auch. Was meinen Sie? Allerdings bräuchte ich wenigstens jemanden, der mir Medikamente und Verbandszeug aus den Schränken holt. Da ist jetzt mit den vielen Leuten schwer hinzukommen.«

»Ich schicke Ihnen gleich jemanden runter. Mal sehen, vielleicht kann ich noch einen Matrosen entbehren.«

»Danke, das wäre nett«, erwiderte Vinkemans. Dann wandte er sich wieder seinem kleinen Patienten zu. »Na, Lieschen? Sollen wir dich weiter verbinden? Gib mir deinen Arm, ja?«

Vom Gang her rief jemand: »Käpt'n! Ist der Kapitän hier? Käpt'n?«

»Ja!« Kuiper bahnte sich den Weg zur Tür und trat über die Schwelle in den Korridor. Am anderen Ende winkte ihm über die Köpfe der Menge Meyer zu. »Hier ist jemand, der Sie sprechen möchte, Käpt'n. Der Mann vom Zoll. Er wartet in Ihrer Kabine.«

»Okay! Danke.« Er bahnte sich den Weg durch die Menge bis zum Aufgang, der zum Unterbrückendeck hinaufführte. Doch bevor er zu seiner Kabine ging, trat er an die Reling auf der Backbordseite und sah zum Kai hinab. Das Schreien und Johlen der Menge ging mit unverminderter Lautstärke weiter. Eines allerdings hatte sich geändert. Jetzt, nachdem alle Passagiere an Bord waren, hatte die Polizei die Absperrung aufgehoben, und die Menge tobte mittlerweile direkt unter dem Schiff. Immer wieder hörte Kuiper aus all den haßerfüllten Verwünschungen die Worte »Judensau! Juda verrecke!« heraus.

»Käpt'n!« ertönte hinter ihm eine befehlende Stimme. Kuiper drehte sich um und sah sich einem jungen Mann in Uniform und Schaftstiefeln gegenüber, dessen Augen ihn wütend anblitzten. »Kommen Sie her! Und zwar sofort!« Der Uniformierte deutete mit dem Zeigefinger auf seine Stiefelspitzen, als rufe er einen Hund.

Das war der Tropfen, der das Faß zum Überlaufen brachte. Bis zu diesem Augenblick war Kuiper viel zu durcheinander gewesen, um die schockierenden Szenen zu verarbeiten, die sich ihm geboten hatten. Die Erfahrung war so neu, so anders als alles, was er bisher erlebt hatte, daß Wut und Empörung nur unter der Oberfläche geschwelt hatten. Jetzt allerdings machte Kuiper seinen Gefühlen gegenüber dem bläßlichen jungen Mann mit den lächerlichen Stiefeln Luft. Zornig ging er auf ihn zu. Als dieser weiter versuchte, ihn mit schriller Stimme einzuschüchtern, schnitt Kuiper ihm einfach das Wort ab: »Jetzt rede ich, junger Freund!« Damit stieß er ihn in seine Kabine und knallte die Tür hinter ihm zu. »Wie Sie sich in Ihrem Land benehmen, ist mir egal. Aber hier sind Sie auf niederländischem Hoheitsgebiet. Mein Schiff fährt unter niederländischer Flagge. Und wenn hier einer Befehle gibt, dann bin ich das. Benehmen Sie sich also gefälligst wie ein zivilisierter Mensch, wenn Sie nicht umgehend von Bord fliegen wollen.« Als der Uniformierte Luft holen wollte, um etwas zu entgegnen, trat Kuiper dicht vor ihn hin und zischte: »Verstanden?«

Es war erstaunlich, wie schnell sich der junge Schnösel den Schneid abkaufen ließ. Er schluckte und schimpfte zähneknirschend: »Sie Flegel. Ich repräsentiere hier Recht und Ordnung und befehle Ihnen...«

Kuiper hatte genug gehört. »Sie haben gar nichts zu befehlen!« brüllte er. »Wenn hier jemand was zu sagen hat, dann bin ich das. Und jetzt verduften Sie, bevor ich mich vergesse!«

»Ich verlange...«

Der junge Mann zitterte, doch Kuiper ließ sich nicht weiter auf ihn ein, sondern riß die Tür auf. »Raus!« brüllte er.

Der Mann in Uniform zögerte. Dann reckte er das Kinn und knurrte: »Das wird Ihnen noch mal leid tun.« Damit marschierte er hinaus und stolperte prompt über die hohe Türschwelle.

Erst als Kuiper die Tür hinter ihm zuschlagen wollte,

merkte er, daß draußen ein Herr in schwarzem Anzug mit blassem Gesicht und strähnigem Haar wartete. Er hatte eine Aktentasche und eine Stahlkassette bei sich. »Kapitän Kuiper?« fragte dieser, nachdem der junge Mann in Uniform verschwunden war.

»Ja bitte?«

»Darf ich reinkommen?«

»Wer sind Sie?«

»Ich bin der Repräsentant der *World Tours*. Ich bringe Ihnen Ihren Scheck.«

»Scheck? Aber wir waren doch übereingekommen...«

»Können wir das nicht drinnen besprechen?« Ohne auf Kuipers Aufforderung zu warten, drängte sich der Mann an ihm vorbei in die Kabine. Nachdem Kuiper die Tür geschlossen hatte, fuhr er fort: »Das war sehr unklug von Ihnen, Kapitän.«

»Was?«

»Der Mann vorhin war ein Sturmbannführer. Solche Leute sollte man lieber mit Samthandschuhen anfassen.«

Kuiper ließ sich dadurch nicht einschüchtern. »Kommen wir zum Geschäftlichen«, entgegnete er gelassen. »Sie haben also einen Scheck?«

»Ja, ganz richtig.« Der Mann öffnete seine Aktentasche.

»Aber Ihr Mann in Amsterdam hat mir ausdrücklich Barzahlung zugesichert. Was nützt mir ein Scheck? Wo kann ich ihn einlösen?«

»Bitte beruhigen Sie sich, Kapitän«, erwiderte der Mann mit Nachdruck. »Seien wir doch vernünftig. Hier ist ein Barscheck. Ich schätze, Sie werden als nächstes Le Havre anlaufen, um Kohle zu bunkern. Dort können Sie den Scheck bei der ›Crédit Lyonnaise‹ einlösen.«

»Aber der Scheck ist in Reichsmark ausgestellt«, brüllte Kuiper wütend, den die Tatsache völlig aus der Fassung brachte, daß die Deutschen wußten, wo er Brennstoff aufnehmen wollte.

»Die Reichsmark ist ein gesetzliches Zahlungsmittel«, fuhr der Mann unbeirrt fort. »Man wird Ihnen in Frankreich den Scheck in Reichsmark ausbezahlen, und Sie können die Summe anschließend in Dollar umtauschen. Das Ganze kostet Sie nur ein paar Minuten.«

»Aber die Vereinbarung lautete...«

»Mein lieber Kapitän Kuiper«, begann der Mann leicht gereizt. »Warum verschwenden wir unsere Zeit mit diesem Unsinn. Die Devisenbestimmungen unseres Landes verbieten es mir, Sie in Dollar zu bezahlen. Also hier ist die Kassette mit den Pässen Ihrer Passagiere... Das ist der Schlüssel...«

»Ich möchte die Pässe jetzt sehen.«

»So? Ich verstehe... natürlich.« Der Mann schloß die Kassette auf und reichte Kuiper einen Reisepaß.

»Danke.« Kuiper blätterte das Dokument durch. Das Visum für Uruguay war ordnungsgemäß eingetragen und vom Konsulat abgestempelt.

»Und wo ist mein Brief?« wollte Kuiper wissen.

»Was für ein Brief?«

»Na, das Schreiben vom Konsulat, auf das wir uns geeinigt hatten.«

»Ach so... Selbstverständlich. Verzeihung, das hätte ich beinahe vergessen.« Er zückte seine Brieftasche und zog einen gefalteten Brief hervor. »Hier.«

Kuiper nahm den Brief und las ihn. Darin wurde festgestellt, daß die Dokumente der 250 Passagiere in Ordnung waren und daß alle ein gültiges Einreisevisum für Uruguay erhalten hatten. Ferner erklärte der Konsul von Uruguay im Auftrag des uruguayischen Außenministers, vertreten durch den uruguayischen Botschafter in Berlin, daß die Einwanderer zum Zweck der späteren Naturalisierung nach Uruguay einreisen durften. Das Dokument trug die Unterschrift des Konsuls samt Amtsstempel. Mehr konnte man nicht verlangen.

»Na gut. Aber was den Scheck betrifft...«

»Nehmen Sie ihn und laufen Sie so schnell wie möglich aus, Käpt'n«, riet der Mann eindringlich und klappte seinen Aktenkoffer zu.

»Aber ich bestehe darauf...«

»Für heute haben Sie sich wichtig genug gemacht, Käpt'n. Ich kann nur um Ihretwillen hoffen, daß die Behörden so erpicht darauf sind, die Juden loszuwerden, daß sie den Vorfall geflissentlich übersehen. Aber versuchen Sie ja nicht, wieder einen deutschen Hafen anzulaufen. Die Beleidigung eines Offiziers der SA ist kein Kavaliersdelikt. Von jetzt an stehen Sie auf der schwarzen Liste. Und das haben Sie sich selbst zuzuschreiben. Auf Wiedersehen.« Er streckte Kuiper eine magere Hand entgegen, die sich knochig und zerbrechlich anfühlte. Dann schlug er die Hacken zusammen, riß den Arm zum Hitler-Gruß hoch, wandte sich zum Gehen und warf die Tür hinter sich ins Schloß.

Als er allein war, hatte Kuiper plötzlich das dringende Bedürfnis zu beten, in der Zwiesprache mit Gott sich über das klarzuwerden, was er erlebt hatte. Doch er sollte dazu keine Gelegenheit erhalten. Im nächsten Augenblick klopfte es an seiner Tür. Es war der Lotse. Sein von Wind und Wetter gegerbtes Gesicht drückte Angst aus.

»Wir sollten sofort auslaufen, Käpt'n!« drängte er leise und heiser. »Wir dürfen keine Zeit verlieren. Gehen Sie auf die Brücke und befehlen Sie Ihren Männern abzulegen!«

»Aber wo bleibt der Proviant, den ich bestellt hatte? Ich...«

»Verzichten Sie darauf!« flüsterte der Lotse eindringlich. »Laufen Sie aus! Und zwar sofort!« Damit wandte er sich ab und marschierte zum Brückenaufgang. Kuiper folgte ihm.

Von der Brücke aus machte das Schiff einen chaotischen Eindruck.

Hunderte von Menschen, hauptsächlich Frauen und Kinder, bevölkerten die Decks. Die Ladeluken im Vorschiff waren geöffnet, und er sah, daß der Zweite Maat die Leiter bewachte, die in den ersten Laderaum führte, während der Erste Ingenieur die Aufsicht über den Niedergang in den zweiten Laderaum übernommen hatte. Er hatte angeordnet, daß die Laderäume erst betreten werden dürfen, nachdem alle Passagiere an Bord waren... doch Kuiper schien es, als habe er diese Anweisung vor einer halben Ewigkeit und in einer anderen Welt gegeben.

Er nahm seine Pfeife aus der Tasche und blies hinein, um sich angesichts des ungeheuren Stimmengewirrs an Bord seinen Offizieren verständlich machen zu können. Sie hörten den schrillen Pfeifton sofort und sahen zur Brücke hinauf. »Wybrands! Davelaar! Laßt die Passagiere unter Deck! Die Mannschaft soll den Frauen und älteren Leuten helfen. Die meisten sind die Leitern nicht gewöhnt, und wir wollen Unfälle vermeiden.« Die beiden Männer hoben die Hand zum Zeichen, daß sie verstanden hatten. »Nehmt eure Posten ein. Wir legen sofort ab. Wo ist Meyer?«

Der Maat Meyer wartete bereits im Steuerhaus. Offenbar hatte der Lotse mit ihm gesprochen, denn er wirkte eingeschüchtert. Aber Meyer war nicht gerade ein Held. »Los, zur Back mit Ihnen!« befahl Kuiper. »Wir legen ab.«

»Aber – aber was ist mit dem Gepäck?«

»Wieso?«

»Das liegt noch am Kai – und zwar tonnenweise.«

»Na gut! Dann holt es mit dem Ladekran an Bord. Aber ein bißchen plötzlich!«

Als Meyer die Brücke verlassen wollte, hielt der Lotse ihn auf. »Nein! Lassen Sie das Gepäck, wo es ist. Das kostet zuviel Zeit.«

Meyer sah verschüchtert von einem zum anderen.

»Wir können das Gepäck der Passagiere nicht einfach zurücklassen«, widersprach Kuiper. »Schließlich sind das ihre persönlichen Habseligkeiten – und ihre Kleidung und möglicherweise auch Medikamente…«

»Jetzt hören Sie mir mal gut zu, junger Mann«, entgegnete der Lotse leise. »Sie können von Glück sagen, wenn Sie mit Ihrem Kahn die Ansegelungstonne unbehelligt erreichen!«

»Wieso? Was könnten die denn von uns wollen?«

»Na, Sie verhaften!«

»Weshalb denn?«

»Wegen Beleidigung eines Offiziers der SA. Wissen Sie, was Sie dann erwartet? Das Konzentrationslager, mein Lieber!« Die Stimme des Lotsen war nur noch ein heiseres Flüstern, und in seinen Augen stand nackte Angst. Kuiper verbiß sich die verächtliche Bemerkung, die er hatte machen wollen.

»Ich kann das Gepäck meiner Passagiere nicht einfach zurücklassen«, beharrte Kuiper. »Das wäre Vertragsbruch. Meyer, Sie sorgen dafür, daß es ordnungsgemäß an Bord kommt.«

»Bitte, Herr Meyer, hören Sie auf mich!«

Doch Meyer beachtete ihn gar nicht mehr. »Soll ich die Sachen erst am Kai sortieren…?«

»Dazu haben wir jetzt keine Zeit mehr. Hieven Sie es an Bord, wie's kommt.«

Meyer ging.

»Das wird Ihnen noch leid tun«, seufzte der Lotse. »Jetzt sind Sie dran.«

»Um mich brauchen Sie sich keine Sorgen zu machen«, wehrte Kuiper ab. »Nach internationalem Recht befinden wir uns hier auf niederländischem Hoheitsgebiet.«

»Kapitän Kuiper!« Der Lotse packte ihn am Arm. »Die scheißen hier auf internationales Recht! Begreifen Sie endlich! Für die existieren nur die eigenen Gesetze!«

»Möglich. Trotzdem können sie keinen Kapitän anderer Nationalität auf seinem eigenen Schiff verhaften.«

Der Lotse musterte ihn einen Augenblick prüfend, dann ließ er seinen Arm los. »Das werden Sie noch bereuen«, sagte der Deutsche schließlich resigniert. »Sie sind ein anständiger Mann, aber naiv – viel zu naiv! Jetzt müssen Sie die Sache ausbaden.«

»Ganz richtig.«

Kuiper ließ sich nicht anmerken, daß die Angst des Lotsen auch ihn erfaßt hatte. Möglicherweise hatte der Mann recht; vielleicht war er in seiner undiplomatischen Reaktion auf die Gemeinheiten, die er hatte mit ansehen müssen, zu weit gegangen. Vielleicht sollte er Meyer zurückrufen und... Er wandte sich an den Lotsen: »Könnten Sie veranlassen, daß das Gepäck der Passagiere mit dem Zug nach Le Havre gebracht wird? Oder mit Lastwagen? Wir sind Sonntag in Le Havre. Heute ist Donnerstag.«

Der Lotse sah ihn merkwürdig an, bevor er antwortete: »Käpt'n, ich weiß, es muß für Sie schwierig sein, das zu verstehen, aber die Chancen, daß sie sich derartig zuvorkommend zeigen, sind gleich Null. Hier wird doch keine Gelegenheit ausgelassen, den Juden eins auszuwischen. Das ist denen doch ein Vergnügen. Es befriedigt sie ungeheuer. Sie würden ihnen doch nur wieder mal die Möglichkeit geben, weiter mit diesen armen Leuten Katz und Maus zu spielen. Wie ich die kenne, lassen die Sie in Le Havre warten, bis Sie schwarz werden.«

Kuiper hatte genug vom Pessimismus des Lotsen. Er ging auf die Manöverbrücke hinaus, um sich zu vergewissern, daß seine Anweisungen ausgeführt und das Gepäck der Passagiere an Deck gehievt wurde. Er hielt nach Meyer Ausschau, konnte ihn am Kai jedoch nirgends entdecken. Plötzlich hörte er eine Stimme und drehte sich um. »Nichts zu machen, Käpt'n«, erklärte Meyer. »Die lassen mich erst gar nicht von Bord. Das Gepäck können wir vergessen. Wir haben Order, sofort abzulegen.«

Kuiper war einen Moment unentschlossen. Der Lotse trat neben ihn. »Denken Sie an Ihre Passagiere, Käpt'n. Wie glauben Sie, würden sie entscheiden? Die lassen doch lieber ihr Gepäck zurück, als noch länger in diesem Land festzusitzen. Seien Sie vernünftig, Kuiper. Sie spielen mit Menschenleben. Glauben Sie mir!«

Nach einigen Minuten des Nachdenkens murmelte Kuiper: »Fragen wir sie doch selbst!« Er lehnte sich über die Reling über dem Vorderdeck und rief in seinem gebrochenen Deutsch durchs Megaphon: »Hallo! Alle mal herhören! Herhören!« Drunten wurde es augenblicklich still. Zahllose Gesichter sahen zu Kuiper auf. »Haben Sie einen Sprecher?« fuhr Kuiper fort. »Oder ein paar Leute, die Sie vertreten könnten? Wenn ja, schicken Sie eine Abordnung zu mir rauf. Es ist dringend!«

Die Gesichter senkten sich, und lautes Stimmengemurmel erhob sich, während man sich beriet. Dann rief plötzlich jemand: »Sie kommen! Sie sind schon auf dem Weg zu Ihnen, Käpt'n.«

Kurz darauf erschienen ein gebrechlicher älterer Mann mit Bart und Korkenzieherlocken und einem breitrandigen Hut und eine große vollbusige Frau mit hennarotem Haar, die wie eine russische Puppe aussah. Sie stellten sich als Rabbi Hirsch und Frau Goldstein vor.

»Sind Sie berechtigt, für die Passagiere zu sprechen?« fragte Kuiper.

Die beiden nickten.

»Also, worum geht's?« erkundigte sich die üppige Dame forsch. Sie machte einen sehr ruhigen und beherrschten Eindruck.

»Ihr Gepäck befindet sich noch an Land«, begann Kuiper. »Der Lotse drängt mich abzulegen, weil er glaubt, es könne Komplikationen geben, wenn wir noch länger bleiben.«

»Komplikationen? Inwiefern?«

»Ich hatte eine Auseinandersetzung mit einem deutschen

Offizier, die sehr unangenehm verlaufen ist«, erklärte Kuiper ein wenig betreten. Im nachhinein kam ihm sein Ausbruch geradezu pennälerhaft vor. »Der Lotse befürchtet, man könne mich festhalten und verhören. Deshalb rät er uns, so schnell wie möglich den Hafen – auch ohne Gepäck – zu verlassen.«

»Oje, oje!« jammerte der Rabbiner.

»Wie sollen wir uns entscheiden?« erkundigte sich die Dame dagegen kühl.

»Tja, ich weiß nicht recht, wie ich die Situation einschätzen soll, aber ich bin bereit, die Komplikationen in Kauf zu nehmen, wenn Sie es wünschen. Allerdings sagt der Lotse, Ihre Freiheit stünde auf dem Spiel. Die Entscheidung liegt also bei Ihnen. Was soll ich also tun? Auf das Gepäck warten oder sofort ablegen?«

»Ablegen!« rief der Rabbiner völlig verängstigt. »Um Gottes willen, fahren Sie los!«

»Madame?«

»Ich stimme ihm zu.«

»Danke. Dann wollen wir keine Zeit verlieren.« Als er sich zum Gehen wandte, fügte er hinzu: »Sobald wir Fahrt aufgenommen haben, bin ich auf der Brücke überflüssig. Ich möchte Sie dann bitten, zu einem Gespräch in meine Kabine zu kommen. Es gibt da einige Dinge, die wir gemeinsam entscheiden sollten.«

»Ausgezeichnet«, sagte Frau Goldstein. »Komm jetzt, Rebbe!« Damit legte sie den Arm um die Schultern des gebrechlichen Mannes und führte ihn den Niedergang hinunter.

»Und jetzt nichts wie weg von hier, Meyer! Los, an die Leinen!« Meyer hastete zum Vordeck. Der Zweite Offizier wartete bereits auf der Poop auf weitere Befehle. Kuiper zückte die Trillerpfeife. »Wybrands!« rief er seinem Zweiten zu. »Ablegen! Achterleinen los! Ich drehe auf der Achterspring!«

Wybrands hob zum Zeichen, daß er verstanden hatte, die Hand.

Meyer warf Vorleine und Vorspring los. Der Maschinentelegraph war auf *Zurück ganz langsame Fahrt* gestellt. Der Bug der »Star« drehte bereits vom Kai ab, als plötzlich von unten ein Schrei ertönte: »He! Das Gepäck! Da kommt das Gepäck rüber, Käpt'n!«

Und so war es. Ein riesiges Netz voller Koffer, Reisetaschen, Pakete und Kisten wurde von einem Schwenkkran in Richtung zum Schiff gehievt. Mittlerweile war das Schiff jedoch bereits gut zehn Meter von der Kaimauer entfernt. »Hart Backbord!« schrie Kuiper ins Steuerhaus, rannte zum Maschinentelegraphen und stellte ihn auf *Dead slow voraus*. Der Lotse stand tatenlos dabei. »Na bitte, Sie hatten unrecht«, konnte Kuiper sich nicht verkneifen zu sagen. »Sie schicken uns das Gepäck.«

Der Lotse allerdings machte eine Miene, als sei das durchaus nichts Erfreuliches. Offenbar litt der Mann an Verfolgungswahn. In diesem Augenblick ertönte ein lautes Krachen, dem ein Schreckensschrei aus hundert Kehlen folgte. Dann herrschte plötzlich ungläubige Stille. Kuiper sah, wie sämtliche Gepäckstücke einer Lawine gleich ins Wasser klatschten. Im ersten Moment dachte Kuiper, es sei eine Panne passiert, doch dann, als er entdeckte, daß das Netz völlig unbeschädigt geblieben war, wurde ihm klar, daß das Netz absichtlich geöffnet worden war.

Die Gemeinheit dieser Tat hatte eine beinahe lähmende Wirkung auf ihn. Fassungslos starrte er auf die Gepäckstücke, die im öligen Wasser schwammen. Dann schob er den Maschinentelegraphen wieder auf *Zurück ganz langsame Fahrt*. »Hart Steuerbord!«

Langsam schwenkte der Bug weg von der Kaimauer.

Der Lotse seufzte. »Okay, ich übernehme.« Seine Miene war völlig ausdruckslos.

»Gut. Sie gehört Ihnen.«

Das Schiff begann langsam flußabwärts zu fahren, als Kuiper noch einmal zum Kai zurücksah. Das Schauspiel, das sich ihm dort bot, kam ihm beinahe unwirklich vor.

Der Schwenkkran hatte ein neues Netz voller Gepäckstücke aufgenommen und ließ diese ebenfalls ins Wasser fallen. »Das ist einfach nicht zu fassen...«, murmelte er.

»Ich habe nichts anderes erwartet«, erklärte der Lotse plötzlich hinter dem Kapitän. Er hatte die Hände auf dem Rücken verschränkt und blickte stoisch zum Kai zurück. »In Ihrem Vertrag steht, daß das Gepäck der Passagiere an Deck gebracht wird. Und genau das tun sie jetzt. Daß Ihr Schiff seinen Liegeplatz bereits verlassen hat, ist nicht ihr Problem. Sie haben ihre vertraglichen Pflichten erfüllt. Begreifen Sie jetzt, wozu diese Nazis fähig sind?«

»Aber die sind doch wahnsinnig!«

»Möglich. Gott allein weiß die Antwort.«

»Ja, das ist richtig«, sagte Kuiper überzeugt.

Trotzdem fiel es ihm schwer, Gottes Wille in dem zu erkennen, was er an diesem Tag erlebt und gesehen hatte.

DRITTES KAPITEL

1

Hendrik Richters' Abreise aus Amsterdam verlief ausgesprochen chaotisch – praktisch in letzter Minute unterzeichnete er in der Hafenmeisterei den Heuervertrag und erledigte die nötigen Einkäufe. Er hatte nämlich nach einem besonders ausdauernden morgendlichen Liebesakt mit Molly, der ihn Zeit und Raum hatte vergessen lassen, in Mollys Bett verschlafen. Und Molly hatte diesmal nicht laut geschrien, sondern war einfach ohnmächtig geworden, wobei er sich nicht sicher war, ob sie tatsächlich das Bewußtsein verloren hatte oder nur Theater spielte. Und als er schließlich sich streckend und gähnend am Fenster stand, schlugen die Glocken der Südkirche die volle Stunde. Die Glockenschläge schienen nicht enden zu wollen. Hendrik zählte zwölf und überlegte, daß entweder die Kirchturmuhr verrückt spielen mußte oder er ganz wahnsinnig spät dran war. Das erschien ihm angesichts der Tatsache, daß sein Zug um vier Uhr ging, alles andere als erfreulich. Und Hendrik mußte diesen Zug bekommen, wenn er den Anschluß nach Paris nicht verpassen wollte.

Er schaffte es schließlich mit Ach und Krach, bepackt mit Koffern und Taschen, einer Einkaufstüte, den Tropenhelm auf dem Kopf und seinen Tennisschläger unter dem Arm. Der Schläger fiel prompt zu Boden, als er an der Sperre nach seiner Fahrkarte wühlte. Der Zug wurde bereits abgepfiffen, als er sich nach dem Tennisschläger bückte, wobei ihm der Tropenhelm vom Kopf rutschte und zur Kante des Bahnsteigs rollte. Nur mit Hilfe mehrerer energischer Gepäckträger, die ihn eine Menge Bargeld kosteten, schaffte er es, seine sämtlichen Habseligkeiten durch das Abteilfenster des Zuges zu bugsieren, der sich gerade ratternd und schnaubend in Bewegung setzte.

Das Umsteigen in den frühen Morgenstunden in Paris verlief nicht minder chaotisch und kostspielig, da ihm zwischen den beiden Zügen haarsträubend wenig Zeit blieb. Erst im Zug nach Le Havre, der im Schneckentempo durch die flache, im Morgengrauen uninteressante Landschaft ratterte, kam ihm die Erleuchtung. Während sein Blick geistesabwesend über die Titelseite des *Le Figaro* schweifte, hinter dem sich ein Priester in seinem Abteil verschanzt hatte, sprang ihm plötzlich das Datum ins Auge: »Jeudi«. Das war doch Donnerstag, oder? Oder Freitag? Nein, »vendredi« war Freitag! Vielleicht las der Mann die gestrige Zeitung... »Monsieur – excusez!«

Der Priester senkte langsam die Zeitung und starrte ihn ohne das geringste Anzeichen christlicher Nächstenliebe an.

»Ist das die heutige Zeitung? Ich meine, ist heute – ›jeudi‹?«

Der Priester drehte die Zeitung langsam herum und betrachtete nachdenklich die Titelseite. »Oui«, murmelte er schließlich und verschanzte sich erneut hinter der Zeitung.

Das konnte nicht sein! Er mußte sich täuschen. »Pardon, Monsieur...«

Diesmal dauerte es so lange, bis der Priester die Zeitung senkte, daß Hendrik drauf und dran war, sie ihm aus der Hand zu reißen. Der Blick, der ihn traf, war frostig bis feindselig, doch er war nicht bereit, aufzugeben.

»›Jeudi‹ ist Donnerstag, nicht wahr? Ich meine, ›lundi, mardi, mercredi, jeudi...‹?«

Die Miene des Priesters zeigte deutlich, daß dieser sich sicher war, es mit einem Irren zu tun zu haben. »Oui«, sagte er noch einmal und verschwand wieder hinter seiner Zeitung.

Verdammt! Er war einen Tag zu früh dran. Von allen idiotischsten, dämlichsten... Jetzt mußte er einen Tag in Le Havre totschlagen, in einem Hotel übernachten und das auch noch selbst bezahlen. Blöde Molly! Diese verdammten Weiber!

Als er wütend inmitten seines ganzen Gepäcks vor dem Bahnhof in Le Havre stand, den Tropenhelm auf dem Kopf, weil er nicht wußte, wo er sonst mit ihm hin sollte, hielt ein Taxi vor ihm. Er wollte schon nach dem nächstbesten billigen Hotel fragen, als er, einer plötzlichen Eingebung folgend, sagte: »Le bateau Hollandais *Star of Peace,* est-ce en port?«

Der Chauffeur grinste und antwortete eifrig: »Bateau Hollandais! Oui, oui!« Damit sprang er aus dem Wagen und half Hendrik das Gepäck im Kofferraum zu verstauen.

Hendrik hatte das Gefühl, unheimlich Glück zu haben. Offenbar hatte das Schiff bereits zwei Tage früher als geplant in Le Havre festgemacht. Doch als das Taxi neben einem großen, weißen Passagierdampfer anhielt, sank Hendriks Mut. »Non, non! Ce n'est pas bateau Hollandais!«

»Oui, oui, monsieur! C'est le bateau Hollandais! Regardez!« Der Mann deutete zum Mast des Passagierdampfers hinauf, wo die holländische Flagge flatterte. An der Gangway stand *Royal Netherlands Lloyd* und an den Rettungsringen war zu lesen *Tubantia – Amsterdam*.

Während Hendrik noch unschlüssig am Kai stand, kam ein Matrose auf ihn zu und fragte ihn mit ausgesuchter Höflichkeit: »Kann ich Ihnen irgendwie behilflich sein, Sir?«

»Eigentlich schon«, antwortete Hendrik. »Ich bin Dr. Richters. Der Schiffsarzt des kombinierten Fracht- und Passagierdampfers *Star of Peace* mit Heimathafen Amsterdam. Ich sollte hier in Le Havre an Bord gehen. Haben Sie das Schiff zufällig gesehen?«

Der Matrose runzelte die Stirn. »Nein, Doktor. Leider...« Er sah sich hilfesuchend um. Dann hellte sich seine Miene plötzlich auf. »Warten Sie! Da ist Dr. Willemse! Er kann Ihnen sicher mehr sagen. Er ist unser Schiffsarzt. Dr. Willemse! Doktor!«

Ein Mann in Uniform auf einem der Decks des schwimmenden Hochzeitskuchens rief zurück: »Ja?«

Der Matrose deutete auf Hendrik und schrie: »Er ist auch Schiffsarzt – und zwar von der... Wie hieß doch gleich Ihr Dampfer, Doktor?«

»Star of Peace!«

»Star of Peace!«

Die schneidige Gestalt auf dem fernen Deck zuckte mit den Schultern und deutete mit einer Geste an, daß sie nichts verstehen könne. Schließlich formte der Matrose mit den Händen einen Trichter vor dem Mund und brüllte: »Er ist Schiffsarzt und sucht die *Star of Peace!*« Hendrik kam sich ziemlich dumm vor, wie er unbeweglich unter den prüfenden Blicken seines Kollegen von dem eleganten Liner auf dem Kai stand. Besonders peinlich war ihm der Tropenhelm, den er noch immer auf dem Kopf trug.

»Warten Sie!« rief der Mann in Uniform zu ihm herunter. »Ich komme!«

»Na, also«, seufzte der Matrose zufrieden, salutierte und ging.

»Monsieur...«, meldete sich in diesem Augenblick mit weinerlicher Stimme der Taxifahrer, den Hendrik völlig vergessen hatte.

»Warten Sie noch!« erwiderte Hendrik. »Ich weiß noch nicht, wo ich hin muß.«

Damit löste er jedoch nur einen Wortschwall des Franzosen aus: »Mais, monsieur, ceci est bien le bateau Hollandais! Vous m'avez dit à la gare...«

»Na, das ist vielleicht eine Überraschung«, unterbrach eine fröhliche Stimme die Proteste des Taxifahrers. Es war der Mann in Uniform vom Deck des Hochzeitskuchens. Er war so unvermittelt vor ihm aufgetaucht, als sei er mit dem Fallschirm gelandet. »Ich bin Dr. Willemse. Ich schätze, Sie sind ein Kollege von einem anderen Kahn, was?« Dr. Willemse sah jung, erfolgreich und fröhlich aus, kurzum, genauso wie Hendrik gern erscheinen wollte.

»Ja, ich heiße Richters. Hendrik Richters. Ich warte auf einen umgebauten Frachter mit lauter Juden an Bord.«

»Wie bitte?«

»Emigranten«, erklärte Richters. »Zweihundertfünfzig Emigranten, die in Hamburg an Bord gegangen sind. Ich soll hier zusteigen.«

»Na, das klingt, als sollten Sie 'ne Menge zu tun kriegen!«

»Ja, scheint mir auch so. Sie haben den Kahn wohl noch nicht gesehen, was? Eigentlich soll er ja erst morgen einlaufen...«

»Monsieur...«, jammerte der Taxifahrer erneut.

»Ja, schon gut!« seufzte Hendrik ungeduldig und wandte sich wieder Dr. Willemse zu. »Sagen Sie, kennen Sie hier in der Nähe ein preiswertes Hotel?«

»Hotel? Sind Sie verrückt? Kommen Sie zu uns an Bord! Wir müssen noch einmal vierundzwanzig Stunden hierbleiben. Die Zugverbindung von Deutschland aus hat nicht geklappt. Jemand kann sich um Ihr Gepäck kümmern... He! Sie da!«

Der hilfsbereite Matrose kam sofort angelaufen. »Ja, Doktor?«

»Der Doktor hier bleibt heute nacht an Bord. Kümmern Sie sich bitte um sein Gepäck.«

»Sofort, Doktor. Welche Kabine?«

»Monsieur...«

»Oui, oui.« Hendrik zog den Umschlag mit französischen Banknoten aus der Jackettasche. »Combien? – Wieviel?«

Der Mann mit der weinerlichen Stimme nannte eine astronomische Summe.

»Sie sind ja verrückt. Vous êtes fou!«

Der Taxichauffeur hob zu einer Jammertirade an.

»Woher sind Sie gekommen?« fragte Willemse. »Vom Bahnhof?«

»Ja.«

»Das sind hier die reinsten Wegelagerer. Überlassen Sie ihn mir.«

Daraufhin begann eine lebhafte Diskussion zwischen den beiden, bei der der Taxichauffeur den kürzeren zu ziehen schien. Und er war ein schlechter Verlierer. Eine Zeitlang sah es so aus, als wolle er das Gepäck als Faustpfand behalten. Als jedoch ein zweiter Matrose auftauchte, gab er klein bei. Nachdem das letzte Gepäckstück ausgeladen und auf Willemses Anweisung an Bord gebracht worden war, schlug der Taxifahrer den Kofferraumdeckel seines Wagens zu und fuhr fluchend davon.

»Kommen Sie erst mal an Bord!« forderte Willemse Hendrik auf. »Ich stelle Sie der Mannschaft vor.«

Plaudernd stiegen sie die Gangway hinauf und schlenderten durch die filmreifen luxuriösen Aufenthaltsräume zu einem Schiffshospital, wo Willemse seine »Truppe« zusammenrief und Hendrik zwei hübschen jungen Krankenschwestern vorstellte. Myrtle Sedgwick-Jones war eine schmale, sehr britisch wirkende Blondine, während sich Susan Foster als üppige Brünette präsentierte. Sie tranken in Willemses Kabine einige Aperitifs und aßen anschließend im Speiseraum der ersten Klasse zu Mittag. Den Kaffee nahmen sie in der Bibliothek ein, tranken weiter in der Coconut-Bar und beschlossen in angeheiterter Stimmung, an Land zu Abend zu essen. Susan Foster hakte sich bei Hendrik ein, als sie die Gangway hinuntergingen.

Das Abendessen war eine festliche Angelegenheit mit reichlich Wein und großem Gelächter. Hendrik kam bestens an. Er entdeckte an sich einen geistreichen Humor, den er bisher nie bemerkt hatte. Als schließlich der Nachtisch bestellt wurde, verlangte er »le mousse au chocolat« anstatt »la mousse«, was aus der Schokoladenspeise »einen Schiffsjungen mit Schokoladenguß« machte, und allen, einschließlich des Oberkellners, schallendes Gelächter entlockte. Hendrik tat geschickterweise so, als sei der Witz Absicht gewesen, womit er wiederum alle mit Ausnahme von Schwester Foster überzeugen konnte, die ihn mit erfahrenem Blick musterte und sagte: »Ich glaube, wir sollten die Tafel jetzt aufheben.« Damit allerdings löste sie eine Diskussion zwischen den beiden Männern wegen der Rechnung aus, denn Hendrik bestand darauf, sie allein zu begleichen. Schließlich reichte er Schwester Foster das Kuvert mit dem Geld und bat: »Erledige du das, Schätzchen. Die Franzosen mit ihrem Spielgeld langweilen mich allmählich.«

Schwester Foster prüfte die Rechnung, wechselte ein paar barsche Worte mit dem Oberkellner, der sich inzwischen von seinem Lachanfall über die »mousse« erholt hatte, und sagte: »Ich bekomme noch zehn Francs.«

»Was soll das heißen?« erkundigte sich Hendrik gereizt, als Willemse nach seiner Brieftasche griff. »Es ist genug Geld im Kuvert. So viel ist das ganze Restaurant nicht wert.«

»Zehn Francs«, wiederholte Schwester Foster ungerührt und hielt die Hand hin.

»Hier, bitte«, murmelte Willemse.

»Aber das ist doch wohl absurd!«

Schwester Foster zerknüllte den leeren Umschlag, warf ihn in den Aschenbecher und wandte sich an Hendrik: »Komm, ich bringe dich nach Hause.«

Hendrik gefiel Schwester Fosters Ton ganz und gar nicht. Er konnte bestimmende Frauen nicht ausstehen. »Jetzt will ich dir aber mal was sagen...«, begann er, hatte jedoch erst, als sie eng aneinandergedrückt auf dem Rücksitz eines Taxis saßen, die Chance, erneut zur Rede anzusetzen: »Also, wie ich schon vorhin sagen woll...« Der Rest ging in dem Kuß unter, den Schwester Foster ihm gab und der einen Prinzen in einen Frosch hätte verwandeln können.

Pech, daß er betrunken war, denn als er sich mit Schwester Foster küssend in irgendeiner Kabine – war es ihre, war es seine? – wiederfand, war er keinesfalls sicher, die Lage völlig unter Kontrolle zu haben. Bis sie plötzlich fragte: »Was ist? Wollen wir in voller Montur bleiben?«

Selbstverständlich taten sie das nicht. Nachdem es ihnen gelungen war, es sich in der schmalen unteren Koje einigermaßen bequem zu machen, vergnügten sie sich dort ausgiebig. Schwester Foster war eine eifrige, erfahrene und zielstrebige Geliebte. Wäre Hendrik nüchtern gewesen, hätte er ihr vielleicht ein oder zwei Dinge beibringen können, doch so war er durch die engen Abmessungen der Koje leicht desorientiert. Und Schwester Foster hatte ihm beim Liebesakt in einem Sarg offenbar einiges an Erfahrung voraus. Besonders ernüchternd war die Tatsache, daß er sich ständig das Steißbein am Sargdeckel, will heißen, am oberen Etagenbett, anschlug. Aber nachdem er einmal die Tatsache, daß sie das Regiment führte, akzeptiert hatte, gab er sich völlig dem Genuß hin. Selbst ihr Orgasmus wirkte beherrscht wie ein geschickter medizinischer Eingriff.

»Okay, mein Junge«, sagte sie und gab ihm einen Klaps aufs Hinterteil. »Das war's. Es ist Zeit, daß wir uns verabschieden.« Als er schwach protestierte, schnitt sie ihm das Wort ab: »Mach keine Schwierigkeiten, Schätzchen. Bleib, wo du bist. In ein paar Stunden bringe ich dir Kaffee, ja?« Damit schob sie ihn von ihrem schweißfeuchten Körper, glitt aus dem Bett, machte das Licht aus und ließ ihn maulend auf dem Bauch liegend zurück. Im nächsten Augenblick war er fest eingeschlafen.

Hendrik kam es vor, als gingen schon Minuten später die Lichter wieder an, denn schon rüttelte sie ihn in gestärkter blütenweißer Uniform wieder wach: »Aufstehn, aufstehn! Zeit für kleine Jungs zum Pinkeln!« Alles in allem, so dachte Hendrik, wäre ihm der »mousse« jetzt wesentlich lieber gewesen.

Hendrik frühstückte mit ihr, Willemse und der englischen Krankenschwester an einem Ecktisch in der Cafeteria der ersten Klasse, als der Matrose, der Hendrik am Vortag am Kai angesprochen hatte, hereinkam und aufgeregt berichtete: »Doktor, Ihr Schiff läuft ein.«

»So? Wo denn?«

»Es ist schon neben uns – drüben an Steuerbord.«

Hendrik warf seine Serviette auf den Teller und lief zum nächsten Bullauge auf der gegenüberliegenden Seite des Schiffes.

Dort kam tatsächlich ein schäbiger alter Frachter angedampft, der von dem großen Passagierliner aus fast wie ein Spielzeugschiffchen wirkte. Beim Anblick dieses Fahrzeugs sank Hendriks Mut. Und plötzlich fiel ihm wieder Dr. Halbertsmas Weissagung ein. Der Kahn sah wirklich so aus, als würde er bei der geringsten Explosion an Bord absaufen. Einen Augenblick lang hoffte Hendrik unsinnigerweise, es sei das falsche Schiff. Doch am Heck flatterte die niederländische Flagge, und als der Frachter ungefähr auf gleicher Höhe war, konnte er den Namen am Bug entziffern: *Star of Peace.*

»Ist das dein Schiff?« erkundigte sich Susan Foster neben ihm.

»Ja«, antwortete er. »Leider. Wie es aussieht, wird das eine – eine ganz neue Erfahrung für mich werden.«

Sie berührte mit einer unerwartet zärtlichen Geste seinen Arm. »Na und? Es lebe die Abwechslung. Komm, frühstükken wir zu Ende.«

Als Hendrik sich mit einem unangenehmen Gefühl in der Magengegend vom Bullauge abwandte, entdeckte er, daß Willemse und die zweite Krankenschwester das Schiff von einem anderen Bullauge aus ebenfalls beobachtet hatten.

»Sieht nach einem unangenehmen alten Kübel aus«, stellte Willemse fachkundig fest, als sie zu ihrem Tisch zurückgingen. »Ich kenne die Sorte. Bin mal von Tandjong Priok nach Djedda mit lauter Hadschis an Bord gefahren.«

»Womit?«

»Mit Moslempilgern nach Mekka.« Willemse setzte sich. »Die Laderäume waren randvoll mit Menschen, und an Deck konnte man sich kaum bewegen. Und erst die Hitze! Die armen Teufel sind reihenweise gestorben. Wenn ich daran denke, habe ich noch immer den Gestank in der Nase.«

»Hadschis muß er jedenfalls nicht verarzten«, kam Susan

Foster Hendrik zu Hilfe. »Seine Passagiere sind ganz normale Leute.«

»Deutsche Juden? Frauen und Kinder? Alte und Kranke? Normal kann man das wohl kaum nennen.«

»Hier, trink noch eine Tasse Kaffee!« Damit schenkte sie Hendrik ein. Als sie seine Miene sah, tätschelte sie seine Hand. »Keine Angst. Wir verabschieden dich alle. Nicht wahr, Frans?«

»Natürlich«, antwortete Willemse ohne große Begeisterung. »Meinst du, du brauchst bei der Ausstattung der Krankenstation Hilfe?«

»Keine Ahnung. Ich kenne die Verhältnisse noch gar nicht.«

»Wir haben hier mehr Zeug, als wir brauchen können«, sagte Willemse und strich Butter auf eine Scheibe Toast. »Nach dem Frühstück sehen wir uns deinen neuen Wirkungsbereich einfach mal an und... Oh, guten Morgen, Sir!« Er stand auf.

Hendrik sah auf und entdeckte eine Ehrfurcht einflößende große, breitschultrige Gestalt mit eisgrauem Haar und in Uniform an ihrem Tisch. Die zahllosen Goldtressen an den Ärmeln waren beeindruckend.

»Kommodore, darf ich Ihnen meinen Kollegen Dr. Richters vorstellen? Dr. Richters ist der Schiffsarzt des niederländischen Frachters, der gerade eingelaufen ist. Er hat Emigranten – deutsche Juden – an Bord. Er fährt die Route Hamburg – Montevideo. Ehm – Hendrik, das ist Kommodore Bruinsma.«

Der Kommodore streckte einen goldbetreßten Arm aus. »Doktor.«

Hendrik schüttelte eine Hand, die sich anfühlte, als sei sie aus Holz geschnitzt. »Kommodore...«

Das war alles. Die massige Gestalt des Kommodore bewegte sich zum nächsten Tisch weiter, wo er allein und ehrfurchtgebietend thronte, bis sich der Zahlmeister mit einer Liste in der Hand zu ihm gesellte.

Ihr Tisch lag in Hörweite, und allein die Anwesenheit der beiden machte eine zwanglose Unterhaltung unmöglich. Sie beendeten ihr Frühstück nahezu schweigend, und erst als sie in der Lobby zu den Gesellschaftsräumen standen, sagte Willemse: »Wenn du willst, sehen wir uns jetzt mal unsere Lagerbestände an. Vielleicht kann ich dir ja noch ein paar Tips geben. Nicht, daß ich den Eindruck hätte, daß du sie brauchst, aber...«

Hendrik brauchte sie dringend. An seine zukünftigen Patienten hatte er kaum einen Gedanken verschwendet, weil er einfach Angst vor seiner zukünftigen Aufgabe hatte. Schließlich vermochte er seine Fähigkeiten als Arzt durchaus realistisch einzuschätzen; die Vorstellung, sich um zweihundertfünfzig potentielle Patienten kümmern zu müssen, trieb ihm den Angstschweiß auf die Stirn. Schon deshalb mußte er jede Hilfe annehmen, die sich ihm bot. »Ich wäre dir wirklich sehr dankbar«, seufzte Hendrik.

»Gut, gehen wir.«

Alle marschierten in Richtung Krankenstation, wo Willemse Hendrik Ausrüstung und Medikamentenvorräte, die Bordapotheke und die Krankenkabinen zeigte. »Ich habe reichlich Erfahrung mit älteren Patienten«, erklärte Willemse und hielt Hendrik die Tür zu seinem Sprechzimmer auf. »Wir haben in letzter Zeit einige Kreuzfahrten gemacht, und da rekrutiert sich das Publikum vorzugsweise aus den wohlhabenden älteren Semestern.«

Das Sprechzimmer war perfekt eingerichtet und lag in der Mitte der Krankenstation. »Ich kann kaum hoffen«, seufzte Hendrik, »auch nur annähernd die Räumlichkeiten und die Ausrüstung vorzufinden, über die du verfügst...«

»Ach, das brauchst du alles gar nicht«, wehrte Willemse ab und setzte sich hinter seinen Schreibtisch. »Ich habe eine Liste mit den Dingen für dich, die ich für wirklich notwendig halte. Sicher hast du dir schon selbst so eine Aufstellung gemacht, aber vielleicht weiß ich noch ein paar Sachen mehr.«

Er reichte Hendrik mehrere mit Schreibmaschine beschriebene Blätter. »Hier, das ist die Apotheke...« Er zog weitere Seiten aus der Schublade. »Und hier – das Instrumentarium. Sicher brauchst du so komplizierte Sachen wie die hier gar nicht, aber bei der Passagierliste solltest du auf drei Arten von Notfällen vorbereitet sein: auf Kinderkrankheiten, Geburtshilfe und typische Alterserkrankungen. Sind schwangere Frauen an Bord?«

»Keine Ahnung.«

»Dann solltest du dich auf alle Eventualfälle gefaßt machen. Den Kinderkrankheiten ist meist leichter beizukommen, als man denkt. Bei den älteren männlichen Patienten kriegst du es vermutlich hauptsächlich mit Herz- und Kreislaufbeschwerden zu tun. Du solltest dir also unbedingt die Medikamente besorgen, die auf der ersten Liste stehen. Und ich an deiner Stelle würde mir tonnenweise Schlafmittel einlagern. Ich nehme doch an, daß du die Bordapotheke nach deinem Gutdünken ausstatten kannst, oder?«

»Wenn nicht, müssen sie ohne mich fahren.«

»Na, gut.« Willemse stand auf. »Ich schätze, du willst dich jetzt auf den Weg machen. Kann ich dir sonst noch irgendwie helfen?«

»Nein, danke. Du hast mir schon mehr als genug geholfen.«

»Warte, ich hole noch jemanden für dein Gepäck.«

Während Willemse fort war, warf Hendrik einen Blick auf die Listen. Sie waren sehr ausführlich, und von einigen Medikamenten wußte Hendrik, daß sie teuer waren. Er erinnerte sich, daß Dr. Halbertsma den Kapitän als Geizkragen geschildert hatte, und er bezweifelte, daß er gleichwertige Medikamente an Bord vorfinden würde.

Als sie mit den beiden Mädchen oben an der Gangway standen, fragte Susan unvermittelt: »Wann sollt ihr denn in Montevideo sein?«

»Heute in vier Wochen.«

»Na, so eine Überraschung! Vielleicht sehen wir uns dann wieder.«

»Läuft euer Schiff denn auch Montevideo an? Aber ihr seid doch bestimmt schneller als wir.«

»Das ist unser letzter Trip nach dem Sommerfahrplan: Curaçao, Paramaribo, Rio, Monte, B. A. und nach einem weiteren Stopp in Monte zurück nach Amsterdam. Vielleicht holen wir euch dort ein. Wäre doch nett, oder?«

»Sehr sogar.«

Unten an der Gangway drehte Hendrik sich noch einmal um, um Susan und ihrer englischen Freundin zum Abschied zuzuwinken. Erst im Taxi, das über die Schienen und Schlaglöcher auf dem Kai holperte, wurde ihm klar, daß er kein Geld mehr in der Tasche hatte. Als sei er aus einem bösen Traum erwacht, erinnerte er sich plötzlich, daß Susan das Kuvert mit seinen Francs am Vorabend im Restaurant zerknüllt und in den Aschenbecher geworfen hatte. Seine Lage war mehr als peinlich. Immerhin mußte er seinen neuen Arbeitgeber als erstes um Geld bitten. Allerdings sollten die Reisekosten ihm sowieso erstattet werden.

Es wurde eine lange Fahrt in den wie es schien schäbigeren Teil des Hafens. Die Schuppen und Lagerhallen an den Docks, die sie passierten, waren baufällig und dringend reparaturbedürftig. Und die Frachter, die dort festgemacht hatten, sahen auch nicht viel besser aus. Hendrik erkannte vom Fenster des Taxis aus eine Vielzahl an Flaggen: griechische, liberianische, panamaische und etliche undefinierbare. Jedenfalls war keine einzige französische darunter.

Offenbar sollte die *Star of Peace* das letzte Schiff in dieser Reihe sein. Hendrik war daher sehr unangenehm überrascht, als das Taxi am Ende des Kais neben einem leeren Anlegeplatz anhielt, wo sich eine lockere Gruppe von Polizeibeamten herumdrückte. »Le voilà, Monsieur!« sagte der Taxifahrer.

»Où ça?«

»Là. En rade.« Der Taxichauffeur deutete in das Hafenbekken, und tatsächlich lag sie dort ungefähr zweihundert Meter vom Kai entfernt vor Anker. Einer der Polizisten kam gemächlich auf das Taxi zu und fragte Hendrik, was er hier wolle. Hendriks Antwort, er sei der »Medicin de bord du bateau Hollandais«, hatte zur Folge, daß ihn plötzlich sämtliche Polizeibeamten umkreisten. Einer nach dem anderen kontrollierte seinen Reisepaß und das Heuerbuch. Ungeachtet des Ratschlags seiner Großmutter, Polizisten gegenüber stets höflich zu bleiben, wurde Hendrik wütend. »Meine Herren, hätte vielleicht jemand die Güte, mir zu erklären, was hier eigentlich los ist?« erkundigte er sich in seinem besten Französisch.

Der offensichtliche Anführer der Gruppe musterte ihn eingehend und erklärte dann gnädig: »Sie können an Bord gehen.«

»Schön. Aber wie?«

»Ici, Monsieur le Colonel!« Hendrik sah den Kopf mit dem von Wind und Wetter gegerbten Gesicht nicht sofort, der über der Kaimauer auftauchte, und zu dem offenbar die Stimme gehörte.

Der Mann war ein sogenannter »rameur libre«, der Führer eines mit Rudern betriebenen Schleppkahns, der Zubringerdienste zu den Schiffen übernahm und den man eher als Wegelagerer hätte bezeichnen können. Es bedurfte nämlich eines längeren Feilschens sowohl mit dem Führer des Frachtkahns als auch mit dem Taxifahrer, was Hendrik angesichts der mißbilligenden Blicke der Polizisten doppelt unangenehm war. Schließlich setzten sie zu dritt mit den planlos zwischen Kohlensäcken verteilten Gepäckstücken Hendriks zur *Star of Peace* über. Der Taxifahrer war mit von der Partie, um seiner völlig überzogenen Forderung von neun Franc Nachdruck zu verleihen. In arabischen Ländern hätte man dem Mann dafür die Hand abgehackt.

Während das Ruderboot, wild auf den Wellen der anderen Schiffe und des ablaufenden Wassers schaukelnd, auf die *Star of Peace* zuhielt, hatte Hendrik zum ersten Mal Gelegenheit, sein zukünftiges Schiff näher zu begutachten. Das Ergebnis war niederschmetternd. Aus der Nähe betrachtet, wirkte der vorsintflutliche Frachter noch weniger einnehmend als vom Bullauge der *Tubantia* aus. Die Bordwände waren an vielen Stellen eingedrückt und geflickt, und nur die zahllosen Schichten von Farbe, die vermutlich den Rost übertünchen sollten, schienen den morschen Kahn zusammenzuhalten. Hinter den Relings sämtlicher Decks drängten sich die Menschen. Es sah aus, als hätten sie jeden frei verfügbaren Platz an Deck eingenommen.

Das kleine Boot machte unten am Fallreep der *Star of Peace* fest, doch niemand kam herunter, um Hendrik zu helfen. Schließlich blieb ihm nichts anderes übrig, als irgendwie aus dem schwankenden Ruderboot auf das Fallreep zu klettern. Zahllose stumme Zuschauer verfolgten seinen mühsamen Aufstieg, den er bewältigte, indem er sich an den Tauwerkhandläufen das halsbrecherisch steile Fallreep hochhangelte.

Der schweigsame Zuschauer, der der Öffnung in der Reling am nächsten stand, die Hendrik schließlich erreichte, war ein älterer Mann mit Wollmütze und einem drei Tage alten Bart. Trotz seines ölverschmierten Overalls und seiner schäbigen

Gesamterscheinung schien er eine gewisse Autorität zu besitzen. Hendrik streckte daher die Hand aus und sagte: »Guten Morgen. Ich bin Dr. Richter. Ihr Schiffsarzt.«

Die freundliche Geste schien den Mann etwas aus dem Gleichgewicht zu bringen. Er starrte zuerst unentschlossen auf die dargebotene Hand, zog dann einen Baumwollappen aus der Tasche, wischte sich die Finger der Rechten ab und begrüßte Hendrik mit einem festen Händedruck.

»Mit wem habe ich das Vergnügen?«

Der Mann sah sich um, merkte dann, daß er gemeint war, und antwortete: »Ich bin der Erste Ingenieur – Davelaar.«

»Morgen, Chief. Drunten im Boot warten ein Taxichauffeur und der Bootsführer. Beide müssen bezahlt werden. Leider habe ich kein französisches Geld mehr. Könnten Sie das freundlicherweise erledigen?«

Hendrik holte damit den Ersten Ingenieur offenbar auf eine vertrautere Ebene zurück, denn er brummte mißmutig: »Mit Geld habe ich nichts zu schaffen. Fragen Sie den Käpt'n.« Und damit schlurfte er davon.

»Wo finde ich den Kapitän, Chief?« rief Hendrik ihm nach.

»In seiner Kajüte auf dem Unterbrückendeck«, rief der Erste Ingenieur zurück, ohne sich umzudrehen, und tauchte in der stummen Menge der Zuschauer unter.

Bisher hatte sich Hendrik zwar noch keine exakten Vorstellungen von den »Juden« gemacht, die er betreuen sollte, hatte jedoch mit ganz normalen Patienten gerechnet. Jetzt allerdings mußte er feststellen, daß das Bild, das sich ihm bot, doch äußerst befremdlich war. Das allerdings lag weniger am Aussehen der Passagiere als an ihrem Verhalten. Alle, die alten Männer, die Frauen aller Altersgruppen und die Kinder, beobachteten ihn so voller Angst, als könne bereits ein scharfes Wort oder eine ungeduldige Bewegung sie in Panik versetzen. Diese Haltung machte ihn ausgesprochen nervös. Trotzdem mußte er durch diese schweigende Menge, um den Kapitän zu finden. Er winkte dem Taxichauffeur und dem »rameur libre« fröhlich zu, die unverhohlen mißtrauisch zu ihm hinaufstarrten, und machte sich dann auf die Suche nach einer Treppe. »Entschuldigen Sie...« Die Passagiere bildeten schweigend eine Gasse für ihn. Hendrik fand schließlich eine Treppe, stieg die Stufen hinauf und wurde auch auf dem Bootsdeck von einer stummen Menge von Passagieren empfangen.

Die Situation verursachte ihm allmählich Platzangst, als plötzlich eine Frauenstimme ertönte: »Doktor? Sind Sie der Arzt?«

»Ja.« Hendrik drehte sich erleichtert um und entdeckte, daß die Stimme keiner Frau, sondern einem Bengel von kaum dreizehn Jahren gehörte. Er hatte schäbige und zerlumpte Kleider an, und sein Gesicht war so schmutzverschmiert, daß es beinahe wie angemalt wirkte.

»Ich bin Henky, der Messejunge«, sagte der Bengel atemlos. Offenbar hatte er sich sehr beeilt, um Hendrik einzuholen. »Sie wollten zum Käpt'n, Sir?«

»Ganz richtig.«

»Hier entlang, Sir.« Der Junge drängte sich durch die Menge. »Platz für den Doktor!« rief er energisch. »Kommen Sie! Hier entlang.«

Hendrik folgte ihm beklommen. Seine erste Begegnung mit der Mannschaft der *Star of Peace* war bisher nicht sehr vielversprechend verlaufen.

»Sekunde, Sir…« Der Junge hatte vor einer geschlossenen Tür haltgemacht. Er horchte an der Türritze und klopfte nach kurzem Zögern zaghaft an. Als sich nichts rührte, klopfte er lauter. Dieses Verhalten allein vermittelte Hendrik bereits einen ersten Eindruck vom Kapitän selbst, zumindest, was dessen Verhältnis zu dem Messejungen betraf.

»Herein!«

Der Junge machte die Tür auf und streckte den Kopf hinein. »Der Doktor ist da, Käpt'n. Soll ich ihn reinlassen?« Die Antwort war offenbar positiv, denn er wandte sich Hendrik zu und öffnete die Tür weit. »Bitte, Sir. Der Käpt'n hat Zeit für Sie.«

»Danke.« Hendrik stieg über die hohe Schwelle in eine düstere Kajüte mit niedriger Decke. Hinter einem mit Papieren bedeckten Tisch erhob sich ein überraschend junger Mann, um Hendrik zu begrüßen. »Guten Morgen. Ich bin Kuiper. Sie sind Doktor…?«

»Richters.«

»Ach ja. Das steht irgendwo in meinen Unterlagen…« Der

junge Mann deutete vage auf die Unordnung auf dem Tisch. »Gut, daß Sie so kurzfristig einspringen konnten. Ich schätze, Sie haben beim Beamten des Seefahrtsamts in Amsterdam alles Nötige erledigt?«

»Ja, das hier soll ich Ihnen geben...« Hendrik zog das Seefahrtsbuch aus der Tasche, das er nach der Unterschrift unter den Heuervertrag erhalten hatte. Er reichte es dem Kapitän.

»Danke. Ich schreibe Ihnen dann einen Landgangpaß aus.« Der Kapitän sah sich nach einem Platz um, wo er das Heft hinlegen konnte, und warf es dann einfach auf den Stapel Papiere vor ihm. »Ich nehme an, Sie wollen sich als erstes unser Hospital ansehen, was? Ich bringe Sie hin. Oder möchten Sie zuerst auspacken? Die Hälfte des Spinds hier ist für Sie freigemacht.« Er öffnete einen schmalen Schrank. »Den Rest Ihrer Habseligkeiten müssen Sie dann hier unter der Couch verstauen. Das ist Ihre Schlafgelegenheit.« Er deutete auf eine schmale Einbaucouch an der Bordwand direkt unter einem Bullauge.

»Da soll ich schlafen?«

»Ja.«

Im Vergleich zu Susans Koje an Bord der *Tubantia* sah dieser Schlafplatz so armselig und unbequem aus, daß Hendrik versucht war, ungeachtet seines Heuervertrags auf dem Absatz kehrtzumachen und zu verschwinden.

»Bevor ich irgendwas dergleichen tue«, sagte er dann, »muß ich Ihnen sagen, daß ein Taxifahrer und ein Bootsführer noch auf ihre Bezahlung warten und ich kein französisches Geld mehr habe.« Als sich die Miene des Kapitäns schlagartig änderte, fügte er hastig hinzu: »Sie müssen entschuldigen, aber es sollte alles so schnell gehen...«

»Wieviel?« fragte Kuiper lediglich.

»Zehn Francs fünfzig für das Taxi und achtzehn fürs Boot.«

Der Kapitän zog widerwillig eine Schreibtischschublade auf und nahm eine Rolle mit Geldscheinen heraus, die von einem Gummiband zusammengehalten wurde. Während der Kapitän einen Schein herauszog, fiel Hendriks Blick auf die vier Goldtressen am Jackenärmel des Mannes. Im Vergleich zu der Uniform des Kommodores mit ihren Goldtressen sah die des Frachterkapitäns ausgesprochen schäbig und abgetragen aus.

»Hier bitte!« Der Kapitän zog ein Portemonnaie aus der Tasche und hielt Hendrik eine Münze hin. »Den Rest können sie behalten.«

»Fünfzehn Centimes sind kaum ein angemessenes Trinkgeld für die beiden.«

Daraufhin zückte der Kapitän widerwillig eine weitere Münze. »Hier. Das muß genügen.«

»Gut. Danke.«

Der Kapitän sei ein Geizkragen, hatte Halbertsma gesagt. Daran bestand nun kein Zweifel mehr.

Hendrik ging durch die schweigende Menge der Passagiere zum Fallreep zurück, wo plötzlich der Messejunge neben ihm auftauchte. »Kann ich helfen, Doktor?«

»Ja, eigentlich schon. Du könntest mein Gepäck an Bord bringen. Es ist unten im Boot.«

»Geht klar, Doktor.« Eilfertig rannte der Junge voraus und rief in seinem energischen Ton: »Platz da! Platz da am Fallreep!« Die schweigende Menge gehorchte.

Oben am Fallreep erwartete Hendrik ein hagerer, ausgemergelter Mann in der Uniform eines Krankenpflegers. »Mein Name ist Vinkemans, Doktor«, begann er mit Leidensmiene. »Ich bin der Schiffskrankenpfleger. Soll ich Sie zum Hospital bringen?«

»Ah, angenehm – Richters. Ich komme sofort. Zuerst muß ich die beiden Männer dort unten bezahlen.«

»Soll ich das für Sie machen?« erkundigte sich der Messejunge mit leuchtenden Augen.

Die Aussicht, sich mit den beiden Halsabschneidern unten im Zubringerboot wegen eines Trinkgelds von 15 Centimes streiten zu müssen, war so unerfreulich, daß Hendrik zögerte.

»Das können Sie ruhig ihm überlassen, Doktor«, sagte der Krankenpfleger in dem für ihn offenbar typischen Jammerton.

»Ja, wirklich, Doktor!« Der Junge wirkte so eifrig und machte einen so schlauen Eindruck, daß Hendrik schließlich einwilligte: »Also gut. Danke. Hier.« Er gab ihm den Geldschein und die Münzen. »Das Wechselgeld sollen sie behalten.«

»In Ordnung, Doktor!« Damit rannte der Messejunge das Fallreep hinunter. Hendrik wandte der Szene unten im Boot den Rücken zu. Das Schlimmste, was passieren konnte, war, daß der Franzose sich mit seinem Gepäck aus dem Staub machte. Aber in diesem Augenblick war ihm selbst das gleichgültig.

»Hier entlang, Doktor...«, bat der Krankenpfleger mit seiner Trauermiene und bahnte ihm einen Weg durch die Menge der Passagiere. »Verzeihung, Herr Schwarz, Verzeihung, Verzeihung, Frau Adler...« Als Hendrik dem Mann folgte, war ihm plötzlich, als würden aus der anonymen Menge endlich unterscheidbare Wesen. Hendrik schien auf einmal Qual und Kummer in den Gesichtern zu lesen, die bis dahin ausdruckslos gewirkt hatten. Selbst die Kinder, die in reicher Zahl vertreten waren, schienen ihn mit traurigen Augen aus vorzeitig gealterten Gesichtern zu betrachten.

»Ja, Frau Pauli, der Arzt ist jetzt da«, hörte er den Krankenpfleger sagen. »Er untersucht Ihren Mann so schnell wie möglich. Das verspreche ich. Wir brauchen nur ein paar Minuten, um alles vorzubereiten. – Danke. – Danke, Frau Sturmer. Ja, der Arzt ist da. Sie kommen sicher bald dran.« Die Menschen starrten Hendrik noch immer schweigend und ohne ein Lächeln an.

»So, hier wären wir, Doktor. Bitte nach Ihnen.«

Hendrik stieg über die hohe Schwelle und betrat einen schmalen, halbdunklen Korridor, in dem die Menschen so dichtgedrängt standen, daß ein Fortkommen unmöglich schien.

»Ich bitte Sie, meine Herrschaften!« drängte der Krankenpfleger. »Machen Sie doch Platz für den Herrn Doktor!«

Allmählich traten die Leute zurück. Noch verwunderlicher als ihr Gehorsam war ihr unerbittliches Schweigen. Seit Hendrik an Bord war, hatte er noch keinen auch nur ein Wort sagen hören.

»Hier ist es«, sagte Vinkemans und öffnete eine Tür.

Hendrik fand sich in einem größeren Raum mit drei Bullaugen wieder, in dem dicht gedrängt die Betten standen. Und jedes Bett war bereits besetzt.

»Guten Morgen, guten Morgen«, sagte Hendrik.

»Das ist Dr. Richters«, erklärte Vinkemans. »Er wird jeden von Ihnen gleich untersuchen. Aber zuerst müssen wir noch einiges besprechen. Der Doktor ist erst seit wenigen Minuten an Bord. Haben Sie also noch ein paar Minuten Geduld. Danke.«

Hendrik stellte fest, daß er seinen ersten Eindruck von Vinkemans revidieren mußte. Als ihm klargeworden war, daß man ihm statt einer hübschen jungen Krankenschwester einen mürrischen älteren Pfleger zur Seite gestellt hatte, war er bitter enttäuscht gewesen. Jetzt allerdings begann er zu begreifen, daß er möglicherweise Glück gehabt hatte, in Vinkemans auf einen erfahrenen Hasen zu treffen. Eine tüchtige Oberschwester ist für einen Arzt bereits die halbe Miete, hatte es im Krankenhaus stets geheißen.

In der kleinen angrenzenden Praxis legte Vinkemans Hendrik zwei Listen vor. »Das hier ist die Bestandsliste unserer Apotheke und des Instrumentenschranks. Dr. Halbertsma hat die Sachen zusammengestellt. Und hier finden Sie eine Aufstellung der Dinge, die wir vor dem Auslaufen noch besorgen sollten.«

Hendrik überflog die beiden Listen. Die erste enthielt im großen und ganzen die Medikamente und Hilfsmittel, die Willemse empfohlen hatte, und die zweite Aufstellung beinhaltete exakt die Medikamente, die nach Willemses Ansicht in Anbetracht des Alters der Passagiere an Bord notwendig werden konnten. Der wenig einnehmende Vinkemans schien tatsächlich ein Profi zu sein.

»Ist das nicht ein bißchen mager?«

Vinkemans starrte Hendrik verblüfft an. »Die Beruhigungs- und Schlafmittel, meinen Sie? Ja, ich weiß. Viel ist das nicht. Ich hätte natürlich lieber die doppelte Menge gehabt. Aber das wurde als zu teuer abgelehnt.«

»Von wem? Vom Kapitän?«

»Eigentlich von Dr. Halbertsma. Er hatte nur ein knappes Budget zur Verfügung und mußte sorgfältig auswählen.«

»Na gut. Dann bestelle ich eben noch mehr. Aber jetzt zu unseren Patienten dort drüben. Wie ich gesehen habe, liegt einer im Streckverband.«

»Ja, richtig«, antwortete Vinkemans mit düsterer Miene. »Als die Passagiere in Hamburg an Bord kamen, gab es ein ziemliches Gedränge. Ein Patient ist gefallen und hat sich das Schienbein gebrochen. Außerdem haben wir noch etliche Gehirnerschütterungen. Aber bevor Sie sich die Patienten ansehen, sollten Sie sich vielleicht die Zustimmung des Käpt'ns für die beiden Listen hier holen, damit ich alles noch rechtzeitig besorgen kann. Wir bunkern jetzt Kohle und laufen morgen bei Morgengrauen aus. Ich würde gern meine Apotheke – entschuldigen Sie, *Ihre* Apotheke...«

»Unsere Apotheke«, verbesserte Hendrik ihn.

»Gut. Jedenfalls möchte ich unsere Bestände auffüllen, bevor der Schiffsversorger für heute dichtmacht.«

»Und warum haben Sie das nicht längst erledigt? Ich meine, bevor ich an Bord kam?«

Vinkemans lächelte flüchtig. »Weil ich dazu Ihre Einwilligung brauchte. Sie sind der Schiffsarzt. Ich bin nur der Pfleger. Und der Käpt'n ist leider...«

»Ein Geizkragen«, ergänzte Hendrik.

»Nun – ja. Das Schiff gehört ihm. Offenbar hat er's erst vor kurzem von seinem Vater übernommen. Fast die ganze Mannschaft hat schon unter seinem alten Herrn gedient. Wenn Sie mich fragen, ist das eine ziemliche Belastung für ihn.«

»Na gut. Dann gehen wir am besten zusammen zu ihm. Zwei Männer erreichen vielleicht mehr als einer.«

»Wie Sie wollen...«

»Sie scheinen nicht sehr zuversichtlich zu sein.«

»Tja, also...«

»Nun reden Sie schon, Vinkemans.«

»Ich schätze, Sie haben allein mehr Autorität, Doktor. Dem Rang nach sind Sie ihm praktisch gleichgestellt. Ich dagegen...«

»Bitte, wie Sie meinen. Aber Sie kümmern sich doch darum, sobald ich sein Einverständnis habe, oder?«

»Selbstverständlich.«

»Haben Sie denn eine Vorstellung davon, wieviel uns der Einkauf kosten wird?«

»Das steht auf der Liste...«

Hendrik starrte auf die Zahl und pfiff leise durch die Zähne. »Soviel?«

Vinkemans lächelte. »Nein, Doktor. In Wirklichkeit nur die Hälfte. Aber der Kapitän feilscht gern.«

»Ich verstehe.«

»Vielleicht nützt es was, wenn Sie ihn darauf hinweisen, daß die meisten Passagiere ihre Medikamente mit ihrem persönlichen Gepäck in Hamburg zurücklassen mußten. Dafür brauchen wir schließlich Ersatz.«

»Hm, wie ist denn das passiert?«

»Die Deutschen haben das gesamte Gepäck einfach ins Wasser fallen lassen.«

»Was?«

»Ja – und zwar absichtlich – beim Verladen«, erklärte Vinkemans.

Hendrik starrte den Mann ungläubig an. »Ja – aber warum denn? Komische Leute... Na gut. Ich sehe, was ich tun kann.« Damit machte er sich auf in die Höhle des Löwen.

2

Als Henky, der Messejunge, das Gepäck des Schiffsarztes in der Mitte der Kajüte – *seiner* Kajüte – abgeladen hatte, war Kapitän Kuiper wütend geworden. Es war kaum noch Platz in der Kabine; weder für einen Mann, geschweige denn für zwei. Wofür hatte der Kerl sein Schiff gehalten? Für die »Majestic«? Tennisschläger! Und Tropenhelm! Lackschuhe! Wo wollte diese Landratte das Zeug nur unterbringen? Die Hälfte mußte im Hospital verstaut – oder sollte besser über Bord geworfen werden. Allein die Aussicht, mit diesem Lackaffen seine Kajüte, seine Privatsphäre, den Raum teilen zu müssen, in dem er Zwiesprache mit Gott hielt, verdarb Kuiper gründlich die Laune.

Grimmig setzte er sich wieder hinter seinen Schreibtisch und begann die Rechnungen zu sortieren. Er hoffte noch immer, sich einfach nur verrechnet zu haben. Doch als er sorgfältig nachrechnete und jede Zahl überprüfte, kam wieder dasselbe heraus. Er hatte seinen Etat um 1300 Gulden und 31 Cents überschritten. Wie war das nur möglich? Sollte er eine

Rechnung, ohne es zu merken, zweimal bezahlt haben? In diesem Augenblick klopfte es an der Tür.

»Herein!«

Es war der Schiffsarzt; lächelnd und selbstsicher.

»Sie brauchen nicht anzuklopfen. Das ist schließlich auch Ihre Kajüte...«

Leider, fügte Kuiper insgeheim hinzu.

»Entschuldigung... Danke. Ah, da ist ja schon mein Gepäck. Tut mir leid, daß jetzt alles durcheinander ist. Wann kann ich denn am besten auspacken?«

»Es ist zuviel.«

»Wie bitte?«

»Sie haben zuviel mitgenommen, Doktor. Das bringen Sie hier nicht unter.«

»Nicht weiter schlimm«, wehrte dieser Mensch achselzukkend ab. »Darüber zerbreche ich mir morgen den Kopf.«

Kuiper verkniff sich eine bissige Bemerkung. An Bord seines Schiffes verschob man Probleme nicht auf den folgenden Tag, sondern erledigte sie sofort.

»Hm – Käpt'n, da ist was, was wir besprechen sollten. Ich habe mir die Medikamentenbestände angesehen und festgestellt, daß einige wichtige Mittel fehlen. Ich möchte Sie nicht mit medizinischen Einzelheiten langweilen, aber hier ist eine Aufstellung der Medikamente und Hilfsmittel, die wir für diese Anzahl von Patienten während eines Monats auf See unbedingt noch brauchen.«

»Die Überfahrt dauert 23 Tage«, verbesserte Kuiper den Arzt.

»Na gut, dann für 23 Tage.« Erneut wehrte der Kerl harte Tatsachen einfach mit einem Schulterzucken ab. »Hier ist die Liste. Ich schicke Vinkemans an Land, um die Sachen zu besorgen. Aber er muß sich beeilen. Der Schiffsversorger schließt bald. Wann laufen wir aus?«

Kuiper warf einen Blick auf die Liste. Als er die Summe las, die Vinkemans errechnet hatte, sagte er schlicht: »Nein.«

»Wie bitte?«

»Dr. Blankema – oder wie der Mann hieß, hat mir eine Aufstellung der Dinge gegeben, die er für erforderlich hielt. Und die Sachen habe ich vor Beginn der Reise besorgen lassen. Was für ihn gut war, sollte auch für Sie gut genug sein. Wir sind hier nicht auf einem Luxusliner.«

Der Arzt lächelte gewinnend, was ihn für Kuiper nur noch unsympathischer machte. »Okay, dann einigen wir uns auf zwei Drittel der Liste, Käpt'n. Aber das ist das absolute Minimum.«

»Ich bleibe bei meinem Nein.«

»Darf ich erfahren, weshalb?«

»Weil es eine unnötige Ausgabe ist. Das ganze Unternehmen ist bis auf den letzten Cent genau berechnet. Und ich habe den Etat für das Hospital danach bemessen, was dieser Dr. – Blankenspiel für 300 Passagiere errechnet hat. Ich habe mein Budget bereits überzogen. Die Ausgaben müssen jetzt ein Ende haben.«

»Auf dieser Liste stehen Medikamente, die für unsere speziellen Passagiere unerläßlich sind. Dr. Halbertsma konnte nicht wissen...«

»Er wußte genau, mit welchen Patienten wir es zu tun haben würden. Er wußte, daß ältere Männer und Kinder...«

»Er konnte kaum ahnen, daß wir neun schwangere Frauen an Bord haben würden«, fiel Hendrik ihm ins Wort.

»Wie bitte? Ach so. Und alle kommen in den nächsten 23 Tagen nieder, oder was?«

»Nun – hm – eine vermutlich«, mußte Hendrik einschränken.

»Dann ist das eine Niederkunft weniger, als Dr. Halbertsma erwartet hat«, konterte Kuiper. »Ich habe das hier – irgendwo sogar schriftlich.«

»Hat er auch für Knochenbrüche, Gehirnerschütterungen und psychische Erkrankungen, die nach den Vorfällen am Kai in Hamburg auftreten könnten, Vorsorge getroffen? Wußte er vielleicht auch, daß alle ihre persönlichen Medikamente mit dem Gepäck im Hamburger Hafen verlieren würden?«

»Na gut. Zeigen Sie mir, welche Medikamente aufgrund der Vorfälle in Hamburg notwendig geworden sind, und ich lasse sie besorgen.«

»Einverstanden.« Die Antwort des Mannes klang so nonchalant, als ob es kaum der Mühe wert schien, davon noch viel Aufhebens zu machen.

»Und jetzt entschuldigen Sie mich bitte«, sagte Kuiper. »Ich muß diese Papiere durcharbeiten.«

»Natürlich.« Der Arzt erhob sich. »Adieu, Käpt'n. Ich lasse indessen mein Gepäck vom Messejungen abholen.« Damit ging er zur Tür.

»Das ist jetzt nicht nötig. Heute abend ist dafür Zeit genug.«

»Tut mir leid, Käpt'n, aber es muß jetzt sein.«

Kuiper sah stirnrunzelnd auf.

»Ich verlasse nämlich dieses Schiff«, erklärte der Arzt lächelnd.

»Was tun Sie?«

»Sie haben ganz richtig verstanden. Sie müssen sich einen anderen Dummen suchen. Wiedersehen.« Er öffnete die Tür.

»Sie scheinen was vergessen zu haben«, entgegnete Kuiper ruhig.

Der Arzt kam zurück und stützte beide Hände auf den Schreibtisch. Sein gutgeschnittenes, aber nicht sehr charaktervolles Gesicht sah freundlich auf Kuiper herab. Er roch nach weibischem Parfüm. »Hören Sie, alter Junge«, begann der junge Mann gespielt salopp. »Ich habe nicht die Absicht, mit einem Schiff auszulaufen, wenn ich nicht die Mittel in die Hand kriege, meine Pflicht auf anständige Art und Weise tun zu können.«

»Es bleibt Ihnen wohl nichts anderes übrig, Doktor. Sie haben den Heuervertrag schließlich unterschrieben.«

»Sie können mich jederzeit verklagen. Ich gehe trotzdem.«

»Ich habe nicht die Absicht, Sie zu verklagen, Doktor. Ich zeige Sie einfach wegen Meuterei an. Die Polizei bringt Sie dann in Handschellen an Bord zurück.«

»Machen Sie Witze?« entgegnete Hendrik ehrlich verblüfft.

»Dr. – Blankenstein hat Sie als seinen Nachfolger eingesetzt. Und Sie müssen seine Anordnungen respektieren. Also weg mit dieser Liste! Geben Sie mir eine Aufstellung der Patienten und der Krankheit oder Verletzung, an der sie leiden, und des Medikaments oder technischen Hilfsmittels, die zu ihrer Genesung erforderlich sind und für die Ihr Vorgänger keine Vorsorge getroffen hat. Darüber lasse ich dann mit mir reden. Alles andere ist Humbug.«

»Aber ich bestehe darauf...«

»Dr. Richters, Sie verschwenden sowohl meine als auch Ihre Zeit. Auf Wiedersehen.«

Der Arzt ging und knallte die Tür hinter sich zu.

Tennisschläger! Lackschuhe! Vielleicht legte er sich auch noch mit dem Tropenhelm ins Bett! Und dann vermutlich nicht mal in das eigene. Seinem Gepäck nach zu urteilen hatte er sich wohl eher auf ein reges gesellschaftliches Leben an Bord als auf seine ärztlichen Pflichten den Kranken gegenüber eingestellt. Der Bursche sah aus, als sei er eher dafür geeignet, Kinder zu zeugen, als sie auf die Welt zu bringen. Kuiper fragte sich gereizt, was sich Gott wohl dabei gedacht hatte, ihm diesen Salonlöwen als Kabinennachbarn anstatt eines soliden Vertreters seines Berufsstandes zu schicken.

In diesem Augenblick klopfte es erneut. Es scheint heute Schlag auf Schlag zu gehen, dachte Kuiper. »Herein!«

Diesmal war es Davelaar. Er sah noch mürrischer und übellauniger aus als sonst. »Ich muß mit dir reden, Joris.«

»Hat das nicht bis später Zeit?«

»Nein! Diese verdammten Weiber stecken der Himmel weiß was in meine Toiletten unter Deck! Ich habe ihnen schon mehrmals gesagt, daß, wenn sie so weitermachen, die Abflüsse verstopfen und ich den ganzen Salat auseinandernehmen muß. Ich bin zwar bereit, für diese Leute Überstunden zu machen, aber ich habe nicht die Absicht, jeden zweiten Tag bis zu den Ellbogen in der Sch... zu wühlen, nur weil sie zu faul sind...«

»Das reicht. Mal ein Schild, auf dem in Großbuchstaben steht: BITTE KEINEN ABFALL IN DIE TOILETTEN WERFEN – BENUTZEN SIE DIE PAPIERTÜTE. Und daneben zeichnest du einen Pfeil.«

»Einen Pfeil? Und wohin soll der deuten?«

»Auf die Papiertüte, die du neben jeder Toilette aufstellst.«

»Ich habe keine Papiertüten.«

»Dann besorgst du dir bei Meyer eben welche.«

»Meyer hat auch keine Tüten. Was zum Teufel glaubst du, was das hier ist? Ein Supermarkt?«

»Davelaar«, entgegnete Kuiper gelassen. »Verschwinde!«

»Was?«

»Ich muß arbeiten.«

Der alte Mann atmete schwer und schnaubend. Dann schüttelte er den Kopf und murmelte: »Wohl mit dem falschen Fuß aufgestanden, was?«

»Möglich. Aber jetzt laß mich in Ruhe und tu, was ich dir gesagt habe.«

»Kommt nicht in Frage!« brüllte Davelaar und ging zur Tür. Als er sie aufriß, stand Meyer davor. »Da ist er ja! Frag ihn! Frag ihn doch, ob er Tüten hat!«

»Ob ich was habe?« erkundigte sich Meyer verständnislos.

»Papiertüten! Der Junge will, daß ich den Weibern dort unten Tüten für ihren Abfall neben die Toiletten stelle. Hast du vielleicht Tüten?«

»Klar, habe ich«, antwortete Meyer.

Der alte Mann stampfte wortlos davon.

»Käpt'n?« begann Meyer vorsichtig.

»Ja, komm rein.«

»Es ist wegen dem Koch. Er behauptet, die zwei Küchenhilfen, die Sie für ihn angeheuert haben, taugen nichts. Sie sind faul und können nichts. Er will, daß ihm drei Matrosen zum Abspülen abgestellt werden.«

»Aber er wird sie nicht bekommen.«

»Dann macht er Schwierigkeiten.«

»Sag ihm – nein, das mache ich lieber selbst. Sag dieser dikken rothaarigen Frau – du weißt schon, welche ich meine –, daß ich sie sprechen möchte.«

»Frau Goldstein?«

»Ja. Und richte dem Koch aus, daß ich mich um die Sache kümmere.«

»Soll ich ihm die drei Matrosen geben?«

»Nein. Schick mir Frau Goldstein rauf.«

»Okay. Da ist übrigens noch was ...«

»Jetzt nicht. Ich muß erst den Papierkram erledigen. Oder ist es was Dringendes?«

»Es ist wegen des Krankenpflegers. Aber das kann warten.«

»Was ist mit dem Krankenpfleger?«

»Er plündert dauernd meine Vorräte – und ich weiß nicht, ob er ein Recht dazu hat.«

»Was heißt ›er plündert die Vorräte‹? Was nimmt er denn?«

»Ach, nur Kleinigkeiten – zum Beispiel Nägel oder Werkzeug, das er nicht zurückgibt ...«

»Und was will er damit?«

»Man könnte meinen, er baut sich 'n Haus. Sperrholz, Bohrer, Schraubensätze...«

»Gut. Ich rede mit ihm.«

»Und dann...«

Kuiper seufzte. Das war typisch Meyer. Offenbar hatte er was Wichtiges auf dem Herzen und redete wie ein Araber endlos um den heißen Brei herum. »Okay, spuck's aus!«

»Frederiks ist fort.«

»Fort? Was heißt das?«

»Er ist verduftet.«

»Wann?«

»Sobald wir angelegt hatten.«

»Vielleicht hat er sich nur betrunken oder ist bei einer Frau versackt. Er taucht vielleicht wieder auf.«

»Nein, unmöglich.«

»Woher willst du das wissen?«

»Er hat eine Nachricht hinterlassen.«

»So? Und was steht drin? Meyer, Menschenskind, rede endlich Klartext!«

»Hier ist der Zettel, Käpt'n.« Meyer zog ein Blatt Papier aus der Brusttasche seines Jacketts und gab es Kuiper. Darauf stand in Bleistift mit kindlicher Handschrift: »Ich habe die Nase voll von Weibern und Toilettenputzen. Ich bin Matrose und kein...« Das Wort war unleserlich. Frederiks hatte es mehrfach durchgestrichen und überschrieben. »Suchen Sie mich nicht. Ich kenne die Stadt wie meine Westentasche. Mit freundlichen Grüßen G. H. J. Frederiks jr.«

»Und? Soll ich die Polizei benachrichtigen?« fragte Kuiper.

»Das können Sie halten, wie Sie wollen«, erwiderte Meyer ausweichend.

»Willst du ihn wiederhaben?«

»Wenn Sie ihm die Polizei auf den Hals hetzen wollen, bin ich der letzte, der Sie davon abhält.«

»Meyer, ich verlange nur eine klare Antwort auf eine klare Frage. Willst du ihn wieder oder nicht? Nützt er dir noch was, wenn wir ihn mit Gewalt zurückholen? Soweit ich das beurteilen kann, hat er uns mehr geschadet als genützt.«

»Na, wenn Sie meinen...«

»Meyer, ich frage *dich!*« brüllte Kuiper. »Willst du ihn wieder?«

»Nein – ich glaube nicht.« Meyer machte die Tür auf.

»Gut, mehr wollte ich nicht wissen. Und jetzt verschwinde.«

Meyer ging und machte die Tür leise hinter sich zu.

Kuiper rieb sich seufzend die Augen. Meyer und Davelaar hatte er praktisch zusammen mit dem Schiff geerbt. Beide waren über dreißig Jahre lang mit seinem Vater zur See gefahren. Die Beziehung zu ihnen war emotionsgeladen; deshalb hatte er sie nicht entlassen, als er das Schiff übernommen hatte. Plötzlich hatte er das Bedürfnis, abzuschalten, Ruhe und Frieden zu suchen.

Er stand auf, ging zu seiner Koje, nahm die Bibel vom Regal unter dem Bullauge und wollte sie wahllos aufschlagen, als sein Blick auf die Widmung seines Vaters fiel. Sie war in Annas Handschrift abgefaßt, da der alte Mann nach einem Schlaganfall nicht mehr hatte schreiben können.

> Für meinen Sohn Joris, der das Kommando der *Star of Peace* übernimmt.
> Mein Sohn, in diesem Buch wirst Du Dein wahres Lebensziel finden. Hast Du den Teufel an Bord, hisse die Flagge mit dem Kreuz, die zusammen mit den Schiffsdokumenten in der Schublade liegt – dann stehe ich hinter Dir auf der Brücke. Verzage nie, auch wenn sich Dir die Mächte der Hölle entgegenstellen, denn eines weiß ich nach einem langen Leben im Dienst Gottes: Hat Gott Dir seinen Willen kundgetan, dann gibt er Dir auch die Mittel, diesen durchzusetzen.
>
> Vater

Trotz Annas steifer, fast lehrerhafter Handschrift war die Autorität und Ausstrahlung des Vaters, die aus seinen Worten sprach, deutlich zu spüren. Kuiper hatte dies selten so bewußt empfunden. Der Hinweis mit der Flagge des Kreuzes und die bedeutungsschwere letzte Zeile, das war typisch für den alten Herrn. Nun, wenn Gott ihm tatsächlich seinen Willen zu verstehen gegeben hatte, als er plötzlich in Hamburg Christus mit dem Kreuz die Gangway seines Schiffes hatte heraufkommen sehen, dann...

Plötzlich merkte er, daß jemand an die Tür klopfte. Er stellte die Bibel ins Regal zurück und rief resigniert: »Herein!«

Die Tür ging auf und die rothaarige Frau streckte den Kopf herein. »Sie wollten mich sprechen, Kapitän?«

»Ja, Frau Goldstein. Kommen Sie doch rein und setzen Sie sich.«

Frau Goldstein kam der Aufforderung nach. Erneut war er von ihrer Persönlichkeit beeindruckt. Die Frau strahlte Autorität aus. »Frau Goldstein, ich möchte einiges mit Ihnen besprechen. Erstens scheinen die weiblichen Passagiere Hygienebinden und andere Sachen in die chemischen Toiletten zu stecken, was natürlich Probleme gibt. Der Erste Ingenieur wird ein entsprechendes Schild schreiben, das die Passagiere bittet, das zu unterlassen. Ich wäre Ihnen dankbar, wenn Sie auch dafür sorgen, daß das aufhört. Es ist zwar keine sehr wichtige Sache, aber es würde einiges erleichtern.«

»Selbstverständlich.«

»Außerdem scheint mein Schiffskoch mehr Hilfe zu brauchen, als ich dachte. Wäre es nicht möglich, daß einige weibliche Passagiere freiwillig einspringen und vor allem beim Abwasch helfen?«

»Aber natürlich.«

»Ausgezeichnet. Kann ich denn noch was für *Sie* tun?«

»Tja, ich weiß nicht recht, Käpt'n«, erwiderte Frau Goldstein. »Vielleicht sollte ich die Sache lieber selbst in die Hand nehmen... Nun, Ihr Messejunge stiehlt.«

»Sie meinen Geld? Wertgegenstände?«

»Nein. Hauptsächlich Spielzeug, wertlosen Plunder. Wie alt ist er? Elf oder zwölf?«

»Nein, er muß mindestens vierzehn sein. Unter vierzehn darf ich niemanden beschäftigen.«

»Möglich, daß ich mich täusche, Käpt'n, aber normalerweise habe ich ein gutes Einschätzungsvermögen, was das Alter von Kindern betrifft. Dieser Junge scheint Sie und die Behörden an der Nase herumgeführt zu haben. Er ist höchsten zwölf.«

»Egal wie alt er ist, es geht natürlich nicht, daß er das Spielzeug der Kinder stiehlt. Ich sage dem Koch, er soll dem Treiben ein für allemal ein Ende machen.«

»Genau diese Reaktion habe ich befürchtet. Sie sollten zwar Bescheid wissen, aber es wäre mir lieber, Sie überlassen den Jungen mir. Er ist ein Kind und kein Krimineller. Ich kann mir schon vorstellen, was der Koch mit ihm machen würde.«

»Sind Sie zufällig Lehrerin?«

»Nein.« Frau Goldstein lächelte. »Ich leite ein kleines, aber gutes Hotel – für Herren.« Sie sagte das zwar mit Charme, doch ihre Augen glitzerten hart.

»Damit sind Sie für derlei Dinge sicher genau die Richtige«, erwiderte Kuiper in neutralem Ton. »Ich bin froh, wenn Sie mir die Sache abnehmen.«

»Danke. Mr. Vinkemans hat mich übrigens gebeten, ihm einige freiwillige Helferinnen fürs Hospital und die Betreuung unter Deck zu benennen.«

Kuiper lächelte. »Tja also, falls unter den weiblichen Passagieren zufällig ein paar ehemalige Krankenschwestern sind, dann wäre das doch großartig!«

»Das genau ist das Problem, Käpt'n. Es sind keine Krankenschwestern dabei. Drei oder vier Damen wären für die Aufgabe zwar durchaus geeignet, aber ich möchte mich erst vergewissern, daß da keine rechtlichen Probleme entstehen. Was sagt denn das Gesetz über Aushilfskräfte in der Krankenpflege? Ist das überhaupt zulässig?«

»Frau Goldstein«, sagte Kuiper und lächelte, »an Bord dieses Schiffes bin ich das Gesetz. Und ich erteile dazu die Erlaubnis.« Und er fügte hinzu: »Trotzdem bitte ich Sie, die Aufsicht zu übernehmen. Sie sind verantwortlich für die Aushilfen.«

Frau Goldstein musterte Kuiper schlau. »Inwiefern?«

Kuiper war einen Augenblick versucht, sich ihr in bezug auf den untauglichen Schiffsarzt anzuvertrauen, doch schließlich behielt er seine Meinung für sich. »Da es sich um eine interne Angelegenheit der Passagiere handelt, sollten diese auch die Verantwortung übernehmen. Und mein Ansprechpartner sind doch wohl letztendlich Sie.«

Frau Goldstein schien zu wissen, was gespielt wurde, sagte jedoch nur: »Gut, Herr Kapitän.« Sie stand auf. »Und jetzt lasse ich Sie arbeiten.«

»Ich bin jederzeit für Sie da«, erwiderte Kuiper und folgte ihr zur Tür. »Wir sind bei diesem Unternehmen aufeinander angewiesen. Ich schlage vor, wir besprechen uns häufiger.«

»Ausgezeichnet«, antwortete Frau Goldstein. Sie schüttelten sich die Hand. Kuiper hielt ihr die Tür auf. Frau Goldstein drehte sich noch einmal um und fügte hinzu: »Und falls Sie mich brauchen, sagen Sie nur Bescheid.«

»Danke. Sehr freundlich.«

»Ganz meinerseits, Käpt'n.«

Nachdem sich die Tür hinter ihr geschlossen hatte, kehrte er zu seiner Arbeit zurück.

3

»Und das sind die Damen, die uns helfen wollen«, stellte Vinkemans mit seiner üblichen Leidensmiene vor. »Frau Adler – Dr. Richters.«

Hendrik schätzte die grobknochige Frau auf Mitte Vierzig. Sie machte einen tüchtigen Eindruck, und ihr Händedruck war der eines Farmers.

»Frau Hoflein...«

Hendrik fand sich der nächsten vollbusigen, energischen Matrone gegenüber. »Schön, daß Sie mit uns zusammenarbeiten wollen, Frau Hoflein...«

»Fräulein Nachtgeist – Dr. Richters«, fuhr Vinkemans fort.

Fräulein Nachtgeist war die ersehnte Abwechslung. Die ungefähr achtzehnjährige, großgewachsene und schlanke Rothaarige hatte faszinierende grüne Augen. Hendrik war sie schon in der Menge der Passagiere aufgefallen, in der sie sich wie ein lockender Köder in trübem Wasser bewegt hatte.

»Tag, Fräulein Nachtgeist. Freut mich, daß Sie uns helfen wollen. Herr Vinkemans wird Sie in alles einweisen. Oder ist vielleicht eine von Ihnen Krankenschwester?« Die Damen schüttelten den Kopf.

Es stellte sich jedoch heraus, daß Frau Adler und Frau Hoflein privat Kranke gepflegt hatten und daß Fräulein Nachtgeist Erfahrung mit Kindern besaß.

»Aha? Und inwiefern haben Sie Erfahrung mit Kindern?« wandte Hendrik sich prompt mit seinem strahlendsten Lächeln an die junge Rothaarige.

Das Mädchen errötete und erwiderte leise, sie sei Helferin in einem Kindergarten gewesen.

»Fräulein Nachtgeist kümmert sich außerdem um ihren kleinen Bruder, der sie begleitet«, erklärte Vinkemans mit Leichenbittermiene. »Stimmt's nicht, Tovah?«

Tovah – was für ein klangvoller Name, dachte Hendrik. »So, wirklich? Und Ihre Eltern? Reisen die auch mit?«

Das Mädchen schüttelte den Kopf. Achtzehn war zu jung geschätzt, überlegte Hendrik. Sie war bestimmt neunzehn.

»Ihre Eltern sind tot«, erklärte Vinkemans. »Tovah und David fahren allein nach Uruguay.«

»Das ist mutig«, bemerkte Hendrik. »Freut mich wirklich, daß Sie bei uns sind, Tovah.«

»Ja«, flüsterte das Mädchen und wurde erneut rot.

»Also ich finde es großartig, daß Sie uns helfen wollen.« Hendrik sah lächelnd in die Runde. »Ich wende mich dann an Sie. Danke.« Er schüttelte jeder die Hand. Tovahs Hand fühlte sich weich, zart und sehr jung an.

Die Frauen wandten sich zum Gehen. Das Mädchen Tovah stieg als letzte über die hohe Schwelle. Sie hatte wirklich hübsche Beine und ein entzückendes Hinterteil.

Kaum waren die drei Frauen gegangen, sagte Vinkemans: »Doktor, wir haben Probleme.«

»So? Weshalb denn?«

»Einer der alten Herren ist in einer seelischen Krise. Außerdem muß eine Platzwunde am Knie genäht werden.«

In der kleinen Krankenkajüte saß ein alter Mann auf dem Rand einer Koje und bot ein Bild des Jammers. Tränen rannen über den grauen Stoppelbart, und Hendrik und Vinkemans traf ein so hoffnungsloser Blick, daß Hendrik instinktiv das Gefühl hatte, der Situation nicht gewachsen zu sein. Er nahm Vinkemans beiseite und murmelte: »Ich muß erst mit Ihnen allein sprechen.«

»In Ordnung, Doktor.«

Doch im Behandlungszimmer wartete bereits ein ebenfalls in Tränen aufgelöster kleiner Junge, so daß sie nur im Gang ungestört reden konnten. »Was wissen Sie über den alten Mann?« erkundigte sich Hendrik hastig. »Ich brauche ein paar Informationen, bevor ich mich mit ihm befasse.«

»Eigentlich nichts Besonderes, Doktor. Er ist zum ersten Mal bei uns. Allerdings ist er typisch für den Großteil der alten Männer an Bord: alleinstehend, gebildet, Witwer oder von der Frau getrennt lebend. Daß die Franzosen Quarantäne über uns verhängt haben und sich weigern, das Schiff ordnungsgemäß am Kai festmachen zu lassen, scheint sie hart getroffen zu haben. Sie alle wirken nervös und gereizt.«

»Was meinen Sie mit ›getrennt lebend‹?« fragte Hendrik. »Geschieden?«

Vinkemans lächelte resigniert. »Nein, Doktor. Die Nazis haben viele Ehepaare einfach getrennt, indem sie kurz vor der Abreise meistens der Frau eröffnet haben, sie dürfe zwar nicht ausreisen, aber ihr Mann könne an Bord unseres Schiffs gehen. So wie die Dinge augenblicklich in Deutschland stehen, hatten die Leute kaum eine andere Wahl, als sich zu fügen. Offenbar haben die Frauen die Männer gedrängt, auszureisen; sie würden mit dem nächsten Schiff folgen – das hat man ihnen gesagt.«

»Aber warum denn? Waren wir schon überbelegt?«

Vinkemans zuckte mit den Schultern. »Ich halte das eher für sinnlose Quälerei. Die Nazis sind Sadisten, es macht ihnen Vergnügen, Juden zu quälen. Darf ich Ihnen in den Mantel helfen?«

Hendrik zog den weißen Kittel an, nahm sein Stethoskop und den Blutdruckmesser und kehrte in das kleine Krankenzimmer zurück.

»Ich bin Dr. Richters«, begann er freundlich. »Bitte legen Sie Ihr Jackett ab. Ich möchte gern Ihren Blutdruck messen. Damit fangen wir wohl am besten an.«

Der alte Mann hatte offenbar Arthritis in den Schultern, so daß Hendrik ihm helfen mußte, sich freizumachen. Sein alter magerer Arm kam Hendrik plötzlich wie ein Symbol für Einsamkeit und Heimatlosigkeit vor. Hendrik verscheuchte die trostlosen Gedanken und maß den Blutdruck des Patienten. Schon diese Maßnahme hätte den Zorn seiner Professoren erregt. Hendrik fand den Blutdruck erhöht, und der Puls des Mannes ging schnell und unregelmäßig.

Es war schwierig, mit dem Patienten überhaupt ins Gespräch zu kommen. Er schien sich seinem Kummer hinzugeben, ohne die Fragen Hendriks zu registrieren. Nur gelegentlich nickte er oder schüttelte den Kopf. Es war eine merkwürdige Situation, und Hendrik, den bisher Frauen wesentlich mehr interessiert hatten als sein Beruf, wandte instinktiv die Methode an, die ihn bei widerspenstigen Frauen stets am weitesten gebracht hatte. Und er hatte wieder einmal Erfolg. Herr Himmelbaum entspannte sich zusehends, begann stockend von seiner Frau zu erzählen, die tatsächlich im Hamburger Hafen zurückgeblieben war, von den Blutdrucktabletten, die er mit dem gesamten Gepäck eingebüßt hatte und an deren Namen er sich nicht erinnern konnte.

Alles in allem widmete Hendrik dem Mann zwanzig Minuten, verordnete ihm schließlich zwölf Beruhigungstabletten, und Herr Himmelbaum versprach, drei Tage später zu einer erneuten Untersuchung zu kommen. Als Herr Himmelbaum ging, schien er den draußen im Gang Wartenden eine für Hendrik nicht verständliche Frage zu beantworten, denn er sagte: »Großartig!« Hendrik hatte die erste Feuerprobe als Arzt dieser Zweihundertfünfzig-Seelen-Gemeinde mit Erfolg bestanden.

Etwas glückloser verlief die Behandlung des kleinen Jungen. Das Kind brüllte wie am Spieß, während Hendrik die Wunde zu nähen versuchte. Seine Stiche wurden immer größer und unregelmäßiger, und nur Vinkemans energischer Unterstützung war es zu verdanken, daß es kein Fiasko gab. Zum Schluß gelang es dem Jungen noch, die Schale mit der Desinfektionslösung umzustoßen, so daß Hendriks weißer Mantel mit grünen Flecken übersät war. Als ihn seine unschlüssige Mutter schließlich hinausgeschleppt hatte, ließ er ein wahres Schlachtfeld zurück. Hendrik war deprimiert.

Vinkemans dagegen schien durchaus zufrieden mit Hendrik zu sein. »Ich finde, das ging ganz gut, Doktor«, erklärte er, während er aufräumte. »Ich bringe Ihnen einen frischen Mantel. Vielleicht wäre jetzt auch die Gelegenheit günstig für einen Rundgang durch die Unterkünfte der Passagiere unter Deck. Einfach um Flagge zu zeigen, sozusagen.«

Hendrik war von diesem Vorschlag kaum begeistert. »Eigentlich sollte ich meine Habseligkeiten in der Kapitänskajüte verstauen. Es liegt noch alles auf dem Fußboden herum.«

»Ach, das kann warten«, wehrte Vinkemans ab und half ihm aus dem Mantel.

»Aber ich will wegen solcher Lappalien keinen Ärger mit dem Kapitän.«

»Denken Sie nicht mehr daran, Doktor«, beruhigte Vinkemans ihn. »Ihre Patienten sind wichtiger.«

Hendrik beschloß, Vinkemans Vorschlag zu folgen. Er brauchte den Krankenpfleger dringender als den Kapitän und wollte ihn nicht verärgern. Ihm war klargeworden, was für einen schweren Stand er als Schiffsarzt haben würde. »Also gut«, willigte er ein. »Gehen wir.«

Mit den Unterkünften der Frauen machten sie den Anfang. An die Leiter, die in den Schiffsrumpf führte, würde man sich mit der Zeit wohl gewöhnen, überlegte Hendrik, als er auf der obersten Sprosse stand und hinunterstarrte. Unter ihm ging es gut zehn Meter steil in die Tiefe. Und wie Hendrik bald feststellen konnte, waren die rostigen, weit auseinanderstehenden Sprossen auch noch glitschig. Er folgte Vinkemans mit klopfendem Herzen. Wie schafften nur die Frauen diesen Abstieg, wenn ihm, einem sportlichen Mann in den Zwanzigern, dabei schon vor Angst die Knie zitterten? Und was machten gar die beiden greisen Damen, die ihm bereits aufgefallen waren, und die Schwangeren und Kinder? Es erschien ihm längst kein Wunder mehr, daß sich der kleine Junge das Knie verletzt hatte, und ihm war klar, daß er auf dieser Reise noch mehr Platzwunden würde nähen müssen.

Am Fuß der Leiter betraten sie einen düsteren, gewölbeähnlichen Raum, in dem dicht an dicht Reihen von Etagenbetten standen, die sich im Hintergrund in der Dunkelheit verloren. Obwohl diese Welt des Zwielichts kaum für menschenwürdiges Wohnen geeignet schien, verbreiteten die Frauen eine Atmosphäre heiterer Gemeinschaftlichkeit. Überall rannten Kinder umher. Bei seinem Anblick stoben sie plötzlich auseinander und versteckten sich hinter ihren Müttern oder kletterten flink wie die Affen auf die Etagenbetten. Eine vollbusige Frau mit hennarotem Haar, die ihn an eine türkische Haremsdame erinnerte, tauchte plötzlich aus dem Halbdunkel auf. Vinkemans stellte sie Hendrik als Frau Goldstein vor, die Sprecherin der Passagiere.

»Sind Sie mit den Damen zufrieden?« fragte sie Hendrik unvermittelt.

»Wie bitte?« erwiderte Hendrik verständnislos.

»Ich meine die freiwilligen Helferinnen, die ich Ihnen geschickt habe.«

»Ach so! Ja, alles bestens. Wir sind Ihnen sehr dankbar.«

»Brauchen Sie vielleicht noch mehr?«

Die Frage riß Hendrik unversehens aus seinen Gedanken. Frau Goldstein wirkte auf ihn wie eine Halbweltdame, und er fragte sich, weshalb das so war. »Da müssen Sie Vinkemans fragen, Frau Goldstein. Ihm obliegt die Betreuung der Damen. Es kommt darauf an, wie viele er unter seine Fittiche nehmen kann.«

»Im Augenblick genügen die drei Helferinnen, Frau Goldstein«, erklärte Vinkemans. »Sobald sich das ändert, wende ich mich an Sie. Wie geht es übrigens Frau Kohnstamm?«

»O danke, gut.« Frau Goldsteins unangenehm durchdringender Blick richtete sich erneut auf Hendrik. »Frau Kohnstamm ist blind; sie ist aus einem oberen Etagenbett gefallen«, klärte sie Hendrik auf. »Herr Vinkemans hat sich sehr lieb um sie gekümmert.« Hendrik hatte das Gefühl, als könnten ihre Augen bis in sein Herz sehen. »Möchten Sie gleich die Kranken sehen, oder soll ich Ihnen zuerst einmal die Räumlichkeiten zeigen?«

»Ich sehe mir lieber erst die Patienten an. Dabei kann ich mich genausogut orientieren.«

»Hier entlang, bitte.«

Sie führte ihn durch einen der schmalen Gänge, der von nackten Glühbirnen spärlich erleuchet wurde, zwischen den Etagenbetten hindurch. Auf dem Weg wurden Frau Goldstein und Vinkemans von den Frauen mit Fragen bestürmt, was Hendrik das Gefühl gab, völlig überflüssig zu sein. Gleich darauf wurde Hendrik klar, daß er in seinem weißen Arztmantel für die Frauen eine Respektsperson war, die niemand direkt anzusprechen wagte. Denn Vinkemans sagte gerade zu einer Frau: »Fragen Sie den Herrn Doktor.«

Die wandte sich mit einem angedeuteten Knicks überaus schüchtern an Hendrik: »Ich bitte um die Erlaubnis, untersucht zu werden, Herr Doktor«, erklärte sie.

Hendrik stutzte einen Augenblick und erwiderte dann freundlich: »Normalerweise ist es umgekehrt, gnädige Frau. Ich muß Sie darum bitten, sich untersuchen zu lassen.«

Eigentlich hatte Hendrik mit dieser Formulierung das Zutrauen der Patientin gewinnen wollen, doch die Verwirrung, die er damit offensichtlich auslöste, war geradezu alarmierend.

»Es ist alles in Ordnung, Frau Spiegel«, mischte Vinkemans sich ein. »Wirklich.« Die Patientin war tatsächlich völlig eingeschüchtert. »Frau Spiegel ist im neunten Monat«, wandte Vinkemans sich an Hendrik. »Sie wollte gern wissen, ob man hier für eine Entbindung ausgerüstet ist.«

Frau Spiegel sah man ihren Zustand kaum an. Im Halbdunkel der Unterkünfte hatte Hendrik überhaupt nicht registriert, daß er eine Hochschwangere vor sich hatte. »Wir sind selbst für komplizierte Geburten bestens ausgerüstet, Frau Spiegel. Machen Sie sich also keine Sorgen, Sie und Ihr Baby sind hier bestens aufgehoben.«

»Zu Befehl, Herr Doktor...«, flüsterte die Frau und verbeugte sich leicht.

Beim Weitergehen wandte Hendrik sich an Frau Goldstein: »Sagen Sie, was ist mit dieser Frau Spiegel eigentlich los? Weshalb redet sie so merkwürdig?«

»Keine Angst, Doktor. Sie wird's bald begriffen haben«, antwortete die Rothaarige.

»Was wird sie begriffen haben?«

»Nun – daß Sie harmlos sind.«

»Das verstehe ich nicht ganz.«

»Die Leute hier sind freundliche Ärzte nicht gewohnt, besonders da Sie auch noch Arier sind. Sie vermuten, daß irgendein übler Trick dahintersteckt.«

»Hm.«

Der Rundgang durch die Unterkünfte der Frauen dauerte eine gute Stunde. Dabei wurde Hendrik eine Reihe von Patienten vorgestellt, die von Vinkemans bereits fachmännisch und korrekt betreut worden waren. Hendrik besichtigte Waschräume, Toiletten und auch einen provisorisch eingerichteten Kindergarten, in dem das Mädchen Tovah einigen Kleinkindern gerade eine Geschichte vorlas. Bei seinem Anblick errötete sie erneut.

Schließlich hatte Hendrik genug gesehen. Es herrschte Ordnung und Disziplin, doch das konnte nicht darüber hinwegtäuschen, daß die Art der Unterbringung auf einer vierzehntägigen Überfahrt nach Südamerika eigentlich menschenunwürdig war. Dr. Halbertsma hatte recht gehabt: Der so christliche Kapitän Kuiper sollte sich schämen, für so etwas überhaupt Geld zu verlangen.

»Gut«, entschied Hendrik. »Jetzt interessieren mich die Unterkünfte der Männer. Ich schätze, sie liegen im Vorschiff, oder?«

»Ganz richtig«, erwiderte Frau Goldstein und begleitete die beiden Männer zu Hendriks Überraschung couragiert auch auf diesem Rundgang.

Waren die Verhältnisse bei den Frauen im Achterschiff gerade noch annehmbar gewesen, so konnte man die Situation in den Unterkünften der Männer getrost katastrophal nennen. Aufteilung und Einrichtung waren zwar identisch, doch hier herrschte weder Ordnung noch eine vergleichbare straffe Organisation. Kleidungsstücke hingen über sämtlichen Bettpfosten, Schuhe und Schachteln blockierten die Gänge, und es herrschte ein scharfer Geruch von Schweiß und ungewaschenen Kleidern. Etliche Patienten lagen in ihren Kojen, wobei die Beurteilung ihres Zustandes dann besonders schwierig war, wenn ihnen das obere Etagenbett zugewiesen worden war. Vinkemans informierte Hendrik jeweils kurz über die Beschwerden der Männer; dabei stellte sich heraus, daß nur wenige alte Männer tatsächlich krank waren. In neunzig Prozent der Fälle waren die Beschwerden psychosomatischen Ursprungs.

Als sie den Raum betraten, der im Achterschiff als Kindergarten diente, wurde dort ein Gottesdienst abgehalten. Männer in Hüten und mit Schals über den Schultern sprachen mit wiegendem Oberkörper Gebete. Der Vorsänger war ein gebrechlicher alter Mann. »Ich hatte mich schon gefragt, wo der Rabbi ist«, flüsterte Frau Goldstein. »Lassen wir sie in Ruhe. Sie können ihn später kennenlernen.« Damit zogen sie sich zurück.

Die Waschräume und Toiletten waren in miserablem Zustand. Die Männer waren offenbar nicht in der Lage, diese Einrichtungen sauberzuhalten. Als Hendrik eine entsprechende Bemerkung machte, zuckte Frau Goldstein die Schultern. »Was erwarten Sie? Männer sind Schweine. Ich habe veranlaßt, daß drei Frauen hier jeden Morgen saubermachen. Aber sehen Sie sich das an!«

»Würde es nicht helfen, wenn der Rabbi mit den Männern spricht?« fragte Hendrik. »Die meisten Fälle, die ich gerade untersucht habe, sind rein psychischer Natur. Aber das ist ja kein Wunder – in einer derartigen Umgebung muß man ja krank werden, besonders, wenn man keine Aufgabe hat.«

»Wie Sie meinen«, erwiderte Frau Goldstein gleichgültig. »Ich werd's ihm sagen.«

Hendrik atmete erleichtert auf, als sie wieder an Deck waren, und stellte dann überrascht fest, daß sie offenbar den Anker gelichtet und Fahrt aufgenommen hatten. Er lief zur Reling und hielt nach der *Tubantia* Ausschau, doch der Luxusliner lag bereits weit hinter ihnen. Die Strömung und das ablaufende Wasser beschleunigten die Fahrt.

»Die Reise geht los«, seufzte Hendrik. »Wenn Sie keine Einwände haben, dann sollte ich jetzt vielleicht meine Sachen auspacken und verstauen, solange unser Käpt'n beschäftigt ist. Er ist doch vermutlich auf der Brücke, oder?«

»Ja, Doktor.« Vinkemans wirkte nachdenklich.

»Was gibt's, Vinkemans?«

»Tja, wissen Sie, Doktor, ich habe zwar erst ein paar Tage mit diesen Leuten zu tun, aber es ist kaum zu übersehen, daß sie unter starker innerer Anspannung leiden. Sie haben ja selbst gesehen, wie sie in Ihrer Gegenwart reagiert haben. Der Himmel weiß, was diese Menschen im Nazideutschland mitgemacht haben. Allein die Szene im Hamburger Hafen war ein Alptraum.« Vinkemans berichtete Hendrik, was vorgefallen war. »Davon haben sie sich sicher noch nicht wieder erholt. Und das Verhalten der Franzosen hat alles nur noch schlimmer gemacht. Vielleicht sollten wir beide uns mal zusammensetzen und einen Plan ausarbeiten.«

»Einen Plan?«

»Tja...« Vinkemans sah sich hastig um, um sich zu vergewissern, daß sie tatsächlich ungestört waren. »Ich bin zwar kein Psychologe, aber ich könnte mir denken, daß wir einige Überraschungen erleben, wenn unsere Passagiere begreifen, daß sie wirklich frei sind, daß niemand sie zurückholen kann.«

»Das heißt, Sie wollen eventuellen Überreaktionen vorbeugen?«

»So ungefähr«, gab Vinkemans zu. »Wir sollten die Emotionen in ungefährliche Kanäle leiten. Was halten Sie davon, wenn wir eine Art Kostümfest inszenieren? Ich habe eine ähnliche Situation mal in Spanien erlebt.«

»In Spanien? Im Bürgerkrieg vielleicht? Haben Sie dort gekämpft?«

»Nein, ich war dort Sanitäter.«

»Auf welcher Seite standen Sie, Vinkemans?«

»Auf keiner. Verwundete und Sterbende interessieren sich meistens nicht mehr für irgendwelche Ideologien.«

Hendrik starrte nachdenklich zur Küstenlinie hinüber. »Sind Sie Quäker?«

»Nein, religiöse Überzeugungen spielen bei mir keine Rolle. Ich tue das jedenfalls nicht des Geldes wegen.«

»Ich auch nicht. Das können Sie mir glauben«, sagte Hendrik mit Nachdruck.

»Ich habe in der Kantine der Rotterdamer Uniklinik von diesem Unternehmen gehört, mich vom Dienst freistellen lassen und mich hier gemeldet.«

Hendrik dankte insgeheim Gott, daß Vinkemans nicht von der Amsterdamer Universitätsklinik kam. »Und in welcher Abteilung haben Sie in Rotterdam gearbeitet?«

»Auf der Intensivstation – als Erster Pfleger«, fügte Vinkemans bescheiden hinzu.

Hendrik war teils erleichtert, teils beunruhigt. Der Posten des Oberpflegers einer Intensivstation – das war so ziemlich das Höchste, was man in diesem Beruf erreichen konnte. Da stand man ständig unter der unmittelbaren Aufsicht des Professors.

»Tja, ich gehe jetzt lieber ins Hospital zurück«, verkündete Vinkemans. »Ich versuche, regelmäßige Sprechzeiten dort einzuhalten.«

»Ich komme mit.«

»Nein, packen Sie lieber Ihre Sachen aus«, wehrte Vinkemans ab. »Ich habe sonst wirklich nichts zu tun. Wir sehen uns dann beim Abendessen.«

Damit ging Vinkemans davon. Hendrik sah der weißen, schlanken Gestalt mit dem federnden Schritt grübelnd nach.

4

Die Schiffsoffiziere aßen an einem separaten Tisch auf dem zum Speisesaal umfunktionierten Laufsteg an der Steuerbordseite. Henky servierte. Abgesehen von Hendrik und Vinkemans waren der Kapitän, der Erste Offizier Meyer und der Erste Ingenieur anwesend. Die *Star of Peace* hatte inzwischen das offene Meer erreicht. Die Sonne war hinter dem Horizont verschwunden, und trotz der warmen Temperaturen am Tag war die Luft empfindlich kalt geworden. Über ihnen wölbte sich das riesige kobaltblaue Himmelszelt, dem die letzten Strahlen der untergehenden Sonne einen rötlichen Schimmer verliehen hatten. Ein fahler Mond schwebte im Rhythmus der Dünung zwischen den Masten hin und her.

Die Mahlzeit begann mit einem langen, reichlich peinlichen Gebet des Kapitäns. Henky wartete währenddessen in respektvollem Abstand mit der Suppenterrine, und der Erste Ingenieur bohrte gelangweilt in der Nase. An Deck war es schlagartig ruhig geworden. Die Passagiere waren an ihren langen Eßtischen höflich verstummt. Nach dem Amen dann stellte Henky die Suppenterrine vor dem Kapitän ab.

»Nimm gefälligst den Daumen aus der Suppe, mein Junge«, bemerkte der Erste Offizier. »Ihre Teller bitte, meine Herren!« verlangte der Kapitän.

Die Teller wanderten von einem zum anderen, wurden vom Kapitän gefüllt und auf demselben Weg zurückgereicht. Die Szene hatte etwas sehr Patriarchalisches.

Keiner sprach ein überflüssiges Wort. Alle horchten auf das geräuschvolle Schlürfen, mit dem der Erste Ingenieur seine Suppe löffelte und das Hendrik an eine auslaufende Badewanne erinnerte. Schließlich sagte der Kapitän: »Haben Sie schon ausgepackt, Doktor?«

»Ich bin dabei«, antwortete Hendrik. »Ich habe zuerst meine Visite gemacht.«

»Nach dem Essen ist die Zeit günstig«, fuhr der Kapitän fort. »Ich bin bis nach Mitternacht auf der Brücke.«

»Gut, Käpt'n.«

Schweigen.

»Vinkemans?«

»Ja, Käpt'n?«

»Haben Sie noch die Liste mit den Medikamenten, die die Passagiere mit dem Gepäck in Hamburg verloren haben?«

»Sicher, Käpt'n.«

»Die möchte ich mit in den Versicherungsanspruch aufnehmen. Bringen Sie sie mir zurück.«

»In Ordnung, Käpt'n.«

Schweigen.

»Den nächsten Gang, Junge!« verlangte der Kapitän.

Der Erste Ingenieur aß mit einem letzten Schlürfen auf.

»Meyer?«

»Ja, Käpt'n?«

»Haben Sie dafür gesorgt, daß bei Regen hier Planen aufgespannt werden können?«

»Ja, Sir.«

»Wir können nur hoffen, daß es dann nicht gleichzeitig stürmt«, murrte der Erste Ingenieur.

»Sind die Streben denn schon fertig, Meyer?« wollte Kuiper weiter wissen.

»Ja, Käpt'n.«

Nach diesem Schema ging es während der ganzen Mahlzeit weiter. Kuiper examinierte die beiden Seeleute, von denen jeder sein Vater hätte sein können, und verlangte schamlos Rechenschaft über alles, was sie am Tag getan hatten. Das Essen war alles andere als schmackhaft. Allmählich zierte Henkys Daumenabdruck die Ränder sämtlicher Schüsseln und Platten. Den Abschluß bildete ein unappetitlich grauer Grießpudding, der verloren in einer undefinierbaren roten Soße schwamm, gefolgt von einer Tasse unaromatischen, labbrigen Kaffees. Danach sprach der Kapitän ein weiteres Dankgebet. Nach dem Amen stand dieser auf, sagte »Mahlzeit!« und ging. Die anderen erwiderten den Gruß ebenfalls mit »Mahlzeit!«

Kaum war Kuiper außer Hörweite, setzte die Unterhaltung an sämtlichen Tischen wieder ein. Was immer man über den Kapitän sagen mochte, ausgleichend und entspannend wirkte seine Gegenwart keinesfalls. Hendrik rauchte mit den anderen eine Zigarette, trank noch einen Becher des miserablen Kaffees, entschuldigte sich dann und ging in die Kajüte, um fertig auszupacken.

Im abendlichen Zwielicht machte der Raum einen noch bedrückenderen Eindruck. Auch das Licht der Deckenbeleuchtung änderte daran nichts, im Gegenteil. Bei diesem Licht wirkte alles nur noch enger und trister. Dabei war das die Kajüte, die er drei Wochen lang, bis zur Ankunft in Montevideo, mit dem tyrannischen Kapitän teilen mußte. Diese Aussicht war alles andere als erhebend. Allerdings vergingen drei Wochen schnell, besonders dann, wenn es viel zu tun gab, und so wie es aussah, war das sicher der Fall.

Hendrik, auf der Suche nach einem Schlüssel zu Kuipers Persönlichkeit, betrachtete sich die Kajüte genauer. Doch abgesehen von den Büchern in dem kleinen Regal über Kuipers Koje gab es nichts, das als Hinweis hätte dienen können. Diese Bücher waren die Bibel mit einer Konkordanz, der Astronomische Kalender für 1939, das Medizinische Handbuch für die Schiffahrt von 1908 und vier abgenutzte Bücher über religiöse Themen, von denen drei hauptsächlich von Engeln handelten. Für Religion hatte Hendrik sich nie besonders interessiert. Und angesichts dieser Bücher störte es ihn noch mehr, nirgends allein und ungestört sein zu können. Er wünschte sich nichts sehnlicher als einen Ort an Bord dieses Schiffes, an den er sich mehrere Stunden täglich zurückziehen konnte und an dem ihn niemand behelligte.

Er packte den Rest seines Gepäcks aus und verstaute einen

größeren Teil in der ihm zugewiesenen Schrankhälfte. Dann zog er eine Schublade im Schreibtisch auf und entdeckte dort ein Paar Handschellen, eine altmodisch aussehende Pistole und eine Schachtel Munition. Nachdem er nun seinen Schrankteil und die drei für ihn bestimmten Schubladen gefüllt hatte, blieb noch immer ein Stapel übrig. Was sollte er nur mit dem Rest machen? Vinkemans mußte wieder einmal aushelfen. Der Bursche war wirklich großartig. Hendrik wagte gar nicht daran zu denken, wie sein erster Tag an Bord ohne den Pfleger mit der Trauermiene verlaufen wäre. Er legte sich probehalber auf die Couch und stellte fest, daß sie zu schmal und äußerst unbequem war. Einen Augenblick spielte er mit dem Gedanken, sich eine Koje in der Krankenstation zu reservieren. Dann stand er jedoch auf und öffnete die Klappe zum Bettkasten. Dort lagen zwar einige Decken und Kissen, doch daneben ließ sich noch ein Teil seines restlichen Gepäcks unterbringen.

Hendrik gab sich redlich Mühe, die Sachen so geschickt und platzsparend wie möglich unterzubringen, doch als er fertig war, ließ sich die Klappe nicht schließen, und es waren noch immer ein Stapel Hemden, ein Paar Tropenstiefel und der schreckliche Tropenhelm übriggeblieben. Gereizt räumte Hendrik alles wieder aus dem Bettkasten aus, packte es in den Koffer und verstaute statt dessen Tennisschläger, Tropenstiefel und Helm unter der Couch. Ein einzelner Koffer konnte wohl nicht so schwer unterzubringen sein. Vinkemans wußte sicher Rat.

Erst beim Hinausgehen entdeckte er die Fotografie, die zwischen Tür und Hutablage an der Wand hing. Sie zeigte eine jüngere Frau mit zwei Kindern an der Hand. Offenbar war die Aufnahme von einem professionellen Fotografen gemacht, denn die Haltung der Frau wirkte steif und unnatürlich, und das Lachen der beiden Jungen aufgesetzt. Die Frau war auf eine schlichte Art recht hübsch und hatte zudem Sex-Appeal. Sie trug eine silberne Pfeife als Anstecknadel. Seltsamerweise schien jedoch auch dieses Foto keinerlei Aufschluß über die Person des Kapitäns zu geben, im Gegenteil.

Hendrik traf Vinkemans im kleinen Krankenzimmer, wo er die Patientin mit dem Streckverband versorgte. Der Pfleger erklärte sich sofort bereit, den Koffer unterzubringen, und

Hendrik erzählte ihm von der schrecklichen Enge in der Kajüte und seiner Sehnsucht nach ein bißchen Privatsphäre.

Es war schon fast dunkel, als Hendrik an der Reling des Bootsdecks stand, aufs Meer hinausstarrte und eine Zigarette rauchte. Plötzlich ertönte hinter ihm eine Stimme: »Ich glaube, ich hab's gefunden, Doktor.«

Es war Vinkemans, der einem Geist gleich aus dem Dämmerlicht getreten war.

»Gefunden? Was haben Sie gefunden?«

»Einen Ort, wo Sie allein sein können. Ich habe mit dem Bootsmann gesprochen, und er hat vorgeschlagen, daß Sie das Rettungsboot Nummer 3 benutzen. Es liegt abseits vom ganzen Trubel an Deck und kann außerdem von der Brücke aus nicht eingesehen werden. Na, wie wär's?«

»Also, das war wirklich verdammt nett von Ihnen. Wo ist es denn?«

»Drüben, das letzte auf der Steuerbordseite.«

»Steuerbord ist dort drüben, oder?«

»Ganz richtig, Doktor.«

»Danke. Ich seh's mir mal an. Nochmals danke!«

»Keine Ursache.«

Wenige Minuten später lag Hendrik ausgestreckt auf dem Rücken zwischen den Bänken eines großen Ruderboots, starrte zum Mond hinauf, dachte an den Vorschlag mit dem Kostümfest, und die Idee begann ihm zu gefallen.

Guter alter Vinkemans! Es gab wirklich Menschen, die man als das Salz der Erde bezeichnen konnte.

VIERTES KAPITEL

Nachdem die Idee mit dem Kostümfest schließlich gegen die sture Skepsis des Kapitäns hatte durchgesetzt werden können, entpuppte sie sich als die ideale Massentherapie. Die Passagiere – Männer, Frauen und Kinder – machten sich mit Eifer und Begeisterung an die Vorbereitungen. Sie fertigten lustige Hüte, Luftschlangen, Laternen, Masken und selbst Pappnasen aus alten Zeitungen, der Verpackung medizinischer Geräte und leeren Tablettenschachteln an. Der Einfallsreichtum der älteren Männer war unerschöpflich. Doch was noch wichtiger war: Diese neuen Aktivitäten machten aus depressiven Hypochondern Kinder, die Freude am Spiel hatten, alles um sich herum vergaßen und sich gänzlich auf den Traum konzentrierten, der unter ihren Händen Wirklichkeit wurde.

Vinkemans war einfach überall. Er plante, organisierte, er konferierte mit Frau Goldstein, dem Rabbi und Herrn Himmelbaum, der Hendriks Prestigepatient geworden war. Daß aus dem fast neurotisch schwermütigen alten Herrn ein engagierter und fähiger Organisator der Festvorbereitungen geworden war, war sicher auch Vinkemans Beschäftigungstherapie, doch wohl hauptsächlich Hendriks eindringlichem Gespräch mit dem Patienten am ersten Tag an Bord der *Star of Peace* zu verdanken.

Vinkemans Engagement bei den Festvorbereitungen ließ ihm keine Zeit mehr, auch noch die Hilfsschwestern auszubilden, so daß Hendrik ihm diese Aufgabe abgenommen hatte. Die rothaarige Tovah war zwar willig, jedoch so unerfahren, daß Hendrik sie stets länger als die anderen nach dem Unterricht dabehielt. Die beiden älteren Frauen waren alte Schlachtschiffe, die mit ein paar Grundkenntnissen gut allein zurechtkamen. Was jedoch Tovah anbetraf, fand Hendrik, daß für ihn und seine Schülerin eine ungestörte Umgebung nötig sei, und so schlug er vor, die Nachhilfestunden in seinem geheimen Zufluchtsort im Rettungsboot abzuhalten – vorausgesetzt, sie war bereit, darüber Stillschweigen zu bewahren. Tovah, eine vertrauensvolle, unschuldige Person, war durchaus gewillt, ihm ohne Hintergedanken in sein Versteck zu folgen; lediglich ihr zehnjähriger Bruder stellte ein Problem dar. Er klebte an den beiden wie eine Klette: ein kräftiger Junge mit karottenroten Haaren und grünen Augen wie die seiner Schwester, die allerdings wesentlich mißtrauischer in die Welt blickten. Die Antipathie zwischen dem kleinen David und Hendrik war spontan und beiderseitig. Es schien nahezu unmöglich, Tovah ohne den neugierigen und vorwitzigen Bengel in das Rettungsboot zu locken. Doch auch in diesem Fall wußte Vinkemans eine Lösung, wenn auch unbewußt.

Gegen Ende einer Unterrichtsstunde in Erster Hilfe kam der Augenblick, da eine Schachtel mit Medikamenten in die Unterkünfte der Männer unter Deck gebracht werden mußte. Henky hatte seine Hilfe zugesagt, doch Vinkemans wartete vergeblich auf ihn. Glücklicherweise jedoch lungerte David im Gang herum und wartete auf seine Schwester. Hendrik erkannte seine Chance sofort und schlug Vinkemans vor, sich an David zu halten. Und bevor der kleine unangenehme Spion wußte, wie ihm geschah, war er schon mit besagter Schachtel auf dem Weg unter Deck. Drei Minuten später saßen Hendrik und Tovah Seite an Seite im Rettungsboot und nahmen das Blutdruckmessen durch.

»Siehst du, Kleines, das hier ist die Arterie – auf der Innenseite deines linken Ellbogens. Hier…« Ihre Haut war seidig und weiß. Die Vene schimmerte bläulich durch die dünne Epidermis. »In der rechten Armbeuge befindet sie sich auf der anderen Seite. Hier, versuch es mal bei mir. Leg die Manschette hier an. Ganz richtig. Und jetzt steck das Stethoskop in die Ohren. Großartig. Und pumpen… Genug! Genug! Es reicht, wenn die Nadel 220 anzeigt. Sonst tust du dem Patienten weh. Und jetzt horche hier, wo mein Finger ist, und laß die Luft ab… Langsam! Langsam! Hörst du was? Hörst du, wie die Pulsschläge einsetzen? Wusch – wusch – wusch?«

Ob sie es nun hörte oder nicht, wurde völlig unerheblich, als sie ihren Kopf senkte und ihr duftendes, von der Sonne gewärmtes Haar seine Wange streifte. »Ja!« flüsterte sie stolz. »Ich hör's!«

Kein Wunder – sein Herz klopfte zum Zerspringen und das Blut rauschte in seinen Ohren. Doch Hendrik war erfahren genug, nicht zu weit vorzupreschen. Sachte, sachte kam man zum Ziel. Beim nächsten Mal war es sicher leichter, den kleinen David mit dem wissenden Blick loszuwerden, denn beim nächsten Mal konnte er mit ihrer Mithilfe rechnen.

Die Nacht des Kostümfestes war sternenklar. Seit Le Havre war ihnen das gute Wetter treu geblieben. An diesem schönen, milden Sommerabend strahlte die Venus hell wie die Topplichter eines Schiffs am Himmelszelt, und die Milchstraße war ein breites glitzerndes Band. Der Mond ging als große, orangefarbene Scheibe über dem Horizont auf. Chinesische Lampions mit flackernden Kerzen hingen zwischen Masten und Schornstein. Der Koch hatte mit einigen Frauen Mandelkuchen und andere Leckereien gebacken. Vinkemans hatte zwei Flaschen holländischen Genever für den ursprünglich alkoholfreien Punsch gestiftet, und vermutlich wußten nur er, Hendrik und sicher auch der kleine David, der Hendrik nie aus den Augen ließ, weshalb die Party erst so richtig in Schwung kam, nachdem der Punsch die Runde gemacht hatte. Selbst die Matrosen ließen sich von der Feststimmung anstecken, und im Nu bildete sich eine kleine Band mit Mundharmonikas und Kämmen, die zum Tanz aufspielte. Es dauerte nicht lange, und eine bunte märchenhafte Menge aus Tieren, Rittern, Clowns und Nixen schob sich im Foxtrott oder Walzer zu »Roll Me Over in the Clover« oder »When Irish Eyes Are Smiling« über die Laufstege. Nach der zweiten Tanzrunde sammelte sich eine Gruppe von Masken zu einem jüdischen Gemeinschaftstanz, und die Zuschauer klatschten den Rhythmus. In diesen Tanz wurden auch die Kinder mit einbezogen, und ehe David es sich versah, fand er sich mit seinen Altersgenossen in der Mitte des Kreises wieder.

Hendrik, der an Tovahs Seite dem ausgelassenen Treiben zusah, spürte plötzlich, wie die Stimmung umschwang. Aus reinem Übermut war etwas Ernsthaftes, ja beinahe ein Ritual geworden, bewegend und geheimnisvoll zugleich, das mit den

Kindern als Mittelpunkt fast wie eine Huldigung an eine bessere Zukunft anmutete. Obwohl sich Hendrik hauptsächlich auf Tovah konzentrierte, spürte er auch, daß die Menschen, wie sie so Arm in Arm tanzten, damit die Schwelle von der Vergangenheit mit ihren Schrecken und der Verzweiflung in eine bessere Welt überschritten. Und auf diese Weise fand die Bewußtseinsänderung statt, die der schlaue Vinkemans vorhergesagt hatte. Hendrik betrachtete Tovah mit ihrem ernsten Gesicht und den glänzenden Augen. Ihre Lippen waren leicht geöffnet. Sie sah unschuldig und jung und sehr begehrenswert aus. »Komm!« forderte er sie auf. »Suchen wir uns ein ruhigeres Plätzchen. Sollen wir uns mal den Mond ansehen?«

Nach kurzem Zögern folgte Tovah ihm. Eigentlich blieb ihr nichts anderes übrig, denn Hendrik zog sie an der Hand hinter sich her, die Treppe hoch in die Dunkelheit des Bootsdecks.

»Wir könnten vom Rettungsboot aus die Sterne betrachten. Na, was meinst du?«

Hendrik wartete ihre Antwort erst gar nicht ab, sondern packte sie bei der Taille und hob sie in das Rettungsboot. Mit ihrer Papierkrone, mit der sie sich vor dem Sternenhimmel wie eine Märchenprinzessin abhob, war sie eine verführerische Erscheinung.

Plötzlich sagte eine Frauenstimme: »Doktor? Könnte ich Sie einen Augenblick sprechen?«

Hendrik stellte das Mädchen auf die Beine und drehte sich wütend um. Vor ihm stand im Dunkeln Frau Goldstein. »Ich finde, jetzt ist kaum der Moment...«

»Ich muß Sie unbedingt sprechen«, fiel Frau Goldstein ihm ins Wort. »Es ist dringend.«

»Was ist denn passiert?«

»Ich kann hier nicht reden. Gehen wir in Ihre Kajüte!«

Hendrik zögerte unentschlossen und drehte sich dann zu Tovah um, um sie zu bitten, auf ihn zu warten, doch das Mädchen war verschwunden. »Was zum Teufel soll das?«

»Das sage ich Ihnen gleich«, vertröstete ihn Frau Goldstein. »Gehen wir.«

Hendrik folgte ihr zur Kapitänskajüte und hielt ihr die Tür auf. Dort brannte die Deckenbeleuchtung, doch der Raum war leer.

»Schließen Sie die Tür«, forderte Frau Goldstein Hendrik auf.

Er gehorchte. »Also, was um Himmels willen ...«

Frau Goldstein musterte ihn mit grimmiger Entschlossenheit. Ihr mit Henna gefärbtes Haar schimmerte orangerot im Lampenlicht. »Tovah Nachtgeist ist gerade siebzehn und Waise«, begann sie. »Mit vierzehn hat sie beide Eltern bei Ausschreitungen gegen die jüdische Bevölkerung verloren. Ihr Vater ist auf offener Straße zu Tode geprügelt worden. Ihre Mutter ist kurz darauf gestorben. Sie waren gebildete, anständige Leute – wie vermutlich Ihre Eltern auch. Wie hätten Sie wohl mit vierzehn auf einen solchen Alptraum reagiert? Allein gelassen mit einem siebenjährigen Bruder? Denken Sie darüber mal nach.« Sie ging zur Tür. Dort drehte sie sich um. »Tovah Nachtgeist leidet an einem Trauma. Und sie befindet sich vorübergehend in Ihrer Obhut. Sie mißbrauchen Ihre Position, wenn Sie sie verführen, ohne sie heiraten zu wollen.«

»Ich bitte Sie, Frau Goldstein, ich ...«

»Haben Sie die Absicht, Tovah zu heiraten, Herr Doktor?«

»Nein, natürlich nicht! Außerdem ist überhaupt nichts pas ...«

»Und noch etwas«, fiel Frau Goldstein ihm erneut ins Wort. »Tovah ist ihrem Cousin, einem jungen Mann namens Yakov Koblenz versprochen. Und er gehört nicht zu den feigen, kriecherischen Juden – er ist eine Kämpfernatur. Er ist den deutschen Häschern entkommen und hat sich bis nach Palästina durchgeschlagen. Eines versichere ich Ihnen: Sollte dem Mädchen wegen Ihnen etwas zustoßen, dann verfolgt Yakov Koblenz Sie bis ans Ende der Welt. Er ist ein Jude im alttestamentarischen Sinn: Auge um Auge, Zahn um Zahn. Gute Nacht, Herr Doktor.« Damit öffnete sie die Tür und ging in die Dunkelheit hinaus.

Wenige Minuten später verließ auch Hendrik die Kajüte und wanderte über das Bootsdeck. Auf dem Deck darunter sangen und tanzten die Juden noch immer. Das rhythmische Stampfen war so ekstatisch, daß die Planken unter seinen Füßen vibrierten.

Yakov Koblenz. Seinen deutschen Häschern entkommen, jetzt in Palästina. Ein alttestamentarischer Jude, der nach dem

Motto handelte: Auge um Auge, Zahn um Zahn. Während er auf das ausgelassene Treiben unter sich starrte, fiel ihm plötzlich Mrs. Karelsen ein. In Gefahr? Er? Nicht von äußeren Mächten – durch seine eigenen Triebe.

In diesem Augenblick faßte er den Entschluß, Tovah Nachtgeist von nun an definitiv in Ruhe zu lassen. Er war nicht zum Helden geboren. Allein die Vorstellung! »Molly, Liebes, kannst du mich eine Nacht verstecken? Da ist ein jüdischer Friedenskämpfer hinter mir her...«

Nein, sein männliches Ego würde sich eine Weile Ruhe gönnen müssen.

FÜNFTES KAPITEL

1

Nachdem die *Star of Peace* die imaginäre Grenze überschritten hatte, die ihr durch die Reichweite ihres Funkgeräts gesetzt war, trat sie in eine zeitlose, friedliche Welt des totalen Aufsichgestelltseins ein, die für Kuiper das war, was das Leben eines Seemanns erst lebenswert machte.

Die Crew gab sich der vertrauten täglichen Routine hin, an die sich auch die Passagiere anzupassen begannen. Friede und Ruhe herrschten auf dem Schiff, auf dem es so rastlos zugegangen war, und dessen Passagiere schreckliche Erinnerungen an das Leben an Land quälten. Die Schiffsglocke läutete jede halbe Stunde einer Wache ein, die den Rhythmus von Tag und Nacht bestimmten. Am Ende eines jeden Wachganges erfolgte eine Logbucheintragung, in der das Wetter und die Höhe der Wellen festgehalten wurden. *Wolkenloser Himmel, langsame, mittelstarke Dünung, keine anderen Schiffe in Sicht, an Bord alles in Ordnung.*

Wetter und Lage an Bord blieben stabil, so daß die Logbucheintragungen gleichlautend waren, bis die *Star of Peace* auf einen eigenen Kurs um die Sonne einzuschwenken schien. Die Kompaßnadel sank beständig, die Passatwinde machten sich immer stärker bemerkbar, wobei die Wellentäler tiefer und die Dünung länger zu werden schien. Doch noch immer herrschte wolkenloser Himmel, keine anderen Schiffe wurden gesichtet, und an Bord war alles in bester Ordnung.

Das Leben mit dem Doktor in der gemeinsamen Kajüte entwickelte sich spannungsfreier, als Kuiper angenommen hatte. Der Arzt kam lediglich, um zu schlafen, oder stellte sich wenigstens jedesmal schlafend, wenn Kuiper am Ende seiner Nachtwache die Kajüte betrat. Sie sprachen nur das Nötigste miteinander, redeten nie über Dritte und keiner beklagte sich über den anderen. Das einzig Merkwürdige war, daß Richters es sich aus unerfindlichen Gründen angewöhnt hatte, Kuiper mit »Skipper« anstatt mit »Kapitän« anzureden.

Eines Nachts, es war kurz nach dem Maskenfest, lehnte Kuiper über der Reling des Backbord-Brückennocks und starrte nach achtern auf das hell leuchtende Kielwasser seines Schiffs, dessen grünlich schimmernde Furchen die dunkle See durchzogen, und fühlte sich allein in zeitlosem Raum.

In solchen Augenblicken schien ihm das Leben vor seiner Bekehrung wie eine unwirkliche Geschichte, die man ihm über einen großen, bösen Jungen erzählt hat, der seinen Vater bekämpft hatte und dann, nachdem der alte Mann von einem Herzinfarkt niedergeworfen worden und schließlich gestorben war, zu seinem Ebenbild geworden war. Natürlich waren die Vorgänge komplizierter gewesen, doch alles in allem war die *Star of Peace* unter demselben Kommando geblieben, nachdem man den Vater gelähmt und unfähig zu sprechen von Bord getragen hatte. Danach hatte der Wandel sich an ihm vollzogen, war aus dem Trunkenbold und Rebellen ein gottesfürchtiger Kapitän geworden. Das Erstaunlichste daran war allerdings die Kürze der Zeit, in der dies geschehen war. Es hatte rückblickend keine Übergangszeit, keine Anpassungsphase, keine Angst oder Zweifel gegeben. Das neue Leben war griffbereit für ihn dagewesen.

Während er in Gedanken versunken in das Kielwasser starrte, registrierte er aus den Augenwinkeln eine verdächtige Bewegung im Rettungsboot Nr. 3. Die Nacht war so sternklar und die See reflektierte das Licht so stark, daß die vorbeizischende Gischt die Boote zu erhellen vermochte. Kuiper wartete, bis der nächste Brecher aufspritzte – ja, da war tatsächlich jemand! Er stieg den Niedergang hinunter, um der Sache auf den Grund zu gehen. Als er sich dem Rettungsboot näherte, kletterte ein Mann heraus.

»Wer da?«

»Ich bin's, Skipper.«

»Doktor, Sie? Was machen Sie denn da?«

»Ich wollte allein sein, wenn's recht ist.«

Im ersten Moment war Kuiper drauf und dran, dem Mann zu sagen, daß die Rettungsboote für Unbefugte tabu waren, überlegte es sich jedoch dann anders. Das Leben an Bord verlief unkompliziert, das Schiff folgte ruhig seinem Kurs. Ihn ging es schließlich nichts an, was der Schiffsarzt in seiner Freizeit machte. Leben und leben lassen war seine Devise. »Na gut, Doktor. Gute Nacht.«

»Einen angenehmen Wachgang wünsche ich, Skipper.«

Wolkenloser Himmel, langsame, mittelstarke Dünung, keine anderen Schiffe in Sicht, an Bord alles in Ordnung.

2

Als die *Star of Peace* die tropische Zone erreichte, änderte sich die Situation drastisch. Erstes Anzeichen war die Tatsache, daß der Kapitän in weißer Uniform auf der Brücke erschien. Später am selben Tag waren Decks und Laufstege plötzlich von einer bunten Ansammlung von Sonnensegeln überzogen. Die Passagiere hatten dafür Decken, Bettücher und Teile von Planen verwendet, die der Bootsmann ihnen gegeben hatte. Die Wirkung war geradezu bizarr: Der solide alte calvinistische Frachter schien sich plötzlich in einen südländischen Basar verwandelt zu haben. Den abenteuerlichen Konstruktionen, die sich gefährlich im Wind blähten, haftete etwas von Siegesstolz und Eroberung an. Kuiper starrte von der Brücke gebannt auf das seltsame Bild hinunter, das sich ihm bot. Es kam ihm tatsächlich so vor, als hätten diese ungewöhnlichen Überbauten den Charakter seines Schiffes verändert. Die *Star of Peace* zeigte plötzlich eine Seite ihres Wesens, die seinen Vater verärgert und die strenge, unberührte Welt seiner Kindheit befleckt hätte. Das Schiff kam ihm fast wie eine bis dahin untadelige ältere Witwe vor, die sich auf einmal mit extravaganten Hüten voller Schleifen und Bänder herausputzte, die ihr unweigerlich den Stempel einer »femme fatale« aufdrückten.

Mit all diesen Planen, bunten Decken, Bettlaken und Persenningstücken bekam das Schiff auch eine völlig andere Geräuschkulisse. Unter jenen zahllosen Sonnensegeln begannen die Passagiere zu singen und zu lachen, zu kichern und zu plaudern. In spärlichen, selbstgemachten Kleidungsstücken aus Taschentüchern und Unterwäsche nahmen sie Sonnenbäder auf dem Backsdeck, den Windendecks und den freien Flächen der Laufstege, die der Sonne ungeschützt ausgesetzt waren.

Kuiper spielte zuerst mit dem Gedanken, die ganze unselige Zeltstadt einfach abbauen zu lassen, da sie eine Gefahr für das Leben seiner Passagiere darstellte. Eine einzige Sturmbö, und das ganze Zeug würde wie ein Kartenhaus in sich zusammenfallen. Allerdings fühlte er sich angesichts der einmal mit solcher Bestimmtheit geschaffenen Tatsache irgendwie machtlos. Die *Star of Peace* war zu einer Oase der Fröhlichkeit, der Musik und des Lachens in den trostlosen Weiten des Ozeans geworden. Das gemächliche Rollen des Schiffes in der Dünung schien diese Illusion nur noch zu verstärken. Sie waren gar nicht auf hoher See. Fürs Meer hatten die Juden noch nie etwas übrig gehabt. Es schien vielmehr so, als wäre es ihnen auf der Suche nach dem Gelobten Land gelungen, das Wasser in eine Wüste zu verwandeln. Wenigstens konnte dieser Eindruck entstehen, besonders nach Einbruch der Dunkelheit, wenn in den klaren Nächten die Sterne wie Feuer in der Ferne leuchteten. Tümmler, riesige Tintenfische und Wale, die gelegentlich im Umkreis des Schiffes auftauchten, entfachten leuchtende Wirbel und Fontänen. Die geringste durch Wellen oder Fische verursachte Bewegung an der Wasseroberfläche brachte grünlich schimmernden Lichterregen zustande, der der Dunkelheit etwas vom Zauber arabischer Nächte verlieh. Die Passagiere blieben bis spät in die Nacht wach, unterhielten sich und lachten. Wenn Kuiper dann während der mittleren Wache gegen Mitternacht auf das Treiben hinuntersah, fühlte er sich wie ein Fremder auf seinem Schiff.

Dieses neue Bewußtsein der Passagiere wirkte sich noch in anderer Beziehung positiv aus. Der Schiffsarzt berichtete, daß man unter diesen im Fahrtwind flatternden Sonnensegeln Kurse in Spanisch, über die Geschichte Uruguays, in Babypflege und Stenographie abhielt. Es war kaum zu glauben, daß dies dieselben Menschen sein sollten, die völlig verängstigt in Hamburg an Bord gekommen waren. Und während Kuiper in seiner weißen Uniform die Gänge dieser Zeltstadt mit auf dem Rücken verschränkten Armen wie ein Polizist auf Streife entlangschlenderte, gelangte er zu der Überzeugung, daß diese Menschen, solange sie Feuer, Wasser und ein Musikinstrument hatten, sich überall in der Welt zurechtfinden, ja vielleicht sogar Erfolg haben würden. Auf die Art des Instruments kam es dabei nicht an; ob selbstgefertigte Trommel, improvisierte Ukulele, Kamm und Papier oder im Notfall die menschliche Stimme, mit der das Volk der Juden seit fünftausend Jahren Gott lobte und pries, sie wußten sich stets auf einfallsreiche Art und Weise zu helfen. Und Kuiper erkannte, daß es keinen Sinn hatte, sich etwas vorzumachen: Für die Dauer der Passage nach Montevideo mußte der Gott Calvins einstweilen zugunsten des Gottes der Juden zurücktreten.

Je mehr sie sich dem Äquator näherten, desto unerträglicher wurde die Hitze, die sich in der Kapitänskajüte und den Quartieren der Mannschaft, ja selbst unter den Sonnensegeln an Deck staute. In den heißesten Stunden des Tages spielte sich das Leben der kleinen Gemeinschaft wieder in den Unterkünften unter Deck ab. Und erst wenn die Sonne wie ein drohend feuriger Ball im Westen untergegangen war, tauchten unter der Sichel des Mondes und dem breiten, silbrig glitzernden Band der Milchstraße all jene, die tagsüber geschlafen hatten, wie die Nomaden der Wüste an Deck auf. Musik, Gelächter, Gebetsgesänge – das war die Geräuschkulisse dieser erstaunlichen Juden, auf die Kuiper und der Schiffsarzt horchten, während sie wach, schwitzend und mit vor Hitze pochendem Herzen in ihren Kojen lagen. Es war seltsam, aber statt einer ungewissen Zukunft in einem fremden Land entgegenzusteuern, erweckten diese Menschen eher den Eindruck, in die Heimat zurückzukehren.

Merkwürdigerweise schuf gerade diese Situation eine Verständigungsgrundlage zwischen dem Skipper und seinem Schiffsarzt, die ein wenig über die gezwungenen Einsilber hinausging, auf die sich die Kommunikation zwischen den beiden bislang beschränkt hatte. Der Schiffsarzt begann von sich zu erzählen, was sich als ungemeine Wohltat herausstellte, denn Kuiper war innerhalb weniger Minuten eingeschlafen. Als Kuiper wiederum von der Seefahrt und den fremden Ländern berichtete, die er gesehen hatte, hatte dies umgekehrt die gleiche einschläfernde Wirkung auf Richters, denn bereits nach wenigen Minuten mischte sich in die durch die offenen Bullaugen im Hintergrund stets gegenwärtige Geräuschkulisse an Deck ein leises Schnarchen von der Couch her. Es war eigentlich undenkbar, daß die Fähigkeit, sich gegenseitig in den Schlaf zu langweilen, die Basis für eine persönliche Beziehung schaffen sollte, doch genau das war hier der Fall. Der Schiffsarzt, so entschied Kuiper, mochte zwar ein Windhund sein, war jedoch sein Geld wert. Und umgekehrt erweckte Richters allmählich den Eindruck, als halte er den Kapitän längst nicht mehr für ein um jeden Cent feilschendes Ungeheuer. Das wesentlich entspanntere Verhältnis zwischen den beiden führte sogar dazu, daß sie vor dem Abendessen gemeinsam einen Drink nahmen, nachdem sie sich auf dem Unterbrückendeck den Schweiß mit mehreren Eimern Wasser vom Körper gespült hatten, während Henky Wache schob, damit sie nicht von Frau Goldstein überrascht wurden.

Wie zu erwarten war, hatte sich Frau Goldstein inzwischen zur ungekrönten Königin dieses Bienenvolkes an Bord gemausert. Sie tauchte häufig auf dem Unterbrückendeck auf, um eine Frage mit dem Kapitän zu klären oder ihm eine Nachricht zu überbringen, und sowohl der Kapitän als auch der Schiffsarzt begannen allmählich voller Spannung auf ihre Besuche zu warten, denn irgendwie schaffte sie es stets, in einem anderen, unbekannten Aufzug zu erscheinen. Ungeachtet der Tatsache, daß sämtliches Gepäck der Passagiere im Hafenbekken von Hamburg geblieben war, zauberte sie aus allem, was sie ihren Untergebenen mit deren mageren Habseligkeiten oder dem Bootsmann und dem Koch abspenstig machen konnte, dünne Mäntel, wallende Gewänder, bauschige Blusen und erstaunliche Shorts. In ihrer voluminösen Handtasche mußte sie übrigens eine ganze Batterie schwerer Parfüms mit an Bord gebracht haben, denn so etwas konnten ihr weder der Koch noch der Bootsmann beschafft haben. Frau Goldstein erstattete praktisch täglich Bericht über die Situation unter ihren Passagieren, sie wies darauf hin, wann einer ihrer Untergebenen der besonderen Aufmerksamkeit des Kapitäns oder des Schiffsarztes bedurfte, schilderte die allgemeine Stimmung und machte Vorschläge, wie diese durch die Schiffsleitung verbessert werden könnte. Aus unerfindlichen Gründen schmeckten nach ihrem Besuch jedesmal Kuiper der Tomatensaft und Richters der Gin wesentlich besser. Irgendwie fühlten sie sich in ihrer Männlichkeit bestätigt, und die *Star of Peace* wirkte auf sie plötzlich nicht mehr wie ein abgewrackter Viehfrachter, sondern eher wie ein anständiges Schiff, auf dem diese Menschen auf würdige und angenehme Weise den Ozean überqueren konnten.

Das entspannte Verhältnis zwischen Kapitän und Schiffsarzt verleitete letzteren schließlich dazu, ganz unschuldig schwierige Themen anzuschneiden, die zu Beginn der Reise sicher Kuipers Wut erregt hätten. So zum Beispiel die Rettungsflöße.

Der Schiffsarzt kam eines Abends rein zufällig darauf zu sprechen, nachdem sie sich auf dem Unterbrückendeck geduscht hatten und Henky ihnen Drinks und eine Schüssel selbstgebackener Brezeln des Kochs servierte, die selbst einen Tiger abgeschreckt hätten, den beiden Männern jedoch die Illusion vermittelte, jederzeit zu einer leckeren Cocktailbeilage greifen zu können. Richters streckte sich wohlig in seinem Lehnstuhl im Schatten des Deckhauses aus und sagte beiläufig: »Übrigens, Skipper, Sie wollen im Ernstfall doch wohl nicht wirklich diese Rettungsinseln benutzen, oder?«

Kuiper blitzte ihn wütend an. Die Kontrolle der Sicherheitseinrichtungen war glücklicherweise sehr nachlässig verlaufen, doch er zog es vor, nicht daran erinnert zu werden. Er brummte daher nur Unverständliches und kaute geräuschvoll eine Brezel.

Richters jedoch blieb in seiner Ahnungslosigkeit beharrlich beim Thema. »Sind diese Dinger nicht gesetzlich verboten? Ich meine, dürfen die nicht nur von U-Booten verwendet werden? Wenigstens behauptet Vinkemans das.«

»Doktor«, begann Kuiper ruhig und, wie er hoffte, mit Überzeugung, »Vinkemans ist eine Landratte – genau wie Sie. Also kümmern Sie sich um Ihre Patienten, und überlassen Sie es mir, dieses Schiff heil nach Südamerika zu bringen.«

»O Verzeihung«, erwiderte Richters. »Ich wollte niemandem zu nahe treten. Aber die Dinger gehen mir irgendwie im Kopf um. Ich meine, das sind doch keine echten Rettungsflöße – sondern lediglich Ringe aus ...«

»Balsaholz«, fiel Kuiper mürrisch ein.

»Richtig. Also nur ein Ring aus Balsaholz mit einem Netz in der Mitte. Sollen die Leute im Ernstfall auf diesen Netzen sitzen und die Beine durchstecken, oder wie? Was ist mit Haien? Außerdem müssen sie stundenlang bis zur Taille im Wasser ausharren. Sind die Dinger nur zur Schau da?«

Kuiper erkannte, daß er das Thema so schnell wie möglich beenden mußte. »Doktor«, begann Kuiper, als spräche er mit einem lästigen Teenager, »in meinen Rettungsbooten haben 180 Personen Platz. Damit bleiben siebzig übrig. Die Mannschaft nicht mitgezählt. Ich schätze, unter den Passagieren befinden sich siebzig kräftige Männer, die sich im Notfall bereit erklären, die Rettungsflöße zu benutzen. Die Dinger sind durchaus akzeptabel. Ich habe sie aus Marinebeständen gekauft, und sie haben mich ein Heidengeld gekostet.«

»Na, bei der Sicherheitskontrolle sind sie offenbar nicht beanstandet worden.« Der Schiffsarzt sagte das in einem Ton, der in Kuiper den Verdacht weckte, daß er lediglich Konversation machte. Offenbar zeigte der Gin inzwischen Wirkung. Richters war bereits beim dritten Glas angelangt, und der Alkohol war es vermutlich, der das Harmoniebedürfnis des Schiffsarztes stärkte und ihn seiner Umgebung gegenüber nachsichtig machte.

»Wenn die deutschen Behörden meine Rettungsausrüstung kontrolliert hätten, dann wäre ich vermutlich in Schwierigkeiten gekommen«, gestand Kuiper. »Ich hatte mir deshalb während der Fahrt elbaufwärts schon ziemlich Sorgen gemacht, aber dann haben wir nach dem Chaos am Kai so schnell abgelegt, daß eine Kontrolle sowieso nicht mehr möglich war.«

»Hm.« Der Schiffsarzt versuchte in eine Brezel zu beißen, gab jedoch bald auf und trank statt dessen einen Schluck Gin. »Also, wie ich die Dinge sehe, hatten die Deutschen wohl nie die Absicht nachzuprüfen, ob Sie sich an die Sicherheitsvorschriften halten. Den Nazis ist es ziemlich egal, was Sie mit den Juden machen. Aber wie auch immer, mir ist es lieber, in einem Ihrer Netzfloße paddelnd mein Leben zu retten, als im Rettungsboot eines anderen zu sitzen. Ich schätze, das macht einen guten Kapitän aus, was? Haben Sie was dagegen, wenn ich mir noch einen genehmige?«

Es war das erste Mal, daß jemand Kuiper einen guten Kapitän genannt hatte. Vielleicht war es der Gin. »Sagen Sie, woher haben Sie das Zeug eigentlich?« fragte er schroff. »Haben Sie einen Vorrat davon mit an Bord gebracht?«

»Nein, nein«, wehrte der Arzt ab. »Ich habe ihn hier gekauft. Natürlich soll Ihr Schiff angeblich trocken sein, aber es gibt auch hier gewisse Quellen.«

»Wenn Sie den Stoff vom Koch haben, dann stammt er bestimmt direkt aus den Lampen.«

Der Schiffsarzt wechselte das Thema. »Wie lange wird die Hitze wohl noch anhalten, Skipper?«

»Vielleicht noch eine Woche«, erwiderte Kuiper. »Dann kriegen wir wieder Passat. Und danach fahren wir direkt in den Winter.«

Die Vorstellung erfüllte Kuiper plötzlich mit Bedauern. Allein die Tatsache, daß man darüber sprach, zerstörte das herrliche Gefühl der Zeitlosigkeit, das sie noch genossen. Überraschenderweise hatte er sich an das Zeltdorf und seine so leicht erregbaren Bewohner sehr gewöhnt. Die Rückreise würde ganz anders sein, welche Ladung der Markt ihm auch einbrachte.

»Zeit für meine Abendvisite«, seufzte der Schiffsarzt und stand auf. »Ich schätze, wir sehen uns vor Ihrem Wachgang nicht mehr. Machen Sie's gut, Skipper.«

»Gute Nacht, Doktor.«

Als der Mann gegangen war, gestand Kuiper sich ein, daß er wohl auch ihn vermissen würde.

3

Die Euphorie eines auserwählten Volkes, das die Wüste auf der Suche nach dem Gelobten Land durchquerte, hielt nicht an. Kurz nachdem die *Star of Peace* den Wendekreis des Steinbocks passiert hatte, änderte sich die Stimmung an Bord.

Der erste schärfere Wind blies ihnen aus der grauen Weite des Südatlantiks entgegen und riß an den Sonnensegeln, die hastig eingeholt werden mußten. Die See wurde bewegt; kleine, schnelle und gischtsprühende Wellen wühlten die Täler und Höhen der schweren Dünung auf. Es ging alles sehr schnell; schon in dem Augenblick, da der Wind in den Wanten zu heulen begann, und sich das alte Schiff mit auf- und abtauchendem Steven mühsam durch die schwere See kämpfte, verwandelte es sich von einem hübschen Dorf auf See wieder in einen schäbigen alten Frachter voller Flüchtlinge auf dem Weg in eine ungewisse Zukunft.

Möglicherweise war die Seekrankheit an allem schuld. Bisher war sie den Passagieren erspart geblieben, doch jetzt blieben die langen Eßtische, an denen alle so fröhlich gewesen waren, leer und verlassen, und diejenigen, die noch zu den Mahlzeiten erschienen, mußten ihre Becher festhalten, wenn sie nicht riskieren wollten, daß diese bei den starken Schwingungen des Schiffes davonrollten. Der Geruch in den Unterkünften wurde um eine Nuance reicher: dem säuerlichen Gestank von Erbrochenem.

Kuiper, der die Veränderungen auf seinem Schiff von der Brücke aus beobachtete, beschlich eine böse Vorahnung, die er jedoch gereizt verdrängte. Es war nichts als eine Schlechtwetterzone. In ein, zwei Tagen würde sich der Wind legen, die Sonne würde wieder herauskommen, und die Lage würde sich normalisieren. Das Problem war nur, daß das sorglose Sonnensegeldorf mit seinen lachenden, singenden und glücklichen Bewohnern eben nicht normal, sondern eine Illusion, ein Traum gewesen war. Erst jetzt, unter dem grauen Himmel, in der grauen, aufgewühlten See, während neben dem sich hebenden und senkenden Steven der *Star of Peace* Gischt aufstob, hatte die Wirklichkeit sie wieder eingeholt.

Und während er auf der Brücke stand und auf das auf und ab schwankende Welldeck hinunterstarrte und sich an der Reling der Brücke festhielt, fiel sein Blick auf eine zierliche Gestalt, die sich drunten gegen den Wind stemmte und auf die bewegte See hinausblickte. Es dauerte eine Weile, bis Kuiper merkte, daß es zwei waren, ein hochgewachsenes Mädchen und ein kleiner Junge, den das Mädchen beschützend an sich drückte. Das Bild der beiden hatte etwas so Melancholisches, daß es Kuiper vorkam, als personifizierte sich in ihnen das Unglück des Exils, der Fluch der Diaspora. Als der Wind dem Mädchen das Tuch vom Kopf riß, das es getragen hatte, erkannte Kuiper in ihr die Rothaarige mit ihrem kleinen Bruder.

»Käpt'n?«

Hinter ihm stand Henky mit dem Kaffee, der stets nach der Hälfte des Wachganges serviert wurde.

»Danke, mein Junge.«

Henkys Ölzeug knisterte im Wind.

»Halt dein Tablett fest, Junge. Mr. Wybrands ist im Funkraum. Stolpere nicht über die Schwelle.«

Er wartete, bis sich der Junge bis zum Ruderhaus vorgekämpft hatte und in der Tür verschwunden war, bevor er den Blick wieder auf das Welldeck richtete.

Das Mädchen und der kleine Junge waren verschwunden, fast so, als habe der Wind sie fortgerissen.

SECHSTES KAPITEL

1

Tovah Nachtgeist hatte sich nie zu ihren Mitreisenden oder zu irgend jemand anderem hingezogen gefühlt; die einzige Ausnahme war David, und der zählte eigentlich nicht, da er fast ein Stück von ihr war. Die Aufregung um warme Kleidung brachte ihr erneut zu Bewußtsein, wie fremd ihr all die anderen waren.

Je näher Montevideo rückte, desto kälter wurde das Klima, und alle beklagten laut jammernd den Verlust ihrer Winterkleidung, die zusammen mit dem Gepäck in Hamburg zurückgeblieben war. Sie redeten von diesem Mißgeschick, als sei es eine Ungerechtigkeit, der dadurch abgeholfen werden könnte, daß man möglichst viel Aufhebens davon machte. Tatsache blieb jedoch, daß allein die Nazis dafür verantwortlich zu machen waren. Die Crew hatte keine Winterkleidung zu vergeben, und selbst wenn, warum sollte sie sie den Passagieren überlassen?

Frau Feldschuh war die schlimmste von allen. Sie steckte zuerst die arme, etwas konfuse Frau Schlachter an, die laut um warme Kleidung für ihre Enkeltochter Lieschen jammerte. Ein Wort gab das andere, und das Anliegen der Frauen wuchs sich schließlich zu einer massiven Forderung aus. Frau Feldschuh hatte die übrigen bald soweit beeinflußt, daß man ein Ultimatum abfaßte, das dem Kapitän überreicht werden sollte. Bevor es jedoch dazu kam, griff Frau Goldstein ein, indem sie dem Kapitän die Zusage abverlangte, ein Telegramm an das Rote Kreuz von Uruguay zu schicken, in dem auf die Notlage hingewiesen und Hilfe erbeten werden sollte. Das Telegramm sollte per Funkspruch abgehen, sobald die *Star of Peace* in Funkreichweite von Montevideo war.

Frau Goldsteins entschlossenes Handeln hatte der entstandenen Unruhe sozusagen den Nährboden entzogen. Die Klagen und Beschwerden verstummten in dem Augenblick, als man sich für das Telegramm entschieden hatte, und die ganze Angelegenheit geriet prompt in Vergessenheit. Letztlich wußte niemand, ob der Kapitän das Telegramm überhaupt abgeschickt hatte, und es interessierte auch nicht mehr. Daß der Konflikt auf diese Weise beigelegt worden war, bewies einmal mehr Frau Goldsteins kluge Autorität.

Tovah allerdings hatte für die herrische Alte nichts übrig – schon gar nicht, seit sie sich in ihre Beziehung zu Dr. Richters – oder »Hendrik«, wie sie ihn in ihren Träumen mutig nannte – eingemischt hatte. Zweifellos war Dr. Richters von ihr sehr angetan gewesen. Und damals, beim Kostümfest, hatte er sie schon fast ins Rettungsboot gehoben, und Tovah war sicher, daß er sie auch geküßt hätte. Das Auftauchen der alten Goldstein hatte dann aus einem aufmerksamen Freund, in dessen Nähe sie stets Zärtlichkeit gefühlt hatte, einen reservierten Fremden gemacht, der kaum noch von ihr Notiz zu nehmen schien. Der Himmel wußte, was die Goldstein zu ihm gesagt hatte. Jedenfalls mußte es eine ziemlich strenge Zurechtweisung gewesen sein, weil er jetzt so tat, als hätten sie sich nie heimlich ins Rettungsboot gestohlen, um das Blutdruckmessen zu üben, als habe er ihr nie mit jener aufregenden Zärtlichkeit in die Augen gesehen. Diese Goldstein! Eine fast Achtzehnjährige war nach allem, was sie durchgemacht hatte, zu einer erwachsenen Frau geworden.

Seit über drei Jahren lebte nun Tovah allein mit David. Sie hatte außer Yakov keine Verwandten. Und als er nach Palästina gegangen war, war sie ganz auf sich gestellt gewesen. Sie hatte überlebt, David anständig erzogen, ihn gekleidet und ernährt, war Mutter, Vater und Haushälterin für ihn. Wenn also jemand das Recht hatte, sein Leben selbst zu bestimmen, dann war sie das! Aber da tauchte ausgerechnet im entscheidenden Augenblick diese Goldstein auf und machte alles kaputt! Sie hatte Tovah damit nicht nur ein Stelldichein, sondern ein ganzes Leben verdorben. Angesichts von Hendriks kühlem, ja fast feindseligem Verhalten ihr gegenüber war Tovahs Tagtraum von der Zukunft zur Farce geworden. Es sollte sich allerdings herausstellen, daß dieser Tagtraum ein Eigenleben entwickelt hatte. Und es schien, als würde Hendriks Reserviertheit diesen

Traum auf geheimnisvolle Weise weiter nähren, ihn wirklicher und noch besitzergreifender werden lassen, so daß es ihr praktisch unmöglich wurde, ihn abzuschütteln. Er beherrschte bald ihr Wachen und ihr Träumen.

Alles drehte sich dabei um diese Vorstellung: ein Bungalow, umgeben von Palmen, mit einer großen Veranda, grünen Jalousien, einem weißen Kiesweg, der zu einer Straße und einem Tor führte, an dem ein Schild mit der Aufschrift hing: HENDRIK RICHTERS M. D. – PRAKTISCHER ARZT. Im Hof stand ein Dreirad, im Schatten eines großen, alten Baumes hing eine Schaukel, und aus dem Haus tönte Kinderlachen; ein Wagen fuhr die lange, weiße Auffahrt hinauf, bog, eine weiße Staubwolke aufwirbelnd, auf den Hof ein und er stieg aus und rief: Tovah? Tovah, wo bist du? Und dann lief sie die Treppen der Veranda hinunter...

Sie sah das Innere des Bungalows bis ins kleinste vor sich: die Vorhänge, die Topfpflanzen auf den Fensterbrettern, die Möbel, das große Himmelbett mit Moskitonetz. All ihre Vorstellungen basierten auf einem Buch über das Leben in den Tropen, das sie gelesen hatte, das für sie jedoch eine überwältigende Realität besaß, an die das Leben in den Unterkünften unter Deck nicht heranreichte. Und dieser Tagtraum, so absurd er auch sein mochte, machte die Aussicht auf ein Leben in Südamerika für sie aufregend und vielversprechend.

Andererseits wußte Tovah genau, daß das alles Unsinn war. Sie konnte bestenfalls hoffen, dort eine Beschäftigung als Hausmädchen oder, wenn sie Glück hatte, als Gouvernante zu bekommen. Die meisten Passagiere hatten Verwandte in Südamerika oder in den Vereinigten Staaten, mit deren finanzieller Unterstützung sie rechnen konnten. Sie hatte nur Yakov in einem Kibbuz in Palästina, der kaum das Existenzminimum verdiente. Ihre Chancen, überhaupt eine Stellung zu finden, waren schon gering genug. Trotzdem gab sie sich ganz bewußt dieser Vision hin vom Bungalow mit den grünen Jalousien, dem Kinderlachen und dem Wagen, der Staub aufwirbelnd die Auffahrt heraufkam...

Sie nahm am Spanisch-Unterricht teil, machte sich pflichtbewußt Notizen über die Wirtschaft des Staates Uruguay, ja sie machte sogar bei den Spielereien mit, die Frau Hallmann als Spanisch-Übungen bezeichnete. »Guten Morgen, Frau Posthalterin, wie geht es Ihnen heute?« – »Danke, Mrs. Wolf, mir geht es gut. Was kann ich heute für Sie tun?« – »Briefmarken, Postkarten und ein Päckchen, por favor.«

Je näher die Küste Südamerikas rückte, desto drängender empfand Tovah den Wunsch, mit Hendrik zu reden, denn die Spannungen, die die Diskrepanz zwischen Traum und bedrängender Wirklichkeit aufbaute, wurden unerträglich. Schützte er nur Gleichgültigkeit vor, weil die alte Goldstein mit ihrem Argusblick allgegenwärtig war? Wartete er vielleicht nur darauf, bis das Schiff Montevideo erreicht haben würde, um sich ihr wieder zu nähern – sie in einem Café an Land zu küssen? Fühlte er heimlich dasselbe für sie wie sie für ihn – und wartete nur auf eine Gelegenheit, mit ihr allein zu sein, unbeobachtet von dieser schrecklichen Frau, die sie wie ein Ungeheuer bewachte? Tovah hatte den verzweifelten Wunsch, mit ihm zu reden. Sie ging schließlich sogar so weit, ihn dreist anzusprechen, obwohl sie dabei dunkelrot wurde. Doch er tat so, als habe er sie nicht gehört, und drängte sich an ihr vorbei, als habe er etwas Wichtiges zu tun.

Der letzte Tag vor der Ankunft in Montevideo verlief äußerst hektisch. Viele standen, in Gespräche vertieft, in den Gängen zwischen den Betten herum und machten ein Durchkommen unmöglich. Kinder quengelten und ernteten bei gereizten Müttern nur Tadel. Frau Schlachter machte die lebhafte Enkelin noch mehr zu schaffen als sonst, und Lieschen gebärdete sich noch anspruchsvoller und schwieriger. Hendrik tat stets sehr beschäftigt, wann immer er Tovah in seiner Nähe entdeckte, doch Tovahs Entschlossenheit, ihn zur Rede zu stellen, wuchs mit jeder Minute. Sie mußte wissen, woran sie war; sie hatte das Gefühl, verrückt zu werden, wenn sie nicht bald mit ihm sprechen konnte.

Doch Tovah hatte keine Chance. Am Morgen der Ankunft, als die Dämmerung über einer breiten, silbrig schimmernden Flußmündung mit dunklen Ufern in der Ferne anbrach, wurden alle Passagiere aufgerufen und gebeten, sich an Deck zu begeben, um von Bord zu gehen. Das schien alles noch zu früh, denn ein Hafen war noch längst nicht in Sicht. Schließlich jedoch erwies es sich als ein weiser Ratschluß des Kapitäns, denn das Aufstellen in Reih und Glied dauerte eine halbe Ewigkeit. Es gab Streit auf den Leitern zwischen denen, die hinauf, und denen, die hinunter wollten; Kinder weinten, die Stimmen der Mütter wurden schrill vor Aufregung und Nervosität. Als das Schiff in den Hafen von Montevideo einlief, stritten sich die Passagiere noch immer, rannten hin und her oder versuchten sich näher an der Gangway in die Reihe der Wartenden zu schmuggeln. Hendrik war nirgends zu sehen. Tovah fragte Frau Himmelbaum nach ihm, die den Niedergang zum Bootsdeck herunterkam. Der Herr Doktor sei sehr beschäftigt, antwortete Frau Himmelbaum. Er packe seine Sachen in der Kapitänskajüte. Das konnte nur eines bedeuten: Er hatte vor, zu verschwinden, sobald die Passagiere von Bord gegangen waren.

Sie passierten die Hafeneinfahrt, und plötzlich lag die Stadt vor ihnen. Direkt hinter der Einfahrt lag ein großer weißer Luxusliner mit gelben Schornsteinen. Tovah erkannte die holländische Flagge am Heck. Es war das Schiff, das sie bereits im Hafen von Le Havre gesehen hatten. Aus unerfindlichen Gründen brachte der Anblick des Passagierdampfers ihr zu Bewußtsein, daß jetzt der Augenblick der Entscheidung gekommen war; sie würde ihn nie wiedersehen. Und falls sie ihm überhaupt etwas bedeutete, mußte sie es wissen.

Trotzdem zögerte sie. Sie zupfte an David herum, zerrte an seinem Rucksack und wurde ärgerlich, als der Junge nicht stillstehen wollte. »O Verzeihung!« sagte sie mit übertriebener Höflichkeit, als Frau Schlachter sie anrempelte, die Lieschen zu fangen versuchte. Das Kind rannte über das Deck und schlug mit ihrem Teddybär nach den Leuten. Tovah, zwischen Entschlossenheit und Verzweiflung hin und her gerissen, ging übereifrig den älteren Frauen zur Hand, bis das Schiff an einem Kai mit einem weißen Fahrgastgebäude am Ende festmachte. »Achtung! Achtung!« ertönte die Stimme des Kapitäns durchs Megaphon. »Alle Passagiere begeben sich zur Gangway. Bevor Sie das Schiff verlassen, bekommen Sie von Mr. Wybrands Ihre Pässe zurück. Er erwartet Sie oben an der Gangway. Bitte gehen Sie langsam und geordnet von Bord. Die Gangway ist sehr steil. Der Kapitän und seine Crew wünschen Ihnen viel Glück in Ihrer neuen Heimat.«

Tovah beobachtete, wie die Gangway hinuntergelassen wurde. Das war der Augenblick, in dem sie endlich aus ihrer lähmenden Tatenlosigkeit erwachte. »Bleib, wo du bist! Ich komme gleich wieder!« befahl sie David und rannte die Treppe zur Kapitänskajüte hinauf.

Völlig außer Atem erreichte sie die Kajütentür und sah, daß Frau Himmelreich recht gehabt hatte. Hendrik war beim Pakken. Auf dem Tisch und sämtlichen Stühlen lagen Kleidungsstücke, und der Bettkasten der Couch war geöffnet. Hendrik stand in der Mitte des Raumes und setzte Henky gerade einen Tropenhelm auf.

»Mann, Doktor – vielen Dank«, sagte Henky. »Der ist ja prima. Vielleicht ein bißchen groß, was?«

»Das läßt sich leicht ändern.« Hendrik nahm ihm den Hut ab. »Man verstellt einfach den Riemen hier...«

Tovah hielt es nicht mehr aus. »Hendrik!« begann sie lauter und drängender als beabsichtigt.

Hendrik hob den Kopf. Und plötzlich sah sie sich durch seine Augen: ein schlaksiges junges Mädchen, mit einem blauen Rucksack auf dem Rücken und einem Tuch um den Kopf, ein kindlich schmollendes Gesicht. Am liebsten wäre sie davongelaufen.

»Hallo! Mußt du denn nicht von Bord?« erkundigte er sich.

»Ich – ich wollte nur auf Wiedersehen sagen...«

Er schien versucht, genau das zu tun, doch angesichts der Qual in ihren Augen überlegte er es sich offenbar anders. »Komm rein«, lud er sie ein. »Und du auch, David.«

Tovah hatte gar nicht gemerkt, daß David ihr gefolgt war. Am liebsten hätte sie David gesagt, er solle verschwinden, doch als sie die neugierigen Blicke des Messejungen und Hendriks offensichtliche Gereiztheit spürte, brachte sie nur heraus: »Ich – ich...« Und dann kamen die Tränen.

Draußen ertönte das Tuten des Nebelhorns. »Alle Passagiere gehen von Bord!« rief Meyers Stimme. »Ruhe bewahren. Nicht drängeln!«

»Geh jetzt, Henky!« sagte Hendrik.

Der Messejunge verschwand.

»Tovah, ich wünsche dir und David alles Gute. Hoffentlich fühlt ihr euch in eurer neuen Heimat wohl... Aber ich glaube, das kommt von selbst.« Er redete, als seien sie nur flüchtige Bekannte.

Das Bewußtsein, daß dies ein entscheidender Augenblick für ihr zukünftiges Leben war, verführte sie zu den Worten: »Aber ich kann doch so nicht gehen! Ich – mein Gott...« Diese idiotischen Tränen! Sie verdarben alles.

»Tovah, beruhige dich«, besänftigte Hendrik noch immer lächelnd, doch in leicht gereiztem Ton. »Ich verstehe ja, daß du nervös und ängstlich bist, aber du brauchst dir wirklich keine Sorgen zu machen. Du hast es geschafft! Du bist frei – dein ganzes Leben liegt vor dir...« Hendrik war langsam rückwärts gegangen und stieß jetzt an den Schreibtisch. Er drehte sich um und tat so, als suche er etwas in der Schublade.

»O bitte!« hörte sie ihre Stimme, die vor lauter Tränen ganz belegt klang. »Wir können doch so nicht auseinandergehen! Nicht nach dem Abend...«

Hendrik hatte die Schublade zu weit herausgezogen. Sie kippte aus der Halterung, und der ganze Inhalt ergoß sich über den Fußboden. Fluchend machte er sich daran, die Sachen wieder einzusammeln. Tovah stürzte zu ihm, um ihm zu helfen. Unter all den Papieren war auch eine Pistole. Als sie sie aufhob, um sie in die Schublade zurückzulegen, riß er sie ihr aus der Hand und schrie: »Bist du verrückt! Das Ding ist geladen!« Offenbar hatte er Angst, sie könne auf ihn schießen.

»Ich wollte doch nur...« Tovah wußte, daß jetzt alles verloren war, und begann zu schluchzen.

»Um Himmels willen, Tovah. Jetzt hör mal, ich...«

»Hallo allerseits!« rief eine Frauenstimme von der Tür her.

Hendrik sah auf. Tovah beobachtete, wie aus dem Hendrik mit der ärgerlich starren Miene wieder der Mann wurde, der sie einmal so zärtlich angesehen hatte. »Susan!« rief er freudig erregt.

Tovah drehte sich um. Im Türrahmen standen zwei Krankenschwestern in blauer Uniform. Hendrik sprang auf, steckte die Pistole in den Hosenbund und lief auf die beiden zu, um sie zu umarmen.

Der Augenblick war vorüber. Der Traum war gestorben...

2

Susan Foster war völlig perplex, als Hendrik sie schwungvoll über die Schwelle hob und sie leidenschaftlich küßte und sie »Angel« nannte. Das Ganze sollte wohl ein Kompliment sein, und Susan war durchaus gewillt, es als solches zu nehmen, bis ihr Blick zufällig auf das Mädchen fiel, das sich hinter dem Tisch aufrichtete. Ihr Gesicht war tränenfeucht und verriet den ewig weiblichen Kummer der verlassenen Geliebten.

Man brauchte kein Psychologe zu sein, um die Situation zu erfassen. Der unersättliche Hendrik hatte während der Überfahrt Minderjährige verführt, und stürzte sich nun freudig auf sie, Susan, die ihm wie vom Himmel geschickt vorkommen mußte, um sich einer peinlichen Abschiedsszene zu entziehen! Hendrik plapperte nervös drauflos, das Mädchen beobachtete sie verzweifelt und rannte schließlich mit unterdrücktem Schluchzen aus der Kajüte.

»Tovah ...!« rief Hendrik ihr halbherzig nach.

Der kleine Junge mit dem Rucksack baute sich vor Hendrik auf, streckte ihm die Zunge raus und trat ihm heftig gegen das Schienbein. Dann rannte er hinter dem Mädchen her.

»Na, das ist ja eine tolle Überraschung!« erklärte Hendrik mit falscher Überschwenglichkeit. »Wo kommt ihr denn her?«

Susan musterte das gutaussehende Männergesicht mit den rätselhaften Augen prüfend. »Was hatte der kleine Junge denn?« fragte sie schließlich.

»Ach nichts!« antwortete Hendrik wegwerfend.

»Hast du beim Einlaufen denn unser Schiff nicht gesehen?« wollte Myrtle wissen. »Wir liegen gleich hinter der Einfahrt an der Muelle de Escala. Die *Tubantia* ist doch kaum zu übersehen!«

»Ich habe die ganze Zeit hier in der Kajüte meine Sachen gepackt«, entschuldigte Hendrik sich. »Aber das muß gefeiert werden!« Er streckte den Kopf zur Tür hinaus und rief: »Henky!« Dann musterte er Susan von Kopf bis Fuß mit seinen Schlafzimmeraugen. »Ich kann dir gar nicht sagen, was dein Anblick für einen armen Kerl wie mich bedeutet!«

»Tja, wir scheinen ja gerade zur rechten Zeit gekommen zu sein«, antwortete Susan spitz.

Hendrik merkte gar nicht, wie ironisch das gemeint war. Offenbar meisterte er das Leben, indem er allen Konflikten oder Konfrontationen aus dem Weg ging und sich wie ein gottverdammter kleiner Gigolo von einer Affäre zur nächsten hangelte.

»Wohin willst du eigentlich?« erkundigte sich Myrtle in ihrem sehr britischen Akzent, um die Stille zu überbrücken.

»Gott sei Dank ist meine unfreiwillige Zweisamkeit mit dem Skipper hier vorbei. In ein oder zwei Tagen fahre ich mit einem Passagierschiff zurück – vielleicht buche ich ja sogar eine Passage auf eurem Liner. Aber solange der Skipper weg ist, muß ich erst mal fertig packen. Ah, da bist du ja!« Ein schmuddeliger Junge mit einem Tropenhelm auf dem Kopf, der ihm viel zu groß war, tauchte in der Tür auf. »Was wollt ihr, Mädchen? Genever?«

»Susan, was meinst du?« erkundigte sich Myrtle neckisch und versuchte die gespannte Atmosphäre etwas aufzulockern.

»Das ist mir völlig egal.«

»Na gut. Mir ist auch alles recht, solange es eisgekühlt ist«, schränkte Myrtle ein.

»Auf diesem Kahn gibt's kein Eis, Schätzchen«, erwiderte Hendrik. »Was man auch bestellt, es ist immer lauwarm. Wie wär's mit einem englischen Bier?«

»Dann lieber Genever.«

»Okay, Henky. Bring drei Genever, und zwar doppelte!«

»In Ordnung, Doktor.« Der Junge verschwand.

»Also, was wollen wir heute abend unternehmen? Das muß doch gefeiert werden. Ich habe euch viel zu erzählen ...« Er sah strahlend von einer zur anderen.

Susans Wiedersehensfreude jedoch schien plötzlich getrübt. Wie kam es nur, daß, wann immer man einen netten Mann traf, der auch noch ein guter Liebhaber war, dieser immer etwas tat, das alles verdarb, überlegte sie. Dieser aalglatte Opportunist! Wie der Blitz konzentrierte er sich mit all seinem jungenhaften Charme auf Myrtle, doch da würde er auf Granit beißen. Myrtle mochte rosig, blond und blauäugig – wie auf der Abbildung auf einer englischen Keksdose – aussehen, aber innerlich war sie aus verdammt hartem Holz geschnitzt. Immerhin hatte sie bei der Marine als Krankenschwester gedient. Hendrik verschwendete bei ihr nur seinen Charme, denn Myrtle interessierte sich für höhergestellte Persönlichkeiten. Ein kleiner praktischer Arzt hatte bei ihr keine Chance.

Plötzlich wurde an den Türstock geklopft. »Herein, Henky!« rief Hendrik.

Doch statt des Messejungen mit dem Tropenhelm stand ein Militärpolizist im Türrahmen. An seinen Schulterepauletten glänzten Sterne, und die Mütze war mit Goldtressen verziert. Er grüßte zackig.

»Sind Sie hier der Kapitän?« erkundigte er sich.

»Nein, Sir«, erwiderte Hendrik beeindruckt. »Ich bin der Schiffsarzt. Was kann ich für Sie tun?«

Der Offizier wirkte verärgert darüber, daß er es mit einem so rangniederen Schiffsoffizier zu tun hatte. »Ich habe eine dringende Nachricht für den Kapitän. Wo ist er?«

»Keine Ahnung, Sir. Er ist an Land gegangen – ich schätze, zum Schiffsmakler. Er müßte eigentlich jeden Augenblick zurück sein. Warum setzen Sie sich nicht solange? Hier bitte, nehmen Sie doch Platz...« Hendrik begann einen Stuhl freizuräumen.

Der Offizier sah ihn an, als hätte er etwas Unanständiges gesagt. »Ich kann nicht warten!« entgegnete er schroff. »Dann muß es eben ohne Vorwarnung geschehen.« Damit grüßte er erneut zackig, warf Susan und Myrtle einen abschätzenden Blick zu und verschwand.

Kurz darauf kam der Messejunge mit dem Tropenhelm auf dem Kopf herein. Seine Augen glänzten vor Neugier. Henky stellte ein Tablett mit drei Schnapsgläsern auf den Tisch und machte auf dem Absatz kehrt.

»Was soll das heißen?« sagte Hendrik wie zu sich selbst. »Was will er ohne Vorwarnung tun? Jemanden verhaften?«

»Dazu setzt man hier doch keine Militärpolizei ein«, bemerkte Myrtle.

»Das war ein M. P.? Mit soviel Goldtressen?«

»Ein Colonel der Militärpolizei«, belehrte ihn Myrtle. »Das sind die Beamten, die die Pässe von Einreisenden kontrollieren.«

»So? Aha!« Hendrik reichte den Mädchen ihre Gläser. »Trinken wir auf unser Wiedersehen. Prost allerseits!«

Er hob sein Glas, trank es in einem Zug aus und sagte: »Also, laßt mich nur schnell fertigpacken, dann stürzen wir uns ins Vergnügen!«

»Willst du nicht lieber warten?« fragte Myrtle.

»Warten? Worauf?«

»Was die Militärpolizei vorhat. Denen ist nicht zu trauen. Diese Lateinamerikaner sind Schlitzohren.«

»Aber warum? Was sollten die denn vorhaben?«

»Was habt ihr geladen? Ich meine, jetzt mal abgesehen von den Passagieren?«

»Nichts! Wir hatten nur die Passagiere an Bord«, erwiderte Hendrik.

»Möglicherweise bereiten die eine Razzia nach Rauschgift oder anderer Schmuggelware vor«, überlegte Myrtle. »Vielleicht haben sie von einem Spitzel einen Tip bekommen. Man kann nie wissen. Letztes Jahr, als ich mit der *Hastings* in Valparaiso gewesen bin – du weißt schon, die Fregatte...«

Myrtle plauderte munter weiter, und Susan fragte sich ernstlich, was sie in Le Havre an diesem Hendrik eigentlich gefunden hatte. Er weckte bei ihr nur noch Bitterkeit, und sie fühlte sich alt.

3

Die Passagiere, die mittlerweile von Bord des Schiffes gegangen waren und in Zweierreihen am Kai standen, warteten jetzt bereits seit einer halben Stunde auf die Abfertigung durch die uruguayischen Behörden.

»Ich möchte nur wissen, warum's nicht weitergeht«, nörgelte Frau Feldschuh. »Es passiert ja überhaupt nichts. Ich stehe jetzt schon seit Stunden neben diesem Pfosten hier.«

»Das ist kein Pfosten, sondern ein Duckdalben«, verbesserte

Herr Brandeis sie. »Außerdem sind wir hier erst seit knapp zwanzig Minuten.«

»Quatsch!« fuhr ihn Frau Feldschuh an. »Ich habe ein sehr gutes Zeitgefühl und...« Lieschen rempelte sie an und rannte, ihren Teddybären gefährlich in der Hand schwingend, weiter an der Reihe der Wartenden entlang, die praktisch von der Gangway bis zum Fahrgastgebäude am Ende des Kais reichte. »Mein Gott, Frau Schlachter, können Sie nicht besser auf Ihr Enkelkind aufpassen?«

Frau Schlachter jedoch war völlig in ihre eigenen Gedanken versunken und antwortete erst gar nicht. Auch Tovah hörte Frau Feldschuhs nörgelnde Stimme nur wie von fern. Ihre Stimmung paßte zu dem grauen, windigen Nieselwetter, dem die fröstelnden Passagiere auf dem offenen Kai schutzlos ausgesetzt waren. Der südamerikanische Offizier in der Operettenuniform, der an Bord der *Star of Peace* gegangen war, kam zurück und steuerte mit mißgelaunter Miene auf das Fahrgastgebäude zu.

»Was der wohl will?« überlegte Frau Feldschuh laut.

»Ich schätze, er sucht den Kapitän«, antwortete Herr Brandeis. »Ich hätte ihm gleich sagen können, daß der nicht an Bord ist. Möchte wissen, was der so Wichtiges ausgerechnet jetzt an Land zu erledigen hat. Er hätte wenigstens warten können, bis wir abgefertigt sind.«

Frau Schlachter begann laut zu phantasieren. Frau Feldschuh verdrehte die Augen, und Herr Brandeis wandte sich ab, um von Frau Schlachter in kein Gespräch verwickelt zu werden. Da die alte Dame Tovah mochte, und sie sich deshalb ein bißchen für sie verantwortlich fühlte, lächelte sie freundlich.

»Da stimmt doch was nicht«, sagte Frau Feldschuh. »Weshalb lassen die uns hier im Regen stehen? Also, ich habe mir Südamerika anders vorgestellt. Du nicht?«

Es dauerte eine Weile, bis Tovah, die in ihrer eigenen trostlosen Gedankenwelt versunken war, merkte, daß Frau Feldschuh sie angesprochen hatte. Doch bevor sie sich eine passende Antwort überlegen konnte, wurden an der Spitze der Menschenschlange Stimmen laut. Ein Mann sagte barsch etwas, und eine Frau antwortete wütend auf spanisch. Hälse reckten sich, und man versuchte, auf den Zehenspitzen stehend zu erkennen, was vorne los war. Die Stimmen wurden immer lauter. Dann hörte Tovah die Stimme von Frau Goldstein heraus. Es ertönte eine schrille Trillerpfeife und ein heiseres Kommando, und im nächsten Moment kam Lieschen die Schlange der Wartenden entlanggerannt und schrie: »Soldaten! Soldaten! Sie greifen an!« Tovah wußte sofort, daß das Kind wie immer übertrieb, um die Aufmerksamkeit auf sich zu lenken, doch andere, die Lieschen nicht so gut kannten, nahmen die Warnung des Kindes ernst. Die Unruhe unter den Wartenden wurde immer offensichtlicher, als plötzlich auch das Trappeln schwerer Stiefel zu hören war; Gewehrläufe schimmerten feucht im Regen, als eine Einheit Soldaten am Kai aufmarschierte. »Zurück!« rief jemand. »Wir sollen wieder an Bord. Zurück! Zurück! Schnell!«

Dann ging alles ganz schnell. Die Schreie des Mannes lösten nicht nur bei Tovah, sondern bei allen eine panische Angst aus, die sie bis dahin nur unterdrückt hatten. Und diesmal war es noch schlimmer als am Kai von Hamburg. Tovah fühlte sich von einer Woge des Entsetzens mitgerissen. Stoßend, um sich schlagend und schreiend kämpfte sie sich mit der völlig außer Rand und Band geratenen Menge zum Schiff zurück. Sie wußte selbst nicht, was in sie gefahren war, und kam erst wieder zur Besinnung, als vor ihr plötzlich ein Kind auf dem Boden lag und schrie. Die Erkenntnis, daß hier beinahe ein Kind niedergetrampelt wurde, war ernüchternd. Tovah versuchte den kleinen Körper vor der anstürmenden Menge zu schützen und sah, daß es Lieschen war, die dort verzweifelt zappelte.

Tovah bekam schließlich einen kleinen Arm zu fassen und zerrte das Mädchen wild entschlossen aus der Menge. »Teddy! Teddy! Hilf meinem Teddy!«

Der Teddybär des Kindes mußte irgendwo unter der zum Schiff stürmenden Menge liegen. Tovah preßte das schluchzende Lieschen an sich und sah zitternd vor Wut und Abscheu, wie am Fuß der Gangway ein erbarmungsloser unmenschlicher Kampf entbrannte. Frauen wurden von völlig kopflosen Männern zur Seite gestoßen, andere bissen den Vordermann in die Hand, um ihn daran zu hindern, vor ihnen die Reling zu erreichen. Dann beobachtete Tovah erleichtert, wie David von einem der älteren Männer an Bord gehievt wurde.

Das Gedränge wurde allmählich lichter. Die letzten konnten frei und unbehindert die Gangway hinauflaufen. Plötzlich rief Lieschen: »Da ist er! Dort: Bitte, hol ihn mir!«

Tovah entdeckte etwas Braunes zwischen den Absperrseilen auf dem Kai. Sie schob Lieschen in Richtung Gangway. »Ich bring ihn dir! Lauf aufs Schiff! Schnell!« Dann rannte sie zum Teddybären. Im nächsten Augenblick sah sie die Soldaten.

Zu dritt kamen sie auf sie zu. Jemand schrie etwas auf spanisch. Tovah zögerte, machte noch einen Satz, riß den Teddybären an sich, stolperte, fiel und sah plötzlich über sich ein wütend verzerrtes Gesicht und einen Gewehrlauf. Tovah duckte sich darunter hindurch, rannte zur Gangway, stolperte dabei erneut, stürzte auf den Asphalt und schlug seitlich mit dem Kopf gegen die Gangway. Panische Angst brachte sie wieder auf die Beine. Wie in Trance hastete sie die Gangway hinauf, nur weg von dem Gewehr und dem brutalen Gesicht. Schluchzend und halb blind vor Tränen erreichte sie schließlich das Deck der *Star of Peace*.

»Da hast du aber eine häßliche Platzwunde, mein Kind«, sagte jemand zu ihr. »Die muß verbunden werden.«

Tovah wischte sich mit dem Ärmel über die Augen und sah, daß es nicht Tränen waren, sondern Blut, das ihr die Sicht nahm. »Halb so schlimm«, murmelte sie. »Ich suche Lieschen Schlachter.«

Die Frau ging davon. Tovah setzte sich auf einen Poller. Sie fühlte nur, wie es feucht in ihre Augen rann. Weh tat ihr nichts. Sie preßte Lieschens Teddybären gegen die Stirn und begann plötzlich zu beten: »Lieber Gott, bitte hilf mir ... Lieber Gott, bitte ...«

Niemand antwortete. In ihr war nur Leere – eine rote, trübe Leere. Ihr wurde schwindelig.

Was auch immer geschah, sie durfte nicht ohnmächtig werden! Tovah saß ganz still und wartete, daß das Schwindelgefühl sich legen würde, und fragte sich, was mit ihnen wohl geschehen war.

4

Als das Taxi, das ihn vom Büro des Schiffsmaklers zurück zum Kai bringen sollte, an dem sein Schiff festgemacht hatte, auf dem Boulevard vor dem Hafen aufgehalten wurde, beschlich Kuiper zum ersten Mal das Gefühl, daß etwas geschehen war. Der Verkehrsstau reichte bereits einige Blocks weit. Als sie schließlich das Tor zum Kai erreichten, erkannte Kuiper die Ursache. Gepanzerte Mannschaftswagen standen quer über die Straße, und die Insassen jedes Wagens wurden von Militärpolizisten kontrolliert, die von einem Trupp Militär unterstützt wurden.

Er mußte seinen Paß und sein Musterbuch vorzeigen. Als der M. P. den Namen seines Schiffs las, rief er sofort mit starkem Akzent: »Starrapees! Avanti! Pronto! Pronto!« Weshalb der Mann so zur Eile antrieb, war Kuiper ebenso rätselhaft wie die Tatsache, daß dieser italienisch gesprochen hatte. Möglicherweise gab es an Bord eines italienischen Schiffes Probleme.

Als das Taxi jedoch das Kaitor passierte, krampfte Kuipers Magen sich ängstlich zusammen. Aus dieser Perspektive konnte er vorerst nur einen Teil seines Schiffes sehen, doch das genügte. Die Passagiere waren wieder an Deck, und Soldaten hatten vor der Gangway Stellung bezogen. Selbst auf diese Entfernung konnte er die aufgeregten Stimmen seiner Passagiere hören. Es schien ein heilloses Durcheinander an Deck zu herrschen. Ungeduldig reichte er dem Wachmann seine Papiere. Der Mann sah sie sorgfältig durch, machte dann auf dem Absatz kehrt und verschwand in dem Büro neben dem Tor. Es dauerte nur wenige Minuten, bis er zurückkam und die Wagentür öffnete. »Colonel Monteiro möchte Sie sprechen, Señor. Hier hinein, bitte.«

Kuipers Mut sank. Er bezahlte den Taxifahrer und hastete in das Bürogebäude. In der großen Halle standen lediglich ein paar Militärs, die sich mit den Zollbeamten unterhielten. Als er näher kam, trat einer der Offiziere auf ihn zu. Nach seinen Sternen und Tressen zu schließen, mußte es sich um einen hohen Offizier handeln. Er schwenkte einen Paß in der Hand.

»Fälschungen!« schrie er Kuiper vorwurfsvoll an. »Die Visa sind ausnahmslos Fälschungen! Aber das ist ja kein Wunder, Sie versuchen einfach ihren Abschaum bei uns loszuwerden. Hier! Sehen Sie sich das an!« Er hielt Kuiper den Paß unter die Nase. »Hier steht als Berufsbezeichnung ›Bordellbesitzerin‹. In meinem ganzen Leben ist mir eine solche Unverschämtheit noch nicht untergekommen. Kriminelle...«

»Was ist passiert?« fiel Kuiper ihm ins Wort. »Weshalb sind meine Passagiere...«

»Ich habe sie wieder an Bord geschickt«, fiel der Mann ihm ins Wort. »Die Einreise nach Uruguay wird ihnen auf Grund fehlender Einreisevisa verwehrt. Basta!« Er schlug wütend mit der flachen Hand auf den Paß. »Bordellbesitzerin! Ich muß schon sagen! Wir sind doch hier nicht die Müllhalde der Welt!«

»Darf ich den Paß bitte mal sehen?« verlangte Kuiper gezwungen ruhig.

Der Offizier drückte ihm das Dokument in die Hand und setzte seinen Monolog über die Unverschämtheit der Deutschen fort.

Der Paß gehörte Frau Goldstein. In der Rubrik Berufsbezeichnung stand tatsächlich »Bordellbesitzerin«.

»Aber was noch schlimmer ist: Die Visa sind gefälscht! Wir haben das Ministerium angerufen! Dort weiß niemand etwas von den Visa, die in Hamburg ausgestellt worden sein sollen.«

»Aber ich bitte Sie! Sehen Sie sich das doch an.« Ein glücklicher Zufall wollte es, daß Kuiper das amtliche Schreiben vom Konsulat Uruguays eingesteckt hatte, bevor er am Morgen sein Schiff verlassen hatte. Er reichte es jetzt dem wütenden Offizier. »Da haben Sie's schwarz auf weiß. Das ist die offizielle Bestätigung von Ihren Leuten in Hamburg.«

Der Offizier runzelte die Stirn. »Wer hat Ihnen das gegeben?«

»Der Schiffsmakler in Hamburg. Wie Sie sehen, bestätigt dieses Schreiben die Gültigkeit der Visa.«

Der Colonel schien einen Augenblick unsicher geworden. Unverständliches vor sich hin brummend, las er den Brief, hielt ihn dann gegen das Licht, und seine Miene änderte sich schlagartig. »Hab ich's mir doch gedacht!« rief er triumphierend. »Eine Fälschung. Der Brief ist auch eine Fälschung! Eine gemeine Fälschung. Wofür halten die uns eigentlich? Für Idioten?«

»Aber – das Schreiben trägt den offiziellen Stempel...«

»Sehen Sie es sich doch selbst an!« Der Colonel hielt Kuiper den Brief hin. »Sehen Sie? Sehen Sie das winzige Loch in der Mitte des Stempels? Der ist nicht gedruckt, sondern gezeichnet worden. Der Brief ist nichts als ein Stück wertloses Papier!« Damit warf er Kuiper den Brief mit einem geringschätzigen Blick vor die Füße. Kuiper konnte ihn gerade noch auffangen, bevor er zu Boden fiel. Dann hielt er ihn ebenfalls gegen das Licht.

In der Mitte des Stempels befand sich tatsächlich ein winziges Loch, das vermutlich von der Nadel des Zirkels stammte, mit dem die Kreise des Stempels gezogen worden waren.

»Ihr Schiff verläßt innerhalb der nächsten vierundzwanzig Stunden den Hafen!« befahl der Colonel wütend. »Unsere Marine begleitet Sie in internationales Gewässer. Machen Sie alles bereit zum Auslaufen. Und verschwinden Sie, bevor unsere Regierung unangenehmere Maßnahmen ergreift!«

»Darf ich mal telefonieren?«

»Warum?« Der Colonel runzelte die Stirn.

»Ich möchte mein Konsulat anrufen.«

»Und wenn Sie sämtliche Konsulate dieser Stadt anrufen, Käpt'n – bis morgen nachmittag müssen Sie ausgelaufen sein! Machen Sie...«

»Wo finde ich das Telefon?« beharrte Kuiper.

Der Colonel musterte ihn mit zusammengekniffenen Lippen. »Dort!« Er deutete auf den Apparat. »Aber dadurch ändern Sie nichts! Es ist an der Zeit, daß Deutschland begreift, daß...«

Das Rufzeichen ertönte lange, bevor sich eine Frauenstimme meldete: »Consulado General de Olanda, buenos días. Consulaat Generaal der Nederlanden, goeden morgen.«

»Guten Morgen. Mein Name ist Kuiper. Ich bin Kapitän und Eigner des holländischen Frachters *Star of Peace*, der hier in River Basin festgemacht hat. Ich habe eine Ladung – äh, ein Kontingent von 250 Passagieren von Hamburg nach Montevideo an Bord. Alle haben Einreisevisa für Uruguay, doch die Behörden hier behaupten, das seien Fälschungen, und...«

»Un momento, por favor. Ich gebe Ihnen Mijnheer Spankenbrink.«

Es ertönte erneut mehrmals ein Leerzeichen, dann sagte eine Männerstimme: »Spankenbrink.«

»Guten Morgen. Mein Name ist Kuiper. Ich bin Kapitän und Eigner des holländischen Frachters *Star of Peace*, der hier im River Basin festgemacht hat. Ich habe 250 Passagiere – Immigranten an Bord, die alle Einreisevisa für Uruguay besitzen. Aber die Behörden verweigern ihnen die Einreise, weil diese Visa...«

»Welche Nationalität haben die Passagiere?«

»Es sind Deutsche.«

»Juden?«

»Ja, aber...«

»Rufen Sie die Botschaft an.«

»Wie bitte?«

»Das Konsulat ist in solchen Fällen nicht zuständig. Wenden Sie sich an den Kanzler. Hier ist die Nummer...«

Die Leitung der Botschaft war besetzt. Kuiper versuchte, Ruhe zu bewahren. Beim vierten Versuch kam er schließlich durch. »Botschaft der Niederlande. Buenos días.«

»Geben Sie mir das Büro des Kanzlers.«

»Worum handelt es sich?«

»Mein Name ist Kuiper. Ich bin Kapitän und Eigner des holländischen Frachters *Star of Peace* hier im Hafen. Wir sind heute morgen mit 250 Passagieren eingelaufen, die...«

»Schiffahrtsangelegenheiten bearbeitet das Konsulat. Die Telefonnummer...«

»Aber mit dem Konsulat habe ich gerade gesprochen! Dort wurde mir gesagt, ich solle Sie anrufen. Die Visa, die meine Passagiere in Hamburg erhalten hatten, scheinen Fälschungen zu sein. Man verweigert ihnen die Einreise. Ich brauche Ihre Hilfe!«

»Einen Augenblick bitte. Ich verbinde Sie mit Mijnheer Pufmans.«

Das Rufzeichen ertönte. Kurz darauf meldete sich eine Stimme: »Hier Pufmans.«

»Mijnheer Pufmans, mein Name ist Kuiper...«

Diesmal konnte Kuiper seine Geschichte loswerden, ohne

unterbrochen zu werden. »So also ist die Lage, Mijnheer Pufmans. Was soll ich tun?«

Schweigen.

»Mijnheer Pufmans?«

Schweigen.

»Mijnheer Pufmans. Sind Sie noch da?«

Nichts.

Kuiper sah sich um. Er geriet allmählich in Panik. Die Offiziere und Zollbeamten beobachteten ihn aufmerksam... Nur der Colonel saß an seinem Schreibtisch, hatte ihm den Rücken zugewandt und schrieb. Kuiper wollte gerade den Hörer auflegen, als eine harte Stimme am anderen Ende sagte: »Hallo? Hallo?«

»Ja? Hier ist Kuiper. Ich habe gerade mit Mijnheer Pufmans gesprochen, aber plötzlich war die Verbindung unterbrochen. Könnten Sie...«

»Momento. Ich stelle Sie zu Miss Vesters durch. Momento, por favor.«

»Hier Vesters«, meldete sich kurz darauf eine Frau.

»Hören Sie, Madam! Ich möchte dringend mit dem Kanzler sprechen. Mein Name ist...«

»Ich weiß, Käpt'n. Ich bin die Rechtsreferentin. Der Kanzler hat Sie an mich verwiesen. Bitte beruhigen Sie sich. Zuerst muß ich wissen, wie der Offizier heißt, der die Aktion leitet.«

»Wie?«

»Wie heißt der Offizier, der Ihren Passagieren die Einreise verweigert?«

»Ehm, Mon-montenegro oder so. Er ist Colonel.«

»Colonel Monteiro?«

»Ja, genau der.«

»Gut. Geben Sie ihn mir mal.«

»Ja gern. Augenblick.« Kuiper rief: »Colonel?«

Der dicke Offizier rührte sich nicht von der Stelle.

»Colonel Monteiro! Die holländische Botschaft möchte Sie sprechen.«

Als wieder keine Reaktion kam, legte Kuiper den Hörer ab, ging zu dem Offizier, der so beschäftigt tat, und wiederholte nachdrücklich: »Colonel? Colonel Monteiro?«

»Ja.«

»Telefon für Sie.«

»Für mich? Nein, für Sie.« Er schrieb weiter.

»Bitte, Colonel. Miss Vesters, die Rechtsreferentin, ist am Apparat. Sie möchte mit Ihnen persönlich sprechen.«

»Ah, Señorita Vesters«, seufzte der Colonel. »Der Dame will ich mal was sagen!« Er stand auf und marschierte zum Telefon. Es folgte eine kurze, äußerst unfreundliche Unterhaltung. Schließlich warf der Colonel den Hörer auf die Gabel und baute sich vor Kuiper auf. »Niemand – niemand kann durch Reden aus einer Fälschung ein Original machen. Und aus einer Bordellbesitzerin wird so leicht keine Nonne! Nicht mal Ihre Miss Vesters schafft das! Bis morgen mittag sind Sie weg! Basta!« Damit setzte er sich wieder hinter seinen Schreibtisch und griff nach dem Füllfederhalter. »Gehen Sie an Bord Ihres Schiffes, Kapitän! Sie kommt! Aber nützen wird Ihnen das nichts. Kümmern Sie sich um Ihre Passagiere! – Frauen!« schnaubte er verächtlich. »Verschwinden Sie! Wir haben uns nichts mehr zu sagen. Nada!« Damit beugte er sich wieder über seine Papiere.

Kuiper starrte einen Augenblick auf den breiten Rücken des Mannes, dann straffte er die Schultern und ging zum Ausgang am Kai. Als er in den grauen, regnerischen Tag hinaustrat, hielten ihn lediglich die wachsamen Augen seiner Passagiere, die ihn von Deck aus beobachteten, davon ab, im Laufschritt zu seinem Schiff zurückzukehren. Er wollte auf keinen Fall den Eindruck erwecken, die Lage nicht unter Kontrolle zu haben.

Kuiper stieg über die Absperrung, schritt am Kairand entlang zur Gangway und registrierte, daß auch hier alles wie damals in Hamburg aussah. Zerrissene Papiertüten, Koffer, Hüte und Päckchen – der Kai war übersät von all diesen Gegenständen. Ein umgestürzter Kinderwagen. Eine Puppe. Eine Perücke. Als Kuiper an Deck kam, wurde ihm augenblicklich klar, daß auch die Verfassung der Passagiere entsprechend war. Alles erinnerte an Hamburg; sie waren völlig durcheinander, verängstigt und einige sogar verletzt. Zwei ihm fremde Krankenschwestern in Tracht und der Schiffsarzt kümmerten sich um sie. Kinder kreischten und weinten, Frauen schluchzten, alte Männer hatten sich in Gruppen an den Niedergängen gesammelt und starrten Kuiper an, als befänden sie sich in einer Art Schock. Das, was er sah, machte Kuiper nur noch wütender. Auf dem Weg zu seiner Kabine erwartete ihn eine kleine Abordnung der Mannschaft: Meyer, Henky, Chief Davelaar, Wybrands, der Koch. Er winkte sie zur Seite. »Jetzt nicht! Später!« wehrte er ab. »Wir sprechen gleich miteinander. Aber jetzt nicht!«

Kuiper betrat seine Kabine, schloß die Tür, schob den Riegel vor und lehnte sich mit dem Rücken dagegen. Der Anblick, der sich ihm hier bot, gab ihm den Rest: auf sämtlichen Möbelstücken lag stapelweise Kleidung, die Tür des Spinds stand weit offen, die Couch war zurückgeklappt, die Schublade seines Schreibtischs war herausgezogen. Kuiper überkam eine solche Panik und Verzweiflung, daß er plötzlich glaubte, alledem nicht mehr gewachsen zu sein. Er drehte sich um, preßte die Stirn gegen das kühle Holz der Tür und begann zu beten...

Allmählich wurde er ruhiger. Dann kam das Gefühl, nicht mehr allein im Raum zu sein. Er empfand die Gegenwart Gottes plötzlich so stark, daß er sich automatisch umdrehte – doch es war niemand da. Er war noch immer allein mit dem Chaos, das der Schiffsarzt hinterlassen hatte, allein mit den Fliegen, die gegen die Bullaugenfenster brummten und um Schreibtisch und Couch summten. Und trotzdem war Gott ebenso gegenwärtig wie damals, drei Jahre zuvor, in jener Nacht in der Missionsstation, als er sein Leben in die Hände von Jesus Christus gelegt hatte. Damals hatte er diese Präsenz wie einen Arm empfunden, der sich um seine Schultern legte; diesmal hatte er das Gefühl, jemand stehe wie ein Schutzengel hinter ihm.

Er fuhr erschrocken zusammen, als gegen die Tür, an der er lehnte, laut geklopft wurde.

»Ja?«

Der Türknauf klickte. Erst dann fiel ihm ein, daß er den Riegel vorgeschoben hatte. Er machte auf. Draußen stand der Schiffsarzt.

»Ja bitte?«

»Skipper, wir haben ein Problem. Kann ich Sie kurz sprechen?«

»Kommen Sie rein.« Kuiper war selbst erstaunt, wie ruhig

und gelassen er plötzlich war. Alles kam ihm ganz unwirklich vor, er erwartete jeden Augenblick erneut in Jammern und Wehklagen auszubrechen. Lieber Gott, dachte er inbrünstig, hilf mir Kleingläubigem.

»Ja, Doktor, was gibt's?«

»Wir haben einen schweren Fall, Skipper. Da muß dringend was geschehen. Die alte Frau Hallmann ist am Kai entweder gefallen oder hat einen Schlag auf den Kopf abbekommen. Was wirklich passiert ist, weiß ich nicht. Als man sie mir brachte, hatte sie starkes Nasenbluten. Mittlerweile liegt sie im Koma. Ihre Pupillen sind geweitet, ihr Blutdruck ist gefährlich niedrig. Sie muß so schnell wie möglich auf eine Intensivstation. Hier an Bord können wir sie nicht behandeln. Erstens haben wir nicht die nötige Ausrüstung, und zweitens sind Vinkemans und die beiden Krankenschwestern von der *Tubantia* so mit den anderen Verletzten beschäftigt, daß ich mit ihrer Hilfe nicht rechnen kann. Ich – ich weiß wirklich nicht, was ich tun soll, Skipper.«

Normalerweise hätte Kuiper eine derartige Situation, in der ein Menschenleben von ihm abhing, in Panik versetzt, doch mit der Gewißheit, einen Schutzengel zu haben, antwortete er ruhig: »Gehen Sie zu Ihrer Patientin zurück und bereiten Sie sie auf den Transport vor. Ich gehe zum Kaitor und rufe einen Krankenwagen.«

»Aber, Skipper, ich kann mir nicht vorstellen, daß sie die Frau an Land lassen. Sie haben nicht gehört...«

»Ich weiß Bescheid, Doktor«, fiel Kuiper ihm ins Wort. »Ich hatte ein Gespräch mit Colonel Monteiro. Mir ist also völlig klar, mit wem wir es zu tun haben. Kümmern Sie sich um Ihre Patientin. Ich veranlasse alles übrige.«

Der Schiffsarzt sah ihn erleichtert an. Er glaubte tatsächlich, daß der Kapitän die Sache unter Kontrolle hatte. »Gut, Skipper«, erwiderte er und ging zur Tür. Dort drehte er sich noch einmal um und fügte hinzu: »Danke.«

Kuiper war versucht zu antworten: Danken Sie nicht mir, sondern danken Sie Gott! – doch er setzte lediglich seine Uniformmütze auf, straffte die Schultern und ging auf das Bootsdeck hinunter. Und dort warteten sie bereits – all seine Leute, die ihn sprechen wollten. Er hob abwehrend die Hände. »Tut mir leid, Männer. Wir haben einen Notfall an Bord. Eine Frau ist schwer verletzt worden und muß in ein Krankenhaus gebracht werden. Wir sprechen uns, sobald ich zurück bin.« Sie machten ihm Platz, als er zum Niedergang hastete.

Kuiper lief zum Kai hinunter und in das Bürogebäude, wo Colonel Monteiro noch immer an seinem Schreibtisch saß und sich mit einer Gruppe von Offizieren unterhielt. Als sie Kuiper entdeckten, zogen sie sich hastig zurück. Die breitschultrige Figur hinter dem Schreibtisch blieb allein zurück. Monteiro war plötzlich eifrig damit beschäftigt, irgendwelche Papiere zu sortieren.

»Colonel Monteiro«, begann Kuiper ohne Umschweife, »ich habe eine Patientin an Bord, deren Gesundheitszustand äußerst kritisch ist. Sie muß sofort in ein Krankenhaus. Es geht um Leben und Tod. Ich brauche einen Krankenwagen. Kann ich mit Ihrer Unterstützung rechnen?«

Der Colonel sah auf und musterte Kuiper aus schmalen, mißtrauischen Augen. »Tut mir leid, Kapitän, aber ich kann niemand mit einem ungültigen Visum einreisen lassen. Sie müssen sich schon selbst um die Patientin kümmern.«

»Jetzt hören Sie mir mal gut zu, Colonel Monteiro«, entgegnete Kuiper mit erstaunlicher Autorität und Bestimmtheit. Der Colonel horchte überrascht auf. »Ich respektiere Ihre Vorschriften und Gesetze, aber hier geht es um ein Menschenleben. Wir haben es hier mit einer alten Frau zu tun, die im Sterben liegt. Und wenn wir sie nicht sofort in eine Intensivstation bringen, kommt jede Hilfe zu spät. Sollte sie sterben, Colonel Monteiro, dann haben Sie das zu verantworten.«

Einen Augenblick maßen sich die beiden mit Blicken. Dann sagte der Colonel ein paar Worte auf spanisch. Einer seiner Offiziere schlug die Hacken zusammen und ging zum Telefon.

»Wir rufen einen Krankenwagen«, erklärte Monteiro schließlich. »Allerdings kann Ihre Patientin den Hafen nur dann verlassen, wenn Sie eine Erklärung unterschreiben, daß Sie persönlich dafür sorgen, daß sie nach der Behandlung wieder an Bord Ihres Schiffes zurückkehrt.«

»Wenn Sie es für nötig halten, setzen Sie eine solche Erklärung auf, Colonel«, erwiderte Kuiper. »Ich unterschreibe. Der Krankenwagen soll unten an der Gangway halten. Es ist das beste, die Sanitäter holen die Patientin mit einer Trage von Bord.«

»Und keine Begleitung!« verlangte Monteiro. »Keiner verläßt mit ihr den Hafen, verstanden?«

»Danke«, murmelte Kuiper und ging.

An der Gangway der *Star of Peace* erwarteten ihn bereits der Schiffsarzt, Vinkemans und die beiden Krankenschwestern in Tracht.

»Und?« fragte Richters. »Kriegen wir den Krankenwagen?«

»Ja.« Kuiper wandte sich an die Krankenschwestern. »Ich möchte Ihnen für Ihre Hilfe danken. Mit wem habe ich eigentlich das Vergnügen?«

»Ach so, ja...«, mischte sich der Schiffsarzt ein. »Darf ich Ihnen Schwester Foster und – hm – Schwester Myrtle...«

»...Sedgwick-Jones, Kapitän.«

Kuiper schüttelte den Krankenschwestern die Hand. Dann wandte er sich an seinen Schiffsarzt: »Haben Sie sonst noch was auf dem Herzen? Wenn es nicht dringend ist, dann sehen wir uns besser später in meiner Kajüte.«

»Ja – ehm – Skipper. Selbstverständlich.«

»Ich habe veranlaßt, daß die Sanitäter mit einer Bahre an Bord dürfen. Ist das in Ihrem Sinn?«

»Ja, Skipper. Ausgezeichnet. Danke.«

Daraufhin ging Kuiper durch die schweigende Menge der Passagiere. Ihre Blicke sprachen Bände. Doch Kuiper konnte ihnen das erwartete Zeichen der Hoffnung nicht geben. Ohne nach rechts und links zu sehen, stieg er zum Unterbrückendeck hinauf, wo die kleine Abordnung seiner Mannschaft noch immer ausharrte.

»Henky, du räumst meine Kajüte auf«, befahl Kuiper. »Da sieht's furchtbar aus. Die Sachen von Dr. Richters gehören in den Schrank und unter die Couch. Beeil dich.«

»Jawohl, Käpt'n. Wird sofort erledigt...« Der Junge verschwand in der Kajütentür.

»Also, was gibt's, Meyer?«

»Es ist wegen unserer Vorräte, Joris. Der Koch behauptet, daß wir keine einzige Mahlzeit mehr ausgeben können. Wie wollen wir all die Leute ernähren? Die lassen uns doch nicht mal zum Einkaufen an Land.«

»Du gehst am besten zum Zoll rüber und wendest dich an die Offiziere dort. Sag ihnen, daß unsere Vorräte ausgegangen sind und daß wir neue beim Schiffsversorger bestellen müssen. Sie sollen dich dort gleich telefonieren lassen.«

»Das habe ich schon mal versucht und bin rausgeworfen worden.«

»Diesmal tun sie das nicht. Nimm dein Musterbuch mit und zeig ihnen, daß du der Erste Offizier hier an Bord bist. Sag ihnen, daß ich dich angewiesen habe, ihr Telefon zu benutzen. Falls es irgendwelche Schwierigkeiten gibt, holst du mich. Hast du die Nummer des Schiffsversorgers?«

»Ich glaube wirklich nicht...«

»Denken ist Glückssache. Wenn es nicht klappt, kommst du zurück. Dann knöpfe ich mir die Herren vor. Ja, was ist, Davelaar?«

Der Chief war wie immer schlecht gelaunt. »Was zum Teufel ist eigentlich los? Diese Leute dürfen nicht nach Uruguay einreisen. Was zum Teufel willst du mit ihnen machen? Wie soll es denn weitergehen?«

»Jetzt mal langsam, Chief. Ich finde schon einen Ausweg. Die Rechtsreferentin unserer Botschaft ist auf dem Weg hierher. In etwa einer Stunde haben wir sicher eine Lösung zu bieten. Also macht mir die übrige Mannschaft nicht kopfscheu...«

»Ich mache überhaupt niemanden kopfscheu!« wehrte Davelaar sich. »Aber ich habe diese Juden ja auch nicht an Bord genommen. Ich habe dir von Anfang an gesagt...«

»Jetzt reicht's!« fiel Kuiper Davelaar barsch ins Wort. So hatte er noch nie zu dem alten Mann gesprochen; Davelaar war der Freund, der Vertraute seines Vaters gewesen. Und Auseinandersetzungen mit dem Chief waren stets von der Erinnerung an den Vater überschattet gewesen. Diesmal jedoch war es anders. Die Tage der Unsicherheit und der Wankelmütigkeit waren Vergangenheit. Noch konnte er es selbst nicht glauben, welche Veränderung sich an ihm vollzogen hatte.

Nach Davelaars Miene zu urteilen fiel diesem genau das besonders schwer. »Jetzt halt mal die Luft an, mein Junge!« konterte er böse. »Ich glaube, wir beide müssen uns mal ernsthaft unterhalten!«

»Gern, aber erst wenn diese Sache ausgestanden ist«, entgegnete Kuiper ruhig. »Im Augenblick befinden wir uns in einer Notlage; also tu gefälligst, was ich dir sage. Beruhige die Mannschaft und sag ihnen, daß sich die holländische Regierung auf unsere Bitte hin eingeschaltet hat.«

Davelaar machte sich ohne ein weiteres Wort auf den Weg. Und das sah ihm gar nicht ähnlich.

Kurz darauf kam der Messejunge aus der Kajüte. »Alles aufgeräumt, Käpt'n«, meldete er. »Sie können jetzt wieder rein.«

»Danke, Henky. Ich erwarte eine Dame von unserer Botschaft. Sobald sie auftaucht, führst du sie sofort zu mir, verstanden?«

»Klar, Käpt'n.«

Kuiper ging, gefolgt von Wybrands, dem Zweiten Offizier, in seine Kajüte. Doch bevor der junge Mann auch nur den Mund aufmachen konnte, klopfte es an der Tür, und Henky kam herein. »Käpt'n, die Dame von der Regierung ist da.«

»Führ sie rein.«

»Ja, Käpt'n.«

»Wybrands, wir unterhalten uns später. Im Augenblick... Kommen Sie rein, gnädige Frau.«

Nach dem Telefongespräch hatte Kuiper eine energische alte Jungfer erwartet; die junge Frau, die jetzt seine Kajüte betrat, konnte jedoch höchstens dreißig sein. Frau Vesters war ganz in Schwarz gekleidet, was an ihr überhaupt nicht nach Trauer, sondern sehr elegant und modisch aussah. Sie trug ein Kostüm, eine kleidsame kleine Kappe, Regenschuhe und hatte einen schwarzen Diplomatenkoffer in der Hand. Ihre Lippen waren dunkelrot geschminkt, die schmalen, sorgfältig nachgezogenen Augenbrauen betonten ihre dunkelbraunen Augen, und das Haar war nach der neuesten Mode frisiert. Kuiper wurde plötzlich wieder unsicher. Diese Frau konnte unmöglich die Rechtsreferentin der Botschaft sein, auf die er all seine Hoffnung setzte...

Die junge Frau streckte ihm eine Hand in schwarzem Handschuh hin. »Kapitän, ich bin Cynthia Vesters.«

Sie war es also doch. »Das wär's, Wybrands. Machen Sie bitte die Tür hinter sich zu, wenn Sie gehen. – Setzen Sie sich, gnädige Frau.«

»Danke.« Cynthia Vesters nahm auf einem der Stühle vor dem Schreibtisch Platz, öffnete ihren Diplomatenkoffer auf dem Schoß, nahm Block und Bleistift und eine Hornbrille heraus. »Ihre Lage ist alles andere als rosig, Käpt'n«, begann sie nonchalant.

»Das habe ich gemerkt.«

»Ich komme gerade von Colonel Monteiro. Er hat mir einen der Pässe Ihrer Passagiere gezeigt. Monteiro behauptet steif und fest, daß die Visa gefälscht sind. Im übrigen hat er auch von einem Brief des uruguayischen Konsuls gesprochen, den Sie ihm gezeigt haben sollen. Selbst das offizielle Siegel soll eine plumpe Fälschung sein. Dürfte ich mir diesen Brief mal ansehen?«

Kuiper gab ihr das Schreiben. Cynthia Vesters hielt das Dokument gegen das Licht und schüttelte dann den Kopf. »Plump ist allerdings gar kein Ausdruck«, bemerkte sie schließlich. »Wer hat Ihnen dieses Schreiben gegeben? Das Konsulat?«

»Nein, der Makler, der mir auch den Auftrag vermittelt hatte.«

»Ich verstehe.« Cynthia Vesters setzte die Brille auf und schlug ihren Notizblock auf. »Erzählen Sie mir bitte, was seit Ihrem ersten Kontakt mit den uruguayischen Behörden passiert ist. Und zwar in allen Einzelheiten.«

»Ich konnte den Hafen ohne Schwierigkeiten anlaufen«, begann Kuiper. »Zusammen mit dem Lotsen kam ein Zollbeamter an Bord, dem ich die Pässe meiner Passagiere übergeben habe. Er hat einen oder zwei angesehen, und alles schien in bester Ordnung zu sein. Nachdem wir festgemacht hatten, gingen die Passagiere von Bord, und ich bin zu meinem Makler gefahren. Während meiner Abwesenheit wurden die Passagiere auf dem Weg zum Zoll von Militärpolizisten aufgehalten und aufs Schiff zurückgejagt.«

Cynthia Vesters hatte sich die ganze Zeit über Notizen gemacht. »Sind Schüsse gefallen?«

»Nicht, daß ich wüßte. Soweit mir bekannt ist, haben die Soldaten die Leute lediglich aufgefordert, an Bord zurückzugehen.«

»Weshalb ist denn dann Panik ausgebrochen? Ihre Passagiere kann doch nicht allein der Anblick der Soldaten völlig kopflos gemacht haben, oder?«

»Diese Leute haben sehr unangenehme Erinnerungen an Soldaten, gnädige Frau.«

»Ich verstehe.« Sie machte sich erneut Notizen. »Ihre Passagiere sind Juden, stimmt's?«

»Ja.«

»Deutsche Juden?«

»Ja.«

»250 insgesamt?«

»Richtig.«

»Welchen Hafen haben Sie vor Montevideo angelaufen?«

»Le Havre.«

»Haben Sie dort die Passagiere an Bord genommen?«

»Nein, in Hamburg.«

»Wer hat diese Überfahrt arrangiert?«

»Eine deutsche Maklerfirma.«

»Wie heißt sie?«

»World Tours Incorporated.«

»Mit Sitz in Hamburg?«

»Ja.«

»Sind Sie bei dieser Firma gewesen?«

»Nein, ein Firmenvertreter kam zu mir an Bord.«

»Hatten Sie sonst noch offiziellen Besuch?«

»Ja. Von einem Offizier.«

»Ein Militär?«

»Ich glaube, er war von der SA – oder wie das heißt.« Kuiper fiel wieder der bleiche junge Mann mit den schwarzen Reitstiefeln ein. »Er war ein ziemlich unangenehmer Zeitgenosse.«

Cynthia Vesters nahm ihre Brille ab. »Sieht ganz so aus, als hätten die deutschen Behörden gewußt, daß die Visa gefälscht sind. Ich frage mich nur, warum der Stempel auf dem Brief so schlampig nachgemacht wurde. Die Deutschen hätten eine gute Fälschung leicht bezahlen können. Statt dessen zeichnen sie den Stempel von Hand. Da muß doch was dahinterstecken!«

»Das dürfen Sie mich nicht fragen, gnädige Frau.«

»Hm. Haben Sie das holländische Konsulat in Hamburg von Ihrem Vorhaben informiert?«

»Nein.«

Sie seufzte. »Sie haben also keine offizielle holländische Stelle um Rat oder Unterstützung gebeten?«

»Nein.«

»Sie sind sehr naiv«, bemerkte Cynthia Vesters resigniert. »Für diese Herrschaften müssen Sie ja das gefundene Fressen gewesen sein. Was Besseres konnte denen gar nicht passieren.«

»Inwiefern?«

»Nun, mit Ihrer Hilfe sind sie zweihundertfünfzig alte Leute, Frauen und Kinder jüdischer Abstammung losgeworden, mit denen sie sowieso nichts hätten anfangen können. Sie haben das Vermögen dieser Leute konfisziert und sie mit zehn Dollar pro Person und falschen Visa außer Landes geschickt. Aber warum fälschen sie die Stempel so stümperhaft, daß sie jeder Grenzbeamte sofort als Fälschung erkennt? Und weshalb dulden sie eine Berufsbezeichnung in einem Paß, die deutlich außerhalb der Legalität liegt?«

»Sie denken an den Paß von Frau Goldstein?«

»Ja. Da steht doch ›Bordellbesitzerin‹, oder?«

»Ja.«

»Wer ist diese Frau?«

»Die Sprecherin der Passagiere.«

»Und sie leitet tatsächlich ein Bordell?«

»Mir hat sie gesagt, ein *Hotel*«, erwiderte Kuiper.

Cynthia Vesters kaute auf dem Brillengestell. »Gut, nehmen wir an, sie führt tatsächlich ein Etablissement mit zwielichtigem Ruf. Haben Sie je erlebt, daß so was als Berufsbezeichnung in einen Paß eingetragen wird?«

»Nein.«

Cynthia Vesters merkte, daß Kuiper angesichts dieser Fragen unruhig zu werden begann. Sie beschloß, wieder konkreter zu werden. »Wie hat man Sie bezahlt? Bar?«

»So ist es eigentlich vereinbart gewesen, aber dann habe ich nur einen in Reichsmark ausgestellten Scheck bekommen. Es war ziemlich schwierig für mich, ihn in Le Havre einzulösen.«

»Und über welche Summe lautete der Scheck?«

Kuiper zögerte. »Ich verstehe nicht ganz, was das mit der gegenwärtigen Lage zu tun hat.«

»Es war doch wohl ein offizielles Geschäft, oder? Was ist daran also so geheimnisvoll?«

»Vierundzwanzigtausend Dollar«, gab Kuiper schließlich resigniert zu.

»Hm. Sagen Sie, haben Sie eine entsprechende Summe in Hamburg als Sicherheit hinterlegt?«

»Nein, warum?«

»Nun, als Sicherheit für die Rückreise, falls den Passagieren hier die Einreise verweigert wird.«

»Hätte ich das tun sollen? Der Gedanke ist mir gar nicht gekommen.«

Cynthia Vesters nahm erneut ihre Brille ab. »Sie sind an Naivität wirklich kaum zu überbieten, Kapitän. Hat an der Amsterdamer Frachtenbörse noch jemand mitgeboten, um diese Reisecharter zu bekommen?«

»Ja, der Lloyd. Aber die haben dann einen Rückzieher gemacht.«

»Und Sie haben nicht gefragt, warum?«

»Nein. Ich dachte, sie hätten aufgegeben, weil ich billiger war.«

»Sämtliche Flüchtlingstransporte deutscher Juden nach Südamerika haben augenblicklich Schwierigkeiten, aufgenommen zu werden. Die Vereinigten Staaten, Großbritannien und der Commonwealth sowie die europäischen Länder lassen niemanden mehr rein. Und nach diesem Vorfall hier schließt vermutlich auch Uruguay seine Grenzen. Das Schiff gehört Ihnen?«

»Ja.«

»In diesem Fall wird Sie die Sache leider eine Stange Geld kosten, Käpt'n«, seufzte die Diplomatin. »Weshalb haben Sie sich nur auf so etwas eingelassen? Warum macht sich ein anständiger Mann wie Sie die Finger schmutzig? Das ist doch nichts anderes als Menschenhandel!«

»Menschenhandel? Wieso?«

»Na, wenn man ganze Schiffsladungen von völlig verzweifelten deutschen Juden zu völlig überhöhten Preisen in menschenunwürdigen Unterkünften nach Übersee...«, begann Cynthia Vesters.

»Wie können Sie so was behaupten, wenn Sie die Unterkünfte noch gar nicht gesehen haben!« fiel Kuiper ihr ins Wort und ließ seinem lange unterdrückten Ärger freie Bahn. »Seit drei Jahren mache ich mit diesem Schiff nur solide, anständige Geschäfte – wie mein Vater dreißig Jahre lang vor mir! Und als ich das Angebot bekam, 250 Passagiere von Hamburg nach Montevideo zu bringen, habe ich nicht danach gefragt, ob es sich um Christen oder Juden handelt. Ich habe den vorderen Laderaum meines Schiffes für die Männer und den Laderaum im Achterschiff für die Frauen und Kinder ausbauen lassen, und zwar mit Waschräumen, Toiletten und so weiter. Gehen Sie unter Deck und lassen Sie sich die Unterkünfte zeigen...«

»Schon gut, Käpt'n«, beschwichtigte Cynthia Vesters. »Ich wollte damit nur sagen...«

»Und was die überhöhten Preise betrifft – bei Lloyd hätten die Leute das Doppelte bezahlen müssen.«

»Lloyd wollte sich damit nicht die Finger schmutzig machen, Käpt'n.«

»Das ist deren Angelegenheit. Ich...« Es klopfte an der Tür. »Ja?«

Es waren Frau Goldstein und der Rabbi, die plötzlich im Türrahmen standen. Kuiper mußte zwar dringend mit den beiden reden, doch jetzt war der Augenblick denkbar ungünstig.

»Käpt'n«, begann Frau Goldstein. »Wir müssen mit Ihnen reden.«

»Später, Frau Goldstein. Ich bin beschäftigt.«

»Aber wir sind die Abordnung der Passagiere!« erklärte der Rabbi erregt. »Und alle sind furchtbar aufgeregt.« Der alte Mann schien den Tränen nahe.

»Lassen Sie mir noch eine halbe Stunde Zeit, Rabbi.«

»Aber Käpt'n«, beharrte der alte Mann. »Was soll ich den Leuten sagen? Ich muß Ihnen doch in dieser Situation...«

»In einer halben Stunde weiß ich mehr. Bitte, Frau Goldstein, verstehen Sie meine Lage...«

Frau Goldstein legte den Arm um den alten Rabbiner. »Komm, Rebbe. Wir gehen. Komm!« Damit schob sie ihn sanft aus der Kajüte und schloß die Tür.

Als die beiden gegangen waren, wandte Kuiper sich an Cynthia Vesters: »Da haben Sie's! Was soll ich den Leuten nur sagen? Wird man sie letztendlich doch einreisen lassen?«

»Auf keinen Fall!«

»Sind Sie da ganz sicher?«

»Vollkommen sicher. Wir können bestenfalls darauf hoffen, daß die Behörden ihr Ultimatum um ein oder zwei Tage verlängern. Mehr nicht.«

Kuiper ging in seiner Kajüte nachdenklich auf und ab. »Also gut«, erklärte er schließlich. »In diesem Fall will ich so schnell wie möglich auslaufen. Wenn wir bleiben, bedeutet das für mich nur noch mehr unsinnige Ausgaben. Jeder Tag hier kostet mich zusätzlich Geld. Sagen Sie mir das nächstgelegene Land, das die Passagiere aufnehmen würde!«

Die Diplomatin musterte Kuiper ungläubig. »Kapitän, das kann doch nicht Ihr Ernst sein!«

Kuiper hatte keine Ahnung, wie das gemeint war. »Wie bitte?«

»Uruguay ist das letzte Land in Südamerika gewesen, das jüdische Flüchtlinge aufgenommen hat. Wußten Sie das denn nicht?«

»Sie – Sie... Wollen Sie damit sagen, daß ich meine Passagiere nirgendwo mehr absetzen kann?«

»Genau das, Kapitän.«

»Auch nicht mit gültigen Visa?«

»Augenblicklich erteilt kein Land in Lateinamerika mehr Visa an jüdische Flüchtlinge aus Deutschland.«

»Was ist mit Argentinien?«

»Keine Chance.«

»Brasilien?«

Cynthia Vesters schüttelte den Kopf.

»Aber – aber doch sicher Chile?«

»Kapitän, ich habe doch bereits deutlich gesagt, daß Uruguay für diese Leute die letzte Chance gewesen ist.«

»Aber ich kann doch nicht bis zu den Galapagos-Inseln fahren und sie dort absetzen!«

»Sie würden diese Menschen nicht mal auf den Galapagos-Inseln loswerden, Käpt'n Kuiper.«

»Aber was soll ich denn dann mit ihnen machen?« Kuiper war so verzweifelt, daß er beinahe brüllte.

»Es gibt nur eine Lösung: Bringen Sie sie nach Hamburg zurück.«

Kuiper starrte die Diplomatin fassungslos an.

5

Cynthia Vesters beobachtete mitleidig und angesichts des Ernstes der Lage auch mit wachsender Gereiztheit, wie Kapitän Kuiper allmählich die Wahrheit dämmerte. In ihr als Frau weckte der etwas weltfremd wirkende Mann mütterliche Gefühle, doch als Anwältin empfand sie seine Naivität als fast schon kriminell. Es war mehr als fahrlässig gewesen, sich auf ein derartiges Unternehmen einzulassen, und Cynthia Vesters gewann immer mehr die Überzeugung, daß die ganze Sache von irgendeinem sadistischen Gehirn in Berlin bis in alle Einzelheiten geplant worden war. Und Kuiper war den Nazis völlig ahnungslos in die Falle getappt. Erst jetzt begann diese harmlose Seele allmählich zu begreifen, auf welch teuflisches Geschäft er sich eingelassen hatte. Doch plötzlich wurden seine Züge hart und entschlossen. »Zurück nach Hamburg?« wiederholte er grimmig. »Und das wagen ausgerechnet Sie mir vorzuschlagen? Haben Sie nicht gerade noch etwas von *menschenunwürdig* gesagt?«

Die Unterhaltung verlagerte sich auf eine Ebene, auf die sich Cynthia Vesters nicht begeben wollte. »Kapitän, lassen wir diese ethischen Betrachtungen vorerst sein. Ich schlage überhaupt nichts vor. Das steht mir auch gar nicht zu. Ich habe lediglich die Pflicht und Aufgabe, Sie umfassend zu informieren. Und angesichts der Informationen, die ich besitze, kann ich Ihnen nur raten, die Passagiere nach Hamburg zurückzubringen. Sie haben praktisch keine andere Möglichkeit.«

»Frau Vesters, ich lehne es ab, etwas Derartiges auch nur in Erwägung zu ziehen!« entgegnete Kuiper erregt.

»Mein lieber Kuiper, ich versuche nur, Ihnen Vernunft beizubringen«, seufzte Cynthia Vesters. Allmählich begann sie das Interesse an der Sache zu verlieren. Wenn jemand die Wahrheit partout nicht sehen wollte...

»Vernunft? Das kann doch wohl nicht Ihr Ernst sein?« fuhr Kuiper auf. »Jeder Mensch hat seine Taten vor Gott zu verantworten, und wenn Sie das nicht wahrhaben wollen, werde ich...«

Die Situation kam Cynthia Vesters immer absurder vor.

»Kapitän Kuiper, bleiben wir doch auf dem Boden der Tatsachen. Erstens ...«

»Tatsache ist, daß ich bis vor drei Jahren ein gottloser Mensch gewesen bin. Ich war ein Schläger und Trinker, und mein Leben war so verpfuscht, daß mein Vater nichts mehr mit mir zu tun haben wollte. Dann hat Gott mich beim Kragen gepackt und mich auf die Knie gezwungen ...«

»Um Himmels willen, Käpt'n! Das steht doch jetzt gar nicht zur Debatte!«

»O doch! Vor drei Jahren habe ich die Gnade erfahren, Jesus Christus zu finden. Seitdem habe ich meinen inneren Frieden und lebe nach Gottes Gesetzen. Glauben Sie, ich lasse mich vom erstbesten Wind umwerfen, der mir ins Gesicht bläst?« Kuiper stand breitbeinig vor ihr. Seine blauen Augen blitzten. »Ich beuge mich erst, wenn Gott es wünscht. Aber bisher sehe ich keine Veranlassung, diese Leute nach Deutschland zurückzubringen!«

Cynthia Vesters hatte Mühe, seinen Gedankengängen zu folgen. Für religiöse Eiferer hatte sie kein Verständnis.

»An einen Gott, der mich zwingt, etwas so Absurdes zu tun, könnte ich nicht glauben«, sagte sie schließlich.

»Der Mensch *kann* nicht glauben, er *muß* glauben!«

»Reden wir wieder vernünftig miteinander, ja?« versuchte Cynthia Vesters einzulenken. »Welche andere Möglichkeit bleibt Ihnen schon, als Ihre Passagiere nach Hamburg zurückzubringen? Schließlich will kein anderes Land sie aufnehmen. Und da sie alle die deutsche Staatsangehörigkeit besitzen, müssen die Deutschen sie wieder ins Land lassen. Also finden Sie sich endlich mit dem Unvermeidlichen ab!«

»Warum sollte es mir nicht gelingen, die Leute in ein anderes Land zu bringen?« Kuiper lächelte schlau. »Ich könnte sie zum Beispiel bei Nacht und Nebel heimlich irgendwo an Land setzen.«

Wenn Cynthia Vesters sich auf diese Art der Diskussion einließ, konnte sie die holländische Botschaft in eine unangenehme Lage bringen. Sie klappte daher ihren Diplomatenkoffer geräuschvoll zu. »Kapitän Kuiper, ich muß Sie daran erinnern, daß ich Ihnen als offizielle Vertreterin Ihrer Regierung geraten habe, die Passagiere unverzüglich nach Deutschland zurückzubringen. Alles, was Sie sonst tun, geschieht ohne die Einwilligung oder Unterstützung der niederländischen Regierung. Auf Wiedersehen, Käpt'n.«

Cynthia Vesters ging zur Tür. Die Hand auf dem Knauf, drehte sie sich noch einmal um. Die ungewöhnliche Mischung aus Aufrichtigkeit, typisch männlicher Logik und Selbstgerechtigkeit, aus Mut und Naivität hatten sie seltsam berührt. »Käpt'n«, drängte sie, »hören Sie auf mich. Ich kenne die politischen Realitäten unserer Zeit und weiß daher, welche Folgen Ihre Entscheidung haben kann – so nobel sie auch sein mag. Nehmen wir einmal rein theoretisch an, es gelänge Ihnen, die Leute irgendwo an Land zu schmuggeln. Und was dann? Glauben Sie, die Regierung des betreffenden Landes würde sich auf diese Weise übertölpeln lassen? Nein, Ihre Passagiere würden verhaftet und auf dem nächsten Weg nach Deutschland zurückgeschickt werden. Und damit überließen Sie die Vernichtung dieser Menschen nur anderen.«

»Sie meinen, man würde sie internieren?«

»Nein, ohne Erbarmen nach Deutschland zurückschicken!«

»Aber was ist mit der öffentlichen Meinung in diesen Ländern. Es würde doch einen Aufschrei der Empörung geben!«

»Nicht in Lateinamerika, Käpt'n. In den meisten Ländern hier herrschen Militärdiktaturen. Eine öffentliche Meinung existiert da gar nicht. Der einzige Staat in diesem Teil der Welt, wo die öffentliche Meinung Macht besitzt, sind die USA.«

»Gut, dann bringe ich die Passagiere in die Vereinigten Staaten.«

»Mein lieber Kuiper! Reden Sie doch keinen Unsinn. Erstens würde die amerikanische Küstenwache Ihr Schiff sofort aufbringen...«

»Niemals! Ich finde bestimmt einen Küstenstreifen, der nicht gut oder gar nicht überwacht wird!«

»Mein Gott, nehmen Sie doch Vernunft an. Den Fall haben wir doch auch schon durchdiskutiert!«

»Aber Sie haben doch gesagt, in einem Land mit einer starken öffentlichen Meinung...«

»Immer vorausgesetzt, die Öffentlichkeit erfährt von Ihrem Unternehmen. Warum verschließen Sie sich vernünftigen Argumenten?«

»Das ist keine Frage der Vernunft, sondern des Glaubens. Da Gott mir seinen Willen kundgetan hat, wird er mir auch die Mittel geben, ihn durchzusetzen.« Kuipers Züge drückten eine seltsame Ruhe und Zuversicht aus. Das Thema schien für ihn erledigt zu sein. Er wirkte plötzlich völlig in sich gekehrt. Cynthia Vesters waren die Argumente ausgegangen. »Tja, wenn das so ist, dann habe ich nichts mehr zu sagen. Adieu.«

Sie öffnete die Kajütentür, zögerte, nahm eine Visitenkarte aus der Jackettasche und legte sie auf den Tisch. »Für den Fall, daß Sie Ihre Meinung doch noch ändern sollten«, murmelte sie und ließ ihn mit seinem unheimlichen Gott allein.

6

Chief Davelaar hatte jedes Wort dieser Unterredung mitgehört. Draußen auf der Backbordseite des Unterbrückendecks, wo sich selten jemand aufhielt, hatte er unter dem Bullauge gestanden und gelauscht. Der verrückte Junge plante also in seinem religiösen Wahn, sich mit den Vereinigten Staaten von Amerika anzulegen! Und Davelaar wurde mit brutaler Deutlichkeit klar, was das für die *Star* bedeutete. Die *Star* war sein Zuhause, seine Welt und sein Leben – und jetzt war der Junge dabei, wegen dieser zänkischen, eingebildeten Gesellschaft auf dem Schiff das alles aufs Spiel zu setzen. Aber er, Davelaar, würde es nicht zulassen, daß der verrückte Kerl sein geliebtes Schiff für diese Nichtstuer opferte! Jede unnötige Meile, die sie mit der *Star of Peace* vor der unvermeidlichen Rückkehr nach Hamburg zurücklegten, nagte an der Existenzgrundlage der *Star*, denn das würde nur Geld kosten, und die Schulden, die sie schon hatten, waren drückend genug.

Kaum hatte die energische Frau von der Botschaft die Kajüte verlassen, ging Davelaar zur Steuerbordseite hinüber, riß die Kajütentür auf und stürmte hinein. »Und jetzt unterhalten wir uns mal, mein Junge!« schnaubte er wütend.

Joris, der hinter dem Schreibtisch kniend gebetet hatte, stand auf. »Das nächste Mal klopf gefälligst an! Was willst du?«

Davelaar schlug die Tür heftig hinter sich zu. »Was soll das Geschwätz, daß wir mit der *Star* zu den Vereinigten Staaten weiterfahren?«

»Du hast schon wieder gehorcht!«

»Natürlich!« brüllte Davelaar aufgebracht. »Spiel dich jetzt bloß nicht als Kapitän auf! Ich bin unter deinem Vater bis zu seinem letzten Tag an Bord zur See gefahren. Ich habe ihn nach dem Schlaganfall gepflegt! Ich habe ihn auf meinen Armen zum Haus deiner Frau getragen. Er war mein Freund. Ich habe ihn besser gekannt als meinen Bruder.« Davelaar merkte plötzlich, daß ihm die Tränen kamen. Seine Stimme war heiser vor Wut und Verwirrung. Eigentlich war das gar nicht das, was er hatte sagen wollen. Er hatte sich vorgenommen gehabt, ruhig, vernünftig und väterlich mit Joris zu reden. »Eines versichere ich dir«, fuhr er fort. »Wenn dein Vater heute noch lebte, dann würde er dich jetzt über das Knie legen. Was du dieser Frau erzählt hast, hatte mit echtem Glauben nichts zu tun. Das war doch nur sentimentales Gequatsche!«

Das hatte gesessen. Joris blies sich auf wie ein Frosch und brüllte: »Raus!«

Doch Davelaar hatte mittlerweile seine Beherrschung wiedergewonnen. Er stand wieder mit beiden Beinen fest auf dem Boden. »Nein, mein Junge«, entgegnete er ruhig. »So leicht wirst du mich nicht los. Du bist zwar jetzt Kapitän und kannst andere vielleicht glauben machen, daß du so gut bist wie dein Vater, aber mich täuschst du nicht. Ich kenne dich besser als alle anderen auf diesem Schiff. Ich habe dir Knoten und Spleiße beigebracht, als du noch ...«

Joris wandte sich ab und fragte aus heiterem Himmel: »Wieviel Kohle haben wir noch?«

»Was? Ach so. Sechzig Tonnen. Also hör mir gefälligst zu! Ich habe deinen Vater besser gekannt als du, mein Lieber. Er war ein gläubiger Mann, jawohl, aber sein Schiff war ihm weit mehr wert als sein Seelenheil. Natürlich war er religiös. Er hat die Bibel gelesen und vor jeder Mahlzeit ein Gebet gesprochen, aber wenn unser Herrgott es zugelassen hätte, daß der *Star* auch nur das geringste passiert, dann hätte dein Vater mit diesem Gott...«

»Dann bestelle ich heute noch 500 Tonnen.« Und dort saß er hinter seinem Schreibtisch, schrieb Zahlenkolonnen auf ein Blatt Papier und tat so, als habe er das alles nicht gehört.

»Fünfhundert? Dann liegt die *Star* aber bis weit über der Wasserlinie im Wasser!«

»Wir können die beiden Ballasttanks lenzen.«

»Jaja – in Ordnung.« Davelaar wollte sich nicht ablenken lassen. »Eines sage ich dir«, hob er erneut an. »Von mir aus kannst du so religiös sein, wie du willst, aber wenn die Existenz der *Star* dadurch gefährdet wird, kriegst du es mit mir zu tun, kapiert? Hast du gehört, mein Junge? Hände weg von diesem Schiff! Dein Vater...«

Diesmal hatte Davelaars Beharrlichkeit Erfolg. Der Junge bekam einen Wutausbruch. Und genau darauf hatte Davelaar es abgesehen. Joris sollte endlich die Maske fallenlassen. Daß Joris den Skipper Gottes spielte, ertrug er nicht länger.

»Du weißt genausowenig über meinen Vater wie über die Zehn Gebote!« brüllte Joris. »Du beurteilst jeden nach deinen eigenen miesen Maßstäben. Mein Vater war ein Heiliger!«

»Ha! Das ist der Witz des Jahrhunderts! Ich will dir mal sagen...«

»Ich kann's dir beweisen!« Damit ging Joris zu seiner Koje, nahm die Bibel aus dem Regal, schlug sie auf und hielt sie Davelaar hin. »Hier! Lies!«

»Was?«

»Lies!«

»Ich kann nicht. Ich habe meine Brille nicht bei mir.«

»Also gut, dann lese ich dir vor, was mein Vater als Widmung niedergeschrieben hat, bevor er mir diese Bibel zwei Wochen vor seinem Tod geschenkt hat:

›Für meinen Sohn Joris, der das Kommando auf der *Star of Peace* übernimmt.
Mein Sohn, in diesem Buch wirst Du Dein wahres Lebensziel finden. Hast Du den Teufel an Bord, hisse die Flagge mit dem Kreuz, die zusammen mit den Schiffsdokumenten in der Schublade liegt –

dann stehe ich hinter Dir auf der Brücke. Verzage nie, auch wenn sich Dir die Mächte der Hölle entgegenstellen, denn eines weiß ich nach einem langen Leben im Dienst Gottes: Hat Gott Dir seinen Willen kundgetan, gibt er Dir auch die Mittel, diesen durchzusetzen.

Vater.‹ «

»Das hat *er* geschrieben?« fragte Davelaar ungläubig.

»Wer denn sonst?« Joris klappte die Bibel zu und stellte sie wieder ins Regal.

»Die Flagge mit dem Kreuz?« Davelaar lachte schallend. »Jetzt ist mir alles klar!«

In diesem Augenblick klopfte es. Davelaar schien das eine glückliche Fügung zu sein, denn Joris hatte ausgesehen, als wolle er ihm an die Gurgel springen. Es war der Messejunge.

»Käpt'n, Besuch für Sie.«

»Wer?«

»Weiß nicht genau, Käpt'n – ich glaube, ein Admiral...«

Hinter dem Jungen erschien ein großgewachsener Mann von etwa sechzig Jahren in blauer Uniformjacke, mit den Epauletten eines Kommodore und goldbetreßtem Mützenschild.

»Schönen guten Tag, meine Herren. Mein Name ist Bruinsma. Ich bin der Kapitän der *Tubantia.* Wir liegen auch hier im Hafen. Ich habe zufällig erfahren, was hier vorgefallen ist, und möchte Ihnen meine Hilfe anbieten.«

»Sehr freundlich von Ihnen«, erwiderte Joris, den das elegante Äußere des Kapitäns beeindruckte. Dann schlüpfte er erneut in die Rolle des »Skipper Gottes« und sagte: »Verschwinde, Davelaar. Bereite alles vor, damit wir Kohle bunkern können. Sobald wir geladen haben, legen wir ab.«

Davelaar wußte, daß er Joris hätte in seine Schranken weisen müssen, doch er lachte noch immer. Die Flagge mit dem Kreuz! Kichernd stieg er über die erhöhte Schwelle auf das Unterbrückendeck hinaus und schloß die Tür. Und da waren sie wieder, die verdammten Juden! Juden, so weit das Auge reichte. Das Schiff quoll praktisch über von Juden. Er wollte schon dafür sorgen, daß sie dorthin zurückgebracht wurden, wo sie hingehörten! Und wenn es das letzte war, was er auf dieser Welt tat, aber das Schiff mußte endlich von dieser Plage befreit werden. Auf direktem Kurs zurück nach Hamburg! Noch einmal drei Wochen, in denen die Toiletten ständig verstopft waren, sich ewig irgend jemand über irgend etwas beklagte; drei Wochen noch, in denen er mit den arroganten Sprüchen und den alten Männern leben mußte, die nachts in den Kielraum pißten. Aber danach winkte Freiheit. Zurück zum besten Leben, das sich ein Mann wünschen konnte: allein mit seinem Schiff in der endlosen, unbefleckten Weite der See.

7

»Viel können Sie nicht für uns tun, Kapitän«, erwiderte Kuiper und musterte den Kommodore mit dem eisgrauen Haar bewundernd. »Ich habe Befehl, den Hafen zu verlassen. Die Marine soll mich durch die Dreimeilenzone begleiten. Die Botschaft will zwar versuchen, das Ultimatum noch hinauszuzögern, aber viel Sinn hat das nicht. Je früher ich hier wegkomme, desto besser. Nehmen Sie doch bitte Platz.«

»Danke.« Der Kommodore setzte sich und legte seine Mütze auf die Knie. Er hatte die Ausstrahlung eines ruhigen, beherrschten und selbstsicheren Mannes in einer unangefochtenen Machtstellung. Kuiper überkam fast so etwas wie Neid. Er überlegte, wie sein Besucher wohl mit dem zänkischen alten Davelaar verfahren wäre.

»Ich kann mir vorstellen, wie Ihnen zumute ist«, fuhr der Kommodore fort und ließ seinen Blick unauffällig durch die Kajüte schweifen. Kuiper ahnte, daß diesem Mann nichts entging. »Diese jüdischen Flüchtlinge sind eine Plage«, seufzte er. »Ich selbst hatte ja nie etwas mit ihnen zu schaffen, aber vor sechs Monaten sind wir einem griechischen Frachter begegnet, der vor Alexandria vor Anker gegangen war und ganze Massen von deutschen Juden an Bord hatte. Es war dieselbe Geschichte: Man verweigerte ihnen die Einreise. Davor waren sie schon in fünf anderen Häfen abgewiesen worden. Die Leute hätten sich als Sklaven verkauft, nur um irgendwo an Land zu kommen, aber mit denen will sich doch niemand die Finger schmutzig machen.« Er lächelte mechanisch. Seine Augen blieben jedoch kühl. Es waren die Augen eines alten erfahrenen Seebären, der praktisch alles erlebt hatte, was es zu erleben gab. »Sie bringen die Leute also zurück?« Die Augen waren unverwandt und abwartend auf Kuiper gerichtet.

Jetzt wäre der Zeitpunkt gewesen, Emotionen zu unterdrükken und Vernunft walten zu lassen. Doch Kuiper entdeckte, daß sein Entschluß selbst unter den Blicken seines übermächtigen Besuchers nicht ins Wanken geriet. Ein Teil von ihm wünschte, von diesem Mann akzeptiert zu werden, zum Kreis der Herren der Handelsmarine zu gehören, doch ein anderer, der entscheidende Teil in ihm hatte Gott die Treue geschworen, Gott, dessen Gegenwart er mit seinem verzweifelten Bittgebet beschworen hatte. Und seither war er nicht mehr allein auf sich gestellt. Trotz aller Zweifel und inneren Nöte fühlte er sich von einer unwiderstehlichen Macht geleitet, fühlte sich als Partner einer Mission, die ihm zwar angst machte, der er sich jedoch unwiderruflich verpflichtet fühlte. »Nein«, entgegnete er. »Ich glaube nicht, daß ich das tun werde.«

Einige Augenblicke war es still in der Kajüte. »Was haben Sie dann vor? Wollen Sie sie irgendwo heimlich absetzen?«

»Nein. Ich habe vor, sie ganz offiziell in ein zivilisiertes Land zu bringen«, erwiderte Kuiper.

Der Blick aus den meergrünen Augen blieb unpersönlich und abwartend. »Und welches Land haben Sie sich dafür ausgesucht, mein Freund?«

»Das weiß ich noch nicht...« Damit sagte er nur die Wahrheit. Kuiper hatte noch kaum Gelegenheit gehabt, darüber nachzudenken. »Das heißt – eigentlich dachte ich an die Vereinigten Staaten.«

»An die USA? Unsinn. Es kommen nur Brasilien oder Guayana in Frage. Irgendwo im tropischen Regenwald, wo's keine Straßen gibt. Setzen Sie sie mit Booten aus; danach müssen sie selbst sehen, wie sie weiterkommen. Irgend jemand wird sie dann schon finden. Am besten, Sie geben einen Funkspruch raus, sobald Sie wieder in internationalen Gewässern sind.«

»Nein, das geht nicht.«

»Warum nicht?«

»Soviel die Rechtsreferentin unserer Botschaft mir gesagt hat, würde das bedeuten, daß meine Passagiere von den Militärs gefangengesetzt und nach Deutschland zurückgeschickt würden.«

»Na und?«

»Ich möchte, daß diese Menschen in Freiheit leben können, und es nicht einfach anderen überlassen, sie umzubringen.«

Die selbstsicheren Augen hatten genug gesehen. Kuiper würde nicht in den Club der Erlauchten aufgenommen werden. »Ich verstehe. Sie sind Idealist.«

»Sie meinen, ich bin ein Idiot?«

»Vielleicht. Gehört das Schiff Ihnen?«

»Ja.«

»Verschuldet?«

»Bis zum Kragen.«

»Dann finanzieren Sie Ihre Ideale also mit dem Geld anderer? In diesem Fall sind Sie nicht nur dumm, sondern wahrscheinlich auch noch Christ. Stimmt's?«

Kuiper hatte Mühe, Haltung zu bewahren. »Danke für Ihr Interesse, Kapitän, aber...«

»Ja, junger Mann – ein nacktes Mädchen ist hübsch anzusehen, aber die nackte Wahrheit ist nicht jedermanns Sache.« Der Kommodore stand auf, setzte seine Mütze auf. Seine blaue Gestalt mit den blinkenden Epauletten schien die Kajüte fast auszufüllen. Dann klopfte er Kuiper überraschenderweise auf die Schulter und ging zur Tür. Als er nach dem Türknauf griff, fiel sein Blick auf das Foto. »Nette Kinder. Sind das Ihre Jungen?«

»Ja.«

»Die Frau macht auch einen sympathischen Eindruck. Wenn ich an Ihrer Stelle wäre, würde ich mir das Bild noch einmal genau ansehen, bevor Sie Kurs auf die USA nehmen. Jesus hatte keine Kinder. Das ist ein Unterschied.«

»Woher wußten Sie...«

»Daß Jesus keine Kinder hatte?«

»Nein, weshalb ich diese Leute nicht nach Deutschland zurückbringe.«

»Menschenkenntnis. Sie haben den Kopf eines Cholerikers und benehmen sich wie ein Phlegmatiker. Eine derartige Sünde wider die Natur kann nur die Folge einer religiösen Bekehrung sein.«

»Danke. Wenn Sie mich jetzt entschuldigen...«

»Ich muß Ihnen danken, junger Mann. Menschen wie Sie geben einem alten Sünder wieder Hoffnung. Heute in einem Monat fahre ich die Tour nach New York. Ich halte nach Ihnen Ausschau. Wer weiß, vielleicht kann ich doch noch behilflich sein.«

»Heute in einem Monat sollte ich alles überstanden haben.«

Der Kommodore lächelte. Es war keine beruhigende Mimik. »Täuschen Sie sich nicht, mein Freund. Sie stehen erst am Anfang. Wenn Sie heute in einem Monat noch immer ein gläubiger Christ sind, dann bin ich als überzeugter Atheist bereit, das als Beweis für die Existenz Gottes zu nehmen.«

»Diesen Beweis haben Sie vor wenigen Minuten doch selbst erbracht.«

»Wie soll ich das verstehen?«

»Ich meine Ihre Geschichte von den Juden auf dem Schiff vor Alexandria, die sich sogar als Sklaven verkauft hätten, die jedoch niemand will.«

»Ich verstehe noch immer nicht.«

Kuiper ging zu seiner Koje, nahm die Bibel aus dem Regal, schlug sie auf und las: »Fünftes Buch Mose, Kapitel 28, Vers 65 – nein, ich glaube Vers 68... Ja, hier... ›Und der Herr wird dich mit Schiffen wieder nach Ägypten führen... Und ihr werdet dort euren Feinden als Knechte und Mägde verkauft werden, aber es wird kein Käufer da sein.‹ Ein Versprechen, das vor zweitausend Jahren gemacht und vor sechs Monaten eingelöst wurde.«

Der Kommodore nahm eine Brille aus der Brusttasche seiner Uniformjacke und streckte die Hand nach der Bibel aus.

8

Und da stand es; exakt so, wie es der junge Mann vorgelesen hatte. Erstaunlich – aber das war eigentlich noch untertrieben. Dem Kommodore kam es nahezu gespenstisch vor. Bouke Bruinsma sah das Schiff plötzlich wieder vor sich, wie es sich gegen den tiefblauen mediterranen Himmel abhob: ein rostiger alter Kahn, schmutzig und ungepflegt. Er glaubte wie damals die jüdischen Gebetsgesänge zu hören, die in dieser Kulisse aus Tausendundeiner Nacht merkwürdig levantinisch anmuteten. Selbst damals war ihm die Szene bedeutungsschwer und wie eine Tragödie erschienen. Jetzt erst begriff er, weshalb dies so gewesen war. Er war ein Mann, der sich nicht leicht beeindrucken ließ, doch diese Geschichte war mehr als unheimlich. ›...mit Schiffen wieder nach Ägypten führen... Und ihr werdet dort euren Feinden als Knechte und Mägde verkauft werden, aber es wird kein Käufer da sein...‹

Es klopfte an der Tür. »Herein!« rief der junge Käpt'n.

Zwei mitleiderregende Gestalten traten ein. Ein nervös wirkender alter Mann mit Hut und Haartracht des chassidischen Juden und eine dicke Frau mit hennarotem Haar. Beide waren so ängstlich erregt, daß sie den Besucher gar nicht bemerkten. Sie hatten nur Augen für den jungen Kuiper. »Also? Also, was ist, Käpt'n?« fragte der alte Mann atemlos. »Was wird aus uns? Dürfen wir an Land gehen?«

Kuiper schien die Situation äußerst unangenehm zu sein. »Das kann ich noch nicht sagen, Rabbi. Die Botschaft hat mir noch nicht mitgeteilt, welche Entscheidung die uruguayischen Behörden gefällt haben.«

Einige Minuten war es vollkommen still in der Kapitänskajüte. »Sie brauchen uns nicht mit Samthandschuhen anzufassen, Käpt'n«, sagte schließlich die Frau gelassen. »Ich glaube, wir kennen bereits die Wahrheit und müssen uns wohl oder übel damit abfinden.«

»Also gut«, erwiderte Kuiper nach kurzem Zögern. »Ich fürchte, die Hoffnung, daß Ihnen die Einreise nach Uruguay oder in irgendein anderes lateinamerikanisches Land gewährt wird, ist sinnlos.«

Der Rabbi sank auf einen Stuhl, als würden seine Knie weich.

»Ich nehme an, daß die Visa gefälscht waren, oder?« führte die rothaarige Frau die Unterhaltung erstaunlich ruhig und sachlich fort.

»Sieht ganz so aus.«

»Wir hätten es wissen müssen«, stöhnte der Rabbiner. »Alles, was sie den Juden antun, auch wenn es uns vordergründig hilft, ist Quälerei.«

Die Rothaarige legte die Hand auf seine Schulter. »Wir sollten es jetzt den anderen sagen, Rebbe. Lassen wir sie nicht länger warten. Es hat sowieso keinen Sinn.« Der alte Mann stand müde auf. Er wirkte völlig gebrochen.

»Halten Sie uns die Daumen, Käpt'n«, murmelte die Rothaarige mit einem Lächeln.

Sie hatten die Kajütentür fast erreicht, als Kuiper plötzlich sagte: »Um einem Irrtum vorzubeugen – ich bringe Sie nicht nach Deutschland zurück.«

Beide blieben mit dem Rücken zum Zimmer augenblicklich stehen. Nach einigen Sekunden drehten sich beide fast gleichzeitig zu Kuiper um. Der Rabbiner starrte Kuiper verwundert an. »Wie bitte?«

»Ich bringe Sie und Ihre Landsleute nicht nach Hamburg zurück«, wiederholte Kuiper. »Statt dessen werde ich versuchen, Sie an der Küste der Vereinigten Staaten abzusetzen. Ich kann Ihnen noch keine Einzelheiten über meinen Plan mitteilen, aber ich bin überzeugt, daß es eine Möglichkeit gibt, Ihren Leuten zur Freiheit in Würde und Anstand zu verhelfen. Jedenfalls will ich's versuchen. Alles andere liegt in Gottes Hand.«

Der Rabbiner schien das alles nicht recht zu begreifen. Und die rothaarige Frau musterte Kuiper mit einem undefinierbaren Ausdruck in den Augen. »Sie... Meinen Sie wirklich, was Sie da sagen?« fragte sie dann, und zum ersten Mal zitterte ihre Stimme leicht.

»Ja, gnädige Frau«, antwortete Kuiper schlicht.

Die Rothaarige ging plötzlich auf Kuiper zu, packte ihn bei den Schultern und küßte ihn auf beide Backen. »Gott beschütze Sie«, murmelte sie. »Gott beschütze Sie, mein Junge – mein lieber Junge.«

»Danken Sie nicht mir, Frau Goldstein«, murmelte Kuiper verlegen. »Ich...«

»Komm, Rebbe!«

Die beiden hasteten aus der Kajüte und vergaßen sogar, die Tür hinter sich zu schließen.

Bouke Bruinsma gab Kuiper die Bibel zurück. »Wir liegen noch vierundzwanzig Stunden im Hafen. Falls ich Ihnen noch irgendwie helfen kann, sagen Sie Bescheid. Wenn Sie Lebensmittel oder Medikamente brauchen, schicken Sie einfach jemanden mit einer entsprechenden Liste zu uns.«

»Danke.«

»Viel Glück, mein Freund.«

Er wollte mehr sagen, wollte seiner Hochachtung für den jungen Mann, ja vielleicht sogar seinem Neid Ausdruck verleihen. Aber wahrscheinlich schwieg er, gerade weil er Kuiper aus irgendeinem Grund beneidete. Tief in Gedanken versunken, ging er den Niedergang zum Bootsdeck hinunter und durch die Menge der heimatlosen Juden zur Gangway. Was war denn so beneidenswert an einem jungen Mann, der einen geradezu selbstmörderischen Entschluß gefaßt hatte? Weil er diese übermenschliche Sicherheit besaß? Weil er ohne Rücksicht auf sich selbst einer moralischen Pflicht folgte? War es denn beneidenswert, wenn einer einem Hirngespinst nachjagte, das nur in einer Katastrophe enden konnte?

Er schritt den Kai entlang zum Kaitor – eine hochgewachsene, elegante Gestalt in blau-goldener Uniform. Am Kaitor salutierte der Wachsoldat. Der Kommodore erwiderte seinen Gruß automatisch. Dann trat er aus dem kühlen Schatten auf den sonnigen Boulevard. Dort winkte er einem Taxi und ließ sich zu seinem Schiff fahren. Die Menschen, Flaggen und Kaitore, die sie passierten, sah er gar nicht.

Da war also er, der er die angesehenste Stellung bekleidete, die ein Seemann erreichen konnte: Kommodore der bedeutendsten Schiffahrtslinie seines Landes. Und da war dieser junge idealistische Wirrkopf, der schnurstracks auf eine Art biblische Tragödie zusteuerte. Als rational denkender, vernünftiger Mann hätte er nicht für eine Million in den Schuhen dieses Kapitäns stecken wollen. Allein die Vorstellung, was ihm bevorstand, jagte ihm kalte Schauer über den Rücken: Krankheit, Verzweiflung, Selbstmorde, Meuterei und am Ende die unvermeidliche Rückreise nach Deutschland, die einem Weg zum Schafott gleichkam. Nein, neidisch zu sein, ergab keinen Sinn – es sei denn, er neidete unterschwellig dem Jungen seine Jugend.

Der Kommodore wies den Gedanken weit von sich. Alles, was er jetzt brauchte, war eine Stunde Körpertraining im Fitneßraum seines Schiffs, eine Massage, ein Bad im Swimmingpool und dann einen großen, eisgekühlten Drink in seiner Kajüte. Hatte nicht irgend jemand mal gesagt, das Altern sei lediglich eine Sorge der Jugend?

Als er die Gangway des Luxusliners erreicht hatte, stand sein Entschluß fest: Er würde endlich der Versuchung nachgeben, die die junge britische Krankenschwester für ihn darstellte. Er nahm sich vor, sie zum Cocktail in seine Kajüte einzuladen und der Natur ihren Lauf zu lassen.

Es war geradezu grotesk, daß ausgerechnet das moralische Vorbild des jungen Kuiper ihn dazu verleiten sollte, Ehebruch zu begehen. Es kam eben, wie es kam.

9

Susan Foster wollte sich gerade auf dem Patientenstuhl niederlassen und nach gut zwanzig Kopf-, Knie- und Ellbogenverbänden endlich die verdiente Zigarette rauchen, als sie plötzlich merkte, daß noch immer ein Patient im Korridor wartete: ein kleiner Junge mit einem zerfetzten Rucksack. Das Kind tauchte zögernd im Türrahmen auf.

»Was fehlt dir denn, mein Junge?«

»Meine Schwester...« Der Junge deutete in den Korridor.

»Wo ist sie?«

»Sie liegt da.«

»Wo?«

»An Deck.«

»Was fehlt ihr denn? Ist sie krank? Verletzt?«

»Sie hat sich am Kopf weh getan. Sie blutet.«

»Kann sie noch gehen?«

»Ich glaube schon.«

»Dann sag ihr, daß sie hierherkommen soll. Ich kümmere mich um sie.«

Der kleine Junge gehorchte. Susan sah, daß aus seinem zerrissenen Rucksack ein kleiner weißer Socken mit einem braunen Rändchen hing, als er davonging.

Susan bereitete seufzend alles für die nächste Wundbehandlung vor. Dabei überlegte sie, wo wohl Hendrik, Myrtle und der Krankenpfleger sein könnten. Vermutlich hatten sie alle Hände voll in den Unterkünften zu tun.

»Hier ist sie.«

Sie drehte sich um. Im Türrahmen stand das rothaarige Mädchen. Sie hatte eine häßliche Schnittwunde an der Stirn, und ihr Gesicht war blutverschmiert.

»Komm rein. Setz dich hier hin.«

Das Mädchen kam näher und setzte sich. Der kleine Junge blieb ängstlich an der Tür zurück.

»Spiel ein bißchen an Deck«, riet Susan ihm. »Such deine Freunde.«

»Ich bleibe«, beharrte der Junge. »Ich möchte lieber hierbleiben.«

»Aber das will ich nicht. Los, verschwinde!« Susan ging zur Tür, um sie zuzumachen.

»Sie tun ihr weh!« sagte der Junge. »Ich bleibe.«

»Komm, Kleiner – mach, daß du fortkommst. Deine Schwester ist gleich fertig.« Damit schob Susan ihn sanft aus der Tür, machte zu und untersuchte die Wunde. »Das ist ein ziemlich tiefer Schnitt, Kleine. Wie ist denn das passiert?«

»Lieschen Schlachter hatte ihren Teddy verloren«, flüsterte das Mädchen. »Er lag unter den Absperrungen unten am Kai. Ich wollte ihn holen. Dabei sind Soldaten gekommen und... Aua!«

»Ja, ich weiß – es brennt natürlich. Aber ich muß die Wunde zuerst säubern. Und wer ist Lieschen Schlachter?«

»Ein kleines...« Das Mädchen zuckte unter der Berührung zusammen. Tränen rannen ihr übers Gesicht.

»Mach die Augen zu, Kleines, sonst rinnt das Desinfektionsmittel dir in die Augen. Hier – beug dich über die Schale... Ich tropfe jetzt ein bißchen Jod in die Wunde.«

Susan spülte die Platzwunde, als plötzlich die Tür aufging und Myrtle und Hendrik hereinkamen. Hendriks Arztmantel und Myrtles Schwesterntracht waren blutverschmiert. »Ihr seht aus, als hättet ihr da drunten doch glatt gearbeitet.«

»Das ist die Untertreibung des Jahres«, erwiderte Hendrik. »Ich dachte, du bist mittlerweile wenigstens fertig hier oben.«

»Ich glaube, das ist die letzte Patientin. Platzwunde. Fünf Zentimeter. Hier, sieh dir das an.« Sie hob das Gesicht des Mädchens hoch. »Laß die Augen zu, Kleines.«

»Oh, mein Gott!« entfuhr es Hendrik, der bis dahin bester Laune gewesen zu sein schien. Und erst in diesem Augenblick erkannte Susan in dem verletzten Mädchen die kleine Rothaarige, die sich in der Kapitänskajüte von Hendrik verabschiedet hatte.

»Die Wunde muß genäht werden«, erklärte Hendrik sachlich.

»Genäht? Sie ist doch nicht einer von deinen Matrosen!« entgegnete Susan empört. »Wenn du die Wunde nähst, bleibt eine Narbe zurück.«

»Na schön. Und was schlägst du vor?«

»Ich würd's mit 'nem Pflasterverband machen.«

»Gut«, stimmte Hendrik zu. »Dann überlasse ich sie dir.« Er wandte sich an das Mädchen: »Die Schwester verarztet dich, Tovah. Sie kann das besser als ich. Komm, Myrtle, wir überlassen Susan das Feld. Mach dich bemerkbar, wenn du hier fertig bist. Wir wollten nämlich 'ne Kleinigkeit essen. Zuerst muß ich mich allerdings umziehen. Okay?« Ohne Myrtles Antwort abzuwarten, verließ er fluchtartig den Behandlungsraum.

Das Mädchen weinte nun hemmungslos. Susan war so wütend, daß sie im ersten Augenblick versucht war, Hendrik zurückzurufen, doch dann siegte ihr gesunder Menschenverstand. Sie riß die sterile Verpackung eines Pflasterverbandes auf, legte ihn auf ein Tablett, tat eine Schicht Wundbalsam darauf und zog frische Handschuhe an. »Hör zu, Kleines, ich lege dir jetzt einen Verband an. Es brennt nur kurz, ja?«

»Ja...«

»Gut. Dann los!«

Geschicklichkeit und Konzentration waren nötig, um die Wundränder exakt und glatt wieder zusammenzufügen. Das Mädchen rutschte unruhig auf dem Stuhl hin und her.

»Halt still. Wir haben's gleich geschafft. Wenn du noch ein bißchen die Zähne zusammenbeißt, verspreche ich dir auch, daß es nur eine haarfeine Narbe gibt. So ist es gut. Nur noch eine Sekunde... Fertig! Sitz noch eine Weile ganz still. Steh nicht auf. Auf diese Weise verrutscht der Verband nicht.«

Susan redete, um das Mädchen zu beschäftigen und um sich zu beruhigen. Ihre Wut war eher noch größer geworden. Diese Ratte! Was für ein erbärmlicher Jammerlappen dieser Hendrik doch sein konnte. Susan zog die Handschuhe aus. »Erzähl mir mal, wie das passiert ist«, bat sie das Mädchen, während sie zum Waschbecken in der Ecke ging.

»Das habe ich doch schon gesagt. Lieschen Schlachter...«

»Nein, ich meine die Sache mit dem Doktor. Er hat dich doch nicht rumgekriegt, oder?«

»Wie bitte...?«

»Ich meine, hast du seit der Sache mit ihm deine Periode gehabt?«

Das Mädchen starrte sie entgeistert an. Dann wurde sie dunkelrot bis unter die Haarwurzeln. »Ich – nie... Wir haben – nie...!« stammelte sie.

»Gut.« Susan trocknete die Hände ab, legte das Handtuch beiseite und setzte sich neben dem Mädchen auf einen Hocker. »Dreh dich zum Licht, Kleines, damit ich dich besser sehen kann.«

Das Mädchen wandte gehorsam den Kopf und starrte Susan an. Sie hatte bezaubernde Augen.

»Wie alt bist du?«

»Siebzehn...« Die Tränen flossen erneut.

»Nimm's dir nicht so zu Herzen, Kleines«, riet Susan sachlich. »Deshalb geht doch die Welt nicht gleich unter.«

»Jawohl, das tut sie!« rief das Mädchen zu Susans Überraschung heftig.

»Unsinn. Das ist nun mal der Gang der Dinge, Kleines. Und je früher einem das klar wird, desto besser. Alle Männer sind

Schürzenjäger. Das liegt in ihrer Natur. Sei froh, daß du diesem Westentaschen-Don-Juan nicht richtig aufgesessen bist. Keine Sorge: du kannst sie sackweise haben.«

Das Mädchen hatte die Augen wieder geschlossen. »Ihn habe ich damit gar nicht gemeint.«

Susan sah das rothaarige Mädchen einen Moment lang verdutzt an, dann begriff sie. Natürlich war für die Kleine die Welt untergegangen. Was sollte denn aus ihr – und aus all den anderen werden? Man würde sie nach Deutschland zurückbringen. Und dann?

»Entschuldige. Ich habe nicht richtig nachgedacht.« Susan stand von ihrem Hocker auf und räumte Tablett, Verbandszeug und Schale weg.

Und während sie dem Mädchen den Rücken zuwandte und mit den Instrumenten hantierte, wurde ihr plötzlich die Ungeheuerlichkeit dessen klar, was mit diesen Leuten gemacht wurde. Bis zu diesem Zeitpunkt war sie viel zu sehr damit beschäftigt gewesen, die Verletzten zu verarzten, um über die Lage dieser Leute ernsthaft nachzudenken. Jetzt, als ihr das Entsetzliche, das ihnen widerfuhr, in seinem vollen Umfang klar wurde, überkam sie ein Gefühl von Ohnmacht und Schuld. In wenigen Minuten würde sie dieses Schiff verlassen und in ihre saubere, bequeme Kabine auf der *Tubantia* zurückkehren, sich duschen und sich umziehen und anschließend mit Myrtle, Hendrik und Frans Willemse irgendwo in der Stadt zu Abend essen. Sie sah die Szene schon deutlich vor sich: Man würde über die Ereignisse des Tages sprechen, Myrtle würde blutrünstige Episoden zum besten geben, Hendrik würde sie umgarnen, und sie, Susan, würde die Uninteressierte spielen – und danach ginge jeder wieder zur Tagesordnung über, gerade so, als reduziere sich das Ungeheuerliche, das sie erlebt hatten, zur reinen Anekdote, die bei Bedarf in Gesellschaft zum besten gegeben werden konnte. Doch was sollte aus diesen armen Kreaturen werden, die all ihre Hoffnung auf die Auswanderung nach Uruguay gesetzt hatten? Was wurde aus dem Mädchen, dessen Todesurteil damit eigentlich schon besiegelt worden war? Was nützte es ihr in dieser Situation eigentlich noch, daß ihr kaum eine Narbe von der Platzwunde zurückbleiben würde? Susan kam es so vor, als würde man ein

Pferd noch striegeln, bevor man es zum Pferdemetzger brachte. Mein Gott, was konnte sie anderes tun, als ihre Wunden zu verbinden, die Hände in Unschuld zu waschen und sie ihrem Schicksal zu überlassen? Und trotzdem kam sie sich beinahe wie eine heimliche Komplizin jener Sadisten vor, die diese Menschen so quälten.

Es stellte sich ernsthaft die Frage, was man überhaupt anderes tun konnte, als zu protestieren und anti-nationalsozialistischen Organisationen beizutreten. Was lag in ihrer Macht, zu tun, um diesen Juden...

Plötzlich kam ihr ein Gedanke. Der Wachsoldat am Kaitor! Der Paß. Ein Gruß und raus auf die Straße...

Sie drehte sich um. »Zieh dich aus.«

Das Mädchen sah sie verdutzt an.

Susan schlüpfte aus ihrer Jacke. »Tu, was ich sage. Zieh dein Kleid aus.«

Das rothaarige Mädchen gehorchte stumm, aber verständnislos. Sie schien gar nicht auf den Gedanken zu kommen, nach dem Warum zu fragen.

»Hier!« Susan hielt ihr die Schwesterntracht hin. »Nimm das.«

»Weshalb?«

Susan setzte ihr die Schwesternhaube auf. »Schieb sie etwas in die Stirn – so ungefähr... Auf diese Weise sieht man den Verband nicht. Prima! Du wirkst ganz echt.«

»Aber warum?« erkundigte sich das Mädchen nun doch nervös. »Was wollen Sie von mir?«

»Du sollst meine Schwesterntracht anziehen«, erklärte Susan. »Und dann gehst du die Gangway hinunter zum Kaitor, zeigst dem Wachsoldaten den Paß, lächelst dabei und gehst einfach weiter...«

»Aber...«

»Sobald du das Kaitor passiert hast, biegst du nach rechts ab, läßt die zweite Kontrolle über dich ergehen und setzt deinen Weg fort. Die *Tubantia* liegt als erstes Schiff dort am Kai. Du kannst sie nicht verfehlen. Ein großes, weißes Schiff mit gelben Schornsteinen. Geh die Gangway zum Achterschiff hoch und weiter in das Hospital der ersten Klasse auf dem A-Deck. Dort wartest du auf mich.«

»Aber...«

»Ich kenne den Burschen, der für die Grenzkontrollen zuständig ist. Er ist reif. Also überlaß ihn ruhig mir. Ich sorge dafür, daß du eine Aufenthaltserlaubnis für dieses Land kriegst. Hier ist der Paß, den du brauchst, um durch die Kontrollen zu kommen...«

»Aber – aber was machen Sie...«

»Keine Sorge. Meine Kollegin besorgt mir eine andere Schwesterntracht. Mittlerweile werde ich hier auf der Liege ein Nickerchen halten. Nach all der Aufregung wird mir ein bißchen Ruhe guttun. Ich bin schließlich kein Roboter. Hier! Nimm den Ausweis.«

10

Tovah starrte auf das Dokument. Sie war angesichts der Entscheidung, vor die sie so unvermittelt gestellt wurde, völlig durcheinander. Sie sah plötzlich alles mit traumhafter Deutlichkeit vor sich: den Wachsoldaten, der Gruß, das Lächeln, der Weg durch das schattige Tor – und dahinter die Freiheit. Der Augenblick war unglaublich verlockend. Aber was wurde aus David? Sie konnte ihn doch nicht einfach hierlassen – oder doch? Die alte Goldstein würde sich um ihn kümmern...

»Beeil dich, Kleines. Endlos Zeit haben wir nun mal nicht.«

Ein neues Leben. Freiheit. Alles, wovon sie geträumt hatte, lag plötzlich zum Greifen nah. Aber war es die richtige Entscheidung? Sie wünschte, sie hätte mit jemandem darüber sprechen können, mit Yakov zum Beispiel. Yakov hätte sofort gewußt, was zu tun war. Doch Yakov lebte in Palästina, praktisch am anderen Ende der Welt. Sie versuchte sich vorzustellen, wie er reagiert hätte, rief sich sein Gesicht, seine strahlend blauen Augen, seine Begeisterung für Israel ins Gedächtnis...

Und plötzlich war ihr, als höre sie seine Stimme: Der Fluch unseres Volkes ist der eigene Egoismus! Jeder Jude sieht immer nur sich. Und die Diaspora nimmt so lange kein Ende, wie wir nicht begreifen, daß wir ein Volk sind und dementsprechend handeln... Den Sinn dieser Worte begriff sie nicht ganz, doch die Entscheidung war gefallen. Es war die Entscheidung zwischen Freiheit und vollkommener Dunkelheit, einem Leben in Angst und Ungewißheit. Und trotzdem – sie konnte nicht anders. »Nein, danke«, sagte sie. »Das ist wirklich sehr lieb, aber ich kann nicht.«

Die Krankenschwester runzelte die Stirn. »Was soll das heißen: du kannst nicht? Ich spiele nämlich nicht jeden Tag den guten Samariter, weißt du. Also nimm das Angebot wahr, solange es noch steht. Es ist deine einzige Chance, Kleine.«

Tovahs Entscheidung stand jetzt unwiderruflich fest. Die Dunkelheit, der Nebel begann sich zu heben. Sie nahm die Schwesternhaube ab und gab sie Susan zurück. »Danke vielmals, aber es geht nicht.«

»Verdammt, ist dir nicht klar, was dir bevorsteht?« entgegnete die Schwester wütend. »Kein Land der Welt läßt euch einreisen!«

»Trotzdem, danke«, murmelte Tovah. »Sie sind wirklich sehr lieb.«

Die dunklen Augen der Krankenschwester musterten sie forschend. »Jetzt erzähl mir bloß nicht, daß du es wegen *ihm* tust.«

»Nein, ich tu's wegen meinem Volk.« Zum ersten Mal in ihrem Leben benutzte Tovah solche Worte. Eine nie gekannte Erregung und Freude, ein bis dahin völlig unbekanntes Gefühl erfaßte sie; etwas, das sie ihr ganzes Leben gesucht und das sie nun völlig unerwartet gefunden hatte.

»Dein Volk? Ihr seid kein Volk. Ihr seid deutsche Staatsangehörige, die ein Wahnsinniger namens Hitler zum Freiwild erklärt hat. Zu einem Volk gehört auch ein Land, Kleine, und im Augenblick besitzt jeder von euch, brutal gesagt, nur seine eigene Haut. Und ich rate dir, genau die zu retten, solange sie noch zu retten ist!«

Tovah hatte mittlerweile einen Begriff für das unbekannte, erhebende Gefühl gefunden: Es war Stolz. »Sie sind sehr freundlich, aber ich möchte es nicht.«

»Was willst du dann, Kleine? Hängst du nicht am Leben?«

Das alles war für Tovah zu neu, als daß sie es dieser Frau hätte erklären können. »Es tut mir leid«, murmelte sie. »Ich glaube, Sie werden es nicht verstehen. Sie sind sehr freundlich – es tut mir leid...«

Die Züge der Krankenschwester wurden hart. »Mit mir brauchst du kein Mitleid zu haben. Es geht um *dein* Leben – nicht um meins.« Sie nahm ihre Schwesterntracht und sah Tovah einen Moment lang in die Augen. Sie verstand das Mädchen nicht. Sie fühlte sich brüskiert. »Ich habe bisher nie geglaubt, was man sich über euch erzählt – daß ihr euch wie die Lämmer zur Schlachtbank treiben laßt. Du bist verrückt. Für mich bist du komplett verrückt. In dieser Minute hast du praktisch Selbstmord begangen.«

Bevor Tovah noch etwas antworten konnte, ging die Tür auf, und David stand auf der Schwelle. »Tov...?« begann er ängstlich.

»Ja, David. Ich komme schon.«

Der Junge starrte auf den Verband an ihrer Stirn. »O Mann! Hast du geweint?«

»Ja«, erwiderte Tovah. »Ich hab geweint.«

Die Krankenschwester setzte ihre Haube auf, rückte sie zurecht und knöpfte ihre Tracht zu. »Na, dann adieu. Du kannst nicht behaupten, ich hätte mir keine Mühe gegeben!« Damit stieg sie über die hohe Schwelle und war verschwunden.

»Was ist denn mit der los?« fragte David mißtrauisch.

»Nichts. Sie war sehr nett zu mir.«

»Mir kommt sie komisch vor.« David packte Tovahs Arm. »Tov, hör zu! Weißt du, was sie sagen? Sie sagen, der Kapitän bringt uns in ein anderes Land, wo...«

Tovah packte plötzlich die nackte Angst. Was hatte sie getan? Sie preßte David fest an sich. Es war eine beschützende und schutzsuchende Geste zugleich.

»Was hast du denn?« wollte David verwirrt wissen.

»Ach nichts...«, flüsterte sie, ohne ihn loszulassen, beugte sich über ihn und küßte ihn aufs Haar. Es roch nach Schiffstauen.

»Keine Angst, Tov«, erklärte David im Tonfall der Erwachsenen. »Es wird alles gut. Du wirst sehen.«

»Ja«, murmelte sie. »Sicher.«

SIEBTES KAPITEL

1

Bouke Bruinsma gab sich redlich Mühe – doch trotz des geschmeidigen jungen Körpers unter seinen Lenden, ihren heiseren Lauten wachsender Lust, fühlte er, wie seine Leidenschaft nachließ. Es machte ihn wütend. Was immer die großspurigen Mitglieder der Gesellschaftsschicht, in der er sich bewegte, auch behaupten mochten, das Altern bedeutete einen Abstieg in die Impotenz, einen Verlust der Männlichkeit – ein stetig wachsender Tränenfluß im Unterbewußtsein eines Mannes, eine erbarmungslose Flutwelle, die letztlich – bald, zu bald – alles auslöschte, das sich ihr in den Weg stellte. Jugend, Leidenschaft, Männlichkeit, die Lust am scharfen Wind, der einem ins Gesicht blies, der salzige Geschmack der Gischt auf den Lippen, all das verschwand zusammen mit der Freude des Mannseins.

Doch vielleicht war das Alter doch nicht ganz schuld – noch nicht. Ganz sicher lag es nicht an der Frau. Sie war in der Kunst der Liebe äußerst erfahren und einfallsreich, ein mitreißender Partner in diesem erotischen Tennismatch, das alles erlaubte und nichts verbot. Nein, es war eher das Wissen darum, daß der junge Kuiper und sein alter Frachter den Hafen verließen – und zwar gerade jetzt, während er sich schnaubend und ächzend wie ein alter Bulle auf einer jungen Kuh in den Laken seines Bettes wälzte. Da fuhr er also dahin, der Ritter in seiner goldenen Rüstung, der verlängerte Arm Gottes, und erlebte das, was sich alle Seeleute erträumten: ein eigenes Schiff, ein nobles Ziel vor Augen, alles riskierend, die alte, verblichene Fahne im Wind wehend, während der Steven das Wasser in zwei schäumende Bugwellen teilte.

Bruinsma löste sich abrupt von der sich windenden jungen Frau und murmelte: »Tut mir leid, aber mir ist gerade was eingefallen. Ich muß was nachsehen...« Damit zog er ein Leintuch vom Bett, band es sich um die Hüften und schritt halbnackt, mit haariger Brust, durch seine Wohnkajüte zum Bullauge auf der Steuerbordseite, von dem aus man einen freien Blick auf den Fluß hatte.

Weit und breit war kein Frachter zu sehen, keine verblichene alte Flagge, keine schäumende Bugwelle. Entweder war dieser Ritter der Artusrunde längst ausgelaufen, oder die langsam mahlenden Mühlen der Bürokratie hatten ihn aufgehalten.

Bruinsma fühlte einen warmen Atem an seiner Schulter und einen Arm um seine Taille. Ihr aufregend animalischer Duft stieg ihm in die Nase. »Was ist los, Schätzchen?« fragte sie, und eine Brust schob sich unter seinen Arm.

»Ich wollte nur sehen, ob die *Star of Peace* ausläuft.«

»Ach so«, seufzte sie gelangweilt. Offenbar schien ihr dieser aufrechte Ritter mit seinem Kreuzzug ihren Charme nicht wert zu sein. »Der Mann ist ein Idiot – wenn du mich fragst.«

»Das würde ich kaum behaupten«, entgegnete er heftig. Ihre Reaktion machte ihn wütend.

»Mein Gott, was glaubt er denn, daß er erreichen kann? Er impft diesen Leuten doch nur Hoffnungen ein, die er nicht halten kann. Und dann bringt er sie eben doch zu ihren Schlächtern zurück!«

»Ich finde, du gehst unnötig hart mit ihm ins Gericht.«

»Mein Gott, du hast die Leute nicht gesehen, wie sie, verletzt und blutend, in diesen menschenunwürdigen Unterkünften gelegen haben. Man spielt nicht mit Menschen in dieser Verfassung. An romantische Rettungsmanöver dieser Art glaube ich nun mal nicht. Und ich glaube offengestanden auch nicht an selbstlose Liebe.« Damit begann sie forsch, ihn erneut zu erregen.

»So hatte ich dich auch nicht eingeschätzt«, bemerkte Bruinsma. Vor dem Bullauge flogen schreiend Möwen vorbei. »Du läßt dich wohl von keinem Mann unterkriegen was?«

»Oh, so was ist schon vorgekommen«, erwiderte sie und massierte ihn geschickt. »Da war zum Beispiel dieser Mann in Nordafrika, der mich zum Essen eingeladen hatte und sich anschließend bei einem kurzen Spaziergang am Meer – wir waren höchstens fünfzig Meter vom Restaurant entfernt – die Belohnung für das Essen bei mir geholt hat. Er hat mich einfach vergewaltigt. Im Anzug und auf dem groben Kieseluntergrund des Strandes.«

Bruinsma fand die Geschichte unappetitlich, obszön und doch unerklärlich erregend. Die Vorstellung, wie ihr straffer, junger Körper auf die harten, runden Kieselsteine geworfen wurde... Er drehte sich um, legte die Arme um sie und preßte seinen Mund brutal auf ihre jungen, weichen Lippen, fühlte ihr aufreizendes Entgegenkommen und sagte: »Komm!« Er hob die sich spielerisch Wehrende hoch, trug sie ins Schlafzimmer zurück, warf sie dort rücklings aufs Bett und nahm sie, wie der Bursche in Nordafrika es getan haben mußte, im Lichterschein des Restaurants und im Straßenanzug, brutal und erbarmungslos, ohne Rücksicht auf ihre Schreie und ihren wütenden Kampf. Genau das hatte die gewünschte Wirkung. Während er sich in der Rolle des brutalen Burschen fühlte und sich vorstellte, sie lägen nicht auf seinem weichen, federnden Bett, sondern auf hartem, rundem Kies, erreichte er mühelos seinen Höhepunkt. Keuchend und mit klopfendem Herzen fiel er schließlich einfach auf sie. Einen Augenblick lang überkamen ihn Schwindelgefühl und Übelkeit; jener Tränenfluß und jene düstere, stetig wachsende Flutwelle ergossen sich über ihn. Dann fühlte er eine Hand über seinen Rücken streichen. Es war keine Zärtlichkeit, es war nicht die Hand einer Geliebten, es war die Hand einer Krankenschwester. »Miststück!« murmelte er ins Kissen.

»Also das war aber gar nicht nett von dir, Putzi.« Die Hand hielt inne.

»Sag gefälligst nicht immer ›Putzi‹ zu mir!«

»Oh, der Herr wird eigen!« spottete sie. »Jetzt, da wir gekriegt haben, was wir wollten, kehren wir wohl wieder den Kommodore raus, was?«

Am liebsten hätte er sie dafür geschlagen. Und vielleicht legte sie es gerade darauf an. Vielleicht gehörte sie zu dieser Sorte von Frauen. Mein Gott, was war nur mit ihm los? Nie zuvor hatte Gewalttätigkeit gegenüber Frauen ihn erregt. »Entschuldige«, begann er. »Ich...«

»Psst!« Sie gab ihm einen Klaps aufs Hinterteil.

»Was zum Teufel...«

»Psst! Jetzt kommt sie!«

»Wer denn, zum Teufel?« Er richtete sich halb auf den Ellbogen auf.

»Du willst sie doch auslaufen sehen, oder? Und wenn du mich fragst, dann war das gerade die *Star of Peace*. Die alte Dampfpfeife habe ich doch im Hafen von Le Havre schon gehört.«

Bruinsma wandte den Kopf zur Seite und horchte. Sie hatte recht. Irgendwo in der Ferne ertönte der sonore, vibrierende Ton eines Signalhorns, eines altmodischen Nebelhorns.

»Los, geh und sieh nach!« Sie schob ihn von sich.

Er kletterte aus dem Bett und ging, diesmal ohne Tuch, über den weichen Teppich seiner Wohnkabine zum Bullauge. Und da kam sie tatsächlich angedampft – im Geleit einer ganzen Armada von Kriegsschiffen. Es sah aus, als befördere man einen Delinquenten ins Gefängnis.

»Mann«, sagte sie hinter ihm, »das sieht ja aus, als hätten sie die ganze uruguayische Marine aufgeboten, um sie in internationale Gewässer zu verfrachten –«

Das Schamgefühl, das Bruinsma in diesem Moment erfaßte, war überwältigend. Da stand er also, splitternackt, schweißbedeckt, hatte sich gerade erst von der wollüstigen Blondine gelöst, die sich jetzt an ihn klammerte – und dort fuhr der Junge, der Träumer, eskortiert von dieser Operettenmarine, seinem Schicksal entgegen. Dabei sollte er selbst auf der Brücke stehen; die *Tubantia* sollte die Flagge zum Gruß dippen! Er schob die Blondine beiseite, rannte zum Telefon und wählte die Brücke.

Das Telefon klingelte fünfmal, bevor schließlich abgenommen wurde und eine wichtigtuerische männliche Stimme sagte: »Brücke. Petersen.«

»Verdammt, wo sind Sie gewesen, Petersen?«

»Tut mir leid, Sir, aber ich habe zugesehen...«

»Hören Sie auf, nur zuzusehen, Sie Idiot. Tun Sie gefälligst Ihre Pflicht! Haben Sie die Flagge gedippt?«

»Nein, Sir.«

»Dann holen Sie das nach. Aber schleunigst! Warten Sie, bis der Gruß erwidert wird, und dann heißen Sie wieder.«

»Jawohl, Sir.« Am anderen Ende wurde geräuschvoll aufgelegt.

»Das war aber eine süße Idee von dir, Putzi!«

Er drehte sich um. Sie stand auf einem seiner weißen Sessel: britische Venus in der Muschel. Sie sah ihn herausfordernd an. Er mußte an sich halten, ihr nicht in das grinsende Gesicht zu schlagen.

2

»He! Was sinnierst du denn so traurig vor dich hin?«

Susan Foster drehte sich auf ihrem Liegestuhl ärgerlich um und sah Myrtle, blond und strahlend, in einem weißen Frotteebademantel hinter der Lehne stehen.

»Darf ich mich zu dir setzen, oder machst du gerade Gedichte?«

»Tu, was du nicht lassen kannst«, murmelte Susan resigniert.

Myrtle rückte einen anderen Liegestuhl näher und legte sich neben sie. »Hast du übrigens die gute alte *Star* auslaufen gesehen?«

»Ja, das habe ich.«

»Kannst du sie noch sehen?«

»Nein.«

Die schimmernde Weite des Rio de la Plata, der in der untergehenden Sonne rot bis orangerot schimmerte, verschwamm hinter den Panzerglasscheiben des geheizten Promenadendecks mit dem Horizont.

»Hast du's denn auch gesehen?« fragte Susan.

Myrtle kicherte. »Kaum.«

»Warum denn nicht?«

»Also, um ehrlich zu sein – ich wurde vergewaltigt!«

Typisch Myrtle. Ihre Stimme klang gerade dann besonders britisch. »Was du nicht sagst. Wer war's denn diesmal?«

»Na rate mal.«

»Aha.« Myrtle hatte es schließlich doch geschafft. Lange genug hatte es ja gedauert. Möglicherweise war Hendrik daran schuld, doch Susan war der Männer, der Liebe und all der plumpen Zärtlichkeiten, dieser sinn- und zwecklosen Verschwendung eines kostbaren Guts, überdrüssig; zu dieser Erkenntnis war sie gekommen, als das jüdische Mädchen mit jenem stolzen Ausdruck in den Augen die Freiheit für sich ausgeschlagen hatte.

»Ist es nicht komisch, daß erst Gewalt alte Männer so richtig in Schwung bringt?« überlegte Myrtle neben ihr laut. »Er hat mir richtig weh getan.«

»Das klingt nicht gerade so, als hätte es dir was ausgemacht.«

»Du liebe Zeit, nein. Es war großartig. Trotzdem ist es komisch. Weißt du, was ihm auf die Sprünge geholfen hat?«

»Du wirst es mir bestimmt gleich sagen.«

»Die Geschichte mit dem Burschen in Nordafrika. Erinnerst du dich noch? Ich meine den, der mich als Lohn fürs Abendessen am Kiesstrand vergewaltigt hat. Tja, es war wirklich erstaunlich. Danach feuerte er aber eine Breitseite ab, der gute alte Horatio Nelson! Mann, o Mann! Weißt du, wenn du sie erst mal richtig in Schwung gebracht hast, dann können ältere Männer wirklich ...«

»Großer Gott, hör endlich auf!« entfuhr es Susan unwillkürlich.

»Oh, ich bitte vielmals um Entschuldigung«, erwiderte Myrtle übertrieben pikiert.

»Tu mir bitte einen Gefallen, ja? Halt schlicht den Mund. Sei wenigstens so freundlich, und sprich nicht darüber – ihm zuliebe.«

»Darf ich fragen, weshalb du plötzlich so um ihn besorgt bist?« wollte Myrtle zuckersüß wissen.

Susan hielt es nicht länger aus. Sie stand auf, verließ den Teil des Promenadendecks, der der Mannschaft vorbehalten war, und stieg den Niedergang zum Funkdeck hinauf. Dort lehnte sie sich über die Achterreling, starrte zum dunklen Horizont hinüber und fragte sich, was das Mädchen wohl an sich gehabt hatte, das sie so eifersüchtig machte. Unschuld? Jugend? Ihr naiver Traum? Wenn jemand je die Freiheit einer Illusion geopfert hatte, dann doch wohl dieses Mädchen. Mein Volk!

Aber wie herrlich mußte es sein, so verrückt zu sein, wirklich an etwas zu glauben, das größer und wichtiger war als das eigene Ego, mit siebzehn einfach so dazustehen, den Paß, der die Freiheit bringen konnte, zurückzuweisen und zu sagen: »Sie sind sehr lieb, aber nein danke.« Verglichen mit kalten, berechnenden Biestern wie Myrtle und sie selbst...

Sie zündete eine Zigarette an, wandte der leichten Brise, die von der See her wehte, den Rücken zu, hob den Blick und entdeckte auf dem Backbord-Brückennock eine einsame Gestalt, die wie sie Minuten zuvor zum Horizont hinüberstarrte. Es war der Kommodore.

Seltsamerweise rührte es sie, ihn so zu sehen. Sie hatte den Mann nie besonders gemocht, nie den Menschen in ihm gesehen, doch etwas an der einsamen Gestalt, die sich gegen den endlosen, flammenden Himmel abhob, gab ihr das Gefühl von Seelenverwandtschaft. Auch er schien wie sie am Horizont den kleinen, schwarzen Fleck eines Schiffes zu suchen, das auf die offene See hinausfuhr.

Was für eine Verschwendung, dachte sie plötzlich. Aber möglicherweise traf genau das auf sie zu, die sie jetzt untätig auf dem Funkdeck stand, Zigarette rauchend, sicher, von keiner Bedrohung heimgesucht – während draußen auf dem dunkler werdenden Meer ein Schiff voller verängstigter Menschen dem Nichts entgegensteuerte. Vielleicht hätte sie an ihre Seite gehört... Doch sie war hier, kümmerte sich um die Wehwehchen reicher alter Frauen, die um drei Uhr morgens Massagen verlangten.

Sie lehnte sich wieder über die Reling und sah zum Horizont hinüber. War das das Problem? War sie ihres Lebens überdrüssig, weil sie damit unzufrieden war? Nein, das konnte nicht der Grund sein. Und mit dem miesen Hendrik hatte es auch nichts zu tun. Es hatte ganz einfach etwas mit dem Schiff zu tun, das mittlerweile der Nacht entgegenfuhr, und etwas mit einem rothaarigen Mädchen, einem Kind noch, das um eines Traumes willen die Freiheit ausgeschlagen hatte.

3

Nachdem die *Star of Peace* die Dreimeilenzone verlassen hatte, ging der Lotse von Bord und die Marineeskorte drehte ab. Erst als die Passagiere sahen, daß die Kriegsschiffe in Richtung Hafen zurückfuhren, zeigten sie ihre Erregung. Überall sammelten sie sich in Gruppen und Grüppchen, redeten und gestikulierten. Die Stimmung am Tisch der Offiziere, die nach dem Essen noch zu einer zusätzlichen Tasse Kaffee sitzen geblieben waren, war düster. Der alte Davelaar war noch kratzbürstiger als sonst. Palstra, der Zweite Ingenieur, Wybrands und Vinkemans machten einen sehr nachdenklichen Eindruck. Hendrik hatte sich noch immer nicht von dem Schock der Panik am Kai und ihren blutigen Folgen erholt. Er hatte kaum noch Gelegenheit gehabt, sich von Myrtle und Susan zu verabschieden. Allmählich begann ihm seine Lage mit brutaler Deutlichkeit klarzuwerden: Er war noch immer an Bord dieses Schiffes, dazu verurteilt, den Kreuzzug eines wahnsinnigen Kapitäns mitzumachen. Mein Gott! »Was zum Teufel ist eigentlich los mit dem Mann?« fragte er, ohne jemand Bestimmten anzusprechen. »Kapiert er denn nicht, daß das Wahnsinn ist? Woher zum Teufel will er das Geld für dieses Abenteuer nehmen?«

Davelaar schreckte aus seinen trübsinnigen Gedanken auf. »Es ist unser Geld«, schimpfte der alte Mann. »Wir sind diejenigen, die die Zeche bezahlen müssen. Unsere Heuer können wir in den Wind schreiben. Er wird uns keinen müden Cent zahlen. Natürlich ist der Kerl verrückt! Sein Vater war es auch. Sie sind alle nicht ganz dicht.«

»Also das kann ich nicht beurteilen«, mischte Wybrands sich ein und schlürfte seinen Kaffee. »Wenigstens tut er was gegen diese verdammten Nazis. Wir sitzen doch nur rum und quatschen.«

»Wir quatschen nicht nur – wir zahlen«, verbesserte Davelaar ihn.

»Na gut. Dann bezahlen wir eben. Er verliert dabei sein letztes Hemd, während wir nur auf die Heuer für ein paar Wochen verzichten müssen. Ich habe keine Ahnung, was meine Alte zu Hause dazu sagt. Sie wird's verkraften, wenn ich ihr von diesen Schweinehunden in Hamburg erzähle. Eines sage ich euch, ich fühle mich jetzt viel wohler in meiner Haut!«

Davelaar brummte Unverständliches. Um das Thema zu wechseln, sagte Hendrik: »Seit wann ist denn der Käpt'n so ein militanter Christ? War er schon immer so?«

»Nein, erst seit drei Jahren«, antwortete Davelaar. »Davor war er genau das Gegenteil.«

Am Tisch wurde es plötzlich still. Hendrik wurde klar, daß auch die anderen gerne mehr über den Mann gewußt hätten, in dessen Händen ihr Schicksal lag. Und der alte Davelaar war der einzige, der den Kapitän von Kindesbeinen an kannte. Die interessanteste Frage war, was ihn dazu veranlaßte, für ein Schiff voller Fremder alles aufs Spiel zu setzen, was er besaß. »Erzählen Sie uns mehr, Chief!« forderte Hendrik schließlich den alten Mann auf.

Davelaar starrte ihn düster an. Dann schweifte sein Blick in die Runde. Schließlich zog er seinen abgenutzten Tabaksbeutel aus der Tasche und begann seine Pfeife zu stopfen.

»Bis vor drei Jahren war er praktisch der Sargnagel seines Vaters. Dauernd fing er Streit an. Er hatte Weibergeschichten und soff wie ein Loch. Es verging kaum ein Tag, an dem ich den Jungen nicht halb bewußtlos an Bord zurücktragen mußte. Ich und Meyer – uns beide hat der Käpt'n immer geschickt, ihn zu holen. Und dann eines Tages hat's ihn einfach gepackt – und seitdem ist er so.«

»Und wie ist das passiert?« wollte Wybrands wissen.

Davelaar zündete seine Pfeife an. »Es passierte an dem Tag, an dem sein Vater den Schlaganfall hatte.« Davelaar blies das Zündholz aus. »Wir lagen im Hafen und haben den alten Mann zum Haus des Jungen getragen. Die Frau des Jungen, Anna, hat sich um ihn gekümmert, während wir Joris dort gesucht haben, wo er sich üblicherweise rumgetrieben hat: in den Kneipen, den Bordellen oder auf dem Polizeirevier. Dort hat uns schließlich jemand geraten, es mal bei der Heilsarmee zu versuchen. Tja, und dort haben wir ihn dann gefunden: schluchzend auf den Knien liegend, von ein paar Seelenverkäufern umgeben, die gebetet und gesungen haben. Er habe Jesus gefunden, hat er behauptet – oder Jesus ihn, egal wie. Ich wünschte offen gestanden, Jesus hätte ihn behalten.«

»Aber warum ausgerechnet da?« fragte Wybrands. »Warum hat seine Bekehrung ausgerechnet zu diesem Zeitpunkt stattgefunden?«

»Weil er eine Heidenangst vor der Zukunft hatte«, erwiderte Davelaar prompt. »Weil er einfach nicht den Mumm hatte, in die Fußstapfen seines Vaters zu treten und das Kommando über das Schiff zu übernehmen, und zwar nüchtern. Jeden Tag hat er sich deshalb besoffen, bis irgend jemand ihm den Floh ins Ohr gesetzt hat, Hilfe bei der Heilsarmee zu suchen. Tja, und seitdem läuft er trocken und mit einem Heiligenschein herum.«

»Und sein Vater? Ist der auch ein gläubiger Christ gewesen?«

»Na klar«, seufzte Davelaar und zog an seiner Pfeife. »Aber ein echter, aufrichtiger Christ. Er konnte tatsächlich Zwiesprache mit Gott halten. Ich hab's selbst gehört. Aber das klang anders als das, was man in der Kirche erlebt, oder das untertänige Gefasele, das der Junge von sich gibt. Der Alte hat auch nie niedergekniet. Wir sind oft dabeigewesen, wenn er Gott ganz offen gesagt hat, was er von ihm hielt. Ich bin kein religiöser Mensch, aber wenn man dem Alten zugehört hat, wie er das mit dem Allmächtigen ausgefochten hat, dann konnte einem das schon kalte Schauer über den Rücken jagen. Und das Erstaunliche war, meistens hat's auch noch gewirkt. Gott muß den Alten wirklich geliebt haben – genau wie wir alle. Er war ein zänkischer Alter und konnte verdammt gemein sein, aber, mein Gott, selbst wenn wir eine Wut auf ihn hatten, wären wir für ihn durchs Feuer gegangen... Na ja, das ist vorbei.« Davelaar stand auf. »An die Arbeit, Männer. Palstra, beweg dich. Deine Wache fängt gleich an.«

»Ich schätze, ich mach mich auch auf die Socken«, seufzte Wybrands. »Mahlzeit, meine Herren.«

Hendrik und Vinkemans murmelten »Mahlzeit« und sahen Henky dabei zu, wie er den Tisch abräumte. Als der Messejunge gegangen war, wandte Vinkemans sich an Hendrik: »Wenn Sie mich fragen, dann tut er das nur, um seinem Vater zu imponieren. Ist Ihnen denn nicht aufgefallen, daß er ein neues Bild auf seinem Schreibtisch aufgestellt hat? Das Foto von einem alten Mann mit Bart? Das muß sein alter Herr sein.

Ich finde, das beweist nur, wie unsicher er in Wirklichkeit ist. Für mich ist das fast schon Ahnenkult. Glückliche Frau Hallmann.«

Vor Schreck und Scham verschlug es Hendrik im ersten Augenblick die Sprache. »Mein Gott, sie haben sie ja dabehalten! Haben Sie auch nicht daran gedacht?«

»Doch, aber ich habe offen gestanden gehofft, daß man die arme Frau in dem ganzen Durcheinander vergessen würde«, antwortete Vinkemans. »Damit ist zumindest eine Seele von 250 gerettet. Das ist besser als gar nichts. In den nächsten drei Wochen haben wir also 249 potentielle Patienten zu versorgen. Dann sind es dank Frau Spiegel wieder 250. Aber vielleicht kriegt sie ja sogar Zwillinge.«

»Haben Sie sie sich heute denn schon angesehen?«

»Ja, vor ungefähr einer Stunde. Ich schätze, sie kommt in den nächsten zwei Wochen nieder.«

»Dann sollten wir das Behandlungszimmer für sie frei machen.«

»Das ist sicher nicht nötig. Wir können das erste Bett im Hospital mit einem Wandschirm abtrennen.«

»Aber was ist mit den anderen Patienten? So eine Geburt ist kein Kinderspiel«, warf Hendrik ein.

»Im Augenblick haben wir nur alte Frauen«, erwiderte Vinkemans. »Für die ist das nur eine willkommene Abwechslung. Die Frauen sind gern bei Geburten dabei. Außerdem haben wir bis dahin ja noch Zeit.«

Nach kurzem Schweigen sagte Hendrik: »Tja, ich geh jetzt lieber mal in die Kajüte rauf und räume meine Sachen auf, bevor der Skipper wieder vom Wachgang zurückkommt.«

»Sicher. Viel Glück, Doktor.«

»Nacht, Vinkemans. Lassen Sie es mich wissen, wenn's was Neues gibt. Sie wissen ja, wo Sie mich finden. Ich werd's mir eben wieder auf dieser verdammten Couch bequem machen müssen.«

Vinkemans lachte humorlos. »Mein Mitgefühl haben Sie.«

Hendrik ging durch die in Gruppen beieinanderstehenden Passagiere und spielenden Kinder zum Unterbrückendeck hinauf. Als erstes sah er sich in der Kapitänskajüte nach dem Foto um, von dem Vinkemans gesprochen hatte. Und da stand es tatsächlich auf dem Tisch; ein vergilbtes Bild von einem alten Mann mit Bart und Kapitänsmütze. Hatte Vinkemans mit seiner Vermutung recht? Sollte dieses Foto ein Hinweis auf Kuipers Unsicherheit und Schwäche sein?

Als er schließlich wieder auf dem äußerst unbequemen Sofa lag und dem Verlust einer luxuriösen Einzelkabine auf der *Tubantia* nachtrauerte, die schon in greifbare Nähe gerückt schien, hörte er den Kapitän hereinkommen. Hendrik stellte sich schlafend.

Und Minuten später war er tatsächlich eingeschlafen.

4

Tovah Nachtgeist lag in ihrer Koje, starrte in die Dunkelheit und fragte sich, wie sie so grenzenlos dumm hatte sein können, das unglaubliche Angebot der Krankenschwester abzulehnen. Ausgerechnet von Yakov und seinem politischen Eifer hatte sie ihre Entscheidung abhängig gemacht, während die Tür zur Freiheit weit offen stand! Sie verstand sich selbst nicht mehr.

Die Euphorie über ihre vom Gefühl diktierte Entscheidung hatte sich gelegt. Zurück war der Stachel der Reue geblieben. *Mein Volk!* Meinte sie damit vielleicht Frau Goldstein, Frau Schlachter, Frau Feldschuh und den Rabbiner? Von ihrem Volk konnte doch wohl kaum die Rede sein. Der einzige, der wirklich zu ihr gehörte, war David. Gemeinsam bewohnten sie ein Land voller Erinnerungen – ein Niemandsland mit genau zwei Einwohnern. War er nicht der wahre Grund dafür gewesen, daß sie die Tür zur Freiheit einfach zugeschlagen hatte? Hatte sie ein neues Leben in einem neuen Land geopfert, weil sie ihn hätte zurücklassen müssen? Doch es war müßig, darüber jetzt noch weiter nachzudenken. Wichtiger war, wie jetzt die Zukunft für sie aussah.

Frau Hoflein und Frau Adler, deren Gespräch sie im Hospital mitgehört hatte, glaubten nicht daran, daß es dem Kapitän gelingen konnte, sie in Amerika an Land zu setzen. Niemand glaubte das, ausgenommen die Kinder natürlich und Vinkemans, doch der war so nett und geduldig, daß er bereit war, alles für bare Münze zu nehmen, wenn es andere nur glücklich machte. Und während Tovah weiter in die Dunkelheit starrte und Reue und eine böse Vorahnung sie quälten, glaubte sie auch nicht mehr an den Erfolg dieses Vorhabens. Aber dann hörte sie plötzlich wieder Yakovs Stimme, dessen Worte trotz all dieser Monate der Trennung und trotz der riesigen Entfernung noch immer auf sie einwirkten: »Begreifst du nicht, daß wir nur als ein Volk überleben können? Ohne Israel sind wir zum Untergang verurteilt.« Welche Leidenschaft und welche Überzeugungskraft hatte doch diese Stimme! »Niemand kann Israel verstehen, der nicht begreift, was die Niederlage von Masada für uns bedeutet hat.«

Masada. Letzter Stützpunkt der Juden gegen die Römer. Was hatte der kollektive Selbstmord von 900 Fanatikern vor zweitausend Jahren mit ihr zu tun? Israel. Wer weiß: Vielleicht wurde es eines Tages wahr. Aber was half das ihr, heute und hier in dieser Nacht? Wenn der Traum von Israel eines Tages Wirklichkeit wurde, dann waren sie und alle Menschen, die jetzt um sie herum schliefen, längst tot.

Hendrik. Allein der Gedanke an ihn machte sie wütend, wenn auch nicht auf ihn, sondern auf sich selbst, auf ihren Hang zur Träumerei, ihre Neigung, die Wirklichkeit zu verdrängen, bis nur noch Bitterkeit, Abscheu und Selbsthaß übrigblieben. Sie war dumm und naiv und hilflos, eine leichte Beute für jeden, der vorgab, sie zu mögen... Wie Hendrik zum Beispiel. Wie Yakov.

Tovah fühlte sich plötzlich unglaublich einsam und verlassen. Sie hatte das Bedürfnis zu beten. Obwohl sie oft gebetet hatte, hatte sie doch nie daran geglaubt, daß Gott sie wirklich erhören würde. Dabei wünschte sie sich, zu ihm sprechen zu können wie Hiob. Wie Yakov.

»Gott...?«

Es passierte natürlich gar nichts. Das Schiff rollte leicht in der Dünung, und die Etagenbetten knackten, mal lauter, mal leiser im steten Rhythmus der Schiffsschwingungen.

Sie horchte angestrengt darauf, wie das Knacken in der

Ferne begann und allmählich näher kam. Dann knarrte ihre Koje in allen Fugen, bis das Geräusch in der Ferne verhallte. Darauf folgte eine kurze Periode der Stille, bis alles von neuem begann. Es war beinahe, als läge man in einer Wiege, die langsam hin und her schwang.

Bevor sie einschlief, war ihr letzter Gedanke ein wortloses Gebet zu Yakovs Gott. Es endete in dem Traum, daß ein allmächtiger, allwissender, ein liebender Gott sie sanft in den Schlaf wiegte.

5

Im Dunkeln seiner Kapitänskoje durchlebte Joris die Mitternacht der Seele.

Die erste Euphorie, die die kühne Entscheidung in ihm geweckt hatte, war verflogen, und die grausame Wirklichkeit seiner Lage hatte ihn eingeholt. Sowohl Cynthia Vesters von der Botschaft als auch der Kommodore von der *Tubantia* hatten ihn einen Narren genannt. Damals hatte er den Vorwurf einfach abgeschüttelt, er hatte ihn vielmehr genossen. Denn war es nicht etwas Großes, Großartiges, ein Narr Gottes genannt zu werden? Doch jetzt, während er mit offenen Augen in die Dunkelheit starrte, kamen ihm Zweifel daran, daß diese Art von Naivität Gottes Zustimmung besaß.

Der Plan, zweihundertfünfzig Menschen im Licht der Öffentlichkeit an der Küste abzusetzen, war tatsächlich sträflich leichtsinnig. Eine derartig geheime und umfangreiche Aktion konnte man einfach nicht gleichzeitig als Werbekampagne für die Anliegen dieser Menschen mißbrauchen. Die einzig realistische Lösung wäre, seine Passagiere an einem völlig einsamen Küstenstreifen an Land gehen zu lassen, wo lediglich Möwen ihre Zeugen waren, und dann mit der *Star of Peace* schleunigst den nächsten Hafen anzulaufen und die Medien zu informieren.

Die Frage war allerdings, wie lange die gesamte Aktion dauern würde. Kuiper schätzte drei Wochen. Drei Wochen, in denen er seine gesamten Vorräte zur Ernährung von Passagieren und Crew aufwenden, in denen er Hunderte Tonnen von Kohle verfeuern und seinen Männern die Heuer bezahlen mußte. All das würde den gesamten Profit des Unternehmens und mehr verschlingen. Nachdem Kuiper alles im Kopf durchgerechnet hatte, war ihm klar, daß er nach Beendigung der Aktion kein Geld mehr haben würde, um die Mannschaft zu bezahlen oder um Treibstoff und Proviant einzukaufen. Seine Vorräte reichten für knapp drei Wochen. Es blieb ihm daher nichts anderes übrig, als das Essen zu rationieren. Den Kohleverbrauch konnte er allerdings nicht einschränken. Wenn er nur noch mit halber Kraft fuhr, würde der Kohlevorrat zwar länger reichen, doch dann fehlte ihm wiederum der Lebensmittelproviant. Er mußte also mit *Volle Kraft voraus* laufen, was ihn voraussichtlich bis in die Nähe von Boston bringen würde. Sollte er auf halber Strecke irgendwo in einem ruhigen Flußarm von Antigua oder St. Maarten eine Pause einlegen und dort auch Kohle bunkern, ohne allzu großes Aufsehen zu erregen? Woher allerdings sollte er das nötige Geld dafür nehmen? Konnte Anna ihm einen weiteren Kredit besorgen? Oder vielleicht eine Ladung für die Rückreise, die im voraus bezahlt wurde? Er hatte ihr noch nicht geschrieben. Sie mußte also annehmen, daß er seine Passagiere in Montevideo abgesetzt hatte und sich nun nach neuer Ladung umsah. Er hätte ihr schreiben müssen. Überhaupt hätte er das alles früher überdenken sollen. Jetzt war es zu spät. Und nur weil er Gottes Gegenwart zu spüren geglaubt hatte. Vielleicht war der Ausdruck »naiv« noch untertrieben...

Aber es gab die Bibel und die Widmung seines Vaters: »Wenn Gott Dir seinen Willen kundgetan hat, gibt er Dir auch die Mittel, ihn durchzusetzen.« War es denn wirklich Gottes Wille? Gab es in der Heiligen Schrift tatsächlich eine Rechtfertigung für sein riskantes Unternehmen? Und welche Garantie hatte er, daß die übernatürliche Gegenwart, die er gespürt hatte, tatsächlich die Gottes oder seiner Engel gewesen war? Woher sollte er wissen, daß er nicht einer Täuschung des Teufels erlag? Vielleicht sollte er beten, Gott sein Herz ausschütten und ihn um einen Fingerzeig bitten.

Er faltete die Hände und betete. Danach lag er wartend in der Dunkelheit, doch keine Stimme drang an sein Ohr. Das einzige Geräusch war das Knarren des Schiffes, das sich gegen die langauslaufenden, langsamen Wellen des Atlantik behaupten mußte. Dann tauchte vor seinem inneren Auge plötzlich ein Bild auf: ein alter Mann auf der Gangway, der das Kreuz trug. Seine Stirn war blutig, und er hatte den Blick flehentlich zu ihm erhoben. Gleichzeitig tauchte in seinem Bewußtsein die Antwort auf. Nicht als Stimme oder Vision, sondern als Wissen: »Wahrlich, ich sage euch: was ihr getan habt einem von diesen meinen geringsten Brüdern, das habt ihr mir getan.«

Und er wußte: Das war *sein* Fingerzeig. Selbst wenn sein Schiff auch nur einen dieser geringsten Brüder an Bord hatte, würde er ihn in die Freiheit bringen, koste es, was es wolle...

In diesem Moment klopfte es an die Tür.

»Ja?« rief er.

Wybrands streckte den Kopf zur Tür herein und flüsterte, um den Arzt nicht aufzuwecken: »Käpt'n, Ihre Wache.«

»Danke, Wybrands«, antwortete er. »Ich komme.«

ZWEITER TEIL

IRRUNGEN

ERSTES KAPITEL

1

Das Erstaunlichste an Kuiper, so stellte Hendrik fest, war die Intelligenz des Mannes. Da war er nun auf offener See mit zweihundertfünfzig nahezu hysterischen Passagieren an Bord, und schon nach einigen Stunden des Nachdenkens, der Kalkulation und des Kartenstudiums präsentierte er einen Plan, der so durchdacht war, als sei er nach einer Woche intensiver Vorbereitung erstellt worden.

Kuiper legte diesen Plan seinen Offizieren, den Vertretern der Passagiere und Hendrik am Morgen nach ihrer Abreise von Montevideo vor. Der Kapitän hatte sie alle zusammen in seine Kajüte gebeten, wo die Luft bald zum Schneiden war. Frau Goldstein und der Rabbiner waren in heller Aufregung, denn sie waren überzeugt, daß Kuiper es sich über Nacht anders überlegt hatte und nun entschlossen war, das Schiff nach Hamburg zurückzufahren. Chief Davelaar schien zu demselben Schluß gekommen zu sein, denn er strahlte über das ganze Gesicht, als er in Begleitung seines Assistenten Palstra die Kabine betrat.

Kuiper rückte falsche Vorstellungen sofort zurecht. Er rollte eine Seekarte auf dem Tisch aus und erklärte, daß er vorhabe, die Passagiere in exakt drei Wochen vor Folly Island in der Nähe von Charleston, South Carolina, auszubooten. »Hier«, sagte er und deutete mit dem Finger auf einen Punkt auf der Karte. Dieser lag in einer breiten Flußmündung, auf der Karte in schönem Blau gezeichnet und mit einer beruhigenden Anzahl von Zahlen versehen, die eine gründliche Kenntnis des Gebiets durch den Kapitän zu verraten schienen.

»Im Morgengrauen des 20. August gehen sämtliche Passagiere in die Rettungsboote und Flöße. Um diese Zeit müßten die Strände noch völlig leer sein. Je nach Gezeiten und Windrichtung und Windstärke gehe ich mit der *Star* entweder direkt vor der Inselküste oder hier in der Flußmündung vor Anker. Danach muß alles sehr schnell gehen. Sobald das letzte Rettungsfloß zu Wasser gelassen ist, werde ich mit voller Kraft nach Charleston weiterfahren, das, wie Sie ja hier sehen, praktisch um die Ecke liegt. Dort benachrichtige ich die Presse und den Rundfunk. Sobald Sie die Küste erreicht haben, Frau Goldstein und Sie, Rabbi, müssen Sie Ihre Leute so schnell wie möglich diese Straße entlang in die kleine Siedlung Folly Beach führen. Um diese Jahreszeit halten sich dort sicher viele Touristen auf. Das Wichtigste ist jedenfalls, daß sie sich überall laut bemerkbar machen, so daß die Regierung keine Chance hat, den Vorfall schweigend zu übergehen. Ihre weitere Sicherheit wird davon abhängen.«

Kuiper rollte die Karte wieder ein.

»Was das Ausbooten betrifft, so ist Schnelligkeit Trumpf. Auf unserer Fahrt an die Ostküste der USA müssen wir die Aktion gründlich üben, bis jeder Passagier genau weiß, wo sein Platz ist und welche Handgriffe er tun muß. Die ältesten Passagiere, die Kranken, Kinder und Schwangeren kommen in die Boote, die anderen müssen auf die Flöße. Diejenigen, die den Rettungsflößen zugeteilt sind, müssen lernen, sich mit den Kletternetzen vertraut zu machen und wie man mit Seilen umgeht, denn die Flöße werden zusammengebunden und von den Rettungsbooten an Land gezogen. Heute nachmittag beginnen wir mit der ersten Übung. Dabei geht es um das Aufstellen in den Unterkünften, das Ersteigen der Leitern an Deck, das Besteigen der Rettungsboote. Außerdem werde ich eines der Kletternetze zwischen Unterbrückendeck und Achterdeck aufspannen und das Deck mit Matratzen auslegen lassen, damit auch daran geübt werden kann. Jeweils zwanzig Personen üben dann, daran hinauf- und hinunterzuklettern.

»Hinauf?« fragte Wybrands. »Wieso hinauf? Wenn sie weg sind, sind sie doch weg, oder?«

»Möglicherweise werden wir unterbrochen«, erwiderte Kuiper wie beiläufig. »Und in diesem Fall befiehlt die Küstenwache – oder wer immer – den Passagieren sicher, an Bord zurückzukehren. Und auf solche Zwischenfälle sollten wir vorbereitet sein.« Kuiper blickte in die Runde und sah nur besorgte Gesichter. »Wie gesagt, von jetzt an wird täglich geübt.

Und zwar nicht nur an den Kletterseilen und in den Booten. Wybrands und der Bootsmann werden einigen ausgewählten Passagieren Seemannsknoten und den Umgang mit den Booten beibringen. Sobald diese Gruppe ausgebildet ist, gibt sie ihr Wissen an die übrigen Passagiere weiter, bis keiner mehr an Bord ist, der nicht wenigstens die einfachsten seemännischen Grundkenntnisse beherrscht. Am wichtigsten ist diese Ausbildung für diejenigen, die die Rettungsflöße besteigen werden. Sie müssen sich im Ernstfall selbst helfen können. Ist das klar?«

»Du bist verrückt!« erklärte Davelaar.

Kuiper beachtete ihn gar nicht. Seine Entschlossenheit, die sich offenbar auf seine Erfahrung als Seemann gründete, war beeindruckend. Hendrik wußte zwar nicht, wieviel davon aus psychologischen Gründen gespielt war, fand jedoch, daß sich das alles durchaus vernünftig und wohlüberlegt anhörte.

»Frau Goldstein und Sie, Rabbi, zeigen den anderen Passagieren diese Karte und unterrichten sie von unserem Plan«, fuhr Kuiper fort. »Die Passagiere müssen über alles genau unterrichtet sein. Nur auf diese Weise können wir einer Panik vorbeugen. Und Panik ist unser schlimmster Feind – nicht die amerikanische Küstenwache.« Frau Goldstein und der Rabbiner nickten gehorsam.

Hendrik dämmerte allmählich, was Kuipers Plan, in die Wirklichkeit umgesetzt, bedeutete. Allein die Vorstellung, daß 250 Männer, Frauen und Kinder, darunter alte und kranke Menschen und schwangere Frauen, bei Dunkelheit die schmalen, ungesicherten Leitern hinaufsteigen mußten, war haarsträubend; ganz zu schweigen von den Kletterseilen, die Hendrik bisher nur aufgerollt an Deck gesehen hatte.

»Allerdings genügen die Trockenkurse an Deck nicht«, fuhr Kuiper fort und rollte eine weitere Karte auf. »Wir müssen mindestens zwei oder drei Übungen auch im Wasser durchführen, vor allem um das Abschleppen der Flöße durch die Rettungsboote zu üben. Auf unserer Route liegen einige Buchten und Flußmündungen, in denen wir diese Übungen machen können. Zum Beispiel hier, an der zentralbrasilianischen Küste, und bei den Windward Islands. Im Lee der Inseln wären die Bedingungen am günstigsten.«

»Joris, du bist vollkommen verrückt geworden«, warf Davelaar erneut ein.

»Und warum, wenn ich fragen darf?« konterte der Kapitän, der diesmal offenbar die Herausforderung annehmen wollte.

»Wenn wir das so machen, dann hast du etliche Tote auf dem Gewissen, Joris«, antwortete Davelaar. »Dein Plan ist großartig, nur scheinst du vergessen zu haben, daß Menschen aus Fleisch und Blut ihn ausführen müssen. Und diese Menschen aus Fleisch und Blut sehe ich täglich in den Unterkünften unter Deck. Ich sehe Frauen, Kinder und Greise, die nachts die Bilge vollpissen. Von der christlichen Seefahrt und den Anforderungen, die sie stellt, haben die keine Ahnung. Mit deinem Plan bringst du sie um, Joris. Sie werden sich reihenweise das Genick brechen. Bevor die Aktion beendet ist, ist bereits die Hälfte tot. Also laß den Unsinn. Bring sie zurück.«

»Danke«, sagte Kuiper. »Also, wie gesagt...«

»Ich höre mir diesen Quatsch nicht länger an!« erklärte Davelaar und zwängte sich zwischen den anderen hindurch in Richtung Tür. »Wenn du unbedingt mußt, dann bring sie um. Aber laß mich dann gefälligst aus dem Spiel.«

Normalerweise hätte Hendrik Davelaars Nörgeleien und Flüche als Ausbrüche eines zänkischen alten Mannes abgetan, doch diesmal hatte, was Davelaar von sich gab, erstaunlich ruhig und realistisch geklungen. Auch Kuiper war auf seine Art überzeugend gewesen – doch wenn man sein Vorhaben realistisch betrachtete, mußte man Davelaar recht geben. In diesem Moment merkte Hendrik erschrocken, daß man ihn angesprochen hatte.

»Doktor? Ist das möglich?«

»Ehm – Verzeihung, Skipper. Ich habe gerade nicht zugehört. Was haben Sie gesagt?«

»Ich möchte, daß Sie eine Liste der Leute zusammenstellen, denen die Kletternetze auf keinen Fall zugemutet werden können und die daher unbedingt in den Booten untergebracht werden müssen. Könnten Sie das bis morgen abend schaffen?«

»Hm – ja, Skipper. Ich denke schon.« Hendrik war nicht ganz bei der Sache. Er konnte es kaum erwarten, daß die Versammlung beendet wurde, denn er wollte sich dringend mit Vinkemans besprechen.

»Also, das wär's dann für heute«, verkündete Kuiper und rollte die Karte wieder ein. »Wir treffen uns in einigen Tagen wieder. Sie, Rabbi und Frau Goldstein, bitte ich noch zu bleiben. Wir sollten alles noch einmal gründlich durchsprechen. Danke, meine Herren.«

Erleichtert verließ Hendrik zusammen mit den anderen Mannschaftsmitgliedern die Kapitänskajüte. Sie blieben, eine kleine, völlig verstörte Gruppe, auf der Steuerbordseite des Unterbrückendecks außer Hörweite der Kapitänskajüte stehen: Meyer, Wybrands, Palstra, der Bootsmann, der Koch und er selbst.

Meyer brach als erster das Schweigen: »Großer Gott!«

»Vielleicht will er, daß jeder ein Lunchpaket mitkriegt?« fragte der Koch ironisch.

»Meint ihr, das Seil hier hält dem Gewicht eines Kletternetzes mit zwanzig Personen stand?« überlegte Wybrands laut und starrte zum Bootsdeck hinunter, das sechs Meter tiefer lag.

»Paß auf, ich habe eine Idee«, meldete sich Palstra zu Wort. »Wir machen die Oberseite des Netzes weiter achtern an den Ladekränen fest. Und wenn...«

»Großer Gott«, wiederholte Meyer, »ihr seid ja alle meschugge!« Damit marschierte er davon; vermutlich auf der Suche nach dem außer ihm einzigen vernünftigen Menschen an Bord, seinem Freund Davelaar.

»Vielleicht hat er recht«, wagte Hendrik sich vor.

Doch Wybrands, Palstra, der Koch und selbst der Bootsmann, die normalerweise vernünftige, wenn auch phantasiearme Seeleute waren, schienen fasziniert von der Idee des Kapitäns. Hendrik hörte zu, wie sie weiter über die Befestigung des Kletternetzes diskutierten, und hatte den Eindruck, einer Bande von Jugendlichen beim Indianerspielen zuzusehen. War *er* verrückt oder die anderen? Und es gab nur einen Mann an Bord, dessen Antwort auf diese Frage Hendriks vertraute: Vinkemans.

Er fand den Schiffskrankenpfleger in der größeren der beiden Krankenkabinen, wo er gerade Herrn Brandeis versorgte, der akut an der Prostata erkrankt war. »Kann ich Sie einen Moment sprechen, Vinkemans?« bat Hendrik. »Guten Morgen, Herr Brandeis. Wie geht es Ihnen heute?«

»Schlecht!« antwortete der alte Mann übertrieben dramatisch. »Sehr schlecht, Herr Doktor.«

»Ich komme gleich wieder, dann unterhalten wir uns noch«, versprach Vinkemans, tätschelte die blaugeäderte Hand des Mannes und folgte Hendrik.

Im Korridor sagte Hendrik: »Ich muß in Ruhe mit Ihnen reden, Vinkemans. Gehen wir aufs Backdeck.«

»Wie Sie wollen, Doktor«, antwortete Vinkemans. »Sie sind der Boß.«

»Lassen Sie den Quatsch«, wehrte Hendrik ab.

In den drei Wochen der Zusammenarbeit hatte sich ein gutes Verhältnis zwischen ihnen entwickelt. Und in dieser prekären Situation waren sie mehr denn je psychologisch und beruflich aufeinander angewiesen. Was ihnen bevorstand, war kein Kinderspiel.

Auf dem Backdeck war es kalt und windig. Der Nebel, der alles in lichten Dunst hüllte, legte sich wie ein feiner Nieselregen auf Haut und Kleidung. Über der Nebelschicht mußte strahlend blauer Himmel herrschen; man hatte den Eindruck, als würde sich der Winter vor ihren Augen in Dampf auflösen. Bald waren sie wieder in subtropischen Breiten, und danach folgten die Tropen und die mörderische Äquatorhitze.

»Der Skipper hat einen Plan vorgelegt«, begann Hendrik. »Zugegeben, beim ersten Hinhören klingt er ganz vernünftig, aber wenn man etwas intensiver darüber nachdenkt... Jedenfalls möchte ich wissen, was Sie davon halten.«

Vinkemans hörte aufmerksam zu, während Hendrik ihm ausmalte, wie zum Beispiel der Rabbi und Herr Himmelbaum im Dunkeln Leitern hinaufklettern oder Frau Schlachter Seemannsknoten und das Abschleppen von Rettungsflößen lernen mußten, während etwa die schwangere Frau Spiegel sich in einem Kletternetz hinabzuhangeln hatte... Jetzt, bei der Wiederholung von Kuipers Ansinnen, kam Hendrik die ganze Geschichte geradezu wahnwitzig vor. Zu Hendriks Überraschung verurteilte der Schiffskrankenpfleger mit der ständigen Leidensmiene das Vorhaben nicht rundheraus. Statt dessen nickte er nachdenklich und murmelte: »Ein Teufelskerl, dieser Käpt'n.«

»Finden Sie denn nicht, daß das reiner Wahnsinn ist?«

Die wäßrigen braunen Augen des Mannes musterten ihn ernst. »Ich finde die Idee brillant.«

Für Hendrik kam diese Reaktion völlig unerwartet. Vinkemans war weder leichtsinnig noch dumm. »Und weshalb, wenn ich fragen darf?«

»Tja...« Vinkemans versank erneut in Nachdenken. »Also wissen Sie«, begann er schließlich, »nachdem der Käpt'n sich einmal entschlossen hatte, diese Leute nicht nach Deutschland zurückzuschaffen, war für ihn die einzige Alternative, sie an irgendeinem Küstenstrich auszubooten und an Land zu bringen. Das ist nun mal ein schwieriges Unternehmen. Schon deshalb muß er sie darauf vorbereiten. Es sei denn, sein christlicher Humanitätsfimmel ist nur heiße Luft, und er will mit dem Plan nur sein Gewissen beruhigen... Aber das glaube ich offen gestanden nicht. Möglicherweise provoziert er eine Katastrophe, aber zurück nach Hamburg bringt er die Leute bestimmt nicht. Ich finde seinen Plan wirklich bemerkenswert.«

»Mein Gott, es wird Unfälle, wenn nicht sogar Tote geben«, hielt ihm Hendrik entgegen. »Stellen Sie sich vor, wenn alte Männer im Stockdunkeln die Kletternetze...«

»Möglich«, fiel Vinkemans ihm ins Wort. »Aber glauben Sie mir, Doktor: Selbst wenn es reihenweise Tote gibt, der Käpt'n ist von seinem Vorhaben sicher nicht abzubringen – nicht mal von der amerikanischen Küstenwache.«

Die Vorstellung war kaum ermutigend. Was Hendrik jedoch am meisten verwunderte, war, daß Vinkemans vom Plan des Kapitäns derartig fasziniert schien. »Ich kann Ihnen wirklich nicht ganz folgen, Vinkemans«, seufzte Hendrik. »Was ist denn an dieser Idee so brillant? Mitternächtliche Übungen – in den Booten, auf Flößen und an Kletternetzen...«

Vinkemans starrte mit Leidensmiene in den Nieselregen. »Ich finde sie deshalb so großartig, weil sie unseren Passagieren nicht nur beweist, daß der Kapitän es ernst meint, sondern weil sie damit eine ernsthafte Beschäftigung kriegen und selbst etwas für ihr Überleben tun können. Und das ist doch fabelhaft.«

»Vinkemans, Sie überraschen mich. Seemannsknoten und Klettereien – das ist doch Kinderkram...«

»Doktor«, entgegnete Vinkemans ernst. »Begreifen Sie

denn nicht? Der Käpt'n macht aus diesen ewigen Opfern Kämpfernaturen! Offengestanden hätte ich ihm so viel Feingefühl und Menschenkenntnis gar nicht zugetraut.«

»Ist das Ihr Ernst?« Hendrik starrte den Mann verblüfft an. »Der alte Herr Himmelbaum, der zügellose Herr Brandeis, die schwangere Frau Spiegel, die verrückte Frau Schlachter – Kämpfernaturen?«

Vinkemans lächelte resigniert. »Sie scheinen zu vergessen, daß diese Leute Juden sind.«

»Na und?«

»Obwohl sie seit zwei Jahrtausenden über die ganze Welt verstreut leben, sind sie ein Volk geblieben. Mag ja sein, daß sie wie hilflose Opfer erscheinen und sich sogar selbst so sehen, aber sie hätten als Volk sicher nicht überlebt, wenn das zuträfe.«

Hendrik seufzte. »Na gut. Warten wir's ab. Wir beide haben übrigens eine Aufgabe vom Skipper bekommen. Wir müssen eine Liste der Passagiere ausarbeiten, die unbedingt einen Platz in den Rettungsbooten brauchen, und derjenigen, die dazu verdonnert werden, sich die Kletterseile zu den Flößen runterzuhangeln.«

»Ja, machen wir das«, antwortete Vinkemans sachlich. »Sehen wir uns zuerst Herrn Brandeis an und arbeiten dann die Liste aus. Einverstanden?«

»Sie sind ein komischer Kauz, Vinkemans«, seufzte Hendrik und musterte den Krankenpfleger forschend.

Vinkemans lächelte bescheiden, als habe Hendrik ihm ein Kompliment gemacht. Dann wurde er wieder der Alte. »Gehen wir.«

2

Tovah, die in einer schweigenden Gruppe von Frauen Frau Goldstein zuhörte, empfand zuerst Erleichterung, dann in zunehmendem Maße Spannung und Erregung. Es stimmte also! Der Kapitän wollte es wirklich tun! Er war entschlossen, sie nach Amerika zu bringen! Sie merkte, daß die anderen ihre Erregung teilten, und schon gab jemand lautstark seiner Freude Ausdruck. Im nächsten Moment herrschte an Deck ein regelrechter Freudentaumel. Hannelore Weisbrot schlang die Arme um Tovah, gab ihr einen Kuß und weinte vor Glück. Gretchen Kahn war die nächste, dann kam Lieschen Schlachter, die, so klein sie war, doch genau verstanden hatte, worum es ging, und gemeinsam tanzten sie im Kreis. Erst Frau Goldsteins marktschreierische Stimme rief sie schließlich alle zur Ordnung und schaffte Ruhe.

»Meine Damen!« rief sie dröhnend und stieg auf eine Kiste. »Der Kapitän hat an uns die Aufforderung gerichtet, uns für die Landung vorzubereiten. Das bedeutet Übungen und Unterricht in seemännischen Dingen; wie mit Seilen und Ruderbooten umzugehen ist und so weiter. Und es bedeutet, daß wir uns organisieren müssen. Es kann nicht angehen, daß wir wie eine Herde Schafe alle gleichzeitig die Leitern an Deck raufklettern wollen. Wenn das ganze Unternehmen nicht ein einziges Durcheinander werden soll, müssen wir alles militärisch genau planen. Einverstanden? Wer dafür ist, hebe bitte die Hand.«

Jene Frauen, die wie Tovah in der Stimmung waren, alles gutzuheißen, was nur ihre Untätigkeit beendete, hoben begeistert die Hand, obwohl ihnen natürlich allmählich dämmerte, daß sich alte, etwas verkalkte Damen wie Frau Schlachter und Frau Feldschuh wohl niemals einer Ordnung, geschweige denn einer militärischen, unterwerfen würden.

Doch wie sich bald herausstellte, hatte Frau Goldstein das auch gar nicht im Sinn. »Ich möchte, daß ihr eine Person wählt, die uneingeschränkte Autorität über euch hat und die euer volles Vertrauen genießt!«

»Sie!« rief Frau Hahnemann, und alle stimmten ein.

Frau Goldstein zeigte keine falsche Bescheidenheit. »Also gut«, erklärte sie. »Aber ich mache das nur unter der Bedingung, daß meine Anordnungen ohne lange Diskussion respektiert und akzeptiert werden. Das Ganze ist nämlich kein Kinderspiel. Wir, die jüdischen Frauen an Bord der *Star of Peace*, kämpfen gegen die ganze Welt! Das muß allen klar sein.«

»Und was ist mit den Männern?« rief jemand.

»Die tun dasselbe. Sie wählen einen Anführer, der seinerseits seine Autorität weiterdelegiert.«

»Ja, Frau General!« rief Frau Adler fröhlich. Alle lachten.

»Gut. Dann ernenne ich Sie zu meiner Stellvertreterin!« erklärte Frau Goldstein.

Frau Goldstein hatte eine gute Wahl getroffen. Tovah kannte Frau Adler von der gemeinsamen Arbeit im Hospital her. Sie war unermüdlich.

»Tovah Nachtgeist!« ertönte Frau Goldsteins Stimme in diesem Augenblick, und Tovah erschrak. »Ich ernenne dich zur Anführerin der weiblichen Teenager. Ich möchte dich und Frau Adler sprechen – und zwar sofort.«

Gehorsam kämpfte Tovah sich durch die Menge bis zu Frau Goldstein durch, die sich mittlerweile auf die Kiste gesetzt hatte und auf die beiden wartete. Die anderen waren höflich zurückgetreten, um den drei Frauen die Möglichkeit zu geben, sich ungestört unterhalten zu können. Es war erstaunlich, wie schnell die gut hundert Frauen, die sich zuvor nie hatten einigen können, Frau Goldsteins Autorität anerkannten.

Frau Goldstein machte kein Hehl daraus, weshalb sie sich Tovah als Anführerin der Jugendlichen erwählt hatte. »Du bist die älteste und hast Erfahrung in Krankenpflege. Ich bitte dich, alle Mädchen, die älter sind als zehn, und wenn möglich auch jüngere, die du für geeignet hältst, Verantwortung zu übernehmen, in Gruppen mit einer Sprecherin einzuteilen und allen eine Aufgabe zu geben. Sobald wir damit anfangen, das Ausbooten zu üben, gibt es sicher Probleme mit älteren, behinderten Frauen, wie mit Frau Schmidt, der blinden Frau Hohnstamm, und einigen Schwangeren. Jede von euch sollte für eine dieser Personen, die Hilfe brauchen, verantwortlich sein. Wie viele seid ihr, einschließlich der Jungen? Ich meine jetzt alle über zehn Jahre.«

Tovah zuckte die Achseln. »Das weiß ich nicht, Frau Goldstein. Ich schätze, wir sind ungefähr zwanzig – nein, eher dreißig.«

»Gut, dann ernennst du weitere zwei Mädchen, so daß jede von euch eine Gruppe von zehn Jugendlichen unter sich hat.«

»In Ordnung, Frau Goldstein.«

»Prima. Dann erkundige dich jetzt mal, wie es bei den Jungen aussieht – vor allem, wer dort dein Ansprechpartner ist.«

Tovah erfuhr bald, daß die Jungen Yitzhak Stuhlmacher zu ihrem Vertreter gewählt hatten. Sie kannte den Jungen kaum, mußte jedoch bald feststellen, daß er ein Organisationstalent mit einer natürlichen Autorität war. Yitzhak und Tovah waren damit die Vertreter der Jugend in dem Komitee der Passagiere, dem Frau Goldstein für die Frauen und Herr Jablonski für die Männer vorstanden. Herr Jablonski hatte unter den Männern die meiste Autorität, da er Vorsitzender der Zionisten in Ostpreußen gewesen war, bis die Nazis diese Organisation mit den Nürnberger Gesetzen verboten hatten.

Tovah und Yitzhak setzten sich sofort zusammen, um ihre Aufgaben zu besprechen. Sie wußten, daß es gar nicht so einfach sein würde, Kinder und Jugendliche auf das vorzubereiten, was sie erwartete.

»Ich schätze, unser Hauptproblem ist, Disziplin zu halten«, seufzte Yitzhak. »Wenn der Reiz des Neuen erst mal verraucht ist, finden sie's sicher nicht mehr lustig, herumkommandiert zu werden.«

»Aber das, was wir vorhaben, ist kein Spiel, sondern bitterer Ernst«, entgegnete Tovah.

»Ich weiß das, aber sie wissen das nicht. Es sind einfach nur Kinder. Du kannst nicht über Nacht Erwachsene aus ihnen machen.«

»Was schlägst du also vor?«

»Ich finde, wir nehmen sie, wie sie sind, und richten unsere Strategie danach ein.«

»Wie meinst du das?«

»Wir machen einfach ein Spiel daraus... Könnten wir nicht so tun, als wären wir eine jüdische Legion zur Römerzeit?«

Tovah zögerte. »Denkst du an Masada?« Sie fragte sich, ob Yitzhak wohl darüber Bescheid wußte.

Yitzhak schwieg einen Augenblick. »Hoffentlich wird's das nicht«, sagte er schließlich. »Das möchte ich lieber nicht erleben.«

»Es ist ja nur ein Spiel«, erinnerte Tovah ihn.

Yitzhak sah Tovah forschend an. »Also gut: Masada. Erzählen wir ihnen von Masada und machen ein Spiel draus. Du erzählst es deinen und ich erzähl' es meinen Kindern.«

»Ja, aber was sagen wir denn genau?«

»Wir reden hauptsächlich darüber, wie sich die Truppen verhalten haben, was sie durchmachen mußten, wie sie ihren Anführern gehorchten und wie sie bestraft wurden, wenn sie es nicht getan haben. Daß sie sich jeden Tag getroffen haben, um Kriegsrat zu halten – eben genau wie wir, und welche Aufgaben die Frauen und welche die Männer übernommen haben.«

»Weißt du denn über all das Bescheid?« fragte Tovah erstaunt. »Ich habe gedacht, daß das überhaupt nicht bekannt ist. Gibt es denn da Aufzeichnungen?«

Yitzhak lächelte schlau. »Nein, aber wir können es uns doch nach Bedarf ausdenken...«

»Du meinst, wir sollen alles einfach erfinden?«

»Ja, warum nicht?«

»Aber das können wir doch nicht machen! Wir dürfen sie doch nicht einfach belügen.«

»Solange wir an Bord dieses Schiffs sind, merken sie das sowieso nicht. Und was später passiert, kann uns erst mal egal sein. Im Augenblick ist unsere Lage wie die der Leute von Masada, jedenfalls sehr ähnlich. Und weil wir Juden sind, verhalten wir uns vermutlich auch wie die damals.«

Tovah sah den Jungen erstaunt an. Solche Worte hatte sie von ihm nicht erwartet. »Das – darüber habe ich noch gar nicht nachgedacht.«

»Ich bis vor kurzem auch nicht«, gestand Yitzhak mit einem scheuen Lächeln.

»Montevideo?« fragte Tovah unvermittelt.

Der Junge sah sie aus seinen ungewöhnlichen, bernsteinfarbenen Augen an und antwortete: »Ja, seit Montevideo. Und du? Wie denkst du darüber?«

Tovah fröstelte unwillkürlich. Die Frage schien so intim, so persönlich zu sein. Trotzdem war die Versuchung, ihm ihr Erlebnis in Montevideo zu erzählen, stärker als ihre Vorbehalte. »Ich – ich hatte die Chance, in der Tracht einer der Krankenschwestern an Land zu gehen«, entfuhr es ihr. »Die Schwester hatte versprochen, mir eine Aufenthaltsgenehmigung für Uruguay zu beschaffen.«

»Und du hast abgelehnt?«

Sie nickte.

Beide schwiegen eine Weile, in ihre Gedanken versunken. Tovah tat es bereits leid, daß sie ihm die Geschichte erzählt hatte. Seltsamerweise beschlich sie das Gefühl, damit etwas verloren zu haben.

»Wissen das deine Eltern eigentlich?«

»Meine Eltern? Meine Eltern sind tot.«

»Oh?« Tovah traf ein fragender Blick.

»Meinen Vater haben die Nazis umgebracht. Meine Mutter ist kurz darauf gestorben. Sie haben behauptet, sie sei herzkrank gewesen, aber Kummer und Angst waren schuld.«

»Ich verstehe«, murmelte Yitzhak nach einer Weile.

»Was verstehst du?« fuhr Tovah plötzlich feindselig auf.

»Warum du das Angebot in Montevideo nicht angenommen hast. Nach dem, was mit deinen Eltern geschehen ist, konntest du nicht einfach davonlaufen.«

Von dieser Seite hatte Tovah es noch nie betrachtet. Dabei war sie nicht sicher, ob sie überhaupt darüber nachdenken wollte. Sie hatte die Erinnerung an ihre Eltern und das, was ihnen zugestoßen war, bisher recht erfolgreich verdrängt. Das Leben mußte weitergehen. Bisher war ihr nie so recht der Gedanke gekommen, daß ihre Eltern gestorben waren, weil sie Juden waren. Hätte sie das Angebot der Krankenschwester nicht ausgeschlagen, dann hätte sie einer Pflicht nicht genügt, die ihr jetzt erst deutlich wurde: dem Tod der Eltern – ihrem Judentum einen Sinn zu geben. Und plötzlich dachte sie wieder an Yakov. Das genau war es, was Yakov predigte. Es war erstaunlich, wie weit der Einfluß dieses Cousins im fernen Palästina reichte.

ZWEITES KAPITEL

1

Vinkemans sollte wieder einmal recht behalten: Seit Montevideo hatte sich die Haltung der Passagiere auf so erstaunliche Art und Weise geändert, daß Hendrik es kaum fassen konnte. Voller Bewunderung beobachtete er, wie alte Damen während einer Übung an den Rettungsbooten nicht nur einmal, sondern drei- und viermal die schmalen Leitern emporkletterten und ein Hypochonder wie Herr Himmelbaum in die Rettungsboote ein- und ausstieg, ohne über Arthritis, Bandscheibenschäden oder Hexenschuß zu klagen.

Die gefährlichste Übung fand am Kletternetz statt. Man hatte es vom Unterbrückendeck aus aufgehängt und nach Palstras Vorschlägen befestigt. Da die Rettungsboote nur einhundertachtzig Menschen faßten, mußte sich der Rest mit den Ringflößen begnügen. Hendrik standen die Haare zu Berge, als er sah, wie nicht nur Teenager, sondern auch Männer und Frauen die Netze erklommen, die alt genug waren, deren Großeltern zu sein.

Erneut warnte Hendrik Kuiper vor diesem Teil des Unternehmens und bat ihn, nach einer Alternative zu suchen. Doch der Kapitän hielt unbeirrt an seinem Plan fest. Die betroffenen Passagiere schienen sich am allerwenigsten Sorgen zu machen.

Abgesehen von diesen Übungen, unterrichtete Wybrands die Leute in der Handhabung der Boote, und der Bootsmann brachte ihnen Seemannsknoten bei. Selbst Vinkemans ließ sich dazu überreden, Erste-Hilfe-Kurse zu geben. Das hatte zur Folge, daß Hendrik meistens allein das Hospital führte, was allerdings nicht weiter schlimm war, da die Zahl der Patienten plötzlich drastisch zurückgegangen war.

Besonders deutlich wurde das veränderte Verhalten bei den Kindern und Jugendlichen, das sich vor allem in ihrem Verhältnis zu den älteren Menschen ausdrückte, um die sie sich jetzt mehr kümmerten. Hendrik hatte kaum Kontakt mit Tovah, wußte jedoch, daß sie eine führende Rolle bei den Vorbereitungen spielte, und sah sie häufig zusammen mit einem Jungen namens Stuhlmacher. Auch Tovah wirkte verändert. Sie war nicht länger das scheue Mädchen, dem der kleine Bruder wie ein Schatten folgte. Nach der Art zu urteilen, wie sie mit den anderen umging, hatte sie viel Selbstsicherheit gewonnen.

Erst am Abend des vierten Tages ergründete Hendrik den Grund für die neue Stimmung unter den Jugendlichen. Er war zu den Unterkünften der Frauen hinuntergegangen, um nach Frau Spiegel zu sehen, deren Niederkunft kurz bevorstand. Sie hatte über Kontraktionen geklagt. »Guten Abend, Frau Spiegel«, hatte Hendrik die scheue Frau begrüßt, als er neben ihre Koje trat. Die einzige Lichtquelle war eine nackte Glühbirne im Gang zwischen den Etagenbetten. »Na, wie geht's denn?«

Frau Spiegel, die sonst so schüchtern war, daß sie kaum den Mund aufmachte, legte einen Finger an die Lippen und flüsterte »Psst! Unterricht!«

»Wo?«

Sie deutete auf eine Gruppe von Kindern, die sich im nächsten Gang versammelt hatten. Hendrik konnte sie nur undeutlich sehen, da ihm die Bettgestelle den Blick verstellten, doch es schienen ziemlich viele zu sein, die da offensichtlich einer Frau aufmerksam zuhörten.

Hendrik untersuchte Frau Spiegel und stellte fest, daß sich das Kind etwas gesenkt hatte, doch die Geburt schien noch nicht unmittelbar bevorzustehen. Während der Untersuchung schnappte er Wortfetzen auf wie: »Römer – Glaubenseiferer – Palast«.

Als er sich von Frau Spiegel verabschiedet hatte, blieb er an einer Ecke stehen und spähte zu den versammelten Kindern hinüber. Zu seiner Überraschung stellte er fest, daß die Lehrerin in diesem Fall Tovah war, die den Kindern die Geschichte des letzten Kampfes der Juden mit den Römern vor dem Beginn der Diaspora erzählte, der damit endete, daß neunhundert jüdische Verteidiger des Palasts des Herodes von Masada lieber Selbstmord begingen, als sich den Römern zu ergeben. Nur zwei Frauen und einige Kinder, die sich in einer Wasserleitung versteckt hatten, überlebten und berichteten später, was geschehen war. Tovah verstand es, ihre kleinen Zuhörer zu fesseln, und selbst Hendrik merkte, wie er plötzlich in ihren Bann geriet. Er war so in die Geschichte versunken, wie Tovah sie darstellte, daß er entsetzt zusammenfuhr, als sich plötzlich direkt vor ihm ein kleines Mädchen aus einer oberen Koje mit dem Kopf nach unten hängen ließ und »Buuuh!« rief.

An den Zöpfen erkannte er selbst im Halbdunkel sofort Lieschen Schlachter, das kleine verwöhnte Biest mit dem Engelsgesicht und den großen blauen Augen. »Lieschen, du gehörst längst ins Bett!« flüsterte Hendrik. »Hör auf, andere Leute so zu erschrecken, du kleiner Teufel. Los, verschwinde!«

»Ich bin Jesus«, erklärte die Kleine. »Jesus unter Wasser mit langem Haar.«

Als sie keine Anstalten machte, zu gehorchen, murmelte er hilflos: »Auch für Jesus ist es Zeit zum Schlafen.« Damit ging er zur Leiter zurück.

Wenig später, bei einem Krankenbesuch in den Unterkünften der Männer, erlebte er eine ähnliche Versammlung der Jungen, die Yitzhak Stuhlmacher leitete. Dabei entdeckte er, daß hier dieselbe Geschichte vom Kampf um Masada erzählt wurde, die er bei Tovah jedoch ganz anders gehört hatte. Amüsiert kehrte er ins Hospital zurück. Tovah und Yitzhak logen ganz offensichtlich um die Wette.

2

Kuiper ordnete an, daß die erste Generalprobe für die Landung in Amerika in der Nacht des siebten Tages auf See vor der Küste Brasiliens stattfinden sollte. Die geschützte Bucht, in der die Übung durchgeführt werden sollte, lag hinter einem Vorgebirge im Regenwald namens Ponta do Muta. Nach der Karte zu urteilen, gab es dort weit und breit keine menschliche

Siedlung, und Kuiper schien sicher zu sein, daß sie das Unternehmen ungestört durchführen konnten. Trotzdem war die Aktion gewagt, denn sie fand im Dunkeln statt. Waren die Übungen bei Tageslicht schon riskant genug gewesen, so kam Hendrik die Vorstellung, daß nun auch nachts geprobt werden sollte, ausgesprochen abenteuerlich vor.

Die Passagiere selbst allerdings schienen sich wieder einmal am wenigsten Sorgen zu machen. Die Organisation klappte in den Unterkünften der Männer, wie Hendrik und Vinkemans beobachteten, vorzüglich. Schwimmwesten wurden verteilt, jeder Abschnitt der Leiter wurde durch einen Jugendlichen mit einer Taschenlampe sorgfältig ausgeleuchtet, und unter der Aufsicht eines Mannes namens Jablonski begann schließlich der halsbrecherische Aufstieg. Jeder ältere Mann wurde dabei von einem Jugendlichen begleitet, der offenbar für die Sicherheit seines Schutzbefohlenen verantwortlich war. An Deck wurden die Leute auf dem ihnen durch zahlreiche Übungen bekannten Weg zu den Rettungsbooten geführt. Dieser Teil der Aktion lief hervorragend, doch als es an die Kletterseile ging, gab es Staus, allgemeines Durcheinander und schließlich zwei Beinaheunfälle, so daß Jablonski die ganze Sache in einem geeigneten Augenblick abbrach und alle wieder unter Deck in die Unterkünfte schickte.

Eine Stunde später, als Hendrik es sich gerade auf seiner Couch für die Nacht mehr schlecht als recht bequem gemacht hatte und Kuiper im Begriff war, in seine Koje zu klettern, klopfte es an der Tür.

»Ja?« rief Kuiper.

Frau Goldstein, der Rabbi und Herr Jablonski traten ein.

»Entschuldigen Sie die späte Störung«, begann Jablonski. »Wie Sie wissen, haben wir heute zum ersten Mal im Dunkeln geprobt. Und obwohl wir wirklich hart an uns gearbeitet hatten, mußten wir feststellen, daß wir einfach noch nicht soweit sind.«

»Diese Netze machen uns zu schaffen«, warf Frau Goldstein ein und hielt den Blick starr auf Kuipers Kopf gerichtet, der in seiner Marineunterwäsche verlegen von einem Bein auf das andere trat, sich schließlich einfach auf die Koje setzte und die Bettdecke über die Knie zog.

»Heute nacht sind zwei unserer Leute aufs Deck gestürzt«, fuhr Frau Goldstein fort. »Wären die Matratzen nicht gewesen, sie wären schwer verletzt, wenn nicht sogar tot gewesen.«

»Bei der eigentlichen Landung fallen sie schlimmstenfalls ins Wasser«, bemerkte Kuiper.

»Bei den Frauen hat es einen unangenehmen Zwischenfall mit Frau Schlachter gegeben«, erklärte Jablonski.

»So schlimm war das gar nicht«, korrigierte Frau Goldstein ihn. »Frau Schlachter wollte nur unbedingt auf der Leiter umkehren, weil sie glaubte, unten ihre Enkelin gehört zu haben. Sie ist manchmal etwas durcheinander. Wir haben daraufhin beschlossen, Frau Schlachter als letzte auf die Leiter zu lassen. Tovah Nachtgeist wird sich um sie kümmern. Das also ist kein Hinderungsgrund. Aber...«

»Wir sind trotzdem noch nicht so weit, daß wir die Sache wagen können«, meldete sich der Rabbiner mit seiner leisen, melodischen Stimme zu Wort. Und damit schien auch die Auseinandersetzung der beiden anderen beigelegt.

»Tja«, begann Kuiper. »Wenn Sie meinen... Aber bitte vergessen Sie nicht, was das bedeutet. In diesem Fall müssen wir die Generalprobe unter wesentlich schwierigeren Bedingungen nahe dem Äquator durchführen. Die nächste geeignete Stelle ist eine der Inseln im Mündungsgebiet des Amazonas. Dort ist es dann sehr heiß, und wir müssen mit Gewittern und heftigen Winden rechnen. Außerdem riskieren wir, von der brasilianischen Marine oder der Zollfahndung entdeckt zu werden.«

»Natürlich ist das schade, aber wir sind immerhin für unsere Leute verantwortlich«, entgegnete Frau Goldstein hartnäckig. »Unfälle dürfen wir nicht riskieren. Die Leute brauchen einfach noch mehr Zeit zum Üben.«

»Wie Sie wollen«, erwiderte Kuiper kurz angebunden. »Gute Nacht.«

»Gute Nacht, Kapitän...« Einer nach dem anderen verließen sie die Kajüte. Jablonski als letzter drehte sich an der Schwelle noch einmal um. »Im übrigen vielen Dank, Käpt'n. Sie tun wirklich sehr viel für uns.«

»Keine Ursache«, murmelte Kuiper.

Als sich die Tür hinter Jablonski geschlossen hatte, seufzte

Kuiper tief. »Pech«, murmelte er trübsinnig. »Es wäre auch zu schön gewesen. Ich bin sicher, übermorgen hätte uns niemand gestört. Aber jetzt kriegen wir bestimmt Schwierigkeiten.«

»Die Leute trauen sich die Sache einfach noch nicht zu, Skipper«, sagte Hendrik. »Vinkemans und ich haben die Übung beobachtet. Zum Schluß war's das totale Durcheinander. Ältere Leute sind im Dunkeln völlig hilflos. Sie sehen nichts, kriegen Angst und geraten aus allen Fugen. Warum halten Sie die Übung nicht einfach bei Tageslicht in Ihrer Bucht ab?«

Kuiper brummte Unverständliches. »Einmal müssen sie's nachts probieren«, seufzte Kuiper schließlich. »Und tagsüber riskieren wir, von Fischern gesehen zu werden. Ich will auf alle Fälle vermeiden, daß die Amerikaner vorgewarnt sind.«

»Tja, die Leute wollen aber leider noch nicht. Und zwingen können Sie sie wohl kaum, oder?«

Kuiper sagte nichts. Er faltete lediglich die Hände zum Gebet und schloß die Augen.

Um seine Zweisamkeit mit dem Allmächtigen nicht zu stören, wandte Hendrik das Gesicht zur Wand und war bald darauf eingeschlafen.

DRITTES KAPITEL

1

Acht Tage später, am frühen Morgen des dreizehnten Tages auf See, fuhr die *Star of Peace* in einen schmalen Kanal zwischen der Insel Bailique und dem Nordufer des Amazonasmündungsgebiets ein.

Die Passagiere waren nun für die Generalprobe bereit. Sie hatten das geordnete Verlassen der Unterkünfte unter Deck, das Aufstellen zum Besteigen der Boote und Rettungsflöße praktisch jeden Abend geübt. Die Kletternetze waren nach mehreren Beinaheunfällen endlich eingeholt worden. Nach langen Diskussionen mit Meyer, dem Bootsmann, dem Zweiten Ingenieur und Wybrands hatte Kuiper beschlossen, daß bei zu erwartender ruhiger See die Fallreeps an der Steuerbord- und Backbordseite bis zur Wasserlinie hinuntergelassen würden, damit die Passagiere auf diese Weise die Flöße besteigen konnten. Das bedeutete allerdings, daß der Plan, die Passagiere vor Folly Beach in South Carolina an Land zu setzen, aufgegeben werden mußte. Kuiper richtete sich darauf ein, in die Stono-Bucht einzulaufen, um der schweren Dünung des Atlantiks auszuweichen, die selbst bei bestem Wetter nicht nachließ. Außerdem mußte für Plattformen gesorgt werden, von denen aus die Passagiere die Flöße besteigen konnten, da die Aktion sonst besonders für die Älteren viel zu gefährlich wurde. Der Bootsmann und Palstra konstruierten zwei schwimmende Plattformen auf Ölfässern, die über die vorderen Ladebäume zu Wasser gelassen werden konnten. Die Rettungsflöße sollten dann an diese Plattformen herangeführt und Jugendliche dazu abgestellt werden, den Älteren beim Besteigen der Flöße zu helfen. Sechs Rettungsboote mit jeweils dreißig Personen an Bord sollten gleichzeitig zu Wasser gelassen werden und anschließend je ein Floß in Schlepp nehmen. Diese Flottille würde schließlich den Punkt an der Küste ansteuern, den man für die Landung ausgesucht hatte. Kuiper setzte für die gesamte Aktion eine Dauer von maximal zwanzig Minuten fest. Im Mündungsgebiet des Amazonas allerdings würde es noch keine Landung geben.

In der Nacht vor der Generalprobe schlief niemand an Bord der *Star of Peace* besonders gut. In den Unterkünften der Passagiere wurde hastig noch einmal alles durchgesprochen, der Bootsmann überprüfte immer wieder die Boote, die Ruder, die Dollen und Bootskräne, als hinge sein eigenes Leben vom Funktionieren all dieser Geräte ab. Hendrik und Vinkemans gingen die Einzelheiten der Evakuierung des Hospitals so häufig durch, daß Kuiper sie von der Brücke aus zur Ordnung rufen mußte, da er fürchtete, der Schein ihrer Taschenlampen könne von Land aus gesehen werden. Kuiper selbst besprach mit Meyer eine gute Stunde lang im Kartenraum noch einmal die rein navigatorischen Fragen der Aktion. Der schmale Durchstich nördlich von Bailique war flach und voller Untiefen, so daß Kuiper beschloß, die Generalprobe während der letzten Flutstunde durchzuführen. Um diese Jahreszeit hatte der Fluß eine verhältnismäßig reißende Strömung, und er durfte nicht riskieren, daß die ganze, ziemlich unbewegliche Flottille aus Rettungsbooten und Flößen aufs offene Meer hinausgetrieben wurde. In jener Nacht war Neumond, so daß ein Großteil der Aktion bei vollkommener Dunkelheit stattfinden würde. Einerseits paßte das Kuiper ausgezeichnet in den Plan, da das Risiko, entdeckt zu werden, auf diese Weise gering blieb, doch auf der anderen Seite war es besonders schwierig, gerade die älteren Leute ohne jede Lichtquelle in die Boote zu verfrachten. Aber die Generalprobe mußte stattfinden, denn wenn es vor der Küste der USA ernst wurde, dürften sie nichts mehr dem Zufall überlassen.

Um drei Uhr morgens schließlich, während der Bootsmann vorn am Bug das Handlot der *Star of Peace* betätigte und die jeweilige Wassertiefe in einer Art rhythmischen Gesangs der Brücke zurief, glitt das Schiff mit ganz langsamer Fahrt voraus und ohne jede Positionslampe in den schmalen Wasserweg. Um sie herum tobte ein Gewitter mit grellem Wetterleuchten. Kuiper fand das sehr hilfreich, da es ihm gelegentlich den Blick auf die Küstenlinie freigab. Allerdings fürchtete er, daß das

Gewitter einen jener heftigen tropischen Regengüsse und Wirbelwinde mit sich brachte, die er in diesem kritischen Augenblick wirklich am allerwenigsten brauchen konnte. Wybrands und Palstra waren für die Schlepptaue verantwortlich, und Kuiper rief ihnen zu, sie sollten sich noch einmal vergewissern, daß alles richtig gesichert war und keines der Flöße sich losreißen und selbständig machen konnte.

Kuiper hatte kaum Zeit, mitzuverfolgen, wie die Vorbereitungen der Passagiere liefen, denn er mußte sich ganz auf die Manöver seines Schiffes konzentrieren; doch während er nervös auf der Brücke auf und ab ging und auf die Tiefenangaben hörte, die sein Bootsmann vom Steven aus zu ihm hinaufrief, schweifte sein Blick häufig von den beiden Brückennocks aus längsschiffs. Im zuckenden Licht der Blitze sah er schließlich, daß die Rettungsboote besetzt und klar zum Manöver waren, und an Deck der andere Teil der Passagiere in ordentlichen Reihen an den Fallreeps zu den Rettungsflößen wartete. Nirgends waren Zeichen von Nervosität oder Erregung zu hören oder zu spüren. Obwohl Flut herrschte, war die Strömung noch verhältnismäßig schnell, so daß Kuiper entschied, vor Anker zu gehen. Es war besser, das Schiff gegen die Strömung auf Kurs zu halten, als zu riskieren, daß der Bug seitlich ausschwang und die Rettungsflöße wegdrückte.

Kuiper gab mit seiner Pfeife Signal, und kurz darauf rasselte die Ankerkette durch die Ankerklüse und ließ das ganze Schiff erzittern. Wie ein Echo rollte in diesem Augenblick der Donner über dem tropischen Regenwald. »Lieber Gott, jetzt bitte keinen Regen!« betete Kuiper, denn mittlerweile waren die Manöver so weit gediehen, daß praktisch nichts mehr rückgängig gemacht werden konnte: Die Fallreeps waren hinuntergelassen, die schwimmenden Plattformen in Position gebracht, und die Passagiere stiegen bereits in Einerreihen das Fallreep hinunter, wobei nur gelegentlich das schwache Licht einer Taschenlampe kurz aufflammte. Der entscheidende Augenblick war gekommen. Kuiper hatte ihn mindestens zwanzigmal mit den Passagieren geübt und das Manöver sicher fünfzigmal in Gedanken durchgespielt. Trotzdem klopfte sein Herz zum Zerspringen, als er in seine Pfeife blies und schrie: »Boote an Steuerbord fieren! Steuerbord Flöße fieren!«

Man hörte das Quietschen der Taljen und lautes Platschen, als die Ruderblätter ins Wasser klatschten.

»Backbord Boote fieren! Backbord Flöße fieren!«

Kuiper konnte nicht erkennen, was die anderen eigentlich machten. Er horchte lediglich auf das Klatschen, das Quietschen der Taljen und die Kommandorufe seiner Crew. Die Passagiere waren geradezu unheimlich still. Nicht einmal das Weinen eines Kindes war zu hören. Noch immer bewegten sie sich in Einerreihen über das Fallreep hinunter oder wurden in den Booten zu Wasser gelassen. Das Wetterleuchten war immer näher gekommen und schien sie mittlerweile von allen Seiten eingekreist zu haben. Die dunkle Masse des Dschungels zuckte und erbebte im bläulich grellen Licht der Blitze. Der Donner rollte flußaufwärts. Dann war das erste Boot im Wasser, hinter sich zwei Flöße im Schlepp. Kuiper rannte zum anderen Brückennock hinüber und sah, daß gleichzeitig das zweite Boot dort abgelegt hatte. In der Strömung fiel es jetzt schnell hinter dem Schiff ab und holte das erste Ruderboot und seine Flöße ein. Es funktionierte alles wie geschmiert und ohne daß auch nur ein Ton von den Passagieren zu hören gewesen wäre.

Dann hörte Kuiper den Regen: das bedrohliche Geräusch näher kommenden Regens. Er wußte, daß dieser Wind ihn mitbringen würde und rief durchs Megaphon: »Belegen! Belegen!« Dann rannte er zur anderen Brückennock hinüber und schrie dieselben Befehle zu den Booten in die Dunkelheit hinunter. Dann traf ihn der Regen wie eine Brandungswelle. Die Luft schien plötzlich erfüllt vom Rauschen eines Wildbachs, der sich prasselnd über die Decks der *Star of Peace* ergoß; der Wind hätte ihm beinah das Megaphon aus der Hand gerissen. Kuiper war in Sekundenschnelle bis auf die Haut durchnäßt; die Blitze schienen regelrechte Dampffontänen zu erleuchten. Dann war die Regenwand – schnell wie ein beiseite gezogener Vorhang – über sie hinweggezogen, gab wieder den Blick frei auf den Fluß, die Ufer und die vom Wetterleuchten bühnenreif erhellte Insel. Achtern tauchten die Boote und die Flöße, die sie im Schlepp hatten, wie aus einer Dampfwolke auf: eins – zwei – drei... Schließlich waren sie alle sechs vollzählig an den sich straffenden Leinen der *Star*. Kuiper setzte sein Megaphon an, um ein Kommando zu rufen, doch ein Schwall Regenwasser, der aus dem Mundstück schoß, nahm ihm erst einmal den Atem. Er schüttelte das Megaphon gründlich aus und rief dann: »Steuerbord Eins! Alle vollzählig?«

Aus der Dampfwolke antwortete eine Stimme: »Ja!«

»Steuerbord Zwei! Alles okay?«

»Ja...«, kam es von fern wie das Echo aus einer Höhle.

»Steuerbord Drei...«

Nachdem Kuiper alle sechs Boote aufgerufen und die Bestätigung erhalten hatte, daß die Besatzung noch vollzählig war, atmete er auf. Er war völlig durchnäßt, und das Regenwasser, das von seiner Mütze rann, nahm ihm teilweise die Sicht; wie es den Insassen der Boote, vor allem den alten Leuten, den Frauen und Kindern ergangen sein mußte, wagte er sich kaum vorzustellen, ganz zu schweigen von den jüngeren Leuten in den Flößen, die sowieso bis zur Taille im Wasser des Flusses saßen. Auf den Rest der Übung konnten sie verzichten, Kuiper sah keinen Sinn darin, die Leute noch weiteren Strapazen auszusetzen. Den wichtigsten Teil hatten sie schließlich hinter sich gebracht, und das genügte durchaus. Er blies erneut in seine Trillerpfeife und rief: »Ende der Übung! Alle Mann zurück an Bord! Steuerbord Eins, laden Sie Ihre Passagiere aus!«

Jemand zupfte Kuiper am Ärmel. Erst als der nächste Blitz über den Himmel zuckte, erkannte er, daß es Palstra war, der da völlig durchnäßt, aber strahlend neben ihm stand. »Sieben Minuten, Käpt'n! Nur verdammte sieben Minuten! Das ist, verflucht noch mal, 'n Wunder!«

»Palstra, überlegen Sie sich gefälligst, was Sie da reden!« wies Kuiper den Mann zurecht und widerstand damit der Versuchung, seinem Zweiten Ingenieur vor Dankbarkeit einfach um den Hals zu fallen. »Backbord Eins! Bringen Sie Ihre Passagiere zurück an Bord!«

Der Regen hatte so abrupt aufgehört, wie er begonnen hatte. Kurz darauf stieg der erste Passagier aus Steuerbord Eins über das Fallreep an Bord.

»Können wir jetzt das Flutlicht anmachen, Käpt'n?« fragte Palstra.

»Nein«, antwortete Kuiper, ohne zu zögern. Dann fügte er beinahe entschuldigend hinzu: »Wir müssen uns so bedeckt wie möglich halten. Publicity können wir jetzt noch nicht brauchen. Ich will bei Tagesanbruch wieder auf See sein – und zwar ohne Zeugen.«

»Aye, aye, Käpt'n.«

Drunten an Deck hörte er seit Beginn der Übung den ersten Laut von den Passagieren. Sie sangen!

Voller Bewunderung für ihren Mut und ihr Durchhaltevermögen lehnte er sich über die Reling und rief ihnen zu: »Gut gemacht! Sieben Minuten! Das ist eine Rekordzeit!«

»Danke!« erwiderte eine Stimme.

Überall an Deck wurde plötzlich gesungen, während nach und nach sämtliche Insassen der Boote und Flöße ausgestiegen waren. Die leeren Boote und Flöße wurden wieder an Deck gehievt, und das Rollen des Donners und Leuchten der Blitze erschien allen plötzlich wie eine festliche Kulisse, in deren Licht das ganze Schiff erglänzte. Dann, auf dem Höhepunkt des allgemeinen Freudentaumels, gerade als das letzte Rettungsboot in die Davits schwang, zerriß ein gellender Schrei das Singen an Bord. Atemlose Stille war die Folge.

»O mein Gott«, entfuhr es Palstra unwillkürlich.

Kuiper brauchte einige Sekunden, bevor er den Mut zu dem Kommando hatte: »Licht!«

Palstra gab den Befehl schreiend weiter.

2

Die Flutlichter flammten auf und tauchten Decks und Ladeluken in gleißendes Licht. Tovah sah, wie Frau Schlachter auf die Leiter zu den Frachträumen zu stürzte und gellend nach Lieschen schrie. Die alte Frau versuchte über die Lukenabdeckung zur Leiter zu klettern. Dieses halsbrecherische Unterfangen riß die Umstehenden aus ihrer Lethargie. Sie packten Frau Schlachter und versuchten, sie zurückzuhalten. Die alte Frau wehrte sich verzweifelt.

Tovahs erster Impuls war, selbst in den Laderaum hinunterzuklettern, doch dann siegte ihr Verantwortungsbewußtsein gegenüber Frau Schlachter. Hastig drängte sie sich durch die Menge der Passagiere, bis sie die wild um sich schlagende alte Frau erreicht hatte. Sie legte den Arm um deren Schultern und versuchte sie zu beruhigen. Doch Frau Schlachter war völlig außer sich vor Angst und Entsetzen und hörte nicht auf zu schreien, bis ihr Jammern und Klagen in Schluchzen überging und sie schließlich erschöpft in Tovahs Armen in sich zusammensank. Tovah setzte sich mit ihr auf die Decksplanken und strich ihr noch immer wie betäubt vor Schreck übers Haar. Was war nur passiert? Lieschen mußte gestürzt sein, aber wie und wo? Plötzlich rannte Hendrik, gefolgt von Vinkemans, an ihr vorüber. Beim Anblick des Arztes begann Frau Schlachter erneut gleichzeitig nach ihrer Enkelin und dem Arzt zu schreien. Tovah hörte, wie Vinkemans sagte: »Gehen Sie, Doktor. Ich kümmere mich um sie.« Hendrik verschwand in der Ladeluke, und Vinkemans kniete neben Tovah und Frau Schlachter nieder, die sich weiterhin verzweifelt wehrte. Tovah hielt sie mit letzter Kraft fest, bis Vinkemans ihr eine Spritze gegeben hatte. Allmählich gab die alte Frau ihren Widerstand auf und sank matt in Tovahs Arme. Vinkemans blieb noch eine Weile bei den beiden und bemühte sich so liebevoll um Frau Schlachter, daß Tovah schlagartig bewußt wurde, was Entsetzliches geschehen war: Lieschen Schlachter war die Leiter in den Laderaum hinuntergestürzt. Sie wagte es kaum, sich vorzustellen, wie das Kind, drei Stockwerke tief, dort unten daliegen mußte. Wie hatte das nur passieren können? Alles war doch so gutgegangen; abgesehen von der Tatsache, daß alle völlig durchnäßt waren, waren alle in blendender Stimmung...

Dann kam der Kapitän und bahnte sich einen Weg durch die schweigende Menge, die sich um die Ladeluke herum versammelt hatte, und starrte in die Tiefe. Schließlich richtete er sich wieder auf und rief Vinkemans zu sich. »Sollen wir eine Trage runterlassen?«

»Ja, bitte«, antwortete Vinkemans.

Der Kapitän gab einige Befehle, ein Ladebaum wurde über der Luke in Position gebracht, jemand brachte eine Tragbahre, die dann zu den Unterkünften hinuntergelassen wurde. Frau Schlachter lag ganz still, den Kopf an Tovahs Schulter. Obwohl sie wußte, daß Frau Schlachter es bereits nicht mehr wahrnahm, streichelte sie ihr weiter übers Haar. Bei dem Gedanken, wie hart der Tod zugeschlagen hatte, erschauderte sie. Er hatte mit einem Schlag alles verändert. Aus einem aufregenden Abenteuer war schreckliche Wirklichkeit geworden. Tovah war zumute, als erwache sie aus einem Traum. Mit dem Traum von Mut und Lebenszweck war es nun vorbei. Alles war schiefgegangen. Ihr war, als habe sich plötzlich ein kalter Schatten über das Schiff und seine Passagiere gelegt. Dann kauerte jemand neben ihr nieder und fragte: »Wie geht es ihr?«

»Ganz gut«, antwortete sie.

»Sobald du frei bist, sollten wir uns besprechen.«

»In Ordnung.«

Er tätschelte ihre Schulter und ging. Zurück blieb neben ihr eine Pfütze Salzwasser. Tovah hatte bis dahin nicht gespürt, wie naß sie eigentlich war. Die Nacht war unerträglich heiß, und im Flutlicht schienen sämtliche Decks des Schiffes leicht zu dampfen. Um sie herum war es unheimlich still geworden.

Dann ertönte das Quietschen einer Seilwinde, und plötzlich tauchte die Bahre aus der Ladeluke auf. Darauf lag etwas Kleines, Undefinierbares unter einem Laken. Der Ladebaum schwang über das Deck, und die Bahre wurde heruntergelassen. Obwohl Frau Schlachter schlief, preßte Tovah den Kopf der alten Dame gegen ihre Schulter, um ihr den Anblick zu ersparen. Zwei Männer trugen die Bahre weg. Dann kam Hendrik aus dem Frachtraum.

»Tot?« fragte der Kapitän tonlos und leise, daß Tovah ihn kaum verstand.

Hendriks Gesicht war im harten Licht der Scheinwerfer sehr blaß. »Ja«, antwortete er.

Der Kapitän, Vinkemans und Hendrik gingen davon.

Die Passagiere zerstreuten sich, und Frau Hoflein kam zu Tovah herüber, die noch immer mit Frau Schlachter in ihren Armen auf den Decksplanken saß. »Was sollen wir nur mit ihr machen, Tovah?«

»Ich – ich weiß auch nicht... Vielleicht sollten wir sie ins Hospital bringen?«

»Dort ist Lieschen. Ich finde, gerade dort sollte sie nicht aufwachen. Mal sehen, ob sich was anderes arrangieren läßt.« Damit verschwand sie.

Nach einer Weile kam sie mit Vinkemans und zwei Matrosen zurück, die eine Bahre trugen.

»Wir legen sie in ihre Koje«, erklärte Frau Hoflein. »Herr Vinkemans und die Herren hier bringen sie in unsere Unterkünfte. Für den Fall, daß sie aufwacht, kommst du vielleicht besser mit. Du kannst doch ganz gut mit ihr umgehen.«

»Ja, natürlich«, murmelte Tovah.

Frau Schlachter schlief tief und fest und merkte gar nicht, wie man sie sanft auf die Bahre hob und sie festschnallte. Dann wurde die Bahre hochgehoben, der Ladebaum schwenkte über der Ladeluke ein, und die Bahre verschwand in der Tiefe. Tovah folgte über die Leiter – vorsichtiger als sonst. Wie hatte das Unglück nur geschehen können? War Lieschen ausgerutscht? Sie war ein so wildes Kind gewesen... Oder hatte sie, durchnäßt wie alle anderen, den Halt verloren? Tovah verdrängte die schrecklichen Gedanken.

Als sie das Ende der Leiter erreicht hatte, sagte jemand: »Augenblick noch.« Sie wartete, fest an die Leiter geklammert. Dann ertönte die Stimme erneut: »Gut, jetzt kannst du von der Leiter steigen.«

Tovah erkannte unter sich Frau Adler mit Eimer und Schrubber.

Sie vermied es tunlichst, auf den Fußboden zu sehen, sondern starrte unbeirrt geradeaus auf die Stelle, wo Frau Schlachters Koje stand. Als sie den schmalen Gang zwischen den Betten betrat und an der Reihe schweigender Frauen vorbeiging, fragte sie sich, ob die Leute damals vor zweitausend Jahren, nach dem ersten Todesfall in Masada, auch so empfunden haben mochten.

3

Die Situation war äußerst peinlich, doch gerade als Hendrik Kuiper die Art der Verletzungen des Kindes schilderte, stürmte Chief Davelaar in die Kajüte und brüllte: »Mörder! Du verdammter Mörder! Ich habe dir gesagt, daß es ein Unglück geben wird! Warum zum Teufel hast du nicht auf mich gehört?«

»Davelaar, jetzt reicht es! Ich habe dir...«

»Du hast was? Ein Kind hast du umgebracht, jawohl! Mit deinem Gefasel von göttlicher Vorsehung hast du einen Menschen ins Jenseits befördert! Warum bringst du die Leute nicht nach Deutschland zurück? Warum zum Teufel machst du nicht endlich...«

»Raus!« schrie Kuiper in diesem Moment so wutentbrannt, daß Hendrik ein kalter Schauer über den Rücken lief. Als der Schiffsingenieur diesen Befehl mißachtete, packte Kuiper den alten Mann einfach beim Kragen, riß die Tür auf und warf ihn hinaus.

Hendrik beobachtete diesen Wutausbruch mit wachsendem Unbehagen. Es war das erste Mal, daß Kuiper in seiner Gegenwart so völlig die Beherrschung verlor. Sekunden später jedoch schien alles wieder verraucht zu sein, denn der Kapitän schloß ruhig die Tür und wandte sich Hendrik zu: »Entschuldigen Sie diese Szene«, sagte er in völlig normalem Ton. »Wo waren wir stehengeblieben?«

»Ich – ehm – die Kleine muß sofort nach dem Aufprall tot gewesen sein... Mehr habe ich dazu nicht zu sagen, Skipper. Wie soll's jetzt weitergehen?«

»Sie müssen mir einen Totenschein ausstellen. Der Vorfall wird zwar auch ins Logbuch eingetragen, aber ich brauche für die Behörden eine angemessene Bescheinigung.«

Hendrik fragte sich insgeheim, welche Behörden Kuiper wohl meinte. Wer sollte sich für den Tod eines Kindes interessieren, das kein Land der Welt hatte aufnehmen wollen? Die Deutschen ganz bestimmt nicht. »Gut, Skipper. Ich erledige die Formalitäten. Ich nehme an, daß es eine Seebestattung geben wird, oder?«

»Selbstverständlich. Und zwar entweder heute nachmittag oder spätestens morgen. Je früher desto besser.«

»Soviel ich weiß, müssen Tote nach jüdischem Brauch innerhalb von vierundzwanzig Stunden beigesetzt werden.«

»Dann sollten wir die Sache nicht auf die lange Bank schieben. Ich setze die Bestattung auf – sagen wir –, auf sechs Uhr abends fest. Sonst noch was?«

»Nein.«

»Gut, dann treffen Sie die nötigen Vorkehrungen. Ich übernehme den Rest.«

Hendrik verließ die Kapitänskajüte und trat auf das Unterbrückendeck hinaus. Draußen über dem Meer ging die Sonne auf, und die bedrohlich wirkende Silhouette des Dschungels rückte immer weiter in die Ferne. Die *Star of Peace* hatte wieder Kurs aufs offene Meer genommen. Hendrik hatte der Tod des Kindes zutiefst betroffen gemacht, und Davelaars Ausbruch hatte ihn noch mehr deprimiert. War der Versuch, die Juden in Amerika an Land zu setzen, zum Scheitern verurteilt? Das Unternehmen war ganz sicher der Mühe wert, doch Hendrik kam die sture Entschlossenheit des Kapitäns irgendwie nicht ganz echt vor. Der plötzliche Wutausbruch schien unter der christlichen Maske eine ganz andere Persönlichkeit zu Tage gefördert zu haben.

Eine Stunde später sprach Hendrik mit Vinkemans über seine Eindrücke. Sie hatten das tote kleine Mädchen noch einmal untersucht und den Totenschein ausgestellt.

»Allmählich hinterläßt die ganze Geschichte auch beim Käpt'n ihre Spuren«, sagte Hendrik, an die Ankerwinde auf dem Backdeck gelehnt.

»Inwiefern?«

»Na, von der Szene mit dem Chief habe ich Ihnen doch erzählt. Und hinterher hat sich der Mann gebärdet, als sei überhaupt nichts dergleichen vorgefallen. Kuiper scheint eine sehr zwiespältige Persönlichkeit zu sein. Mir steckt sein Wutausbruch jetzt noch in den Knochen. Ich sage Ihnen, wenn's den mal packt...«

»Ist eigentlich kein Wunder, daß seine Nerven nicht mehr die besten sind«, erwiderte Vinkemans.

Es gab Momente, da fand Hendrik Vinkemans unerträglich

phantasielos. »Ich bin nicht sicher«, widersprach er seinem Sanitätshelfer, »ob das nur die Nerven sind. Ich habe das Gefühl, der Mann hat sein wahres Gesicht gezeigt. Mir scheint, der Skipper gibt sich redlich Mühe, sein wahres Ich hinter der Fassade des Gottgläubigen zu verbergen.«

»Vielleicht ist dieser Ausbruch auch nur ein Zeichen von Unsicherheit«, meinte Vinkemans nachdenklich. »Ich habe Ihnen doch schon mal gesagt, daß er meines Erachtens ständig dem Vorbild seines Vaters gerecht werden will. Und das ist natürlich eine große psychische Belastung.«

Vinkemans starrte melancholisch auf die immer weiter zurückbleibende imposante Kulisse des tropischen Regenwaldes. »Kuiper braucht früher oder später bestimmt unsere Hilfe, Doktor.«

»Der und Hilfe brauchen? Das halte ich für unwahrscheinlich.«

»Ich meine Hilfe nicht um seinetwillen, sondern um der Passagiere willen«, erklärte Vinkemans. »Wir müssen weiter daran glauben, daß es eine Alternative für ihre Rückkehr nach Deutschland gibt. Und Kuiper spielt da eine Schlüsselrolle. Es ist sein Schiff, alles hängt von seiner Entscheidung ab. An Bord der *Star of Peace* ist er allmächtig. Anstatt seine Schwächen zu zerpflücken, sollten wir ihn aufbauen. Er ist unsere einzige Hoffnung. Vorausgesetzt natürlich, es geht uns um das Wohl der Passagiere.«

Drunten an Deck erklang ein seltsam fremdartiges Singen, es waren Gebetsgesänge, in denen die Trauer um das tote Kind zum Ausdruck kam.

»Was ist das?« fragte Hendrik.

»Sie sagen den Kaddish«, antwortete Vinkemans.

4

War der Tod des Kindes seine Schuld? Hätte er schon früher erlauben sollen, daß die Scheinwerfer eingeschaltet wurden?

Während er in wachsendem inneren Zwiespalt in seiner Kajüte auf und ab ging, wurde Kuiper klar, daß dies nicht die richtige Fragestellung war. Sein Glaube an den Erfolg der Mission war unerschütterlich. Es gab keinen vernünftigen Grund, seine Haltung angesichts dieses Unfalls zu ändern. Er war noch immer fest überzeugt, daß die Widmung, die sein Vater in die Bibel geschrieben hatte, wahr war: Wenn es Gottes Wille war, daß er diese Leute nicht nach Deutschland zurückbringen sollte, dann würde er ihm auch die Mittel in die Hand geben, diesen durchzusetzen. Die Frage war nur, war es wirklich Gottes Wille?

Die Übung war ja gut verlaufen. Das zügige Ausbooten von 249 Personen hatte sich als möglich und praktikabel erwiesen. Der Tod des Kindes war ein unglückseliger Unfall gewesen, der den Erfolg für alle jedoch nicht in Frage stellte. Warum sollte er sich also dadurch in seinem Glauben erschüttern lassen?

Davelaars Reaktion war im Grunde keine neue Entwicklung gewesen. Weshalb hatte sie ihn dann derart aufgebracht? Warum war es dem alten Mann gelungen, wenn auch nur kurz, die niedrigsten Instinkte in ihm zu wecken?

Möglicherweise war genau dies der Grund. Sein Zweifel hatte nichts mit dem zu tun, was Gott von ihm wollte. Er hatte vielmehr etwas damit zu tun, daß sein neues Ich noch auf sehr unsicheren Beinen stand. Die vergangenen drei Jahre war er mit stolzgeschwellter Brust in dem Glauben herumgegangen, daß der alte Joris, der Schläger und Säufer, das Großmaul und der Frauenheld, nicht mehr existierte, für immer ausgelöscht sei. Und doch war er für den Bruchteil einer Sekunde wiedererstanden: Der alte Joris hatte Davelaar beim Kragen gepackt und aus der Kajüte geworfen – Joris, der Unmensch, der Rausschmeißer verprügelt, Kneipen kurz und klein geschlagen und Frauen gezüchtigt hatte, bis diese aufhörten zu schreien...

Er verbarg das Gesicht in den Händen und sank betend auf

die Knie: »O Gott, hab Erbarmen! Hab Erbarmen mit meiner Seele…«

Wie durch ein Wunder begann er, seine innere Ruhe wiederzugewinnen. Er hörte weder Worte, noch sprachen Bilder zu ihm, doch er spürte Gottes Gegenwart, und das änderte seine Einstellung schlagartig.

Der Tod des Kindes konnte nur bedeuten, daß er sein Vorhaben noch konsequenter verfolgen mußte als bisher, oder dieses Leben war umsonst geopfert worden. Und während Kuiper auf diese Weise Zwiesprache mit dem Herrn hielt, wurde ihm zum ersten Mal klar, wie weitgehend seine, jetzt nach dem Tod des Kindes unwiderrufliche Entscheidung eigentlich war. Und Angst beschlich ihn, doch der Augenblick des Zauderns war kurz. Dann klopfte es an der Tür.

Er stand auf. »Herein!«

Zwei Jugendliche, ein blonder Junge und ein rothaariges Mädchen, erschienen.

»Was wollt ihr?«

»Käpt'n«, begann der Junge mit leicht bebender, aber entschlossener Stimme. »Wir wollten Ihnen sagen, daß Lieschens Tod unsere Schuld war. Wir waren für sie verantwortlich – und haben versagt. Deshalb bitten wir Sie um Verzeihung und danken Ihnen für alles, was Sie für uns getan haben.«

Kuiper sah von einem zum anderen. »Dankt nicht mir – dankt Gott«, erwiderte er.

»Ja, Käpt'n«, flüsterte der Junge. »Ja, Käpt'n.« Damit gingen sie.

5

Noch am selben Abend, vor Sonnenuntergang, wurde Lieschen Schlachter auf der offenen See beigesetzt. Der Rabbiner hatte angeordnet, daß es keine äußeren Zeichen der Trauer, kein Zerreißen von Kleidern und keine Totengesänge geben solle. Frau Schlachter stand wegen ihres labilen Gesundheitszustandes noch immer unter dem Einfluß von Beruhigungsmitteln, und da sie die einzige nahe Verwandte des Kindes war, bestand für die anderen kein Anlaß, ihrer Trauer übertrieben Ausdruck zu geben.

Acht Kinder, vier Mädchen und vier Jungen, trugen die Bahre mit dem toten Mädchen durch die Menge der Passagiere und Mannschaft zur Reling, wo sie sie absetzten. Auf das Tuch, das über die Bahre gedeckt war, hatte jemand den Davidsstern gemalt.

Während Herr Vorzug den besonderen Kaddish sprach, der für diese Gelegenheit vorgeschrieben war, hielten Tovah und Yitzhak für die Dauer des Gottesdienstes das Ende des Tuchs. Dann nickte der Rabbiner dem Käpt'n zu. Der Kapitän sagte: »Eins – zwei – drei, in Gottes Namen.« Die Kinder hoben das hintere Ende der Bahre, und schneller noch, als sie es erwartet hätten, ertönte ein seltsam schleifendes Geräusch, das allen besonders in die Knochen fuhr, da es so lebendig klang. Und alle sprachen gemeinsam: »Möge sie ihren Frieden finden.« Längst war die kleine Last unter dem Tuch ins Wasser geglitten. Niemand hatte es genau gesehen, niemand hörte den Aufprall auf dem Wasser – der herzzerreißende Klagegesang von Herrn Vorzug übertönte alles. Die acht Jugendlichen, die die Plätze eingenommen hatten, die den Verwandten der Verstorbenen gebührten, fielen ein: »El Moleh Rahamim – O Herr, hab Erbarmen...«

Für Tovah war diese Seebestattung ein Erlebnis, das ihr sehr naheging. Es war, als habe sie durch die uralten Worte des Trauergesanges wieder Kontakt zu Lieschen aufnehmen können, als hätten sich ihre Finger über die grenzenlose Dunkelheit hinweg berührt, die sie nun trennte.

Als der Gottesdienst vorüber war, zerstreuten sich die Trauergäste so leise, daß man auf dem ganzen Schiff das Läuten des Maschinentelegrafen hören konnte, als der Kapitän den Befehl an den Maschinenraum gab, wieder Fahrt aufzunehmen. Niemand sprach ein Wort, keiner kehrte unter Deck zurück; auf sämtlichen Decks sammelten sich schweigende Menschen, die zusahen, wie die Sonne als riesiger Feuerball über dem fernen Dschungel unterging und ein Vogelschwarm in V-Formation über den flammend orangeroten Horizont zog. Sie blieben an Deck, bis die Nacht hereinbrach und die Kämme der Bugwellen in der Dunkelheit wie Phosphor zu leuchten begannen.

6

An diesem Abend gab es keine Mahlzeit mehr. Tovah ging früh in die Koje und schlief sofort ein. Ängstliche Schreie rissen sie mitten in der Nacht aus dem Tiefschlaf. Sie wußte sofort, daß es Frau Schlachter war, und Sekunden später rüttelte sie jemand an der Schulter und flüsterte: »Tovah, komm bitte. Es geht ihr sehr schlecht. Sie ruft nach dir.«

Tovah lief in ihrem Nachthemd durch den halbdunklen Gang zu Frau Schlachters Koje. »Sie holen den Doktor«, flüsterte jemand ihr zu. »Versuch sie so lange ruhig zu halten.«

Frau Schlachter saß aufrecht in ihrer Koje, hatte Lieschens Teddybären fest an sich gedrückt und murmelte unzusammenhängende Worte. Tovah versuchte sie zu beruhigen, doch offenbar schien die alte Frau davon überzeugt zu sein, daß sie Lieschen gesehen hatte, und glaubte jetzt, daß ihr Enkelkind noch lebte. Sie hatte das Kind angeblich im Nachthemd ganz verloren umherirren sehen. Das Kind brauche Hilfe, erklärte sie. Sie wisse nur nicht, wo es gerade sei.

Als Hendrik schließlich kam, hatte sich Frau Schlachter so fest an Tovah geklammert, daß ihre Arme schmerzten, als die Spritze zu wirken begann.

»Arme Seele«, murmelte Hendrik. »Hat sie phantasiert?«

»Ja.«

»Möglicherweise wiederholt sich so was in nächster Zeit häufiger. Aber im Lauf der Zeit gibt sich das. So lange ist es vielleicht besser, wenn ich ihr ständig ein Beruhigungsmittel gebe. Es drehte sich alles wieder um das Kind, oder?«

»Ja, sie glaubt, Lieschen gesehen zu haben, wie sie in einem Nachthemd umherirrte.«

»Arme Seele«, wiederholte er. »Jedenfalls vielen Dank für deine Hilfe. Schlaf gut.«

Als Tovah aufstand, berührte ihr Fuß etwas Weiches. Es war der Teddybär. Sie hob ihn auf, legte ihn neben Frau Schlachter ins Bett und ging zu ihrer Koje zurück.

VIERTES KAPITEL

Es mußte etwas getan werden, entschied Hendrik in der darauffolgenden Nacht, um die düstere Stimmung, die seit dem Tod des Mädchens an Bord herrschte, zu verscheuchen. Es hatte den Anschein, als habe der Unglücksfall die Zukunftsperspektiven der Passagiere grundlegend verändert. Bis zu jenem Tag waren alle überzeugt gewesen, daß Kuipers wagemutiger Plan, sie in den USA an Land zu schmuggeln, Erfolg haben würde. Der allgemeine Optimismus war so ansteckend gewesen, daß selbst Hendrik zu der Ansicht gelangt war, daß sie eine faire Chance hatten. Doch mittlerweile hatte sich auch der allgemeine Pessimismus auf ihn übertragen. Sie hatten in einer naiven Traumwelt gelebt, und jedem war plötzlich klar, daß Kuipers Plan völlig unrealistisch war. Davelaar hatte recht gehabt: Letztendlich würde ihnen doch nichts anderes übrigbleiben, als die Leute nach Deutschland zurückzubringen. Vor allem Hendrik begriff nicht, wie er so naiv hatte sein können.

Die Stimmung an Bord wurde so bedrückend, daß Hendrik sich schließlich mit Vinkemans besprach. »Wie wär's mit einem neuen Kostümfest? Das letzte Mal hat es wahre Wunder gewirkt.«

Vinkemans starrte düster auf die bleifarbene See. Sie hatten mittlerweile die Kalmenzone erreicht, jene windstillen, mörderisch heißen Breiten, die schwirrende Hitze, einen ständig dunstverhangenen Himmel und eine völlig glatte, tote See mit sich brachten. »Nein«, widersprach Vinkemans. »Ein zweites Mal würde es nicht funktionieren. Aber wer weiß, vielleicht kann uns Frau Spiegel helfen...«

Frau Spiegels Niederkunft stand unmittelbar bevor. Trotz mehrfachen falschen Alarms mußte das Kind schließlich irgendwann zur Welt kommen. Aus diesem Grund hatte man der werdenden Mutter Bettruhe verordnet und sie ins Hospital verlegt. Und dort lag sie jetzt: scheu, wie eingekapselt in ihrer entsagungsvollen Demut, mit einem Mona-Lisa-Lächeln auf den Lippen, das erstaunliche Dinge versprach, aber ebenso Verlegenheit für den Fall ausdrücken konnte, daß sie versagte.

Zwei Tage nach der Seebestattung ertönte endlich der erste unsichere Schrei des neuen Erdenbürgers und nächsten Erbträgers des auserwählten Volkes Israel: Moshe Spiegel, sieben Pfund schwer, O-beinig, mit rotem Gesicht und einem überaus dichten, pechschwarzen Haarschopf.

Die Geburt von Moshe Spiegel hatte genau die von Vinkemans prophezeite Wirkung auf die trübsinnigen Passagiere der *Star of Peace*. Es kam zu Freudenausbrüchen, und so wurde an Bord geklatscht, gesungen und getanzt. Im Nu war ein regelrechtes Volksfest im Gang. Palstra organisierte in Erinnerung an seine Jugend auf dem Land für die Kinder Sackhüpfen und Eierläufe. Meyer stellte die Säcke, und der Koch wurde dazu überredet, die Eier zu spendieren, nur hatte ihm leider niemand gesagt, daß diese zuerst hartgekocht werden mußten.

Nur eine Person nahm ostentativ keinen Anteil an der allgemeinen Freude, und das war Frau Schlachter. Frau Schlachter nämlich war bis dahin der Mittelpunkt des »Shivah«, der siebentägigen Trauerperiode, gewesen, während der die Passagiere sie aufgesucht und ihr das Beileid ausgesprochen hatten. Es war ihr Recht, die Aufmerksamkeit aller zu genießen, und der psychologische Effekt war erstaunlich gewesen. Daher sah sie es als eine grobe Ungerechtigkeit an, daß Moshe Spiegel ihr mit seinem ersten Schrei den Rang abgelaufen haben sollte. Es war also kein Wunder, daß sie darauf mit Wut reagierte, die in immer häufiger werdenden Halluzinationen zum Ausdruck kam. Sie liefen darauf hinaus, daß ihre Enkelin lebte und noch immer in den Unterkünften unter Deck herumirrte und nach einem Ausgang suchte. Hendrik mußte häufiger mit einer Beruhigungsspritze eingreifen.

FÜNFTES KAPITEL

1

Das erste Aufklärungsflugzeug mit den Hoheitszeichen der amerikanischen Marine kreiste an jenem Morgen über der *Star of Peace,* als der alte Frachter gerade die Insel Barbuda umrundet und Kurs auf die Stono-Bucht in South Carolina genommen hatte. Sie hatten gerade die Leuchtboje auf der Leeseite passiert und überquerten die Meerenge von Anegada. Kuiper, der das Dröhnen der Flugzeugmotoren am Himmel gehört hatte, rannte aufs Unterbrückendeck hinaus und sah, wie das Flugzeug auf der Steuerbordseite neben dem Schiff herflog, schließlich kehrtmachte und nach West-Südwest abdrehte, entweder in Richtung St. Thomas oder Puerto Rico. Vermutlich hatte das nichts zu bedeuten; das Flugzeug war möglicherweise rein zufällig in der Gegend gewesen, und der Pilot hatte sich aus purer Neugier den alten Frachter mit den vielen Leuten an Deck angesehen.

Zwei Tage später jedoch, östlich der Insel Caicos, näherte sich aus südwestlicher Richtung ein weiteres Marineaufklärungsflugzeug der *Star,* kreiste über dem Schiff und flog dann in die Richtung zurück, aus der es gekommen war, offenbar zum Luftstützpunkt Guantanamo auf Kuba. Kuiper begann sich Sorgen zu machen. Vielleicht war es reiner Zufall, vielleicht überprüften die Vereinigten Staaten den Schiffsverkehr in der Nähe ihrer überseeischen Besitzungen routinemäßig. Trotzdem kam Kuiper das sehr unwahrscheinlich vor, und immerhin waren die Bahamas britisch.

Da ausgezeichnetes Wetter herrschte, waren Passagiere und Mannschaft in bester Stimmung, das Schiff fuhr wie nach Fahrplan – Kuiper hatte also Zeit, sich Sorgen zu machen. Was geschah, falls der Kurs der *Star of Peace* von der amerikanischen Marine überprüft wurde? Was war, wenn das Überraschungsmoment, sozusagen der Dreh- und Angelpunkt seines Plans, wegfiel und die Amerikaner in der Stono-Bucht bereits auf ihn warteten?

Kuiper dachte intensiv über all diese Fragen nach und wog sorgfältig sämtliche Alternativen ab. Achtundvierzig Stunden später schließlich, am Tag vor der geplanten Ankunft an der Küste von South Carolina, wurden sie erneut ausgekundschaftet. Diesmal war es ein Wasserflugzeug der amerikanischen Küstenwache.

Danach setzte Kuiper sich an seinen Schreibtisch, nahm ein Blatt Briefpapier und die Visitenkarte der Rechtsreferentin der niederländischen Botschaft in Montevideo aus der Schublade und begann zu schreiben:

> Sehr geehrte Frau Vesters,
> vielleicht erinnern Sie sich an mich. Ich bin Kapitän des holländischen Frachters »Star of Peace«, der in Montevideo mit jüdischen Emigranten festgemacht hatte, denen die Einreise verwehrt wurde. Sie selbst hatten in unserem Gespräch erwähnt, daß die Vereinigten Staaten das einzige Land seien, deren öffentliche Meinung genug Einfluß ausübt, um die staatlichen Organe zu zwingen, meine Passagiere als politische Flüchtlinge aufzunehmen.
> Ich habe die Absicht, diese Leute morgen, am Sonntag, dem 20. August, beim Morgengrauen in der Stono-Bucht in South Carolina an Land zu bringen. Danach habe ich die Absicht, so schnell wie möglich zum nahe gelegenen Charleston weiterzufahren, wo ich Zeitungen und Rundfunk über die Angelegenheit informieren werde.
> Mittlerweile entsteht bei mir der Eindruck, daß die amerikanischen Behörden bereits über den Kurs meines Frachters informiert sind und wohl meine Absicht, jedoch nicht mein exaktes Ziel kennen.
> Sollte mich die amerikanische Küstenwache daran hindern, die Passagiere auf amerikanischem Boden an Land zu setzen, sende ich diesen Brief zum frühestmöglichen Zeitpunkt in der Hoffnung ab, daß Sie folgender Bitte entsprechen:

Wenn Sie diesen Brief erhalten, dann bedeutet das, daß mein erster Versuch, meine Passagiere an Land zu schaffen, fehlgeschlagen ist und daß, trotz meiner weiteren Bemühungen, weitere Versuche wohl kaum von Erfolg gekrönt sein würden. Aus diesem Grund appelliere ich an Sie, mit den Ihnen zur Verfügung stehenden Mitteln die Aufmerksamkeit der öffentlichen Meinung auf uns zu lenken, damit auf die amerikanische Regierung gewissermaßen von innen Druck ausgeübt wird, diesen Menschen die Einreise zu gewähren. Anderenfalls bleibt mir nichts anderes übrig, als meine Passagiere nach Hamburg zurückzubringen.

Wenn Sie mit Ihrer Annahme recht haben, daß die öffentliche Meinung ein wichtiger Faktor in den Vereinigten Staaten ist, dann verlasse ich mich auf Sie, daß Sie die Lage meiner Passagiere allen amerikanischen Bürgern nahebringen.

Ich bedanke mich im voraus für Ihre Bemühungen und verbleibe mit freundlichen Grüßen

Ihr Kapitän Joris Kuiper von der »Star of Peace«.

Kuiper adressierte den Umschlag des Briefes an Cynthia Vesters von der niederländischen Botschaft in Montevideo und fügte »Persönlich« hinzu. Dann verschloß er das Kuvert, legte es in eine Schreibtischschublade und ging auf die Brücke.

Draußen dämmerte bereits der Abend. Vor dem nächsten Sonnenuntergang war seine Mission entweder gelungen oder gescheitert. Er blickte der bevorstehenden Entscheidung erstaunlich ruhig entgegen. Das Bewußtsein, im Einklang mit Gott zu handeln, machte ihn sicher.

»Wybrands«, sagte er schließlich. »Bitte rufen Sie Frau Goldstein und Herrn Jablonski in den Kartenraum.«

»Jawohl, Käpt'n.«

»Und holen Sie den Arzt und unseren Ersten dazu.«

»In Ordnung, Käpt'n.«

Zuerst kamen die beiden Vertreter der Passagiere. Die Flüchtlinge an Bord der *Star* verhielten sich mustergültig. Täglich hatten Übungen auf den Flößen und in den Booten stattgefunden, und alle waren mit neuem Mut und großem Eifer dabei. Was die Passagiere betraf, so konnte die Landung planmäßig stattfinden.

»Freunde«, begann Kuiper, nachdem sich alle im kleinen Kartenraum versammelt hatten. »Sie wissen alle, was auf Sie zukommt und wie Sie sich zu verhalten haben. Hier...« Er rollte eine Karte aus. Sie zeigte den Küstenabschnitt von South Carolina, wo die Stono-Bucht lag. »Ich habe beschlossen, Sie nicht auf Folly Island an Land gehen zu lassen«, fuhr er fort, »da wir augenblicklich stetige Westwinde haben und die Aktion zwangsläufig bei Ebbe stattfinden wird. Außerdem ist die Mündung des Stono River sehr flach und von Untiefen durchsetzt. Da ich das Gebiet nicht kenne, möchte ich auf keinen Fall riskieren, mein Schiff irgendwo auf Grund zu setzen. Ich werde daher hier – in diese Flußmündung einlaufen.« Kuiper deutete auf ein offenbar gut mit Seezeichen bestücktes Mündungsgebiet mit der Bezeichnung »North Edisto River«. »Die Fahrrinne ist breit und tief...« Er deutete auf eine Sandbank, die auf der Karte mit der seltsamen Bezeichnung »Breakers« versehen war. »Wir fahren also hier flußaufwärts, bis wir zu dieser Boje kommen. Dort schwenken wir hart Steuerbord in den Bohicket Creek ein. Wie Sie unschwer erkennen können, habe ich dort genügend Wasser unter dem Kiel und reichlich Platz für die nötigen Manöver. Die Fallreeps werden an dieser Stelle hinuntergelassen. Danach geht alles nach Plan. Sie in diesem verhältnismäßig flachen Gewässer an Land zu bringen dürfte ein Kinderspiel sein. Von hier aus machen Sie sich dann auf den Weg zu der kleinen Siedlung »Rockville«, die kaum eineinhalb Kilometer entfernt liegt. Leider kann ich Ihnen diesmal keine Straße anbieten. Das Gelände hier ist sumpfig, aber durchaus begehbar. In Rockville verhalten Sie sich dann wie geplant. Sie machen Ihr Schicksal überall bekannt, während ich nach Charleston weiterfahre, um die Zeitungen und Rundfunkstationen zu informieren. Frau Goldstein, Herr Jablonski – sind Ihre Leute bereit?«

»Selbstverständlich«, erwiderte Herr Jablonski.

»Doktor?«

»Sie müssen mir fünf Minuten vorher Bescheid sagen. Außerdem brauche ich natürlich Meyers Hilfe.«

»Meyer?« wandte sich Kuiper seinem Ersten zu. »Ist auf dem Vorschiff alles vorbereitet, um die Bahren mit den Kranken in die Boote zu hieven?«

»Ja.«

»Gut.« Kuiper sah auf seine Uhr. »Jetzt ist es dreiundzwanzig Minuten nach acht Uhr. Wenn alles klappt, dann gehen wir um vier Uhr fünfzehn morgen früh im Bohicket Creek vor Anker. Zu dieser Zeit ist es dort noch dunkel. Licht dürfen wir nicht machen, und diesmal müssen wir auch jedes Geräusch vermeiden. Der Erfolg ist uns sicher, wenn Sie ungestört an Land gehen können. Danach sind Sie auf sich selbst gestellt. Alles klar?«

Die Anwesenden nickten.

»Dann empfehle ich jedem, Zwiesprache mit seinem Gott zu halten.«

Schweigend verließen die anderen den Kartenraum.

2

Die *Star of Peace* näherte sich der Küste von South Carolina im Schutz der Dunkelheit mit gedrosselter Geschwindigkeit. Es war eine mondlose, windstille Nacht, also ideal für das Vorhaben. Das Meer war ziemlich glatt, es herrschte nur leichter Seegang von Nordost.

An Bord war alles vorbereitet. Die Passagiere für die Rettungsboote hatten sich in Einerreihen auf dem Bootsdeck aufgestellt, diejenigen, die in die Flöße mußten, warteten auf den Laufstegen auf der Backbord- und auf der Steuerbordseite. Die Fallreeps konnten jederzeit hinuntergelassen, die Ringflöße jederzeit über Bord gehievt werden.

Hendrik, der zusammen mit Vinkemans die Kranken versorgte, die auf ihren Bahren auf dem Bootsdeck lagen, sah in der Ferne alle paar Sekunden ein gelbes und dahinter ein rotes Leuchtfeuer aufblinken. Er empfand eine seltsam freudige Erregung. Sie hatten es geschafft. Weit und breit war kein Schiff zu sehen. Im Dunkeln glitzerte eine Bucht zwischen zwei vorgeschobenen Landzungen. Damit schien alles Weitere ein Kinderspiel zu sein: Kuiper mußte das Schiff lediglich bis eine Stunde vor Sonnenaufgang in die geschützte Bucht bringen, während an Land noch alles schlief, die Fallreeps hinunterlassen...

Plötzlich heulte eine Sirene auf. Vier ohrenbetäubende Töne hallten durch die Nacht. Ein Suchscheinwerfer flammte auf und tauchte die Decks der *Star* in gleißendes Licht. »Alle Maschinen stopp!« ertönte eine metallische Stimme. »Hier spricht die amerikanische Küstenwache. Wir kommen an Bord. Lassen Sie die Jakobsleiter steuerbord herunter!«

Der Maschinentelegraph klingelte, die Maschinen stoppten, die Vibrationen verebbten. Unheimliche Stille breitete sich über dem Schiff aus. Niemand geriet in Panik, keiner erregte sich oder sagte ein Wort. Alle blieben wie versteinert, sprachlos an ihren Plätzen. »Passagiere!« ertönte schließlich die Stimme des Kapitäns durchs Megaphon. »Kehren Sie ruhig in Ihre Unterkünfte zurück. Die Landung findet heute nicht statt. Sobald ich mehr weiß, informiere ich Sie über alles Weitere. Danke.« Nach einer kurzen Pause fügte er hinzu: »Es tut mir aufrichtig leid, daß es so gekommen ist!«

Die Passagiere der *Star* nahmen die neue Situation erstaunlich gefaßt hin. Sie machten in Reih und Glied, wie sie gewartet hatten, kehrt und gingen zu den Ladeluken zurück. Hendrik und Vinkemans überwachten den Abtransport der Kranken. Dabei hörte Hendrik bereits das Klatschen von Rudern im Wasser, und kurz darauf tauchte im Scheinwerferlicht ein Ruderboot auf, das mit sieben oder acht Mann Besatzung an Bord auf den alten Frachter zuhielt. Gewehrläufe glitzerten im Lichtschein.

Wenige Minuten später kletterte ein überraschend junger Offizier der Küstenwache über die Steuerbordreling. Er trug ein weißes Hemd und Shorts; seine Mütze war mit einem Wasserschutz überzogen. In seinem Hüfthalfter steckte eine Pistole. Er grüßte militärisch und wandte sich dann an Hendrik, der zusammen mit einer Gruppe schweigender Männer an Deck stand. »Sind Sie der Käpt'n, Sir?«

»Nein, der Schiffsarzt. Ich bringe Sie zum Käpt'n.«

»Danke. Sehr freundlich«, sagte der Amerikaner beinahe entschuldigend. Er wirkte unsicher.

Hendrik ging voraus, den Niedergang hinauf aufs Unterbrückendeck. Das einzige Geräusch an diesem stillen Morgen war das Zischen des Sicherheitsventils am Schornstein der *Star,* aus dem weißer Dampf entwich und sich im Blau des ersten Lichts verlor.

Der Kapitän erwartete sie bereits. »Lieutenant Higgins von der amerikanischen Küstenwache, Sir«, stellte sich der junge Offizier vor und grüßte vorschriftsmäßig. »Ich bin befehlshabender Offizier an Bord des Küstenwachbootes *Trygona.* Ich habe den Auftrag, Sie zu stoppen, da Sie sich in der Dreimeilenzone befinden. Sie werden gebeten, in internationalen Gewässern zu bleiben. Ferner muß ich Sie darauf aufmerksam machen, daß Sie von jetzt an unter ständiger Bewachung stehen und daß Sie jedesmal, wenn Sie wieder in die Dreimeilenzone einlaufen werden, in internationale Gewässer zurückgeschickt werden.« Seine kleine Rede klang beinahe so, als habe er sie auswendig gelernt und sei froh, sie ohne Stocken losgeworden zu sein.

»Danke, Lieutenant«, antwortete Kuiper gelassen. »Ich werd's mir merken. Laufen Sie jetzt einen Hafen an, wenn ich fragen darf?«

»Nein, Sir. Wir haben Befehl, in Ihrer Nähe zu bleiben. Warum fragen Sie?« Der Lieutenant war offensichtlich erleichtert, daß alles so glattgegangen war.

»Ich habe einen Brief, der aufgegeben werden müßte«, antwortete Kuiper. »Könnten Sie das für mich erledigen?«

»Selbstverständlich«, erbot sich der Offizier eifrig. »Ich sorge dafür, daß das so schnell wie möglich geschieht.«

»Danke. Das Schreiben geht nach Südamerika. Ich glaube, wir schicken ihn per Luftpost.«

»Sicher.« Der Offizier steckte den Brief in die Brusttasche seines Hemds, hob die Hand an die Mütze und sagte: »Hat mich gefreut, Sie kennenzulernen, Käpt'n. Nehmen Sie jetzt bitte so schnell wie möglich Kurs in internationale Gewässer. Damit wäre dann alles erledigt.«

Als sich der Lieutenant zum Gehen wandte, sprach Kuiper

ihn noch einmal auf den Brief an: »Darf ich Sie noch um einen letzten Gefallen bitten, Lieutenant? Bitte schicken Sie den Brief per Einschreiben. Ich bezahle das gern.«

»Nicht nötig, Käpt'n. Die Küstenwache erledigt das für Sie. Ich meine – wir bedauern das alles natürlich sehr – als Privatpersonen, versteht sich. Also bitte – per Luftpost und Einschreiben. Vermutlich geht der Brief morgen oder übermorgen ab. Soll ich sonst noch Post mitnehmen?«

»Nein, danke«, wehrte Kuiper ab. »Trotzdem – nett von Ihnen. Falls wir beim nächsten Mal wieder Post haben sollten...«

Der Lieutenant musterte ihn prüfend: »Es sollte lieber kein nächstes Mal geben, Käpt'n. Ich kann Ihnen nur raten, sich an meine Anweisungen zu halten. Wir möchten zwar keinen Streit, aber das heißt nicht, daß man mit uns machen kann, was man will. Aktionen wie diese sind das tägliche Brot der *Trygona*. Wir sind während der Prohibition eine Menge Einsätze gegen Alkoholschmuggler gefahren, Käpt'n... Also, Sie mögen uns vielleicht vorübergehend aus den Augen verlieren – aber wir verlieren Sie nie. Also...« Es schien, als wolle er noch etwas sagen, überlegte es sich dann jedoch offenbar anders, grüßte zackig, drehte sich um und marschierte zur Jakobsleiter zurück.

Die Konfrontation mit der amerikanischen Küstenwache war geradezu enttäuschend undramatisch verlaufen. Es hatte keine Auseinandersetzung zwischen Recht und Unrecht stattgefunden; kein Wort war über die Passagiere und das tragische Geschick gefallen, das sie nun erwartete. Hendrik beobachtete den jungen Offizier, der behende die Leiter hinunterstieg, in das Beiboot sprang und von seiner Mannschaft zum Küstenwachboot zurückgerudert wurde, das als lange, gespenstisch anmutende Silhouette in der Morgendämmerung lauerte.

»Frau Goldstein! Herr Jablonski! Doktor, Meyer! In meine Kajüte, bitte!« ertönte die Stimme des Kapitäns durchs Megaphon.

Der Maschinentelegraph klingelte. Das Schiff begann zu vibrieren. Schwarzer Rauch stieg aus dem Schornstein auf. Die *Star of Peace* nahm langsam Fahrt auf, drehte bei und dampfte der aufgehenden Sonne entgegen.

3

Sie versammelten sich in der Kapitänskajüte; ein Häuflein Elend. Der einzige, den der Zwischenfall offenbar kaum berührt hatte, war der Kapitän.

Er berichtete der Abordnung der Passagiere, was der Offizier gesagt hatte, wartete einen Augenblick, bis sie das überdacht hatten, und fuhr dann fort: »Ich bin nicht bereit, diese Entwicklung als endgültig hinzunehmen. Ich habe der Rechtsreferentin unserer Botschaft in Montevideo einen Brief geschrieben und sie gebeten, die Öffentlichkeit in Amerika über das Geschehene zu informieren. Ich bin sicher, daß sie das auch tun wird. Mittlerweile stehen wir unter Beobachtung der Küstenwache. Ich bleibe zwar mit der *Star* vorerst außerhalb der amerikanischen Dreimeilenzone, behalte allerdings einen nördlichen Kurs bei. Zwischendurch mache ich dann kurze Abstecher in Richtung Küste, um die Herrschaften zu beschäftigen. Richten Sie sich also darauf ein, daß wir noch mehrfach von der Küstenwache aufgebracht werden. Ich rechne dabei damit, daß die Amerikaner sich an das Spiel gewöhnen und in Sicherheit wiegen werden. Vielleicht ergibt sich dadurch eine neue Chance, durch das Netz zu schlüpfen und eine Landung durchzuführen. Bis dahin allerdings weiß die amerikanische Öffentlichkeit über unsere Situation Bescheid. Schöpfen Sie also Mut. Noch ist nichts verloren.«

»Was geschieht, wenn die amerikanische Öffentlichkeit zwar informiert ist, sich jedoch nicht für uns interessiert?« wollte Frau Goldstein ruhig wissen.

Kuiper sah sie nachdenklich an. »Frau Goldstein, ich gehe davon aus, daß es Gottes Wille ist, daß Sie eine Freiheit in Würde genießen sollen. Also müssen wir auch glauben, daß er uns die Mittel in die Hand gibt, seinen Willen durchzusetzen. Wenn wir das nicht tun, dann können wir genausogut nach Hamburg zurückfahren.«

Frau Goldstein warf Kuiper einen Blick zu, der Hendrik etwas mitleidig anmutete, und sagte dann: »Ja, Käpt'n.«

Daraufhin verließen Frau Goldstein und Herr Jablonski die Kapitänskajüte. Die Mannschaft und Hendrik folgten.

Hendrik schlenderte zur Backbordseite des Unterbrückendecks und starrte deprimiert zu der in der Ferne verschwindenden Küste der Vereinigten Staaten hinüber. Das war das Ende all ihrer Hoffnung.

»Doktor, könnte ich Sie einen Augenblick sprechen?«

Hinter ihm stand Vinkemans. Er klang ungewöhnlich förmlich. »Natürlich, Vinkemans. Was gibt's?«

»Ich möchte vorschlagen, Frau Goldstein zu bitten, uns noch mehr freiwillige Schwesternhelferinnen zu schicken.«

Hendrik hatte sofort das Gefühl, daß etwas passiert war. Vinkemans benahm sich merkwürdig. »Warum?«

»Es ist doch klar, daß der Kapitän zwar noch eine Weile gute Miene zum bösen Spiel machen wird, aber im Endeffekt wird er die Passagiere nach Hamburg zurückbringen müssen.«

»Und?«

»Die Rückfahrt nach Hamburg stehe ich mit diesen Leuten nicht durch«, erklärte Vinkemans. »Ich muß Sie daher darauf vorbereiten, daß ich für den Fall einer Rückkehr nach Hamburg als Schiffskrankenpfleger nicht mehr zur Verfügung stehe. Ich gehe von Bord.«

»Von Bord? Wie denn das?«

»Ich lasse mich mit einem der Flöße aussetzen und rudere zur Küste.«

Hendrik starrte den Mann ungläubig an. »Das kann doch nicht Ihr Ernst sein, Vinkemans! Seien Sie nicht kindisch. Außerdem brauchen diese Menschen Ihre Hilfe ganz besonders dann, wenn wir die Rückfahrt nach Hamburg antreten müssen.«

»Tut mir leid, aber das geht über meine Kräfte. Jeder hat seine Grenzen. Ich kann einfach nicht. Ich – ich sage Ihnen das frühzeitig, damit Sie Ihre Vorkehrungen treffen können.«

»Vinkemans, Sie können doch nicht einfach ein Rettungsfloß über die Reling werfen und davonpaddeln. Sie saufen ab!«

»Lieber ersaufen, als diese Menschen in den sicheren Tod begleiten, Doktor«, antwortete Vinkemans mit einem Ausdruck, den Hendrik noch nie an ihm erlebt hatte.

Hendrik schüttelte den Kopf. »Vinkemans, seien Sie vernünftig...«

In diesem Augenblick kam Frau Hoflein über das Deck gerannt. »Doktor! Herr Doktor! Frau Schlachter... Schnell! Kommen Sie schnell...!«

»Was ist los? Phantasiert sie wieder?«

»Ja, ja! Aber diesmal ist es ganz schlimm. Sie glaubt, das Kind wirklich zu sehen! Sie läuft überall herum und ruft nach ihm. O bitte, kommen Sie!«

»Sofort, Frau Hoflein. Ich bin gleich da.« Frau Hoflein rannte zur Ladeluke zurück. »Ist Ihnen jetzt klar, in welcher Situation Sie mich allein lassen wollen, Vinkemans?« bemerkte Hendrik. »Falls der Kapitän tatsächlich Kurs auf Hamburg nimmt, ist hier der Teufel los. Und dann ist Frau Schlachter nicht die einzige, die durchdreht. Sie können mich also nicht einfach allein lassen.« Damit drehte er sich um und lief ins Hospital, um seine Tasche zu holen.

Ausgerechnet Vinkemans! Von seinem ewig melancholischen Krankenpfleger hätte Hendrik es am wenigsten erwartet, daß er dem seelischen Druck nicht standhielt. Natürlich war das alles Unsinn. Natürlich würde er bleiben. Trotzdem traf ihn Vinkemans Ankündigung tiefer als die des jungen Offiziers der Küstenwache.

4

Die kleine Hansi Kramer kam gerade, als Tovah Frau Schlachter ins Bett bringen wollte, nachdem Hendrik ihr eine Spritze gegeben hatte. Die arme alte Dame war in einem so bemitleidenswerten Zustand, daß Tovah sie den neugierigen Blicken der Fünfjährigen nicht preisgeben wollte. »Geh spielen, Hansi«, sagte sie. »Gretchen organisiert gerade ein Spiel in der Kinderecke.«

Das kleine Mädchen sah Tovah ernst an und steckte ihr dann eine kleine Papierkugel zu. »Yitzhak hat gesagt, ich soll es dir unauffällig geben«, flüsterte sie mit dem wichtigtuerischen

Ausdruck des Verschwörers. Dann hüpfte sie in Richtung Kinderecke davon.

Tovah strich den kleinen Zettel glatt. »Wir müssen uns so schnell wie möglich treffen«, stand darauf. »Aber behalte es für dich. Yitzhak.«

Tovah blieb noch eine Weile bei Frau Schlachter, um sicher zu sein, daß sie auch fest eingeschlafen war, verließ sie jedoch dann schneller als beabsichtigt, da Yitzhaks Nachricht so dringend geklungen hatte. Sie kletterte die Leiter an Deck hinauf und trat oben in Wind und Sonne eines strahlenden Sommertages.

Nur wenige Personen waren an Deck. Auf dem Weg zum Backdeck blickte sie zur fernen Küste hinüber, wo das weiße Küstenwachboot mit einem Geschütz am Bug die *Star* begleitete. Erst in diesem Augenblick, während sie zu ihrem Treffen mit Yitzhak eilte, wurde ihr klar, welch schwerwiegende Folgen die mißlungene Landung für sie alle hatte. Wie viele Schiffe besaß die amerikanische Marine? Sicher zahllose. Selbst wenn es dem Kapitän also gelingen sollte, dieses eine zu überlisten, so wartete doch eine ganze Flottille darauf, den Platz der *Trygona* einzunehmen und ihnen den Weg zur Küste zu versperren. Vorausgesetzt, es gab ein nächstes Mal.

Yitzhak hockte bereits neben der Ankerwinde, als Tovah kam. Sein Lockenhaar wehte im Wind. »Hallo«, begrüßte er sie. »Wieso hat es so lange gedauert?«

»Ich mußte mich erst noch um Frau Schlachter kümmern«, antwortete Tovah und setzte sich neben ihn auf die Decksplanken. »Also, was gibt's?«

Yitzhak sah sie nachdenklich an. Seine gelbgefleckten Augen waren unergründlich. »Philip ist getreten worden.«

»Getreten? Von wem?«

»Von einem Matrosen. Von dem mit dem Bart.«

»Wann?«

»Als wir in die Unterkünfte zurück mußten.«

»Aber warum denn?«

»Damit er sich beeilen sollte. ›Ein bißchen schneller, du kleine Judensau‹ hat er zu ihm gesagt, behauptet Philip wenigstens. Es hat also angefangen; die Seuche greift um sich. Wundert mich, daß es doch so lange gedauert hat.«

»Aber warum sollte ein einzelner, der vielleicht nur wütend oder aufgeregt...«

»Tovah...« Er legte die Hand auf ihren Arm. »Mach bitte nicht denselben Fehler wie alle nach der Kristallnacht und versuche sie zu entschuldigen, weil du der Wahrheit nicht ins Gesicht sehen willst. Jetzt, nachdem uns auch die Amerikaner zurückgewiesen haben, wird der Antisemitismus unter der Mannschaft rasant wachsen. Die ersten Anzeichen hast du ja selbst schon laufend bemerkt.«

»Aber nur wegen eines überforderten Matrosen und dem alten Davelaar...«

»Tovah, es ist doch nicht nur ein Matrose«, entgegnete Yitzhak geduldig. »Und nicht nur der alte Davelaar. Hast du denn vergessen, wie's in Deutschland gewesen ist?«

»Aber ich begreife das nicht! Warum ausgerechnet jetzt?«

»Weil es jetzt keine Hoffnung mehr gibt, keinen Ausweg. Und deshalb fangen sie an, uns zu traktieren. Dafür hassen sie uns. Sie wollen uns loswerden – und zwar jetzt. Sie wollen uns nach Deutschland zurückbringen, wo wir hingehören – wie sie finden. Und wenn es nach dem alten Davelaar gegangen wäre, dann wären wir nach der Pleite in Montevideo längst wieder dort gelandet.«

Tovah starrte aufs Meer hinaus. »Es gibt noch eine andere Möglichkeit«, sagte sie schließlich kurz entschlossen.

Yitzhak schwieg eine Weile. »Sei nicht naiv«, murmelte er dann.

»Wir können den Kapitän überreden, uns nach Palästina zu bringen.«

»Wohin?«

»Es ist das einzige Land, wo wir willkommen sind.«

Yitzhak schüttelte den Kopf. »Selbst wenn er dazu bereit wäre – Palästina ist britisch. Und die Briten sind entschlossen, genau wie die Amerikaner und alle anderen, keine Juden ins Land zu lassen. Mit den Arabern haben sie wegen der Zionisten schon genug Probleme. Wir haben keine Chance.«

»Die Briten sind dort doch nicht wichtig, aber die Juden. Wenn wir dort an Land gehen, dann kriegen wir auch Hilfe und Unterstützung. Mein Cousin Yakov ist in Palästina. Er hat mir übrigens alles über Masada erzählt. Sobald er erfährt, daß unser Schiff auf dem Weg nach Palästina ist, findet er auch eine Möglichkeit, uns an Land zu holen. Er und seine Freunde kümmern sich schon um die Briten. Er sagt uns, wohin wir gehen müssen, organisiert alles...«

»Tovah«, begann Yitzhak erneut kopfschüttelnd. »Selbst wenn das stimmt, was du sagst – es ist unmöglich.«

»Und warum?«

»Glaubst du, der alte Davelaar etwa und der Matrose, der Philip getreten hat, sind bereit, ohne Bezahlung das Risiko auf sich zu nehmen, uns nach Palästina zu bringen? Das ist der wunde Punkt. Wir kosten diese Leute nur Geld. Der Kapitän hat doch bestimmt damit gerechnet, uns in Montevideo abzusetzen und mit neuer Ladung die Rückreise anzutreten. Jetzt kurvt er ziellos auf dem Meer herum, um uns irgendwo an Land bringen zu können. Irgendwann muß er Kurs auf Hamburg nehmen... Und die Crew kriegt keinen Cent.« Er schüttelte den Kopf. »Nein, wir können nur versuchen, uns selbst zu helfen – und uns gegen weitere Angriffe zu verteidigen.«

»Und was dann?« fragte Tovah ärgerlich, weil sie im Grund ihres Herzens wußte, daß er recht hatte.

»Dann bleibt uns nur – Masada. Der Kampf bis zum Tod.« Er lächelte. »Ich weiß schon, du willst wissen, womit wir kämpfen sollen, was?«

Plötzlich sah Tovah ihn vor sich: Hendrik – und die Schublade, die er in Montevideo aus dem Schreibtisch des Kapitäns herausgezogen hatte und auf den Fußboden hatte fallen lassen...

Tovah drehte sich zu Yitzhak um: »Das mit Masada – meinst du das ernst?«

»Warum?«

»Weil ich weiß, wo eine Waffe ist.«

SECHSTES KAPITEL

1

Cynthia Vesters wand sich vor berauschender Lust, die in einen rhythmisch pulsierenden Orgasmus mündete. Dann klingelte es an der Tür. Dan fluchte mit einer Heftigkeit, die sie überraschte. Sie hatte ihn bis dahin für einen sehr beherrschten jungen Anwalt gehalten. Es klingelte erbarmungslos weiter. Jemand schien sich gegen die Klingel gelehnt zu haben. »Sieh lieber nach, wer's ist«, seufzte Cynthia. »Ich bin jetzt kaum in der Verfassung, Türen zu öffnen.«

Mit einem erneuten Fluch löste er sich ziemlich abrupt von ihr und marschierte zur Tür. Nackt wirkte er plötzlich ziemlich hilflos. »Quien es?« erkundigte er sich, bevor er öffnete.

Im Korridor rief jemand etwas.

»Ein Eilbrief für dich, eingeschrieben«, gab Dan weiter. »Soll ich für dich unterschreiben?«

Cynthia kicherte. »Den Pinsel hast du doch, mein Lieber.«

Dan erging sich in einem weiteren, saftigen amerikanischen Fluch und griff nach seiner Hose, die über einem Stuhl hing. Er zog sie an, nahm einen Füllfederhalter aus seiner Jackettasche und ging zur Tür. Dort unterschrieb er, schlug die Tür wieder zu, kehrte zurück und warf den Brief auf ihren nackten Bauch. »Laß ihn nicht warten«, kommentierte er.

»Wen meinst du?«

»Denjenigen von der amerikanischen Küstenwache, den du aufs Kreuz gelegt hast.«

Der Brief trug tatsächlich den Stempel der amerikanischen Küstenwache. Sie drehte ihn um. »Mein Gott!« entfuhr es ihr.

»Na, das muß ja ein interessanter Liebhaber gewesen sein.«

Cynthia riß den Umschlag auf und las den Brief.

»Na und?«

»Er will, daß die amerikanische Öffentlichkeit informiert wird«, murmelte sie.

»Ist das ein Heiratsantrag?«

»Sei nicht dämlich! Das ist eine ernste Angelegenheit. Als Jude solltest du für solche Dinge ein Gespür haben.«

»Sollte ich?«

Sie musterte ihn über den Rand des Briefes hinweg. Er hatte seine Hose wieder ausgezogen und stand wütend und schmal im fahlen Licht der Wintersonne, die durch das Erkerfenster ins Zimmer strömte. Er war der interessanteste und aufregendste Liebhaber.

»Sei nicht kindisch«, wies sie ihn zurecht. »Der Mann, der das geschrieben hat, setzt sein Schiff und alles, was er sonst noch besitzt, aufs Spiel, um 250 Juden davor zu bewahren, nach Deutschland zurück zu müssen. Die amerikanische Küstenwache hat sein Schiff aufgebracht, als er seine Passagiere gerade an Land schmuggeln wollte.«

»Wo denn?«

Cynthia starrte auf den Poststempel. »Charleston, South Carolina. Und jetzt soll ich die amerikanische Öffentlichkeit auf den Fall aufmerksam machen.«

»Warum ausgerechnet du?«

»Es ist ein holländischer Frachter. Er hat versucht, seine Passagiere hier in Montevideo abzusetzen, aber ihre Visa waren gefälscht. Daraufhin hat man ihnen die Einreise verweigert. Mit Ausnahme einer kranken Frau, die hier in ein Krankenhaus gekommen ist und später per Flugzeug zurück nach Deutschland gebracht wurde. Ich habe den Fall damals bearbeitet. Während meines Gesprächs mit dem Kapitän habe ich zufällig erwähnt, daß rein theoretisch die amerikanische Öffentlichkeit die einzige Hoffnung sein könnte, die seine Passagiere auf diesem Erdball haben.«

»Das war ziemlich fahrlässig von dir, meine Liebe«, erwiderte Dan. »An deiner Stelle würde ich davon nichts dem Botschafter sagen – sonst stehst du morgen vielleicht schon auf der Straße.« Er holte seine Zigaretten und zündete sich mit zitternden Fingern eine an.

Cynthia betrachtete ihn stirnrunzelnd. »Weshalb bist du eigentlich plötzlich so wütend? Weil ich dich auf deine jüdische Herkunft angesprochen habe?«

Er warf sein Feuerzeug ärgerlich auf den Glastisch, daß es

klirrte. »Ich bin kein Jude! Ich bin Amerikaner! Das macht mich so verdammt wütend. Wenn es hart auf hart geht, wenn ernsthaft diskutiert wird, dann kriegt man ständig zu hören ›Ah, du bist doch Jude, du verstehst das!‹ oder ›Als Jude müßtest du das wissen!‹ Mir steht's bis hier! Natürlich sind meine Eltern Juden. Aber in Amerika hat jeder Eltern, die woanders herkommen – Jugoslawen, Holländer, Norweger, Spanier... Weshalb muß ich mir bis an mein Lebensende immer dann anhören, daß ich ›Jude‹ bin, wenn ich mich für irgendwas engagieren soll? Also laß den Quatsch. Es ist mir verdammt egal, was für Briefe du kriegst oder in welche Geschichten du dich einläßt: Komm, wir ficken weiter!«

»Das, mein Geliebter, dürfte wohl kaum die Art sein, die Leidenschaft erneut zu entfachen«, erklärte sie gutmütig. »Sei so lieb und wirf mir eine Zigarette rüber.«

Die ganze Packung landete auf ihrem Bauch. »Tut mir leid, wenn ich so übellaunig klinge – aber ich bin's wirklich. Es ist nicht deine Schuld, aber mein Gott – es treibt mich noch zum Wahnsinn. Und deshalb geht diese elende Komödie immer weiter!« Er griff nach dem Feuerzeug und zündete ihre Zigarette an.

»Danke, Liebster«, murmelte sie beruhigend. »Was für eine Komödie?«

»Na, dieser Skandal! Die Seuche!« Er ging im Zimmer auf und ab. »Deshalb habe ich doch keinen Zutritt zu gewissen Hotels oder Clubs. Und ich habe mit Religion überhaupt nichts im Sinn. Israel, das Judentum – es ist mir völlig egal! Ich bin Amerikaner, lebe wie ein Amerikaner und handle wie ein Amerikaner. Und ich habe verdammt noch mal nicht die Absicht, den Fluch des Judentums ein Leben lang mit mir herumzuschleppen. Wie zum Teufel hast du überhaupt herausgefunden, daß ich ein Jude bin? Sehe ich aus wie ein Jude? Warum hält man mich nicht für einen Italiener? Wer hat es dir gesagt?«

Sie blies eine Rauchwolke in seine Richtung und antwortete lächelnd: »Niemand. Aber italienische Männer haben an entscheidender Stelle ein paar Gramm mehr als du.« Sie setzte sich im Bett auf und zog das Laken über die Taille. »Aber reden wir lieber über die Passagiere dieses Mannes. Ich appelliere nicht an dich als Jude, ich appelliere an dich als Mensch. Also beruhige dich und hör auf, die ganze Sache so persönlich zu nehmen. Konzentriere dich mal aus rein beruflichen Gründen ein paar Minuten auf die Probleme eines Schiffes, das 250 deutsche Juden an Bord hat, die aus ihrem Heimatland ausgewiesen wurden, gefälschte Visa bekommen haben und aus diesem Grund nicht nach Uruguay einreisen durften. Und jetzt können sie, mit Ausnahme von Deutschland, kein Land finden, das sie aufnehmen will. Und der Kapitän des Schiffs will sie natürlich verständlicherweise nicht nach Hause zurückbringen.«

»Und deshalb hast du die Vereinigten Staaten ins Spiel gebracht!«

»Ich habe ihm lediglich hypothetisch zu verstehen gegeben, daß er seine Passagiere am besten unter den Augen der Öffentlichkeit in Amerika an Land schmuggeln sollte, um die Einreise für diese Leute zu erzwingen. Natürlich ist das Unsinn – und das habe ich ihm auch gesagt.«

»Hast du ihm auch gesagt, daß es illegal ist?«

»Natürlich. Ganz klar. Trotzdem, irgendwie imponiert der Mann mir. Er tut alles, um für diese Leute ein Zufluchtsland zu finden, weil sein Glaube es ihm verbietet, sie den Deutschen auszuliefern. Ich muß gestehen, daß es ausgesprochen herzerfrischend war, mal jemandem zu begegnen, der bereit ist, nicht über seinen Glauben zu reden, sondern ihn schlicht zu praktizieren. Das mindeste, was ich tun konnte, war, ihm einen fachmännischen Rat zu geben, ob ich mich dadurch nun beim Botschafter beliebt mache oder nicht. Verglichen mit seinem Risiko ist meines geradezu peinlich gering.«

»Sehr nobel und romantisch, aber gleichzeitig dumm und brutal.«

»Egal – ich habe jedenfalls in dieser Sache eine gewisse Verantwortung und werde dem Mann nach Möglichkeit helfen. Jetzt, da die Küstenwache sein Schiff aufgebracht hat, kann ich ihn wohl nur unterstützen, indem ich seine Geschichte in sämtliche amerikanischen Zeitungen bringe und damit einen Skandal entfache. Das wird die Regierung und die Einwanderungsbehörde unter Druck setzen.«

»Nein. Das ist nicht der richtige Weg.«

»Hast du einen besseren Vorschlag?«

»Laß mich nachdenken.« Er ging zum Fenster. Rauchend stand er dort, eine schmale Silhouette gegen das winterliche Erscheinungsbild der Bäume, deren Äste im Regen glitzerten.

»Bitte geh nicht zu nah ans Fenster, wenn's recht ist.«

»Entschuldige.« Er drehte sich um und kam zurück. »Laß in dieser Sache die Medien aus dem Spiel.« Er drückte die Zigarette im Aschenbecher aus. »Damit verärgerst du nur die Politiker. Du mußt über eine bestimmte Lobby Druck auf sie ausüben.«

»Welche Lobby zum Beispiel?«

»Natürlich die jüdische Lobby. Wenn du ein paar Schlüsselpersonen in jüdischen Organisationen mobilisieren kannst, dann kommt dabei vielleicht was raus. Wenn du allerdings Stunk in den Zeitungen machst, dann setzt du nur die Politiker über ihre Wählerschaft mit all deren Vorurteilen unter Druck und engst den politischen Spielraum von vornherein ein.«

»Na gut. Und was mache ich jetzt? Oder vielmehr, was machen wir jetzt?«

Er dachte intensiv nach, zündete sich eine neue Zigarette an und inhalierte tief. Dann sah er sie an. »Eines möchte ich klarstellen. Ich will damit nichts zu tun haben.«

Sie traute ihren Ohren nicht. »Dan, du machst Witze! Du meinst – du meinst, das geht dich nichts an?«

»Ich will in Washington damit nicht in Verbindung gebracht werden«, erklärte Dan. »Es ist deine Angelegenheit. Ich helfe dir, aber ich will auf keinen Fall, daß mein Name in diesem Zusammenhang in Washington genannt wird, verstanden?«

»Ja«, antwortete sie. »Sehr gut.«

Er spürte ihre Verachtung. »Ich weiß, welchen Eindruck das auf dich machen muß, aber so kraß, wie es klingt, ist es gar nicht. Im diplomatischen Dienst stößt man auf ein erstaunliches Maß an Antisemitismus. Wenn ich das Gefühl hätte, daß ich diesen Menschen wirklich helfen könnte, würde ich auf derlei Erwägungen vielleicht pfeifen. Aber meines Erachtens hat der Bursche nicht die geringste Chance, die Leute nach Amerika zu bringen. Aber gut, du kannst von mir ein paar Namen und Adressen haben. Ich verbiete dir lediglich, mich ins Spiel zu bringen. Kapiert?«

Cynthia beschlich plötzlich das Gefühl, diesen Mann überhaupt nicht zu kennen. Sie brauchte Zeit, um über alles nachzudenken, ihre Ablehnung und Verachtung zu überwinden. Er hatte einen so ungewöhnlichen, sensiblen Eindruck auf sie gemacht... Doch keinesfalls durfte sie ihren blauäugigen Kapitän zum Opfer ihrer persönlichen Empfindungen machen. Der Mann brauchte Hilfe, und Dan war klug und einflußreich genug, diese zu gewähren, vorausgesetzt, sie konnte ihn dazu überreden. »Komm, Liebster«, sagte sie mühsam beherrscht, »das meinst du doch nicht ernst. Du hast doch wohl nicht ehrlich die Absicht, mich von Pontius zu Pilatus zu schicken, wenn du alle nötigen Informationen zur Hand hast.«

»Du kriegst Namen und Adressen – morgen. Mehr nicht. Das und die Warnung, daß die Sache vergebene Liebesmüh ist. Keine Lobby, so mächtig sie auch sein mag, kann die Regierung zwingen, diese Leute als politische Flüchtlinge einzustufen und ihnen Asyl zu gewähren.«

»Aber Liebster...«

»Wir schreiben das Jahr 1939, Kleines. Seit dem Münchner Abkommen lassen wir Hitler stillschweigend gewähren. Außerdem glaubt niemand, daß es den Juden bei ihrer Rückkehr nach Deutschland schlimmer ergehen wird als den Schwarzen in den Südstaaten. Und damit ist deiner Kampagne praktisch die Grundlage entzogen. Nach Meinung der Öffentlichkeit ist doch das einzige Unrecht, das diesen Leuten widerfahren ist, die Tatsache, daß man ihnen gefälschte Visa angedreht hat. Hart, aber wahr. Nein, meine Liebe, sag deinem Käpt'n, er soll mit dem Unsinn aufhören und seine Passagiere nach Deutschland zurückbringen. Wenn du immer noch Wert darauf legst, gebe ich dir selbstverständlich die Namen und Adressen, aber wenn du auf mich hören willst, bewege ihn zur Umkehr.«

»Aber du, Dan? Wie denkst du privat darüber? Weißt du denn wirklich nicht, was mit diesen Menschen passiert, wenn sie nach Deutschland zurückkehren?«

»Doch, das weiß ich. Sie werden dort gezwungen, in Gettos zu leben, dürfen keine öffentlichen Verkehrsmittel benutzen, keine Hotels, Restaurants, Kinos, Theater und Konzerthallen besuchen. Und weil sie nicht wie unsere Schwarzen an ihrer

Hautfarbe erkennbar sind, müssen sie gelbe Sterne an den Revers ihrer Mäntel tragen. Versuch du mal, in der Presse eine Kampagne dagegen zu organisieren, Kleines! Ich sehe die Proteste des Komitees für Rassengleichheit schon vor mir: ›Was regen wir uns über deutsche Juden auf, weil sie dasselbe Schicksal erleiden wie die Neger in den Südstaaten?‹ Wie kommst du übrigens auf den Gedanken, den Leuten könnte bei ihrer Rückkehr nach Deutschland ernsthaft etwas zustoßen? Weißt du etwas, das ich nicht weiß?«

Sie fing seinen Blick auf, sah, wie er sie düster anstarrte. Möglicherweise war er, was die Situation der Juden betraf, übertrieben empfindlich; trotzdem schien es ihr unfaßbar zu sein, daß er die Informationen nicht gelesen hatte, die alle Botschaften über die Situation in Deutschland erhielten. Sie beschloß, ihn nicht länger zu quälen. »Ach was, das Übliche«, antwortete sie leichthin. »Wir kriegen regelmäßig Berichte aus Berlin. Es gibt 'ne Menge Ausschreitungen, organisierte Schikanen gegen Juden. Und es sieht bestimmt nicht so aus, als ob das besser würde.«

»Na gut.« Er drückte seine Zigarette aus. »Ich schicke dir morgen die Namensliste. Vertreibt das den alten Seebären endlich aus unserem Bett? Oder ist es ein junger Seebär?«

»Dan...« Cynthia stand auf und hielt sich das Laken vor die Brust. »Ich kann jetzt bestimmt nicht mehr! Du hast diese trostlosen Menschen nicht gesehen. Ich schon.«

Er lächelte. »Ich habe ja immer gesagt, daß du empfindsam bist.«

»Gehst du zuerst unter die Dusche – oder ich?«

»Ladies first«, antwortete er, wandte sich wieder dem Fenster zu und starrte auf die Bäume hinaus.

Unter der Dusche dachte sie über die Lobby der Juden und die Namensliste nach, die Dan ihr am darauffolgenden Tag schicken wollte. Mein Gott, es würde alles eine halbe Ewigkeit dauern! Und in der Zwischenzeit dampfte der noble junge Skipper mit seiner menschlichen Fracht die amerikanische Küste entlang in Richtung Norden und wartete darauf, daß sie Wunder vollbrachte. Es mußte doch irgend etwas geben, das sie tun konnte. Da war doch... Plötzlich fiel ihr der Marineattaché der Botschaft ein, der vier Monate zuvor nach Washington versetzt worden war. Wie hieß er doch gleich? Frans. Frans – van der Kamp. Sie sollte ihn anrufen – oder ihm eine Depesche schicken. Da die amerikanische Küstenwache sich eingeschaltet hatte, war sicher die niederländische Botschaft – und damit deren Marineattaché Frans van der Kamp – benachrichtigt worden. Frans war damals sehr galant ihr gegenüber gewesen – und hatte nur widerwillig akzeptiert, daß es zwischen ihr und Dan ernst war. Er würde sich sicher freuen, von ihr zu hören.

Nachdem Dan gegangen war, schrieb sie im Morgenmantel an ihrem Glastisch einen Brief. Frans... War sein Vorname wirklich Frans gewesen? Ja, natürlich. Blond, Oberlippenbärtchen, blaßblaue Augen... »Prinzessin« hatte er immer zu ihr gesagt, aber das hatte ihm auch nichts genützt... Sie würde ihm um den Bart streichen müssen – aber warum eigentlich nicht. Als Anwältin hatte sie diesen bemitleidenswerten Menschen nicht helfen können, aber vielleicht gelang es ihr als Frau.

»Lieber Frans...«

Nach ein paar einleitenden Worten kam sie zur Sache, faßte die Lage kurz zusammen und ging davon aus, daß er bereits über Einzelheiten Bescheid wußte. Dann machte sie sich entschlossen an jenen ihr zwar widerstrebenden, aber unumgänglichen Teil des Briefes, der einer fernmündlichen Verführung gleichkommen sollte...

Als sie das fertige Schreiben durchlas, kam es ihr doch sehr impulsiv, emotional – und zwecklos vor, und sie war nahe daran, es in den Papierkorb zu werfen. Dann entschloß sie sich doch noch, etwas zu riskieren und es abzuschicken.

Am darauffolgenden Morgen steckte sie den Brief in einen Umschlag, adressierte ihn an Frans van der Kamp, fügte den Vermerk *persönlich* hinzu und schickte ihn mit der Diplomatenpost nach Washington.

2

Bis Ende August des Jahres 1939 dampfte die *Star of Peace* nordwärts mit halber Kraft voraus die Ostküste der Vereinigten Staaten entlang, eine kleine, schmuddelige Rauchsäule in der glitzernden Weite von Meer und Himmel. Es herrschte strahlendes Wetter, keine Wolke war zu sehen, und es wehte tagsüber lediglich eine leichte Brise aus westlicher und nachts aus östlicher Richtung. Dabei blieb jedoch die Dünung des Atlantiks gleichermaßen mächtig; deren langsam anwachsende Wellenberge mit ihren durchsichtigen, schäumenden Kämmen rollten beständig wie eine träge Masse auf den alten Frachter zu, erfaßten den Bug, hoben ihn gen Himmel, um ihn dann mit nervenaufreibender Langsamkeit in das folgende Tal zu ziehen, so daß die Tische auf den Laufstegen durcheinanderfielen und der Rumpf des Schiffes seufzte und knackte. Die Passagiere hatten wieder ihre improvisierten Sonnensegel hervorgeholt, so daß das Bootsdeck von der Brücke aus gesehen erneut wie ein orientalischer Basar wirkte. Für die Flugzeuge der Küstenwache, die gelegentlich über dem Frachter kreisten, mußte der alte Frachter eher wie ein alter Planwagen aussehen, der sich holpernd und schlingernd über die Berge und Täler der unberührten See fortbewegte.

Kuiper wartete dringend auf die Gelegenheit, einen weiteren Landungsversuch unternehmen zu können, doch während jener makellosen Sonnentage und sternklaren Nächte wich die flache, schlanke Silhouette des Küstenwachbootes *Trygona* mit seinen beiden glänzenden Schornsteinen und dem Geschütz im Bug nicht von der Seite der *Star*. Die *Trygona* orientierte sich zwar an der Geschwindigkeit des alten Frachters, doch Kuiper wußte genau, welche Kraftreserven in deren Rumpf schlummerten, und daß sie seine *Star* jederzeit und überall einholen konnte. Diesen erfahrenen Jäger auf See auszutricksen oder abzuhängen war unter normalen Umständen unmöglich. Kuiper mußte daher darauf warten, daß ihm das Wetter Hilfestellung leistete. Doch Tag für Tag sah es so aus, als habe nie eine Wolke den Himmel über dem Atlantik getrübt und als würde dies auch nie eine Wolke tun. Kuipers ganze Hoffnung konzentrierte sich unter diesen Umständen auf Nebel.

Eines frühen Morgens Ende August tauchte vor Manasquan, New Jersey, plötzlich eine Nebelschwade auf. Wybrands hatte Wache; er weckte den Kapitän. Während der vorausgegangenen Tage hatten sie wieder mehrere Übungen veranstaltet, um die Passagiere in Form und bei Laune zu halten. Dies kam ihnen jetzt zugute. Kuiper war sofort auf den Beinen. Die Passagiere wurden geweckt und standen Minuten später in Einerreihen zum Ausbooten bereit an Deck. Kuiper löschte die Positionslichter und nahm Kurs auf die Küste.

Der Nebel wurde immer dichter. Kuiper konnte kaum den Bug seines Schiffes von der Brücke aus erkennen. Als er sich hastig umsah, stellte er mit einem Triumphgefühl fest, daß die *Trygona* verschwunden war. Zum ersten Mal war es ihm gelungen, den gespenstischen Schatten abzuschütteln, der ihn verfolgt hatte. Die Spannung an Bord stieg ins Unerträgliche, als sie durch die milchig weißen Nebelschwaden glitten. Kuiper griff schließlich nach dem Megaphon, um den Befehl zu geben, die Fallreeps hinunterzulassen. Dann, gerade als er Luft holte, um zum Sprechen anzusetzen, ertönte das Heulen einer Sirene, und der mächtige Strahl eines Suchscheinwerfers drang durch den Nebel. Im nächsten Augenblick bellte die metallische Stimme von Steuerbord durch den Dunst: »Maschinen stopp! Hier spricht die Küstenwache der Vereinigten Staaten von Amerika. Wir kommen an Bord. Lassen Sie die Jakobsleiter an Steuerbord herunter!«

Ein unglückliches Stöhnen ging durch die Reihen der Passagiere. Der Maschinentelegraph klingelte. Die Vibration an Deck verebbte. Die *Star of Peace* lag ruhig im Wasser. Aus der Wattewelt des Nebels kam das rhythmische Schlagen von Rudern, dann tauchten die Umrisse des Ruderboots und seiner bewaffneten Mannschaft aus dem Milchweiß des Nebelvorhangs auf. Wie um Himmels willen hatte das Küstenboot die *Star* ausfindig machen können, obwohl Kuiper selbst kaum bis zum Bug seines Frachters hatte sehen können? Wie hatte der Lieutenant Higgins doch bereits bei ihrer ersten Begegnung gedroht: »Auch wenn Sie uns nicht mehr sehen, wir verlieren Sie nie aus den Augen!...«

Der Lieutenant erklomm athletisch und schnell die Jakobsleiter, schwang sich über die Reling, erwiderte Kuipers Gruß knapp und zackig und wiederholte in der Kapitänskajüte allein mit Kuiper erneut, was dieser bereits kannte: »Ich habe den Auftrag, Ihnen mitzuteilen, daß Sie sich in der amerikanischen Dreimeilenzone befinden. Sie werden aufgefordert, sich sofort zurückzuziehen und in internationalen Gewässern zu bleiben...« Danach trank er einen holländischen Genever, erkundigte sich höflich, ob es diesmal wieder Post zu befördern gäbe, und bemerkte dann wie nebenbei: »Die Küstenwache ist übrigens davon in Kenntnis gesetzt worden, daß sich an Land ein jüdisches Komitee gebildet hat, das sich die Anerkennung Ihrer Passagiere als politische Flüchtlinge zum Ziel gesetzt hat. Unter diesen Umständen hielte ich es offen gestanden für ratsam, vorerst in internationalen Gewässern zu bleiben und keine weitere Landung mehr zu versuchen, bis klar ist, was das Komitee erreichen kann. Das ist eine inoffizielle Information, Käpt'n. Aber ich dachte, es würde Sie interessieren.«

Für Kuiper war diese Nachricht eine echte Überraschung, denn er hatte längst angenommen, daß sein Brief an Cynthia Vesters vergebliche Liebesmüh gewesen sei, vorausgesetzt, er hatte sie überhaupt erreicht. »Kann dieses Komitee über Funk mit mir Kontakt aufnehmen?«

»Ich bin sicher, daß sie das zur gegebenen Zeit versuchen werden«, erwiderte Lieutenant Higgins bereitwillig. »Und falls es ihnen nicht gelingen sollte, sind wir gern bereit, Ihnen die Nachricht zu übermitteln. Unser Funkgerät ist rund um die Uhr besetzt.«

Als Higgins von Bord ging, hatte die Sonne den Nebel aufgelöst, und es herrschte wieder das übliche strahlende Sommerwetter über der friedlich schimmernden See. Während die *Star of Peace* erneut Kurs aufs offene Meer nahm, rief Kuiper alle Passagiere auf Deck zusammen. Er stand über ihnen auf der Brücke, und die Menge der Gesichter sah zu ihm auf wie damals in Hamburg. Der langgestreckte, schnittige Schatten der *Trygona* begleitete sie in respektvoller Entfernung, und es war anzunehmen, daß von dort einige Ferngläser auf ihn gerichtet waren und daß man auch dort seine Stimme hören konnte. Schon deshalb verzichtete er auf das Megaphon.

»Tut mir leid, das ist schiefgegangen«, begann er. »Natürlich ist mir klar, daß das wieder ein harter Schlag für Sie sein muß. Allerdings kann ich Ihnen die erfreuliche Nachricht überbringen, daß an Land ein jüdisches Komitee gebildet worden ist, das sich zum Ziel gesetzt hat, für Sie die Anerkennung als politische Flüchtlinge durchzusetzen …«

Ein freudiger Aufschrei ging durch die Reihen der Passagiere. Kuiper allerdings war, was den Erfolg des Komitees betraf, weit weniger optimistisch; dennoch war er froh, diesen Menschen überhaupt etwas Positives mitteilen zu können.

»Trotzdem sollten wir uns nicht darauf verlassen, daß eine solche Organisation schnelle Erfolge erzielt«, fuhr er daher fort. »Aus Ihnen sicher verständlichen Gründen können wir nicht ewig auf See ausharren. Ich werde also weiterhin mit gewohnter Geschwindigkeit an der Küste entlangfahren und auf die Gelegenheit zu einer Landung warten. Je weiter nördlich wir kommen, desto größer werden unsere Chancen, da Nebelperioden zu dieser Jahreszeit dort häufig sind. Unser Treibstoff und unsere Nahrungsvorräte allerdings reichen nur noch bis kurz nach Nantucket. Wenn wir allerdings hilflos im Meer treiben, haben die amerikanischen Behörden praktisch keine andere Wahl mehr, als uns in einen ihrer Häfen zu schleppen. Und wenn es erst einmal dazu gekommen ist, stehen unsere Chancen dank der regen amerikanischen Öffentlichkeit wohl nicht schlecht. Also verlieren Sie nicht den Mut. Danke.«

Einen Augenblick lang meinte Kuiper, die Leute nicht überzeugt zu haben, doch dann kam rauschender Beifall auf.

Dieser hatte eine eher deprimierende Wirkung auf ihn, da er sich wie ein Scharlatan vorkam. Schließlich hatte er keine Ahnung, wie sich die Amerikaner entschließen würden, und selbst der höfliche Lieutenant Higgins hatte keinen Hehl daraus gemacht, daß es nicht gut um seine Sache stand. Aber Gott hatte die Welt nicht an einem Tag erschaffen, und Golgatha war nicht das Ende Jesu Christi gewesen. Ja, und er war da – mitten unter ihnen auf der *Star of Peace*. Wie hatte er doch zweitausend Jahre zuvor gesagt: »Denn wo zwei oder drei versammelt sind in meinem Namen, da bin ich mitten unter ihnen.«

Und im Glauben daran würde die *Star of Peace* ihre Fahrt fortsetzen.

SIEBTES KAPITEL

1

Am 28. August vormittags wurde der Marineattaché der niederländischen Botschaft in Washington, Fregattenkapitän Frans van der Kamp, zu seinem Botschafter gerufen. Seine Exzellenz war in miserabler Stimmung, und das war kein Wunder: Die Deutschen hatten zum vierten Mal in vier Jahren zugeschlagen. Zuerst hatten sie sich das Rheinland wiedergeholt, dann sich Österreich und die Tschechoslowakei einverleibt, und nun erhoben sie Anspruch auf den Danziger Korridor, jenen Teil Polens, der bis 1919 zu Deutschland gehört hatte. Es war natürlich abzusehen, daß die Kraftprobe zwischen Hitler und Chamberlain auf dieselbe Art und Weise enden würde wie das letzte Mal, als die Briten und ihre Verbündeten klein beigegeben und dem unersättlichen Hitler alles gewährt hatten, was er verlangt hatte. Doch während das Katz-und-Maus-Spiel weiterging, hatten gerade die Botschafter einen schweren Stand. Der Sekretär des Botschafters machte eine besorgte Miene, als er sich rückwärts zur Tür zurückzog und dem Fregattenkapitän ein Lächeln schenkte, das dieser nicht recht zu deuten wußte. »Guten Morgen, Eure Exzellenz.«

Der Botschafter brummte Unverständliches, betrachtete van der Kamp über die halbmondförmigen Gläser seiner Lesebrille hinweg übellaunig und sagte: »Dieser verdammte Frachterkapitän wird einen diplomatischen Zwischenfall heraufbeschwören, wenn wir ihn nicht daran hindern! Also tun Sie gefälligst was!«

»Ehm – wer bitte, Sir?« Natürlich wußte er sofort, wer gemeint war. Die Angelegenheit begann schwierig zu werden.

»Spielen Sie hier nicht den Ahnungslosen, van der Kamp«, fuhr der Botschafter ihn an. »Sie wissen verdammt genau, wer gemeint ist, und ich will, daß Sie sofort etwas unternehmen

– sofort! Lassen Sie alles stehen und liegen. Tun Sie was... Es muß schließlich eine Möglichkeit geben, diesen Idioten daran zu hindern, unsere diplomatischen Beziehungen mit den Amerikanern zu boykottieren! Er – na, ich will den Tag wirklich nicht mit Obszönitäten beginnen, mein Lieber. Also kümmern Sie sich um ihn, und erstatten Sie Bericht, sobald die Sache erledigt ist.«

»Sobald was erledigt ist, Sir?« erkundigte sich van der Kamp naiv.

»Sobald Sie ihn von dieser Wahnsinnstat abgebracht haben natürlich, Sie Idiot!« Der alte Herr war an diesem Morgen wirklich in Fahrt. Daran konnte nicht allein der Kapitän des Frachters schuld sein. Es mußte etwas in der Diplomatenpost gewesen sein, die er bei van der Kamps Eintreten so hastig in seine Schreibtischschublade gesteckt hatte. »Wie Sie es anstellen, interessiert mich nicht – aber tun Sie was!«

»In Ordnung, Sir.« Was Besseres fiel van der Kamp dazu im Augenblick nicht ein. »Kann ich die amerikanische Küstenwache einschalten?«

»Die Küstenwache? Wieso?«

»Na, vermutlich muß ich persönlich mit dem Mann sprechen. Und wenn unsere Marine herausgehalten werden soll, dann ist die Küstenwache doch die einzige...«

»Machen Sie, was Sie wollen! Verdammt, das ist schließlich Ihr Job! Also langweilen Sie mich nicht mit Einzelheiten. Schnappen Sie sich diesen Kapitän – verhaften Sie ihn und lassen Sie ihn für geistesgestört erklären. Es ist mir egal, wie Sie es anfangen, nur schaffen Sie ihn mir vom Hals! Kapiert?«

»In Ordnung, Sir.« Wenn van der Kamp etwas an seinem Job haßte, dann waren es jene Augenblicke, in denen ihn der Alte zum Sündenbock für seine schlechte Laune machte. Er wandte sich zum Gehen.

»Erledigen Sie die Geschichte, aber lassen Sie mich aus dem Spiel!« ertönte die schrille Stimme erneut. »Haben Sie mich verstanden?«

»Sicher, Sir. Sobald die nötigen Dokumente aufgesetzt sind, lege ich Sie Ihnen zur Unterschrift vor.«

»Sie legen mir gar nichts vor!« brüllte der Botschafter außer sich vor Wut. »Sie handeln in eigener Verantwortung. Schöpfen Sie alle Befugnisse aus, die Sie in Ihrer Stellung haben. Und belästigen Sie mich nicht noch mit dieser üblen Geschichte!«

»Ja, Sir.« Van der Kamp öffnete die Tür.

»Wenn Sie eine Unterschrift brauchen, dann holen Sie sie sich gefälligst vom Generalkonsul!«

»In Ordnung, Sir. Verständigen Sie ihn?«

»Raus!« schrie der Botschafter. »Sie brauchen mir nicht zu sagen, wie ich mein Amt führe. Raus!« Offenbar hatte das Anschreien von Untergebenen eine Art therapeutischen Effekt auf gewisse Leute.

»In Ordnung, Sir«, wiederholte van der Kamp und konnte das Büro des Botschafters endlich verlassen. Es war ein Jammer, daß man im diplomatischen Dienst den Rang eines Botschafters erst hart an der Grenze zur Senilität erreichte.

In seinem Büro studierte van der Kamp als erstes die neuesten Berichte der Küstenwache über den Kurs der *Star of Peace*. Demnach war der alte Frachter um 18 Uhr des vergangenen Tages vor Ocean Beach, Fire Island, mit östlichem Kurs gesichtet worden. Die amerikanischen Küstenwache schätzte, daß die *Star* höchstens noch für 68 Stunden Treibstoff hatte, wenn sie ihre gegenwärtige Geschwindigkeit beibehielt. In einem Punkt hatte der Botschafter sicher recht. Die Zeit für eine Entscheidung, welcher Art auch immer, war gekommen. Van der Kamp drückte auf den Knopf an der Gegensprechanlage auf seinem Schreibtisch. Kurz darauf erschien sein Adjutant Havering in der Tür. »Guten Morgen, Sir.«

»Setzen Sie sich, Havering.« Der Leutnant zur See nahm respektvoll Platz. Er war jung, ehrgeizig, intelligent und hatte einen dichten Schopf widerspenstigen Haars, der ihm das Aussehen eines vorwitzigen Spechts verlieh.

»Wir sollten endlich der *Star of Peace* einen Besuch abstatten«, begann van der Kamp. »Die Zeit ist reif, diesen Kapitän für geistig unzurechnungsfähig zu erklären. Dazu brauchen wir zwei approbierte Ärzte. Der Schiffsarzt der *Star* genügt dazu nicht. Haben Sie überprüft, welche holländischen Passagierschiffe sich in der Nähe des Frachters aufhalten?«

»Ja, Sir. Ich habe festgestellt, daß um neun Uhr heute morgen...«

»Was um neun Uhr heute morgen gewesen ist, interessiert

mich nicht, Havering«, fiel van der Kamp ihm ins Wort. »Ich möchte wissen, welcher Passagierdampfer, sagen wir morgen mittag der *Star of Peace* am nächsten ist.«

Havering notierte sich alles in das kleine Buch, das er stets stolz wie ein Hund seinen Knochen präsentierte, sobald er zu seinem Chef gerufen wurde. »Und auf welcher Position, Sir?«

Van der Kamp schwenkte seinen Drehstuhl in Richtung Fenster. Auf dem Fensterbrett saßen selbst zu dieser Stunde bereits dicht gedrängt die Spatzen und warteten auf die Krümelreste des ersten Frühstücks kurz vor elf. »Das müssen wir uns noch ausrechnen, Havering«, antwortete van der Kamp. »Um sechs Uhr gestern abend ist der Frachter vor Fire Island gesichtet worden. Wenn wir die Geschwindigkeit zugrunde legen, die er die vergangenen Tage eingehalten hat, dann dürfte er heute um dieselbe Zeit bei Marthas Vineyard sein. Ich habe die Absicht, morgen spätestens um sechs Uhr früh an Bord zu gehen. Dann müßte er vor der Nordspitze von Nantucket Island sein. Dort werde ich ihn anweisen, nach New York zurückzulaufen. Falls die amerikanische Küstenwache seine Treibstoffvorräte richtig eingeschätzt hat, dürfte er das bequem schaffen. Also finden Sie heraus, welcher Passagierdampfer um zwölf Uhr mittags am 31. August der *Star* am nächsten ist.«

Havering schrieb eifrig in seinem kleinen Buch. »Und wie lautet dann die exakte Position der *Star,* Sir?«

»Mein Gott, Mann – rechnen Sie sich das doch selbst aus! Sie kennen die Geschwindigkeit des Frachters. Nennen Sie mir die Koordinaten, den Namen des Dampfers und die Telefonnummer des New Yorker Agenten. Ich will das ganze Drum und Dran, einschließlich der Kontaktpersonen.«

»Jawohl, Sir. Selbstverständlich, Sir.« Havering schrieb weiter. Van der Kamp fragte sich ernsthaft, was es da soviel zu notieren gab.

»Wenn Sie fertig sind, dann verbinden Sie mich mit Commander Boswell von der amerikanischen Küstenwache!«

»Jawohl, Sir.« Havering notierte sich auch das. »Sonst noch was, Sir?«

»Nein, Sie können jetzt gehen.«

»In Ordnung, Sir. Danke, Sir.«

Als van der Kamp den Mann noch einmal zurückhielt, als dieser bereits die Tür erreicht hatte, wurde er sich bewußt, daß er sich exakt wie der Botschafter verhielt: »Übrigens, Havering, zuallererst bringen Sie mir mal meine Tasse Kaffee und ein Hörnchen, ja?«

Der Lieutenant sah ihn wie vom Donner gerührt an. »Jetzt sofort, Sir?«

»Ja, sofort. Ich kann dieses Spatzenvolk auf dem Fensterbrett nicht ausstehen.«

Haverings Gesicht war ein einziges großes Fragezeichen. »Jawohl, Sir«, brachte er schließlich heraus. »Selbstverständlich, Sir.« Die Art, wie er leise und vorsichtig die Tür hinter sich zumachte, sprach Bände.

Nachdenklich starrte van der Kamp auf die Tür, die sich hinter Havering geschlossen hatte. Dann öffnete er mit einem Schlüssel die Dokumentenschublade in seinem Schreibtisch und nahm Cynthias Brief heraus. Er las die wichtigen Passagen erneut durch, ohne sich diesmal von der privaten Einflechtung ablenken zu lassen. Wo war die eine Stelle? Ah, da...

> Bei meiner Begegnung mit dem Kapitän beeindruckte mich sowohl seine persönliche Integrität als auch seine konservative Lebenshaltung. Er ist wirklich kein Rebell, sondern ein ernsthafter Diener seiner Kirche, der einen Punkt erreicht hat, an dem er seinen Glauben praktizieren muß, wenn ihm seine ganze Religiosität nicht wie eine Farce vorkommen soll...

Van der Kamp schloß den Brief wieder weg, sah eine Adresse im Adreßbuch der Botschaft nach, wählte eine Nummer, schwenkte seinen Stuhl erneut in Richtung Fenster und starrte auf die Spatzen. Nach drei Rufzeichen meldete sich eine Frauenstimme: »Ja?«

»Mrs. Haldeman?«

»Am Apparat.«

»Guten Morgen, Mrs. Haldeman. Hier spricht van der Kamp, Marineattaché der Botschaft. Ist Ihr Mann zu Hause?«

»Ja, das ist er – allerdings im Bett. Er fühlt sich nicht gut. Kann ich ihm etwas ausrichten?«

»Leider ist die Angelegenheit etwas kompliziert, Mrs. Haldeman. Könnte ich vielleicht doch mit Mr. Haldeman selbst sprechen?«

Am anderen Ende entstand nachdenkliches Schweigen. »Wenn Sie darauf bestehen – bitte«, antwortete die Stimme schließlich mit schrillem Unterton. »Ich bringe ihm den Apparat ans Bett.«

»Mrs. Ha...« Doch es war bereits zu spät. Am anderen Ende machte es »klick«, und das Rufzeichen ertönte. Van der Kamp fluchte unterdrückt und wählte die Nummer zum zweiten Mal. Diesmal meldete sich eine heisere Männerstimme.

»Pastor Haldeman?«

»Ja...« Der Ärmste schien tatsächlich krank zu sein.

»Hier spricht van der Kamp von der Botschaft. Ich hatte schon vor ein paar Minuten angerufen...«

»Ja, ich weiß. Meine Frau hat aus Versehen aufgelegt. Die moderne Technik ist für sie ein Buch mit sieben Siegeln. Was kann ich für Sie tun?«

»Da ist eine Angelegenheit, die ich gern persönlich mit Ihnen besprochen hätte, Pastor Haldeman. Es geht um – nein, am Telefon möchte ich darüber nicht reden. Könnte ich so zirka in einer Stunde zu Ihnen kommen? Es ist dringend.«

»Selbstverständlich. Sie können kommen, wann Sie wollen. Ich liege zwar im Bett, aber eigentlich fehlt mir nichts. Meine Frau macht immer um alles so ein Theater. Also kommen Sie. Mir ist sowieso langweilig. Wollen Sie mir wieder mal ein Schiff geben?«

»Nicht ganz, Sir. Aber ich möchte Sie gern morgen auf einen kurzen Ausflug auf See mitnehmen, wenn's recht ist.«

»Morgen früh?« Die Stimme des alten Herrn klang begeistert. »Ja, natürlich – ausgezeichnet! Aber sagen Sie meiner Frau lieber nichts. Das überlassen Sie mir.«

»In Ordnung, Sir. Dann bis bald.«

»Ja, ja – freut mich – freut mich außerordentlich.«

Das war erst der erste Schritt. Er hatte noch viel vor sich. »Wo bleibt mein Kaffee!« schrie van der Kamp durch die geschlossene Tür.

Die Tür sprang auf, und Havering tauchte mit ängstlicher Miene auf der Schwelle auf. »Er kocht – er kocht schon, Sir.«

»Und was ist mit meinem Anruf bei Commander Boswell?«
»Stelle ich gleich durch, Sir...«
Ah, jung und in der Marine zu sein... Das Telefon klingelte.
»Ja? Ah, Boswell. Wie geht es Ihnen heute morgen?«
Boswell ließ seiner Wut auf die Deutschen und ihre unverschämte Annexionspolitik freien Lauf, was erneut eine gespannte Atmosphäre schuf.
»Ja, da bin ich völlig Ihrer Meinung. Trotzdem möchte ich Ihnen eine Frage stellen. Ich möchte gern morgen noch vor Tagesanbruch an Bord der *Star of Peace* gehen. Könnten Sie das arrangieren? Vermutlich habe ich nur einen Begleiter. Wenn ich am Vorabend nach Woods Hole komme, wäre das angenehm?«
Havering servierte den Kaffee. Beim Anblick des Hörnchens begannen die Spatzen draußen vor dem Fenster aufgeregt zu tschilpen.
»Ausgezeichnet! Ich erwarte Ihren Anruf. Tausend Dank.«
Van der Kamp trank einen Schluck Kaffee. Er war viel zu heiß. Schließlich schwenkte er seinen Stuhl herum und wählte erneut eine Nummer am Telefon.
»Rabbi Shine, bitte. Hier spricht van der Kamp von der niederländischen Botschaft.« Er wartete. »Ah, Rabbi Shine! Guten Morgen. Hier ist van der Kamp. Ich werde der *Star of Peace* einen Besuch abstatten. Darf ich den Passagieren etwas von Ihnen ausrichten?«
Die sanfte, gebildete Stimme am anderen Ende erklärte ausführlich und mit spürbarer Frustration, daß bisher alle Bemühungen, mit dem Außenministerium oder dem Justizministerium auf einer akzeptablen Ebene ins Gespräch zu kommen, vergebens gewesen seien. Man versuche jetzt, einen anderen Weg zu finden. Sobald es etwas Wichtiges mitzuteilen gebe, werde er es über Funk tun.
Van der Kamp erkundigte sich höflich nach dem neuen Weg, den man gehen wollte, und während die sanfte Stimme antwortete, kam Havering herein und legte einen Stapel Papiere auf seinen Schreibtisch. Nachdem van der Kamp das Gespräch mit einigen höflichen Worten des Bedauerns beendet hatte, griff er nach den Papieren auf seinem Tisch und sah, daß

es die *Notices to Mariners* für die laufende Woche waren. Aus einem unerfindlichen Grund wurden Ausgaben dieser Dokumente, die für Kapitäne zur See bestimmt waren, an sämtliche Marineattachés an den Botschaften verschickt und landeten dann unweigerlich in deren Papierkörben. Da er diesmal, wenn auch nur kurz, tatsächlich zur See fahren wollte, blätterte er die Nachrichten durch, während er seine Hälfte des Hörnchens aß und die Spatzen auf dem Fensterbrett sich lautstark in Erinnerung brachten. Auf Seite drei fiel sein Blick auf eine Notiz.

Er starrte lange auf die Seite; dann schwenkte er mit seinem Stuhl in Richtung Fenster, starrte hinaus, ohne die Spatzen überhaupt zu registrieren, und aß in Gedanken versunken sein Hörnchen auf.

2

Gegen Tagesanbruch am 29. August kam der dichte Nebel, auf den Kuiper gewartet hatte. Das Wetter hätte keinen Tag mehr länger warten dürfen. Sie hatten Nantucket Island erreicht. Der Augenblick der Entscheidung war gekommen.

Und es gab noch einen Grund, weshalb Kuiper froh war, daß sich diese Chance bot, um die Monotonie und die wachsende Unruhe an Bord zu beenden. Es war eine Veränderung auf der *Star of Peace* vor sich gegangen. Er wußte nicht genau, woran es lag, aber etwas war anders geworden, und das gefiel ihm ganz und gar nicht. Vielleicht waren nur die wachsende Langeweile und der Pessimismus der Passagiere daran schuld; jedenfalls hatte die Mannschaft jetzt eindeutig genug von diesem Abenteuer. Sie wollten die Geschichte hinter sich bringen und dann nach Hause. Und da war noch etwas: Unterschwellig braute sich ein Unheil zusammen.

Was konnte die Ursache sein? Hatte die Mannschaft etwas vor? Unter seinem Kommando hatte es nie eine Meuterei gegeben, doch Kuiper hatte den Eindruck, daß sich ein derartiges Ereignis auf diese Art und Weise ankündigen müsse.

Der Nebel war dicht und hatte sich über ein großes Gebiet verbreitet – also die ideale Wetterlage für sein Vorhaben. Nur kam er für seinen Geschmack etwas zu spät am Morgen. Er fürchtete, daß die Sonne, die noch viel Kraft hatte, den Nebel innerhalb einer Stunde auflösen könne. Immerhin waren sie vorerst wenigstens das Küstenwachboot *Trygona* losgeworden. Kuiper war sicher, das schlanke Schiff mitten in der Nacht mit anderem Kurs davonfahren gesehen zu haben. Hatte die *Trygona* Treibstoff aufnehmen müssen? Wäre er seiner Sache sicher gewesen, er hätte die Landung schon während der Nacht versucht. Aber das war jetzt nicht mehr wichtig. Er mußte handeln, bevor die Küstenwache ihn in diesem Nebel wieder ausfindig machen konnte. Jedenfalls war er sicher, daß er diesen »Schatten« vorerst abgeschüttelt hatte. Kuiper horchte in den dicken, wattegleichen Nebel hinein, konnte jedoch das vertraute Maschinengeräusch nirgends orten. Vielleicht lag die *Trygona* irgendwo dort draußen und horchte ebenso angestrengt in die Stille. Sie mußten das vor ihnen liegende Manöver also absolut lautlos durchführen.

Flüsternd befahl er Wybrands, den Passagieren die erforderlichen Befehle zu geben und die beiden Vertreter, den Arzt, Meyer und den Bootsmann zu ihm in den Kartenraum zu bitten. Alle kamen lautlos, und Kuiper ergriff erst das Wort, nachdem die Tür geschlossen worden war. »Frau Goldstein, Herr Jablonski, unsere Chance ist endlich gekommen!« begann er. »Hoffen wir, daß wir beim dritten Mal Glück haben. Wir liegen hier, vor der Ostküste dieser Insel, nahe der kleinen Stadt Siasconset. Die Stelle ist für das Manöver nicht so geschützt, wie ich es mir gewünscht hätte, aber wir müssen den Nebel nutzen – und er hält möglicherweise nicht allzu lange. Ihre Leute können hier die Küste nicht sehen, aber die Männer in den Booten haben Kompasse. Sie bringen Sie an Land, bevor sich der Nebel wieder lichtet.«

»Geht alles wie geplant vonstatten?« wollte Herr Jablonski wissen.

»Ja. Allerdings sollten wir diesmal darauf achten, möglichst kein Geräusch zu machen. Siasconset ist ein Badeort wie Folly

Beach. Zur Zeit machen dort viele Leute Urlaub. Das ist ebenfalls günstig. Sie kriegen also genug Publicity. Ich setze Sie hier, etwas nördlich der Stadt bei diesem Leuchtturm ab. Meiden Sie auf dem Weg zur Stadt den Strand, um nicht sofort von der Küstenwache wieder aufgegriffen zu werden. Bleiben Sie hier – hier auf der Straße. Dann...« Es klopfte an der Tür. Kuiper öffnete sie einen Spaltbreit.

Es war Johansen in Ölzeug und Südwester. »Vier Faden zeigt das Lot, Käpt'n«, flüsterte er.

»Sind die Rettungsboote klar zum Manöver?«

»Ja.«

»Gut. Wybrands, Sie übernehmen das Kommando auf der Brücke. Alle Maschinen stopp! Das Lot muß ständig im Einsatz sein.«

»In Ordnung, Käpt'n.« Wybrands ging. Kuiper machte die Tür zu.

»Also, Herr Jablonski, Frau Goldstein – das wär's.« Kuiper übergab Jablonski die Kassette mit den Pässen. »Und vergessen Sie nicht: Es muß alles absolut lautlos geschehen. Gott beschütze uns.« Er ließ den anderen den Vortritt, verließ dann als letzter die Kajüte und ging auf Zehenspitzen zur Brücke hinauf.

Der Nebel schlug sich nun in leichtem Nieselregen nieder. Am Fuß des Niedergangs entdeckte er den Messejungen. »Henky«, flüsterte er, »hol mir mein Ölzeug! Es hängt hinter der Kajütentür.«

Der Junge lief davon.

Von der Brücke aus gesehen schienen die Vorbereitungen reibungslos zu laufen. Die Insassen der Rettungsflöße nahmen auf den Laufstegen Aufstellung, die Fallreeps mußten nur hinuntergelassen werden, in den Booten kauerten bereits die Passagiere.

»Johansen!« sagte Kuiper leise.

»Aye, aye, Käpt'n«, kam eine leise Stimme vom Back her.

»Geschwindigkeit?«

»Keine, Käpt'n!«

»Tiefe?«

»Fünf Faden drei.«

»Meyer?«

»Ja, Käpt'n?«

»Alle Boote fieren!«

»Aye, aye...«

Seilwinden quietschten laut im Nebel. Als Kuiper vom Backbord-Brückennock hinuntersah, um zu prüfen, wann die Fallreeps hinuntergelassen werden konnten, ohne die Rettungsboote zu gefährden, fühlte er plötzlich einen Windhauch im Gesicht. Er hob den Kopf, sah, wie die Nebelwand kurz aufriß – und dann passierte alles auf einmal: Eine Sirene hupte viermal, ein Blitz, ein Knall und das Klatschen, als eine Geschoßhülse ins Wasser traf.

»Käpt'n!« brüllte Johansen. »Schuß vor den Bug!«

So harmlos der Warnschuß auch gewesen sein mochte, an Bord löste er eine Panik aus, die einem Volltreffer gleichkam. Frauen kreischten, Kinder weinten. Das alles verwandelte die wohlorganisierte Aktion in ein heilloses Chaos. Die Passagiere liefen nur noch blind und ziellos durcheinander, als wollten sie vor einer unsichtbaren Macht des Bösen fliehen.

Kuiper rannte ins Steuerhaus und bediente das Nebelhorn viermal. »Heiß auf!« brüllte er.

Dann ertönte die metallische Stimme erneut über dem Wasser: »*Star of Peace!* Bleiben Sie, wo Sie sind! Wir kommen steuerbord!«

»Wybrands«, sagte Kuiper. »Wir empfangen sie vorschriftsmäßig. Lassen Sie das Steuerbord-Fallreep runter.«

»Aye, aye, Käpt'n.«

Im Steuerhaus begann das Ventil über dem Rohr, das die Sprechverbindung mit dem Maschinenraum herstellte, zu pfeifen. Kuiper ging hinein und zog die Pfeife heraus. »Ja, hier spricht der Käpt'n.« Dann legte er das Ohr an das Mundstück.

»Was zum Teufel ist da oben eigentlich los?« quäkte Davelaars verzerrte Stimme von tief unten.

»Alles bleibt, wie es ist«, erwiderte Kuiper. »Die Küstenwache kommt an Bord.«

Dann ging er wieder auf die Brücke hinaus. Die Panik hatte sich etwas gelegt, doch das Weinen der Frauen auf dem Poopdeck war noch immer zu hören. Kuiper wollte schon etwas Beruhigendes hinunterrufen, nur um diesem seltsamen Jammern ein Ende zu machen, das an seinen Nerven zerrte, als er plötzlich eine schwarzgekleidete Gestalt vor sich sah. »Ja, Herr Jablonski?«

»Sollen die Passagiere in ihre Unterkünfte gehen, Kapitän?«

»Ja, das wäre gut«, antwortete Kuiper. »Es tut mir aufrichtig leid, Herr Jablonski.«

»Keine Ursache, Käpt'n. Trotzdem vielen Dank für alles.« Der Mann wirkte ruhig und gefaßt. Die Frauen und Kinder schienen den letzten gescheiterten Versuch weit weniger verkraftet zu haben.

»Wybrands, machen Sie die Lichter an Deck wieder an!«

»Aye, aye...«

Als Licht an Deck aufflammte, sah Kuiper Jablonskis feucht glitzernde Gestalt zur Steuerbordseite hinübergehen. Wo blieb der Junge mit seinem Ölzeug? Er würde noch klatschnaß werden. »Henky!« brüllte er. Doch niemand antwortete.

»Ich sehe mal nach, wo er steckt, Skipper«, sagte in diesem Augenblick hinter ihm eine Stimme. Kuiper hatte den Arzt gar nicht kommen gehört.

»Danke, sehr nett von Ihnen.«

Steuerbords näherte sich ein Ruderboot.

3

Als Hendrik die Kajüte betrat, war sie leer. Er wollte schon kehrtmachen und auf die Brücke zurückkehren, als er ein Jammern und Zähneklappern hörte. Und dann entdeckte er Henky.

Der Messejunge saß zusammengekauert unter dem Schreibtisch, wohin er sich nach dem Warnschuß des Küstenwachbootes geflüchtet haben mußte.

Hendrik zog ihn unter dem Tisch hervor und schüttelte ihn. Der Junge seufzte »Amen« und brach in Tränen aus.

Da Henky offenbar halb hysterisch vor Angst war, hielt Hendrik es für das beste, ihn nicht zum Kapitän zu schicken.

Er beschloß daher, den Jungen mit in die Unterkünfte der Frauen zu nehmen, wohin er wegen Frau Schlachter gerufen worden war. Hendrik konnte immerhin seine Tasche tragen. Er nahm sie vom Tisch und gab sie dem Jungen. »Hier, nimm das. Geh zu den Frauen runter und warte dort auf mich.«

»Nein, nein…«, wimmerte der Messejunge entsetzt.

»Mach keinen Blödsinn, Henky! Zieh Leine!«

»Nein, nein – nicht in die Unterkünfte!« rief der Junge in panischer Angst. »Bitte, Doktor! Nicht dort runter!«

»Henky, was ist denn los? Weshalb hast du denn Angst, unter Deck zu gehen?«

Henky brach erneut in Tränen aus. »Ihr schlagt sie!« jammerte er schluchzend. »Ihr habt die Juden geschlagen.«

Hendrik hatte ihn gerade zur Tür hinausbefördern wollen, hielt jetzt jedoch wie vom Donner gerührt inne. »Wer schlägt die Juden?«

»Ihr!« schrie Hendrik. »Der Bootsmann, Davelaar, Meyer und Wybrands und – und alle!«

»Du bist ja verrückt!«

»Wir sind jetzt zweimal abgefangen worden! Jetzt tut's der Koch!«

»Der Koch?«

»Ja, der Koch hat's gesagt.«

»Was? Los, Henky, spuck's aus!«

»Er – er hat gesagt, die Juden haben Jesus gekreuzigt und…«, begann der Junge mit tränenerstickter Stimme, »…und jetzt tut er ihnen Rattengift ins Essen, weil die Landung doch wieder nicht geklappt hat…«

In diesem Augenblick flog die Kajütentür auf, und Meyer stürmte, gefolgt von Davelaar, herein, dessen Overall vom Regen ganz fleckig war. »Was für ein Schiff ist es denn?« fragte Davelaar. »Dasselbe Küstenwachboot wie vorher?«

»Frag mich doch nicht«, entgegnete Meyer und ging zum Tisch. »Ein Geschütz mit einem dazugehörigen Schiff jedenfalls. Und jetzt laß mich in Ruhe.« Er fing an, eine Karte aufzurollen.

»Eines sage ich dir – da sind wir noch mal knapp davongekommen!« beharrte Davelaar. »Bei mir unten hat alles gezittert. Sind die Yankees schon an Bord?«

»Warum nervst du mich!« entgegnete Meyer wütend. »Sieh doch selbst nach!« Damit ging er mit seiner zusammengerollten Karte zur Koje des Kapitäns und hob die Matratze hoch.

»Was willst du denn damit?« fragte Davelaar.

»Er hat mir gesagt, daß ich sie verstecken soll, Mann! Es stehen lauter Angaben über günstige Landeplätze drauf. Deshalb soll ich sie verschwinden lassen, bevor die Yankees hier auftauchen.«

»Wie viele sind es überhaupt?« erkundigte sich Davelaar.

»Sechs – und ein Zivilist«, erwiderte Meyer. »He! Verdammt, Doktor – was machen Sie denn mit der Karte?«

Hendrik hob die Sitzfläche der Couch hoch. »Ich lege sie hier rein.«

»Zivilist? Was soll das heißen?« beharrte Davelaar.

»Aber sie zerknittern sie ja vollkommen, Doktor!« rief Meyer. »So können wir sie ja gar nicht mehr brauchen.«

Davelaar zog Meyer ungeduldig am Ärmel. »Los, red schon, Mann! Schleppen sie uns in einen Hafen? Was für ein Zivilist?«

»Herrgott, kannst du mich nicht in Ruhe lassen? Irgendein Zivilist eben. Mehr weiß ich nicht.«

Hendrik klappte die Couch wieder zu und sagte zu Henky, der stumm und wie erstarrt zugehört hatte. »Los, geh schon vor! Bring meine Tasche bis zur Ladeluke zu den Unterkünften der Frauen. Oben an der Leiter wartest du auf mich.«

»Ja, Doktor.« Henky verschwand.

Kaum hatte der Junge die Tür zugemacht, wandte Hendrik sich an Meyer und Davelaar. »Mit euch habe ich noch ein Hühnchen zu rupfen«, begann er. »Habt ihr euch an den Passagieren vergriffen?«

Meyer wich seinem Blick aus. »Wenn die Amerikaner uns in einen Hafen schleppen wollen, dann hätten sie einen Lotsen mitgebracht«, murmelte er.

»Aber was ist mit diesem Zivilisten? Könnte der nicht der Lotse sein?« erkundigte sich Davelaar.

»Ihr gebt es also zu«, beharrte Hendrik.

»Was geben wir zu?« fuhr Meyer auf. »Gar nichts geben wir zu!« Und dann fuhr er zu Davelaar gewandt fort: »Wenn sie die Absicht haben, uns...«

In diesem Augenblick ging die Tür auf. Kuiper kam herein. Seine Mütze und Jacke waren völlig durchnäßt. Ihm folgten zwei Marineoffiziere in Ölzeug. In dem einen erkannte Hendrik Lieutenant Higgins von der *Trygona*. Der andere, ein großer Blonder mit blaßblauen Augen und schmalen Lippen, schien sein Vorgesetzter zu sein. Zu Hendriks Überraschung kam er geradewegs auf ihn zu und reichte ihm die Hand. »Van der Kamp«, stellte er sich vor.

In die folgende peinliche Stille hinein sagte Kuiper: »Fregattenkapitän van der Kamp ist der Marineattaché unserer Botschaft. Und wir haben noch einen Holländer an Bord – dessen Namen habe ich allerdings nicht verstanden.«

»Pastor Haldeman«, erklärte van der Kamp. »Er ist pensionierter niederländischer Marinepfarrer.«

»Und was will er hier?« erkundigte sich Davelaar aggressiv.

»Das wird sich bald herausstellen«, erwiderte van der Kamp. »Und jetzt, meine Herren, würden wir gern allein mit dem Kapitän sprechen, ja?«

Hendrik gab Davelaar und Meyer einen Wink. Die beiden hatten mit offenem Mund die Szene beobachtet. Sie verließen die Kajüte nur widerwillig. Hendrik machte die Tür hinter den beiden zu. Auf dem Weg zum Niedergang hörte er plötzlich Meyers Stimme: »He, Doktor! Hören Sie mir einen Augenblick zu, ja?« Doch Hendrik setzte, ohne auf ihn zu achten, seinen Weg zu den Unterkünften der Frauen und Kinder fort.

Auf halbem Weg dorthin, am Ende des Steuerbord-Laufstegs, drang erneut das seltsame Wehklagen an sein Ohr, das seit dem Schuß, mal stärker, mal schwächer werdend, auf dem Schiff zu hören gewesen war.

Er blieb mit dem Rücken zur Ladeluke stehen und starrte über die Reling auf das Schiff darunter und die graue, konturlose Welt der See im Nebel. In diesem Augenblick überkam ihn ein geradezu überwältigendes Verlangen, sich heimlich auf und davon zu machen. Und in diesen Minuten der Panik empfand er, was Vinkemans bewegt haben mußte, als dieser beschlossen hatte, das Schiff zu verlassen, aufzugeben, dem zu entfliehen, was plötzlich eine Welt des Bösen geworden zu sein schien. Schlägereien, Grausamkeiten, Auflösung der Gemeinschaft...

Hendrik wußte, daß dies nur eine momentane Reaktion sein konnte. Er hatte Vinkemans Drohung zwar nie ernst genommen, doch mittlerweile konnte er ihm die Gefühle nachempfinden, die den Mann zu seiner Entscheidung gebracht hatten.

Als der Augenblick vorüber war, atmete er tief ein und straffte die Schultern. Er setzte sein berufsmäßiges Lächeln auf, das Autorität und Zuversicht vermitteln sollte, und ging zur Treppe in die Unterkünfte der Frauen, wo Frau Schlachter und das Gespenst ihrer Enkelin die Ankunft des Arztes erwarteten.

4

»Käpt'n«, begann Higgins, als sie allein waren, »ich muß gestehen, Sie haben mich bitter enttäuscht. Ich dachte, wir seien übereingekommen, daß Sie keine Landung mit diesen Leuten hier versuchen würden, solange Sie keine Nachricht vom jüdischen Komitee haben.«

»Ich kann mich nicht erinnern, Ihnen mein Wort darauf gegeben zu haben«, entgegnete Kuiper. »Darf ich Ihnen was zu trinken anbieten, meine Herren?«

Der junge Lieutenant warf dem holländischen Marineoffizier einen fragenden Blick zu und schüttelte dann den Kopf. »Nein, danke, Sir.« Das letzte Mal hatte Higgins die Einladung angenommen. Kuiper mußte also davon ausgehen, daß er sich durch seinen griesgrämigen holländischen Kollegen eingeschüchtert fühlte. Dem Kapitän war sofort klar gewesen, daß er in van der Kamp einen schwierigen Gegenpart hatte. Die amerikanische Küstenwache war bisher verhältnismäßig verständnisvoll und entgegenkommend gewesen. Higgins hatte stets den Eindruck erweckt, als sei er über die Befehle nicht glücklich, die er auszuführen hatte. Der niederländische Marineattaché allerdings schien kaum von Gewissensbissen geplagt zu sein.

»Käpt'n, ich schlage vor, Sie sprechen erst mal unter vier Augen mit dem Vertreter Ihrer Regierung«, fuhr Higgins fort. »Bitte…«

»Nein, Lieutenant«, fiel van der Kamp ihm ins Wort. »Bleiben Sie ruhig.«

»Wie Sie möchten, Sir.« Higgins zog sich in eine Ecke der Kajüte zurück.

Van der Kamp setzte sich an den Tisch und sortierte seine Papiere.

»Käpt'n Kuiper«, begann er, und seine blaßblauen Augen waren ausdruckslos auf Kuiper gerichtet. »Sie haben getan, was Sie konnten, aber Sie sind gescheitert. In dieser Situation gibt es für Sie nur einen Ausweg: Finden Sie sich mit dem Unausweichlichen ab. Die Amerikaner erlauben Ihnen nie, Ihre Passagiere hier an Land zu bringen, und sie haben bewiesen, daß sie über Mittel und Wege verfügen, dies strikt zu verhindern. Aus humanitären Gründen sind wir bereit, Sie Treibstoff aufnehmen zu lassen und Sie mit Trinkwasser und Proviant zu versorgen. Mehr können wir nicht für Sie tun. Und auch das nur unter der Bedingung, daß Sie Ihre Passagiere zurück nach Hamburg bringen. Proviant und Treibstoff nehmen Sie vor Sandy Hook am 2. September an Bord, vorausgesetzt, die Witterungsverhältnisse sind entsprechend günstig; ansonsten müssen Sie eben in den Hafen einlaufen. Allerdings ist es weder Ihnen, Ihrer Mannschaft noch den Passagieren erlaubt, von Bord zu gehen. Ich habe hier…«, er nahm eines der Papiere, die vor ihm auf dem Tisch lagen, »…ein Dokument, das die Botschaft aufgesetzt hat und das die genannten Bedingungen enthält. Bevor wir uns überhaupt weiter unterhalten, möchte ich Sie bitten, es sich durchzulesen und dann zu unterschreiben.«

Das, was van der Kamp ihm mitzuteilen hatte, traf Kuiper hart und unerwartet. Er hatte nicht damit gerechnet, daß die Amerikaner Treibstoff und Proviant für die *Star* bereitstellen würden, ohne das Schiff in einen Hafen zu schleppen. Möglicherweise konnte er diese Maßnahme erzwingen, indem er sich weigerte, auf ihre Bedingungen einzugehen. »Gegenwärtig bin ich noch nicht bereit, irgend etwas zu unterschreiben«, erklärte er daher.

Van der Kamp schien das kaum zu beeindrucken. »Wenn Sie

sich weigern, dieses Dokument zu unterschreiben, Käpt'n, dann verwirken Sie damit effektiv auch jede Unterstützung Ihrer Regierung, die diese Ihnen noch immer geben könnte.«

»Na gut, lassen Sie das Schreiben hier. Ich les es später durch.«

Van der Kamp sah ihn nachdenklich an. »In diesem Fall gibt es zwischen uns nichts mehr zu bereden«, entgegnete er schließlich gelassen. »Ich rufe jetzt Pastor Haldeman.« Damit raffte er seine Papiere zusammen, steckte sie in seinen Diplomatenkoffer und stand auf. Als er nach seinem Ölzeug griff, fragte Kuiper: »Wer ist Pastor Haldeman?«

»Sie haben doch religiöse Motive für Ihre Handlungsweise, oder nicht?«

»Was hat denn das damit zu tun?«

»Sie sind doch Mitglied der Niederländischen Reformierten Kirche, nehme ich an?« Higgins half van der Kamp ins Ölzeug. »Danke«, murmelte van der Kamp in seine Richtung.

»Ich begreife wirklich nicht, was das...«

»Pastor Haldeman ist Marinepfarrer, ein Pastor Ihrer Kirche. Er hat viel Erfahrung mit Seeleuten und ist ein gebildeter und verständnisvoller Mensch. Da der Botschafter alle Möglichkeiten ausschöpfen möchte, um zu einer annehmbaren Lösung dieser Angelegenheit zu kommen, dachte ich, es sei vielleicht hilfreich...«

»Ich will keinen Pastor sehen!« schnaubte Kuiper wütend. Allein die Vorstellung, ein Pfarrer könne versuchen, ihn zu überreden, seine Passagiere nach Deutschland zurückzubringen, machte ihn rasend. »Ich brauche keinen sogenannten Mann Gottes, der mir sagt, daß ich meine Passagiere in den sicheren Tod schicken soll.«

Van der Kamp ging ungerührt zur Tür, öffnete sie und murmelte: »Kommen Sie bitte rein, Pastor.«

Eine schwarzgekleidete Gestalt mit Melone tauchte im Türrahmen auf. Als die beiden Offiziere gegangen waren, streckte der alte Herr die Hand aus. »Guten Morgen, Bruder«, begann er.

»Wir sind keine Brüder.«

»Sind Sie Christ?«

»Ja.«

Ohne Vorwarnung hob der alte Herr blitzschnell die Hand und schlug Kuiper hart ins Gesicht. Mit einem Aufschrei holte Kuiper mit der Faust aus, doch er fühlte, wie sein Arm mit überraschender Kraft gepackt und heruntergedrückt wurde. »Bergpredigt, Matthäus 5, Vers. 39: ›Wenn dich jemand auf deine rechte Backe schlägt, dann biete die andere auch dar.‹ Sie sind also kein Christ. Sie versuchen einer zu werden – genau wie ich. Setzen Sie sich.«

Verblüfft beobachtete Kuiper, wie der alte Herr Platz nahm, seinen Hut auf den Tisch legte und die nassen Enden seines Umhangs auswrang. Er stellte sich vor das Bild von Anna und den Kindern hinter der Tür, als könnten sie ihm helfen. Und während er seine Familie betrachtete, spürte er, daß sich etwas verändert hatte: Gott war nicht mehr gegenwärtig. Voller Verzweiflung starrte er auf Anna, und zum ersten Mal seit jener Vision von Christus, der mit dem Kreuz auf der Schulter seine Gangway in Hamburg heraufgestolpert war, quälten ihn Zweifel.

»Aber – aber wie kann das, was ich zu tun versuche, nur falsch sein?« fragte er.

5

Pastor Haldeman hörte die Frage voller Zufriedenheit. Schon viele Male während seiner langen Amtszeit hatte er dasselbe Mittel benutzt, um aufgeblasene Pazifisten, Demonstranten, selbstgerechte Bibelausleger in die Schranken zu weisen. Alle waren, wie auch dieser hier, jung gewesen. Alle fehlgeleitet, alle hatten sich die innere Sicherheit des wahren, demütigen Jüngers von Jesus Christus angemaßt.

Gott hatte recht getan, ihn vergangene Nacht hierherzuschicken; und das entgegen Agathas wütender Forderung, daß er im Bett bleiben und seine Erkältung auskurieren solle, weil er in seinem Alter kein Recht habe, mitten in der Nacht auf See zu fahren, Botschafter hin oder her. Der junge Kapitän war, wie all die anderen vor ihm, bis ins Mark getroffen, sein selbstherrlicher Trotz war verflogen, und er fragte sich nun, ob das, was er tat, tatsächlich falsch sein könnte, als sei das ein völlig abwegiger Gedanke.

»Was versuchen Sie eigentlich zu tun?« fragte Haldeman. Den herausfordernden Ton hatte er abgelegt. Er war jetzt ganz der sanfte, vernünftige Hirte gegenüber dem verlorenen Schaf.

»Ich versuche, meine Passagiere zu retten...«

»Indem Sie sie erschöpft und schwach zurückbringen anstatt stark und ausgeruht?«

»Ich bringe sie auf keinen Fall zurück.«

»Vielleicht nicht heute – aber in ein paar Wochen.«

»Ich bringe sie an Land!«

»Weshalb sind Sie sich Ihrer Sache eigentlich so sicher? Hat Gott Ihnen das gesagt? Haben Sie ein Zeichen empfangen?«

»Nein...«

»Dann bringen Sie sie auch nicht an Land, mein Lieber. Denn ich habe ein Zeichen gesehen: Küstenwachboote mit starken Motoren. Flugzeuge, die Sie Tag und Nacht überwachen. Das Geld, die Macht der ganzen Welt steht gegen Sie...«

Das schien den jungen Kapitän zu verwirren. Er ging unruhig auf und ab. »Aber ich kann die Bibel doch all die Jahre nicht mißverstanden haben!« entfuhr es ihm schließlich.

Haldeman lächelte. »Die Bibel ist ein geheimnisvolles Buch. Gottes Worte scheinen sich vielfach zu widersprechen. Daher brauchen wir die Hilfe der Kirche und ihrer Diener. Ich bin seit fünfunddreißig Jahren Theologe. Als Student glaubte ich, die Bibel ganz für mich allein auslegen zu können. Dieser Meinung bin ich längst nicht mehr.«

Der Kapitän ging weiter unruhig auf und ab. Plötzlich schien er zu einer Entscheidung gelangt zu sein. »Sir«, begann er mit einer gewissen Endgültigkeit in der Stimme, »antworten Sie mir jetzt nicht als Vertreter meiner Regierung oder meiner Kirche, sondern als Diener Gottes. Glauben Sie in aller Aufrichtigkeit wirklich, daß es Gottes Wille sein kann, daß ich diese Menschen nach Deutschland zurückbringe, obwohl wir alle wissen, was sie dort erwartet?«

»Sie sollen versuchen, ein guter Christ zu werden. Das ist Gottes Wille. Und Sie können doch nicht 250 Menschen quälen, um die eigene Seele zu retten. Wenn Sie sich den Anordnungen der Behörden nicht beugen können, dann gibt es nur einen Ausweg für Sie: Legen Sie Ihr Kommando nieder. Übergeben Sie das Kommando Ihres Schiffes dem Ersten Offizier und gehen Sie von Bord. Dann haben Sie Ihrem Glauben ein Opfer gebracht – aber ganz privat, wie es Christus uns lehrt. Dann sind Sie ein genauso guter Christ wie jener arme Kerl, der keinen Job bei der Eisenbahn annehmen will, weil er am Sabbat nicht arbeitet.«

»Aber dieser Mann hat nur Verantwortung für sich selbst und seine Familie«, entgegnete Kuiper. »Ich halte das Schicksal all dieser hilflosen Menschen in meinen Händen.«

»Wenn ich auch nur eine Sekunde glauben könnte, daß Sie eine Chance haben, diese Leute zu retten, würde ich Ihnen recht geben.«

»Aber warum sollte ich diese Chance nicht haben? Wenn Gott sich schon die Mühe gemacht hat, mir seinen Willen mitzuteilen, gibt er mir auch die Mittel, ihn durchzusetzen!«

»Der einzige, mein Junge, der bisher in der Lage gewesen ist, Gottes Wille zweifelsfrei zu interpretieren, war Jesus«, konterte Haldeman. »Und Sie werden mir verzeihen, wenn ich in Ihnen nicht den zweiten Erlöser sehen kann.«

»Sehen Sie in mir das, was *Sie* sind: ein Diener Gottes.«

Haldeman seufzte. »Es hat keinen Sinn, daß wir lange theologische Diskussionen führen, mein Freund. Sie haben geirrt. Sie haben die Grenzen der freien Interpretation der Bibel, die jedem Mitglied unserer Reformierten Kirche gesetzt sind, überschritten. Und daher fordere ich Sie im Namen unserer Kirche auf, Ihre Bestrebungen zu beenden.«

»Und was ist mit den Juden?« rief der Kapitän aus. »Was sagt die Kirche zu den Juden? Soll ich sie einfach umbringen?«

Seine Aufrichtigkeit war über jeden Zweifel erhaben. Der Kapitän stand vor ihm, trotzig, verzweifelt und doch mit einer gewissen Würde. War es die Würde der Illusion? Hatte er Dinge gesehen, die anderen verborgen geblieben waren? Selbst wenn, kein Mann war sich selbst Gesetz genug. »Überlassen Sie sie Gott. Sie haben schon zuviel getan.«

Der Kapitän musterte ihn aufmerksam. »Haben Sie vielleicht auch ein Dokument für mich, das ich unterschreiben soll?«

Haldeman zog das mittlerweile leicht durchweichte Papier aus der Innentasche seines Umhangs. »Ein Dokument ist das eigentlich nicht. Ich habe nur kurz den Standpunkt der Kirche niedergeschrieben. Sie würden mir einen Gefallen tun, wenn Sie es unterschreiben, um jedem Mißverständnis zwischen mir und dem Botschafter vorzubeugen.« Er legte das Schreiben auf den Tisch, damit der Kapitän es lesen und unterschreiben sollte. Es war unglaublich, doch der Kapitän nahm es, zerriß es und warf die Fetzen auf den Boden.

Haldeman stand auf und sagte mit bebender Stimme: »Sie haben gerade die Prinzipien zerrissen, die unsere Kirche drei Jahrhunderte hindurch geleitet haben.«

»Und wohin haben sie die Kirche geführt?« fragte der Kapitän. Er deutete auf die Tür. »Hören Sie!«

In die Stille hinein ertönte das ferne Jammern und Wehklagen, das die ganze Zeit über angehalten hatte.

Haldeman nahm seinen Hut und ging zur Tür. »Ich bete für Sie«, sagte er. »Mehr kann ich nicht tun.«

»Danke«, erwiderte der Kapitän. »Meine Passagiere und ich beten für Sie und die Reformierte Kirche der Niederlande.«

Haldeman setzte seinen völlig durchnäßten Hut auf und fühlte sich wie ein Richter, der ein Todesurteil verhängt. Als er die Tür öffnete, um zu gehen, sah er sich plötzlich einer Frau und einem Mann gegenüber, die draußen im Regen standen. Der Mann hielt eine Kassette in der Hand.

»Entschuldigen Sie«, begann die Frau. »Wir wollten nicht stören...«

»Sie kommen gerade im richtigen Augenblick, Frau Goldstein«, sagte der Kapitän. »Treten Sie näher.«

Es regnete noch immer. Haldeman ging die Treppe hinunter, die vom Unterbrückendeck aufs Bootsdeck führte. Überall begegnete er Menschen, die ihn schweigend, ängstlich und aufmerksam beobachteten. Die aufgehende Sonne war wie ein fahler Ball durch den Regenvorhang zu sehen. »Hier entlang, Pastor«, sagte eine Stimme. Es war der Marineattaché. »Wir unterhalten uns am besten dort.«

Man führte ihn zur Gangway, wo sie der junge Offizier der amerikanischen Küstenwache erwartete. Auf der kleinen Plattform vor der Gangway, außer Hörweite jener schweigenden Menschen, fragte der Attaché: »Also? Hatten Sie Erfolg?«

»Ich fürchte nein«, antwortete er. »Er ist entschlossen weiterzumachen. Irgendwelchen vernünftigen Argumenten ist er nicht zugänglich. Er fühlt sich nur seinem Gewissen verantwortlich, und das gründet auf seiner persönlichen Interpretation der Bibel. Tut mir leid, aber es bleibt Ihnen nichts anderes übrig, als Ihren Plan durchzuführen.«

»Danke«, erwiderte der Attaché ohne Emotion. »Kommen Sie, Lieutenant, holen wir den Schiffsarzt. Sie gehen am besten wieder an Bord des Küstenwachbootes, Pastor. Ruhen Sie sich dort erst mal aus.«

Haldeman ging das steile Fallreep hinunter und fühlte sich alt und krank. Er hatte getan, was man von ihm verlangt hatte. Doch er empfand weder Befriedigung darüber, noch hatte er den Eindruck, im Recht zu sein. Er spürte nur Erschöpfung und grenzenlose Traurigkeit.

Als er wieder in dem Ruderboot, umgeben von den Soldaten der Küstenwache, saß, war er den Tränen nahe. Agatha hatte recht gehabt, er hätte zu Hause im Bett bleiben sollen. Er hätte dem Fregattenkapitän sagen müssen – ja, was? Daß er sich nicht gut fühlte? Daß er pensioniert war? Daß er nicht genug über Deutsche, Juden und die Unmenschlichkeit dieser Welt wußte? Daß er der Bürger eines Landes war, das seit über hundert Jahren keinen Krieg mehr erlebt hatte? Der Pfarrer einer Kirche, die seit über dreihundert Jahren nicht mehr die Finsternis der Seele erblickt hatte?

Das alles war zuviel für ihn, zuviel. Er sank zwischen den Soldaten in sich zusammen und weinte, als ihm bewußt wurde, daß er für das Böse seiner Zeit zu alt geworden war.

6

Jablonski reichte Kuiper die Kassette mit den Pässen. »Tut mir leid, Kapitän, aber sie ist ziemlich naß geworden.«

»Wir sind Ihnen alle sehr dankbar, Kapitän«, meldete sich Frau Goldstein zu Wort. »Aber ich nehme an – ich denke, Sie werden – oder gibt es noch Hoffnung für uns? Bitte seien Sie ehrlich mit uns.«

Kuiper wußte nicht, was er darauf antworten sollte. Der Besuch des Pastors hatte ihn völlig durcheinandergebracht. Was sollte er ihr sagen? Daß er keinen Ausweg mehr sah, aber noch immer alles auf die eine Karte setzte: auf Gott? Auf einen Gott, der mittlerweile sein Gott allein zu sein schien. Konnte er sie bitten: Helfen Sie mir zu glauben, der ich versage? Halten Sie mich aufrecht, wie Aaron es bei Moses in der Schlacht von Rephidim tat, oder ich bin verloren?

»Es ist wegen der anderen, Kapitän«, half Jablonski Frau Goldstein. »Sie fangen an, den Mut zu verlieren. Können wir ihnen irgend etwas sagen? Irgend etwas?«

Kuiper zögerte noch einen Augenblick. »Also gut. Ich will ehrlich mit Ihnen sein«, erklärte er dann. »Vom Komitee, das sich in den Staaten gebildet hat, habe ich keine gute Nachricht. Offenbar geben sie sich redlich Mühe, aber...« Er zuckte mit den Achseln. »Jedenfalls können Sie den Leuten sagen, daß das Komitee alle Hebel in Bewegung setzt, um ihnen zu helfen. Sagen Sie ihnen, daß ich einen Funkspruch von diesen Freunden erwarte. Das ist die Lage. Abgesehen von...«

In diesem Moment flog die Kajütentür auf. Dr. Richters erschien aufgeregt im Türrahmen. »Skipper! Ich muß Sie unbedingt sprechen.«

»Was gibt es?« erkundigte sich Kuiper gereizt.

Der Arzt holte tief Luft. »Die Mannschaft mißhandelt die Jud...« Er korrigierte sich: »...die Passagiere. Ich...«

»Mißhandelt? Wer mißhandelt die Passagiere?«

»Die Offiziere, der Bootsmann, die Matrosen – alle. Während sie sich zum Ausbooten aufgestellt haben, wurden sie gestoßen und geschlagen, und beim Einsteigen in die Boote hat man sie mit Ledergürteln zur Eile angetrieben.«

Kuiper wandte sich an Frau Goldstein: »Stimmt das?«

Frau Goldstein hielt seinem Blick stand. »Ja«, antwortete sie, als sei es die normalste Sache der Welt.

»Sie – wollen Sie damit sagen, daß es tatsächlich zu Ausschreitungen gegen Sie und Ihre Leute gekommen ist?«

»Kapitän, was hatten Sie denn erwartet? Diese Reise ist ein Musterbeispiel dafür, wie Antisemitismus entstehen kann. Wirtschaftliche Nachteile der Mannschaft wegen der Juden, eine Bedrohung von außen, Hilflosigkeit auf seiten der Juden...«

»Aber wie dachten Sie sich, daß wir das – diese Ausschreitungen verhindern können, wenn Sie einfach den Mund halten?« fiel der Arzt ihr heftig ins Wort. »Seit zwei Wochen behandle ich Prellungen und Platzwunden bei meinen Patienten, die angeblich von kleinen Unfällen stammen. Und jetzt stellt sich heraus...«

Kuiper hob die Hand. »Augenblick!« Er wandte sich an Frau Goldstein. »Bitte kommen Sie – und Sie, Herr Jablonski, später noch mal zu mir. Diese Angelegenheit muß sofort aus der Welt geschafft werden. Bitte gehen Sie unter Deck und beruhigen Sie Ihre Leute, und – und wenn irgend möglich, machen Sie diesem Jammern und Wehklagen ein Ende!«

»Wir werden's versuchen«, versprach Frau Goldstein. Dann sah sie lächelnd von Kuiper zu Dr. Richters. »Gehen wir!« forderte sie Jablonski auf.

Als sich die Tür hinter den beiden geschlossen hatte, drehte sich Kuiper zu Dr. Richters um. »Wo haben Sie dieses Gerücht aufgeschnappt?«

»Das ist kein Gerücht«, widersprach Richters. »Es ist die Wahrheit, Skipper! Henky hat's mir verraten, als er halb verrückt vor Angst war. Ich habe mich daraufhin bei den Passagieren vergewissert, die ich zuvor wegen Platzwunden und Prellungen behandelt hatte. Sie haben sogar Namen genannt. Der Koch ist einer von den Anführern, der die Mannschaft gegen die Juden aufwiegelt. Offenbar hatte sich jemand über das Essen beschwert.«

»Aber als wir Südamerika verlassen haben, war die Mannschaft begeistert – Feuer und Flamme! Was ist denn in die Männer gefahren?«

»Nach all den mißglückten Landungsversuchen haben sie eben den Mut verloren«, antwortete Richters. »Sie glauben einfach nicht mehr an einen Erfolg. Sie sehen ihre Felle – also ihre Heuer wegschwimmen, weil sich ein religiöser Fanatiker für Menschen einsetzt, die selbst nicht mehr an ihre Rettung glauben. Und ich muß Sie noch vor einer anderen Sache warnen, Skipper: Falls noch ein Landungsversuch wie heute mißlingt, müssen wir mit einer ganzen Serie von Selbstmorden unter den Passagieren rechnen.«

»Doktor, jetzt dramatisieren Sie aber! Diese Leute haben sich bisher tadellos verhalten. Ich sehe keinen Grund...«

»Lesen Sie meine Berichte!« entgegnete Richters heftig. »Und sehen Sie sich die Leute von Ihrer Brücke aus mal genauer an! Die Hälfte übernachtet doch sowieso schon an Deck, weil sie die Enge der Unterkünfte unter Deck nicht mehr ertragen. Platzangst macht sich breit wie eine Seuche! Ich verdünne meine Beruhigungsmittel bereits drastisch, sonst wären sie längst aufgebraucht. Psychosomatische Beschwerden sind an der Tagesordnung. Noch so ein Trauma wie der Mißerfolg von heute morgen, und diese Fälle enden mit einem Selbstmord. Und wenn das das Resultat Ihrer barmherzigen Tat...«

»Jetzt reicht's!« unterbrach Kuiper ihn. »Gehen Sie unter Deck und sehen Sie nach, was Sie dort tun können.«

»Da ist noch was, Skipper...«

»Nein, nicht jetzt! Später!«

Der Arzt sah ihn an, zuckte mit den Schultern und seufzte: »Okay.« Dann ging er.

Kaum war Kuiper allein, kniete er neben seinem Stuhl nieder, faltete die Hände und begann zu beten: »Gott! Lieber Gott! Mein Gott...«

Er suchte nach Worten und fand keine. Doch die Gegenwart des Engels war erneut zu spüren, und ihm war, als höre er das leise Zischen eines gezogenen Schwerts.

7

Als Hendrik auf das Unterbrückendeck trat, sagte eine Stimme: »Doktor?«

Zwei Gestalten im gelben Ölzeug traten aus dem Nieselregen, den erste Sonnenstrahlen zu durchdringen versuchten. »Könnten wir kurz allein mit Ihnen sprechen? Es ist wichtig.«

Es waren der holländische Marineattaché und der Lieutenant von der Küstenwache.

»Oh«, entfuhr es Hendrik, der völlig überrascht war. »Ja, natürlich...«

»Wo können wir uns ungestört unterhalten?« fragte der Attaché.

»Ungestört? So was gibt es hier nicht. Wenn wir ungestört sein wollen, dann müssen wir uns in Ihr Beiboot setzen.«

»Das, fürchte ich, ist keine gute Idee.« Der Mann schien von den Ereignissen an Bord der *Star* völlig unbeeindruckt geblieben zu sein. Die Frauen ließen inzwischen unter Deck ihrem Kummer und ihrer Angst freien Lauf. Trotz der Bitte des Kapitäns hielt das Jammern und Wehklagen, das aus den Unterkünften im Achterschiff nach oben drang, unvermindert an.

»Warum nicht?«

»Dafür gibt es eine ganze Reihe von Gründen. Ich möchte lieber hier an Bord mit Ihnen reden. Also, wohin gehen wir?«

»Wenn das so ist, können wir genausogut hierbleiben«, entgegnete Hendrik. »Allerdings kann ich jederzeit zu einem Patienten gerufen werden.«

»Also gut«, stimmte der Attaché nach kurzem Zögern zu. »Dann stellen wir uns doch in die Ecke dort drüben.«

Das taten sie schließlich. Van der Kamp stellte sich so, daß er den Niedergang zum Unterbrückendeck und der Kapitänskajüte im Auge behalten konnte. Dann begann er mit der Geschäftsmäßigkeit eines Verkehrspolizisten: »Wir möchten mit Ihnen darüber sprechen, wie wir dieser Sache am besten so schnell wie möglich ein Ende machen können.«

Hendrik starrte in den heller werdenden Nebel. In der Ferne waren das Wehklagen der Frauen und der Schrei einer Möwe zu hören.

»Bevor Sie fortfahren, sollten Sie wissen, daß Sie Ihre Zeit verschwenden, wenn Sie mich bitten wollen, den Kapitän zu überreden, die Aktion abzubrechen«, sagte er. »Er wird nie aufgeben, es sei denn, Gott befiehlt es ihm.«

»Tja, Gott hat es ja bereits in Person von Pastor Haldeman versucht – aber ohne jeden Erfolg«, erwiderte van der Kamp trocken. »Damit bleibt nur noch ein Ausweg: Wir müssen ihn unschädlich machen. Und dabei können Sie uns helfen.«

Einen Augenblick lang dachte Hendrik, der Attaché könne von ihm verlangen, Kuiper eine tödliche Spritze zu geben.

»Wie denn, um Himmels willen?«

»Indem Sie ihn für unzurechnungsfähig erklären.«

Hendrik starrte in das ausdruckslose Gesicht mit dem Oberlippenbärtchen und den blaßblauen Augen. »Das ist doch wohl nicht Ihr Ernst?«

»Warum nicht?«

»Weil das, was der Käpt'n macht, mit geistiger Unzurechnungsfähigkeit überhaupt nichts zu tun hat«, konterte Hendrik heftig. »Der Mann ist Christ! Vielleicht gehört er nicht gerade zu den charmantesten Christen, aber er hat zumindest ein Gewissen, und er handelt dementsprechend.«

»Die Regierung und einige Experten an Land sind da anderer Meinung, Doktor«, sagte van der Kamp betont geduldig. »Ihr Kapitän Kuiper führt mit seiner Handlungsweise internationale Verwicklungen herbei. Er hat dreimal versucht, illegal Einwanderer in die USA zu bringen. Und da dieses Schiff unter niederländischer Flagge fährt, ist natürlich auch Ihre Regierung betroffen.«

»Zum Teufel mit meiner Regierung!« entgegnete Hendrik mit Nachdruck. »Lieber sehe ich euch alle in der Hölle schmoren, als daß ich euch auch noch bei euren miesen Tricks helfe. Verrückt? Der Mann ist nicht verrückt! Er praktiziert, was sein Glaube ihm befiehlt. Und die Tatsache, daß Sie das als verrückt bezeichnen, sagt mehr über Sie und meine Regierung aus, als mir lieb sein kann.«

Wenn Hendrik gehofft hatte, den Diplomaten zu beeindrucken, hatte er geirrt. »Doktor«, begann van der Kamp gelassen, »als Arzt müßten Sie eigentlich mit dem sogenannten Katastrophen-Syndrom vertraut sein, oder?«

»Was zum Teufel hat denn das mit unseren Problemen zu tun?«

»Soviel mir bekannt ist, bringt dieses Syndrom einen Verlust des Realitätssinns, Orientierungslosigkeit und eine gewisse Wahllosigkeit der Mittel bei der Bekämpfung von Notfällen mit sich.«

»Und?«

»All diese Symptome sind an Ihnen erkennbar, Doktor. Ich bin sicher, daß Sie unter diesen ungewöhnlichen Umständen gute Arbeit leisten, aber Sie legen eine gewisse Orientierungslosigkeit an den Tag. Ihr Kapitän hat keine Chance mehr, seine Passagiere heimlich an Land zu setzen. Selbst Sie müssen zugeben, daß allein die Vorstellung, ein neuer Versuch könne gelingen, völlig abwegig ist. Das allein genügt, um ihm das Kommando über dieses Schiff zu entziehen. Wir verlangen von Ihnen als Schiffsarzt lediglich, daß Sie uns darin zustimmen, daß der Kapitän geistig nicht mehr zurechnungsfähig ist, und das auch schriftlich bestätigen. Damit hätten wir die Möglichkeit, den Ersten Offizier als Kapitän einzusetzen und das Schiff nach Deutschland zurückzubringen.«

»Das könnte ich niemals tun. Ich...«

»Vielleicht erleichtert es Ihnen die Entscheidung, wenn ich Ihnen sage, daß der Botschafter mit dem Passagierschiff *Tubantia* Kontakt aufgenommen hat, das sich auf dem Weg von Amsterdam nach New York befindet. Die *Tubantia* wird heute um 14 Uhr an uns vorbeikommen. Ihr Kollege von der *Tubantia* wird gebeten, an einem offiziellen Untersuchungstermin teilzunehmen und zusammen mit Ihnen das entsprechende Dokument zu unterschreiben. Ich bin sicher, daß wir auf ihn zählen können. Jeder, der noch einen klaren Kopf hat, muß zugeben, daß diese Situation unhaltbar ist und beendet werden sollte.«

Tubantia – Willemse, Susan, Myrtle... Allein der Gedanke daran führte ihm vor Augen, in welcher desolaten Lage er sich befand: allein, verloren in diesem unheimlichen Nebel mit seinen Patienten... Schon die Vorstellung, daß die *Tubantia* auf dem Weg in seine Nähe war, trieb ihm idiotischerweise die Tränen in die Augen. Dabei spürte er plötzlich, wie schlecht es um seine Psyche bestellt war. Gott, lieber Gott... Plötzlich erschien ihm die ganze Geschichte unerträglich – tatsächlich als das Werk eines Wahnsinnigen. »Aber was ist mit dem Komitee?« fragte er. »Das Komitee versucht doch, Einreisegenehmigungen für diese Leute zu erwirken. Sollten wir nicht wenigstens abwarten, was dabei herauskommt?«

»Doktor«, begann van der Kamp noch immer geduldig, »was das Komitee auch tut, die Haltung der Regierung der Vereinigten Staaten berührt das nicht. Wenn diese Leute in ihre Heimat zurückkehren, passiert ihnen doch nichts. Sie hatten die Erlaubnis auszuwandern, und wurden von einem skrupellosen Verbrecher reingelegt, der ihnen nur gefälschte Visa...«

»Der Verbrecher ist die deutsche Regierung gewesen.«

»Woher wissen Sie das? Haben Sie Beweise? Nach unseren und den Informationen des amerikanischen Geheimdienstes hatten die Deutschen mit diesem Schwindel nichts zu tun. Der Kapitän hat mit einer Privatorganisation ein privates Geschäft gemacht. Zweifellos werden die deutschen Behörden ein Ermittlungsverfahren einleiten.«

Hendrik starrte den Mann völlig verdutzt an. Dann verzog sich sein Mund zu einer verächtlichen Grimasse. Die Naivität des Mannes war beinahe kriminell. »Wie zum Teufel hätte eine private Firma aus gefälschten Visa Profit schlagen sollen?«

»Die Passagiere waren bereit, ungeheure Summen dafür zu bezahlen. Irgendein skrupelloser Geschäftemacher hat sich eingeschaltet und ihnen Fälschungen verkauft. Diese Leute sind Opfer eines Schwindels und nicht einer politischen Kampagne geworden. Sie können jetzt praktisch nur noch nach Hause fahren.«

»Mijnheer van der Kamp«, sagte Hendrik betont gelassen, »wenn Sie ein Vertreter meiner Regierung im Ausland sind, dann scheint unser diplomatischer Dienst mit gefühllosen Feiglingen besetzt zu sein, die menschliches Leiden und Hoffnungslosigkeit offenbar kalt läßt. Diese lächerliche Geschichte können Sie mir nicht verkaufen. Wenn es Ihr Gewissen beruhigt – bitte. Mich überzeugen Sie damit nicht. Diese Menschen dürfen nicht nach Deutschland zurück. Ich betreue sie mittlerweile seit sieben Wochen und kenne sie gut. Ich kenne ihre Lebensgeschichte. Ich habe ihre Wunden – und nicht nur die physischen – behandelt. Sie haben die Hölle erlebt, und wenn Sie mir jetzt einreden wollen, sie müßten sich damit abfinden, wieder nach Hause zurückzukehren, dann kann ich das nur als puren Zynismus auffassen.« Das war ausgezeichnet, lobte Hendrik sich. Er fühlte sich großartig.

»Doktor«, entgegnete der Attaché sichtlich unbeeindruckt, »unsere Regierung und die Regierung der Vereinigten Staaten möchten, daß Ihr Kapitän mit diesen ewigen Versuchen aufhört, illegale Einwanderer auf dem Territorium der USA abzusetzen. Wir können ein Kriegsschiff schicken, wir können mit Gewalt das Kommando auf diesem Frachter übernehmen, aber wir halten es für humaner, den Kapitän unauffällig durch den Ersten Offizier zu ersetzen. In wenigen Stunden ist der Schiffsarzt der *Tubantia* hier. Sie beide können dann eine gemeinsame Erklärung abgeben, die dem Kapitän die Fähigkeit, das Schiff zu führen, abspricht. Das ist alles.«

»Und Meyer bringt die Passagiere dann nach Deutschland zurück, womit deren Schicksal besiegelt wäre, was?«

»Exakt.«

Hendrik mußte zugeben, daß dies eine saubere Lösung zu sein schien. Hätte man ihm einen solchen Vorschlag in Montevideo gemacht, er hätte ihm vermutlich zugestimmt. Aber inzwischen fühlte er eine zwingende Verpflichtung seinen Patienten gegenüber, die er nicht in Worte fassen konnte. »Sir, ich bin Arzt und kein Politiker«, erklärte er laut. »Auf Wiedersehen.« Damit marschierte er davon.

Der Weg unter Deck war wie der Abstieg in Dantes Inferno. Er floh schließlich ins Schiffshospital, wo er zu seiner grenzenlosen Erleichterung Vinkemans vorfand. »Gott sei Dank, daß Sie da sind!« stöhnte er. »Kommen Sie, gehen wir nach nebenan.« Damit schob er den Mann in das Behandlungszimmer und machte die Tür zu. »Wissen Sie, was dieser Kerl – dieser Marineattaché von mir verlangt hat? Ich soll dem Skipper Unzurechnungsfähigkeit attestieren!«

Vinkemans sagte gar nichts. Seine Augen waren dunkle, ausdruckslose Punkte. Erst allmählich begriff Hendrik, daß der Mann panische Angst hatte. Vinkemans war ganz offensichtlich dem Zusammenbruch nahe und unfähig, einen klaren Gedanken zu fassen.

»Ich habe Sie gewarnt«, sagte er schließlich, und seine Stimme klang müde und angestrengt. »Sie wissen, was ich vorhabe, wenn das Schiff nach Deutschland zurückfährt. Und das ist mein voller Ernst: Sobald die *Star* Kurs auf Hamburg nimmt, gehe ich von Bord.«

Hendrik musterte diese dunklen, ausdruckslosen Augen mit neuem, mit professionellem Interesse. Ursprünglich hatte er Vinkemans Drohung als das Ergebnis einer vorübergehenden depressiven Phase genommen; er hatte diese Haltung überhaupt nicht mit dem Mann in Einklang bringen können, den er als gewissenhaften, fürsorglichen und unermüdlichen Krankenpfleger kennengelernt hatte. Jetzt wurde ihm klar, daß nicht der Kapitän, sondern daß Vinkemans verrückt war. Und diesen Fall mußte er mit äußerster Vorsicht behandeln...

»Selbstverständlich, Vinkemans. Wenn das Ihre Überzeugung ist, dann müssen Sie dementsprechend handeln«, antwortete er. »Trotzdem sollten wir vorher alles miteinander besprechen. Sie dürfen kein unnötiges Risiko eingehen. Wenn Sie das Schiff verlassen wollen, dann sollten wir vorher alles sorgfältig vorbereiten.«

»Wie?« Die Ruhe, mit der Vinkemans diese Frage stellte, verhieß nichts Gutes.

»Nun – zum Beispiel ist die *Tubantia* auf dem Weg hierher. Wir müßten ihr heute nachmittag begegnen. Dr. Willemse wird uns einen Besuch abstatten. Also überlegen Sie es sich – vielleicht möchten Sie mit ihm gehen. Ich würde die *Tubantia* offengestanden einem Rettungsfloß vorziehen. Was meinen Sie?«

Die dunklen Augen weiteten sich vor Angst. »Wohin fährt sie?« fragte Vinkemans mit angestrengter Stimme.

»Nach New York. Warum fahren Sie nicht mit Dr. Willemse auf der *Tubantia* zurück, genießen ein paar Tage New York...«

Vinkemans antwortete nicht. Er starrte Hendrik nur schweigend an. Der Mann war wirklich nicht mehr zurechnungsfähig. Hendrik begriff selbst nicht mehr, wieso ihm das nicht schon früher aufgefallen war. Er war zu sehr mit den Bedürfnissen seiner Patienten beschäftigt gewesen, um Vinkemans' desolate Gemütsverfassung zu bemerken.

»Vinkemans, warum ruhen Sie sich nicht eine Weile aus? Sie müssen ja fix und fertig sein! Nehmen Sie eine Tablette, schlafen Sie ein paar Stunden, und dann reden wir weiter. Vielleicht sieht bis dahin alles wieder ganz anders aus.«

»Doktor, es tut mir leid, aber Sie sollten den Tatsachen ins Auge sehen«, entgegnete Vinkemans gedehnt. »Wenn dieses Schiff nach Deutschland zurückfährt, müssen Sie auf meine Hilfe verzichten. Ist Ihnen das endlich klar, Doktor? Sie wollten mir ja nicht glauben. Habe ich Sie überzeugt? Ich will nicht mehr!« Das klang, als wolle er jeden Augenblick nach einem Skalpell greifen und Amok laufen.

»Selbstverständlich, Vinkemans«, antwortete Hendrik lächelnd. »Ich werde Sie nicht aufhalten. Ich möchte lediglich, daß Sie nach einem vernünftigen Plan vorgehen. Und die Gelegenheit ist wirklich günstig! Auf der *Tubantia* haben Sie eine eigene Kabine und all den Luxus, den ein großer Passagierdampfer zu bieten hat. Ich wünschte, ich hätte diese Chance.«

»Ich möchte, daß Sie endlich begreifen, Doktor! Sie sollen mir glauben. Wirklich!«

»Selbstverständlich glaube ich Ihnen, Vinkemans.« Hendrik widerstand dem Impuls, dem Mann beruhigend auf die Schulter zu klopfen, um damit nicht einen Gefühlsausbruch auszulösen. »Ich sehe mir jetzt mal die Frauen an«, erklärte er. Vinkemans blieb schrecklich allein und verloren in dem winzigen Behandlungszimmer zurück, in dem sie so viele Krisen gemeinsam gemeistert hatten.

Als er in den Morgendunst hinaustrat und gierig die Luft einatmete, die deutlich nach Seetang roch, wurde ihm klar, daß Vinkemans ihn tatsächlich verlassen würde. Er mußte den Rest der Reise allein klarkommen.

Allein die Vorstellung löste in ihm den Wunsch aus, ebenfalls zu fliehen. Doch das brachte er jetzt nicht mehr fertig. Er hatte sich verändert. Der Himmel wußte, was mit ihm geschehen war, aber er war nicht mehr derselbe. Vielleicht war es auch Feigheit oder die Angst vor der Geringschätzung durch seine Kollegen, wenn er seine Patienten in der Not verließ.

Aber wen kümmerte das schon? Was auch immer seine Beweggründe sein mochten, Vinkemans würde ohne ihn auf die *Tubantia* übersiedeln.

8

Kuiper lag noch immer auf den Knien neben dem Stuhl und wußte selbst nicht mehr, wie lange er im Gebet vertieft so ausgeharrt hatte, als jemand laut an die Tür klopfte und diese, ohne seine Antwort abzuwarten, gleich darauf geöffnet wurde.

Er stand auf und wollte den Eindringling schon zurechtweisen, als er die beiden Offiziere in ihrem Ölzeug erkannte. Jeder trug einen Aktenkoffer bei sich: Sie sahen aus, als wollten sie Ernst machen.

»Käpt'n, wir sollten die Angelegenheit jetzt und hier bereinigen«, begann Lieutenant Higgins. »Der Pastor hat uns über den Verlauf Ihrer Unterredung mit ihm unterrichtet, also kommen wir zur Sache. Sie sind dran, Sir.«

»Danke«, murmelte der Marineattaché. Er legte seinen Diplomatenkoffer auf den Tisch, klappte ihn auf und nahm seine Papiere heraus. Dann wandte er sich an Higgins: »Sie haben Ihre Abschrift?«

»Ja, hier vor mir. Schießen Sie los, Sir!«

Van der Kamp musterte Kuiper ausdruckslos und sagte: »Ich verlese Ihnen jetzt ein Dokument.« Er räusperte sich und begann:

> »Ich, der Unterzeichnende, Kuiper Joris, geboren – und so weiter... Kapitän des Frachters *Star of Peace* unter niederländischer Flagge mit Heimathafen Den Helder, erkläre hiermit, daß ich der folgenden Vereinbarung zustimme: Ich laufe mit meinem Schiff das Feuerschiff Ambrose an und treffe dort im Morgengrauen des 2. September 1939 ein. Dort erhalte ich von der amerikanischen Küstenwache Weisung, wo ich zum Zweck der Treibstoff-, Proviant- und Trinkwasseraufnahme vor Anker gehen soll. Weder ich noch Mitglieder meiner Mannschaft oder Passagiere werden während dieses Vorgangs versuchen, an Land zu gelangen. Anschließend werde ich Kurs auf Hamburg in Deutschland nehmen und weiterhin

keinen Versuch mehr unternehmen, meine Passagiere illegal auf amerikanischem Territorium abzusetzen. Ich bin von Fregattenkapitän F. W. C. van der Kamp über die schwerwiegenden Folgen einer Zuwiderhandlung in vollem Umfang aufgeklärt worden. Gelesen und unterschrieben an Bord des Frachters – und so weiter – in Gegenwart – et cetera...«

Van der Kamp drehte das Dokument um und deutete mit dem Finger auf eine markierte Stelle. »Bitte unterschreiben Sie hier. Alle vier Kopien, wenn ich bitten darf.«

»Und warum sollte ich das tun?«

»Kommen Sie, Käpt'n. Die Zeit wird langsam knapp. Unterschreiben Sie bitte.«

»Was sind das für schwerwiegende Folgen, von denen Sie gesprochen haben?«

Lieutenant Higgins steckte fluchend seine Papiere in den Aktenkoffer zurück. »Verdammt, ich bin kein Jurist, sondern Seemann. Bringen wir ihn auf die Brücke, Sir! Es ist Zeit, daß wir ihn fortschaffen.«

»Sagen Sie Ihren Leuten doch schon mal, daß wir bald ablegen«, entgegnete van der Kamp ruhig. »Ich möchte unter vier Augen mit dem Käpt'n reden.«

»In Ordnung, Sir«, erwiderte Higgins. »Aber beeilen Sie sich!« Er grüßte vorschriftsmäßig und ging.

Nachdem sich die Tür hinter ihm geschlossen hatte, schien sich van der Kamp sichtlich zu entspannen. »Okay, Käpt'n«, begann er in beinahe menschlichem Ton. »Es ist Zeit, daß wir die Karten auf den Tisch legen, damit wir nicht in eine Situation geraten, die keiner von uns beiden will.«

»Ich verstehe nicht ganz.«

»Die Amerikaner möchten, daß wir für sie die Kastanien aus dem Feuer holen. Deshalb bin ich hier. Wir wußten natürlich, daß Sie diese Vereinbarung möglicherweise nicht akzeptieren würden. In der Sheepshead Bay liegt ein holländischer Schlepper abrufbereit. In dem Augenblick, da bei Ihnen an Bord der Treibstoff ausgeht, nimmt er die *Star* auf den Haken und schleppt sie zu den Bermudas. Die Briten sind anders als die

Yankees. Da gibt's keine jüdischen Komitees, keine blutenden Herzen. Britische Herzen bluten nie – nicht mal für sich selbst.«

»Aber was...«

»Die Briten lassen Sie Kohle bunkern, frische Vorräte aufnehmen, schicken Sie dann wieder auf See – und überlassen es der Situation hier an Bord, eine Lösung herbeizuführen. Ich an Ihrer Stelle würde die Zeichen der Zeit erkennen und die Vereinbarung unterschreiben.« Er zog einen Federhalter aus der Tasche und hielt ihn Kuiper hin. »Hier, unterzeichnen Sie.«

Kuiper starrte ausdruckslos auf die Silberfeder. »Ich verstehe Sie nicht.«

»Wie bitte?«

»Dem Amerikaner ist seine Pflicht peinlich. Sie scheinen aus purer Überzeugung zu handeln.«

Van der Kamp verzog keine Miene. »Das ist richtig.«

»Wirklich?«

»Ich bin Holländer und kein Amerikaner. Die Deutschen sind bis an die Zähne bewaffnet an unseren Grenzen aufmarschiert. Es gibt keinen Grund, sie unnötig zu provozieren. Sie spielen mit Dynamit, Käpt'n. Verschwinden Sie hier, wenn Sie keine Explosion auslösen wollen, die uns alle vernichtet. Unterschreiben Sie!«

Kuiper schüttelte eigensinnig den Kopf. »Nein. Tut mir leid.«

»Wie Sie wollen.« Ohne Kuiper eines Blickes zu würdigen, packte er seine Papiere zusammen und steckte den Füllfederhalter ein. An der Tür sagte er: »Ach übrigens – bevor ich es vergesse: Wenn wir von Bord gegangen sind, sollten Sie dafür sorgen, daß Ihr Ausguck von – sagen wir – heute Mitternacht an ständig besetzt ist.«

»Warum?«

»Die neueste Ausgabe der ›Notices to Mariners‹ haben Sie wohl nicht, was? Hier, ich habe den betreffenden Artikel bei mir...«

Damit öffnete er noch einmal seinen Diplomatenkoffer und zog eine Druckseite heraus. »Lesen Sie!«

Es war eine Seite aus der letzten Ausgabe der Nachrichten für Seeleute:

> Wir machen die Berufsschiffahrt darauf aufmerksam, daß die Segelregatta Boston–New York mit dem Ziel nahe dem Feuerschiff Ambrose vom 26. August bis zum 1. September stattfindet. Als Teilnehmer werden etwa 70 Yachten erwartet. Wir bitten daher sämtliche Schiffe, die im Gebiet Boston/Nantucket in der Zeit ab fünf Uhr morgens Ostküstenzeit am 29. August und zwischen 10 Uhr bis etwa 12 Uhr vormittags Ostküstenzeit am 1. September unterwegs sind, auf den Regattabetrieb Rücksicht zu nehmen. Besonders in der Umgebung des Feuerschiffs Ambrose wird mit verstärktem Ausflugsverkehr und einem starken Presseaufgebot gerechnet. Der Lotsendienst von Ambrose aus findet planmäßig statt, es müssen allerdings Verspätungen einkalkuliert werden.

Kuiper gab van der Kamp den Zeitungsausschnitt zurück.

»Sie sollten ihn lieber behalten, Käpt'n. Möglicherweise müssen Sie darauf zurückgreifen. Allerdings hängt das davon ab, wie ernst es Ihnen ist.«

»Womit?«

Van der Kamp blickte zur Tür, dann sagte er leise: »Wie ernst es Ihnen damit ist, die Leute auf amerikanischem Territorium abzusetzen, und zwar im Beisein der Öffentlichkeit! Sind Sie dazu bereit ungeachtet dessen, was es Sie kosten könnte?«

»Warum?«

Diesmal ging van der Kamp zur Tür, vergewisserte sich, daß niemand lauschte, kam zurück und flüsterte: »Ich stelle Ihnen jetzt zwei Fragen, die Sie sich genau merken sollten. Falls es zu einer gerichtlichen Untersuchung kommt, möchte ich nämlich unter Eid aussagen können, daß Sie mir diese Fragen gestellt haben und ich keine andere Möglichkeit hatte, als sie Ihnen wahrheitsgemäß zu beantworten. Ist das klar?«

Kuiper war überhaupt nichts klar. Er begriff lediglich, daß der Attaché offenbar zu einem persönlichen Risiko bereit war.

»Erstens: Fragen Sie mich, ob sämtliche Yachten, die an der Regatta teilnehmen, in Amerika registriert sind?« Als Kuiper zögerte, drängte er: »Los, fragen Sie!«

»Also gut: Sind all diese Yachten in Amerika registriert?«

»Die Antwort lautet, ja. Also zweitens: Sind diese amerikanischen Yachten demnach als Territorium der Vereinigten Staaten zu betrachten? – Los, wiederholen Sie!«

»Gut. – Sind diese amerikanischen Yachten auch als Territorium der Vereinigten Staaten zu betrachten?«

»Die Antwort ist ja. Jetzt liegt es an Ihnen!«

Kuiper begriff allmählich, was hinter dem Manöver des Attachés steckte. »Aber ich kann meine Passagiere doch nicht an Bord dieser Yachten zaubern!« sagte er schließlich. »Oder meinen Sie, diese Schiffe sind verpflichtet, meine Passagiere aufzunehmen, wenn ich sie in Booten und Flößen aussetze?«

Van der Kamp warf ihm einen unergründlichen Blick zu. »Wenn Sie Ihre Passagiere einfach in Booten aussetzen, dann wäre kein Schiff verpflichtet, sie aufzunehmen –, es sei denn, sie wären die Überlebenden eines Schiffsunglücks. Aber gehen wir auf die Brücke.« Er öffnete die Tür. »Ach übrigens – nach allem, was wir jetzt besprochen haben, wie wär's, wenn Sie doch diese Willenserklärung unterzeichnen würden? Auf diese Weise würden wir keine schlafenden Hunde wecken.«

Kuiper schüttelte den Kopf.

Van der Kamp seufzte. »Na gut. Ich sage der Küstenwache einfach, daß Sie sich weigern, irgend etwas zu unterschreiben, aber Kurs auf New York nehmen. Und jetzt bringen Sie Ihr Schiff in Schwung. Sie können hier nicht länger herumdümpeln!«

»Ich – ich möchte bitte einen Augenblick allein sein«, murmelte Kuiper.

»Dann geben Sie Ihrem Ersten Befehl, die notwendigen Manöver einzuleiten und einen Südkurs einzuschlagen.«

Kuiper ging zur Tür und rief Meyer. Als dieser erschien, gab er ihm die nötigen Anordnungen. Dann machte er die Kajütentür zu, lehnte sich dagegen und flüsterte: »Gott, nur das nicht! Bitte, das nicht!«

Er ging zu seinem Stuhl, kniete daneben nieder und verbarg das Gesicht in den Händen. »O Gott – laß diesen Kelch an mir vorübergehen!«

Es kam keine Antwort – nur die Gewißheit, daß Er gegenwärtig war.

ACHTES KAPITEL

1

Als der Maschinentelegraph im Maschinenraum klingelte, reagierte Davelaar sofort und setzte die alte Dame in Bewegung: *Voraus – halbe Kraft*. Die Pfeife der Sprechverbindung mit der Brücke schrillte. Palstra, der an der Werkbank gerade seine Ölkanne füllte, wollte schon antworten, doch Davelaar kam ihm zuvor. Er sprang mit einer Beweglichkeit, die sein Alter Lügen strafte, hinter seinen Maschinen hervor, zog die Pfeife heraus und rief in das Rohr: »Maschinenraum!« Dann preßte er das Ohr gegen das Mundstück und hörte statt Joris' Stimme zu seiner Überraschung die von Meyer:

»Chief, die Marine will mit uns allein sprechen. Können wir uns in deiner Kabine treffen?«

»Wann?«

»Jetzt. Es ist dringend.«

Davelaar steckte die Pfeife wieder in das Sprechrohr. »Palstra!« schrie er in das Stampfen der Maschinen hinein. »Übernimm du eine Weile hier die Regie. Ich muß mal rauf!«

»Aye, aye!«

Davelaar stieg die Eisenleiter an Deck hinauf, betrat den Korridor, in dem es totenstill war, wischte sich die Hände an einem Lappen ab und ging zu seiner Kabine. Als er eintrat, saß Meyer im Lehnstuhl und sah ihm nervös entgegen.

»Wo ist die Marine?«

»Die kommt nicht.«

»Was soll das heißen, die kommt nicht? Deshalb hast du mich doch raufgerufen!«

»Sie mußten auf der Brücke bleiben und haben mich geschickt, mit dir zu reden.«

»Zu reden? Worüber? Verdammt, Mann, spuck's endlich aus! Ich habe Wache! Palstra kann mich nicht ewig vertreten. Also, was zum Teufel gibt's?«

»Sie wollen Joris für unzurechnungsfähig erklären lassen«, begann Meyer gedehnt.

»Wer?«

»Die Marine.«

»Die Marine kann ihn nicht für verrückt erklären, dazu braucht man einen Arzt.«

»Den haben wir doch. Und ein anderer kommt von der *Tubantia* rüber, die uns irgendwann heute nachmittag einholt.«

»Und?«

»Dann entheben sie ihn seines Kommandos und ernennen mich vorübergehend zum Kapitän.«

»Jesus!« Davelaar wollte schon sagen: Das kannst du unmöglich annehmen. Du bist nicht kompetent genug! – doch dann überlegte er es sich anders. »Joris und verrückt? Damit kommen sie nicht durch. Das wissen wir beide ganz genau. Jeder an Bord weiß, daß Joris nicht verrückt ist. Er spinnt, aber er gehört nicht in die Klapsmühle.«

»Die Ärzte machen, was die Marine ihnen sagt«, entgegnete Meyer. »Wenigstens behauptet das die Marine.«

»Und was verlangen Sie von dir?«

Meyer wich seinem Blick aus. »Ich soll das Schiff nach New York bringen, wo wir vor Sandy Hook Kohle bunkern und Proviant aufnehmen können. Dann wollen sie, daß ich die Juden nach Hamburg zurückbringe.«

»Halleluja!« sagte Davelaar. Dann nahm er eine Prise Kautabak, genoß einen Augenblick den bittersüßen Geschmack und erklärte dann: »Meyer, das funktioniert nicht.«

»Warum nicht?« Aus Meyers Stimme sprach Trotz.

»Joris gibt nicht kampflos auf. Wenn sie ihn nicht rechtzeitig mit einem Schlag auf den Hinterkopf außer Gefecht setzen, macht der Brennholz aus dem Laden hier.«

»Hm – ja, stimmt schon.« Meyers Selbstsicherheit bröckelte bereits wieder. »Aber die Crew hilft uns sicher«, gab er dann zu bedenken. »Wenn ich ihnen alles erkläre, helfen sie sicher.«

»Was willst du ihnen erklären?«

»Na, daß es darum geht, daß wir nach Hause können.«

Das war eine Möglichkeit. Und wenn sich die Deckcrew nicht auf ihre Seite stellte, dann sicher seine Heizer. Die kannten Joris kaum. Sie trennten Welten von der Arbeit an Deck.

Wenn man ihnen erzählte, daß der Kapitän verrückt geworden war und sie deshalb nicht nach Hause konnten, dann würden sie nicht lange fackeln. Daran bestand kein Zweifel. Die Heizer waren eine brutale und skrupellose Bande.

Davelaar stellte sich vor, wie sie sich auf Joris stürzten und ihn fesselten. Zu seiner Überraschung machte ihn diese Vorstellung unglaublich traurig. Nur, was war die Alternative? Sie hatten fast keinen Treibstoff mehr, die Lebensmittelvorräte wurden knapp, die Juden hatten ihre Arroganz und Selbstsicherheit verloren. Es gab keine andere Lösung, als das Schiff nach Deutschland zurückzubringen. Und Joris würde das nie tun. Er war wie sein Vater: Wenn er sich für etwas entschieden hatte, dann setzte er es auch durch; da gab es kein Zurück.

»Was hat der Mann von der Marine gesagt? Gibt's 'ne Chance, daß die Juden die Einreise kriegen?« fragte er.

»Darüber haben sie gar nichts gesagt. Ich soll nur bis New York außerhalb der Sechsmeilenzone bleiben und dort auf den Funkspruch vom Komitee warten.«

»Warum sechs Meilen?«

»Keine Ahnung. Wegen irgendeiner Segelregatta glaube ich.«

Davelaar spuckte einen Strahl Kautabaksaft aus dem Mundwinkel in den Spucknapf. »Wie lange können wir das noch durchhalten? Ich habe schon fast keine Kohle mehr. Heute können wir's noch bis New York schaffen, morgen nur noch bis Boston. Irgendwann treiben wir hilflos im Wasser.«

»Dann nehmen sie uns auf den Haken, sagen sie.«

»Und wohin schleppen sie uns?«

»Hamilton.«

Es mußte also geschehen. Der Augenblick war gekommen. »Sieht so aus, als hätten wir keine andere Wahl mehr«, murmelte Davelaar wie zu sich selbst.

»Wie?«

»Ich kann ihn lahmlegen, ohne ihm auch nur ein Haar zu krümmen.«

»Wie?«

»Mit der Geschichte von den Kokosnüssen.«

Meyers Augen weiteten sich. »Aber damit gießt du doch nur Öl ins Feuer!«

»Nein, das zieht ihm den Boden unter den Füßen weg. Dann hat er seinen Gott gesehen. So ist das nämlich.«

Noch während Meyer ihn schweigend anstarrte, wurde schüchtern an die Tür geklopft. »Herein!« rief er. Nichts geschah. Schließlich machte er selbst auf.

Draußen stand weinend Henky. Er hielt etwas in der Hand.

»Was willst du?«

Der Junge gab ihm den Gegenstand, den er in der Hand gehalten hatte. »Ich wollte das zurückgeben, Chief. Ich hab's gestohlen...«

Es war eine Glaskugel mit dem Eiffelturm im Schneegestöber. »Du verdammter kleiner Mistkerl!« schrie Davelaar. »Warte, dich kriege ich schon!« Er sprang auf das Kind zu, doch Henky war viel zu schnell für den alten Davelaar. Er rannte flink den Korridor entlang und war schon außer Sichtweite, bevor Davelaar das Ende des Ganges erreicht hatte. »He, wo bist du? Wo bist du, kleine Ratte?« brüllte der Erste Ingenieur. »Warte nur, wenn ich dich zu fassen kriege!«

Doch der Junge hatte sich in Luft aufgelöst.

2

»Wir müssen also alle zupacken, und es wäre eine große Hilfe, wenn wir noch mehr freiwillige Helferinnen finden könnten«, sagte Hendrik zu einer Gruppe von Frauen auf dem Backdeck.

Sie standen dicht aneinandergedrängt, und ihr Haar wehte im Wind: Tovah, Frau Adler, Frau Hoflein und Hendrik. Er hatte sie dort zu einer Besprechung zusammengerufen; wie alle anderen, hatte auch Tovah befürchtet, er würde ihnen mitteilen, daß sie nach Deutschland zurückgebracht würden. Dabei informierte er sie lediglich darüber, daß Mijnheer Vinkemans krank geworden war und noch am Nachmittag von Bord gehen würde. Von da an würden sie allein die Pflege der Kranken übernehmen müssen.

»Aber was fehlt ihm denn?« wollte Frau Adler wissen. »Warum muß er von Bord?«

»Ehm – er hat Lungenentzündung«, antwortete Hendrik. »Er wird auf die *Tubantia* gebracht und in New York in ein Krankenhaus eingewiesen.«

Tovah, wie vermutlich auch alle anderen, wußte, daß das nicht stimmte. Vinkemans hatte einen Nervenzusammenbruch. Die Anzeichen dafür waren seit Tagen offensichtlich. Was die Frauen wirklich interessierte, war die Frage, ob die *Star* nun doch Kurs auf Hamburg nehmen würde. Unter den Passagieren ging das Gerücht um, daß Vinkemans das Schiff verließ, weil einige der älteren Leute für den Fall der Rückkehr nach Hamburg mit Selbstmord gedroht hatten. Tovah beschloß, Hendrik ohne Umschweife zu fragen, was alle bewegte: »Sagen Sie uns ehrlich, werden wir nach Deutschland zurückgebracht?«

»O nein! Nein, nein...! Keine Frage!« Hätte er ihr gerade in die Augen gesehen und einfach mit Nein geantwortet, hätte sie ihm vermutlich eher geglaubt.

»Ich verstehe.«

Hendrik merkte sofort, daß er weder sie noch die anderen Frauen überzeugt hatte. »Ich versichere Ihnen, daß das wirklich nicht der Fall ist«, erklärte er daher noch einmal. »Ich würde es Ihnen wirklich sagen. Sie wären die ersten, die es erfahren, denn Sie hätten unmittelbar mit den Folgen einer solchen Entwicklung zu tun. Weshalb sollte ich Ihnen also etwas vormachen? Meines Wissens nach warten wir augenblicklich auf das Ergebnis der Verhandlungen zwischen dem Komitee und den Regierungsbehörden. Man hat versprochen, uns ein Telegramm zu schicken, sobald sich etwas ergeben hat. Und eigentlich dürfte es jetzt soweit sein.«

Es entstand bedrückendes Schweigen. »Danke, Doktor«, sagte schließlich Frau Hoflein. »Kommen Sie, meine Damen!«

»Und bitte, versuchen Sie, noch mehr Freiwillige zu animieren«, erinnerte Hendrik noch einmal, als sie sich zum Gehen wandten.

»Ja, das tun wir«, versprach Frau Adler.

Auf dem Weg in die Unterkünfte unter Deck sagte keine der Frauen ein Wort. Jede war in die eigenen Gedanken vertieft.

Tovah hatte das dringende Bedürfnis, mit Yitzhak zu reden. Sie mußten die neue Lage besprechen. Es war Zeit, Kriegsrat zu halten.

Tovah fand Yitzhak in der Nähe der Luke zu den Unterkünften der Frauen, denn die Unterkünfte selbst durften Männer nicht betreten. Offenbar hatte er bereits von der Unterredung gehört, die die Frauen auf dem Backdeck mit dem Arzt geführt hatten, und wartete deshalb auf sie.

»Na, was ist?« erkundigte er sich gelangweilt. »Habt ihr euch nett unterhalten?«

»Wir müssen dringend miteinander reden«, antwortete sie leise und sah sich nach allen Seiten um. »Treffen wir uns wieder an der Ankerwinde!« Ohne seine Antwort abzuwarten, ging sie davon und schlenderte unauffällig zum Backdeck hinüber. Als sie an ihrem üblichen Treffpunkt ankam, war Yitzhak bereits dort. Tovah kauerte neben ihm nieder. »Es ist soweit«, begann sie. »Ich glaube, die Entscheidung ist gefallen.«

»Bist du sicher?«

»Ziemlich. Er hat uns versichert, daß niemand auch nur daran denke, uns zurückzubringen, und hat uns wie üblich mit dem Komitee vertröstet. Aber ich weiß, daß er lügt. Sie haben einen Plan. Sie bringen uns zurück. Nur über das Wie und Wann sind sie sich wohl noch nicht einig.«

»Hast du eine Ahnung, wie sie es anstellen könnten?«

»Nein. Und du?«

»Ich weiß von Philip, daß Josef Wartenberg gehört hat, daß die Marineoffiziere offenbar Kontakt mit dem Passagierschiff *Tubantia* aufnehmen wollen, das hier vorbeikommt. Der Arzt von dort soll heute noch zusammen mit unserem Doktor an einer Besprechung teilnehmen. Was das bedeutet, wissen wir nicht. Vielleicht ist es wegen Vinkemans.«

»Was machen wir, wenn sie uns offiziell sagen, daß wir umkehren müssen?«

»Darüber müssen wir erst mit den anderen sprechen. Ich habe schon alle zusammengetrommelt – auch die Mädchen, Tovah. Sie warten schon auf uns.«

»Wo?«

»Am Eßtisch.«

»Aber da kann man uns hören!«

»Wir stellen Wachen auf. Also, gehen wir?«

»Gut. Machen wir es wirklich?«

Er sah sie mit jenem geheimnisvollen Lächeln an, das ihn so jung und unschuldig machte. »Ja.« Dann stand er auf. »Wir gehen getrennt. Du zuerst.«

»Gott sei mit uns«, murmelte Tovah und merkte dann, wie melodramatisch das klang.

Als sie zu dem Tisch auf dem Laufsteg kamen, an dem sie normalerweise aßen, waren bereits alle versammelt: Hannelore Weisbrot, Gretchen Kahn, Anna Feldschuh, Philip Roth, Fritz Stahl und Josef Wartenberg. Tovah hatte auf dem Weg zur Messe zwar niemanden bemerkt, aber sie wußte, daß Yitzhak Wachen aufgestellt haben mußte.

Nachdem sich alle gesetzt hatten, stand Yitzhak auf und verkündete sachlich: »Also, es ist offenbar soweit! Wir müssen darauf vorbereitet sein, jeden Augenblick das Kommando zu übernehmen. Gibt's Neuigkeiten, Josef?«

»Ja. Arnold hat gehört, wie sich Meyer und Wybrands unterhalten haben. Wir wissen jetzt, warum der Arzt von der *Tubantia* kommt. Sie wollen den Kapitän für verrückt erklären lassen. Unser Doktor weigert sich, dabei mitzumachen. Deshalb kommen sie damit wohl nicht durch.«

»Den – Kapitän?« fragte Hannelore fassungslos.

Josef nickte.

»Also gut«, ergriff Yitzhak wieder das Wort. »Es ist der Vorschlag gemacht worden, daß wir nun unseren Plan in die Tat umsetzen, das Kommando auf dem Schiff an uns zu bringen, den Kapitän als Geisel zu nehmen und den Ersten Offizier zu zwingen, uns nach Palästina zu bringen. Allerdings hat es keinen Sinn, über Einzelheiten zu reden, solange wir die Waffe noch nicht haben. Das bedeutet, daß Tovah uns endlich sagen muß, wo genau wir sie finden können. Dann sehen wir weiter. Tovah?«

Tovah fröstelte unwillkürlich. Bis zu diesem Zeitpunkt war alles bloße Theorie gewesen. Jetzt allerdings hatten sie etwas in Gang gesetzt, und all das, was nur ein Spiel der Phantasie gewesen war, würde nun Wirklichkeit werden. Dann kam sie zur Sache.

Es wurde besprochen, wie man die Waffe und die Handschellen des Kapitäns und anschließend das Kommando über das Schiff an sich bringen wollte. Sie waren mit der Besprechung schon fast zu Ende, als Josef zischte: »Still! Da kommt jemand.«

Sie begannen ein harmloses Gespräch und warteten gespannt, wer auftauchen würde.

Es war Henky, der Messejunge. Er kam an ihren Tisch. Sein Hemd war über dem Hosenbund merkwürdig ausgebeult. »Hier«, begann er, zog sein Hemd heraus, und alle sahen ungläubig zu, wie er drei Taschenmesser, einen Füllfederhalter und eine Uhr auf den Tisch legte. »Die will ich zurückgeben«, murmelte er.

»Himmel, das ist ja meine Uhr!« schrie Fritz Stahl wütend.

Henky knallte die restliche Beute auf den Tisch und floh.

»He! – Halt! Warte!« Doch bis Fritz Stahl hinter dem Tisch hervorgekommen war, war Henky längst verschwunden.

3

Henky begriff nicht recht, was mit dem lieben Gott eigentlich los war. Er hatte genau das getan, was er damals, halb verrückt vor Angst, unter dem Tisch in der Kapitänskajüte versprochen hatte, aber bisher hatte er sich damit nur die Wut der anderen eingehandelt. Chief Davelaar war böse mit ihm; die Kinder waren hinter ihm her; und jetzt platzte der Koch beim Anblick seines kleinen Pelikans aus Messing aus Florida fast vor Wut.

»Woher zum Teufel hast du das, du kleines Dreckstück?«

Henky wußte genau, wann mit dem Koch nicht mehr zu spaßen war, und beschloß, trotz seines Versprechens lieber einen Rückzieher zu machen. »Das – das habe ich gefunden, als ich Ihre Matratze umgedreht habe, Sir. Es lag drunter!«

»Du hast meine Matratze umgedreht? Wann denn? Und warum?«

Der Koch stand breitbeinig vor ihm, und Henky erwartete jeden Augenblick eine kräftige Ohrfeige, während es hinter dem Koch auf dem Herd in der Kombüse in den Töpfen kochte und dampfte und in den Pfannen brutzelte.

»Ich wollte die Kuhle aufschütteln, Sir«, redete Henky sich heraus. »Und dann dachte ich, wenn ich das Ding rumdrehe...«

Der Koch starrte auf den kleinen Pelikan, schüttelte den Kopf und murmelte: »Also da wird doch der Hund in der Pfanne verrückt...«

Henky wartete vergebens auf eine neue Tirade von Flüchen; der Koch hatte die Geschichte also geschluckt. Er sollte lieber schnell dafür sorgen, daß die Matratze umgedreht wurde, bevor der Koch in seine Kabine kam...

Henky wollte schon aus der Kombüse fliehen, als der Koch ihn zurückrief. »Warte! Du kannst ein Tablett auf die Brücke bringen.« Damit knallte er einige Becher auf ein Tablett und murmelte dabei: »... der Käpt'n, Meyer, die Ruderwache, die beiden Burschen von der Marine... Wer ist sonst noch oben?«

»Wybrands ist im Funkraum.«

»Okay, damit wären's sechs.« Der Koch goß Kaffee in die Becher und stellte Zuckerdose und Milchkännchen dazu. »Hier. Und verschütt gefälligst nicht die Hälfte. Stell das Tablett auf die Fingerspitzen, halt es in Schulterhöhe und schau ja nicht drauf!«

Henky entkam, ohne auf das Tablett zu sehen, das er auf den Fingerspitzen in Schulterhöhe balancierte, bis er außer Sichtweite des Kochs war. Der Koch litt unter dem merkwürdigen Aberglauben, daß man nichts verschüttete, wenn man ein Tablett auf diese Weise trug. Henky allerdings wußte es besser. Er stieg den Niedergang zum Unterbrückendeck hinauf und wollte sich gerade der Eisentreppe zuwenden, die direkt auf die Brücke führte, als er vor der Kapitänskajüte einen kleinen Jungen sah. Er trug einen Regenmantel und wartete wohl auf den Arzt, denn den Passagieren war der Aufenthalt auf dem Unterbrückendeck normalerweise nicht erlaubt.

Oben auf der Brücke standen eine Menge Männer tatenlos und ungewöhnlich schweigsam herum. Das Schiff hatte Fahrt aufgenommen. Steuerbords war ein weißer Strand zu erkennen. Kumuluswolken standen am Himmel, es war ein herrlicher Tag. Nur die Männer auf der Brücke machten finstere Mienen.

Henky servierte den Kaffee zuerst dem Kapitän, doch der sah ihn kaum. Danach kam der holländische Marineoffizier an die Reihe, der ihn keines Blickes würdigte, und der Amerikaner, der sich überschwenglich bedankte, drei Stück Zucker, Milch und einen Löffel haben wollte.

»Auf der Brücke wird nie mit Löffel serviert«, klärte Henky ihn auf. »Da nehmen die Männer meistens Bleistifte, den Kamm...«

»Mach schon, Henky! Trödele nicht!« fuhr Meyer ihn an.

»Jawohl, sofort!« Als nächstes bediente Henky den Ersten Offizier, der mit unheilvoller Miene auf das Tablett starrte. »Schaut euch die Sauerei an! Wann lernst du endlich, nichts zu verschütten? Mit dem Becher versaue ich mir ja die Klamotten!«

»'tschuldigung«, murmelte Henky und verschwand im Ruderhaus.

Der Bootsmann am Ruder zwinkerte ihm zu. »Sag dem Koch, er soll die Becher nicht so voll füllen. Wenn die Dinger bis an den Rand voll sind, dann mußt du ja was verschütten!«

»Ja, is' gut.«

Der Bootsmann war offenbar der einzige, der gute Laune hatte. Als Henky in den Funkraum kam, saß Wybrands fluchend und schimpfend an seinem Tisch. Vor seinem Funkgerät lag die übliche Ansammlung von Schrauben, Muttern und anderen kleinen Teilchen. Die Frontplatte des Funkgeräts war abgeschraubt. »Stell den Kaffee hin!« zischte Wybrands, ohne aufzusehen. »Faß ja nichts an!«

»Nein, nein. Hier bitte.«

»Okay, und jetzt hau ab! Hau endlich ab!«

Henky flitzte zur Tür hinaus, schwenkte das Tablett, damit es trocknete, und lief in Richtung Niedergang. Auf dem Rückweg in die Kombüse ließ er sich wie üblich viel Zeit, um Sonne und Meer zu genießen. Als er zum Unterbrückendeck hinuntergehen wollte, beobachtete er aus den Augenwinkeln, wie der Junge im Regenmantel in der Kapitänskajüte verschwand. Plötzlich fiel bei Henky der Groschen. Der Regenmantel war zu komisch; schließlich herrschte herrliches Wetter! Und schließlich hatte auch Henky schon in Spielwarenläden und Kaufhäusern einen Regenmantel getragen. Der Junge war ein Dieb!

Einem ersten Impuls folgend, machte er kehrt und lief wieder zur Brücke hinauf. Er war auf dem Weg zum Ersten Offizier, als sich der Kapitän plötzlich umwandte und ihn sah. Henky änderte sofort seine Absicht und ging auf ihn zu. »Jemand ist in Ihrer Kajüte, Sir!«

»Wer?«

»Keine Ahnung. Ein Kind.«

»Frag, was es will.«

»In Ordnung...«

Henky hatte sich das eigentlich anders vorgestellt, aber das war jetzt nicht mehr zu ändern. Er holte tief Luft, lief erneut den Niedergang hinunter und ging zur Kapitänskajüte. Nach kurzem Zögern klopfte er an und öffnete gleichzeitig die Tür. Zuerst dachte er, der Junge sei bereits wieder verschwunden, doch dann entdeckte er ihn neben dem Schreibtisch. Der Bursche sah aus, als führe er nichts Gutes im Schilde. Erst dann erkannte Henky in ihm den Bruder des rothaarigen Mädchens. »Der Käpt'n will wissen, was du hier willst.«

Verdammt, er hat gestohlen! schoß es Henky durch den Kopf, als er beobachtete, wie der Junge eine Schublade zuschob, indem er sich dagegenlehnte. »Ich will nicht zum Kapitän. Ich warte auf den Doktor.«

»Ach so.« Henky war allerdings nicht bereit, den Jungen allein in der Kajüte zurückzulassen. »Hier kannst du aber nicht bleiben.«

Der Junge machte ein Gesicht, als würde er Henky jeden Augenblick einen Tritt gegen das Schienbein verpassen wollen. Dann sagte er: »Frau Schlachter spinnt wieder. Sie braucht eine Spritze.«

»Is' gut. Ich richt's ihm aus.« Henky rührte sich beharrlich nicht vom Fleck und wartete, daß der Junge klein beigab. Ein stummer Kampf spielte sich zwischen den beiden ab, dann ging der Junge zur Tür.

Henky spielte mit dem Gedanken, ihn zu durchsuchen, entschied sich jedoch dann dagegen. Als der Junge fort war, lief er zum Schreibtisch, zog die Schublade auf und sah hinein. Zu Beginn der Reise hatte er sämtliche Schubladen in allen Kabinen durchsucht, er konnte sich jetzt allerdings nicht mehr genau erinnern, was ausgerechnet in diesem Fach alles gewesen war. Möglicherweise hatte der Junge Geld oder Zigaretten gesucht.

Schließlich trat er mit seinem Tablett auf das Unterbrückendeck hinaus, beugte sich über die Reling und starrte auf die See hinab. Wem konnte er sich anvertrauen? Und was konnte er sagen? Eigentlich noch gar nichts. Er mußte jetzt einfach Augen und Ohren offenhalten.

Der Arzt war nicht im Hospital. Henky wollte schon wieder gehen, als er Stimmen hinter dem Vorhang hörte, der Vinkemans Bett abtrennte. »Doktor?« fragte er.

Der Vorhang wurde beiseite geschoben. Dahinter tauchte der Arzt auf. »Was gibt's?«

»Sie werden bei den Frauen gebraucht, Doktor. Die komische alte Dame hat wieder einen Anfall.«

»Frau Schlachter?«

»Ja, Doktor.«

»Ich komme sofort.« Der Vorhang schloß sich wieder.

Henky schlenderte mit seinem Tablett an Deck und beugte sich erneut über die Reling. Sollte er sich dem Arzt anvertrauen?

»Da bist du ja, du faules Stinktier!«

Der Koch steckte den Kopf aus der Kombüsentür und war wütend. »Was glaubst du eigentlich, wo du bist? Im Sanatorium? Los, hol die schmutzigen Becher, aber 'n bißchen plötzlich, du Rotznase!«

Henky sprintete in Richtung Brücke davon.

4

Zu Hendriks Überraschung lag Frau Schlachter friedlich schlafend in ihrer Koje, als er kam. Verwundert drehte er sich um und fand sich Tovah gegenüber.

»Hat sie gerade wieder einen Anfall gehabt?« erkundigte er sich.

»Ja«, flüsterte Tovah. »Arme Frau. Diesmal hat sie sich von selbst wieder beruhigt.«

»Gut«, seufzte Hendrik und hätte Tovah gern mehr gefragt, doch seine Beziehung zu dem Mädchen war noch immer nicht frei von peinlichen Erinnerungen.

Es gelang ihm, die Leiter zur Ladeluke zu erreichen, ohne von einer weiteren Patientin angesprochen zu werden, und das war ungewöhnlich. Als er an Deck kam, sah er gerade noch, wie das Ruderboot der Küstenwache ablegte und auf das schnittige weiße Küstenwachboot zuhielt, das zwischen der *Star* und Nantucket Island in der trägen Atlantikdünung auf und ab schaukelte. Die Küstenwache hatte offenbar die Dreimeilenzone überschritten und Kurs auf die offene See genommen. Das Wetter war herrlich, die Luft roch sauber und rein nach dem Mief in den Unterkünften, und er verspürte Lust, in sein Rettungsboot zu klettern. Doch zuerst mußte er ein Telegramm abschicken.

Er traf Wybrands in miserabler Laune auf seinem Platz vor dem Funkgerät. Der Tisch vor ihm lag voller Schrauben, Muttern und Drähten.

»Mein Gott, was soll denn das werden?« entfuhr es Hendrik unwillkürlich.

»Ein Kontakt ist kaputt«, antwortete Wybrands, ohne aufzusehen. »Ein blöder kleiner Kontakt! Schrott ist das. Nichts als Schrott! Der Alkohol steht dort oben im Schrank.« Er deutete auf eine kleine Tür in der Wand hinter dem Funkgerät.

Hendrik öfffnete sie und fand dahinter einen Keramikkrug mit holländischem Genever und ein paar Gläser. »Möchten Sie auch einen?«

»Nein«, wehrte Wybrands brummig ab. »Aber bedienen Sie sich. Ich bin gleich fertig.«

Hendrik schenkte sich erst einen, dann einen zweiten doppelten Genever ein. Danach fühlte er sich schon besser. Er zog einen Stuhl heran, setzte sich neben Wybrands an den Tisch, nahm ein Telegrammformular und begann zu schreiben: »Dr. Willemse, MS Tubantia – Würden Sie...« Hendrik hielt inne. Wie sollte er Vinkemans bezeichnen? »Depressives Mannschaftsmitglied« klang nicht dringlich genug, und »Psychisch Kranker« war zu drastisch, wenn auch zutreffend.

»Okay«, seufzte Wybrands plötzlich zufrieden. »Das wär's. Jetzt basteln wir den Schrott wieder zusammen und warten ab, was passiert.« Er begann das Funkgerät erstaunlich schnell und geschickt wieder zusammenzubauen. Dann schaltete er das Gerät ein, setzte die Kopfhörer auf und bediente kurz die Morsetaste. »Funktioniert wieder!« erklärte er und nahm die Kopfhörer ab. »Jetzt dürfen Sie mir auch einen Genever einschenken. Geben Sie mir Ihr Telegramm!«

Hendrik schob den ausgefüllten Vordruck über den Tisch, schenkte Wybrands ein und beschloß, sich noch einen dritten Genever zu genehmigen. Schließlich hatte er an diesem Tag nichts mehr vor.

»Wer ist der ›psychisch Kranke‹?«

»Vinkemans. Er ist nicht eigentlich ›geisteskrank‹, aber ich mußte etwas übertreiben, um meinem Kollegen und dem Kommodore erst gar keine Gelegenheit zu geben, Vinkemans nicht aufzunehmen.«

»Und wer wird Vinkemans ersetzen?«

»Ein paar freiwillige Helferinnen. Das schaffen wir schon. Hier ist Ihr Drink.« Er gab Wybrands ein Glas. »Prost!«

Die beiden Männer kippten den Schnaps schnell hinunter. Wybrands fuhr sich mit der Zunge über die Lippen. »Also versuchen wir's mal. Vielleicht kommen wir durch. Mann, die haben einen regen Funkverkehr!« Er setzte die Kopfhörer wieder auf und bediente schnell und geschickt die Morsetaste. Eine ganze Weile lang hatte Hendrik das Gefühl, als würde Wybrands immer wieder dasselbe Morsezeichen wiederholen. Dann sah er plötzlich grinsend auf. »Ich hab sie! Geben Sie mir das Telegramm!«

Er funkte den Text durch, horchte und murmelte dann: »Die fragen, ob er gewalttätig ist.«

»Nein. Er ist völlig apathisch.«

Wybrands gab auch das durch und wandte sich dann an Hendrik: »Sie informieren Arzt und Kommodore. Sonst noch was?«

»Ja.« Hendrik war plötzlich eingefallen, daß er bis zum Ende dieser Seereise noch eine Menge Beruhigungsmittel brauchen würde, wenn er nicht laufend mit Selbstmordversuchen konfrontiert werden wollte. Wybrands übermittelte auch diesen Wunsch. Schließlich nahm er die Kopfhörer wieder ab, schaltete das Funkgerät aus, hob das Glas, das Hendrik neu gefüllt hatte, und prostete ihm zu: »Auf zu Hause und die Gesundheit!«

»Auf ein Wunder«, antwortete Hendrik. Denn nur ein Wunder konnte verhindern, daß auf diesem Schiff alles drunter und drüber ging, wenn Vinkemans auf die *Tubantia* gebracht worden war und er allein mit den Macken seiner Patienten fertig werden mußte. Hendrik kippte seinen vierten Genever hinunter und grinste beschwipst.

»Wir machen weiter!« erklärte Wybrands. »Komme Feuer oder Hochwasser!«

»Beides«, murmelte Hendriks und mußte aus irgendeinem unerfindlichen Grund plötzlich an die seltsame Hellseherin aus Amsterdam mit ihrem orangefarbenen Kater denken. Sie hatte auch von Hochwasser gesprochen. Von einem Schuppen, der überflutet wurde, einer Brünetten, die aufs Dach kletterte, und vom Duft des Geißblatts.

»Auf eine großartige Frau«, lallte Hendrik. »Und ihre Katze!« Er hob das Glas.

Wybrands schloß sich großzügig dem Toast an.

NEUNTES KAPITEL

1

Kommodore Bouke Bruinsma lag splitternackt auf der Massagebank im Fitneßraum der ersten Klasse und registrierte schläfrig, daß der Masseur seine Schultermuskeln durchwalkte, als die wohltuenden Hände plötzlich innehielten und der Masseur respektvoll sagte: »Kommodore? Der Doktor möchte Sie sprechen.«

Bruinsma stieß in Gedanken eine deftige Verwünschung aus, schlug dann ein Auge auf und murmelte kühl: »Was gibt's, Doktor?«

»Wir haben einen Funkspruch von der *Star of Peace* erhalten, Kommodore. Sie bitten uns, einen geistesgestörten Patienten aufzunehmen. Er ist zur Zeit angeblich völlig apathisch.«

»Und wer soll das sein? Der Kapitän?«

»Nein, der Schiffskrankenpfleger.«

Bruinsma machte das Auge wieder zu. Das erklärte immerhin das geheimnisvolle Telegramm, das er von seinem Schiffsmakler in New York erhalten hatte:

> Niederländische Botschaft bittet Sie, Ihren Bordarzt auf die Teilnahme an einer medizinischen Untersuchung an Bord des holländischen Frachters *Star of Peace* vor Long Island vorzubereiten stop Reederei mit daraus resultierender Verzögerung der Ankunft in New York einverstanden

Für Bruinsma handelte es sich dabei um eines jener ärgerlichen Telegramme, die, oberflächlich betrachtet, wichtig und wohlüberlegt erschienen, im Grunde jedoch eine haarsträubende Unkenntnis der Realitäten verrieten. Wie sollte er einen Transatlantikliner mit 1200 Passagieren an Bord einfach anhalten, den Bordarzt in einem Beiboot zu einem Frachter schicken, wieder an Bord nehmen und dann das Manöver vor den Pokertypen in der ersten Klasse auch noch rechtfertigen, die mit jeder Minute kalkulierten.

»Wie stehen Sie zu der Bitte, Willemse?« wollte Bruinsma wissen.

»Ich bin bereit, den Patienten aufzunehmen«, erwiderte Willemse. »Wir können ihn in eines der Krankenzimmer der zweiten Klasse oder ins Bordgefängnis stecken, falls er tatsächlich gewalttätig werden sollte.«

»Wie weit ist die *Star* jetzt noch entfernt?«

»Die Brücke meint, 45 Meilen.«

Die Brücke war in diesem Fall der junge Ehrgeizling Peterson.

»Hat die *Star* um Antwort gebeten?«

»Ich – ehm – ich denke schon.«

Noch so einer, der nur meint und denkt! stellte Bruinsma gereizt fest. »Also gut, Doktor. Dann gehen Sie jetzt in den Funkraum und schicken der *Star* die Nachricht, daß wir mit allem einverstanden sind. Fragen Sie, ob sie beim Transport Hilfe brauchen.«

»Inwiefern?«

Diesmal schlug Bruinsma beide Augen auf. Willemse stand, die Mütze unter den Arm geklemmt, vor ihm wie ein Oberkellner mit der Speisekarte. »Ich will wissen, ob wir ihnen Krankenschwestern schicken sollen, die den Verrückten auf dem Transport in Schach halten! Oder gehen die davon aus, daß der Bursche die Freundlichkeit besitzt, den Teilnahmslosen zu spielen, während man ihn an einem Seil ins Beiboot runterläßt, oder was?«

»An einem Seil, Sir?«

»Wie glauben Sie denn, daß er ins Beiboot kommt? Mit 'nem Fallschirm?«

»Ach so.«

»Wenn Sie schon mal auf dem Weg sind, dann bitten Sie Peterson doch gleich mal, bei der amerikanischen Küstenwache in Boston die exakte Position der *Star* zu erfragen.«

»In Ordnung, Kommodore.«

Bruinsma schloß die Augen. »Und sagen Sie der Brücke, daß ich gleich komme.«

»Selbstverständlich, Kommodore.«

Der Masseur rührte keine Hand. Bruinsma machte erneut die Augen auf. Willemse stand noch immer neben der Massagebank. »Was gibt's denn noch, Doktor?«

Der Arzt räusperte sich. »Sollen – sollen die Passagiere informiert werden?«

Bruinsma sah den jungen Mann lange und eindringlich an. »Doktor«, begann er schließlich, »vielleicht einigen wir uns darauf, daß Sie die Pillen verteilen und ich das Schiff führe, ja? Also, zerbrechen Sie sich nicht meinen Kopf.«

Der Masseur grub seine Finger wieder in Bruinsmas Schultern. Während sich Bruinsma der wohltuenden Berührung hingab, überlegte er, daß der verrückt gewordene Schiffskrankenpfleger einen besseren Grund für die verspätete Ankunft in New York abgeben würde als das medizinische Hearing auf der *Star,* an dem sein Schiffsarzt teilnehmen sollte. Die Erfahrung hatte ihn gelehrt, daß es in solchen Fällen ratsam war, den Passagieren die Wahrheit zu sagen, wenn man vermeiden wollte, daß irgendein berechnender Schlaukopf daraus einen Regreßanspruch an die Reederei bastelte. Davon abgesehen lieferten das Schicksal und der Transport des Krankenpflegers sicher willkommenen Gesprächsstoff in den Salons.

Bruinsma duschte sich und ging in seinem Frotteebademantel gerade den Korridor zu seiner Kabine entlang, als eine Mädchenstimme fragte: »Sir?«

Es war Schwester Foster.

»Ja, Foster?«

»Kann ich Sie kurz sprechen?«

Wäre sie ein Mann gewesen, Bruinsma hätte ihr die kalte Schulter gezeigt, aber sie war eine hübsche junge Frau und zudem auch noch Myrtles Freundin. »Kommen Sie rein!« forderte er sie auf.

Er öffnete die Tür, ließ ihr den Vortritt, deutete auf einen weißen Sessel und sagte: »Nehmen Sie Platz. Ich bin gleich wieder da. Oder ist es dringend?«

»Ja – eigentlich schon, Sir.«

Schwester Foster blieb stehen. Sie wirkte erregt. Bei Frauen war es müßig, zu versuchen, die Ursache erraten zu wollen. Vermutlich steckte wieder einmal Lady Endersby dahinter, der irgendwas nicht paßte.

»Also gut. Dann schießen Sie los.«

»Ich – ich möchte um Erlaubnis bitten, mit zur *Star of Peace* fahren zu dürfen, Sir.«

»Ja, selbstverständlich gern. Ich habe dem Doktor schon gesagt, daß er Hilfe brauchen wird.« Er wandte sich in Richtung Schlafzimmer.

»Ich – ich möchte dort aber auch bleiben, Sir.«

Bruinsma drehte sich langsam um. »Sagen Sie das noch mal.«

»Ich bitte um Erlaubnis, auf die *Star of Peace* überwechseln zu dürfen, um die Stelle des erkrankten Pflegers einzunehmen.«

Bruinsma musterte sie ohne jegliche Sympathie und erinnerte sich daran, daß sie etwas mit dem jungen Bordarzt der *Star* gehabt hatte. Alle Frauen auf See schienen das Denken ihren Geschlechtsorganen zu überlassen. »Nein«, entschied Bruinsma ärgerlich. »Ich habe keine Befugnis, Mitglieder meiner Mannschaft auf hoher See an andere Schiffe zu überstellen, es sei denn, es geht um Leben und Tod. Selbstverständlich können Sie den Doktor zur *Star* begleiten und ihm beim Transport des Kranken behilflich sein, aber ein Überwechseln auf den Frachter kommt nicht in Frage.«

Diesmal wandte er ihr energisch den Rücken zu und ging in sein Badezimmer. Als er sich anzog, hörte er schließlich, wie seine Kabinentür geschlossen wurde. Bruinsma war erleichtert, daß sie letztendlich nicht den Mut gehabt hatte, sich auf eine längere Diskussion mit ihm einzulassen. Wenn ihn etwas völlig aus der Fassung bringen konnte, dann waren es Tränen – gleichgültig, ob von Frauen oder Enkelkindern.

Bevor Bruinsma in den Kartenraum ging, gab er im Funkraum ein Telegramm auf, um sich zu vergewissern, daß trotz der zweistündigen Verspätung die angeforderten Schlepper die *Tubantia* erwarteten.

Als er auf die Brücke kam, ging Peterson dort mit auf dem Rücken verschränkten Händen geschäftig auf und ab.

»Okay, Peterson«, begann Bruinsma, »sehen wir uns mal die Karte an. Haben Sie inzwischen die Position der *Star* ausfindig gemacht?«

»Ja, Sir. Ich habe sie bereits eingetragen.«

»Wie umsichtig von Ihnen.«

Über die Seekarte der Gewässer vor New York gebeugt, sah Bruinsma im grünlichen Licht der Kartentischbeleuchtung, daß die *Star* gut vierzig Meilen, also noch zwei Stunden, von ihnen entfernt lag. Wenn er keinen Ärger haben wollte, dann mußte er jetzt die Passagiere informieren. Er nahm einen Notizblock zur Hand und begann die Durchsage aufzusetzen. Während er noch schrieb, kam Peterson mit einem Funkspruch herein.

»Hier ist eine Nachricht für die Schiffahrt, die gerade reingekommen ist, Sir.«

Bruinsma seufzte und sah auf. »Und die lautet?«

»Es ist eine Warnung, Sir. In einem sechs Meilen breiten Streifen vor der Küste ist erhöhte Vorsicht geboten. Da findet nämlich eine Regatta statt.«

»Und wann?«

»Ja – Augenblick mal... Von morgen zehn Uhr vormittags an, Sir.«

»Bis dahin sind wir doch längst in New York, Peterson, oder?«

»Ja, Sir. Entschuldigen Sie, Sir.«

»Falls es noch was Wichtiges gibt – ich bin im Funkraum.«

»In Ordnung, Sir.«

Wie üblich kurz vor dem Einlaufen in einen Hafen herrschte im Funkraum Hochbetrieb. Vier Funker sowie der Erste und der Zweite Funkoffizier waren im Dienst. Die beiden letzteren standen sofort auf, als Bruinsma eintrat. »Guten Morgen«, grüßte Bruinsma. »Was Neues von der *Star*?«

»Der Bordarzt bittet um ein größeres Kontingent Beruhigungsmittel«, antwortete der Erste Funkoffizier. »Hier ist der Funkspruch.«

Bruinsma starrte auf Dr. Richters Mengenangaben und pfiff leise durch die Zähne. An Bord der *Star* schien man mit einer ganzen Flut von depressiven oder hysterischen Zuständen und Selbstmordabsichten zu rechnen. Die Erinnerung an Alexandria wurde erneut nur allzu lebendig. Der Bordarzt der *Star* war nicht zu beneiden. »In Ordnung, Sparks. Geben Sie es an den Doktor weiter. Ich muß jetzt eine Durchsage machen.« Bruinsma setzte sich an den Mikrophontisch.

»In Ordnung, Sir.« Der Erste Funkoffizier hantierte an Knöpfen und Schaltern und rief schließlich: »Ruhe bitte!« Neben dem Mikrophon leuchtete ein Lämpchen auf. »Es kann losgehen, Sir.«

»Achtung! Achtung!« begann Bruinsma. »Hier spricht der Kapitän, Kommodore Bruinsma. Ich muß Ihnen leider mitteilen, daß sich unsere Ankunft in New York um zwei Stunden verzögern wird. Wir haben von dem niederländischen Frachter *Star of Peace* einen Funkspruch aufgefangen, in dem dieser uns dringend bittet, einen Arzt und Krankenschwestern zu schicken, um einen gewalttätigen psychisch Kranken an Bord der *Tubantia* zu holen, damit er in New York in ein Krankenhaus eingewiesen werden kann. Wir passieren die *Star* in zirka zwei Stunden. Für die Dauer der Aktion wird die Backbordseite des Bootsdecks gesperrt. Wir sind in diesem Fall gesetzlich verpflichtet, Hilfe zu leisten, da wir dem Frachter am nächsten sind. Unsere Ankunft in New York ist jetzt für 20 Uhr 30 angesetzt. Für diejenigen von Ihnen, die aufgrund dieser Verspätung Züge oder Flüge versäumen müssen, ist eine Übernachtung in einem New Yorker Hotel vorgesehen. Die Vertretung unserer Reederei wird Ihnen bei der Buchung der neuen Anschlußflüge oder Züge behilflich sein. Danke.«

Er nickte dem Ersten Funkoffizier zu, der einen Schalter bediente. »Danke, Sparks. Haben Sie schon Antwort aus New York bezüglich der Schlepper?«

»Ja, Sir. Moran versichert uns, daß er zur voraussichtlichen Ankunftszeit die nötigen Schiffe zur Verfügung hat.«

»Ausgezeichnet. Sollte sich noch was Neues ergeben, ich bin in meiner Kabine.«

»In Ordnung, Sir.«

Als Bruinsma über das Bootsdeck zu seiner Kabine zurückging, war die Aufregung unter den Passagieren bereits sichtbar. Niemand schwamm im Pool, dafür standen sie in Grüppchen zusammen und diskutierten. Dabei hatten sie nicht die geringste Ahnung, was sich auf dem holländischen Frachter wirklich abspielte. Woher sollten sie auch. Der Funkspruch mit dem Wunsch nach Beruhigungsmitteln hatte Bruinsma die Freude an dem strahlenden Sommertag gründlich verdorben. Seine Kabine kam ihm plötzlich einsam und unwirtlich vor. Er hatte noch eine Stunde, die es zu überbrücken galt. Einem plötzlichen Impuls folgend, hob er das Telefon ab und wählte eine Nummer.

»Hospital, zweite Klasse. Schwester Sedgwick-Jones.«

»Ich habe eine Stunde Zeit«, sagte Bruinsma ohne Umschweife. »Hast du Lust rüberzukommen?«

»Oh – okay, super! Bis bald.« Am anderen Ende war ein Klicken zu hören, doch offenbar hatte sie den Hörer nicht richtig aufgelegt, denn plötzlich war ihre Stimme wieder da: »Tut mir leid, Schätzchen, ich muß mich beeilen. Dem Alten ist langweilig, deshalb hat er um Erlaubnis gefragt, bei mir längsseits zu gehen.«

In einer ersten Gefühlsaufwallung hätte er am liebsten laut ins Telefon gebrüllt, um sie darauf aufmerksam zu machen, daß ihm nichts entgangen war, doch dann hängte er einfach ein. Wer wohl war mit »Schätzchen« gemeint? Diese Foster mußte bei ihr sein! Es gefiel ihm überhaupt nicht, daß Myrtle mit anderen Besatzungsmitgliedern über die Affäre mit ihm plauderte. Aber vermutlich wußte es bisher nur diese Foster. Er zweifelte, daß sie sich noch anderen anvertraut hatte. Trotzdem wußte Bruinsma aus bitterer Erfahrung, daß Klatsch über den Kapitän nicht lange auf das jeweilige Schiff begrenzt blieb. Er war daher sicher gut beraten, der Sache sofort einen Riegel vorzuschieben. Wenige Minuten später wählte er eine andere Nummer.

»Kapitänsbüro. Miss van Alkemade.«

»Miss van Alkemade, ich möchte Ihnen eine Erklärung diktieren. Kommen Sie bitte zu mir rüber. Und bringen Sie Ihren Stenoblock gleich mit.«

»Sofort, Sir.«

Es dauerte nicht lange, und Miss van Alkemade, Mitte Fünfzig, kühl, tüchtig und absolut reizlos, stand in seiner Kabine. Sie setzte sich züchtig in einen seiner Sessel und wartete mit gezücktem Bleistift, den Stenoblock auf den Knien.

»Gut, fangen wir an. Das Ganze muß auf Briefpapier ohne Kopf getippt werden. Zwei Kopien gehen an die Reederei, eine an den betreffenden Kapitän, zwei kommen in unsere Akten und eine ins Logbuch.«

»Ja, Sir.«

»›Wir, die Unterzeichnenden: Kommodore Bruinsma, Bouke, Kapitän der *Tubantia,* und Kuiper – den Vornamen des Herrn kenne ich leider nicht –, Kapitän des Frachters *Star of Peace,* beide unter niederländischer Flagge fahrend, erklären hiermit, daß durch die Erkrankung und damit den Ausfall des Schiffskrankenpflegers‹ – lassen Sie Raum für den Namen – ›eine lebensbedrohliche Situation unter den Passagieren der *Star of Peace* entstanden ist. Kapitän Kuiper bittet daher dringend um einen Ersatz des Krankenpflegers durch eine Fachkraft der *Tubantia.* Gemäß Artikel soundso‹ – die Nummer sehen Sie nach – ›des Gesetzes über gegenseitige Hilfeleistung auf hoher See ist der Kommodore Bruinsma dieser Bitte nachgekommen und hat die Überstellung von Schwester Foster an die *Star of Peace* angeordnet. Schwester Foster wird dort bleiben, bis die Passagiere von Bord gegangen sind oder ein Ersatz für sie gefunden wurde. Alle mit diesem Vorgang verbundenen Kosten übernimmt der Eigner der *Star of Peace.*‹ – Das wär's, Miss van Alkemade. Suchen Sie das Musterbuch des Mädchens raus und legen Sie es zusammen mit den ausgefertigten Dokumenten auf meinen Schreibtisch. Ich bin noch nicht sicher, ob die Überstellung von Schwester Foster an die *Star of Peace* überhaupt nötig wird, aber ich will schon mal alles vorbereitet haben. Danke.«

Miss van Alkemade stand geziert auf und marschierte zur Tür, wo sie Myrtle den Vortritt ließ, die gerade hereinkam.

»Hallo. Wie nett, daß du mich angerufen hast!«

Es war Eva und nicht die Schlange vom Paradies mit der gespaltenen Zunge.

»Tut mir leid«, entgegnete er, »aber wir müssen unser kleines Tête-à-tête leider ausfallen lassen.«

»O nein! Warum denn?«

Myrtles Gesicht mußte man gesehen haben. Es drückte grenzenlose Enttäuschung aus.

»Wir haben keine Zeit mehr. Ich muß mich fertigmachen.«

»Wozu?«

»Ich gehe an Bord dieses Frachters.«

2

Als die *Tubantia,* weiß und elegant mit ihren riesigen Deckaufbauten, längsseits gegangen war und sich an den Relings die Neugierigen drängten, beobachtete Kuiper, wie das Beiboot zu Wasser gelassen wurde. Kurz darauf kam es schnell und schnittig über das Wasser auf die *Star* zu. Erst als es beidrehte, um festzumachen, erkannte Kuiper die hochgewachsene, breitschultrige Gestalt im Bug. Er ging zum Fallreep, um ihn zu begrüßen.

Kommodore Bruinsma, ganz in Weiß und Gold, kletterte erstaunlich behende die Jakobsleiter hinauf.

»Willkommen an Bord, Kapitän«, sagte Kuiper, als Bruinsma an Deck sprang. »Nett, daß Sie mal rüberschauen.«

Doch der Kommodore nahm die ausgestreckte Hand nicht. »Lassen Sie sich erst mal ansehen«, bemerkte er, packte Kuiper bei den Schultern und drehte sein Gesicht in die Sonne. »Na, was macht das religiöse Feuer?« Die grünen schlauen Augen musterten ihn prüfend. »Etwas gedämpft, würde ich sagen.«

»Gehen wir in die Kajüte«, entgegnete Kuiper, der sich der Beobachter nur allzu bewußt war, die um sie herumstanden. »Hier entlang, bitte.«

In der Kajüte nahm Bruinsma seine Mütze ab. »Ich habe Ihnen die Beruhigungsmittel mitgebracht, um die Ihr Schiffsarzt gebeten hatte, und zwar nicht in Tablettenform, sondern als Lösung. Offenbar befürchtet er Selbstmorde.« Er schlenderte zum Bullauge. »Sie tragen da eine schwere Verantwortung, junger Mann. Aber Sie nennen das vermutlich Gottes Wille, was?«

»Ganz richtig!«

Bruinsma drehte sich um. Die grünen Augen funkelten wütend. »Ich kann verstehen, daß ein Christ, dessen Haus ausgeraubt wird, sagt, ›Es war Gottes Wille, daß man mich beraubt hat‹. Aber daß der Dieb sagt, ›Es war Gottes Wille, daß ich den Einbruch verübt habe‹, das ist doch wohl etwas abwegig.«

»Als Gott zu mir sprach, war die Selbstmordgefahr vorbei.«

Bruinsmas Augen wurden schmal und wachsam. »Mit Ihnen gesprochen hat? Wie?«

»Durch einen Marineoffizier.«

»Und was hat der Marineoffizier gesagt?«

»Morgen sind alle Schiffe in dieser Gegend zu besonderer Vorsicht aufgerufen, weil eine Segelregatta stattfindet. Und daran nehmen sehr viele amerikanische Yachten teil.«

»Na und?«

»Wenn ich SOS funke und meine Passagiere die Rettungsboote besteigen, dann sind diese Yachten verpflichtet, sie aufzunehmen. Stimmt doch, oder?«

»Wenn es die Boote sind, die Ihrem Schiff am nächsten sind, ja. Aber warum unbedingt SOS?«

»Es werden massenweise Reporter auf See sein, um das Finish der Regatta mitzuerleben. Außerdem überfliegen Flugzeuge mit Filmkameras die Regattastrecke. Wenn ich die *Star* also mitten in die Regattastrecke fahre und sie dann versenke, dann sind die Yachten und Begleitboote verpflichtet, meine Passagiere rauszufischen, die auf diese Weise im Beisein von Presse und Funk amerikanisches Territorium betreten.«

Nach kurzem Schweigen sagte Bruinsma schließlich gelassen: »Wenn Sie Ihr Schiff versenken, dann sind die Banken, bei denen Sie sich verschuldet haben, hinter Ihnen her wie eine Meute Hunde hinter dem Wild. Nicht zu vergessen die Versicherungen. Ich schätze, Sie kriegen ein Jahr Gefängnis.«

»Bitte – wenn's sein muß.«

»Außerdem verlieren Sie wahrscheinlich Ihr Kapitänspatent auf Lebenszeit. Und damit können Sie nie wieder ein Schiff führen.«

»Ich weiß.« Kuiper wunderte sich selbst über seine Ruhe. Noch klang das alles unwirklich, beinahe abstrakt. Er kam sich wie ein Hochstapler vor.

Bruinsma runzelte die Stirn. »Haben Sie vor, mit Ihrem Schiff abzusaufen?«

Kuiper war überrascht. Er hatte den Kommodore für feinfühliger gehalten. »Selbstmord? Sie scheinen verdammt wenig über das Christentum zu wissen.«

»Natürlich. Verzeihen Sie. Ich habe vergessen, wie attraktiv Märtyrertum sein kann.«

»Wenn ich das tue, dann bin ich kein Märtyrer.«

»Nein, nur ein armer Idiot. Die Märtyrer sind sie.« Er deutete auf Anna und die Kinder auf dem Foto hinter der Tür. »Weiß sie übrigens, was Sie vorhaben?«

»Noch nicht. Aber ich habe ein Telegramm aufgesetzt. Ich möchte es allerdings nicht durch meinen Funker aufgeben, sonst weiß es bald das ganze Schiff. Können Sie es vielleicht von der *Tubantia* aus...«

»Selbstverständlich.«

Kuiper zog ein zusammengefaltetes Blatt Papier aus der Tasche und reichte es Bruinsma. Der steckte es ungelesen ein. »Warten Sie auf ihre Zustimmung?«

»Ich hoffe auf ihre Unterstützung.«

»Und wenn Sie die nicht bekommen?«

Er dachte nach. Was, wenn Anna sagte: »Wenn du das tust, verlasse ich dich«? Aber das war natürlich Unsinn. War es das wirklich?

Er trat vor ihr Bild und sah sie an: ihr ernstes Gesicht, die ehrlichen Augen, die Brosche, die Vater ihr geschenkt hatte. Plötzlich kam ihm die ganze Sache wie ein verrückter Traum vor. Er schloß die Augen, als ihn die Konsequenzen von Gottes Plan zu überwältigen drohten.

3

Bruinsma beobachtete ihn und spürte seine Schwäche. Die ganze Idee war reiner Wahnwitz; der Junge war offenbar mit der Nervenbelastung nicht fertig geworden. Nach Prinzipien zu leben war gut und schön, Wahnsinn wurde es, wenn diese destruktiven Charakter hatten. Der Junge hatte sie mittlerweile wohl nicht mehr alle beisammen. Schade, die Vorstellung vom jungen Ritter in der goldenen Rüstung, der über die Meere segelte und den Papierdrachen der Bürokratie zerschlug, hatte ihm gefallen. Er mußte ihm seine selbstzerstörerischen Illusionen nehmen. »Na gut«, erklärte er energisch. »Und jetzt schlagen wir diese Bibel zu!«

Kuiper drehte sich um und sah ihn verwirrt an.

»Ja, Sie haben ganz richtig gehört. Es wird nämlich Zeit, daß Sie zwischen Christentum und einfacher Menschlichkeit zu unterscheiden lernen, junger Mann.«

»Ich verstehe nicht ganz...«

»Seit fünftausend Jahren bemühen wir den lieben Gott in allen Lebenslagen. Es ist an der Zeit, daß wir ihn mal eine Weile in Ruhe lassen. Was glauben Sie, hätte ich vor zwei Monaten in Südamerika getan, wenn das mein Schiff gewesen wäre? Diese Juden nach Deutschland zurückgebracht?«

»Ich dachte, daran hätten Sie keinen Zweifel gelassen.«

»Nein, mein verehrter Christ! Ich hätte dasselbe getan wie Sie – aber nicht, weil ich ein Christ, sondern weil ich ein anständiger Mensch bin. Ihr Christen könnt nicht mal ohne Gottes Hilfe anständig sein. Ihr mordet, stehlt, lügt und hurt von dem Augenblick an herum, da er von euch läßt. Aber bin ich ein Mörder? Ein Dieb? Ein Lügner? Nein, ich bin ein anständiger Mensch, auch ohne Gott dauernd zu bemühen.«

Kuiper sah ihn lange und schweigend an. »Wenn das so ist, dann übergebe ich Ihnen das Kommando über dieses Schiff«, erklärte er schließlich.

»Wie bitte?«

»Ich bitte Sie, das Kommando auf meinem Schiff zu übernehmen. Sie scheinen genügend Energie zu haben, weiterzumachen. Ich bin am Ende. Wenn Ihnen Anständigkeit wirklich etwas bedeutet, dann übergeben Sie Ihr Kommando Ihrem Ersten Offizier, informieren Ihre Reederei, werden ein freier Mann und übernehmen mein Schiff. Ich überschreibe es Ihnen hier und jetzt zur Hälfte. Ich mache Sie zu meinem Partner.«

»Reden Sie keinen Unsinn!«

»Dann hören Sie auf, ungereimtes Zeug zu reden. Wortspiele interessieren mich nicht!«

Bruinsma wurde plötzlich klar, daß auch für ihn die Stunde der Wahrheit gekommen war. Exakt über diese Situation hatte er nachgedacht, als er nackt vom Bullauge seiner Kabine aus die Abfahrt der *Star of Peace* beobachtet hatte, noch warm von der Lust, die Haut nach der willigen, aufreizenden Blondine duftend, die hinter ihm im Bett gelegen hatte. Er erinnerte sich an das nostalgische Gefühl, den naiven Wunsch, selbst der Ritter in der verbeulten Rüstung zu sein, der das Schiff seiner Bestimmung zuführte.

Der junge Mann beobachtete ihn aufmerksam. Es war ein bitterer Augenblick für ihn, als er mit einem Gefühl von Abschied antworten mußte: »Danke. Vielleicht ein andermal.«

Kuiper nahm es kommentarlos hin. Seltsamerweise empfand er nicht einmal Verachtung. Zeuge der moralischen Niederlage eines Menschen zu werden, gab ihm nicht das Gefühl der Überlegenheit. Er ging zu seinem Schreibtisch und nahm ein Blatt Papier zur Hand. »Ich habe hier eine Erklärung aufgesetzt, in der ich alle Verantwortung übernehme. Damit möchte ich verhindern, daß meine Mannschaft irgendwie zur Rechenschaft gezogen werden kann. Würden Sie sich das mal durchlesen? Ich möchte wissen, ob es rechtlich gesehen überhaupt Gültigkeit hat.«

Bruinsma setzte seine Brille auf. Nachdem er die Erklärung gelesen hatte, gab er sie Kuiper zurück.

»Ist das so in Ordnung?« erkundigte sich der junge Mann.

Bruinsma legte seine Brille zusammen, steckte sie wieder in die Brusttasche seines Jacketts und antwortete: »Ich wünschte, ich wäre Ihr Vater.«

»Mein Vater hätte genau dasselbe getan. Da bin ich sicher.«

»Aber warum? Ist Wahnsinn in Ihrer Familie erblich?«

»Mein Vater ist ebenfalls überzeugter Christ gewesen«, entgegnete der junge Kapitän.

»Mein Gott, hören Sie auf!« Bruinsma ging zur Tür. Auf halbem Weg fiel ihm das Dokument ein, das Miss van Alkemade für ihn getippt hatte. Er zögerte. Wenn Kuiper unterschrieb, dann bedeutete das, daß das Mädchen an Bord seines Schiffes bleiben mußte. Sollte er seine Entscheidung jetzt zurücknehmen, da er den Plan des Mannes kannte? Nein. Sie würde nicht nur gebraucht werden, wenn Kuiper Ernst machte, sie konnte ja auch in wenigen Tagen in New York wieder an Bord der *Tubantia* zurückkehren. Er zog das Papier aus der Tasche. »Ich habe hier übrigens noch was, das Sie unterschreiben sollten. Eine meiner Krankenschwestern hat sich freiwillig bereit erklärt, für ihren Pfleger einzuspringen. Wenn Sie sie haben wollen, dann sollten wir das rein formell erledigen, damit sie später keine Schwierigkeiten mit unserer Reederei bekommt. Also, wenn Sie bitte hier unterschreiben wollen...«

»Was ist das überhaupt?«

»Ihr offizielles Ersuchen um Hilfeleistung im Notfall. Und ein Notfall ist das doch wohl, oder? Sie können schließlich Ihrem Doktor nicht zumuten, allein mit über zweihundert potentiellen Selbstmördern fertig zu werden, nachdem Sie die Passagiere von der bevorstehenden Rückkehr nach Deutschland in Kenntnis gesetzt haben.«

Kuiper starrte ihn einen Moment ausdruckslos an. Dann nahm er seinen Füllfederhalter und unterschrieb.

Es war ein seltsames Gefühl, den jungen Mann verlassen zu müssen, ohne ihm seine Illusionen genommen zu haben. Mit der Hand auf dem Türknauf drehte Bruinsma sich noch einmal um und sagte: »Ich werde meinen Funkern Bescheid sagen. Falls Sie kein SOS funken sollten, lade ich mich und einen jungen Freund zu einer Flasche Champagner ein.« Er machte die Tür auf und fügte hinzu: »Wenn es diesen – Ihren Gott gibt, wie ich hoffe, dann rettet er vielleicht eines Tages auch meine Seele, vorausgesetzt, ich habe so was.«

Bruinsma ging und schloß die Tür. Draußen auf dem Unterbrückendeck wartete Willemse auf ihn. »Ist der Patient bereit?«

»Ja, Kommodore. Es kann gleich losgehen.«

»Gut, dann fangt an. Jede Minute kostet die Reederei 'ne Menge Geld.« Damit marschierte er zur Jakobsleiter, kletterte ohne den kleinsten Ausrutscher die Sprossen hinunter – für sein Alter eine reife Leistung –, dann spürte er zarte Hände, die ihm ins Beiboot halfen. Sie gehörten Schwester Foster; ihre braunen Augen waren groß und schön.

»Danke«, sagte er. »Sind die Medikamente abgeliefert worden?«

»Ja, Kommodore.«

»Der Kapitän hat ein offizielles Hilfeersuchen unterschrieben, Sie können also an Bord gehen. Aber warten Sie bitte, bis der Patient sicher abtransportiert worden ist. Ich habe keine Lust, mich auf dem Rückweg mit einem gewalttätigen Wahnsinnigen herumschlagen zu müssen.«

»In Ordnung, Sir«, antwortete sie mit leiser Stimme.

Bruinsma wurde plötzlich klar, daß sie Angst hatte, und fühlte sich irgendwie schuldig.

»Verflucht, wir haben nicht ewig Zeit. Was machen die nur so lange? Jede Minute kostet die Reederei Geld. He, Sie! Gehen Sie mal rauf und sehen Sie nach, was los ist!«

»Jawohl, Sir. Sofort, Sir.«

Der junge Offizier kletterte die Jakobsleiter in deprimierender Geschwindigkeit hinauf, schwang sich über die Reling und war verschwunden.

4

»Doktor! Kommodore Bruinsma ordnet an, daß der Patient jetzt ins Beiboot gebracht werden muß!« sagte ein junger Deckoffizier mit rosigen Backen und in schicker weißer Uniform, geschniegelt und gebügelt wie aus dem Bilderbuch. Als er Hendriks Zögern bemerkte und Vinkemans eingefallenes Gesicht sah, fügte er verlegen hinzu: »Entschuldigen Sie, Sir, aber der Kommodore sagt, daß jede Minute Geld kostet.«

Die nicht gerade geschmackvolle Bemerkung stürzte den guten Vinkemans in eine neue emotionale Krise. »O Doktor! Ich schäme mich ja so schrecklich! Mein Gott, daß ich Sie einfach allein lasse, in dieser...« Er begann hemmungslos zu schluchzen, klammerte sich an Hendriks Arm und legte den Kopf an seine Schulter.

»Wir kommen sofort«, sagte Hendrik zu dem apfelgesichtigen jungen Offizier. Der schlug die Hacken zusammen, marschierte aus dem Behandlungszimmer und stolperte prompt über die hohe Schwelle. Draußen waren Stimmen zu hören, und etwas Schweres stieß gegen die Korridorwände. Offenbar waren die Matrosen mit der Bahre im Anmarsch.

Vinkemans hob plötzlich den Kopf, starrte Hendrik aus fiebrig glänzenden Augen an und flüsterte: »Doktor, bitte – bitte vergessen Sie nicht, wenn Frau Scholle...«

»Vinkemans«, unterbrach Hendrik ihn ruhig, aber bestimmt. »Machen Sie sich bitte keine Sorgen. Sie haben hier großartige Arbeit geleistet. Ich weiß nicht, was ich ohne Sie gemacht hätte. Jetzt haben Sie ein Recht, sich erst mal auszuruhen. Ja! Herein!«

Zwei Matrosen kamen mit der Bahre herein. Vinkemans redete aufgeregt, ja geradezu hysterisch weiter, und alle atmeten erleichtert auf, als er schließlich auf der Bahre festgeschnallt war und aus dem Behandlungszimmer und durch den Korridor getragen wurde.

Hendrik ertrug es nicht, zuzusehen, wie der Mann ins Beiboot hinuntergelassen wurde. Erneut erfaßte Panik ihn bei der Vorstellung, von nun an allein mit allem fertig werden zu müssen. Schließlich straffte er die Schultern, ging energisch den Korridor entlang und den Niedergang hinauf aufs Unterbrückendeck, betrat die Kapitänskajüte, riß die Tür des Eckschranks auf und schenkte sich einen doppelten Genever ein. Der Alkohol brannte wie Feuer in Kehle und Magen. Mein Gott, er war verrückt! Die Zecherei mit Wybrands im Funkraum zeigte schon genug Wirkung... Er schlug die Schranktür zu, legte die Stirn gegen das Holz und verharrte eine Weile bewegungslos in dieser Stellung. Seine einzige Chance war, alle mit Beruhigungsmitteln vollzupumpen. Ein Schiff voller apathisch dahindösender Leute war ihm lieber, als zweihundertfünfzig potentielle Selbstmörder. Er konnte nur hoffen, daß Willemse genügend Medikamente mitgebracht hatte.

In diesem Augenblick klopfte es an die Tür. Sie ging noch im selben Moment auf. Das konnte nur jemand von der Mannschaft sein, der die Medikamente brachte. »Stellen Sie's in die Ecke!« sagte er daher, ohne sich umzudrehen.

Er hörte Schritte. Dann sagte eine Frauenstimme: »Hallo, junger Mann!«

Hendrik wirbelte herum und dort – Allmächtiger – stand tatsächlich Susan. »Susan! Susan! Dem Himmel sei Dank!«

»Na, nur nicht übertreiben!« entgegnete sie gelassen. Und als er versuchte, sie zu küssen, fügte sie kühl hinzu: »Verzeihung, aber eines sollten wir gleich mal klarstellen: Ich bin nicht wegen dir, sondern wegen der Patienten hier!«

Hendrik hörte sich mit schwerer Zunge, die einem anderen

Wesen zu gehören schien, sagen: »Na, das ist ja verdammt nett von dir. Fühl dich wie zu Hause. Sieh sie dir ruhig an. Wie wär's mit einem Drink, bevor du ihren Anblick genießt und dann auf die gute alte *Tubantia* zurückbraust?«

Ihre Augen waren dunkle, braune Tümpel, in die man seine Seele versenken konnte. »Entschuldige, mein Bester«, sagte sie schließlich. »Aber ich bin gekommen, um zu bleiben.«

»Du bist was?«

»Ich habe Erlaubnis von Kommodore Bruinsma, auf die *Star of Peace* überzuwechseln, um hier deinen Krankenpfleger zu ersetzen.« Ihr Blick schweifte zu seinem Mund. »Ich finde, wir vergessen, was privat mal zwischen uns gewesen ist. Was mich betrifft, ist das sowieso längst Vergangenheit.«

Zu seiner Überraschung machte es ihm nicht einmal etwas aus. »In Ordnung«, erwiderte er. »Also lassen wir das mit dem Alkohol. An Arbeit wird es dir hier nicht mangeln, Schätzchen. Wir haben es mit zweihundertfünfzig potentiellen Selbstmördern zu tun. Laß dich mal anschauen!«

Er nahm sie bei den Schultern und hielt sie auf Armeslänge von sich. Selbst das änderte nichts. Es war ihm völlig gleichgültig geworden, daß sie eine attraktive Frau war, mit der er eine angenehme Nacht verbracht hatte. Jetzt waren andere Qualitäten gefragt. Er brauchte eine erstklassige Krankenschwester. Und als das mußte sie sich schon erweisen. Vinkemans zu ersetzen war nicht einfach.

5

Als er sie aus seinen spitzbübischen blauen Augen ansah, die mit ihrem Charme einen Stein zum Erweichen bringen konnten, merkte sie, daß er sich verändert hatte. Er war nicht mehr der gutaussehende Junge, der nichts anderes im Kopf hatte als Sex und Vergnügen; er war, auf seine Weise, erwachsen geworden.

»Sag mal, wie hast du das eigentlich gedeichselt?« erkundigte er sich unvermittelt.

»Oh, das war ganz einfach. Als Willemse mir von eurer Anfrage erzählt hat, ob wir einen psychisch Kranken bei uns aufnehmen könnten, und es sich herausstellte, daß der Patient dein Krankenpfleger ist, habe ich mich freiwillig gemeldet. Zuerst wollte mich der Alte nicht gehen lassen, aber dann hat er offenbar in seinen Vorschriften geblättert und gemerkt, daß er dazu verpflichtet ist. Ich muß übrigens mein Musterbuch deinem Kapitän geben. Bitte erinnere mich daran. Aber zuerst solltest du mich mal einweisen...«

»In fünf Minuten fängt meine tägliche Sprechstunde im Hospital an. Wenn du mich begleitest, kannst du dir gleich selbst ein Bild machen.«

»Wissen die Leute eigentlich, daß sie vermutlich nach Deutschland zurückkehren müssen?«

»Nein. Sie hoffen, daß das Komitee in Amerika mit seinen Bemühungen Erfolg hat. Aber soviel ich weiß, haben sie kaum eine Chance, politisches Asyl zu bekommen. Mein Krankenpfleger hat das nicht verkraftet. Er hatte einen Nervenzusammenbruch.«

»Und wieso geht's dir nicht genauso?«

»Vermutlich bin ich dickfelliger«, antwortete Hendrik. »Meinst du, du wirst damit fertig?«

»Es bleibt mir eigentlich nichts anderes übrig, oder?«

Er tätschelte ihr die Schulter und lächelte. »Braves Mädchen. Also dann – auf in die Höhle des Löwen! Ich warne dich. Es geht gleich mit Pauken und Trompeten los!«

Im Korridor vor der Krankenstation, an den sie sich noch von ihrem Besuch während des Aufenthalts in Montevideo erinnerte, warteten dicht gedrängt die Patienten. Als sie das Behandlungszimmer betrat, sah sie sich zu ihrer Überraschung dem Mädchen gegenüber, dem sie vergeblich ihre Schwesterntracht angeboten hatte. »Oh, hallo! Wie geht es dir?«

»Gut, danke«, antwortete das Mädchen auffällig kühl und fügte dann hinzu: »Heißt das, daß ich hier nicht mehr gebraucht werde?«

»Ganz und gar nicht«, widersprach Hendrik. »Aber du solltest diese Stunde nutzen und dich ausruhen. Du wirst sogar dringend gebraucht. Hallo, Herr Himmelbaum! Kommen Sie rein.« Ein älterer, offenbar sehr erregter und nervöser Herr trat ein. »Setzen Sie sich. Wie geht es Ihnen heute?«

Während der alte Herr Hendrik mit zittriger Stimme antwortete, wurde Susan plötzlich klar, daß sie über jenen Horizont hinaus geraten war, an dem sie damals in Montevideo vom Funkdeck aus die *Star of Peace* als schwarzen Punkt hatte verschwinden sehen. Damals hatte sie das Mädchen um den Mut ihrer Entscheidung beneidet. Jetzt fragte sie sich, ob das Mädchen damals ähnlich empfunden hatte, wie sie jetzt: Sie hatte panische Angst vor der eigenen Courage.

6

Bouke Bruinsma fand das Telegramm, als er sich für die Cocktailstunde in der ersten Klasse umzog und in den Taschen seiner weißen Uniform kramte.

> Anna Kuiper, Haven Laan 25, Den Helder, Niederlande. Muß entscheiden, ob ich meinen Erlöser verleugne und alles behalte oder Ihm gehorche und alles verliere. Antworte für dich und die Kinder. Joris.

Es war ein merkwürdiger Telegrammtext. Jedenfalls konnte er Anna Kuiper kaum erklären, in welcher Situation sich ihr Mann tatsächlich befand. Niemand, der diese Sätze las, konnte erraten, daß Kuiper seine Frau fragte, ob sie einverstanden war, daß er sein Schiff versenkte. Das wiederum bewies, daß Kuiper sich noch nicht endgültig entschieden hatte. Er überließ es vielmehr seiner Frau, für ihn zu entscheiden, ohne sie darüber aufzuklären, um was es bei dieser Entscheidung tatsächlich ging. Das dämpfte etwas den Glorienschein des edlen Ritters. Er würde wohl nicht bis zum Äußersten gehen, sondern die Juden letzten Endes doch noch nach Deutschland zurückbringen.

Bruinsma ging in der Unterhose zum Telefon und wählte eine Nummer. Der Funkoffizier meldete sich. »Hier Bruinsma. Ich möchte ein Telegramm für die Niederlande aufgeben. Es ist dringend und muß sofort rausgehen. Sorgen Sie dafür, daß es zu Hause sofort zugestellt wird.«

»In Ordnung, Sir.«

Er schenkte sich einen Drink ein. Und was war, wenn das Unglaubliche geschah? Wenn der junge, bedeutungslose Kuiper, Frachterkapitän mit unbedeutender Frau und zwei unscheinbaren Kindern, sich nicht nur gegen Hitler, sondern gegen alle feigen, heuchlerischen Regierungen dieser Welt stellte? Das Telegramm allerdings sprach dagegen. Heldentum war wohl doch nicht mehr gefragt. Er würde die verdammten Juden nach Deutschland zurückbringen und damit wieder von seinem Podest herabsteigen und sich in den Kreis der normalen Sterblichen einordnen.

Bruinsma schenkte sich noch einen Drink ein. Plötzlich ekelte ihn alles an: der Alkohol, das sexuelle Begehren, das sich einstellte, ohne daß er überhaupt einen Gedanken daran verschwendete. Er zog seine Paradeuniform an und machte sich auf den Weg in die Bibliothek der ersten Klasse, wo die Cocktailstunde stattfand. Im Lift änderte er seine Absicht. »Lassen Sie mich auf dem B-Deck raus«, wies er den Liftboy an.

Im Hospital der zweiten Klasse, wo er den Krankenpfleger der *Star of Peace* hatte unterbringen lassen, traf er Myrtle, die gerade eine merkwürdig dampfende grüne Mixtur zubereitete. »Guten Abend, Schwester«, begrüßte er sie förmlich. »Was flößen Sie dem armen Kerl denn da ein?«

»Oh, guten Abend, Kommodore. Das ist nur zur Beruhigung für den Magen. Es wird uns guttun, Robert.«

Der hohlwangige Mann im Krankenbett starrte auf das Glas mit der ekelhaft grünen Flüssigkeit, das wie von Geisterhand getragen auf ihn zuschwebte. »Ist es recht, wenn ich es später trinke?« fragte er schüchtern.

»Nein«, antwortete Myrtle mit starrem Lächeln. »Ihretwegen hat ein Passagierdampfer die Reise nach New York unterbrochen, Sie wurden unter großem Aufwand an Bord gebracht, und daher sollten Sie jetzt keine weiteren Schwierigkeiten mehr machen, ja? Also trinken Sie das bitte!«

Kleinlaut fügte sich der Mann und trank den Hexentrunk in großen Schlucken.

»Braver Junge«, lobte Myrtle kurz angebunden. Sie nahm ihm das Glas ab, stellte es auf den Nachttisch und sagte: »So, und jetzt wird geschlafen!« Sie wollte den Vorhang vor dem Bett schon zuziehen, als Bruinsma sie daran hinderte.

»Ich möchte noch kurz mit ihm sprechen.«

»Ich habe ihm gerade ein Schlafmittel gegeben!« entgegnete Myrtle leise.

»Was du ihm gegeben hast, interessiert mich nicht! Laß uns gefälligst allein.«

»Ts-ts-ts – wie der Herr wünscht.« Sie knallte das leere Glas demonstrativ auf die Anrichte, marschierte mit wackelndem Hinterteil hinaus und machte die Tür zu.

»Na, Vinkemans, wie fühlen Sie sich?« erkundigte sich Bruinsma und zog einen Stuhl ans Krankenbett.

»Gut, Sir. Danke – gut, Sir.«

»Ausgezeichnet. Bevor wir uns weiter unterhalten, Vinkemans, möchte ich eines klarstellen: Ich bin kein Arzt, sondern Seemann, und ich habe drei Viertel meines Lebens auf dem Wasser verbracht. Meiner Ansicht nach sind Sie nicht psychisch krank; im Gegenteil. Ich habe mir die *Star* angesehen und weiß, was diese Menschen erwartet. Ich an Ihrer Stelle hätte Himmel und Erde in Bewegung gesetzt, um von dort wegzukommen. Für mich sind Sie ein Simulant – allerdings ein Simulant mit Motiv.«

Der Mann starrte ihn düster an. »Wie Sie meinen, Sir.«

Das bestätigte Bruinsmas Diagnose. Aber daran hatte er nie gezweifelt. Drückeberger erkannte er auf Anhieb. »Keine Angst, Vinkemans, ich werd's nicht an die große Glocke hängen. Und ich habe nicht die Absicht, den Herren Medizinern zu widersprechen. Der Grund, warum ich Ihnen das sage, ist lediglich der, daß Sie wissen sollen, weshalb ich mich mit Ihnen unterhalten will. Mich interessiert Ihr Urteil in einer bestimmten Angelegenheit. Und ich bin nicht der Typ, der Irre um ihre Meinung fragt, Vinkemans.«

»Ja, Sir.« Der Mann blieb zurückhaltend, war jedoch sichtlich interessiert.

»Es geht um Ihren Kapitän«, fuhr Bruinsma fort. »Er hat die

Möglichkeit, sein Schiff zu versenken, um Segelyachten, die unter amerikanischer Flagge fahren, zu zwingen, seine Passagiere aufzunehmen. Damit befänden sich diese Juden dann auf amerikanischem Territorium und kriegten genug Publicity, um nicht mehr nach Deutschland zurückgeschickt werden zu können. Kuiper jedoch würde nicht nur sein Schiff und sein Geld, sondern auch sein Kapitänspatent verlieren und müßte vermutlich noch ins Gefängnis. Das ist ein schweres Opfer für ein paar Flüchtlinge. Sie müßten Kuiper gut genug kennen, Vinkemans. Was glauben Sie? Wird er diese Chance nutzen? Liegt ihm so viel am Wohlergehen dieser Passagiere, daß er für sie sein Schiff versenken würde?«

Die Augen des Mannes weiteten sich. »O mein Gott...«

»Wie soll ich das verstehen? Ja oder nein?«

»O mein Gott! Wenn ich das gewußt hätte, wäre ich nie von Bord gegangen!«

»Ich wollte damit ja nicht sagen, daß er's tun wird. Ich weiß nur, daß diese Möglichkeit besteht. Ich frage Sie, weil Ihr Kapitän einen internationalen Zwischenfall heraufbeschwört, wenn er seinen Frachter versenkt, und ich mich für diesen Fall absichern möchte. Ich habe keine Lust, noch einen Rüffel zu kriegen, weil ich die Behörden nicht rechtzeitig informiert habe. Also, was meinen Sie? Wird er alles opfern und sich sogar einsperren lassen, nur um diese Juden zu retten?«

Der Mann starrte durch ihn hindurch. Myrtles Hexentrank schien zu wirken. »Das hängt von seinem Vater ab.«

»Wie bitte? Das verstehe ich nicht ganz.«

»Wenn sich herausstellen sollte, daß er sich ein völlig falsches Bild von seinem Vater gemacht hat, und wenn's hart auf hart geht, dann erweisen sich eben die meisten Väter als Nieten – nun, dann tut er's bestimmt nicht.«

Bruinsma starrte den Mann verwirrt an. Diese Antwort hatte er nicht erwartet. Entweder war er der kluge und aufmerksame Beobachter, für den er ihn hielt, oder Myrtles Gebräu hatte ihm die Sinne geraubt. »Das müssen Sie mir schon genauer erklären.«

»Ganz offensichtlich richtet sich Kuiper bei allem danach, wie sein Vater in einer ähnlichen Situation gehandelt hätte«, antwortete Vinkemans. »Er ist kein Kapitän aus Berufung –

ihm wurde dieser Beruf praktisch aufgezwungen. Auf mich hat er immer einen eher unsicheren Eindruck gemacht. Er zitiert ständig seinen Vater, hat dessen Bild auf seinem Schreibtisch stehen – und es ist größer als das seiner Frau und seiner Kinder. Deshalb sage ich auf Ihre Frage: Wenn sein Vater das Schiff versenkt hätte, oder wenn Kuiper glaubt, daß er es getan hätte, dann tut er es vielleicht auch. Aber was...«

Bruinsma winkte energisch ab. Für eine Psychoanalyse des Kapitäns war er nicht in Stimmung. Trotzdem hatte die Bemerkung die Erinnerung an einen Satz wachgerufen, den Kuiper am Nachmittag in seiner Kajüte auf der *Star* gesagt hatte: »Mein Vater hätte dasselbe getan. Da bin ich sicher.« Wenn er Vinkemans glauben durfte, dann hing alles davon ab, wie sicher sich Kuiper sein konnte.

»Kuiper hat mich gebeten, seiner Frau ein Telegramm zu schicken, in dem er sie um Rat bittet. Glauben Sie, es könnte eigentlich an seinen Vater gerichtet sein? Lebt der alte Herr bei seiner Schwiegertochter?«

»Nein, er ist tot – schon seit drei oder vier Jahren, schätze ich. Aber für Käpt'n Kuiper ist er verdammt lebendig. Manchmal habe ich sogar überlegt...« Vinkemans zögerte.

»Was?«

»Es mag lächerlich klingen, aber es gab Augenblicke, wenn ich mit Kuiper zusammen war, da hatte ich den Eindruck, die Gegenwart des Alten zu spüren. Es war fast, als sei ein Gespenst an Bord.« Die Augen Vinkemans wurden schläfrig.

»Tja, jetzt ruhen Sie sich mal richtig aus«, seufzte Bruinsma und stand auf. »Vielen Dank für den Tip.«

Bruinsma ging zur Tür und fuhr dann in die Bibliothek der ersten Klasse hinauf. Dort war eine Pokerpartie im Gang. Er spielte eine Weile mit, war jedoch nicht recht bei der Sache.

Vinkemans Worte gingen ihm nicht aus dem Kopf. Und plötzlich sah er Kuiper in einem ganz anderen Licht. Er war nicht der christliche Kreuzfahrer, kein Ritter in glänzender Rüstung, sondern ein Hamlet der See.

DRITTER TEIL

HEIMKEHR

ERSTES KAPITEL

1

Anna Kuiper träumte von Zwergen und Mäusen, bis jemand sie an der Schulter rüttelte, sie aufzuwecken versuchte und unablässig ihren Namen rief. Allmählich tauchte sie aus dem Niemandsland der Träume auf. An ihrem Bett stand der vierjährige Jantje.

»Mutter! Mutter! Ma!« rief er aufgeregt. »Bitte, wach doch auf! Da klopft jemand dauernd an die Tür!«

»Wie spät ist es?« fragte Anna verwirrt bei dem Versuch, ganz normal zu reagieren.

»Ich weiß nicht!« antwortete Jantje den Tränen nahe. »Niemand wollte aufwachen! Arnold nicht, und du auch beinahe nicht...«

»Schon gut. Schon gut.« Sie schwang die Beine aus dem Bett. »Leg dich wieder hin. Es ist ja alles gut. Schlaf weiter.«

Der kleine Junge kroch unter die Bettdecke. Anna nahm ihren Morgenmantel vom Stuhl, schlüpfte in die Hausschuhe und ging zur Haustür. Nachdem sie in der Diele Licht gemacht hatte, spähte sie durch den Spion. Draußen stand Mijnheer Horsting, der Hafenmeister. Er kam stets dann, wenn Schiffe auf See vermißt wurden.

Sie empfand nichts, sie dachte an nichts, sie fühlte sich plötzlich hohl und leer. Schließlich öffnete sie die Tür, sah den Mann an und fragte: »Ja?«

Der stand nur gutmütig lächelnd auf der Schwelle und schwenkte fröhlich ein Telegramm in der Hand. Der Tod, schoß es ihr als erstes durch den Kopf. So sah also der Tod aus. Er war kein Knochenmann im schwarzen Umhang, sondern Mijnheer Horsting mit der Schiffermütze. »Ein Telegramm von deinem Mann, Annie!« verkündete der laut. »Wir haben es von Scheveningen Radio übermittelt gekriegt. Es hieß, es sei ›dringend‹, deshalb hab ich's dir gleich gebracht.«

»Ist er tot?« fragte sie ruhig. Ihre Stimme klang belegt. Aber daran war nur ein Frosch im Hals schuld.

»Tot? Du meine Güte, nein! Er ist frisch und munter. Aber – na, lies es selbst. Ein richtiges Puzzle – dieser Text! Du und er – ihr müßt einen Geheimcode haben; anders kann ich mir's nicht erklären. In der Hafenmeisterei jedenfalls konnte sich niemand einen Reim darauf machen. Es geht jedenfalls um Jesus.«

Sie nahm den Umschlag. »Danke, Mijnheer Horsting.«

»Keine Ursache.« Er lachte laut auf. »Tot? Na, so was!« Dann wurde er ernst. »Aber du hast ja recht. Es hätte sein können. 's war ja schon oft meine traurige Pflicht...« Kopfschüttelnd wandte er sich ab und ging die stille Straße, noch immer mit sich selbst redend, hinab.

Männer, dachte Annie verächtlich. Fröstelnd zog sie den Morgenmantel enger um sich, machte die Tür wieder zu, ging in die Küche, öffnete den Umschlag und zog das Telegramm heraus.

> Anna Kuiper, Haven Laan 25, Den Helder, Niederlande. Muß entscheiden, ob ich meinen Erlöser verleugne und alles behalte oder Ihm gehorche und alles verliere. Antworte für dich und die Kinder. Joris.

Horsting hatte recht gehabt. Der Text war völlig unverständlich. Mit Jesus hatte es was zu tun. Sie konnte es genausogut in den Mülleimer werfen. Verdammt, es fiel ihr gar nicht ein, darauf zu antworten! Es war barer Unsinn. Und von diesem Unsinn hatte sie genug. Sie wollte damit nichts mehr zu tun haben. Sie hatte Kinder, eine Katze... Plötzlich war sie wütend auf sich selbst. Ihre kleine Welt – zwei kleine Jungen, eine Katze, ein hübsches Häuschen mit allem, was man brauchte –, das alles war so leicht ins Wanken zu bringen...

Ärgerlich ging sie zum Wasserhahn, füllte den Wasserkessel und setzte ihn auf. Dann sank sie auf den Stuhl.

»...muß entscheiden, ob ich meinen Erlöser verleugne und alles behalte oder ihm gehorche und alles verliere...«

Was zum Teufel sollte das heißen? Während sie Tee aufgoß, warf sie aus den Augenwinkeln einen Blick auf das seltsame Telegramm. Wie sollte sie da eine Entscheidung treffen? Sie sah ihn vor sich: groß, muskulös, stark; wenn er einen in seine Arme nahm und liebte, dann war das als würde man von der Brandung hochgehoben und an den sandigen Strand geschwemmt. Und jetzt kriegte man ein Telegramm wie dieses. Was zum Teufel war mit diesem Mann los? Sie hatte in letzter Zeit so viele Nachrichten von ihm bekommen, daß sie für ein Leben genug davon hatte. »Anna Kuiper? Ihr Mann sitzt auf dem Polizeirevier in einer Zelle und bittet Sie, seinem Vater Bescheid zu sagen.« Oder: »Anna Kuiper? Ihr Mann liegt in der Intensivstation vom Krankenhaus. Er hatte eine Prügelei. Sie sollen ihm ein paar Sachen zum Anziehen bringen und seinem Vater Bescheid sagen.«

Plötzlich packte sie die Wut. Eine Wut, die sie seit Jahren unterdrückt hatte, seit seiner verdammten Bekehrung. Er hatte sie betrogen. Aus ihm war ein anderer geworden. Sie hatte einen Mann mit all seinen Fehlern geheiratet, einen Mann, der Wutausbrüche hatte, der trank, sich prügelte – aber er war ein Mann gewesen, ihr Mann! Und dann ganz plötzlich »klick« – und er hatte einen Heiligenschein bekommen und betete bei jeder Gelegenheit. Wenn sie zu Bett gingen, sich liebten und man noch hilflos nach der Brandung am Strand lag – dann kniete er schon neben dem Bett, betete und bat Gott um Verzeihung. Pah! Sie warf das Telegramm weit von sich. Bei einer Tasse Tee beruhigte sie sich allmählich. Und dann wurde ihr klar, daß nicht von ihm, daß von ihr gefordert wurde, entweder alles zu verlieren oder alles zu behalten, damit er seinen Erlöser befriedigen konnte!

Sie saß am Küchentisch, rührte in der Teetasse, starrte ins Leere und bekam allmählich kalte Füße. Er hatte ihr alles genommen, der gemeine Kerl: ihre Jugend, ihre Unschuld, ihre Träume – und jetzt schickte er auch noch solche Telegramme...

Es ergab einfach keinen Sinn. Sie hatte keine Ahnung, worum es eigentlich ging. Aber sie kannte ihn. Sie wußte, daß er sein Leben lang auf einem schmalen Grat über dem Abgrund der Gewalttätigkeit wandeln würde. Beinahe hatte er sie beide zerstört mit seiner Trunksucht, seinen Schlägereien, den Krächen mit seinem Vater.

Sie verbarg das Gesicht in den Händen. O Gott, dachte sie,

Jesus, wer auch immer – gebt es mir wieder! Gebt mir mein Leben wieder. O bitte, bitte!

Aber das war Unsinn. Das brachte auch keine Lösung. Damit zögerte sie das Unvermeidliche nur hinaus. Und eine Entscheidung mußte sie treffen.

Sie trank einen Schluck Tee und verbrannte sich prompt den Mund. Er war zu heiß. Während sie ein Glas Wasser hinterherkippte, nahm sie den Gedankenfaden wieder auf. Sie glaubte plötzlich den Alten wieder zu hören, wie er über ihr stand und sagte: »Komm, vergiß den grünen Jungen, du bist eine Frau für Männer.« Die Erinnerung daran zwang sie endgültig zum Nachdenken. Was sollte sie tun? Wenn sie antwortete: Warum kannst du dich nicht wenigstens einmal selbst entscheiden?, würde er sich blind in ein Abenteuer stürzen. Antwortete sie aber: Folge deinem Erlöser, dann ja – der Himmel wußte, was er dann vorhatte. Sein Geld den Armen geben? Das Schiff den Leprakranken stiften? Den heiligen Franziskus spielen? Egal, ob die Frau ihn dafür haßte?

Ihn dafür haßte?

Wo hatte sie das gelesen? Erst kürzlich hatte sie das irgendwo gesehen: »Und wenn jemand zu mir kommt und haßt nicht seine Frau und seine Kinder...«

Es mußte ein Bibelzitat sein. Aber seltsamerweise klang es ganz und gar nicht nach dem sanften, milden Jesus. Nur, woher sollte es sonst stammen?

Anna straffte die Schultern. Sie durfte jetzt den Realitätssinn nicht verlieren. Das beste war, sie dachte erst einmal gar nicht mehr an die Sache, ließ sie einfach ruhen, während sie das Frühstück machte, die Jungen in die Schule schickte, ihren Haushalt versorgte und dann mit ihrer Bibel zum Aussichtspunkt am Hafen ging, um dort einfach zu sitzen und zu warten.

Und genau das tat sie dann auch. Nachdem die beiden Jungen ordentlich gewaschen waren, gefrühstückt und sich verabschiedet hatten, nahm sie ihre Bibel, legte den Schal um die Schultern und ging die Straße entlang, lächelte den neugierigen Gesichtern hinter den Fenstern der Nachbarhäuser freundlich zu, denn natürlich wußten bereits alle von dem Telegramm. Nicht daß Mijnheer Horsting getratscht hätte, aber da er nun mal im Morgengrauen solch einen Lärm vor ihrer Haustür verursacht hatte, hätte er ebensogut eine Schlagzeile in die Zeitung setzen können. Schließlich ließ sie sich auf der windigen Bank am Aussichtspunkt nieder und starrte aufs Meer und die Insel Texel in der Ferne hinaus. Die Sonne schien warm, und über ihr schrien Möwen.

Um Tränen erst gar nicht aufkommen zu lassen, schlug sie die Bibel auf. Im Neuen Testament fand sie die Stelle fast mühelos, so als hätte diese Textpassage nur darauf gewartet, von ihr entdeckt zu werden: »Wenn jemand zu mir kommt und haßt nicht seinen Vater, Mutter, Frau, Kinder, Brüder, Schwestern und dazu sich selbst, der kann nicht mein Jünger sein.«

Da also stand es schwarz auf weiß: Entweder haßt er mich und Arnold und Jantje, oder der sanfte Jesus wird ihm den Rücken zukehren und ihn für seiner unwürdig halten. Es machte sie krank. Sie hätte sich wie die Wikingerfrauen mit dem Alten verbrennen lassen sollen. Aber nein – sollten die Toten die Toten begraben. Ihre Loyalität mußte den Lebenden gelten.

Eine Stunde später stand sie auf und ging den Weg zurück, den sie gekommen war. Die rundliche Posthalterin hinter dem Schaltergitter begrüßte sie scheinheilig: »Guten Morgen, Annie. Was kann ich für dich tun, Liebes?«

»Ich möchte ein Telegramm an meinen Mann auf der *Star of Peace* aufgeben.«

Die Posthalterin runzelte neugierig die Stirn, als sie die seltsame Nachricht las. »Was ist das für ein Code, Annie? Was verschlüsselte Nachrichten angeht, sind die von Scheveningen Radio sehr streng.«

»Sagen Sie denen von Scheveningen Radio, es ist ein Zitat aus der Bibel«, antwortete sie und empfand ein beinahe sadistisches Vergnügen, als sie das verdutzte Gesicht der Posthalterin sah.

»Ach so«, murmelte die Posthalterin mit einem mißtrauischen Lächeln. »In dem Fall geht das vermutlich schon in Ordnung.«

Anna Kuiper ging nach Hause. Dort steckte sie sich, einem plötzlichen Impuls folgend, die pfeifenförmige Silberbrosche an und ging erneut aus. Sie war den Tränen nahe und verängstigt wie ein Kind.

In der Stadt betrat sie das kühle Innere der »Maison Française« und erstand den extravaganten Hut, von dem sie seit Wochen träumte. Ihn zierten zwei Reiherfedern und ein falscher Smaragd. Dem Alten hätte er gefallen.

2

Zwölf Stunden später, während die *Star of Peace* mit *Langsamer Kraft voraus* westwärts fuhr und bereits auf halbem Weg nach New York war, traf ein Telegramm für den Kapitän von seiner Frau ein. Wybrands konnte sich auf den Text überhaupt keinen Reim machen, gab es jedoch Palstra weiter, der es auf dem Weg zurück in den Maschinenraum abgeben sollte. Palstra jedoch ging gleich unter Deck in die Kabine des Chiefs, wo er Meyer und Davelaar antraf, die über die Treibstoffsituation an Bord sprachen. »Seht mal, was ich hier habe.«

Davelaar setzte seine Brille auf und las das Telegramm. »Was zum Teufel hat das denn zu bedeuten?«

»Keinen Schimmer. Wybrands hat's mir gerade gegeben. Es scheint ein Bibelzitat zu sein. Hast du 'ne Bibel da?«

Davelaar brummte Unverständliches, schüttelte den Kopf und las die geheimnisvolle Nachricht erneut. »›Lukas 14, Vers 26. Kuß Annie, Arnold, Jantje.‹ Entweder hat sie die Frau nicht mehr alle, oder sie verarscht uns.«

Davelaar erinnerte sich an Annie, wie er sie zuletzt gesehen hatte: mager, mausgraues Haar, undurchdringliches Gesicht und die berühmte Pfeifenbrosche angesteckt.

»Also, was meinst du dazu?« fragte Meyer, der es sich auf der Koje breitbeinig bequem gemacht hatte. »Glaubst du, es hat was zu bedeuten?«

»Klar bedeutet es was«, entgegnete Davelaar gereizt. »Sie sagt ihm was verschlüsselt, damit wir's nicht mitkriegen.

Diese Annie ist eine ganz gerissene... Muß sie auch sein, Mann!«

»Aber was fangen wir damit an?« beharrte Meyer.

»Du hast damit gar nichts zu schaffen«, wehrte Davelaar ab und steckte das Telegramm in die Tasche. »Erst mal geben wir's ihm gar nicht. Außerdem ist es wohl an der Zeit, daß ich mich mit ihm mal unterhalte. Das geht nun lange genug so. Jetzt reicht's. Dieser feige Doktor will ihn nicht für verrückt erklären. Da müssen wir zur Selbsthilfe greifen. Überlaßt ihn nur mir.« Er wandte sich zur Tür.

»Aber laß mich ja aus dem Spiel!« rief Meyer ihm nach.

»Keine Sorge«, erwiderte Davelaar verächtlich. »Wir haben schon genug Probleme. Laß mich vorbei, Palstra.«

Palstra trat zur Seite.

»Wartet hier. Es dauert nicht lange.« Damit öffnete Davelaar die Tür und sah sich plötzlich Henky gegenüber. Doch bevor er überhaupt etwas sagen konnte, war der Junge flink wie ein Wiesel den Korridor entlanggerannt und verschwunden.

Davelaar stieg mit grimmiger Entschlossenheit den Niedergang hinauf, ging über das Deck, wo die verdammten Juden untätig herumlungerten, und stieg zum Unterbrückendeck hinauf. Vor der Tür zur Kapitänskajüte zögerte er plötzlich. Nie hätte er es sich träumen lassen, daß es soweit kommen würde. Trotz allem bedeutete Joris ihm viel. Daß er das tun mußte, war für ihn das Schlimmste. Er hatte das Gefühl, ein stolzes, wildes Tier in einen Käfig zu werfen. Wenn man ein verständnisvoller Mann war, dann tat man eben einfach nicht, was er jetzt vorhatte. Und das hatte weder etwas mit Religion noch mit Gott zu tun, es hatte etwas mit Schiffen und den Männern zu tun, die auf diesen Schiffen zur See fuhren, mit der schweigenden Bruderschaft der Seeleute. Aber er hatte nun einmal keine andere Wahl. Ohne anzuklopfen, öffnete er die Tür und stieg über die Schwelle.

Joris lag neben dem Stuhl hinter dem Tisch auf den Knien und betete. Als er das Knarren der Tür hörte, sah er auf. Etwas am Ausdruck seiner Augen veranlaßte Davelaar beinahe, seine Entscheidung zu revidieren: Schmerz, Verzweiflung und die stumme Bitte um Hilfe lagen darin. Einen Augenblick lang war er versucht zu sagen: Komm, mein Junge, bring die verdammten Juden zurück, und wir vergessen die Geschichte! Doch er wußte, daß das sinnlos war. »Ich bin gekommen, um dir was mitzuteilen«, begann er, machte die Tür zu und lehnte sich mit dem Rücken dagegen. Diesmal würde er sich nicht rauswerfen lassen.

»Was willst du mir sagen?«

»Die Wahrheit über deinen Vater.« Zum Glück würde es nicht die ganze Wahrheit sein, denn sonst würde er kaum damit rechnen können, die Kapitänskajüte lebend wieder zu verlassen.

3

Der verrückte alte Davelaar war also soweit, ihm »Wahrheiten über seinen Vater« zu erzählen. Als hätte jemand seinen Vater besser gekannt als er selbst!

»Schieß los!« forderte Kuiper den alten Chief auf und erhob sich. »Wer ist im Maschinenraum? Es ist doch deine Wache, oder?«

Davelaar ließ sich diesmal nicht ablenken. »Also, du meinst, der Alte hätte dasselbe getan wie du? Weil er dir diese Sätze in die verdammte Bibel geschrieben hat, was? Ich will dir mal sagen...«

Kuiper stürzte sich auf ihn, doch Davelaar wich ihm behende aus und schrie: »Weißt du, was für eine Fahne das ist? Die Flagge des Kreuzes, die du hissen sollst?«

»Raus!«

»Der schmutzige Lumpen des Teufels! Das...«

»Du...«

Davelaar duckte sich hinter den Tisch.

»Verschwinde, du gemeiner Kerl! Raus mit dir!« Er stellte den alten Mann am Waschbecken.

»Nein! Laß mich in Ruhe! Du sollst endlich die Wahrheit erfahren. Wenn dir das Andenken deines Vaters so heilig ist, dann hör mir gefälligst zu! Hör dir die Geschichte mit der Flagge des Kreuzes an!«

Kuiper zerrte den alten Mann zur Tür. Dort allerdings veranlaßte ihn etwas in den Augen Davelaars, diesen loszulassen. »Wenn du auch nur ein Wort gegen meinen Vater…«

»Wenn ich lüge, dann will ich auf der Stelle tot umfallen! So wahr mir Gott helfe!« Er hob eine schmutzige Hand zum Schwur.

»Du sollst den Namen des Herrn nicht unnötig im Munde führen!« Kuiper schlug ihm die Hand herunter. »Ich warne dich! Ein Wort…«

»Es war in Neuguinea – vor zwanzig Jahren. Wir hatten damals bei jedem Händler im Fernen Osten Schulden. Drei Tage hatten wir noch, dann hätten sie das Schiff gepfändet. Und weit und breit keine Ladung in Sicht. Da kamen zwei Missionare aus einem Gebiet, das weiter stromaufwärts lag, an Bord, um mit deinem Vater über die Bibel zu reden. Aber das war nur ein Vorwand. Eigentlich wollten sie mit ihm einen Handel abschließen. Über ein Jahr lang hatten sie Papuas im Regenwald bekehrt, und was hatten sie diesen armen Primitiven erzählt? ›Wenn ihr zwei Kokosnüsse erntet, dann legt eine für Jesus beiseite. Wir machen Kopra daraus und sorgen dafür, daß es in den Himmel transportiert wird.‹ Und damals hatten sie das Kopra deinem Vater zu einem Spottpreis angeboten, weil er ein Bruder war. Also ich fand das einen guten Handel, aber es war dem Alten gleich anzusehen, daß er ihn ablehnen würde. Und so kam's auch. Er bedankte sich und schickte sie von Bord. Sobald sie verschwunden waren, gab er Befehl, abzulegen und Dampf zu machen. In wenigen Minuten fuhren wir flußaufwärts, ein Gewicht auf dem Sicherheitsventil, mit voller Kraft voraus.«

»Wohin denn?«

»Wart's ab. Unterwegs hat dein Vater den Bootsmann beauftragt, eine Flagge, eine weiße Flagge mit einem schwarzen Kreuz anzufertigen – genau die Flagge, von der in deiner Bibel die Rede ist. Dann hat er den Dritten Offizier überredet, ein Nachthemd anzuziehen und sich einen Bart aus Hanf anzukleben, und hat ihm ein Stück Kupferrohr in die Hand gedrückt, das wie ein Hirtenstab gebogen war. Der Junge wurde dann vorn aufs Bootsdeck gestellt, und dein Vater ist ans Ufer gerudert und hat den Papuas gesagt, Jesus sei gekommen, um seine Kokosnüsse zu holen.«

In diesem Augenblick flog die Tür auf und traf Davelaar genau ins Kreuz. Er sprang zur Seite. Im Türrahmen stand Henky mit einem Blatt Papier in der Hand.

»Ein – noch ein Telegramm, Sir... Mijnheer Wybrands...«

»Gib's her!« Davelaar riß es ihm aus der Hand und brüllte: »Raus!« Der Junge lief davon. Davelaar legte das Telegramm auf den Tisch.

Kuiper sank in einen Stuhl und starrte den alten Mann fassungslos an. Das konnte nicht wahr sein. Es war eine gemeine Geschichte...

»Die Eingeborenen sind fast durchgedreht«, fuhr Davelaar fort. »Sie haben Luftsprünge gemacht, laut geschrien und ihre Kinder in die Luft geworfen. Dann kam der erste Einbaum, bis an den Rand mit Kopra beladen, auf das Schiff zugepaddelt. Als wir bei Sonnenuntergang den Anker gelichtet haben, hatten wir sämtliche Laderäume voller Kopra, das uns keinen Cent gekostet hatte.«

»Ich – das kann ich einfach nicht glauben«, murmelte Kuiper.

»Wenn du's nicht glaubst, mein Junge, dann frag Meyer. Er ist der Beweis. Er war der junge Offizier, den dein Vater als Jesus verkleidet hatte.«

Es entstand eine Stille, in der Kuiper verzweifelt versuchte, etwas zu finden, woran man festhalten, etwas, woran er sein Leben orientieren konnte. Wenn Meyer an der Geschichte beteiligt gewesen war, dann mußte sie stimmen. Er würde es nicht wagen zu lügen.

»Tut mir leid, Joris.« Der alte Mann berührte ihn an der Schulter, wie er es so oft getan hatte, wenn er ihn mit dem Geld des Vaters aus dem Gefängnis, einer Ausnüchterungszelle oder aus dem Krankenhaus geholt hatte. »Komm, quäl dich nicht länger. Bring diese Juden zurück. Sei dein eigener Herr, Junge. Hör endlich auf, das zu tun, von dem du glaubst, daß dein Vater es genauso getan hätte. Er ist nicht der gewesen, für den du ihn gehalten hast. Er war ein Mensch, Joris, genau wie wir alle. Wenn er vor die Wahl gestellt war zwischen seinen Prinzipien und seinem Schiff, dann hat er sich für das Schiff entschieden. Also laß diesen Unsinn. Die ›Star‹ ist dein Leben, mein Leben, unser aller Leben. Bring diese Juden zurück.« Die Hand tätschelte seine Schulter. »Fahr sie zurück!«

Kuiper hörte, wie sich seine Schritte in Richtung Tür entfernten und die Tür geschlossen wurde; dann war er allein in der Kajüte seines Vaters.

4

In dem Augenblick, als Henky Chief Davelaar aus der Kapitänskajüte kommen und in die entgegengesetzte Richtung davongehen sah, kroch er hinter der Kiste mit den Schwimmwesten hervor und war mit einem Satz an der Tür. Er wußte, daß der Chief ihn hören würde, wenn er anklopfte, deshalb machte er die Tür einfach auf, steckte den Kopf hinein und flüsterte: »Käpt'n! Käpt'n, schreiben Sie's auf! Schnell, schreiben Sie's auf! Lukas...« Eine Hand packte ihn beim Kragen und riß ihn zurück. Es war Chief Davelaar, der böse zischte: »Du mieses kleines Aas! Was machst du da? Was hast du gesagt?«

»Nichts, Chief...«

Der alte Mann schüttelte ihn heftig, und Henky rechnete mit einer kräftigen Ohrfeige. »Los! Raus mit der Sprache! Was hast du ihm gesagt?«

»N – nichts, Chief...«

»Ich gebe dir gleich ›nichts‹ du...« Chief Davelaar wollte ihn gerade schlagen, als er die Hand plötzlich sinken ließ, grinste und ihn von sich schob.

Henky sah aus den Augenwinkeln, daß der Rabbiner den Niedergang heraufkam. Er erkannte seine Chance und floh.

»Komm her!« schrie Davelaar. »Komm sofort zurück!«

Aber wenn Henky Fersengeld gab, dann holte ihn so schnell niemand mehr ein. Er flitzte zum Bootsdeck hinunter, an den Rettungsbooten vorbei, und als er Davelaars Schritte hinter sich hörte, sprang er hinter den Schornstein und über die Fensterluke des Maschinenraums und sprintete in entgegengesetzter Richtung wieder über das Bootsdeck. Davelaar hatte ihn zu diesem Zeitpunkt zwar bereits aus den Augen verloren, doch Henky konnte noch deutlich sein Gebrüll hören. Er kletterte den Davit zum Rettungsboot 3 hinauf, öffnete die Persenning ein Stück und kroch hinein.

5

Hendrik war in den Unterkünften der Frauen und kümmerte sich um eine Patientin, die, wie so viele, allmählich der Nervenanspannung nicht mehr gewachsen war, als sie hörte, wie jemand aufgeregt erzählte, das Komitee in Amerika habe ein Telegramm geschickt.

Die Stimmung unter den Passagieren war kritisch. Sie konnte ebenso in Panik und Hysterie wie in totale Teilnahmslosigkeit umschlagen. Das Telegramm konnte das Pendel in die eine oder in die andere Richtung ausschlagen lassen. Hendrik mußte daher unbedingt wissen, was darin stand, bevor sein Inhalt allgemein bekannt wurde. Sobald er sich daher freimachen konnte, eilte er zum Unterbrückendeck hinauf.

Als er oben ankam, entdeckte er den Rabbiner, der vor der Kapitänskajüte stand. Der alte Mann wirkte ausgesprochen nervös und schien offenbar noch nicht den Mut aufbringen zu können, dem Kapitän entgegenzutreten. Hendrik wollte ihn gerade ansprechen, als der Rabbi klopfte und hineinging.

Hendrik folgte ihm. Kuiper saß hinter dem Schreibtisch, den Kopf in den Händen vergraben. In dem kleinen Raum herrschte eine bedrückende Atmosphäre.

»Kapitän...?« begann der Rabbi im Flüsterton.

Kuiper hob den Kopf. Er sah schrecklich aus. Nie zuvor hatte Hendrik ihn so erlebt. Er erinnerte ihn fatal an Vinkemans vor dessen endgültigem Zusammenbruch.

»Ich wollte nicht stören, Kapitän«, murmelte der Rabbi. »Aber wir haben erfahren, daß ein Telegramm vom Komitee aus Amerika gekommen ist. Die Leute schicken mich, zu fragen, was drinsteht...?«

Kuiper musterte ihn beinahe gleichgültig. »Ich habe kein Telegramm erhalten«, erwiderte er schließlich.

»Aber – bitte verzeihen Sie...« Der Rabbi deutete auf ein Blatt Papier, das auf dem Tisch lag. »Könnte es das nicht sein, Kapitän?«

Kuiper zog das Blatt zu sich herüber und las. In der Kajüte war es so still, daß man eine Stecknadel zu Boden hätte fallen hören können.

»Was – was steht drin?« erkundigte sich der Rabbi schließlich.

Kuiper schob das Telegramm über den Tisch.

Der Rabbi nahm es, hielt es auf Armeslänge von sich und las es stirnrunzelnd. Dann ließ er die Hand sinken. Sein Gesicht wirkte grau und eingefallen. »Acht Wochen...«, flüsterte er.

Hendrik griff nach dem Telegramm.

> Bisher weder Entscheidung herbeigeführt noch entscheidenden Kontakt hergestellt stop geben Hoffnung nicht auf müssen jedoch mit weiterer Verzögerung von zirka acht Wochen rechnen da sich der Senat nach der Sommerpause zunächst mit dringlicheren Themen befassen muß stop unsere Gebete begleiten euch stop

Für Hendrik war das nach dem Gespräch mit van der Kamp keine Überraschung mehr, doch für die Passagiere mußte das eine niederschmetternde Nachricht sein. Hendrik überlegte krampfhaft, was er dazu sagen konnte, aber die bedrückende Stille in der Kapitänskajüte hatte eine lähmende Wirkung auf ihn. Schließlich legte Hendrik das Telegramm zurück und wandte sich diskret zum Gehen, um Susan zu suchen.

In diesem Augenblick fragte der Rabbi: »Begreifen Sie denn noch immer nicht?« Seine Stimme klang plötzlich sehr ruhig und bestimmt.

Kuiper hob den Kopf und musterte den alten Herrn verdutzt.

»Kapitän, es ist an der Zeit, daß Sie der Wahrheit ins Auge sehen«, erklärte der Rabbi. »Sie stellen sich zwischen uns und unseren Gott.«

Diese Behauptung des Rabbiners klang derartig absurd, daß sowohl Kuiper als auch Hendrik nichts anderes einfiel, als ihn entgeistert anzustarren.

»Ich habe all diese Wochen geschwiegen, Kapitän Kuiper«, ergriff der Rabbiner erneut das Wort. »Denn auch ich bin nur ein schwacher Mensch, der Angst vor Schmerzen hat. Doch was ich auch immer als schwacher Mensch gehofft haben mochte, als Gottesmann habe ich es gewußt.«

»Was gewußt?« fragte Hendrik verblüfft.

Der Blick des Rabbiners richtete sich auf Hendrik. Er schien durch ihn hindurchzusehen, seine Miene war heiter. »Was jeder Jude weiß«, antwortete er gelassen. »Der Fluch des Pentateuch lastet auf uns.«

»Aber was...«

»Höret! Höret die Stimme des Allmächtigen.« Der alte Mann schloß die Augen, wippte mit dem Oberkörper vor und zurück und begann in seltsamem Singsang zu rezitieren: »›Verflucht seist du in der Stadt und auf dem Acker. Verflucht sei dein Korb und dein Vorratshaus. Verflucht sei die Frucht deines Leibes und die Frucht deines Landes. Verflucht seist du, wenn du kommst, und verflucht seist du, wenn du gehst. Du wirst eine Frau nehmen, und ein anderer wird bei ihr liegen. Du wirst ein Haus bauen, und ein anderer es bewohnen. Du wirst einen Weinberg bestellen, und ein anderer wird die Trauben ernten. Deine Söhne...‹« Die Stimme drohte dem Rabbiner zu versagen, doch er fuhr fort: »›Deine Söhne und Töchter werden einem anderen Volk gegeben und deine Augen werden sich mit Tränen und Verlangen nach ihnen füllen den ganzen Tag, doch keine Macht liegt in deinen Händen. Und du wirst am hellichten Tag wie ein Blinder im Dunkeln sein – fremd und ausgestoßen unter allen Völkern.‹«

Die uralten Worte hatten eine seltsame Wirkung. Für Hendrik erschien das Schicksal der Passagiere in einem völlig neuen, unerwarteten Licht. Aus ihrem Schicksal wurde plötzlich ein vorbestimmter düsterer Akt der Vergeltung. Hendrik ließ sich jedoch nicht lange davon hinreißen. Es war nichts anderes als ein Melodram – schlimmer noch, ein gefährlicher Irrweg, den der Rabbiner hier heraufbeschwor.

»Kapitän«, fuhr der alte Mann mit seiner neugewonnenen Autorität fort, »stellen Sie sich nicht länger zwischen uns und Gott. Bringen Sie uns zurück.«

Kuiper starrte ihn verletzt und ungläubig an. »Sie, Sie wollen, daß ich *das* tue?«

»Gott will es.« Der Rabbi wandte sich um und ging zur Tür. »Bringen Sie uns zurück.« Er öffnete die Tür und trat ins Freie.

Kuiper schien völlig durcheinander zu sein. Und das war nicht verwunderlich. Hendrik hatte Mitleid mit ihm. All die Wochen war er ohne Hilfe der Mannschaft völlig auf sich allein und seinen Glauben gestellt gewesen, um seine Mission, die Passagiere zu retten, zu erfüllen. Und jetzt hatten selbst die Passagiere den Glauben an ihn verloren und wünschten, daß er sie nach Deutschland zurückbrachte – und zwar in Gottes Namen. Er sah wirklich aus, als habe er Hilfe nötig. Doch was sollte Hendrik sagen? Die Würfel waren gefallen. Wie die Passagiere darauf reagieren würden, konnte man nur ahnen. Er mußte unbedingt Susan Bescheid sagen, damit sie sich auf das Schlimmste vorbereiten konnte.

»Tut mir leid, Skipper«, murmelte Hendrik schließlich. »Ich weiß, es ist hart. Ich würde gern noch länger mit Ihnen drüber reden, aber ich muß mich jetzt wohl um meine Patienten kümmern.« Er ging zur Tür. »Rufen Sie mich, wenn Sie mich brauchen.«

Fast schuldbewußt wandte er dem armen Mann den Rücken zu und ließ ihn allein mit der Wahrheit fertig werden.

6

Als sie Hendrik aus der Kapitänskajüte kommen sahen, wollte Josef sofort auf die Tür zustürzen, doch Yitzhak hielt ihn zurück. »Warte, bis er außer Hörweite ist!«

Die Waffe in Tovahs Hand war schwer und glitschig vor Schweiß. Sie mußte ständig schlucken. Weshalb hatte Yitzhak entschieden, daß ausgerechnet sie die Waffe halten sollte?

»Jetzt!« flüsterte Yitzhak.

Und plötzlich erschien Tovah alles so unwirklich wie in einer Schulaufführung. Als Yitzhak und Josef aus dem Versteck traten, folgte sie ihnen mit dem Gefühl, eine Bühne zu betreten. Sie kannte ihre Rolle zwar im Schlaf, doch merkwürdigerweise war es nicht sie, die das alles tat. Bühne und Waffe waren nicht wirklich, auch ihre Angst war weg.

Sie hielt die Waffe fest in der Hand und schlich hinter Yitzhak und Josef auf Zehenspitzen zur Kapitänskajüte. Dort warteten sie, bis die anderen kamen. Tovah wurde ungeduldig. Sie wollte die Sache hinter sich bringen.

»Pssst!« warnte Yitzhak. »Habt ihr die Handschellen?«

Leise klirrte Metall.

»Pssst!«

Alle erstarrten.

»Josef, du gehst links von ihr...«

Yitzhak stieß die Tür auf.

Es war ein Gefühl, als sei der Vorhang hochgegangen. Kühl, beherrscht, aber aufs Äußerste gespannt, ging sie hinein. Die anderen folgten. Josef war links, Yitzhak rechts von ihr. Der Kapitän saß hinter dem Tisch. Sie hob die Hand mit der Waffe und sagte ruhig ihren Text: »Keinen Laut, Kapitän. Bleiben Sie, wo Sie sind.«

Der Kapitän starrte auf die Waffe. Er bewegte sich nicht.

Sie machte einen Schritt vorwärts und hörte, wie die übrigen leise die Kapitänskajüte betraten. »Kapitän, es wird Ihnen nichts geschehen, wenn Sie tun, was wir von Ihnen verlangen«, fuhr Tovah in ihrem Text fort. »Bleiben Sie, wo Sie sind.« Ohne ihn aus den Augen zu lassen, die Waffe ruhig in ihrer Hand, befahl sie: »Jetzt!«

»Josef!« flüsterte Yitzhak neben ihr.

Der Blick des Kapitäns schweifte von der Waffe in ihrer Hand zu dem Jungen, der mit Handschellen auf ihn zukam.

Und plötzlich schien aus der Schulaufführung Wirklichkeit zu werden. »Kapitän«, sagte sie mit einer Stimme, die vor Triumphgefühl bebte, »wir entziehen Ihnen hiermit das Kommando. Das Schiff übernehmen wir!«

»Wir sperren Sie hier in Ihrer Kajüte ein, sobald wir Sie mit den Handschellen an den Stuhl gefesselt haben«, fuhr Yitzhak fort. »Dann holen wir die Flagge ein und hissen die Fahne mit dem Davidsstern. Wir schießen auf alles, was dem Schiff zu nahe kommt, bis die Amerikaner uns Asyl gewähren.«

Der Ausdruck in den Augen des Kapitäns änderte sich schlagartig. Sein breitschultriger, muskulöser Körper schien in Angriffshaltung zu gehen. Obwohl er sich noch immer nicht bewegte, flößte er Tovah plötzlich Angst ein. Sie mußten irgendwann einen Fehler gemacht haben.

»Stehen Sie auf, Kapitän!« forderte Josef den Mann auf und hob die Handschellen.

Der Blick des Kapitäns schweifte zu Tovah. Ein gefährliches Flackern trat in seine Augen. Tovah wollte etwas sagen, die anderen warnen. Doch dann berührte Josef den Arm des Kapitäns, und es war, als habe er damit eine Zeitbombe gezündet.

Mit einem heiseren Schrei sprang der Kapitän auf die Beine, packte den Stuhl, der am Fußboden festgeschraubt war, riß ihn los und schleuderte ihn in Tovahs Richtung. Tovah duckte sich automatisch und hörte entsetzt einen Schrei, als hinter ihr jemand getroffen wurde. Der Kapitän brüllte und tobte. Holz splitterte krachend, als er den nächsten Stuhl losriß und damit nach Josef warf, der floh. Der Stuhl traf die Lampe. Das Licht ging aus, und es war plötzlich stockfinster in der Kapitänskajüte. »Verfluchtes Judenpack!« brüllte der Kapitän. »Schert euch raus! Verschwindet, oder ich bringe euch alle um! Raus! Ich drehe euch die Hälse um! Verfluchtes Judenpack! Raus!!!«

Halb verrückt vor Angst ließ Tovah die Waffe fallen, als der nächste Stuhl krachend gegen die Wand sauste. Sie kroch auf allen vieren zur Tür. Irgendwie gelang es ihr, trotz der heillosen Panik, die unter ihnen ausgebrochen war, mit den anderen hinaus aufs Deck zu gelangen. Sie rannten um ihr Leben, hasteten den Niedergang zum Bootsdeck hinunter und drängten sich hinter die Ankerwinde auf dem Backdeck. Anna weinte. Yitzhak fluchte. Tovah selbst zitterte wie Espenlaub.

Während sie sich in ihrem Versteck eng aneinanderdrängten und entsetzt und fassungslos zuhörten, wie dieser Wahnsinnige seine Kajüte zertrümmerte, erfaßte Tovah das Gefühl, unweigerlich verloren zu haben. In jenem Augenblick des absurden Triumphes hatte sie wenigstens begriffen, was Yakov in Palästina erlebte. Aber das war durch den gewalttätigen Ausbruch des Kapitäns gründlich zerstört worden. Sie hatten einen entscheidenden Fehler gemacht: Sie hatten ihn für einen duldsamen Christen gehalten, von ihm Proteste, aber keinen Widerstand erwartet. Auf diese Reaktion waren sie nicht vorbereitet gewesen. Tovah hatte gesehen, wie er sich unter ihren Blicken verändert hatte; sie hatte erlebt, wie dieses wahnsinnige Flackern in seine Augen getreten war, hatte beobachtet, wie sich sein Gesicht in die Fratze eines wilden Tieres verwandelte – es war das Gesicht der Judenpogrome.

»Kommt, wir suchen die anderen«, murmelte schließlich Yitzhak. »Wir müssen das besprechen.«

»Nein«, wehrte Anna zitternd ab. »Ich muß mich jetzt hinlegen. Mir ist schlecht.«

So kehrten sie in die Unterkünfte unter Deck zurück, wie die Juden von Masada nach der Niederlage.

7

Den Kopf in den Händen vergraben, saß Kuiper im Dunkeln inmitten seiner zu Bruch gegangenen Welt. Das Tier in ihm hatte wieder einmal sein Recht gefordert. All seine schönen Leitsätze, seine christlichen Prinzipien waren zerbrochen. Im entscheidenden Augenblick hatte er sich um keinen Deut besser erwiesen als der Übelste in seiner Mannschaft, nicht besser als diese widerwärtigen Kreaturen in Hamburg, die er mit solchem Entsetzen beobachtet hatte und deren abscheuliche Worte er jetzt den jungen Leuten selbst entgegengeschleudert hatte. Der Himmel allein wußte, was geschehen wäre, wenn er wirklich eines dieser Kinder zu fassen bekommen hätte. Gott allein wußte, wie tief er gefallen wäre.

Die Vergangenheit hatte ihn also wieder eingeholt – mit zerbrochenen Stühlen und Gläsern und schreienden Frauen. Es fehlte diesmal nur die Polizei, die ihn in Handschellen abführte.

Ihm war zum Heulen zumute, doch es kamen keine Tränen. Und was nun? Was sollte jetzt aus ihm werden? Sollte er sein altes Leben wiederaufnehmen? Das wäre schlimmer als der Tod. Es mit Gott ausfechten, eine neue Bekehrung durchmachen? Doch er wußte, daß er diesen kindlich unschuldigen Glauben nie wiederfinden würde; nicht nach dem, was geschehen war.

Vielleicht sollte er darüber froh sein. Auf diese Weise mußte er weder sein Schiff, noch sein Kapitänspatent und sein ganzes restliches Leben opfern. Er konnte jetzt zur Brücke hinaufgehen, den Kurs überprüfen und dann ausrechnen, wann sie beim Feuerschiff von Ambrose eintreffen würden. Dort konnte die amerikanische Küstenwache die *Star* dann zu einem Ankerplatz geleiten, wo sie Treibstoff bunkern und frische Vorräte an Bord nehmen würden. Danach konnte er die Juden nach Deutschland zurückbringen. Das Abenteuer war zwar ein finanzieller Verlust für ihn, aber der war zu verkraften. Irgendwie würde er schon wieder Geld auftreiben. Und dennoch, nach alldem war er nicht zufrieden mit sich?

Nein. Er war am Boden zerstört, für immer verdammt.

»O Jesus Christus!« flüsterte er. »Komm zu mir zurück! Ich wußte nicht, was ich tat! Verlaß mich nicht! Vergib mir! Ich bereue – ich bereue! Komm zu mir zurück!«

Doch es kam keine Antwort, er fühlte Gottes Gegenwart nicht mehr. Damit war es vorbei. Übrig blieb das armselige Leben eines Trunkenbolds. Er hatte sein Schiff behalten und dafür seine Seele verloren. Was blieb, war ein Haufen Asche. Selbst wenn die Flamme des Heiligen Geistes auf ihn herabgekommen wäre, die Asche hätte sich an ihr nicht mehr entzündet.

Müde erhob er sich. Auf dem Weg zur Tür stolperte er über einen umgestürzten Stuhl. Er stellte ihn wieder auf, merkte jedoch selbst im Dunkeln, daß er völlig schief stand. Im Dunkeln fand er schließlich auch seine Mütze.

8

Henky hatte verstohlen über den Rand des Rettungsbootes gespäht, in dem er sich versteckt hatte, und dabei beobachtet, wie die Kinder in der Kapitänskajüte verschwunden waren, hatte den schrecklichen Wutausbruch des Kapitäns gehört und gesehen, wie die Kinder in panischer Angst an Deck gestürzt waren. Spätestens dann war ihm klargeworden, wem die Wut des Kapitäns gegolten hatte.

Jetzt war plötzlich alles wieder ruhig. Die Tür der Kapitänskajüte stand weit offen. Drinnen war es dunkel. War der Kapitän zur Brücke hinaufgegangen, während er sich geduckt hatte, um von den vorbeilaufenden Kindern nicht entdeckt zu werden? Immer wieder wiederholte er still für sich die wichtige Nachricht, die er dem Kapitän überbringen mußte, aber noch traute er sich nicht. Nicht daß Schreie und Flüche ihn hätten erschüttern können, mit ihm schimpfte man schließlich ständig. Den Kapitän allerdings hatte er noch nie wütend erlebt, und daher war er nicht sicher, was ihn dort erwartete.

Plötzlich trat der Kapitän aus der Kajüte. Das war der Augenblick, auf den er gewartet hatte. Jetzt oder nie!

Er kletterte aus dem Rettungsboot, rutschte über den Davit hinunter und holte den Kapitän ein, bevor dieser den Niedergang zur Brücke hinaufsteigen konnte.

»Käpt'n! Käpt'n! Schreiben Sie's auf! Lukas 14,26, Kuß Annie, Arnold und Jantje! Das steht drin. Genau das steht drin!«

Der Kapitän runzelte die Stirn. »Was redest du da?«

»Das Telegramm, Sir! Das steht drin: Lukas 14,26 Küsse Annie, Arnold und...«

»Annie ist meine Frau! Wo ist das Telegramm?«

»...Küsse Annie, Arnold und Janjte...«, wiederholte Henky konfus.

Der Kapitän packte ihn beim Arm. »Wo ist es, Junge?«

»Ich – ich hab's nicht, Käpt'n! Es steckt bei Chief Davelaar in der Tasche. Wybrands hat es Palstra vorgelesen, Chief Davelaar, dann Meyer, und ich hab gehorcht und...«

»Wie lautet es? Sag's mir!«

Der Kapitän schüttelte ihn so heftig, daß es weh tat, doch Henky wiederholte stereotyp: »Lukas 14,26, Kuß – oder war es 26,14, Kuß...? Lukas – Philip... Oh, Käpt'n!« rief Henky unglücklich. »Jetzt hab ich's vergessen!«

»Lukas 14, Vers 26 – das hast du beim ersten Mal gesagt! Stimmt das?«

»Ja, Käpt'n! Ja! Lukas 14,26, Kuß Annie...«

Der Kapitän rannte in seine Kajüte zurück. Henky hörte, wie er über einen Gegenstand stolperte. Dann ertönte seine Stimme: »Henky!«

Henky lief zur Kajütentür. Drinnen war es stockdunkel. Er hörte den Kapitän irgendwo herumrumoren.

»Licht!« befahl er.

»Ja, Sir!« Henky tastete nach dem Lichtschalter, fand ihn, doch es tat sich nichts. »Es funktioniert nicht, Käpt'n! Die Glühbirne muß... Warten Sie! Warten Sie, Sir!« Er stieg über die Schwelle und kramte in seinen Taschen. »Ich hab Streichhölzer. Warten Sie...« Er zündete ein Streichholz an seiner Hose an.

Als die Flamme aufleuchtete, sah er sich starr vor Schreck um. In der Kajüte sah es wüst aus. Stühle waren umgekippt, Schubladen herausgezogen und überall lagen Glasscherben...

»Komm her!« Der Kapitän stand neben seiner Koje und hielt ein Buch in den Händen. In diesem Augenblick ging das Streichholz aus.

Henky zündete sofort das nächste an, kam damit auch fast bis zum Kapitän, bevor auch das erlosch.

Beim dritten Streichholz schließlich blätterte der Kapitän das Buch hastig durch. Henky sah, daß es die Bibel war. Im Schein des vierten Streichholzes fand der Kapitän endlich, wonach er suchte, und las laut:

»Wenn jemand zu mir kommt und haßt nicht seinen Vater, Mutter, Frau, Kinder, Brüder, Schwestern und dazu sich selbst, der kann nicht mein Jünger sein. Und wer nicht sein Kreuz trägt und mir nachfolgt, kann nicht mein Jünger sein...« Auch dieses Streichholz verlosch.

»Verzeihung, Sir«, murmelte Henky. »Augenblick...«

»Nicht nötig, mein Junge. Ich hab genug gelesen.« Die Stimme des Kapitäns klang leise und unsicher.

»Gut, Sir. Wer hat das gesagt, Sir?«

»Was?«

»Was Sie gerade vorgelesen haben, Sir. Philip?«

»Jesus.«

»Und zu wem? Zu Lukas?«

»Zu mir.«

Er hörte, wie Glas unter den Stiefeln des Kapitäns knirschte.

»Sag dem Rabbi, daß er zu mir kommen soll! Und zwar schnell!«

»In Ordnung, Sir!« Henky tastete sich vorsichtig zur Tür und stolperte prompt über einen Stuhl.

»Und Meyer, Davelaar und der Doktor auch...«

»Ja, Sir.«

»Und Herr Jablonski, Frau Goldstein und die beiden Kinder: das rothaarige Mädchen und der blonde Junge!«

»Gut, Sir. Sofort, Sir.«

Henky war wie ein Blitz aus der Tür.

9

Das war typisch Anna!

Wenn jemand zu mir kommt und haßt nicht seine Frau und Kinder...

Klarer hätte sie sich nicht ausdrücken können. Wähle zwischen *Ihm* und *uns* lautete ihre Antwort. Sie hatte die Küsse und die Namen der Jungen hinzugefügt, um ihm noch einmal vor Augen zu führen, was er verlor, wenn er tat, was Jesus Christus von ihm verlangte.

Doch er hatte längst keine Wahl mehr. Die Asche dessen, was gewesen war, hatte wundersamerweise doch wieder Feuer gefangen, allerdings schien dieses Feuer nicht mehr das seine zu sein.

Er tastete sich bis zum Eckschrank vor, fand eine neue Glühbirne, schraubte sie in die Fassung, und als das Licht aufflammte, erkannte er um sich herum die Spuren des Tiers in ihm. Zerbrochene Stühle, verstreute Papiere, das Bettzeug halb aus der Koje gerissen – und voller Entsetzen sah er, daß das Glas vor dem Bild seines Vaters zerbrochen war. Er trat näher, um es sich genauer zu betrachten.

Durch die Scherben starrte ihn der strenge alte Mann an: *Ich stehe hinter dir auf der Brücke …* Möglich, dachte Kuiper, aber nicht länger als väterlicher Bruder in Christo, sondern eher als machtloses, polterndes Gespenst, das gegen den Untergang seines Schiffs protestierte.

Kuiper begann aufzuräumen. Die Vertreter der Passagiere und der Mannschaft sollten die Kajüte nicht in diesem Zustand sehen. Er stand schließlich vor dem Bild von Anna und den Kindern. Dort also sah sie auf ihn herab mit ihrem geheimnisvollen Lächeln, mit der Silberbrosche, Jantje fest an ihrer linken Hand. Das Gefühl, das alles zu verlieren, war so stark und schmerzlich, daß er dem Bild den Rücken zuwandte, zum Schreibtisch ging und die Erklärung aus der Schublade zog, die er aufgesetzt hatte.

»Ich, Kuiper, Joris, Kapitän des Frachters *Star of Peace …*« Doch er war nicht länger der Kapitän. Gott hatte das Kommando auf der *Star of Peace* übernommen.

10

Der Messejunge tauchte plötzlich aus der Dunkelheit auf und rief: »He! He du!« Er richtete seine atemlos hervorgestoßene Nachricht an Tovah. »Der Kapitän will euch sprechen! Geht rauf! Und zwar sofort! Er wartet in der Kajüte!«

Tovah wich unwillkürlich zurück. Nein, nur das nicht! Nicht wie ein Schaf zur Schlachtbank!

Yitzhak nahm sie beim Arm. »Komm, gehen wir!«

»Nein!« widersprach sie heftig und schüttelte seinen Griff energisch ab. »Ich gehe nicht! Mir reicht's!«

»Aber Tovah...«

»Nein! Nein, ich lasse mich da nicht auch noch ausquetschen!«

»Aber wer sagt dir denn...«

»Ich geh da nicht wieder rein! Ich...« Sie verstummte, als drei Personen auf dem Weg zum Unterbrückendeck an der Ecke vorbeikamen, in der sie standen. Es waren der Rabbi, Herr Jablonski und Frau Goldstein. Sie stiegen den Niedergang hinauf, und der Rabbi klopfte an der Kapitänskajüte.

»Siehst du«, sagte Yitzhak. »Er will nicht nur uns sprechen. Die anderen doch auch. Dreimal darfst du raten, was er uns zu erzählen hat. Ich finde, wir hören uns das lieber an.«

Er nahm erneut ihren Arm, und wieder machte sie sich frei. In diesem Augenblick hasteten zwei Männer, es waren Hendrik und der Erste Offizier Meyer, an ihnen vorbei. Auch Hendrik klopfte an die Kajütentür, dann gingen beide hinein.

»Siehste?« drängte Yitzhak.

Diesmal ließ sie sich, wenn auch widerwillig, zum Niedergang führen. Die Versammlung in der Kapitänskajüte konnte nur bedeuten, daß der Kapitän sie nach dem, was sie getan hatten, nach Deutschland zurückbringen wollte.

Yitzhak klopfte an die Tür. »Herein!« rief die Stimme des Kapitäns, und sie traten ein. Dort warteten die übrigen bereits vor dem Schreibtisch, hinter dem der Kapitän stand, ein Blatt Papier in der Hand. Tovah hörte eilige Schritte draußen, dann ein Klopfen; im nächsten Moment kamen Chief Davelaar und der Zweite Ingenieur Palstra herein.

»Was zum Teufel ist los?« fragte Davelaar. »Das ganze Schiff...«

»Ich möchte eine Erklärung abgeben!« unterbrach der Kapitän ihn.

Tovahs Mut sank. Tränen rannen über ihre Backen. Sie hörte, wie Davelaar sagte: »Ach so – ich verstehe.« Das hieß für sie, daß er zu demselben Schluß gekommen war wie sie: Kapitän Kuiper wollte ihnen mitteilen, daß er sie nach Deutschland zurückbringen würde. Tovah konnte ein Schluchzen kaum noch unterdrücken. Sie wandte sich beschämt ab, als jemand ihre Hand nahm und sie zurückhielt. Erst dann merkte sie, daß es Frau Goldstein war.

»Meine Damen und Herren«, begann der Kapitän. »Ich möchte Ihnen eine ganz offizielle Mitteilung machen. Dreimal habe ich bisher versucht, Sie auf amerikanischem Territorium abzusetzen, und dreimal ist das mißlungen. In der Überzeugung, daß auch weitere Versuche in dieser Richtung erfolglos bleiben werden, bin ich zu folgendem Entschluß gelangt. Morgen bei Tagesanbruch kommen zahlreiche Segelboote auf dem Weg zum Feuerschiff Ambrose vor New York hier vorbei, die an einer Regatta teilnehmen. Motorboote mit Reportern und Fotografen an Bord erwarten dort die Regattateilnehmer. Sobald die Segelboote in Sicht kommen, werde ich allen Passagieren befehlen, sich in die Rettungsboote und Flöße zu begeben. Ich werde SOS funken, mein Schiff auf die Regattastrecke fahren und es versenken. Die Passagiere müssen somit von den Regattayachten und Motorbooten aufgenommen werden. Sie erreichen also im Beisein der Presse amerikanisches Territorium. Es ist nunmehr die einzige Möglichkeit, Ihnen in Würde zur Freiheit zu verhelfen.«

Frau Goldstein drückte Tovahs Hand. »Das kannst du nicht machen!« brüllte Davelaar. »Dazu hast du kein Recht!«

»Als Eigner dieses Schiffes bin ich in keiner Weise von der Zustimmung der Mannschaft abhängig. Um jedoch nachteilige Konsequenzen für meine Mannschaft zu vermeiden, habe ich eine offizielle Erklärung aufgesetzt und unterschrieben, in der ich allein die Verantwortung für diese Handlungsweise übernehme.« Er verlas einen entsprechenden Text und hielt dann dem Ersten Offizier einen Füllfederhalter hin. »Meyer.«

»Aber Käpt'n…«

»Unterschreib hier als Zeuge.«

Meyer gehorchte achselzuckend und wollte sich schon zum Gehen wenden, als Kuiper ihn zurückhielt. »Noch einen Augenblick.«

»He, du bist ja total verrückt!« brüllte Davelaar außer sich. »Das könnt ihr doch nicht zulassen…«

»Unterschreib!« herrschte der Kapitän ihn an.

»Niemals! Hörst du? Niemals!«

»Das ist ein Befehl!«

»Dann verweigere ich den Befehl.«

»Wie du willst. Palstra?«

»Ja, Käpt'n?«

»Unterschreib diese Erklärung und geh dann unter Deck und lege drei von den Sprengsätzen, die wir normalerweise bei Packeis verwenden, ins Stevenrohr, und stelle eine Zündzeit von fünf Minuten ein. Immer vorausgesetzt natürlich, der Chief will das nicht selber machen.«

Der Chief starrte den Kapitän mit ungläubigem Entsetzen an. »Ich soll das tun? Ich soll dieses Schiff mit meinen eigenen Händen versenken? Das Schiff, auf dem ich seit vierzig Jahren fahre? Es ist alles auf der Welt, was ich habe! Ich habe weder Frau noch Kinder oder einen Gott!«

»Wenn du's nicht machst, tu's ich«, erklärte Palstra.

»Nein!« schrie der alte Mann heiser und rannte hinaus.

»Doktor, würden Sie bitte unterschreiben?«

»Skipper, ich muß sagen…«

»Unterschreiben Sie!« fiel Kuiper ihm ins Wort.

Hendrik unterschrieb.

»Danke. Wenn es soweit ist, sorgen Sie bitte dafür, daß die Kranken wie geplant in die Rettungsboote gebracht werden. Und kümmern Sie sich darum, daß sich niemand mehr unter Deck aufhält, wenn das Nebelhorn ertönt. Ernennen Sie in jeder Unterkunft einen Verantwortlichen, der aufpaßt, daß alle die Laderäume verlassen haben. Verstanden?«

»Ja.«

»Rabbi?«

Der Rabbiner starrte den Kapitän fassungslos an. »Aber… aber warum?«

Frau Goldstein legte den Arm um die Schultern des alten Herrn. »Schon gut, Rebbe. Wir müssen nicht zurück. Kann ich für ihn unterschreiben?« fragte sie Kuiper, als der Rabbi hemmungslos zu weinen begann.

»Selbstverständlich.«

»Ich – danke.« Sie wollte offenbar noch mehr sagen, konnte jedoch nicht die richtigen Worte finden. »Komm, Tovah!« sagte sie, nachdem sie unterschrieben hatte.

Die Stimme des Kapitäns hielt sie zurück. »Deine Unterschrift«, sagte er, »und die deines Freundes brauche ich auch.«

Tovah sah ihn verblüfft an. Dann nahm sie nach kurzem Zögern den Füllfederhalter und unterschrieb stolz. Yitzhak tat es ihr gleich.

Draußen war sternklare Nacht. Von überall her drang aufgeregtes Flüstern zu Tovah herauf, als sich die anderen auf dem Bootsdeck versammelten.

11

Während Hendrik über das Bootsdeck mittschiffs und den Korridor zum Hospital lief, mußte er sich ständig aufgeregter Passagiere erwehren, die ihn immer wieder fragten, ob es denn wirklich wahr sei.

»Ja, es stimmt! Ja, er will es tun! Er ist zu allem entschlossen!«

Im Hospital schließlich fand er Susan, die sehr jung und schön in ihrer weißen Schwesterntracht aussah. Als er ihr die Neuigkeit mitteilte, wurden ihre Augen groß vor Staunen. »Das ist doch nicht dein Ernst? Er will tatsächlich sein Schiff versenken?«

»Ja!« sagte Herr Brandeis fröhlich in seinem Bett. »Der Kapitän versenkt sein Schiff und wir werden von Segelbooten aufgenommen und nach New York gebracht! Wir alle zusammen!«

»Sachte, sachte, Herr Brandeis«, warnte Susan vor allzu großer Euphorie und wandte sich dann an Hendrik. »Wie lange haben wir noch Zeit?«

»Bis morgen früh«, antwortete Hendrik. »Wir beide sollten besprechen, was zu tun ist. Ich habe das ja schon mehrmals mitgemacht, aber du...«

Als Susan Hendrik schließlich im Behandlungszimmer gegenübersaß, kam ihm die ganze Situation seltsam unwirklich vor. »Dein abergläubischer alter Doktor hatte also doch recht«, bemerkte Susan unvermittelt.

»Wer?«

»Na, der alte Arzt, von dem du uns damals in Le Havre erzählt hast. Von dem du diesen Job übernommen hast und der Angst hatte, du könntest ihn verklagen, wenn das Schiff sinkt. Oder hast du diese Geschichte nur erfunden?«

»Du meine Güte, nein! Du hast ja recht! Dr. Halbertsmas Vision! Das hatte ich ganz vergessen...«

Hendrik sah den alten Mann plötzlich wieder vor sich, wie er ihn vom Platz hinter dem Schreibtisch beobachtet hatte, während sich die Aussicht hinter dem Fenster in seinen Brillengläsern spiegelte. »Ich habe Grund zu der Annahme, daß das Schiff, auf dem Sie arbeiten sollen, nach einer Explosion an Bord sinken wird.«

»Mein Gott, das ist ja geradezu unheimlich!«

Susan griff über den Tisch und tätschelte seine Hand. »Reden wir nicht mehr davon. Wir haben noch 'ne Menge zu tun.«

ZWEITES KAPITEL

1

Hendrik und Susan arbeiteten die ganze Nacht hindurch, gingen die Krankengeschichte der einzelnen Patienten durch, und Susan machte sich Notizen über die Frauen, auf die sie ein Auge haben sollte. Hendrik schlug vor, daß Susan am Fuß der Leiter in den Unterkünften der Frauen Aufstellung nehmen solle, um sich zu vergewissern, daß die älteren Kinder den schwächeren Frauen halfen, und um dafür zu sorgen, daß wirklich auch alle an Deck stiegen.

Während sie sich über die notwendigen Maßnahmen berieten, wuchs Susans Erregung zusehends. Die Erinnerung an gelegentliche Liebhaber, die Langeweile bei der Arbeit, der Umgang mit reichen alten Frauen und ihren absurden Wünschen – die ganze Scheinwelt des Lebens an Bord eines Luxusliners wurde durch die Gegenwart auf der *Star of Peace* in den Hintergrund gedrängt. Die Freude der Passagiere war anstekkend, und während Susan in den Unterkünften der Frauen unter Deck arbeitete, begegnete ihr so viel Dankbarkeit und Solidarität, daß sie sich wie eine der Ihren fühlte. Nachdem sie alles vorbereitet hatte, übte auch sie ein paarmal, die Leiter an Deck hinaufzuklettern, bis sie, etwas außer Atem zwar, sicher war, daß sie es auch im Dunkeln schaffen würde.

Als sie schließlich an Deck zurückkam und sah, daß sich das Dunkel der Nacht allmählich lichtete, wurde ihr klar, daß sie endlich erreicht hatte, wonach sie sich immer gesehnt hatte: Sie pflegte die Kranken, sie half Müttern, ihre Kinder zu gebären, sie sorgte für die Kleinen und wachte nachts über die Einsamen in jenen Unterkünften im Schiffsrumpf, die so voller Menschlichkeit waren.

Susan wurde klar, wie ichbezogen ihre Erregung war, als sie dem Kapitän im Kartenraum gegenüberstand, wohin sie zusammen mit Hendrik zu einer letzten Besprechung gerufen worden war. Außer Hendrik und ihr drängten sich noch die beiden Vertreter der Passagiere um den Kartentisch, an dem der Kapitän stand. Kuiper, der einen sehr jungen und beinahe distanzierten Eindruck machte, teilte ihnen mit, wo die *Star of Peace* versenkt werden sollte und wie das Ausbooten der Passagiere exakt vor sich gehen würde. Die Rettungsboote und Flöße müßten deutlich außer Reichweite des Schiffes sein, bevor er das Nebelhorn bedienen würde, erklärte er. Und das sei das Signal, daß die Sprengsätze fünf Minuten später gezündet werden würden. Die Sprengsätze, die normalerweise zum Sprengen von Packeis in den Fjorden der Nordmeere verwendet würden, seien im Stevenrohr gelagert, wo sich die Propellerwelle drehte. Die Zündeinstellung gebe der restlichen an Bord verbleibenden Mannschaft genau fünf Minuten Zeit, das Schiff zu verlassen, das voraussichtlich mit dem Heck zuerst sinken werde. Das Schiff allerdings sollte zu diesem Zeitpunkt niemanden mehr kümmern, denn dann seien sicher sämtliche Passagiere von den Yachten und dem Küstenwachboot aufgenommen worden, die nach dem Seerecht zu dieser Hilfeleistung verpflichtet seien.

Susan hörte aufmerksam zu und beobachtete den Kapitän, der erstaunlich sachlich und unbeteiligt vom Schicksal seines Schiffes sprach. Erst als er sich direkt an sie mit der Frage wandte, ob sie nun wisse, worin ihre Aufgabe liege, sah sie an seinen blauen Augen, daß mit der *Star of Peace* wohl auch ein Teil von ihm selbst untergehen würde.

»Ja, Sir, das weiß ich«, antwortete sie.

»Sie passen also unten an der Leiter in den Unterkünften der Frauen auf?«

»Richtig, Sir.«

»Dann sind Sie die letzte, die von Deck geht?«

»Ja, Sir.«

»Ich schlage vor, daß Sie noch einen kurzen Rundgang machen, um sich zu vergewissern, daß alle die Unterkünfte verlassen haben; dann kommen Sie rauf und gehen zum Steuerbord-Fallreep. Sie haben einen Platz in den Flößen.«

»Ich weiß, Käpt'n.«

»Doktor, in welchem Boot gehen Sie von Bord?«

»Backbord Nummer 1, mit den Schwerkranken.«

»Das ist das erste Rettungsboot, das zu Wasser gelassen wird, stimmt's?«

»Ja, richtig.«

»Gut.« Der Kapitän richtete sich auf und legte seinen Bleistift auf die Karte. »Ich glaube, es ist jetzt Zeit, daß die Passagiere an Deck Aufstellung nehmen. Wir haben noch«, er sah auf die Uhr, »sagen wir 25 Minuten. Dann müßten die Regattaboote an uns vorbeikommen. Wann genau ich das Zeichen zur Sprengung gebe, hängt vom Verhalten des Küstenwachbootes ab. Sobald die Boote klar zum Fieren sind, funke ich SOS. Danke. Viel Glück.«

»Kapitän«, begann die alte Jüdin mit heiserer Stimme, »ich möchte, daß Sie wissen, wie sehr wir...«

»Sie müssen mich jetzt entschuldigen.« Kapitän Kuiper ging zur Tür und verschwand. Der Jude legte den Arm um die Schultern der Frau und nickte ihr aufmunternd zu.

»Also 25 Minuten«, sagte Hendrik. »Du gehst jetzt lieber unter Deck, Sue. Und ich an deiner Stelle würde den letzten Rundgang nicht allzusehr in die Länge ziehen. Sieh dich einfach noch mal kurz um, und dann machst du, daß du die Leiter raufkommst, ja? Habe ich dir schon eine Taschenlampe gegeben?«

»Nein.«

»Okay, dann holen wir gleich eine.«

Sue bekam eine Taschenlampe aus dem Schrank mit der Aufschrift *»Beleuchtungen«*. Hendrik und Sue hatten allerdings Probleme, bis zu diesem Schrank vorzudringen, da sich die Passagiere in sämtlichen Korridoren drängten. Alle trugen Schwimmwesten und nahmen offenbar bereits Aufstellung, um ausgebootet zu werden.

In diesem Gedränge verlief Susans Abschied von Hendrik mehr als flüchtig. Sie hatte plötzlich das Verlangen, ihn zu küssen, als sie in die Unterkünfte der Frauen kamen, aber es waren einfach zu viele Menschen um sie herum. »Auf Wiedersehen«, sagte sie schließlich lahm.

»Wiedersehen, Schätzchen. Wir sehen uns dann in den Booten. Mach's gut.«

Er sah ihr noch nach, als sie die Leiter in den Laderaum hinunterkletterte, dann wandte er sich ab und ging davon.

Als sie das unterste Ende der Leiter erreicht hatte und hinaufblickte, sah sie, daß draußen der Tag anbrach.

2

Kuiper beobachtete, wie der Morgen am Horizont zu dämmern begann. Die Regattaboote waren als kleine Punkte vor orangerotem Himmel sichtbar. Und als sich die Nacht wie ein Vorhang hob und an Steuerbord den Blick auf die Küste von Long Island freigab, während das Leuchtfeuer von Ambrose noch in samtener Dunkelheit blinkte, sah Kuiper die weiße Silhouette des Küstenwachboots, das ihnen wie ein Schatten folgte. Kuiper hatte sich mittlerweile daran gewöhnt, die *Trygona* täglich im Morgengrauen in seiner Nähe zu entdecken, doch diesmal war es anders. Von dem Schiff schien erhöhte Wachsamkeit, ja sogar Nervosität auszugehen. Auf der Brücke waren mehr Leute also sonst, und die Mannschaft hatte wie zu einem Manöver an Deck Aufstellung genommen. Wollten sie alle die Regatta beobachten? Offiziell konnte die Küstenwache nicht eingreifen, denn die *Star of Peace* hielt sich weit außerhalb der Dreimeilenzone auf. Trotzdem hatte Kuiper plötzlich das Gefühl, daß sich die Situation zuspitzte, und er beschloß, die Aktion beschleunigt abzuwickeln.

Er stellte den Maschinentelegraphen von »Voraus ganz langsame Fahrt« auf »Voraus volle Kraft« und befahl Johansen, das Steuer herumzunehmen und genau auf die dunklen Punkte am Horizont zuzuhalten. Dann blies er in das Sprachrohr zum Maschinenraum. Es dauerte eine Weile, bis Davelaars Stimme verzerrt ertönte: »Maschinenraum.«

»Hör mir jetzt mal gut zu, Davelaar«, begann Kuiper. »Es ist möglich, daß wir Schwierigkeiten mit der Küstenwache kriegen. Irgendwas gefällt mir heute an denen nicht. Hast du die Zündungen eingestellt?«

Es dauerte so lange, bis Davelaars Stimme ertönte, daß Kuiper erneut hineinblies. Als es am anderen Ende jedoch keinen Pfeifton gab, wußte Kuiper, daß Davelaar direkt vor dem Sprachrohr stehen mußte. Dann knackte es durch die Leitung: »Bist du deiner Sache sicher? Hast du's dir noch mal überlegt?«

»Ja. Wir müssen jetzt schnell handeln. Diese Burschen sind uns hart auf den Fersen. Mach dich drauf gefaßt, daß es in den nächsten zehn Minuten losgeht. Beeil dich!« Damit steckte er die Pfeife wieder ins Rohr. Wider Erwarten kam kein Protest aus dem Maschinenraum.

Als das Schiff auf seinem neuen Kurs rasch beschleunigte, erhöhte auch das Küstenwachboot seine Geschwindigkeit und kam näher. Kuiper sah, wie von der Brücke aus die Ferngläser auf ihn gerichtet wurden. Unten an Deck nahmen die Passagiere bereits an den Fallreeps Aufstellung und kletterten in die Rettungsboote. »Meyer! Wybrands! Auf die Brücke bitte!« rief er schließlich durchs Megaphon.

Die beiden Männer kamen im Laufschritt zu ihm. »Was ist los?« fragte Meyer atemlos. »Wollen die uns stoppen?«

»Vielleicht versuchen sie's«, antwortete Kuiper. »Sagt mir sofort Bescheid, wenn die Rettungsboote klar zum Fieren sind. Was ist mit den Fallreeps, Wybrands?«

»Die können sofort runtergelassen werden.«

»Und die Kletternetze? Auch alles bereit?«

»Alles bereit, Käpt'n«, erwiderte Wybrands. »Sobald die Rettungsboote aus der Gefahrenzone sind, lasse ich die Kletternetze runter.«

»Wir brauchen nur eines. Und zwar das steuerbords. Nur der Chief und ich werden es benutzen.«

»Soll ich vielleicht auch noch bleiben?« erkundigte sich Meyer ängstlich.

Kuiper musterte das runde Gesicht mit den furchtsamen Augen. »Nein«, wehrte er ab. »Du übernimmst das Kommando über die Boote von der Steuerbordseite. Wybrands, Sie sind für die von der Backbordseite verantwortlich. Aber vorher funken Sie noch SOS. Sobald die Boote weit genug vom Schiff entfernt sind, gebe ich Davelaar das Zeichen, die Sprengsätze zu zünden. Los, Meyer. Das Küstenwachboot führt was im Schilde. Sie warten hier, Wybrands.«

Meyer lief zum Bootsdeck hinunter, Wybrands blieb auf der

Brücke. Das Küstenwachboot kam jetzt deutlich näher. Mindestens fünf Ferngläser waren auf die *Star* gerichtet.

3

Susan hatte ihre letzte Inspektionsrunde in den Unterkünften der Frauen beendet und sich vergewissert, daß niemand zurückgeblieben war. Sie wollte gerade die Leiter hinaufklettern, als sie irgendwo im Hintergrund schnelle Schritte hörte. Verblüfft sah sie sich um; in dem düsteren Schiffsrumpf mit den langen Reihen der Kojen war im schwachen Licht der nackten Glühbirnen niemand zu sehen. Susan erfaßte ein unheimliches Gefühl, denn sie hatte immerhin alle Räume genau überprüft und mit der Taschenlampe sämtliche Ecken ausgeleuchtet. »Wer ist da? Ist da noch jemand?« rief sie.

Die Schritte hielten an. Susan wartete noch einige Sekunden, kam dann zu dem Schluß, daß sie sich die Schritte eingebildet haben mußte, und begann die Leiter hinaufzusteigen, als eine Stimme rief: »Schwester! Hilfe!«

Eine verzweifelte Frau mit zerzaustem Haar kam aus dem düsteren Innern des Schiffsrumpfes auf sie zugerannt. Ihre Augen funkelten wild, ihre Kleider waren in Unordnung.

»Das Kind! Schwester, ich kann das Kind nicht finden. Sie muß hier irgendwo sein. Mein Gott, helfen Sie mir!«

Die Verzweiflung der Frau war so echt, daß Susan automatisch fragte: »Wie alt ist das Mädchen?«

»Sechs. Sie hat sich losgerissen, als wir die Leiter rauf sind, und jetzt läuft sie irgendwo rum! Sie versteckt sich. Bitte gehen Sie rauf und stoppen Sie alles. Mein Gott, wir müssen sie finden!«

Obwohl die Zeit knapp war, blieb Susan keine andere Wahl, als sich selbst auf die Suche nach dem Kind zu machen. Das, was sie am meisten gefürchtet hatte, war eingetreten. Eines der Kinder, das sich des Ernstes der Lage nicht bewußt war, spielte

Katz und Maus mit ihnen. Das letzte, was sie jetzt brauchen konnte, war allerdings diese verzweifelte Frau, die sie nur behinderte. »Sie gehen schon rauf!« befahl sie. »Und zwar sofort. Nehmen Sie Ihren Platz im Boot ein. Ich finde sie schon.«

»Das macht sie immer. Immer...«

»Rauf mit Ihnen!« sagte Susan energisch. »Beeilen Sie sich!«

Susan schob sie die Leiter hinauf. Weinend gehorchte die Frau. Als Susan sicher war, daß die Arme nicht mehr umkehren würde, knipste sie ihre Taschenlampe an. »Wie heißt sie denn?« rief sie der Frau noch nach, die das obere Ende schon fast erreicht hatte.

»Lieschen!« kam es von oben.

Susan rannte die langen, schmalen Korridore zwischen den Kojen auf und ab und rief: »Lieschen! – Komm da raus, Kleines. – Wir fahren Boot!«

Keine Antwort. Ihre Stimme hallte nur unheimlich in dem leeren Schiffsrumpf wider.

»Komm schon, Kleines! Wir spielen ein andermal weiter. – Komm doch raus!«

Alles blieb still. O mein Gott – wo war das Kind?

4

Im Licht der aufgehenden Sonne kam die kleine Flotte von Segelbooten schnell näher. Sie segelten mit dem Wind; ihre geblähten Spinnaker sahen aus wie Ballone, die tief über dem Wasser dahintrieben. Aus westlicher Richtung kam eine kleine Flotte von Motorbooten auf sie zu, und über sich hörte Kuiper ein Flugzeug. Dann trat das Küstenwachboot in Aktion.

Das schnelle Schiff beschleunigte und kam mit schäumenden Bugwellen auf die *Star* zugeschossen. Als es in unmittelbarer Nähe des Frachters war, ertönte der Lautsprecher: *Star of Peace, Star of Peace* – Sie befinden sich auf der Regattastrecke! Verlassen Sie sofort den Kurs!«

Das war der Augenblick, da Kuiper Farbe bekennen mußte! Und er war zu früh gekommen. Er fühlte, wie er drohte in Panik zu geraten. Mit äußerster Willensanstrengung zwang er sich, die Situation kühl zu überdenken. Das Küstenwachboot erhöhte seine Geschwindigkeit erneut, als man dort offenbar bemerkte, daß er nicht die Absicht hatte, seinen Kurs zu ändern. Die *Trygona* holte die *Star* schließlich ein und drehte vor deren Bug bei, so daß dem Frachter praktisch der Weg versperrt war. Das war der Moment!

Kuiper griff nach dem Megaphon. »Alle klar zum Manöver! Stellt fest, ob alle Passagiere an Deck sind. Ich funke jetzt SOS.« Dann wandte er sich an Wybrands. »Okay, jetzt sind Sie dran! Stellen Sie die Automatiktaste ein, und nehmen Sie Ihren Platz im Rettungsboot ein.«

»Aye, aye, Käpt'n!«

Kuiper richtete sein Fernglas auf das Küstenwachboot. Dort lag es, ein weißes, langes und schnittiges Hindernis zwischen der *Star* und dem sich nähernden Pulk von Segeln, und rührte sich nicht vom Fleck.

Kuiper kämpfte erneut gegen Panik an. Das Küstenwachboot erwartete natürlich, daß sich Kuiper durch dieses Manöver gezwungen sähe, abzudrehen; wenn er seinen Kurs allerdings beibehielt, dann mußte wohl oder übel die *Trygona* nachgeben, und sei es auch erst im letzten Augenblick. Er brauchte einfach nur darauf zu- und durchzuhalten...

Die Spannung an Bord war ins Unerträgliche gestiegen. Die Augen aller waren wie gebannt auf das Küstenwachboot gerichtet, auf das die *Star* mit unverminderter Geschwindigkeit zuhielt.

»*Star!* Seid ihr wahnsinnig!« dröhnte es aus dem Lautsprecher herüber. »Kurs ändern! Sofort!«

»Kurs halten, Johansen«, befahl Kuiper.

»In Ordnung, Käpt'n.«

Das Küstenwachboot war mittlerweile so nahe gerückt, daß Kuiper von seiner Position aus nicht einmal mehr seinen Rumpf sehen konnte.

»Kurs ändern! Verdammt! Ihr rammt uns!«

Kuiper blieb kühl und beherrscht. Er wußte genau, was er tat, und vor allem wußte er, was die anderen tun würden.

Die Küstenwache mußte sich ihrer Sache allerdings ebenfalls sehr sicher gewesen sein, denn sie konnte eine Kollision nur um Haaresbreite verhindern. Erst im allerletzten Augenblick glitten die Masten des Küstenwachbootes zur Seite.

Sie hatten es gerade noch geschafft. Kuiper sah, wie die *Trygona* steuerbords wieder auftauchte, das Heck tief im Wasser, weißen Schaum aufwirbelnd, als es mit voller Kraft voraus davondonnerte. Dann drehte die *Trygona* so scharf bei, daß sich das ganze Schiff gefährlich neigte und Bugwellen in der Sonne glitzernd bis zum Deck aufspritzten.

»Klar zum Manöver?« schrie Kuiper zum Deck hinunter.

»Ja, Sir«, erscholl es wie aus einem Mund. Kuiper merkte deutlich, wie groß die Anspannung unter seinen Leuten und den Passagieren war.

Das Küstenwachboot ging in etwa sechs Bootslängen Entfernung längsseits, dann flachte die Bugwelle ab und der Steven sank tiefer ins Wasser, als die Maschinen stoppten. An Deck herrschte plötzlich rege Betriebsamkeit. Im nächsten Augenblick blitzte es an der Mündung des Geschützrohres auf, ein ohrenbetäubender Knall hallte über die Wasserfläche, ein Pfeifen war zu hören, dann schlug ein Geschoß klatschend zwischen dem Steven der *Star* und der schnell näher kommenden Front der Segelboote ins Wasser.

»Kurs halten«, mahnte Kuiper erneut.

»Das nächste Mal treffen wir euch!« dröhnte es aus dem Lautsprecher der *Trygona*. »Stoppen Sie! Stoppen Sie sofort!«

Einige weibliche Passagiere in den Rettungsbooten begannen zu kreischen, als die Boote ausschwangen.

Kuiper griff nach seinem Megaphon. »Bewahren Sie Ruhe! Die Küstenwache wird nicht auf uns schießen! Das versichere ich Ihnen. Bleiben Sie ganz ruhig. Zeigen Sie mir, daß Sie Juden sind!«

Kuiper wußte selbst nicht, weshalb er diesen letzten Satz gerufen hatte, doch die Wirkung war erstaunlich. Sofort herrschte eine nahezu unheimliche Stille. Alle sahen zu ihm auf. Sie warteten nur auf seine Anweisungen.

Das Küstenwachboot fuhr plötzlich wieder an und kam durch schäumende Gischt auf sie zu. »Maschinen stopp!« dröhnte der Lautsprecher. »Wir kommen an Bord!«

Kuiper erschrak. Mit dieser Möglichkeit hatte er nicht gerechnet. Selbst wenn die *Star* weiterhin mit voller Fahrt voraus fuhr, konnte der Lieutenant mit seinem Wachboot längsseits gehen, mit Enterhaken eine Leiter zur Reling der *Star* hinwerfen und einen bewaffneten Trupp das Schiff entern lassen. Dieser unvorhergesehene Schachzug der Küstenwache zwang Kuiper, sofort zu handeln.

Er rannte zum Maschinentelegraphen und schaltete ihn auf *Stopp*. Dann griff er nach dem Megaphon. »Fier weg! Achtung, Flöße los! Steuerbord- und Backbord-Fallreeps runterlassen! Fier weg! Fier weg!«

Das Küstenwachboot kam näher und glich seine Geschwindigkeit der des Frachters an. In wenigen Minuten waren sie nahe genug, um die *Star* zu entern. Kuiper stellte den Maschinentelegraphen dreimal auf *Maschinen stopp*, doch es kam keine Bestätigung aus dem Maschinenraum.

Trotzdem spürte er, wie das Schiff an Fahrt verlor. Jetzt... Kuiper holte tief Luft, rannte zum Sprachrohr, blies hinein und legte das Ohr an die Öffnung.

»Ja, ja!« Aus Davelaars Stimme war deutlich die Anspannung herauszuhören.

Kuiper hielt den Mund an die Öffnung und fragte ruhig: »Zündungen eingestellt?«

»Ja, ja.«

»Gut, dann zünde die Sprengsätze.«

Als er sich abwandte, um zum Backbord-Brückennock zu gehen, sah er, daß der Messejunge im Ruderhaus stand und ihn mit Tränen in den Augen entsetzt anstarrte. Er tätschelte dem Jungen die Schultern. »Komm, geh in dein Boot. Beeil dich!«

»Ja, Sir.« Der Junge gehorchte sofort.

Kuiper hob das Megaphon. »Fier weg! Weg vom Schiff. Los!«

Wybrands winkte ihm aus seinem Rettungsboot zu.

An Steuerbord ging das Küstenwachboot längsseits, doch die Rettungsboote waren nicht mehr aufzuhalten. Gleichzeitig flogen die Flöße über Bord und klatschten auf die Wasseroberfläche. Die Fallreeps wurden heruntergelassen.

»Netz!« schrie Kuiper. Eine Staubwolke stob auf, als das Netz über Bord rollte. Die Motoren des Küstenwachbootes heulten auf, als das schnittige Schiff plötzlich abdrehte. Kuiper wandte sich in Fahrtrichtung. Der erste Pulk an Segelbooten hatte sie fast erreicht. Achtern rasten zwei kleine Motorboote auf sie zu. Im Bug des einen stand ein Mann, der wild eine rote Flagge schwenkte. Über der *Star* kreiste ein Sportflugzeug.

Alle Boote und Flöße waren mittlerweile im Wasser und entfernten sich schnell von der *Star*. Kuiper rannte ins Ruderhaus zurück und betätigte das Nebelhorn. Ein Gurgeln ertönte, dann klatschte ein Schwall Wasser aufs Dach und das ohrenbetäubende Tuten ertönte. Die Zeit der verbalen Kommandos war damit zu Ende. In diesem dröhnenden Lärm hätte ihn sowieso niemand mehr verstanden. Kuiper konnte seine Funktion als Kapitän nicht länger ausüben. Er mußte jetzt von der Brücke und am Kletternetz auf der Steuerbordseite auf Davelaar warten. Seltsamerweise empfand Kuiper in diesem Augenblick überhaupt nichts. Weder Triumph noch Bedauern wollten sich einstellen. Fast teilnahmslos sah er dem Untergang seines Schiffes entgegen. An der Reling ließ er den Blick über das Meer schweifen. Alle Boote hatten sich bereits mit den Flößen im Schlepptau von der *Star* entfernt. Selbst das Küstenwachboot hielt jetzt Abstand. Es funktionierte alles nach Plan.

5

Chief Davelaar lag im Stevenrohr auf den Knien, legte die Taschenlampe beiseite und zündete mit zitternden Händen das nächste Streichholz an. Die drei Zündschnüre schlängelten sich vor ihm durch den Schacht in Richtung Propeller. Er mußte die Enden nur in Brand setzen, um das Schicksal der *Star* zu besiegeln. Doch die verdammten Streichhölzer wollten nicht brennen.

Vor seinen Augen verschwamm alles vor Tränen, als schließlich beim vierten Versuch die erste Zündschnur endlich

Feuer fing. Zischend fraß sich die Flamme die Schnur entlang und verschwand im dunkeln Inneren des Stevenrohrs. Davelaar hatte nicht damit gerechnet, daß die Zündschnur so schnell abbrennen würde. Hastig zündete er auch die anderen beiden an.

Einen Augenblick verharrte er wie gelähmt in seiner Haltung und beobachtete, wie der Tod nach der *Star* griff. Dann erfaßte Panik ihn, und er stolperte geduckt zurück in den Maschinenraum und schrie: »Ich hab sie gezündet! Ich hab sie gezündet! Raus! Alle raus!« Seine Stimme hallte durch die leere Dunkelheit, denn alle anderen hatten das Schiff längst verlassen. Die Türen der Heizkessel standen offen, und Funken spritzten in den Maschinenraum. Die verdammten Kerle hatten einfach alles stehen und liegen lassen und sich davongemacht. Dann begriff auch Davelaar, daß es darauf nicht mehr ankam, daß es auf nichts mehr ankam. In wenigen Minuten würde es dieses Schiff nicht mehr geben. Schluchzend kletterte er die Leiter an Deck hinauf. Als er oben ankam, verstummte das Nebelhorn.

Drunten im Maschinenraum zischte Dampf an bewegungslosen Kolben vorbei. Die Uhr über der Werkbank tickte in der Stille weiter.

6

Susan hatte das Ende des letzten Korridors erreicht und leuchtete mit ihrer Taschenlampe die oberen Kojen ab. »Lieschen? Bist du dort oben? Komm sofort runter! Spielen kannst du spä...«

Eine gewaltige Explosion, die das ganze Schiff hochzuheben schien, warf sie auf den Rücken und schlug ihr die Taschenlampe aus der Hand. Alle Lichter gingen aus. Irgendwo drang rauschend Wasser ein. Plötzlich wurde ihr das Schreckliche mit entsetzlicher Deutlichkeit klar: Das Schiff ging unter!

Sie kam stolpernd im Dunkeln auf die Beine, klammerte sich an eine Stütze der Etagenbetten und schrie: »Lieschen! Hierher! Lieschen, hier bin ich!« Dann erfolgte eine zweite Explosion, die noch stärker war als die erste. Die Holzrahmen der Etagenbetten stürzten teilweise ein. Sie hörte Holz splittern, die Planken unter ihren Füßen gaben nach, und sie hielt noch immer die Stütze verzweifelt umklammert. Mein Gott, ich weiß nicht, wo ich bin, schoß es ihr durch den Kopf. Ich ertrinke!

Allein der Gedanke versetzte sie in Panik. In ihrer grenzenlosen Verzweiflung versuchte sie, die noch intakten Etagenbetten hinaufzuklettern. Schließlich gelang es ihr, eines der oberen Betten zu erklimmen. Dann gab auch die Holzkonstruktion unter ihr nach. Wasser schoß direkt unter ihr durch den Schiffsrumpf. Sie begann zu schreien: »Hilfe! Hilfe! Um Himmels willen Hilfe!« Es kam keine Antwort, nur das ohrenbetäubende Rauschen des eindringenden Wassers war zu hören.

»Hilfe! Hilfe!« Stinkende Brühe aus den Latrinen schwemmte über sie hinweg, Vorboten der Dunkelheit des Todes. Sie hielt noch immer einen Holzpfosten umklammert, als sich das Schiff heftig zur Seite neigte und sie schreiend und kreischend zusammen mit den Resten der Holzkonstruktion in die Tiefe gerissen wurde.

O Gott! Das Kind! war ihr letzter Gedanke, dann raubte ihr eisige Todesangst die Sinne.

7

Von dem Rettungsboot aus, in dem Hendrik zusammen mit den kranken und gebrechlichen Leuten saß, beobachtete er den Untergang der *Star of Peace*. Es war ein schauriges und faszinierendes Schauspiel. Zuerst wurde der alte Frachter deutlich hecklastig, Deckaufbauten brachen mit lautem Getöse, dann sackte das Achterschiff mit atemberaubender Geschwindigkeit ab, der Bug richtete sie wie in einer letzten Zuckung steil gen Himmel, bis das Wasser auch über ihm zusammenschlug.

Tränen trübten Hendriks Blick, doch was er nicht genau erkennen konnte, machte die Geräuschkulisse deutlich: In das dumpfe Fauchen entweichender Luft mischte sich das Rauschen einbrechenden Wassers und an den Bullaugen mittschiffs ein höllisches Zischen, das an einen Geysir erinnerte. Dann erfolgte die zweite Explosion. Die riesigen Ventilatoren aus den Schächten über dem Maschinenraum wurden in die Luft geschleudert und fielen klatschend ins Wasser. Wie riesige Fontänen schossen Wasser und Schaum hoch über dem Schornstein in die Höhe. Schließlich fiel Hendriks Blick auf zwei spielzeughaft kleine Gestalten am Kletternetz, das an der schon halb untergetauchten Bordwand hing. Es waren der Kapitän und Chief Davelaar, die dort in den großen Maschen kletterten. Ein vom Bootsmann gesteuertes Rettungsboot hielt auf die beiden zu. Hendrik stockte der Atem. Die *Star* mußte jeden Augenblick endgültig sinken. Doch sie schafften es praktisch in letzter Minute. Matrosen zogen die beiden Männer an Bord, dann ruderten sie mit verzweifelten Ruderschlägen weg vom Wrack der *Star of Peace*.

»Was ist denn passiert, Herr Doktor?« fragte eine kindlich zitternde Stimme.

»Nichts, Frau Schlachter«, antwortete Hendrik beruhigend. »Gar nichts. Wir sind alle glücklich in Sicherheit. Und Sie sind bald in Amerika.«

»Lieschen...«, schluchzte die alte Frau. »Lieschen – hoffentlich hat sie sie gefunden...«

»Aber natürlich, Frau Schlachter.« Hendrik legte den Arm um ihre Schultern. »Machen Sie sich keine Sorgen. Lieschen geht's gut.«

8

Seit Lieschen Schlachters Bestattung hatte Tovah sich gefragt, wer wohl den Davidsstern auf das Leichentuch gemalt haben konnte; jetzt wurde des Rätsels Lösung offenbar. Mit tragender Stimme »Eretz Israel« singend, hob Frau Goldstein ein Ruder, an dem sie ein Bettuch mit dem Davidsstern befestigt hatte.

Der Anblick war für Tovah so ergreifend und mitreißend, daß sie aufsprang und in die zionistische Hymne einfiel, während Tränen über ihre Wangen rannen. Schließlich sangen alle mit, so daß es plötzlich wie ein mächtiger Chor über die Wasserfläche hallte.

Kaum war die *Star of Peace* endgültig untergegangen, waren Rettungsboote und Flöße plötzlich von Segel- und Motorbooten umringt, Filmkameras surrten, Blitzlichter flammten auf, Kommandos und Sirenen ertönten. Die Yachten waren so eifrig bemüht, die Schiffbrüchigen an Bord zu nehmen, daß es beinahe zu Kollisionen kam. Tovah wurde von zwei Männern an Bord einer Yacht gezogen.

»Mein Gott! Was ist denn mit dem Schiff passiert?« fragte der eine auf englisch.

»Wir haben's geschafft! O lieber Gott, wir haben's geschafft«, war alles, was Tovah herausbrachte.

Nachdem sie zusammen mit mehreren anderen an Bord der Yacht mit Kaffee versorgt worden war, konnte sie allmählich wieder klar denken. Und dann fiel es ihr ein: Frau Schlachter! Schuldgefühle stellten sich ein. Sie hatte die alte Frau noch unten in den Unterkünften aus den Augen verloren und dann nach David Ausschau gehalten, anstatt sie zu suchen. Die Freude über die Rettung war ihr erst einmal verdorben. Ihr Blick schweifte suchend über die Boote, doch in dem allgemeinen Durcheinander konnte sie niemand richtig erkennen. Dann merkte sie, daß jemand sie am Ärmel zog. Es war David.

»Tovah! Tovah!«

»Ja, was ist?«

»Ich muß unbedingt auf die Toilette.«

»Komm, wir werden schon eine finden.«

9

Vom Rettungsboot aus hatte Joris Kuiper den Untergang seines Schiffes mitverfolgt.

Alles in ihm war taub und gefühllos. Dann höhnte eine Stimme neben ihm: »Da, seht ihn euch an, den Kapitän von Gottes Gnaden! Sein Schiff ist futsch, sein Geld ist futsch, sein Vater futsch – und was sagt er dazu?«

Wie in Trance hörte er sich antworten: »Der Herr gibt, der Herr nimmt, gelobt sei der Name Gottes.«

Dann schlug er überwältigt von Kummer und Trauer die Hände vors Gesicht. Er fühlte sich unendlich allein gelassen, am Boden zerstört. Plötzlich legte sich ein Arm um seine Schultern. Er sah auf. Es war Davelaar.

»Schon gut, Joris«, murmelte der alte Mann. »Du hast getan, was du für richtig gehalten hast.«

Als das Rettungsboot gegen die Bordwand des Küstenwachbootes prallte, ließ Kuiper allen anderen den Vortritt. Dann griff er als letzter nach der Jakobsleiter und kletterte hinauf. Er war selbst überrascht, wie schwer seine Beine plötzlich waren. Erst dann wurde ihm bewußt, daß er klatschnaß war. Es kam ihm endlos lange vor, bis er die Reling erreichte. Als er sich erschöpft an Bord schwang, hörte er die Pfeife eines Bootsmannes. Schwankend, triefend vor Nässe, ohne Kapitänsmütze, fand er sich dem amerikanischen Lieutenant gegenüber, hinter dem die Mannschaft des Küstenwachbootes wie zu seiner Begrüßung Aufstellung genommen hatte.

Der Lieutenant grüßte ihn vorschriftsmäßig. »Hut ab, Käpt'n«, sagte er leise, dann fügte er mit lauter Stimme hinzu: »Sie sind festgenommen, Sir!«

Die Trillerpfeife ertönte erneut. »Rührt euch!« rief eine Stimme im Befehlston.

Wie in Trance folgte Kuiper dem Offizier. Wohin er auch gebracht werden mochte, es war ihm gleichgültig.

DRITTES KAPITEL

1

Der Untergang der *Star of Peace* und die dramatische Rettung ihrer Passagiere und der Mannschaft hätte sicher am 2. September 1939 in dicken Schlagzeilen auf der ersten Seite sämtlicher Zeitungen gestanden, wäre nicht in der Nacht zuvor, gegen Mitternacht Ostküstenzeit, Deutschland in Polen einmarschiert. Auf diese Weise ging die Geschichte in der Presse einfach in der Flut wichtigerer Nachrichten unter. Und wie Bruinsma beruhigend zu den Gästen sagte, die sich zur Cocktailstunde in seiner Kabine an Bord der *Tubantia* versammelt hatten, interessierte der Vorfall kein »Schwein«.

Trotzdem kochten der niederländische Botschafter, sein Marineattaché, sein Presseoffizier und der New Yorker Makler der Schiffahrtslinie vor Wut. Die Medien hatten mehrfach um die Erlaubnis nachgesucht, den Kapitän des untergegangenen Schiffes interviewen zu dürfen, und das wollten sie natürlich um jeden Preis verhindern.

»Warum eigentlich?« erkundigte sich Bruinsma. »Der junge Mann hätte doch vielleicht was Wichtiges zu sagen – vor allem jetzt, in dieser Situation.«

Der Botschafter, ein alter Mann mit schriller Stimme, dem die drei Wodka-Martinis bereits zu Kopf gestiegen waren, reagierte, als habe Bruinsma ihm vorgeschlagen, Landesverrat zu begehen. »Um Gottes willen!« herrschte er ihn an. »Ist Ihnen nicht klar, was Sie den Amerikanern damit antun würden?«

»Welchen Amerikanern?« konterte Bruinsma prompt. »Denen vom Außenministerium?«

»Ich sagte ›den Amerikanern‹«, entgegnete der Botschafter gereizt. »Ich habe keine Namen genannt!«

Es war dumm, den Mann weiter reizen zu wollen, doch Bruinsma ging er allmählich auf die Nerven. »Wie ich die Lage sehe, haben die Amerikaner alle Hebel in Bewegung gesetzt, um Ihre Wünsche zu erfüllen. Kuiper hätte vor einen Untersuchungsausschuß der amerikanischen Marine gehört.«

»Ganz und gar nicht!« widersprach der Marineattaché. »Der Vorfall fand in internationalen Gewässern statt. Die niederländische Regierung...«

»Die niederländische Regierung hatte keinerlei Einfluß auf die Entscheidung der Amerikaner!« mischte sich der Botschafter energisch ein. Offenbar schien er bereits Wanzen hinter den Vorhängen der Bullaugen zu vermuten. Bruinsmas Cocktails hatten nicht selten diese Wirkung auf Gäste. »Es war ausschließlich die Idee der Amerikaner...«

»Die ganze Geschichte mit den jüdischen Einwanderern und den Rest unter den Teppich zu kehren?« fiel Bruinsma ihm ins Wort. »Die Zeitungen haben nicht mal erwähnt, daß der Mann sein Schiff absichtlich versenkt hat. Da wurde immer nur von einer ›Explosion im Maschinenraum‹ gefaselt. Was, bitte schön, soll denn da explodiert sein? Vielleicht ein Furz des Chiefs? Das Ganze ist doch wirklich ein Trauerspiel!« Bruinsma leerte sein viertes Glas Whisky. Der Makler registrierte dies und bereitete diskret den Rückzug der Gäste vor. »Tja also«, begann er lächelnd, »da wir sicher übereinstimmen, daß wir nicht übereinstimmen, könnten wir...«

»Aber Sie haben doch verstanden, Kommodore, ja?« beharrte der Botschafter. »Die Weisungen unserer Regierung sind klar: Unter keinen, unter gar keinen Umständen dürfen Reporter oder Fotografen zu Ihrem Gefangenen vorgelassen werden. Er bleibt allein und ohne jeglichen Kontakt zur Außenwelt, bis Sie ihn den zuständigen Behörden in Amsterdam übergeben haben. Ist das klar, Kommodore?«

Bruinsma sah von einem zum anderen. Ekel stieg in ihm auf. Die Herren kannten nur ein Ziel: ihre eigene Haut zu retten. Niemand schien sich bewußt, was der junge Mann eigentlich geopfert hatte, der jetzt in der Zelle auf dem B-Deck saß.

»Mein Gott, was uns dieser Mann für Schwierigkeiten gemacht hat!« schimpfte der Botschafter. »Die Deutschen könnten das als provokativen Akt ansehen! In Polen sind sie schon einmarschiert; es kann jederzeit Krieg ausbrechen. Die Niederlande müssen neutral bleiben, genau wie im Ersten Weltkrieg! Dieser Fanatiker, dieser sogenannte ›Christ‹, der mit seiner Aktion eine Anti-Nazi-Kampagne in Amerika auslöst und die Deutschen brüskiert, ist eine Gefahr für unser Vaterland! Haben Sie verstanden, Kommodore? Keinen Kontakt zur Außenwelt!«

Bruinsma stellte sein Glas ab und stand auf. »Exzellenz«, begann er, »ich verstehe Ihre Sorge, aber mein Schiff wird bereits seit zwölf Stunden wegen der internationalen Situation festgehalten. Falls England den Deutschen den Krieg erklärt, fängt mich unterwegs die britische Marine ab – und das kostet mich weitere zwölf Stunden Verspätung. Also wenn Sie mich jetzt entschuldigen...«

»Ich will Ihr heiliges Versprechen!« Der Botschafter stand ebenfalls auf und gab sein Glas dem Marineattaché, ohne ihn eines Blickes zu würdigen. »Ich gehe nicht eher, als bis ich Ihr Wort habe, daß Sie dem Gefangenen jeglichen Kontakt mit der Außenwelt vorenthalten werden!«

»Aber ich bitte Sie!« sagte Bruinsma ausweichend und öffnete die Tür. »Der Mann sitzt hier in einer Zelle. Meine Mannschaft hält sich an die Anweisungen, und die lauten: Keine Besucher. Und jetzt erlauben Sie, daß ich mich um meine Pflichten kümmere. Auf Wiedersehen, Exzellenz.«

Der Makler, der genau wußte, wann der Kommodore gefährlich wurde, drängte den Botschafter aus der Kabine.

Als er endlich allein war, öffnete Bruinsma eine neue Flasche Scotch, schenkte sich großzügig ein, gab Eiswürfel dazu, nahm den Telefonhörer ab und wählte eine Nummer. »Bruinsma«, meldete er sich. »Sind alle Mannschaftsmitglieder der ›Star‹ bei uns an Bord? – Wer? – Gut, dann sagen Sie Dr. Willemse, er soll sich melden, sobald er die Liste mit den Namen der Crew hat. – Was ist? Wer will mich sprechen? – Na gut. Schicken Sie ihn zu mir.«

Kurz darauf klopfte es, die Tür ging auf, und der Zahlmeister schob einen alten Mann in schmutzigem Overall herein.

»Ja bitte? Was kann ich für Sie tun?«

Der alte Mann trat verlegen von einem Bein auf das andere. »Mein Name ist Davelaar, Sir – Chief Davelaar. Erinnern Sie sich noch an mich?«

»Ja, natürlich! Bitte setzen Sie sich doch. Dort drüben auf die Ledercouch. Also, weshalb wollen Sie mich sprechen?«

»Es geht um Joris, Sir. Er ist doch hier eingesperrt, oder?«

»Sie meinen Ihren Kapitän? Ja, er ist eingesperrt. Befehl der Regierung!«

»Ich wollte ihn besuchen, aber sie lassen mich nicht zu ihm. Könnte – könnte ich nicht mal kurz mit ihm reden – ihm vielleicht 'ne Tafel Schokolade bringen?«

»Chief, wenn's nach mir ginge, könnte Ihr Käpt'n tun und lassen, was er will. Ich finde das alles lächerlich – aber ich habe meine Order. Sobald wir das Feuerschiff von Ambrose passiert haben, lasse ich ihn trotzdem frei. Wie wär's mit einem Drink?«

»Ja – ja, danke. Sie denken also, daß ...«

»Ich denke gar nichts«, fiel Bruinsma ihm ins Wort und schenkte ein Glas Whisky ein. »Bis ich Ambrose passiert habe, denke ich nie was. Eis?«

»Wie bitte?«

»Möchten Sie Eis in Ihren Whisky?«

»Ja, ja bitte, Sir...« Der alte Mann wirkte grau, eingefallen und müde. Ihm haftete der Geruch von alten Menschen und Maschinen an. »Danke, Sir – Prost.«

Sie prosteten sich zu. »Ist der Overall das einzige, was Sie noch zum Anziehen haben?«

»Ja, Sir.«

»Gehen Sie zu meinem Chief. Er soll Ihnen seine Ersatzuniform leihen. Ihre Habe ist wohl mit dem Schiff abgesoffen, was?«

»Ja, alles, Sir. Einfach alles...« Die Stimme des alten Mannes klang plötzlich tränenerstickt. »Alle meine Sachen – die Glaskugel mit dem Eiffelturm, mein indischer Spucknapf – meine Mutter.«

»Ihre Mutter?«

»Ich hatte ein Bild von ihr in meiner Kabine hängen... Aber es war angeschraubt, und die Schrauben waren rostig geworden. Ich hab's einfach nicht abgekriegt.« Er trank einen großen Schluck. Sein Adamsapfel hüpfte. »Joris hat seine Annie auch abzunehmen versucht. Aber es war dasselbe: verrostete Schrauben.« Er trank einen weiteren Schluck. Seine Zähne schlugen gegen das Glas.

»Sie meinen das Mädchen mit der silbernen Pfeife?«

»Ahhh...« Als habe Bruinsma ein Zauberwort gesagt, warf ihm der Alte einen verschwörerischen Blick zu. »Das haben Sie gesehen, was? Ja, Sie haben's gesehen.« Nach dem nächsten Schluck Whisky wandte er den Kopf schnell nach rechts und links, beugte sich dann zu Bruinsma herüber und flüsterte, nach Whisky und Kautabak riechend: »Der Alte – der alte Kapitän hat ihr die Brosche geschenkt.«

»So?«

»Das war ein Draufgänger, der Alte. Ein großartiger Kapitän, ein großartiger Seemann. Und ein Frauenheld! Er war schon fast achtzig, und sie war ein Mädchen – die Frau seines Sohnes...«

»Hören Sie, Chief, weshalb gehen Sie nicht...«

Aber der alte Mann war nicht mehr zu bremsen. »Wenn Sie mich fragen, Sir – Frauen wollen herumkommandiert werden. Aber dazu muß man eine Persönlichkeit sein wie der Alte. Sie glauben es nicht, aber selbst nach seinem Schlaganfall...«

»Er ist tot? Also warum...«

»Selbst als er gelähmt war, hat er sie wie eine Sklavin behandelt. Er konnte nur den Kopf bewegen und die Pfeife mit den Lippen nehmen; und er hat gepfiffen, wann immer er – na ja, und sie ist gelaufen gekommen. Tja, und der Junge versenkt sein Schiff, verliert sein ganzes Geld, sein Patent und muß ins Gefängnis, weil er dachte, daß der Alte will, daß er's tut. Seit Jahren versucht er das zu tun, was er glaubt, daß der Alte es von ihm verlangt hätte. Unschuldslamm! Er hat nicht mal gemerkt, was sich vor seiner Nase abgespielt hat.«

Bruinsma hatte genug. Er wollte sich das unbefleckte Bild von der noblen und selbstlosen Tat, deren Zeuge er geworden war, bewahren. Er nahm dem alten Chief das Glas aus der Hand. »Kommen Sie, ich zeige Ihnen, wo's zum Ersten Ingenieur geht, damit Sie endlich was Anständiges zum Anziehen kriegen.«

»Ja – ja danke, Sir...« Der alte Mann stand unsicher auf.

Bruinsma legte eine Hand auf seine Schulter und begleitete ihn zur Tür. »Danach nehmen Sie ein schönes heißes Bad und lassen sich massieren. Eine Rasur würde Ihnen auch guttun. Das besorgt unser Friseur. Sie sind der Gast hier. Lassen Sie es sich gutgehen.«

»Ich wollte es eigentlich nicht«, murmelte der alte Chief auf der Schwelle. »Ich wollte nicht aus der Schule plaudern. Sagen Sie ihm nichts. Sagen Sie ihm ja nichts.«

»Ich weiß überhaupt nicht, was Sie meinen. Also keine Sorge. Den Chief finden Sie eine Treppe weiter unten. Am Ende des Korridors die erste Tür rechts.«

Bruinsma war sich nicht sicher, ob der alte Mann überhaupt etwas von dem mitbekam, was er sagte. Er sah ihm nach, wie er mit unsicheren Schritten den Gang entlangging. Dann klingelte hinter ihm das Telefon.

»Bruinsma«, meldete er sich.

»Willemse, Sir. Ich habe die Liste der Passagiere, die die Küstenwache rausgefischt hat. Miss Foster steht leider nicht drauf. Ihr Name fehlt übrigens auch auf den anderen Listen.«

»Sonst sind die Listen vollständig?«

»Ja, Sir.«

»Haben Sie schon mit der Küstenwache gesprochen?«

»Nein, Sir.«

»Dann gehen Sie in den Funkraum und versuchen Sie, die Küstenwache zu erreichen. Sagen Sie denen, wer Sie sind und daß Sie ein Besatzungsmitglied der *Star of Peace* suchen. Irgendein Boot muß sie rausgefischt haben. Und beeilen Sie sich. Wir laufen Punkt zwei Uhr aus.«

»Ja, Sir. Hoffentlich ist nichts passiert, Sir...«

»Verdammt, Mann! Rufen Sie endlich die Küstenwache an!«

Er knallte den Hörer auf die Gabel und ging zum Fenster. Auf dem Hudson River herrschte reger Bootsverkehr. Am Ufer blinkten die Neonreklamen der Kaufhäuser. Hätte er Myrtle damals nicht gehört, weil sie das Telefon nicht richtig aufgelegt hatte, wäre das Mädchen mit den dunkelbraunen Augen noch an Bord.

Aber sie mußte irgendwo sein! Vermutlich hatte sie sich mit ihren Rettern eingelassen... Frauen tauchten immer erst im letzten Augenblick auf. In all den Jahren, die er zur See gefahren war, hatte er schon eine Menge Besatzungsmitglieder verloren, aber eine Frau war nie darunter gewesen. Sie waren Überlebenskünstler.

Schließlich griff er erneut nach dem Telefonhörer, rief den

Funkraum an, ließ Dr. Willemse die Nachricht hinterlegen, daß er den Kommandant der Küstenwache persönlich anrufen würde, und ließ sich verbinden. Doch selbst im Hauptquartier der Küstenwache war nichts von einem weiblichen Mannschaftsmitglied namens Susan Foster bekannt. Niemand hatte eine Frau dieses Namens, auf die die Beschreibung paßte, nach dem Untergang der *Star of Peace* aus dem Wasser gefischt.

Bruinsma hängte ein. Braune Augen. Er erinnerte sich nur zu gut daran. Wo konnte sie sein? Die Küstenwache hätte es wissen müssen.

Über dem Hudson gingen die ersten Lichter in den Büros an. Die Fenster wurden als kleine gelbe Flecken sichtbar, die sich bald im dunklen Wasser spiegeln würden.

»Bouke?« Myrtle stand in ihrer weißen Schwesterntracht im Türrahmen: jung, furchtsam und geradezu unanständig begehrenswert. »Gibt's was Neues?«

»Nein. Aber mach dir keine Sorgen. Sie wird schon wieder auftauchen. Die Passagiere sind in verschiedene Krankenhäuser gebracht worden.«

»Ich habe die Krankenhäuser alle angerufen. Sie ist nirgends eingeliefert worden.«

»Dann versuch's noch mal. Vielleicht ist sie erst später eingeliefert worden. Möglich, daß sie länger an Bord einer Yacht geblieben ist...«

»Ja – ja, gut. Glaubst du nicht...«

»Nein. Sie taucht auf. Los, mach dich ans Telefonieren!«

Sie drehte sich um. Und als er auf ihre schlanken, langen Beine sah, wußte er plötzlich, daß das Mädchen mit den braunen Augen tot war.

2

Im Restaurant war es heiß und laut. Hendrik konnte kaum das eigene Wort verstehen. Die Tische standen dicht gedrängt, und es herrschte ängstliche Erregung in dem rauchigen Raum, wo überall über die Deutschen, die Engländer und Polen und über den Krieg geredet wurde.

»Komm, Schätzchen! Trink aus!« rief Myrtle ihm zwischen zwei Kerzenflammen hindurch zu. Und als sie seinen Blick auffing, fügte sie hinzu: »Keine Angst! Sie taucht bestimmt wieder auf!«

Von der anderen Seite der Kerzen her ertönte die Stimme von Willemse: »Was willst du noch haben? Die nächste Runde bezahle ich!«

Hendrik protestierte halbherzig. Willemse grinste und erwiderte im Brüllton, daß es schließlich nicht jeden Abend Kollegen auszuhalten gebe, die Schiffbruch erlitten hätten. Also trank Hendrik seinen Martini, bestellte den nächsten und danach noch einen; dann kam das Essen, das er gedankenlos hinunterschlang. Vielleicht war es der Alkohol, vielleicht die Reaktion auf den Streß und die Anspannung des Tages, aber er begann plötzlich zu reden wie ein Wasserfall. Myrtle hatte ihn an den alten Dr. Halbertsma und sein Vorhersage des Unglücks erinnert, und damit den Redeschwall praktisch ausgelöst. Laut schreiend wie alle anderen, erzählte er die Geschichte von seinem Besuch bei dem alten Arzt, von Molly und Mrs. Karelsen, die die Segel als Ballone und ein Mädchen gesehen hatte, das während einer Flutkatastrophe versuchte, das obere Stockwerk einer Scheune zu erklettern, die schließlich eingestürzt war...

Sein Herz setzte plötzlich einen Schlag lang aus. Er konnte keinen klaren Gedanken fassen.

Und dann hörte er Frau Schlachter im Rettungsboot sagen: »Lieschen, Lieschen – hoffentlich hat sie sie gefunden.« Wer sollte wen gefunden haben?

Er sprang plötzlich auf. »Bitte entschuldigt mich! Ich muß gehen. Tut mir leid... Sie liegt in einem Krankenhaus auf Staten Island.«

»Was ist los, Hendrik? Wer liegt im Krankenhaus?«

»Frau Schlachter. Ich muß sofort mit ihr reden.«

»Aber warum denn, Hendrik?« rief Myrtle und hielt ihn fest, als er an ihr vorbei wollte.

»Weil sie Bescheid weiß! Sie weiß, was mit Susan passiert ist! Begreifst du nicht?«

Natürlich begriffen sie nichts. Sie bestanden darauf, ihn zu begleiten, und er versuchte ihnen im Taxi nach Staten Island alles zu erklären. Es war ihnen anzusehen, daß sie glaubten, er rede wirres Zeug.

Doch während der angstvollen Fahrt durch das nächtliche New York dämmerte ihm allmählich die Wahrheit. Als sie das Krankenhaus erreichten, glaubte Hendrik zu wissen, was in der dunklen Scheune geschehen war, die Mrs. Karelsen in den Fluten hatte einstürzen sehen...

3

Tovah saß an Frau Schlachters Bett. Es war ihr fast gelungen, die alte Dame schläfrig zu machen, indem sie ihr aus dem deutschen Buch vorgelesen hatte, das die Oberschwester in der Krankenhausbibliothek ausgegraben hatte: »Menschen im Hotel« von Vicky Baum. Frau Schlachters Augen waren geschlossen, die faltige Hand lag zuckend auf der Bettdecke.

In diesem Moment flog die Tür auf, und auf der Schwelle stand Hendrik. Sein Haar war zerzaust; und er sah grau und eingefallen aus. »Ich muß mit ihr reden! Hat sie Beruhigungsmittel bekommen?«

»Nein, sie ist nur schläfrig...«

»Laß mich mit ihr reden!«

Verblüfft stand Tovah auf. Er nahm ihren Platz am Bett der alten Dame ein und legte die Hand auf Frau Schlachters Arm. »Hat sie von ihrer Enkelin gesprochen?« fragte er dann unvermittelt, zu Tovah gewandt.

»Nein…« Und plötzlich fiel Tovah auf, daß Frau Schlachter seit der Ankunft in Amerika Lieschen mit keinem Wort mehr erwähnt hatte. »Warum?«

Doch Hendrik hörte ihr schon nicht mehr zu. »Frau Schlachter«, begann er sanft, aber energisch. »Frau Schlachter, ich bin's. Dr. Richters.« Seine ruhige Stimme hatte einen seltsam qualvollen Klang.

Frau Schlachter schlug die Augen auf und sah ihn an. Dann lächelte sie flüchtig und flüsterte: »Herr Doktor – wie nett von Ihnen. Sie sind wirklich lieb…« Die Augen fielen wieder zu, und sie döste weiter vor sich hin.

»Frau Schlachter!« fuhr Hendrik drängender fort. »Frau Schlachter – ich muß sie etwas fragen… Hören Sie mich?«

»O ja…«, antwortete die alte Dame. »Ich höre… Ich weiß, was Sie fragen wollen. Keine Sorge, mein Freund. Sie ist jetzt in Sicherheit. Alles ist gut – gut – gut.«

Hendrik starrte sie an, als habe er eben etwas Schreckliches erfahren. »Was ist geschehen, Frau Schlachter?« fragte er mit heiserer Stimme. »Was ist passiert?«

»Da gibt's nicht viel zu erzählen«, murmelte Frau Schlachter schläfrig. »Sie war so aufgeregt, sie hatte Angst – und war so allein. Sie wußte nicht wohin – und ist die ganze Zeit hin und her gerannt. Sie wollten, daß ich sie allein lasse… Aber das konnte ich nicht. Ich habe mich in Frau Gobels Koje versteckt – ganz oben.«

»Und dann? Bitte, Frau Schlachter! Was war dann?«

»Die Krankenschwester hat mich gefunden.«

»Und was war dann, Frau Schlachter? Erzählen Sie! Es ist sehr wichtig.«

Frau Schlachter schlug die Augen auf und sah Hendrik mit schläfrigem Lächeln an. »Lieschen ist zu Hause. Sie hat keine Angst mehr. Sie hat nach Hause gefunden. Jetzt braucht sie mich nicht mehr.«

Die Augen fielen wieder zu, doch das Lächeln blieb.

»Warum, Frau Schlachter?« drängte Hendrik. »Warum braucht Lieschen Sie nicht mehr?«

»Die Krankenschwester«, murmelte Frau Schlachter mit geschlossenen Augen. »Die Krankenschwester muß sie gefunden und ihr den Weg gezeigt haben.«

»Was ist mit der Krankenschwester? Frau Schlachter, bitte! Wir können Schwester Foster nicht finden! Sie war weder in einem der Rettungsboote noch in einem Floß. Offenbar waren Sie die letzte, die Schwester Foster gesehen hat. Also, was ist passiert? Niemand macht Ihnen Vorwürfe, Frau Schlachter. Wir haben Verständnis. Frau Schlachter, haben Sie Schwester Foster gesagt, daß Lieschen noch dort unten sei?«

Frau Schlachter schlug die Augen auf. Sie starrte Hendrik plötzlich voller Entsetzen an und schlug dann die Hände vors Gesicht. »O mein Gott! Mein Gott!« schluchzte sie.

»Sie haben sie gebeten, Lieschen zu suchen, stimmt's?«

Die alte Dame nickte, während ihr Körper von Schluchzen geschüttelt wurde.

»Und Schwester Foster hat Lieschen gesucht.«

»Ich – ich war verrückt! Ich bin verrückt geworden...«

Hendrik stand müde auf, die Hand noch auf Frau Schlachters Schulter. »Nein, Sie sind nicht verrückt, Frau Schlachter. Glauben Sie, ich verstehe das. Ich mußte nur Gewißheit haben. Schlafen Sie jetzt. Möchten Sie vielleicht ein Schlafmittel?«

Frau Schlachter nickte. Hendrik wandte sich an Tovah. »Ich sage der Oberschwester, daß sie ihr etwas geben soll. Bleibst du bei ihr, bis sie eingeschlafen ist?«

»O mein Gott...«, flüsterte Tovah. »Ich bin schuld! Ich hätte bei ihr bleiben müssen!«

»Schon gut.« Er legte den Arm um ihre Schultern. »Mach dir keine Vorwürfe. So etwas ist Schicksal.« Er küßte sie aufs Haar. »Auf Wiedersehen.« Er ging zur Tür. »In Palästina.«

Er öffnete die Tür und war verschwunden.

VIERTES KAPITEL

1

Kuiper erlebte die Abfahrt aus dem Hafen von New York in seiner Zelle an Bord der *Tubantia*. Das Schiff fuhr den Hudson hinunter, dann kehrten die Schlepper um, und der Lotse ging von Bord.

Die Geräusche waren ihm vertraut. Der langgezogene Ton des Nebelhorns, der für die Besucher das Zeichen war, von Bord zu gehen; die kurzen Verständigungssignale zwischen Schleppern und Liner. Er fühlte die Vibration der Schiffsmotoren, als die *Tubantia* zuerst rückwärts fuhr, dann stoppte, dann langsam Fahrt aufnahm, bis sie mit *Halber Fahrt voraus* den Hudson hinunterglitt, um schließlich erneut zu stoppen, als der Lotse vor dem Feuerschiff von Ambrose von Bord ging. Dann spürte er, wie die Maschinen auf *Volle Fahrt voraus* gestellt wurden, und kurz darauf das Rollen des Schiffs in der Dünung der offenen See.

Sehen konnte er von alledem nichts, denn seine Zelle hatte kein Bullauge. Es war eine hübsche kleine, weißgestrichene Kabine mit einem bequemen Bett und eigenem Bad. Lediglich der Spion in der Tür verriet, daß es sich hier um eine Zelle handelte. Doch soviel Kuiper feststellen konnte, machte niemand von diesem Spion Gebrauch. Das Essen brachte ihm ein Steward in Uniform, der ihn mit »Sir« anredete. Dann, kurz nachdem sie das offene Meer erreicht haben mußten, kam Kommodore Bruinsma.

»Mein Junge, ich will Sie erst mal aus Ihrem goldenen Käfig befreien«, erklärte er. »Haben Sie Lust, mit mir auf die Brücke zu kommen?«

»Aber man hat mich doch eingesperrt!«

Bruinsma tätschelte ihm die Schulter. »Jetzt sind wir auf See. Kommen Sie!«

Kuiper folgte dem Kommodore aufs Brückendeck.

Auf der Brücke sah er, daß gerade ein neuer Tag anbrach. Das fahle Licht des Morgengrauens machte sich am Himmel breit, die Sterne verblaßten. »Sehen wir uns mal die Karte an«, schlug Bruinsma vor.

Der Kartenraum war größer als sein Wohnzimmer zu Hause. Im gedämpften Licht erkannte er die diskret im Hintergrund bleibenden Gestalten der Schiffsoffiziere, die bei ihrem Eintreten verstummten.

»Hier, sehen Sie sich das an.«

Kuiper trat neben Bruinsma an den Kartentisch. Als er sich über die Seekarte beugte, begriff er, weshalb Bruinsma ihn mitgenommen hatte. Neben dem eingezeichneten Kurs der *Tubantia* war eine Stelle mit einem Kreis gekennzeichnet, und daneben standen die Buchstaben SOS und ein Kreuz.

»Wir sind in zirka zehn Minuten direkt über ihr«, bemerkte Bruinsma.

Kuiper hob den Kopf. Bruinsmas Miene blieb ausdruckslos. »Danke«, murmelte er.

»Gehen Sie raus. Schnappen Sie ein bißchen frische Luft.«

»Ja, das tue ich.« An der Tür zum Brückennock wandte er sich noch einmal um. »Danke«, wiederholte er.

Draußen auf der Brücke, im kühlen Fahrtwind, atmete Kuiper tief die Morgenluft ein. Plötzlich spürte er, daß er nicht mehr allein war. Fast im selben Moment sagte Bruinsma lakonisch: »Ich muß Ihnen leider mitteilen, daß der Untergang ein Todesopfer gefordert hat.«

Kuiper sah entsetzt auf. Im ersten Augenblick verschlug es ihm die Sprache. »Wer?« brachte er schließlich heraus.

»Eine meiner Krankenschwestern – Susan Foster. Sie hatte sich freiwillig für den Dienst auf Ihrem Schiff gemeldet, nachdem Ihr Schiffskrankenpfleger krank geworden war. Offenbar ist sie unter Deck aufgehalten worden; und als die Explosion erfolgte, hat sie wohl die Orientierung verloren.« Nach kurzem Schweigen fügte er hinzu: »Sie können nichts dafür, Kuiper, aber möglicherweise hat die Sache Einfluß auf die Entscheidung des Seegerichts. Das mit dem Mädchen tut mir wirklich leid. Tja, jetzt muß ich zurück. Wenn Sie mich brauchen – ich bin im Ruderhaus.«

Kuiper schlenderte zur Steuerbord-Brückennock hinüber

und starrte auf die aufgehende Sonne über dem Meer. Zuerst empfand er nur lähmendes Entsetzen. Dann wurde ihm klar, daß es ihr und nicht sein Opfer gewesen war. Und plötzlich fühlte er Seine Gegenwart.

Es war das erste Mal seit dem Untergang der *Star*. Und das Gefühl war so stark, daß er sich umsah. Doch er sah nichts als die Weite der sonnenbestrahlten See.

2

Bruinsma beobachtete die einsame Gestalt, die am Ende des Brückennocks über der Reling lehnte. Selbst aus dieser Entfernung waren der Kummer und die Qual des Mannes spürbar. Armer Kerl! Es würde nicht lange dauern, bis er erkannte, daß sein Opfer umsonst gewesen war. Der Botschafter hatte es mit brutaler Offenheit ausgedrückt: »Wenn dieser Idiot nur noch vierundzwanzig Stunden gewartet hätte, dann hätten sie die Juden sowieso einreisen lassen. Nach dem Einmarsch der Deutschen in Polen hätte es sich keine amerikanische Regierung leisten können, die Juden nach Deutschland zurückzuschicken. Die ganze Aufregung war umsonst. Völlig umsonst!«

Und dort stand er, der junge Hamlet, im goldenen Schein der aufgehenden Sonne. Bruinsma fragte sich, ob vielleicht auch Hamlets Vater ein Schurke gewesen war, der den Tod durch seinesgleichen verdient hatte. Vielleicht hatte des Vaters Gespenst ebenfalls in eine silberne Pfeife mit blassen, sterbenden Lippen geblasen, wenn er die ehebrecherische Frau seines Sohnes wollte. Mein Gott, diese dunklen Geheimnisse von Durchschnittsschicksalen!

Das war das wirkliche Rätsel: Wie klein doch Menschen waren, die Großartiges vollbrachten. Vielleicht mußte es so sein. Vielleicht war Jeanne d'Arc nur ein Milchmädchen mit Wahnvorstellungen gewesen. Vielleicht war Alexander der Große in

Wirklichkeit ein Kleingeist. Vielleicht waren sämtliche Heilige nur Neurotiker, die nur ihre Komplexe kompensiert hatten.

In diesem Moment wußte er jedoch, daß dies ganz und gar nicht so war.

3

Vinkemans sah gespenstisch aus. Seine fiebrig glänzenden Augen lagen tief in den Höhlen, sein Haar klebte feucht an der Stirn, seine knochigen Hände griffen spastisch nach der Bettdecke. »Doktor!« krächzte er heiser.

»Hallo, alter Freund«, begrüßte Hendrik ihn. »Wie geht's?« Hendrik schüttelte die heiße, magere Hand. »Ich kann Ihnen gar nicht sagen, wie froh ich bin, Sie wiederzusehen. Wie fühlen Sie sich?«

Vinkemans schien die Frage zu verwirren. »Ich – ich freue mich, daß Sie da sind, Doktor. Ich habe hier nur gelegen und gelegen.« Sein gequälter Blick verriet, daß er von Susans Schicksal bereits erfahren haben mußte.

»Na, Sie wissen vermutlich schon alles. Der Skipper hat's getan. Und unsere Juden sind jetzt sicher und wohlbehalten in Amerika. Die *Star* liegt auf dem Meeresgrund – als Spielplatz für die jungen Fische.« Kaum hatte er es ausgesprochen, wurde ihm klar, daß er das Falsche gesagt hatte. Die Vorstellung, wie Susans Körper, gefangen im Wrack auf dem Grund des Meeres, jetzt aussehen mochte, war gespenstisch.

Er sah erschrocken auf, als Vinkemans Hand sein Knie berührte. »Ich hab's gehört, Doktor«, murmelte er. »Es tut mir so schrecklich leid.«

»Tja, es ist eine schlimme Sache. Nicht, daß es ernst zwischen uns gewesen wäre, aber ich mochte sie gern. Und das beruhte wohl auf Gegenseitigkeit. Wir hätten vielleicht – ach, zum Teufel damit!«

»Ich weiß, was das für Sie heißt! Glauben Sie mir, ich weiß

es.« Nach einer Pause fuhr Vinkemans fort. »Ich mache mir Vorwürfe. Wenn ich nicht einfach abgehauen wäre...«

»Um Himmels willen, Vinkemans! Sie können doch überhaupt nichts dafür. Niemand kann etwas dafür. Es ist nur – es ist so sinnlos. Es hätte nicht sein müssen.«

Sie saßen sich eine Weile schweigend gegenüber. Dann sagte Hendrik: »Ich bin vor der Reise mit der *Star* bei einer Wahrsagerin gewesen, Vinkemans.«

»Bei wem? Ach, so... Und was hat die Wahrsagerin gesagt?«

»Sie hat die Yachten aus der aufgehenden Sonne kommen sehen – die weißen Spinnaker hat sie als Ballone ausgelegt. Ihre Voraussage traf ziemlich genau zu. Und sie hat auch – na, ist ja auch egal. Es war ziemlich haarig. Ich hoffe zu Gott, daß sie recht hatte.«

»Recht? Inwiefern?«

»Na ja, in Trance hat sie von einer jungen Frau gesprochen, die in Todesangst versucht habe, in einem einstürzenden Schuppen einer Flutkatastrophe zu entgehen. Ich habe damals gar nicht genau zugehört, weil ich das Ganze idiotisch fand. Und dann hat sie behauptet, sie sehe die junge Frau auf einer sonnigen Wiese mit Kindern spielen und rieche den Duft von Blumen. Die Wahrsagerin hat uns noch im Gehen nachgerufen, der Blumenduft stamme von Geißblattblüten. Irgendwie tröstet mich das natürlich. Wenn die Frau mit dem ersten Teil ihrer Weissagung recht hatte, dann hat Susan jetzt vielleicht ihren Frieden auf einer sonnigen Wiese mit Kindern gefunden.«

Noch während sie schweigend beieinandersaßen, ging die Tür auf und eine sehr britische Stimme sagte: »Komm, Schätzchen. Verwöhn mir die Patienten nicht zu sehr. Komm mit uns aufs Poopdeck. Los, beeil dich!«

Im Türrahmen standen Myrtle und Willemse. Willemse hielt eine Champagnerflasche und zwei Gläser in der Hand, Myrtle hatte einen kleinen Blumenstrauß dabei.

»Nimm das Glas drüben vom Waschbecken mit!« forderte Myrtle ihn auf.

»Aber was...«

»Wir haben eine kleine Feier vor«, erklärte Willemse.

»Feier?«

»Nun komm schon!« drängte Myrtle. »Wir sind es ihr schuldig. Eine richtige Beerdigung wird sie schließlich nie kriegen.«

»Ach, so. Jetzt verstehe ich...« Das war gelogen, denn so ganz begriff Hendrik immer noch nicht, was die beiden vorhatten. Trotzdem griff er nach dem Glas auf der Ablage über dem Waschbecken. Er verabschiedete sich von Vinkemans. »Bis bald. Wir müssen uns noch weiter unterhalten.«

Vinkemans hob müde eine Hand. »Viel Glück, Doktor.«

Draußen im Korridor nahm Myrtle Hendriks Arm. Zu dritt gingen sie den Gang entlang, nahmen den Lift bis zum Hauptdeck und liefen zwischen den Deckstühlen hindurch und an ernst dreinschauenden Passagieren vorbei zum Achterdeck. Dort auf dem Poopdeck, unter dem Flaggenmast, an dem die niederländische Flagge wehte, waren sie allein mit den Möwen, die über dem Kielwasser kreisten.

»Tja, also hier muß es ungefähr gewesen sein«, sagte Willemse mit einem Blick auf die Uhr. »Auf Susan!« Er öffnete die Champagnerflasche. Schaum sprühte heraus. »Die Gläser!« verlangte er. Er füllte drei Gläser, hob sein Glas und erklärte: »Auf ein großartiges Mädchen. Möge sie in Frieden ruhen. Auf Susan!«

»Auf Susan«, wiederholte Myrtle und trank ihr Glas aus, doch Hendrik brachte kein Wort hervor. Er warf sein Glas über Bord und barg das Gesicht in den Händen.

Myrtle warf daraufhin ihr Glas ebenfalls über die Reling und legte den Arm um Hendriks Schultern. Willemse zögerte noch einen Augenblick, dann warf er sowohl sein Glas als auch die Champagnerflasche über Bord und legte verlegen die Hand auf Hendriks Schulter.

»Adieu, Susan«, sagte Myrtle mit brüchiger Stimme und warf den kleinen Blumenstrauß über die Reling.

So standen sie zu dritt eng beisammen, spürten, wie sich die mächtige Schiffsschraube unter ihren Füßen drehte, und starrten auf den goldenen Hals der Champagnerflasche und den kleinen Strauß im Kielwasser, bis nichts mehr zu sehen war.